۹۰ حکایت مثنوی

به زبان ساده

مینو کسائیان (قندی)

90 Stories of Masnavi Rumi
Subject: Persian literature
Author: Minoo Kassaian
Cover: Shahrokh Moshkinghalam / Mystical Dancer
By: **Ketab Corporation**
Copyright© 2025 By Ketab Corporation
All right reserved.
1st Edition by: Ketab Corporation

۹۰ حکایت مثنوی
موضوع: ادبیات فارسی – داستان
نویسنده: مینو کسائیان
روی جلد: نگاره شاهرخ مشکین قلم – رقص سماع

The Library of Congress Cataloging-in-publishing Data is available upon request.

ISBN: 978-1-59584-745-4
Ketab Corporation:
12701 Van Nuys Blvd., Suite H,
Pacoima, CA, 91331, USA
Visit our website at www.ketab.com
Printed in the United States of America

1 2 3 4 5 6 7 8 9 25

فهرست

زندگی و شعر مولانا

در قرن ششم، بین سال‌های ۵۴۳–۶۲۸ ه‍.ق، در سرزمین بلخ (واقع در شمال افغانستان فعلی که آن زمان جزو کشور ایران بود) مردی می‌زیست به نام محمّدبن حسین خطیبی مشهور به «**بهاءالدّین ولد**» که وی را به دلیل کثرت علم و خِرَد، مردی فهیم می‌دانستند و او را «سلطان العلماء» خواندند. مجالس درس و وعظ او، از انبوه شاگردان و مریدان آکنده بود.

در بهار ششم ربیع‌الاوّل سال ۶۰۴ ه‍.ق (برابر با ۱۲۰۷ میلادی و ۵۸۶ خورشیدی یعنی هشت قرن پیش)، خداوند فرزندی به بهاءالدّین ولد عنایت فرمود که او را محمّد نامید و به لقب «**جلال‌الدّین**» خواندش.

در سال ۶۱۷ ه‍.ق، برای رهایی از حمله‌ی احتمالی مغول و به بهانه‌ی زیارت خانه‌ی خدا، بهاءالدّین ولد ۷۲ ساله، به اتّفاق مولانای ۱۳ ساله و اعضای خانواده از بلخ خارج شدند.

کاروان زائران سر راه خود، به نیشابور وارد شد و بهاءالدّین ولد، دوست قدیمی خویش شیخ فریدالدّین عطّار نیشابوری را ملاقات نمود. در این دیدار، عطّار به شدّت شیفته‌ی مولانای سیزده ساله شد و کپیه‌ای از کتاب «**اسرار نامه**» خود را به او هدیه کرد.

در سال ۶۲۲ ه‍.ق، در شهر لارنده (واقع در ترکیه‌ی امروز)، جلال‌الدّین محمّد ۱۸ ساله، اوّلین مجلس سخنرانی خود را به اصرار پدر انجام داد و بهاءالدّین ولد در آن مجلس، او را برای اوّلین بار «**مولانا**»[1] خطاب کرد.

در سال ۶۲۲ ه‍.ق، مؤمنه خاتون (بی‌بی علوی) مادر مولانا، در شهر لارنده چشم از جهان فرو بست!

در سال ۶۲۲ ه‍.ق، مولانا در ۱۸ سالگی در شهر لارنده، با «گوهر خاتون» ۱۴ ساله ازدواج نمود.

در سال ۶۲۳ ه‍.ق، اوّلین فرزند مولانا به نام «بهاءالدّین محمّد» – که بعدها به «سلطان ولد» مشهور گردید– چشم به جهان گشود.

در سال ۶۲۴ ه‍.ق، دومین فرزند مولانا به نام «علاءالدّین محمّد» – که بعدها به «فخر اساتید» مشهور گردید– دیده به جهان گشود.

در سال ۶۲۶ ه‍.ق، بهاءالدّین ولد (پدر مولانا) به همراه مولانا و بقیه‌ی اعضای خانواده‌اش، بنا به دعوت سلطان روم «علاءالدّین کیقباد اوّل»، به شهر قونیه‌ی روم هجرت کرد.

۱– مولا: مولی اضافه به نا ضمیر متکلم مع‌الغیر به معنی: مولای ما، آقای ما، دوست ما.

روز هجدهم ربیع‌الثانی ۶۲۸ ه‍ . ق، «بهاءالدّین ولد» در سن ۸۵ سالگی، دعوت حق را لبّیک گفت و مولانای ۲۴ ساله را تنها گذاشت. از بهاءالدّین کتابی به نام «معارف» به جای مانده است.

سیّد بُرهان‌الدّین محقّق تِرمِذی، به دنبال رؤیت رؤیایی از روح پدر مولانا، به شهر قونیه رفت تا تربیت روحی مولانا را به عهده گیرد.

در سال ۶۳۰ ه‍ . ق، مولانای ۲۷ ساله به سفارش استاد پیرش «سیّد برهان‌الدّین محقّق تِرمِذی»، از قونیه به سوی شام، جهت ادامه‌ی تحصیل عزیمت نمود.

در سال ۶۳۸ ه‍ . ق، مولانای ۳۵ ساله‌ که در این مدّت با محیی‌الدّین عربی و تعدادی از دانشمندان و عارفان صحبت و ملاقات داشته و در علوم و فنون و فقه، سرآمد گردیده و پس از حدود هشت سال که در مدارس علمی حلب و دمشق به تحصیلات عالیه اشتغال داشته‌ به قونیه مراجعت نمود.

در سال ۶۳۸ ه‍ . ق، استاد گرانقدر وی «سیّد بهاءالدّین محقّق تِرمِذی» دارِ فانی را وداع گفت.

در سال ۶۳۸ ه‍ . ق، فرزندان مولانا، بهاءالدّین محمّد ۱۵ ساله و علاءالدّین محمّد ۱۴ ساله جهت ادامه‌ی تحصیل، از قونیه عازم دمشق شدند که این زمان، اوج تنهایی مولانا و غصّه‌های بی‌کران گوهرخاتون در فراق فرزندانشان بود.

در پاییز سال ۶۴۰ ه‍ . ق، گوهر خاتون در سن ۳۲ سالگی، مولانای ۳۶ ساله را تنها گذاشت و به حق پیوست.

در بهار سال ۶۴۱ ه‍ . ق، مولانای ۳۷ ساله، با اشراف زاده‌ای به نام «کرخاتون» بیوه‌ی جوانِ شاه محمّد مهاجر دیلم‌ که دو فرزند به نام «شمس‌الدّین یحیی» و «کیمیا خاتون» داشت‌ ازدواج کرد.

کرخاتون، پسری به نام «مظفّرالدّین امیر عالم» و دختری به نام «ملک خاتون» برای مولانا آورد.

ملاقات شمس و مولانا

در روز بیست ششم جمادی‌الآخر ۶۴۲ ه‍ . ق، «شمس‌الدّین محمّد بن ملکداد تبریزی» وارد قونیه شد. در این هنگام مولانا ۳۸ سال و شمس، ۶۰ سال عمر داشته و خلوت آن دو آغاز گردید. آفتاب دیدار شمس، مولانا را در این فکر برده بود که در چهره‌ی جذّاب و دلفریب او، علامت دیدار و نشان اتّصال با دلدار (خداوند یکتا) دیده می‌شود. گرمی و گیرایی نفَس او، گویا بود که با معدن دلفریبی پیوند دارد و او را از خلق، جدا و به خالق پیوند می‌زند. هم‌چنین شمس

به این علّت مورد تحسین و علاقه‌ی مولانا قرار گرفته بود که در موضعی قرار داشت که با بدی‌های زمان می‌خواست درافتد، یعنی با ریا، دورنگی، با دکّان‌داری دینی، و یا ارباب قدرت.

در روز بیست‌ویکم شوّال ۶۴۳ ه‍ . ق، شمس بر اثر آزار و اذیّت یاران مولانا، قونیه را بی‌خبر ترک کرد و مولانا را به غم عظیم خویش دچار ساخت.

در ماه محرّم ۶۴۴ ه‍ . ق، سلطان ولد، به اصرار پدر و مریدان او پس از قریب به دو ماه پیگیری، شمس را به قونیه بازگرداند. نهایت شعف مولانا، در کتاب «غزلیّات شمس» مشهود می‌باشد.[۱]

مدّتی کار به این منوال سپری شد تا این‌که دوباره آتش حسادت مریدان خام‌طبع شعله‌ور گردید و آزار شمس را از سر گرفتند. شمس از رفتار و کردار نابخردانه‌ی این مریدان خودبین رنجه شد و از گزند ایشان خاطرش پریشان گشت تا آن‌جا که به سلطان ولد پیغام فرستاد که: «دیدی اینان باز عقل و خِرد خود را به زنجیر نفس درکشیده و غوغا آغازیده‌اند؟ مؤمنان نیز دست از ایمان شسته و گوشه‌ای نشسته‌اند. این‌ها چنین خواهند که میان من و مولانا جدایی افکنند و سپس به شادمانی پردازند. ولی این‌بار چنان خواهم رفتن که هیچ‌کس نداند من کجایم، و چه بر سرم آمده؛ و چون این سفر به درازا کشد، همه گویند که او جان سپرده و یا مقتول گشته است.»

او چند بار این سخنان را تکرار کرد و سرانجام، بی‌خبر از قونیه رفت و معلوم نشد که بر سر او چه آمد و چه شد. خلوت گزیدن و هم‌صحبتی شمس و مولانا، جمعاً چهارده ماه به طول انجامید.

مولانا در فراق شمس، بی‌قرار و ناآرام شد و شوریدگی آغازید و روز و شب به سماع و رقص و ترانه پرداخت. او دیگر قونیه را جای درنگ ندید. پس قونیه را به سوی شام و دمشق ترک گفت و جمع انبوهی از عام و خاص و مریدان در پی او روان شدند.

مولانا در دمشق هرچه گشت و جُست، شمس را نیافت و ناچار به قونیه باز آمد. در این سیر روحانی و سفر معنوی هرچند که شمس را به صورت و جسم نیافت، ولی دریافت که آن‌چه به دنبال اوست، در خود، حاضر و متحقّق است و همان حال شمس بر او نیز ظاهر و عیان. این سیر روحانی، در او کمال مطلوب پدید آورد. کبک طریقت بود و بازِ بلندپروازِ حقیقت شد، قطره بود و دریا شد، ذرّه بود و آفتاب شد و یکسر شمس گردید.

مولانا به قونیه آمد و رقص و سماع و ترانه را دوباره از سرگرفت. خوانندگان را نزد خود

____

۱- مولانا تا ۳۸ سالگی شعر نمی‌گفت. پس از آن‌که شمس را دید و او وارد زندگیش شد، غزلیّات شورانگیز و بی‌نظیر خود را سرود، به تعداد زیاد. طیّ شانزده سال، کار مولانا سرودن این غزلیّات (کلیّات یا دیوان شمس) بود، همراه با رقص سماع و بعد مثنوی را شروع کرد.

می‌خواْد تا بخوانند و بنوازند و او در سماع غرق می‌شد و خاص و عام در آفتابِ پُر انوارِ او می‌گشتند و چرخ می‌زدند.

* * *

مولانا توانست مظهر حق را که در کالبدِ خاکی شمس‌الدّین محمّد تبریزی طلوع کرده بود، در وجود «شیخ صلاح‌الدّین زرکوب قوَنوی» بیابد. صلاح‌الدّین، مردی عامی و بی‌سواد و از مردم قونیه بود و پیشه‌ی زرکوبی داشت.

مولانا مدّت هفت سال بر این حال بود که در اوج شوریدگی و بی‌قراری، مردی صاحبدل را که محضر شمس را نیز درک کرده بود، به عنوان مصاحب و «یار خلوتی» برگُزید.

مولانا، زرکوب را خلیفه‌ی خود ساخت و به مریدان گفت: «هرکس راه حق خواهد، به شیخ صلاح‌الدّین دست ارادت دهد.» و حتّی فرزند خود سلطان ولد را نیز با آن‌همه مقام علمی و باطنی سفارش اکید کرد که باید حلقه‌ی ارادت زرکوب را به گوش کند، زیرا شاه راستین و مرشد متین هموست. سلطان ولد نیز به فراست دریافت که معلومات و معارف ظاهری و محفوظات صوَری، نمی‌تواند چاره‌ساز مشکلات روحی و معضلات معنوی باشد و با این تأمّل، رام و آرام از سر صدق و صفا مرید زرکوب شد.

در سال ۶۵۷ ه‍ . ق، «صلاح‌الدّین زرکوب قوَنوی» مراد دل مولانا، بدرود حیات گفت. مولانا در بعضی از اشعارش در «دیوان شمس تبریزی»، از او نیز نام برده است.

«حسام‌الدّین چَلَبی» با عطر یادِ شمس و طعم فهم صلاح‌الدّین، در دل مولانا آشیانه گزید و مولانای ۵۰ ساله را شیدای خویش ساخت و مونس و همدم وی گردید. حسام‌الدّین چلبی، از اکابر عرفا و اعاظم صوفیه و مرید صدّیق مولانا بود و مولانا با او ده سال مصاحبت و مجالست داشت.

حسام‌الدّین نزد مولانا مقامی والا و عزیز داشت چنان‌که آورده‌اند:
«از حضرت مولانا سؤال کردند که از این سه خلیفه و نایب کدامین اختیار است؟»

فرمود:

«شمس‌الدّین به مثال آفتاب است، شیخ صلاح‌الدّین در مرتبه‌ی ماه و چلبی حسام‌الدّین میانشان ستاره‌ای است روشن و رهنما. همانا بیش‌تر مسافران در خشکی و دریا، راه را با ستاره می‌یابند.»

پرواز ملکوتی مولانا

روز پنجم جمادی‌الآَخر سال ۶۷۲ ه‍ . ق، مولانا جلال‌الدّین محمّد بلخی در سن ۶۸ سالگی، آفتاب معرفت و حقیقت پرتو خود را از این جهان خاکی برگرفت و رحلت فرمود.

در آن روزِ پُرسوز، سرما و یخبندان در قونیه بیداد می‌کرد. سیل خروشانِ مردم از پیر و

(۴)

جوان، زن و مرد، مسلمان، مسیحی و یهودی در این عزای بزرگ شرکت داشتند. گویی روح صمیمی و وحدت‌گرای مولانا بر همه‌ی دل‌ها حُکم می‌راند. «جدایی» و «منی» رخت بربسته بود و همه یک تن واحد بودند. خاخام‌ها و کشیش‌ها و روحانیون مذاهب دیگر، مولانا را بر سر نهاده و همراه و همدل با جمعیّت، شیون می‌کردند.

وصیّت‌نامه‌ی مولانا

«شما را سفارش می‌کنم به ترس از خدا در نهان و آشکار، اندک خوردن، اندک خفتن و اندک گفتن، کناره گرفتن از جُرم‌ها، روزه داشتن و نماز برپا داشتن، فرو نهادنِ هواهای شیطانی و خواهش‌های نفسانی، شکیبایی بر درشتیِ مردمان، دوری گُزیدن از هم‌نشینی با نابخردان، نزدیک شدن و هم‌نشینی با نیکان و بزرگواران. همانا بهترین مردم کسی است که برای مردم مفید باشد و بهترین گفتار، کوتاه و گُزیده است و ستایش از آنِ خداوند یگانه.»

آرامگاه خداوندگار عشق

پیکر پاک پرستوی مهاجر از دیار خراسان را بعد از نیم قرن اقامت در قلمروی سلجوقیان روم، در قونیه در کنار تُربت متبرّک و معطّر پدرش به خاک سپردند.

چندی بعد، بنایی زیبا بر تربت معطّر مولانا ساخته شد که اهل سلوک آن را «قُبّه‌ی خضرا»[1] خواندند، تا قبله‌ی اهل دل باشد و مرجع نگاه اندیشمندان و عاشقان.

❊ ❊ ❊

کتاب مثنوی به شعر است و کلمه‌ی مثنوی در ادبیّات نام نوعی از شعر است که همه‌ی شعرهای یک قصّه‌اش هم‌وزن باشد و دو نصفه‌ی هر سطرش جدا از شعرهای دیگر، قافیه‌ی شبیه هم داشته باشند؛ مانند این شعر که از مثنوی است:

آن یکی پرسید اُشتر را که هی   از کجا می‌آیی ای فرخنده پی

گفت از حمّام گرم کوی تو   گفت خود پیداست از زانوی تو

بنابراین کتاب بوستان سعدی نیز مثنوی است و اسم کتاب «بوستان»، شاهنامه‌ی فردوسی هم مثنوی است و اسم کتاب «شاهنامه»؛ ولی مثنوی مولوی نامش نیز همان «مثنوی» می‌باشد.

مولانا از ۵۴ سالگی، به اصرار و با قلم حسام‌الدّین چلبی، املای مثنوی را آغاز نمود.[2]

۱- قُبّه‌ی خضرا: کنایه از آسمان؛ قُبّه‌ی زبَرجَدی و قُبّه‌ی مینا، و گنبد سبز هم گویند.

۲- همه‌ی مثنوی گسترش و شرح و توضیح ۱۸ بیت اوّل مثنوی به نام «نی‌نامه» است که به این‌صورت آغاز می‌شود:

بشنو از «نی» چون حکایت می‌کند   از جـدایی‌هـا شکایت می‌کند

که حاکی از اشتیاق نی (انسان کامل یکی از مصادیق صادقی نی است) به بازگشت به وطن اصلی اوست و تمام مثنوی شرح درد فراق اوست که در بیت زیر خلاصه می‌شود:

اغلب اوقات مولانا همراه با رقص سماع اشعارش را می‌خواند و حسام‌الدّین آن‌ها را می‌نوشت و همه‌ی آن‌چه نوشته بود یک‌بار با آواز خوب و بلند برای مولانا می‌خواند.

مثنوی در ۶ دفتر و به مدّت ۱۴ سال با یک وقفه‌ی دو ساله با توجّه به فرا رسیدن زمستان عمر مولانا، ناقص تمام شد.

❋ ❋ ❋

مولانا به این نتیجه می‌رسد که بشر در درجه‌ی اوّل با خودش و با نفْس خود باید مبارزه کند. تک‌تک افراد اگر با نفس خود مبارزه ورزند، می‌توانند اجتماع را سالم کنند و به جلو ببرند؛ ولی اگر نتوانند این دیو نفس و این دشمن بزرگ را مغلوب کنند، دیگر در هیچ جبهه‌ای نخواهند توانست غالب شوند.

مولانا «موتور زندگی» را عشق می‌داند، عشقی که دامنه‌اش خیلی وسیع است و مفهوم گسترده‌ای دارد. فرض بر آن است که شخص در آن باید از همه‌چیز خودش بگذرد تا به همه‌چیز بتواند برسد. در واقع برای رسیدن به یک دستاورد بزرگ و یک هدف بزرگ که از طریق عشق به‌دست می‌آید، باید تمام تعلّقات خودخواهانه و لذّت‌های زندگی را رها کند و باید «پاک باخته» باشد تا بتواند «به‌دست آورنده» شود.

❋ ❋ ❋

مقصود مولانا از ذکر داستان‌ها و تمثیل‌ها، داستان‌سرایی و حکایت‌پردازی نیست؛ بلکه داستان و حکایتْ قالبی است که به وسیله‌ی آن، حقایق و معارفی بیان می‌گردد و افکار حکیمانه‌ی او روشن‌تر شرح داده می‌شود.

در این مجموعه از میان همه‌ی حکایت‌های مثنوی که حدود دویست حکایت و تمثیل به زبان شعر عرفانی است، نوَد قصّه انتخاب و به زبان ساده‌تر نوشته شده. در مثنوی معمولاً حکایت‌ها به‌طور گسیخته و لابلای نکته‌پردازی‌های عرفانی و اخلاقی و اجتماعی و ... دنبال شده است. از این رو لازم دیده شد که هر داستان و حکایتی یک‌جا و به‌طور کامل نقل شود.[1]

❋ ❋ ❋

سینه خواهم شرحه شرحه از فراق   تا بگویم شرح درد اشتیاق (۱/۳)

۱- مقدّمه (زندگی و شعر مولانا)، از سایت اینترنتی Google و از این کتاب‌ها انتخاب شده:

(الف) - کتاب کوچک مولوی، به اهتمام محمود نامنی.

(ب) - شرح جامع مثنوی، تألیف کریم زمانی، دفتر اوّل، مقدّمه‌ی مؤلّف.

(ج) - قصّه‌های مثنوی مولوی، نگارش مهدی آذر یزدی، مقدّمه.

(د) - چهار سخنگوی وجدان ایران، نگارش محمّدعلی اسلامی ندوشن.

(۶)

در فراهم آمدن این کتاب، منابع اصلی که مورد استفاده قرار گرفته، عبارت‌اند از:

۱- شرح جامع مثنوی معنوی (شش جلد دفتر)/ تألیف کریم زمانی، تهران: انتشارات اطّلاعات، چاپ سوم، ۱۳۷۵.

۲- نثر و شرح مثنوی شریف (شش دفتر)/ تألیف عبدالباقی گولپینارلی/ ترجمه و توضیح توفیق ه‍ . سبحانی، تهران: سازمان چاپ و انتشارات وزارت فرهنگ و ارشاد اسلامی، چاپ اوّل، ۱۳۷۱.

ضمناً از شرح‌ها و تفسیرهای دیگری نیز استفاده شده که اسامی آن‌ها در پاورقی‌ها درج گردیده.

با تقدیم احترام
مینو کسائیان

جلال‌الدّین محمّد مولوی	
تولّد	۶ ربیع‌الاوّل ۶۰۴ قمری
وفات	۵ جمادی‌الثانی ۶۷۲ قمری – قونیه
آرامگاه	قونیه ترکیه
زمینه‌ی فعالیّت	عرفان – تصوّف – ادبیّات فارسی
اهل	خراسان
دوره	خوارزمشاهیان
مذهب	مسلمان سنّی
آثار	غزلیّات (کلیّات یا دیوان شمس) – رباعیّات فیه‌مافیه – مکاتیب – مثنوی

کنیزک و عشق شاه

بشنوید ای دوستان این داستان
خود حقیقت نقد حال ماست آن
بود شاهی در زمانی پیش از این
ملک دنیا بودش و هم ملک دین

در روزگاران پیشین شاهی بود که هم حکومت دنیا و هم پادشاهی دین را در اختیار داشت، یعنی نیک‌بختی دو سرای را دارا بود. آن شاه روزی با خواصّ دربار[1] خویش سوار بر اسب شد تا به شکار برود. در راه، کنیزکی دید و جانش در برابر زیبایی آن کنیزک، غلام شد. چون جانش در قفس تن می‌طپید، کنیزک را خرید. پس از آن‌که او را خرید و به مراد دلش رسید، کنیزک بیمار شد.

شاه از همه‌جا طبیبانی را فرا خواند و گفت:

«بقای جان هر دوی ما به دست شماست.[2] جان من ارزشی ندارد، امّا این کنیزک جان من است. من دردمند و خسته‌ای هستم که درمانم اوست. هرکسی که جان مرا درمان کند، خزانه و جواهرات من متعلّق به اوست.»

طبیبان گفتند:

«شاها، در این باره نهایت کوشش را به‌کار می‌بریم و با یکدیگر مشورت می‌کنیم تا او درمان شود. هریک از ما چون مسیح، مرده را زنده می‌کنیم[3] و دوای هر دردی به دست ماست.»

چون حکیمان بر دانش و قدرت خود در علاج آن کنیزک اعتماد داشتند «اِن شاءَاللّهاگر خدا بخواهد»[4] نگفتند و مشیّت الهی را که بالای همه‌ی علل و اسباب است از روی خودپسندی، فراموش کردند؛ لذا خدا خواست که ناتوانی آنان را به خودشان نشان دهد. هرچه حکیمان در راه درمان و شفای کنیزک کوشیدند، توفیق نیافتند و رنج و درد او بیش‌تر شد و از شدّت بیماری لاغر و نزار گشت، و چشم شاه از اشک مانند چشمه شد.

۱- منظور از خواصّ دربار در این‌جا، قوای علمی و عملی و روحی و نظری است. (تفسیر مثنوی مولوی، ج ۱، ص۸۰)

۲- در این‌جا، منظور از طبیبان، کسانی هستند که ادّعای ارشاد و راهنمایی به راه حق دارند. (پیشین، ص ۸۱)

۳- در سوره‌ی آل عمران آیه‌ی ۴۹ آمده که حضرت مسیح بعد از برشمردن نشانه‌های پیامبریش، به قوم بنی‌اسرائیل فرمود که او به اذن خدا، مردگان را زنده می‌کند.

۴- در چند جای قرآن، عبارت «اِن شاءَالله» آمده، از جمله در سوره‌ی کهف آیات ۲۳ و ۲۴ می‌فرماید: «ای رسول! هرگز در مورد کاری نگو: «من فردا آن را انجام می‌دهم.» مگر آن که بگویی: «اِن شاءَالله.» و هرگاه فراموش کردی، (جبران کن و) پروردگارت را به خاطر بیاور و بگو: «امیدوارم که پروردگارم مرا به راهی روشن‌تر از این هدایت کند.» نزول چنین آیاتی می‌رساند که در ابتدای هر کاری باید «اِن شاءَالله» گفت.

شاه چون ناتوانی حکیمان را در علاج کنیزک دید، از همه‌ی علل و اسباب طبیعی نومید شد و پابرهنه به‌سوی مسجد دوید(۱). او به‌طرف محراب مسجد رفت و چنان گریست که محراب از اشک چشمانش‌تر شد.

وقتی از گریه از غرقابِ فنا (سِیر الی‌الله) به خویش آمد و از مرتبه‌ی مَحو (بی‌خودی و بی‌خویشی) به حالِ صَحو (هوشیاری و باخویشی) آمد، زبان به مدح و ستایش الهی گشود و گفت:

«ای خدایی که کم‌ترین عطای تو سلطنت جهان است، من چه بگویم که تو بر اسرار نهان من واقفی. ای خدایی که پناهگاه حاجات مایی، ما بار دیگر به راه خطا رفته‌ایم. من چیزی نمی‌گویم؛ امّا خودت گفته‌ای که من رازهای نهانتان را می‌دانم، شما نیز آن‌ها را به زبان بیاورید.»

این ناله چون از صمیم قلب بود، دریای رحمت الهی به تلاطم درآمد(۲). در میان گریه و زاری خواب بر شاه چیره شد. در عالم رؤیا پیری بر او ظاهر گردید(۳) و خطاب به او گفت:

«ای شاه، مژده که حاجت و خواسته‌ات برآورده شد. اگر فردا غریبی نزد تو آید، از جانب ماست. چون پیش تو آید، بدان که او حکیمی حاذق و ماهر است و وی را امین و درستکار و راستگو بدان. در شیوه‌ی معالجه، قدرت او را تماشا کن؛ و در کارهای او توانایی خدا را سِیر کن.»

فردای آن روز وقتی آفتاب از مشرق برآمد و ستارگان را از بین برد، شاه جلوی پنجره‌ای به انتظار نشست تا آن‌چه را در نهان دیده بود، به عیان ببیند. ناگهان شخص پُرمایه و خردمندی را دید که مانند آفتابی در میان سایه ظاهر شد.(۴) مانند خیال، هم بود و هم نبود؛ آن خیالی که شاه به خواب دیده بود، در رخسار مهمان نمایان شد.

شاه از شدّت خوشحالی و سُرور، به جای دربان، خود به استقبال آن مهمان غیبی(۵) رفت.

---

۱ – انقروی معتقد است: منظور از پابرهنه در این‌جا، گذشتن از دنیا و آخرت و یافتن مرتبه‌ی محو و فناست.

۲– در سوره‌ی اعراف آیه‌ی ۵۵ آمده: «پروردگار خود را آشکارا از روی تضرّع، و در پنهان بخوانید.» و در سوره‌ی مؤمن آیه‌ی ۶۰ چنین آمده است: «پروردگار شما گفته است: «مرا بخوانید تا (دعای) شما را بپذیرم.»

۳– عرفا و حکما هر دو برای تجسّم و تمثیل حالت انقطاع از شواغل جسمانی و حصول قوّت روحانی، نمودار حالت خواب را ذکر می‌کنند که مرگ کوچک و حَشر اصغر است. چنان‌که بیداری نیز نمودار قیامت کبری و حشر اکبر می‌باشد. روح انسانی درخواب، موقّتاً از علایق مادّی آزاد می‌شود، خود به خود حالت صفا و نورانیّت ذاتی او بروز می‌کند و جنبه‌ی ارتباط او با عالم مجرّدات یا فرشتگان آسمانی و ملائکه‌ی مقرّبین قوّت می‌گیرد. لذا ممکن است به صورت رؤیای صادقه، حقایقی بر وی الهام شود که در بیداری از درک و دریافت آن عاجز بوده است. و یا حوادثْ قبل از وقوع، بر وی مکشوف گردد و واقعه‌ای را در خواب ببیند که پس از چندی در بیداری خواهد دید. (مولوی نامه، ج ۱، ص ۳۰۵)

۴– مقصود از «آفتاب» شخصیّت معنوی، و از «سایه» جسم و بدن است.

۵– زیرا مرتبه‌اش از چشم مردم، مخفی بود؛ امّا به حسب باطن، وجود داشت.

هر دو تنْ سالک، دریای حقیقتِ شناگری آموخته بودند و جان‌هایشان به هم پیوسته بود. [هر دوی آن‌ها به حسب ظاهر از هم جُدا بودند، ولی در عالمِ معنا با یکدیگر اتّحاد و همبستگی و پیوستگی داشتند.]

شاه با رعایت ادب خطاب به آن میهمان گفت:

«معشوق واقعی من تویی؛ امّا رسم جهان بر این است که از یک کار، کار دیگر حاصل می‌شود.[۱] ای راهبر، تو برای من به منزله‌ی مصطفی و من برایت چون عُمَر هستم که برای خدمت تو آماده و کمر بسته‌ام.»[۲]

شاه دست‌های خود را گشود و با اشتیاق، آن میهمان را چون جان و عشق در آغوش کشید و وی را به صدر مجلس راهنمایی کرد. دست و بازوی او را بوسید و از حال و راه سفر پرسید و گفت: «ای نور الهی و ای زایل‌کننده‌ی غم و اندوه، این معنی واقعی «الصبرُ مفتاحُ الفَرَج‌صبر و شکیبایی کلید گشایش است» می‌باشد؛ ای کسی که دیدارت پاسخ هر مشکلی است، بدون شک مشکل من به دست تو حل خواهد شد.[۳] ای دانای اسرار نهان، هرچه در دل ما نهان است، تو بازگوکننده‌ی آنی؛ و پای جان هرکس در گِل مادّیت فرو رود، تویی دستگیر او. ای یار برگزیده و ای عزیز الهی، اگر تو غیبت کنی، قضای بد فرود می‌آید و فضای بی‌کران در نظرم تنگ می‌شود. تو سَرور سالکانی. هرکه تو را نخواهد، با حقارت روبرو می‌شود؛ اگر از کفر خود دست نکشد، وای بر او!»

چون آن مجلس به پایان رسید، دست او را گرفت و به درون حَرَم خویش هدایت کرد.[۴]

شاه ماجرای بیمار شدن کنیزک را شرح داد و طبیب را بر بالین بیمار نشاند.

حکیم الهی طبق عادت حکیمان، رنگ رخسار و نبض مریض را دید و نشانه‌های بیماری را جستجو کرد. سپس گفت:

«هر دارویی را که طبیبان قبلی داده‌اند، همه خطا بوده. آنها به‌جای بهبود بخشیدن، بر بیماری افزوده‌اند؛ چون آنان از حال درونی بیمار بی‌خبر بوده‌اند.»

۱- میل پادشاه به کنیزک، موجب رنج و ناراحتی وی گردید؛ ولی در عین حال سبب شد که از عشق مجازی، به عشق حقیقی راه یابد. یعنی توانست آن ولیّ خدا و انسان کامل را پیدا کند. (تفسیر مثنوی مولوی، ج ۱، ص۹۹)

۲- مولانا در این‌جا تصریح می‌کند که آن شاه نسبت به حکیم الهی، نهایت ادب را رعایت کرد؛ مانند احترامی که عُمَر خلیفه‌ی دوم نسبت به پیامبر مراعات می‌نمود. این مسئله، متضمّن این نکته است که سالک، باید همواره نسبت به راهبر و ولیّ خود و دیگران، ادب را مراعات کند. (همان کتاب، ص ۹۹)

۳- صوفیان معتقدند شیخ می‌تواند مکنونات قلبی مریدان را بخواند و به تمایلات آنان پی ببرد. (تفسیر مثنوی مولوی، ص ۱۱۵)

۴- مولانا با این بیان می‌رساند که مرید باید راهبر و مرشد خود را مَحرم راز خود کند تا به سعادت ابدی و قرب الهی برسد.

حکیم، بیماری و درد نهانی را تشخیص داد، امّا به شاه چیزی نگفت.[1] از ناله‌های بیمار دریافت که او از دل می‌نالد، تن او سالم است و اسیر دل خویش شده و عاشق است.

حکیم الهی گفت:

«پادشاها، خانه را خلوت کن و خویش و بیگانه را از آن دور ساز. هیچ‌کس در راهروها نباشد تا به سخنان من گوش دهد. می‌خواهم از کنیزک سؤالاتی بپرسم.»

خانه خلوت شد و جز طبیب و بیمار کسی در آن نماند. طبیب نبض بیمار را گرفت و چون می‌دانست اهل هر شهر درمانی جداگانه دارند، با ملایمت پرسید:

«شهر تو کجاست؟ اهل هر شهر، درمانی جداگانه دارند،[2] در آن شهر خویشاوندانت که هستند و با چه کسانی آشنا هستی؟»

آن حکیم حتّی از بیداد و ستم چرخ گردون هم سؤال کرد و منتظر بود تا ببیند نبض کنیزک با چه سؤالی به‌طور نامتعادل می‌جنبد. او که امراض [معنوی] را خوب می‌شناخت، جابه‌جای تن بیمار را می‌آزمود و به طریق داستان، حال دوستان کنیزک را می‌پرسید؛ و او آشکارا ماجرای زندگانیش، خانه، اربابان، و همشهریانش را به حکیم می‌گفت. حکیم به قصّه‌های او گوش می‌داد و حرکت نبض او را درنظر داشت تا بداند از شنیدن نام چه‌کسی که مقصود درونی کنیزک است، نبض او شدیدتر می‌زند.

ابتدا دوستانِ شهرِ او را نام برد، بعد اسم شهر دیگری را بر زبان آورد. سپس گفت: «بعد از آن‌که از شهر خودت بیرون رفتی، در کدام شهر بیش‌تر اقامت کردی؟» از شهری اسم برد از آن هم گذشت، و در حرکت نبض بیمار تغییری پیدا نشد. یک به یک شهرها و اربابان و چیزهای دیگر را برشمرد، شهر به شهر و خانه به خانه اسم برد، امّا نه نبض حرکتی کرد و نه رنگ بیمار تغییری یافت.

نبض کنیزک، به حال عادّی بود تا این‌که حکیم الهی از شهر سمرقند دلگشا سؤال کرد. نبض، حرکت شدیدتری کرد و روی بیمار ابتدا سرخ و بعد زرد شد؛ زیرا آن کنیزک از زرگری ساکن در سمرقند جُدا افتاده و به درد هجران و فراق دچار شده بود.

چون حکیم از این راز بیمار آگاه شد و منشأ بیماری کنیزک را یافت [و دانست که او بیمارِ عشق است]، پرسید: «او در کدام محلّه بود؟» کنیزک گفت:

۱- زیرا اولیاءَالله اسرار باطن کسی را بی اذن خدا بر کسی فاش نمی‌کنند و حتّی پیش خودشان هم آن را تکرار نمی‌نمایند.

۲- اطبّای قدیم برای هریک از شهرها به اعتبار نزدیکی و دوری از خطِ استوا و قطب شمال و پستی و بلندی و نزدیکی و دوری از کوهستان و دریا و ... مزاجی قائل بوده‌اند، و معتقد بوده‌اند که طبیب به هر شهری که می‌رود باید از طبیعت هوا و آب و غذاهای متداول و امراض عمومی آن بپرسد و با رعایت آن امور به معالجه بپردازد. (شرح مثنوی شریف، ج۱، ص ۱۰۰)

«بر سر پل و محلّه‌ی غاتفر است.»

حکیم گفت:

«من دانستم که درد تو چیست؛ به زودی برایت درمانی مؤثّر خواهم کرد. شادمان و آسوده و راحت باش که من در علاج تو آن خواهم کرد که باران با چمن می‌کند.[1] من به فکرت هستم، تو غصّه مخور، زیرا که من از صد پدر مهربان نسبت به تو مهربان‌ترم. مواظب باش که این راز را پیش کسی فاش نکنی و اگر شاه هم از تو بپرسد، چیزی به او نگویی. اگر راز تو درون دلت مدفون بماند، زودتر به آن آرزو دست می‌یابی.»

وعده‌ها و محبّت‌های آن حکیم، ترس را از دل بیمار دور کرد. حکیم برخاست و پیش شاه رفت و اندکی از ماجرا را برای او بازگو کرد. سپس گفت:

«چاره‌ی کار این است که آن مرد را برای معالجه‌ی این درد این‌جا حاضر کنیم. مردِ زرگر را از آن شهر دور فراخوان و با زر و خلعت او را بفریب.»

هنگامی‌که سلطان این سخن را از حکیم شنید، پندش را صمیمانه پذیرفت و یکی دو فرستاده‌ی ماهر و لایق و عادل را به سمرقند فرستاد. آن دو فرستاده به سمرقند آمدند و پیش زرگر شوخ و صاحب فضل رفتند. از سوی شاه به او مژده دادند:

«ای استاد چابک‌دست که وصفِ تو در شهرها پیچیده و بر سر زبان‌ها افتاده است. اکنون فلان شاه، تو را به‌عنوان زرگر خاصّ خود برگزیده، زیرا که تو زرگر بزرگی هستی. حال این خلعت و زر و سیم را بگیر. اگر به حضور شاه برسی، از خاصّان و هم‌نشینان پادشاه خواهی شد.»

مرد زرگر آن همه مال و خلعت را که مشاهده کرد، فریفته شد و دل از شهر گسست. شادمان قدم در راه نهاد، درحالی‌که نمی‌دانست شاه قصد جانش را کرده. سوار بر اسبی عربی شد و شادمانه تاخت. در خیالش عزّت و سالاری می‌پروراند، در صورتی‌که عزرائیل با تحقیر به او می‌گفت:

«بشتاب به سوی حرص و آزت که بدان خواهی رسید، و آن‌چه را آرزو می‌کنی خواهی یافت.»

چون آن مرد غریب از راه رسید، طبیب او را پیش شاه برد. او را پیش شاه بردند، تا بر بالین آن شمع (کنیزک) بسوزد. شاه چون او را دید، احترامش کرد و خزانه‌ی زر و سیمش را به دست او سپرد.

حکیم الهی به شاه گفت:

«ای سلطان بزرگ و عالی‌قدر، کنیزک را به ازدواج زرگر درآور تا کنیزک از وصال او شادمان گردَد و وصال، آتش بیماری را فرو نشانَد.»

۱- یعنی: «همان‌طور که باران، چمن را زندگی و طراوت می‌بخشد، من نیز روح افسرده و رنجور تو را به تازگی و طراوت در می‌آورم.»

شاه آن کنیزک را به زرگر بخشید و آن دو یارِ مشتاق را به وصال هم رسانید.

تا شش ماه آن زوج در کمال هماهنگی و سعادت زندگی می‌کردند، تا آن که کنیزک کاملاً سلامتی خود را بازیافت.

پس از آن حکیم برای زرگر شربتی ساخت و او خورد و روز به روز لاغرتر شد. هنگامی که زیبایی و طراوت زرگر بر اثر بیماری از میان رفت، دیگر کنیزک دلبسته‌ی او نماند و رفته رفته آتش عشق در دلش سرد و خاموش گشت.[۱]

از چشم آن زرگر، جوی خون جاری شد. رویِ زیبای او دشمن جان وی گشت و حُسن و طراوتش، سبب هلاکش گردید. زرگر در آن هنگام که می‌مُرد گفت:

«من همانند آن آهویی هستم که صیّاد برای نافِ معطّرم خون مرا ریخت. من مانند آن روباه صحرایی هستم که برای دست یافتن به پوستم سرم را بریدند. من مانند آن فیلی هستم که فیلبان برای به دست آوردن عاج، مرا کشت. آن کسی که خون مرا برای چیزی پست‌تر ریخت، نمی‌داند که خون من تباه نمی‌شود و دامن‌گیر قاتل می‌گردد. کاری که امروز با من کرده، فردا بر سر خودش می‌آید و تقاص آن را باز خواهد داد. همانطور که دیوار، سایه‌ی بلندی می‌گسترد، ولی باز آن سایه به دیوار برمی‌گردد؛ زیرا هر خوبی و بدی که از کسی سرزند، به او باز می‌گردد. این دنیا در مَثَل مانند کوه است و اعمال ما، بانگ و فریادی است که در کوه طنین‌انداز می‌شود و انعکاس آن به خود ما باز خواهد گشت. (در این جهان، هرکه هرکاری کند، پاداش و سزایش را می‌بیند.)»

زرگر این سخنان را بر زبان آورد و درگذشت و کنیزک از عشق و رنج آن رها شد؛ زیرا که عشق به مُردگان و معشوق‌های ناپایدار دوامی ندارد، به‌این‌دلیل که مُرده نمی‌تواند به سوی ما بیاید.[۲]

کشتن مرد زرگر به دست حکیم الهی، نه به این خاطر بود که حکیم امید و نظری به کنیزک داشت و نه از این رو بود که حکیم از شاه بیم و هراسی داشت؛ هم‌چنین برای خوش‌آیند شاه نبود. او تا فرمان و الهام الهی نیامد، دست به این کار نزد.

به‌طور مثال، حضرت خضر که آن پسرک را کُشت، راز آن را همه‌ی مردم نمی‌توانند درک کنند.[۳] کسی که از خدا بر او وحی نازل شود و سؤال خود را از خدا پاسخ بگیرد،

<hr>

۱- آن عشق‌هایی که تنها به خاطر آب و رنگ و زیبایی ظاهری استوار باشد، در واقع عشق نیست، بلکه ننگ و عار پدید می‌آورد. مولانا در سراسر مثنوی، این حقیَقت را بازگو می‌کند که ارزش و اصالت هرِ عشقی، بستگی کامل به ارزش و اصالت معشوق دارد. و اگر عشق آدمی به موضوعی کاذب و ناپایدار تعلق گیرد، نمی‌توان نام «عشق» را بر آن نهاد، بلکه عنوانِ «هوس» و «هوی» بر آن شایسته‌تر است. (شرح جامع مثنوی معنوی، ج ۱، ص ۱۰۹)

۲- عشق‌های مجازی و معشوق‌های کاذب در واقع فانی و نابود هستند، ولی عشق حقیقی و معشوق راستین جاودان و ابدی است. (همان کتاب، ص ۱۱۱)

۳- حکایت حضرت خضر با حضرت موسی، در سوره‌ی کهف، آیات ۶۳ تا ۸۴ آمده.

هر فرمانی که دهد کاملاً صحیح است. کسی‌که جان می‌بخشد، اگر بکشد جایز است، زیرا او جانشین حق است و دست او همانند دست خداست.[1]

خون آن زرگر در واقع و معنا «گل سرخ» است. تو آن را «خون» مدان، یعنی مگو که نسبت به زرگر ظلم شد. آن بیماری و ریاضت تنها به خاطر آن بود که گوهر روح، از تیرگی و زنگار جسمانی و حیوانی پاک گردد. تو کار خدا و اسرار اولیاءَالله را بر خودت قیاس می‌کنی، در حالی‌که از حقیقت، بسیار دور شده‌ای. در واقع آن‌که در زندانِ مادّیت و بشرّیت مانده نمی‌تواند حقیقت را دریابد و روا نیست که آن‌ها را با خودِ مقایسه کند. چشمانت را خوب باز کن.

❋ ❋ ❋

این داستان در قالب کنایه و استعاره است و به ایراد نکته‌های عمیق عرفانی می‌پردازد و از تصفیه‌ی روح به مدد عشق، سخن می‌گوید. در این حکایت شاه، عقل و روح است و کنیزک، نفس امّاره و میل او به زرگر، نشانگر لذات دنیوی و زرگر، سَمبل حرص و اَز دنیوی است. طبیب غیبی، بیمار نفس را می‌شناسد و او را شفا می‌دهد و عقل را از دام شهوات می‌رهاند.

---

۱ - اشاره است به آیه‌ی ۱۰ سوره‌ی فتح که می‌فرماید: «[ای پیامبر!] کسانی‌که با تو بیعت می‌کنند، (در حقیقت) با خدا بیعت می‌نمایند و دست (قدرت) خدا بالای دست آن‌هاست... .»

بقّال و طوطی

بود بقّالی و وی را بود طوطیی   خوش نوای سبز و گویا طوطیی

بر دکان بودی نگهبان دکان   نکته گفتی را همه سوداگران

در روزگار پیشین، مرد بقّالی طوطی زیبا و خوش‌صدا و سبز رنگی داشت. طوطی نگهبان دکّان بود و به همه‌ی مشتریان لطیفه می‌گفت و با آنان شوخی می‌کرد، با آدمیان سخن می‌گفت و در آواز طوطیان نیز مهارت داشت.

روزی در غیاب بقّال، موشی از یک طرف مغازه به طرف دیگر دوید و شیشه‌ی روغن را ریخت.

صاحب دکّان از خانه برگشت و آسوده خاطر بر جای خود نشست. ناگهان متوجّه شد که روغن ریخته و جامه‌اش را روغنی کرده. لذا عصبانی شد و چنان بر سر طوطی زد که از شدّت آن، پرهای طوطی فرو ریخت و کچل شد.

طوطیِ چند روزی سخن نگفت و مرد بقّال از پشیمانی آه می‌کشید. او از شدّت اندوه ریش خود را می‌کند و می‌گفت:

«افسوس که آفتاب دولتم زیر ابر پنهان شد.[۱] ای کاش آن زمان که طوطیِ خوش‌آواز را زدم، دستم می‌شکست.»

بقّال برای آن‌که طوطی به آواز و سخن بازگردد، به مستمندان صدقه و هدیه می‌داد. بعد از سه شبانه روز، صاحب دکّان، نومید و حیران در دکانش نشسته بود. با طوطی شوخی می‌کرد و همه‌گونه کارهای شگفت انجام می‌داد، شاید که او زبان باز کند.

روزی جولَقی[۲] سر برهنه با سری طاس از آن‌جا می‌گذشت. طوطی همین که آن درویش بی‌موی را دید، به سخن آمد و بر او بانگ زد:

«ای فلانی! چرا کچل شدی؟ مگر با کچلان نشستی؟ یا تو هم شیشه‌ی روغن را ریخته‌ای؟»

مردم از شنیدن این سخن و مقایسه‌ای که طوطی انجام داده بود به خنده افتادند؛ زیرا طوطی، قیاس نابجا کرده بود و طاسیِ خود را با طاسیِ آن مرد، یکی فرض کرده بود.

❋ ❋ ❋

مولانا در این داستان ضمن ایراد نکته‌های ظریف عرفانی، قیاس‌های ناروا و مقایسه‌های بی‌جایی را که معمولاً میان مردم رواج دارد، مورد نقد قرار می‌دهد. قیاس، نسبت به نظر و دانش و محیط هر کسی می‌تواند متغیّر باشد و از این رو نمی‌تواند آیینه‌ی تمام نمای حقیقت به حساب آید.

۱- یعنی کلام طوطی و نوای آن، نعمتی بود که زایل شد

۲- جَوْلَق: ژنده پوش، فرقه‌ای از صوفیه که موی سر و صورت را می‌تراشیدند و لباس خشن می‌پوشیدند.

دشمن در لباس دوست

بود شاهی در جهودان ظلم‌ساز
دشمن عیسی و نصرانی گداز
عهد عیسی و نوبت آنِ او
جان موسی او و موسی جانِ او

یهودیان، پادشاه ستمگری داشتند که دشمن حضرت عیسی و نصرانی‌ها (مسیحیان) بود.
آن زمان، دوره‌ی پیامبری حضرت عیسی بود؛ و در حقیقت عیسی، جان موسی بود و موسی،
جان عیسی [زیرا پیامبران، جملگی از یک گوهر هستند و فرقی میان آن‌ها نیست.][(۱)]

آن شاهِ جهودان که دچار هوای نفس بود، آن دو یار و رفیق طریق حق تعالی را از هم
جدا و دوگانه می‌پنداشت؛ لذا صدها هزار تن از مؤمنان مسیحی را بی‌هیچ گناهی کشت، به
این خیالِ که حافظِ دین موسی است.

پادشاه، وزیری حیله‌گر داشت. آن وزیر مکّار به او گفت:

«عیسویان جان خود را با مخفی نگه داشتن دینشان از تو، حفظ می‌کنند. کم‌تر به قتل
آنان اقدام کن، زیرا کشتن فایده‌ای ندارد؛ چرا که عود و مُشک نیست که بویی داشته
باشد و به آن وسیله به معتقدین آنان پی بُرده شود.[(۲)] دین و اعتقاد، امری قلبی است،
لذا پوشیده داشتن آن ممکن است؛ ظاهرش با توست، امّا باطنش ممکن است برخلاف
اظهار تو باشد.»

شاه گفت:

«بگو بدانم که تدبیر و چاره‌ی کار چیست؟ ما با مکر و حیله‌ی آنان چگونه باید مقابله
کنیم تا در جهانْ در آشکار و نهان، دیگر پیرو دین مسیح بر جای نماند؟»

وزیر مکّار گفت:

«شاها، با یک فرمان قاطع امر کن گوش و دستم را ببُرند و دماغم را بشکافند. سپس
مرا زیر چوبه‌ی دار بیاور با این صحنه سازی که می‌خواهی به دارم بزنی، امّا باید کسی
بیاید و شفاعت مرا کند تا بر سر دار نروم. تو این کار را در بازار و بر سر چهار راه که
محلّ عبور و مرور مردم و تجمّعِ آنان است انجام بده. پس از اجرای این حکم، مرا به
جایی دور تبعید کن تا در میان آن مسیحیان فتنه برپا کنیم. من به آن‌ها می‌گویم: من
باطناً مسیحی هستم ولی این راز را پنهان داشته‌ام و ای خدایی که بر اسرار آگاهی، تو

۱- در واقع جان همه‌ی پیامبران، متّحد و یکی است. اختلافشان فقط در صورت است. چنان‌که در
سوره‌ی آل عِمرَان آیه‌ی ۸۴ آمده: «[ای پیامبر!] بگو. «به خدا ایمان آوردیم، و (هم‌چنین) به آن‌چه بر ما و بر
ابراهیم و اسماعیل و اسحاق و یعقوب و اَسباط نازل گردیده، و آن‌چه به موسی و عیسی و (دیگر) پیامبران از طرف
پروردگارشان داده شده است؛ ما در میان هیچ یک از آنان فرقی نمی‌گذاریم، و در برابرِ (فرمانِ) او تسلیم هستیم.»»
(شرح جامع مثنوی معنوی، ج ۱، ص ۱۳۹)
۲- یعنی: «شما قادر نیستید که مسیحیّت را به زور شمشیر از بین ببرید؛ چون کسی از باطن مردم چه خبر دارد؟
ممکن است مسیحی باشند و در صورت ظاهر، ادّعای جهودی کنند.» (تفسیر مثنوی مولوی، ج۱، ص ۲۵۶)

راز مرا می‌دانی. شاه چون بر ایمان من واقف شد و دانست به آیین عیسویان ایمان دارم، از روی تعصّب و خشم، قصد جانم کرد. می‌خواستم دین خود را از پادشاه پنهان کنم و به دین او تظاهر کنم، یعنی خود را ظاهراً یهودی نشان دهم؛ ولی شاه از راز من آگاه شد و در نتیجه حرف من در نزد شاه بی‌اعتبار گشت.»

سپس به آن‌ها می‌گویم که شاه به من گفت:

«سخن تو مانند سوزنی در میان نان است؛[1] از دل من گویی دریچه‌ای به دل تو گشوده است.[2] من از آن دریچه، حال تو را دریافتم و دیگر فریب سخنان تو را نمی‌خورم.»

و در دنباله‌ی سخنانم اضافه می‌کنم:

«اگر دین حضرت عیسی یاری‌ام نمی‌کرد، آن جهود، وحشیانه پاره پاره‌ام می‌کرد. جان خود را برای عیسی فدا می‌کنم، سرم را در راهش می‌دهم و برای این کار بر نفْس خود صدها هزار منّت می‌گذارم. من از دادن جان در راه عیسی دریغ ندارم، امّا چون بر جزئیّات دین او واقفم، نمی‌خواهم که آن دین پاک به دست نادانان از بین برود. خدا و عیسی را شکر می‌کنم که پیشوای آن دینِ بر حق شده‌ام. از روزی که زنّار[3] بسته‌ام و مسیحی شده‌ام، از یهودی و یهودیان رها شده‌ام. ای مردم! عصر، عصر عیسی است، اسرار دین او را از جان دل بشنوید.»

پادشاه به گفته‌ی وزیر عمل کرد (یعنی وزیر را شکنجه کرد) و مردم از آن کار در شگفت شدند؛ زیرا تا آن موقع دیده بودند که وزیر از مقرّبان درگاه شاه بود، ولی ناگهان وضع بر ضدّ او دگرگون گشت. سپس او را به سرزمین مسیحیان تبعید کرد و وزیر بعد از آن، شروع کرد به تبلیغ و دعوت در میان عیسویان.

کم‌کم صدها هزار نفر از مردم عیسوی به او گرویدند و پیرامونش گرد آمدند. وزیر مخفیانه برای ایشان اسرار انجیل، زنّار و نماز را بیان می‌کرد. او ظاهرا احکام دین عیسی را می‌گفت ولی در باطن و نهان، دام صیّاد بود.[4]

مسیحیان از روی تقلید، دل به وزیر دادند؛ امّا تقلید عوام، دوام و ثباتی ندارد. آن‌ها محبّت او را در دل جای دادند و او را نایب عیسی پنداشتند.

آن وزیر، از حسد آفریده شده بود و سرانجام بر اثر حسادت، گوش و بینی خود را بر باد داد. وزیر حسود، گوش و بینی خود را از دست داد به این امید که زهرِ نیش حسدش

۱- یعنی: «سخنانت با یاوه‌ها در آمیخته. اگرچه نان، طعام خوردنی است؛ ولی اگر سوزن در آن رود احساس آدمی آن را از نان تشخیص می‌دهد و بر او ناگوار می‌آید.» (شرح جامع مثنوی معنوی، ج ۱، ص ۱۴۴)

۲- یعنی: «قلبم به آن‌چه در قلب تو می‌گذرد، آگاه است.» (همان کتاب)

۳- زنّار: رشته‌ای (کمربندی) که نصرانی‌های مشرق زمین مجبور بوده‌اند به کمر بندند تا مشخّص گردند. (تفسیر مثنوی مولوی، ج ۱، ص ۲۶۱)

۴- شکارچی، گاه بانگ پرندگان را در می‌آورَد تا دیگر پرندگان را بفریبد و به دام افکند. وزیر نیز ظاهراً همان سخنان مسیحیان را می‌گفت تا اعتماد ایشان را به خود جلب کند و آنان را فریب دهد. (شرح جامع مثنوی معنوی، ص ۱۴۷)

را به جان بیچارگان عیسوی وارد کند و آنان را دچار هلاکت و تباهی نماید. هرکسی که به سبب حسد تکبّر ورزد، خودش را در واقع و باطن، بی‌بینی و گوش می‌کند. بینی آن عضوی است که بویی را استشمام کند و بو نیز آن چیزی است که بینی را به سوی سمت و سویی کشد.[1]

بین شاه و وزیر پیغام‌هایی رد و بدل می‌شد و پادشاه مخفیانه به وزیر وعده‌های امیدبخش می‌داد. شاه نامه‌ای برای وزیر نوشت که:

«ای وزیر خوش اقبال، وقتِ عمل فرا رسیده، دلم را از اندوه و تشویش آزاد کن.»

وزیر در جواب نوشت:

«پادشاها، من در اندیشه‌ام که در دین عیسی، آشوب و فتنه به پا کنم.»

قوم عیسی در آن زمان برای پیشوایی، دوازده امیر و رهبر داشتند. هر فرقه‌ای پیرو یک امیر بود و به طمع مال دنیا هریکی بنده‌ی امیر خود شده بود. آن دوازده امیر به اضافه‌ی پیروانشان، وابسته و تابع آن وزیر بدنهاد شده بودند. همه‌ی آن‌ها (عیسویان) به گفتار وزیر، اعتقاد داشتند و هرچه امر می‌کرد و می‌گفت، اطاعت می‌نمودند. هر لحظه‌ای که او اراده می‌کرد و فرمان می‌داد، هریک از آن امیران جان فدا می‌کرد، زیرا سراپا مطیع او بود.

وزیر برای هر پیشوا طوماری نوشت که آن طومار،حاوی احکام انجیل بود؛ ولی هریک از آن طومارهای دوازده‌گانه از نظر دستورات دینی با دیگری فرق داشت و به‌این‌ترتیب، دوازده طومار مختلف درباره‌ی آیین مسیحیّت نوشت.

سپس وزیر به غاری رفت و به خلوت نشست و پیروان و مریدان، هرچه اصرار کردند حاضر نشد از خلوت خود بیرون آید. سپس رؤسای هر یک از گروه‌های دوازده‌گانه را به حضور خود خواند و به هر یک از آنان به طور پنهانی منشور خلافت و جانشینی داد و تأکید کرد: «جانشین من فقط تو هستی نه دیگری. لذا اگر کسی مدّعیِ این مقام شود، کاذب و دروغگوست و باید نابودش کنی!»

وزیر پس از اجرای این طرح اختلاف برانگیز و ویرانگر، خود را در خلوت کُشت و پس از مرگ او رؤسای هر یک از گروه‌های دوازده‌گانه‌ی مسیحی بر سر جانشینی به جان هم افتادند و کشتار آغاز شد و به‌این ترتیب جمع کثیری از مسیحیان به دست یکدیگر هلاک شدند و مقصود آن شاه بیدادگر، حاصل شد.

1- یعنی: «این فرد حسود، گوش باطنی و بینش درونی خود را بر اثر حسد و غرض از دست می‌دهد، و از معرفت و شناخت محروم می‌شود.» مقصود از «بینی»، بینی ظاهری نیست؛ بلکه مجازاً منظور، پی بردن به مقصود و کشف حقیقت است. «بو» نیز بوی ظاهری نیست؛ بلکه شواهدی است که آدمی را به حقیقت دین می‌رساند. بنابراین برای هرکس که حقیقتی مطرح نیست، ابزار و وسیله‌ی وصول به آن حقیقت نیز وجود ندارد، و چنین شخصی در حقیقت بینش و معرفتی نخواهد داشت. (شرح جامع مثنوی معنوی، ص ۱۶۳)

هُدهُد و سُلَیمان

چون سلیمان را سراپرده زدند

جمله مرغانش به خدمت آمدند

همزبان و محرم خود یافتند

پیش او یک یک به جان بشتافتند

هنگامی‌که چادر عدل سلیمان برپا شد، تمام پرندگان به حضور آن پیغمبر گرد آمدند. به دلیل آن‌که مرغان، او را همزبان و مَحرم خویش می‌دانستند، همه با جان و دل پیش او شتافتند. تمام پرندگان نغمه‌خوانی را ترک کردند و آن‌چه در ضمیر داشتند، با زبانی گویا برای حضرت سلیمان، بیان نمودند.[1]

هر کدام از پرندگان در محضر آن نبّی کریم، از اسرار خویش و از هنر و دانش خود می‌گفت و این ستایش از روی خودبینی و تکبّر نبود، بلکه برای آن بود تا به حضور سلیمان راه یابند.

نوبت به هدهد رسید که از هنر و کاردانی‌اش سخن بگوید. او گفت:

«ای شاه نبوّت، من هنر کوچکی دارم، آن را به اختصار می‌گویم که سخنِ کوتاه بهتر است.»

سلیمان گفت:

«بگَو ببینم که آن هنر چیست؟»

هدهد گفت:

«هنگامی‌که در اوج آسمان پرواز می‌کنم، از بلندترین نقطه که با چشم یقین بنگرم، می‌توانم آب را در قعر زمین ببینم؛ که آن آب کجاست، چقدر عمق دارد، چه رنگی است، و آیا از خاک می‌جوشد یا از سنگ.[2] ای سلیمان، این پرنده‌ی آگاه (من – هدهد) را برای نیاز لشکریانت به آب، همراه ببر تا جایگاه‌های آب را به آن‌ها نشان دهم.»

سلیمان گفت:

«ای رفیق و همراه نیک، در بیابان‌های بی‌آب و علف، همراه ما باش.»

چون زاغ سخنان هدهد را شنید، از روی حسادت پیش آمد و به سلیمان گفت:

«این هدهد لاف می‌زند و سخنش بر اساسی نیست. در محضر شاه، سخن گفتن مغایر

۱– در دنباله‌ی داستان، در ابیات ۱۲۰۵ تا ۱۲۰۸ آمده: «همزبانی، سبب خویشاوندی و قرابت است؛ انسان در رابطه با افراد نامَحرم و بیگانه، گویی که به قیدوبند روحی و درونی گرفتار می‌شود. ولی از آن‌جا که اصل قرابت و محرمیّت از آشنایی و همبستگی دل‌ها حاصل می‌شود، لذا چه بسیار اوقات که دو نفر، ظاهراً همزبان نیستند ولی در باطن، یکدیگر را جذب می‌کنند و محبوب هم می‌شوند. محرم شدن دو نفر با یکدیگر و زبان حال هم را دریافتن و به اسرار باطن یکدیگر آگاه شدن، نوع دیگری است از قرابت و خویشاوندی، چرا که همدَلی، از همزبانی، بهتر و والاتر است.»

۲– هُدهُد: مرغ سلیمان که به پارسی، شانه به‌سر و پوپک گویند. می‌گویند هدهد، آب را از ژرفای زمین می‌بیند

ادب است، مخصوصاً که آن سخن ادّعای صِرف و دروغ باشد. اگر این پرنده دارای چنین بینشی است، چرا زیر یک مشت خاک، دام را نمی‌بیند؟ چرا گرفتار دام می‌شود؛ و چگونه بی‌آن‌که خود بخواهد، در قفس محبوس می‌گردد؟!»

سلیمان گفت:

«ای هدهد، آیا شایسته و معقول است که در اوّلین قدم و در ابتدای حال، از تو این‌گونه نادرستی دیده شود؟»

هدهد گفت:

«ای شاه رسالت، محض رضای خدا در حقّ من، به گفته‌ی دشمن گوش نکن. اگر این ادّعای من بی‌اساس باشد، سرم را از تنم جُدا کن. این زاغ که منکر قضا و حکم است، اگر هزاران عقل هم داشته باشد، باز کافر است. اگر در وجود کسی حرفی از کلمه‌ی «کافران» باشد، هم‌چنان ناپاک است.»

در دنباله‌ی صحبت‌هایش، هدهد چنین گفت:

«من در حال پرواز در هوا، در زیر خاک، دام نهانی را می‌بینم، چنان‌که قضای الهی چشمان عقلم را نبسته باشد. ولی اگر قضای اَلهی برسد، دانش و عقل به خواب غفلت می‌رود و ماه، تیره و خورشید تار می‌گردد. از قضای الهی، ترتیب و تهیّه‌ی این قبیل کارها به وقوع می‌پیوندد؛ و هرکه قضای الهی را منکر است، انکار او را هم ناشی از قضای الهی بدان.»

❋ ❋ ❋

در این داستان، منظور مولانا از «هدهد»، اصحاب مکاشفه و شهود هستند و مراد از «زاغ»، آن گروهی است که کشف و شهود را انکار می‌کنند.

سخن طفل در میان آتش

یــک زنــی بـا طفـل آورد آن جهود

پیش آن بت و آتش اندر شـعله بود

طفـل ازو بسـتد در آتـش در فکند

زن بترسید و دل از ایمـان بکند

یکی دیگر از شاهان جهود درصدد برآمد تا مسیحیّت و مسیحیان را بهطور کامل نابود کند. او در کنار آتش، بتی قرار داد و مردم را فرمان داد که به آن بُت سجده کنند[1] و گفت: «هرکس به این بت سجده کند، از آتش نجات پیدا خواهد کرد وگرنه در میان آتش افکنده شود.»

پادشاه، زنی را همراه با بچّهاش به کنار بت آورد و در حالیکه آتش شعلهور بود، بچّه را از دست مادر گرفت و درون آتش افکند. زن از شرارههای انبوه آتش ترسید و نزدیک بود که (به خاطر نجات فرزندش) دست از ایمان بکشد. همین که خواست بر بت سجده کند، کودک فریاد زد:

«مادر، من نمردهام. تو هم به میان آتش بیا و ببین که من حال خوبی دارم، اگرچه بهظاهر در میان آتشم.[2] یا تا برهان الهی را ببینی و لذّت بندگان خاصّ الهی را ما شا کنی از جهانی که به ظاهر مثل آب است و در باطن، آتش؛ به درون جهانی وارد شو که در صورت، آتش است و در معنا آب.[3] بیا تا اسرار ابراهیم بر تو فاش گردد که چگونه آتش بر او سرد و سازگار شد.[4] آن هنگام که به دنیا میآمدم، بسیار بیمناک بودم؛ زیرا خیال میکردم که جهانی، فراختر از رَحِم تو یافت نمیشود! چون به دنیا آمدم، از زندان تنگ رَحِم خلاصی یافتم و در جهانی خوش آب و هوا و

۱- در دنبالهی داستان در مورد آن «بت»، در ابیات ۷۷۱ تا ۷۷۸ آمده: چون پادشاه، نفس خود را مهار نکرده بود و بُت نفس را بر مبنای اوامر الهی قرار نداده بود، لذا از بت نفس وی، بتَ دیگری پدید آمد و آن، بت ظاهری و جسمانیَ بود. اصل همهی بتها، بت نفسانی اَست که انسانها در درون خود ساختهاند. بتهای درونی، مانند غریزهی حبّ ذات و خودخواهی هستند (بت مجسّمه)؛ درحالی که بتهای درونی، بت نَفْس است. شکستن بتِ تراشیده شدهی ظاهری، آسان است؛ ولی نفس امّاره را سهل گرفتن، جهل بسیار عمیقی است.

۲- مولانا، طبق روشِ خویش، جنبهی تمثیلی و استعاری داستان را در نظر گرفته است. پس در آتش مرگ و شهادت، نشانهی «فنا» است؛ زیرا در ظاهر، شهادت نابودی است ولی در حقیقت حیات جاودان. (تفسیر مثنوی مولوی، ج۲، ص۱۱۱)

۳- دنیای شهوات در صورتْ مانند آب گوارا، ولی در معنا آکنده از عذاب است. ولی سلوک و ریاضت و مهار نفس، ظاهراً آتش و باطناً رحمت است و آب حیات. (شرح جامع مثنوی مولوی، ج ۱، ص ۲۴۷)

۴- اشاره است به آیهی ۶۹ سورهی انبیاء که فرموده: «پس او [ابراهیم] را به آتش افکندند و ما به آتش گفتیم: ای آتش، بر ابراهیم سرد و سلامت باش.»»

(۲۱)

خوش‌رنگ وارد شدم. چون درون آتش این آرامش را دیدم، جهان بر من چون رحِم تنگ جلوه کرد. در میان این آتش جهانی دیدم که هر جزء و ذرّه‌ی آن، دم مسیحیایی دارد و باعث حیات و زندگی می‌شود.[۱] این، جهانی است که به ظاهر نیست (زیرا شکل و خواص مادّه را ندارد)، ولی در واقع هست؛ و آن جهان طبیعت به ظاهر هست (زیرا با حواس ظاهر احساس می‌شود)، ولی ثباتی ندارد. ای مادر، به حقّ مقام مادری به میان آتش بیا و ببین که این آتش، خاصیّت آتش را ندارد. مادر بیا و این فرصت را از دست مده. قدرت آن مرد پست را دیدی، حالا بیا تا قدرت فضل خدا را تماشا کنی. من از روی ترحّم، تو را به سوی آتش می‌کشانم؛ والّا به قدری در خوشی و شادی این آتش، مستغرق شده‌ام که به سوی تو توجّهی ندارم. به درون آتش بیا و دیگران را هم به سوی آن فراخوان؛ زیرا شاه در درون آتش، خوان گرم گسترده است.[۲] همگی پروانه‌وار درون این آتش آیید، که صد بهار در آن است.»

بچّه در میان آن جمع داد می‌زد و جان آن مردم از شکوه آن فریاد پر از نور یقین می‌شد، لذا هر کس دست از تن می‌شست. پس از شنیدن آن ندا، همه از زن و مرد بی‌اختیار خود را درون آتش می‌افکندند. مردم بدون آن‌که کسی آن‌ها را وادار کند و یا به سوی آتش بکشاند، از روی عشق حق تعالی، خود را به آتش می‌انداختند؛ زیرا که شیرین کردن هر تلخ به دست او و ازوست. مردم به قدری خود را به درون آتش می‌افکندند که مأموران و نگهبانان، آنان را از وارد شدن در آتش باز می‌داشتند. آن‌ها نسبت به ایمان، از اوّل هم علاقه‌مندتر و عاشق‌تر شدند و در فنای جسم و ریاضت تن، صداقت و خلوص بیش‌تری یافتند.

شاه، رو به آتش کرد و گفت:

«ای آتش تُندخو، آن خوی طبیعی جهان‌سوزت چه شد؟ برای چه دیگر نمی‌سوزانی؟ خاصیّتِ تو چه شد؟ شاید از بخت بد ما خوی تو عوض شده است. تو حتّی به آتش‌پرست هم رحم نمی‌کنی. چگونه آن‌که تو را نمی‌پرستید، از دست تو نجات یافت؟ ای آتش، تو در سوزاندن هرگز صبر نداری، چرا نمی‌سوزانی؟ آیا قدرت خود را از دست داده‌ای؟»

پس از آن، شاهِ جهود با شگفتی با خود به حرف زدن پرداخت و گفت:

«شگفتا که این حالت آتش، آیا چشم‌بندی است و یا نمودی است که هوش مرا از کار انداخته؟ چگونه این آتش فروزان نمی‌سوزاند؟ آیا ای آتش، کسی تو را جادو کرده، یا طلسمی در کار است، و یا عوض شدنِ طبیعت تو از بخت بد ماست؟»

آتش به زبان حال گفت:

<hr>

۱- در چهار بیت آخر، مولانا، مرگ را که زادن در جهان دیگر است، با زاده شدن نوزاد از رحِم مادر مقایسه می‌کند. زیرا انسان نیز به هنگام مرگ، از رحِم تنگ و کوچک این جهان محسوس می‌رهد و به فراخنای جهان غیب که هیچ حد و حصری ندارد، وارد می‌شود. (شرح مثنوی شریف، ج ۱، ص ۳۱۳)
۲- آن که در میان آتش، این نعمت را قرار داده، در حقیقت خداوند است و نسبت دادن آن به شاه جهود، نسبت مجازی است. (شرح کبیر انقروی، ج ۱، ص۳۵۳)

«من همان آتشم. بیا در من داخل شو تا گرما و سوزندگی مرا ببینی. طبیعت و خوی من عوض نشده، من شمشیر حق تعالی هستم و مغلوب اراده و تصرّف او هستم و تنها با اذن او می‌بُرم. مثلاً سگان ترکمن، بر درِ چادر پیش مهمان چاپلوسی می‌کنند؛ امّا اگر بیگانه‌ای بخواهد از کنار چادر بگذرد، سگان شیرانه بر او حمله می‌کنند. در بندگی، من کم‌تر از سگ نیستم؛ و حق تعالی در نظم دادن به امور، از یک ترک کم‌تر نیست.»[۱]

آن شاه جهود که این عجایب را دید، جز انکار و مسخره، کاری نکرد. نصیحت‌کنندگان به او گفتند: «در ستم و بیداد و انکار، این‌قدر پافشاری مکن و این‌همه ستیزه‌خویی به خرج مده.» ولی او نصیحت کنندگان را به بند و زنجیر کشید و پیوسته ستمگری کرد. از عالم غیب ندا رسید: «حال که کار به این‌جا رسیده، ای که پست فطرت، صبر کن که غضب و عذاب ما می‌رسد.»

در این لحظه زبانه‌های بلند آتش به سوی شاه، دامن گشود و او و مأمورانش را به کام خود کشید و همه را خاکستر کرد.

✳ ✳ ✳

مأخذ این حکایت، روایاتی است که در ذیل آیه‌ی ٤ سوره‌ی بروج نقل شده.

در تفسیر المیزان آمده: ذونواس، مردم حبشه را برای جنگ با یمن برآشوبید. او آخرین پادشاه از دودمان حمیر و از یهودیان بود. همگان بر آیین او شدند و به یهودیّت درآمدند. تا این که به او خبر دادند در نجران، بقایایی از مسیحیان باقی مانده‌اند. ذونواس با لشگری حرکت کرد و به نجران آمد. همه‌ی مسیحیان را گرد آورد و آنان را به آیین یهود خواند، ولی نپذیرفتند و حاضر شدند در این راه جان ببازند ولی یهودی نشوند. پس ذونواس، برای هلاکت ایشان، گودالی فراهم آورد و آتشی عظیم برپا ساخت. بعضی را زنده در آتش انداخت و بعضی را با شمشیر کشت.

۱- مطابق نظر صوفیان، جمیع ممکنات بدون واسطه، مستند به حق است و هرچه در وجود می‌آید، تحت تأثیر قدرت اوست. مثلا سوختن که از آتش به ظهور می‌رسد و یا رفع عطش که از خوردن آب حاصل می‌گردد، بدان سبب نیست که آتش یا آب به خودیِ خود می‌سوزاند و یا تشنگی را مرتفع می‌سازد؛ بلکه حق تعالی عادت بر این قرار داده است که این نتیجه از آب و آتش به ظهور برسد و هرگاه اراده کند آتش و آب، این خاصیّت را ندارد. مولانا در این ابیات، نظر به این عقیده دارد و تمثیل آتش به سگ ترکان برای آن است که سگ میان آشنا و بیگانه فرق می‌گذارد و از وی دو فعلِ مخالف صادر می‌گردد. (شرح مثنوی شریف، ج ۱، ص ۳۲۰)

شیر و خرگوش باهوش

طایفه‌ی نخچیر در وادی خویش

بودشان از شیر دایم کش مکش

بس که آن شیر از کمین می در ربود

آن چرا بر جمله ناخوش گشته بود

در چراگاهی سرسبز و زیبا، گروهی از حیوانات که برای شکار مناسب بودند می‌زیستند و فقط از شیری که آن حوالی بود در هراس بودند. از بس که آن شیر در کمینگاه به آن جانوران حمله می‌کرد، آن چراگاه برای همه‌ی آن‌ها ناگوار شده بود.

حیوانات تدبیری اندیشیدند. نزد شیر رفتند و گفتند:

«ما غذای روزانه‌ات را فراهم می‌کنیم و تو را سیر نگه می‌داریم به شرط این که تو روزانه فقط برای گرفتن طعمه‌ی مقرّرت بیرون بیایی، تا این علفی که ما می‌چریم و این چمنزار بر ما ناگوار نشود.»

شیر گفت:

«بلی، سخن شما را می‌پذیرم؛ به شرط آن‌که از شما وفا ببینم نه مکر و حیله؛ زیرا تا کنون از مردم، حیله‌های فراوان دیده‌ام و احتمال دارد شما هم قصد فریب مرا داشته باشید. از کارهای انسان‌ها و دام‌های آنان تا پای مرگ رفته‌ام. نفْس من بیشتر از همه‌ی مردم، از درون در کمین من است.»[۱]

حیوانات گفتند:

«ای حکیم آگاه، احتیاط و هراس را رها کن و بدان که از سرنوشت نمی‌توان فرار کرد.[۲] احتیاط کردن و بیم داشتن باعث غوغا و پریشانی روحی و روانی می‌شود؛ توکّل کن که توکّل، بهتر است.[۳] ای تند و تیز، با قضا قَدَر ستیزه مکن تا با تو به ستیزه برنخیزد. در برابر حُکم خدا چون مُرده باید بود، تا از بارگاه پروردگاری که پدید آورنده‌ی کائنات و مظهر مخلوقات است، خشم و عذابی نرسد.»

شیر گفت:

«آری، اگر توکّل (در سیر و سلوک) رهبر اصلی ماست، ولی سبب دیگری هم وجود دارد که آن، تلاش و کوشش است و آن سنّت و شیوه‌ی پیامبر بوده است. پیغمبر با صدای بلند به اصحاب فرمود که: همراه توکّل، پای شتر را ببند.[۴] این رمز را گوش کنید که

۱- اشاره دارد به حدیث: سخت‌ترین دشمن تو، نفس توست که میانِ دو پهلوی تو قرار دارد. (احادیث مثنوی، ص ۹)

۳- اشاره است به روایت: احتیاط و محکم‌کاری، نمی‌تواند در امر مقدّر سودمند افتد؛ ولی دعا می‌تواند در آن‌چه فرود آمده و نیامده سودمند افتد. (احادیث مثنوی، ص ۱۰ - ۹)

۴- زیرا وقتی‌که انسان توکّل نداشته باشد، همیشه در اضطراب روانی و نگرانی است.

۴- یکی از اعراب بادیه نشین، شتر خود را رها کرد و گفت: «بر خدا توکّل کرده‌ام.» پیامبر به او فرمود:

«اَلکاسبُ حبیبُ الله» و به سبب توکّل، از کوشش کوتاهی مکن.»[۱]

قوم (آن حیوانات) گفتند:

«رها کردن توکّل و به دنبال کسب رفتن، ناشی از ضعف ایمان مردم است؛ مردم به تلاش می‌افتند تا لقمه‌ای به اندازه‌ی حلق خود تهیّه کنند.[۲] هیچ چیز بالاتر از توکّل نیست، و هیچ خصلتی بهتر و ارزنده‌تر از تسلیم در برابر امر الهی نیست. آنان که از توکّل غافلند و به دنبال اسباب دنیوی می‌روند، چه‌بسا بلای دوم، عظیم‌تر و سخت‌تر باشد؛ مانند این‌که از مار به سوی اژدها می‌گریزند! انسان برای رسیدن به مقصود خویش، حیله‌ها به کار می‌بَرد و تدبیرها می‌اندیشد؛ ولی همین حیله‌ها و تدبیرها، دام او می‌شود. انسان درها را به روی مردم می‌بندد تا از گزندِ دشمن خود دور بماند، درحالی‌که دشمن در خانه‌ی او ساکن است.[۳] فرعون کینه‌توز صدها هزار بچّه را کشت، درحالی‌که به دنبال آن‌کس که می‌گشت درون خانه‌یَ او بود.»[۴]

و پس از عنوان کردن موارد دیگر، گفتند:

«ما خانوار و روزی‌خوار حضرتِ حق تعالی هستیم و طفلان شیرخواره‌ی او. (یعنی هم‌چنان به درگاه او محتاج و عاجزیم.) آن خدایی که از آسمان باران نازل می‌کند، قادر است که از رحمت و احسان خویش، بر بندگانش نان و روزی دهد.»

آن قوم در تأیید توکّل محض، برهان‌های قاطع و دلنشینی ارائه دادند؛ ولی شیر در ردّ این مسئله دلایلی دیگر اقامه کرد و گفت:

«گفته‌ی شما صحیح است ولی خداوند، پیش پای ما نردبانی نهاده است.[۵] باید پلّه به پلّه رفت تا به بام رسید؛ در این مرحله، جبری بودن، طمع خام داشتن است. تو که پای داری چگونه خود را لنگ وانمود می‌کنی، و چون دست داری چگونه پنجه‌ات را پنهان می‌نمایی؟[۶] اگر کاری که باید به وسیله‌ی دست و پا و سایر اعضاء و جوارح صورت گیرد با جان و دل بپذیری، حق تعالی به پاداش این سعی و تلاش و اطاعت از اوامرش، بسیاری از اشاره‌های خود را برای تو آشکار می‌کند و تو را به مرتبه‌ی کشف و شهود می‌رساند؛ و بار توانفرسا را از روحِ تو بر می‌دارد، و درهای معرفت الهی به روی دل و دیده‌ی تو باز خواهد شد. و چون به داناییِ باطنی برسی، به مرتبه‌ی عشق می‌رسی.

«شترت را ببند و درعین‌حال توکّل هم بکن.» (شرح مثنوی ولی محمّد اکبر آبادی، ج ۱، ص ۵۹)

۱- پیامبر فرمود: «کاسب، دوست خداست.» (پیشین)

۲- یعنی: «هرچه آدم، حریص‌تر باشد، سعی‌اش هم به همان نسبت بیش‌تر است.»

۳- یعنی: «دشمن اصلی انسان، «نفس امّاره» است، درحالی‌که او از این امر غافل است.»

۴- یعنی: «فرعون که پسران بنی اسرائیل را می‌کشت تا حکومتش تباه نشود، غافل از این بود که برهم زننده‌ی کاخ حکومتی او، حضرت موسی در کاخ او پرورش می‌یابد.»

۵- یعنی: «همان‌طور که بی‌نردبان نمی‌توان به جای بلند رسید، بدون وسایل و اسباب نمی‌توان در عرصه‌ی مادّه و معنا پیشرفت کرد. لذا خداوند هم برای انجام امور، علل و اسباب آن را به ما نشان داده است.»

۶- یعنی: «به کار نگرفتن دست و پا و اعضای بدن، صحیح نیست؛ و استفاده نبردن از علل و اسباب، کار معقولی نباشد.»

وقتی قبول کننده‌ی امر خدا باشی، هرچه بگویی کلام حق است و به وصال حق نایل می‌شوی. سعی در به‌جا آوردن شکر و سپاس نعمت‌های خداوند، قدرتی است که او به ما ارزانی داشته؛ و دست روی دست نهادنِ تو و بهره نبردن از این قدرت، در واقع کُفران نعمت است. ای سالک، جبر تو در راهْ خوابیدن است؛ در راه، مخواب و تا درگاهِ حقیقت را ندیده‌ای نخواب.[1] اگر توکّل می‌کنی، وقتی توکّل کن که علل و اسباب را به کار بسته‌ای و کوشش کرده‌ای. تو در عین این‌که کِشت می‌کنی، بر خدا توکّل کن.»

حیوانات به شیر گفتند:

«آن طمع کارانی که درباره‌ی امور این دنیا، این همه اسباب و علل فراهم کردند، پس چرا صدها هزار زن و مرد از بهره‌های روزگار محروم ماندند و از این‌همه سعی و تلاش، ناکام گردیدند؟[2] از شکار و تلاش و عمل، چیزی حاصل نمی‌شود، مگر آن نصیب و قسمتی که از اَزل مقدّر شده است.»[3]

شیر گفت:

«گفته‌های شما را قبول دارم که هر چه تقدیر است همان می‌شود؛ ولی به کوشش پیامبران و مؤمنان هم توجّه کنید. خدای تعالی آن ناملایماتی را که انبیا دیدند و صبر کردند، بی‌ثمر نگذاشت. تلاش انبیا و اولیا برای پیروزی در دین است ... .»[4]

شیر در فضیلت و برتری جهد و تلاش بر توکّل، دلیل و بُرهان بسیار آورد؛ به‌طوری که طرفداران جبر، از پاسخ دادن به آن ناتوان ماندند و ناچار قانع شدند.

روباه و آهو و خرگوش و شغال، بحث و جدال و اعتقاد به جبر را کنار گذاشتند؛ و با شیر ژیان پیمان بستند که در این عهد و پیمان، شیر زیانی نبیند. طعمه‌ی روزانه‌اش را بدون زحمت به او بدهند، چنان‌که نیازی به طلب و تقاضا نداشته باشد. (میان خود قرعه بکشند و به هر که قرعه افتاد، او غذای آن روز شیر باشد.)

قرعه هر روز به نام هر کدام اصابت می‌کرد، آن حیوان آرام به جانب شیر می‌رفت.

چون نوبت به خرگوش رسید، فریاد برآورد: «ظلم و ستم تا کِی؟!»

قوم گفتند:

1- یعنی: «ای سالک، جبر تو عبارت است از توکّل کردن به خدا در ضمنِ ترک سعی و کوشش؛ و در طریق حق، استراحت اختیار کردن را مورد نظر قرار مده تا این‌که به درگاه حقیقتْ واصل شوی.» (شرح جامع مثنوی مولوی، ج ۱، ص۲۸۴)

2- کنایه به شیر است که تو با این همه قدرت و درندگی و تلاش، چرا مدام محروم و گرسنه هستی و آواره‌ی دشت و صحراها؟

3- منظور حیوانات این است که تقدیر، کار خود را می‌کند و تدبیر را مغلوب خود می‌سازد. پس آن چه شدنی است می‌شود و مردم، بی‌جهت عُمر خود را در راه تلاش و سعی به هدر می‌دهند. ضمناً این جمله اشاره است به آیه‌ی ۳۲ سوره‌ی زُخرُف: «ما قسمت کردیم معاش بندگان را در زندگی دنیا.»

4- دنباله‌ی صحبت‌های شیر در این قسمت، در ابیات ۹۷۳ تا ۹۹۱ آمده.

«مدّتی است که ما جان در راه وفای به عهد فدا کرده‌ایم. ای لجوج! تو برای ما بدنامی فراهم مکن، برای آن‌که شیر رنجیده خاطر نشود، زودتر پیش او برو.»[1]

خرگوش گفت:

«دوستان، به من مهلت دهید تا با تدبیرم جان شما نجات یابد؛ و اگر فرزندانتان روزی به این‌گونه بلا مبتلا شدند، تدبیر و مکری مانند من به کار گیرند. در دنیا هر پیغمبری، راه رهایی و خلاصی را به امّت خود نشان داده است؛ زیرا هر نبی راه نجات آسمانی را دیده بود، اگرچه خود آن پیغمبر در نظر مردم چون مَردُمَک چشم کوچک جلوه می‌کرد و به عظمت مردمک چشم به‌طور حقیقی آگاه نشده بودند.»[2]

قوم (حیوانات) گفتند:

«ای نادان، حرف ما را گوش کن و خودت را به اندازه‌ی خرگوش بدان و حدّ خودت را نگاه دار. این چه ادّعایی است که تو داری؟ حتّی کسانی بزرگ‌تر و بهتر از تو نیز چنین ادّعایی به خاطرشان خطور نکرده. یا تو خودپسند شده‌ای و به عهد و پیمان خود عمل نمی‌کنی، یا سرنوشت بد در کمین ماست؛ وگرنه چنین لاف زدنی کی لایق و شایسته‌ی توست؟!»

خرگوش گفت:

«ای یاران، حق تعالی به من الهام کرده است؛ از این روست که موجود ضعیفی، اینک دارای اندیشه‌ی نیرومند و کارساز شده. مثلاً زنبور عسل را که خداوند به طریق الهام آموخت تا از لعابِ دهان خود شهدی گوارا بسازد، این کار را نه شیر می‌تواند انجام دهد نه گورخر.[3] مثال دیگر، آن چیزی که حق تعالی به کرم ابریشم آموخته است، فیل مسلّماً از دانستن هنر کرم ابریشم، عاجز است.[4] این انسانی که از خاک برخاسته، علم را از حق تعالی آموخت، تا این‌که توانست به اسرار بالا پی ببرد؛[5] و آدم نام و آوازه‌ی فرشتگان را درهم شکست و به فرمان خداوند، آن‌ها به آدم و مقام او سجده کردند.[6]

<hr>

۱- در این‌جا، داستان وارد مرحله‌ی تازه‌ای می‌شود؛ به این معنی که خرگوش، کنایه از **عقل معاد** است و شیر، **نفْس** و حیوانات، **جان**. نفس، بلایِ جان است که به نیروی عقل و از راه مجاهده، باید بر آن پیروز شد. (نچیران، ص ۵۳)

۲- مَردُمَک: سیاهی میان دایره‌ی چشم است که عکس اشیا و اشخاص در آن می‌افتد. در این‌جا مراد این است که افراد بزرگ و والا ظاهراً در چشم مردمان ظاهربین، خُرد و بی‌مقدار می‌آیند ولی در باطن و برحسب حقیقت، دنیایی را در خود فرا می‌گیرند. (شرح جامع مثنوی معنوی، ج ۱، ص ۳۰۰)

۱- اشاره است به آیات ۶۸ و ۶۹ سوره‌ی نحل: «و پروردگار تو به زنبور عسل «وحی» (و الهام غریزی) نمود که: «از کوه‌ها و درختان و داربست‌هایی که (مردم) می‌سازند، خانه‌هایی برگزین. سپس از تمام ثمرات (و شیره‌ی گل‌ها) بخور و راه‌هایی را که پروردگارت برای تو تعیین کرده است، به راحتی بپیما.»

۲- خلاصه آن‌که، صورت پرستان از معنی غافلند و ظاهربینان از احوال باطن، بی‌خبر. (شرح جامع مثنوی معنوی، ص ۳۰۲)

۳- در سوره‌ی بقره آیه‌ی ۳۱ فرموده: «خداوند، همه‌ی نام‌ها را به آدم آموخت.»

۴- اشاره است به آیات ۳۲ تا ۳۴ سوره‌ی بقره. (دنباله‌ی جواب خرگوش به حیوانات، در ابیات ۱۰۱۴ تا ۱۰۲۶

سپس حیوانات گفتند:

«ای خرگوشِ چابک، آنچه در اندیشه و ادراک توست بازگو کن. ای که می‌خواهی با شیر درافتی، برای ما بگو که چه تدبیری فراهم ساخته‌ای. مشورت بر قوّت درک و هوشیاری می‌افزاید و عقل‌ها، یکدیگر را یاری می‌دهند. پیامبر فرمود: ای مشورت‌کننده، مشورت کن زیرا مشاور اَمین است.»[۱]

خرگوش گفت:

«شایسته نیست که هر رازی را بازگو کرد. اگر از روی صفا و یکرنگی و نیّت پاک برای کسی رازی را فاش کنی، ای بسا افشای آن راز موجب تیره شدن و مکدّر گردیدن آن امر گردد... .»

خرگوش ساعت‌ها در رفتنِ نزد شیر درنگ کرد و سپس به طرف او به راه افتاد. به علّت تأخیر خرگوش، شیر می‌غرّید و پنجه در خاک می‌افکند و با خود می‌گفت:

«من می‌دانستم که پیمان آن حیواناتِ پست، نااستوار و ناقص است. نیرنگ اینان مرا خام کرد، تا کِی این روزگار باید مرا فریب دهد؟ یاوه‌های آن گروه را همین‌که گوش کردم و دل بدان بستم، چشم‌هایم بسته شد. مکرهای جبریان، دست و پایم را بست و شمشیر چوبینشان، تنم را خسته و مجروح نمود. از این به بعد، من دیگر آن سخنان پُر مکر و تزویر آنان را نخواهم شنید.»

خرگوش در راه رسیدن به شیر، مکرهایی را که می‌خواست به کار گیرد، با خودش تکرار نمود. شیر از گرسنگی و از تأخیر خرگوش، در آتش خشم و غضب بود که دید آن خرگوش از دور می‌آید. خرگوش بی‌باکانه و گستاخ می‌دوید، امّا خشمگین و پریشان‌حال بود. زیرا با حالت یأس و نگرانی و لرز آمدن، نشان‌دهنده‌ی احتمال تقصیر و گناه است؛ ولی با دلیری و گستاخی آمدن، هرگونه شک و اتّهامی را دور می‌کند.

همین‌که خرگوش به درگاه شیر رسید، شیر فریاد زد:

«ای ناخَلَف! من که گاوها را از هم دریده‌ام و فیلان نرِ نیرومند را مغلوب کرده‌ام،[۲] خرگوش ناتوان که باشد که فرمان ما را اطاعت نکند؟ خواب و غفلت خرگوشی را ترک کن؛ ای نادان، غرّش این شیر غضب آلود را بشنو.»[۳]

آمده. سپس در ابیات ۱۰۲۷ تا ۱۰۳۹ خطاب به انسان‌ها چنین آمده: «سخنان اسرارآمیز، پایان‌پذیر نیست؛ حواست را جمع کن و به داستان خرگوش، گوش بده. گوش جسمانی و حواس ظاهر را رها کن که برای پی بُردن به اسرار این قصّه باید آن را رها کرد و از گوش جان کمک گرفت تا به حقایق معانی واقف شد. برو روباه بازی و حیله‌گری خرگوش را تماشا کن و ببین‌که چگونه این خرگوش، شیر را به دام می‌افکنَد... .»

۵- اشاره است به حدیث پیامبر: «آن‌که طرف مشورت قرار می‌گیرد، باید امین باشد.»

۱- این جمله می‌تواند گویای خروش شیر غضب الهی نیز باشد که بر انسان‌های سُست‌عهد نهیب می‌زند. (شرح جامع مثنوی معنوی، ج۱، صَ ۳۳۶)

۲- معروف است که خرگوش هنگام خوابیدن، چشمانش باز می‌ماند و هرکس او را ببیند گمان می‌کند که

خرگوش گفت:

«امانم ده که اگر بزرگی کنی و ببخشایی، عذرم را بیان می‌کنم.»

شیر گفت:

«ای ناقص‌ترین ابلهان، کدام عذر؟ این موقع پیش شاهان می‌آیند؟! شایسته نیست عذر و پوزش نادان شنیده شود. عذر احمق بدتر از گناه اوست. ای خرگوش تهی از دانش، چه عذری می‌خواهی بیاوری؟ من چگونه توانم مقام خود را تنزّل دهم و به سخنان دور از خِرد و عقل تو گوش دهم؟»

خرگوش گفت:

«ای شاه، موجودی حقیر را به شمار آور و عذر ستم دیده‌ای را بشنو و حرفش را گوش کن؛ مخصوصاً به عنوان زکات جاه و منصب خود، یک فرد گمراه را از خودت مران. دریا که به همه‌ی جویبارها آب می‌رسانَد، از روی تواضع، هر خس و خاشاکی را بر سرِخود جای می‌دهد. دریا از این کرم و بزرگواری، کاهش نمی‌یابد.»

شیر گفت:

«من در جای مناسب، بزرگواری می‌کنم و با هرکس، به اقتضای حال و وضعش رفتار می‌نمایم.»

خرگوش گفت:

«عذر مرا بشنو؛ اگر عذرم شنیدنی نباشد و شایسته‌ی لطف نباشم، تسلیم اژدهای قهر و زور می‌شوم. من هنگام غذایتان به راه افتادم و به اتّفاق رفیقم به سوی شاه آمدم. قوم من یک خرگوش دیگر برایتان همراه من کرده بودند. در میان راه، شیری به من و همراه من حمله کرد. من به آن شیر مهاجم گفتم که ما بندگان شاهنشاهیم و هر دو، بنده‌ی یک نفریم. آن شیر گفت: شاهنشاه کیست؟! خجالت بکش و در حضور من از هر ناکسی یاد مکن؛ اگر درگاه مرا ترک کنید، هم تو و هم شاهنشاهتان را پاره می‌کنم.»

خرگوش، بامهارت تمام، خشم شیر را برانگیخت تا حواسِ او را از خود به رقیبی خیالی معطوف کند و خود، جان سالم به در بَرد؛ لذا کلام خود را به‌این‌صورت ادامه داد:

«من به شیر مهاجم گفتم که ما را هلاک نکند و فرصت بدهد تا یک‌بار دیگر رویِ شاه خود را ببینم و خبر او را به شما برسانم. آن شیر گفت که رفیقم را پیش او گِرو بگذارم، وگرنه طبق آیین و روش خودش، او را قربانی خواهد کرد. خیلی التماس کردیم، ولی فایده نکرد. رفیق مرا نزد خویش نگه داشت و مرا رها کرد. رفیق من در فربهی و درشتی، سه برابر من بود؛ هم‌چنین در لطافت و خوبی و مرغوبیّت، از من بهتر بود. چون آن شیر مهاجم، راه را بر حیوانات بسته است، دیگر آن‌ها نمی‌توانند به عهد خودشان

این حیوان، بیدار است؛ درحالی‌که خوابیده و از خودش غافل است. خیلی از آدمیان نیز به ظاهر بیدارند، زیرا چشمانشان باز است؛ ولی در حقیقت غافلند و خواب. از این رو به خواب خرگوشی تعبیر کرده‌اند. (شرح کبیر انقروی، ج ۲، ص ۴۹۶)

وفا کنند. بعد از این، از آن مقرّری که داشتی چشم‌پوشی کن، من حقیقت را به تو گفتم و حق همیشه تلخ است. اگر می‌خواهی هر روز مستمری‌ات به تو برسد، بیا و آن شیر خشمگین و بی‌باک را از بین ببر.»[۱]

شیر گفت:

«بسم الله. اگر راست می‌گویی جلو بیفت و نشانم ده که او کجاست؛ تا سزای او و صد شیر چون او را بدهم و اگر دروغ گفته باشی، تو را به سزای اعمالت برسانم.»

خرگوش مانند یک پیشرو و راهنما، جلوتر از شیر به راه افتاد تا او را به سوی دامگاهش ببرد. به‌طرف چاهی که قبلاً شناسایی کرده بود، به راه افتاد؛ چاه عمیقی که دامی برای شیر تعیین کرده بود.

هر دو، تا نزدیکی چاه رفتند. خرگوش، عمداً از شیر عقب‌تر ماند تا بتواند حیله‌ی خود را بهتر عملی کند. شیر که حالت خرگوش را دید، پرسید:

«ای خرگوش، چرا عقب ایستاده‌ای؟ جلو بیا.»

خرگوش گفت:

«پایم کجا بود؟ دست و پایم سست شده، جانم از ترس می‌لرزد و دلم از جا کَنده شده. مگر رنگ و رویم را نمی‌بینی که چگونه مانند طلا زرد شده؟ همین رنگ رخساره‌ام نشان می‌دهد که احوالی پریشان دارم.»

شیر گفت:

«علّت پریشانی و اضطرابت را بگو که می‌خواهم آن را بدانم.»

خرگوش گفت:

«آن شیر، در این چاه سکونت دارد و در همین قلعه از همه‌ی بلاها و آفات، مصون و محفوظ است.»[۲]

شیر گفت:

«بیا جلوتر، ببین آن شیر در ته چاه است یا نه؟ زیرا من از او قوی‌ترم و زخمی که به او بزنم هلاکش می‌سازد.»

۱– در این‌جا می‌توان گفت که شیر، مظهر خشم نفس و قدرت شهوت است؛ لذا می‌توان چنین گفت: «ای سالک طریقت، اگر می‌خواهی به مقصود برسی، باید شیر خشمگین و مهاجم نفس را از سر راهت برداری.» (شرح جامع مثنوی معنوی، ج ۱، ص ۳۴۰)

۱– منظور از این چاه، ژرفای چاه خلوت‌نشینی است؛ زیرا در بحث «خلوت و مراقبه‌ی عارفان»، در خلوت، دل صفا می‌گیرد. این گروه عقیده دارند که اشتغال انسان به امور خارجی و سرگرم شدن به روابط با دیگران، او را در غفلت و از خود بیگانگی گرفتار می‌سازد و نمی‌گذارد به باطن و درون خود بپردازد. ولی یکی از مسائل مورد اختلاف در میان اهل سلوک و طریقت این است که آیا برای تهذیب نفس و تعالی روح، باید کنج عزلت اختیار کرد؛ یا آن‌که با مردم و کسان، به معاشرت و مصاحبت پرداخت؟ (شرح جامع مثنوی معنوی، ج ۱، ص ۳۶۹)

خرگوش گفت:

«هیبتِ و صلابتِ آن شیر بر جانم آتش زده، مگر آن‌که تو مرا در آغوش خود جای دهی، تا به پشتیبانی تو ای کریم، جرأت کنم و چشم بگشایم و در چاه نگاه کنم.»

شیر، خرگوش را در پناه سینه‌ی خود گرفت و خرگوش با حمایت شیر بر لب چاه آمد. همین‌که شیر و خرگوش با هم، در آب چاه نگاه کردند، تصویر آن دو، در آب افتاد.

شیر به آب چاه نگریست و عکس خود را به صورت شیری که خرگوش فربهی در آغوش دارد، دید. شیر همین‌که تصویر خود را که گمان می‌کرد دشمن حقیقی اوست در چاه دید، خرگوش را رها کرد و در چاه پرید.[1] آن شیر به چاهی افتاد که آن را خودش کَنده بود؛ زیرا ستمی که کرده بود، بر سر خودش آمد.[2] اقتضای عدل الهی این است که هر عملی را پاداش و جزای متناسب می‌دهند.[3]

ای‌که ظالمانه چاهی می‌کَنی، این را بدان که برای خود چاه حفر می‌کُنی و دامی برای خود فراهم می‌سازی. شیر در چاه، عکس خود را دید و از فرط هیجان و سرکشی، خودش را از دشمن خویش باز نشناخت و فریب خرگوش را متوجّه نشد و ندانست که دشمنی در کار نیست. ای فلان، ستم‌های بسیاری که در دیگران می‌بینی، انعکاس و پژواک خوی و خصلت توست که در آن‌ها به صورت ستم‌کاری نمودار شده است. در وجود خودت آن افعال بد و منش‌های نکوهیده را آشکار نمی‌بینی، والّا دشمن خود می‌شدی.

در ته چاه، بر شیر معلوم شد که آن شیری که در آب مشاهده کرده، نقش و تصویر او بوده و شیری دیگر وجود نداشته است. هرکس به ضعیفی ستم کند، در واقع کار همان شیر خطاکار را تکرار می‌نماید. اگر در برادر خود عیب می‌بینی، آن عیب در توست که در او می‌بینی. عالم مانند آیینه است، نقش خود را در آن می‌بینی و افراد مؤمن و با ایمان نیز، آینه‌ی یکدیگر هستند.

همین‌که خرگوش از ستم شیر رهایی یافت، شادمان شد و تا پهنه‌ی دشت، دوان دوان می‌رفت و چرخ می‌زد و می‌رقصید. چون از مرگ رهایی یافته بود و آزاد شده بود، مانند شاخ و برگ سرسبز و رقصان دست می‌زد. آن جان‌هایی که در هوای عشق حق تعالی می‌رقصند، مانند ماه کامل هستند و هیچ کاستی و نقصی ندارند.[4]

۲- در این‌جا کنایه به این موضوع است که خصم و دشمن انسان، در درون است.

۳- مأخوذ است از روایت ذیل: «هر که برای برادرش چاهی بکند، در آن واژگون شود.»

۴- اشاره است به آیه‌ی: **«سزای هر بدی، بدی‌ای همانند آن است.»**

۱- یکی از آداب سوفیان، سَماع است. از آن‌جا که حرکت و گردشِ در نزد صوفیه و مخصوصاً در نظر مولانا اهمیّتی دارد و زمین و جمیع ستارگان و سیّارات و کهکشان‌ها دائما در حرکت و گردش‌اند، سَماع نیز رمزی از این حرکت هدفدار است. سَماع، عبارت است از خواندن آواز توسّط یک نفر که او را «قوّال» گویند و شنیدِن دیگر حضّار در مجالس «ذکر جَلی». گاه نیز این اشعار و سرودها به‌طور جمعی خوانده می‌شود و معمولا با

خرگوش، شیر را به زندان افکند؛ ننگ بر آن شیری که مغلوب خرگوش شود. ای انسان، آن شیر شکست خورده تویی که در قعر این چاهِ تن، حبس شده‌ای و خرگوشِ نفس، خونت را ریخت و نابودت کرد. نفْسِ خرگوشیِ تو، شادمان در صحرا می‌گردد و تو در عمق چاهِ چون‌وچرا و بحث‌وجدال افتاده‌ای. نفْس‌ات لجام گسیخته است و تو از آن غافلی و دل به الفاظْ خوش کرده‌ای.

آن خرگوش شیرگیر سوی حیوانات دوید و گفت:

«بشارت، بشارت. من برای شما بشارت آورده‌ام. ای گروهی که به عیش و عشرت سرگرم شده‌اید، مژده باد بر شما که آن سگ دوزخی، دوباره به دوزخ رفت. مژده که قهر خدای تعالی، دندان آن دشمنِ جان‌ها را کَند. آن شیری که با پنجه‌اش، سرهای بسیاری را نابود کرد؛ در عوض، جاروبِ مرگ نیز او را مانند خس و خاشاک از عرصه‌ی زندگی جارو کرد.»

پس از شنیدن چنین مژده‌ای، همه‌ی حیوانات گرداگرد او را گرفتند و او چون شمع در میان آنان قرار گرفت و سجده و تعظیمش کردند. گفتند:

«تو فرشته‌ی آسمانی یا پری[1] هستی؟ نه، تو عزرائیل شیر نری.[2] هرچه خواهی باش، جان ما قربان تو؛ بر شیر چیره شدی، آفرین بر دستَ و بازویت باد. تو وسیله‌ی اجرای مشیت‌الله شدی و این عمل به دست تو انجام شد. به ما بگو که چه مکر و حیله‌ای در حقّ آن شیر اندیشیدی، آن ستمگر را چگونه با حیله گوشمالی دادی؟ به ما آشکارا بگو تا قصّه‌ات درمان درد ما شود.»

خرگوش گفت:

«ای بزرگان، این پیروزی و امثال این پیروزی‌ها، همه به واسطه‌ی عنایات خداوندی است؛ وگرنه خرگوش چه کاره است؟ حق تعالی از روی بزرگواری و کَرَمش، به من توانایی بخشید و دلم را روشن کرد و روشنی دل، سبب توانایی دست و پایم شد. فضیلت‌ها از جانب حق می‌آید، دگرگونی‌ها نیز از حق می‌رسد. حق تعالی، این تأیید و توفیق را از روی نوبت به اصحاب یقین نشان می‌دهد.»

ای شاهان طریق، ما دشمن بیرونی را کشتیم؛ ولی از آن بدتر، دشمنی است که در درونمان مانده است و آن، مبارزه با نفْسِ امّاره می‌باشد. برای آن که از کمان نفس آزاد

دَف و نی نیز همراهی می‌گردد. برخی اوقات نیز، سَماع با رقص و تواجد توأم می‌شود که سَماع، اوّل کار است و آن در دل، حالتی پدید می‌آورد که آن را «وجد» گویند؛ و در حال رقص، به دور خود می‌چرخند که آن را «چرخ زدن» می‌گویند. به‌طور کلّی همه‌ی فرقه‌های صوفیّه با سماع و رقصْ نظر موافق ندارند، ولی مولانا از آن دسته صوفیانی است که با رقص و سماعْ موافق است؛ چون وی مرحله‌ی «خامی» و «پختگی» سلوک را پشت سر نهاده بود و به «سوختگی» رسیده بود. (شرح جامع، مثنوی معنوی، ج ۱، ص ۳۸۱)

۱- پری: مؤنّثِ جن. (فرهنگ فارسی معین)

۲- یعنی: «جان زورمندان را می‌ستانی و آنان را مغلوب خود می‌کنی.»

شوی، باید راستی اختیار کنی؛ چون تیری که در کمان، راست بگذارند رها می‌شود.[1] من چون از پیکار و جنگ دشمن بیرونی آسوده شده‌ام، پس اکنون به جنگ دشمن درونی (هوای نفس) می‌شتابم. با توفیق و عنایت الهی، می‌توانم یک کار به ظاهر محال را انجام دهم. ستیز با نفس کار هرکسی نیست، کاری است بس دشوار؛ ولی اگر توفیق خدا رفیق سالکان باشد، می‌شود چنین کاری را انجام داد. آن شیری که در پیکار، حریف را شکست می‌دهد، کارش را آسان بدان؛ زیرا شیر حقیقی آن شیری است که خودش را بشکند و از زندان خودبینی، رهایی یابد.

❋ ❋ ❋

مولانا با ذهن روشن خود، لطیف‌ترین مطالب عرفانی و نغزترین نکته‌های معنوی را در این داستان، از زبان شیر و سایر حیوانات بیان می‌کند و مقامات سلوک معنوی را از قبیل «توکّل»، «رضا»، «شکر»، «فنا» و غیره را به نظم می‌کشد. البتّه محور اصلی مباحث این داستان، مسئله‌ی توکّل و کوشش است. اگر به انبیا و اولیا بنگریم، می‌بینیم که سراسر زندگی آنان، مقرون جهد و تلاش بوده است و در عین‌حال بر مشیّت الهی توکّل داشته‌اند.

مولانا، این نکته را به صورتی دلپذیر و بیانی شیوا بیان داشته است.

1- اشاره است به آیه‌ی ۱۱۲ از سوره‌ی هود: «پس همان‌گونه که فرمان یافته‌ای، مستقیم و پایدار باش.»

فرار از مرگ

زاد مردی چاشتگاهی در رسید

در سرا عدل سلیمان در دوید

رویش از غم زرد و هر دو لب کبود

پس سلیمان گفت ای خواجه چه بود

مردی، نزدیک ظهر به عدالتخانه‌ی سلیمان نبی پناه آورد، در حالی‌که چهره‌اش از ترس زرد شده بود.

سلیمان پرسید:

«چیست که این همه هراسانی؟!»

مرد پاسخ داد:

«اینک که می‌آمدم، عزرائیل را دیدم که نگاهی با خشم به من انداخت.»

سلیمان گفت:

«حالا از من چه می‌خواهی؟ آیا چاره‌ای از من ساخته است؟»

مرد گفت:

«ای پناهگاه و پناه جان‌ها، به باد دستور بده تا مرا از این‌جا به سرزمین دوردست هندوستان ببرد، شاید که در آن‌جا بتوانم از دست او خلاصی یابم.»[1]

سلیمان به باد فرمود تا آن مرد را فوراً به جزیره‌ای در هندوستان منتقل کند.

روز بعد که سلیمان به دادگری نشسته بود و روز ملاقات او با مردم بود، عزرائیل به هنگام بارِ عام به بارگاهش آمد.

سلیمان به عزرائیل خطاب کرد:

«چرا به آن مرد، با خشم نگریستی که از بیم جان، آواره شد؟!»

عزرائیل در پاسخ گفت:

«من کِی از خشم نگاهش کردم؟ چون او را در راه دیدم، حیرت زده شدم؛ زیرا که حق تعالی به من فرموده جان آن مرد را همین امروز در هندوستان بگیرم. من شگفت‌زده شدم که اگر آن مرد صد بال و پَر هم داشته باشد، چگونه می‌تواند راه به این دوری را بپیماید و به هندوستان برسد؟!»

ای انسان، تو که از فقر و درویشی می‌ترسی و برای کسب مال دنیوی می‌کوشی و آزمندی نشان می‌دهی، همه‌ی کارهای جهان را به‌همین‌صورت قیاس کن و چشم بگشا و مشاهده کن که با سعی و تلاش نمی‌توان از «مقدّرات» خلاصی یافت.

۱- در ادبیات ۹۶۰ تا ۹۶۲، مولانا به نتیجه‌گیری می‌پردازد و این خوی حرص و آز و آرزوهای یاوه‌ی غالب مردم را ناشایست می‌شمرد و می‌گوید: «ببین مردم از درویشی می‌گریزند، و به‌خاطر همین است که طعمه‌ی حرص و آرزو شده‌اند و در کام آرزوهای دنیایی فرو رفته‌اند. ترس از درویشی (فقر و تهیدستی) عیناً شبیه آن بیم است، و طمع و کوشش هم مثل فرار به هندوستان.»

درس عملی به طوطی

بود بازرگان او را طوطیی
در قفس محبوس زیبا طوطیی
چونک بازرگان سفر را ساز کرد
سوی هندستان شدن آغاز کرد

بازرگانی یک طوطی زیبا داشت و آن طوطی را در قفس، نگهداری می‌کرد. روزی بازرگان تصمیم گرفت برای تجارت به هندوستان برود و وسایل سفرش را آماده کرد. پیش از رفتن، از روی بخشندگی و سخاوتش، به هریک از غلامان و کنیزان خود گفت: «بگو که برای تو چه ارمغانی بیاورم؟» هر یک از آنان، چیزی درخواست کرد و آن بازرگانِ نیکو خصال به همه‌ی آنان وعده داده داد آن چه را خواسته‌اند خواهد آورد.

بازرگان به طوطی خود نیز گفت:

«چه تحفه‌ای می‌خواهی که از سرزمین هندوستان برایت بیاورم؟»

طوطی در پاسخش گفت:

«وقتی در آن‌جا طوطیانی را دیدی، حالِ مرا برای آنان بازگو کن و بگو آن طوطی که آرزومندست شما را ببیند، به تقدیر الهی در قفس ما زندانی شده است. به شما سلام فرستاد و دادخواهی کرد و برای رهایی از زندان، منتظر ارشاد و چاره‌جویی شماست. آیا شایسته است که من در اشتیاق شما جان دهم و این‌جا دور از شما بمیرم؟ آیا سزاوار است که سخت گرفتار باشم و شما آزادانه روی سبزی و درخت پرواز کنید؟ آیا وفای شما دوستان این است که من در زندان باشم و شما در گلستان به سر برید؟ ای بزرگان، آن‌گاه که در میان گلزار از باده‌ی طرب سرخوشید، این پرنده‌ی ناتوان را یاد کنید؛ زیرا یاد کردن یاران، برای شخص یاد شده مبارک و فرخنده است.»

ای انسان، داستان طوطیِ جان هم این‌گونه است. یعنی مانند آن طوطیِ محبوس در قفس که آرزوی خلاصی و پرواز داشت، او نیز آرزوی خلاصی از قفسِ تن خاکی و پرواز در عالم بالا را دارد؛ ولی کو آن‌کس که مَحرم این مرغان (یعنی انبیا و اولیا شود) و برای درک راز آن‌ها قابلیّت و استعداد، حاصل کند؟

بازرگان، این پیغام را از طوطی خود پذیرفت و قول داد که سلام او را به همنوعانش برساند.

وقتی بازرگان به نزدیکی هندوستان رسید، چند طوطی دید. مَرکب را متوقّف کرد، سپس با صدای بلند آن سلام و پیغام را به آنان رسانید. همین‌که پیام به دوستان رسید، ناگهان یکی از طوطیان لرزید و افتاد و نفَسش بند آمد و مُرد.

بازرگان از رساندن آن پیغام پشیمان شد و چون گمان کرده بود آن طوطی واقعاً مرده، با خودش گفت:

«باعث مرگ این حیوان شدم. شاید این طوطی با طوطی که در قفس است خویشاوندی داشت، شاید این‌ها دو جسم و یک روح داشتند. چرا این کار را کردم؟! چرا آن طوطی برای این طوطی پیغام آورد؟! من با این سخن ناپخته و خامی که زدم، جان او را تباه کردم و حیات او را سوزاندم.»

ای انسان، در گزندِ زبان و مضرّات سخنان ناروا بدان که این زبان شبیهِ سنگ و آهن است؛ سخنی که از زبان می‌جهد و ظاهر می‌شود، مانند آتش است. پس ای گوینده، سنگ و آهن را بیهوده بر هم مزن؛ زیرا این عالَم، تاریک است و هر طرف پنبه زار، و حال اندیشه کن که شراره‌ی آتش وقتی به پنبه‌زار بیفتد چه می‌شود؟ یک سخن فتنه‌انگیز، جهانی را به ویرانی می‌کشد. گاهی سخن، موجب گمراه شدن کسان است و گاهی ناقص را به درجه‌ی کمال می‌رساند. همه‌ی جان‌ها در اصل، عیسی دم‌اند، و هر جانی در اصل و گوهر واقعی خود می‌تواند مردگان را زنده کند؛ ولی گاه در حجاب مادیّت قرار می‌گیرد و روح و جان دیگران را زخمی می‌سازد و هرگاه که بر اصل گوهرین خود باقی می‌ماند و به حجاب دنیایی گرفتار نمی‌شود، مرهمِ جان‌ها می‌گردد.[1]

بازرگان بعد از برگشت به طوطی گفت:

«آن شکایت‌های تو را به گروهی از طوطیان هم‌جنس تو رساندم. یکی از طوطیان، درد و رنج تو را احساس کرد؛ پس زَهره‌اش ترکید و لرزید و افتاد و مُرد. من از گفته‌ی خود پشیمان شدم، ولی دیگر پشیمانی سودی نداشت. سخنی که ناگهان از زبان و دهان بیرون می‌پرد، مانند تیری است که از کمان رها می‌شود و دیگر باز نمی‌گردد و باعث زخم و درد می‌شود.»

همین‌که آن پرنده‌ی در قفس متوجّه شد که آن طوطیِ هندوستان چه عملی کرد، او هم لرزید و افتاد و سرد شد و خود را مانند مُرده کرد.

بازرگان که طوطی را با آن رنگ و حال دید، گریه و زاری نمود و گفت:

«ای طوطیِ زیبا و خوش‌آواز من، چه بر سرت آمد؟ چرا به چنین حال افتادی؟ دریغ بر طوطی خوش‌سخن من، دریغ بر مونس و همدم من. دریغ بر طوطی خوش‌نوای من که راحتِ روح و باغ بهشت و گل و ریحان من بود. دریغ بر پرنده‌ای که ارزان به دست

---

۱ – حجاب، در لغت به معنی پرده و پوشش است. ولی در اصطلاح اصل کشف و عرفان، حجاب عبارت است از هرچیز که انسان را از قربِ الهی دور سازد. حجاب دو نوع است: یکی حجاب ظلمانی و دیگری حجاب نورانی. حجاب‌های ظلمانی ناشی از نفس و اخلاق و عادات ناپسند است؛ ولی حجاب نورانی، ناشی از صفات و عادات پسندیده می‌باشد. آن‌چه که برای سالکْ خطرناک است، حجاب‌های نورانی است والا حجاب‌های ظلمانی، کاملاً شناخته شده و پرهیز از آن‌ها میسّر است. ولی آن‌جا که شرک و دوری از قربِ الهی خود را به لباس عبادت و طاعت و صفت نیک می‌پوشاند، تشخیص آن، امری مشکل است. (کشّاف اصلاحات الفنون، ج ۱، ص ۲۷۶)

مولانا راه برطرف کردن این حجاب‌ها را در کتاب فیه‌مافیه (ص۲۳۴) نشان داده است که اعظم آن مجاهدات، آمیختن با یارانی است که به حق روی آورده‌اند و از این جهان روی برگردانده‌اند.

آوردم و زود هم ارزان از دستش دادم.»[۱]

خواجه از این‌که طوطی را از دست داده بود، در آتش فراق می‌سوخت و با ناله و زاری، سخنان پراکنده و پریشان می‌گفت. شدّت تأثّر در خواجه، سبب شده بود که احوال متناقض در او پدید آید و سخنان تناقض‌آمیز بگوید؛ زیرا تأثّراتِ عمیق، آدمی را از حدّ اعتدال خارج می‌کند و او را به رفتارهایی خارج از عقل و منطق وا می‌دارد، و نیز سخنانِ یاوه و گسیخته از او صادر می‌شود.

پس از ناله و فغان، آن بازرگانْ طوطی را از قفس بیرون آورد و دور انداخت؛ و طوطی از آن‌جا تا شاخه‌ای بلند پرواز کرد. آن طوطیِ به ظاهر مُرده، شتابان و پرنشاط به پرواز درآمد. بازرگان در کار طوطی، حیران و سرگشته ماند؛ و در حالِ بی‌خبری بود که اسرار کار آن طوطی را دریافت. سپس سرش را بالا کرد و خطاب به طوطی گفت:

«ای عندلیب (بلبل)، از بیان حال خود ما را نصیبی ده و بهره‌ای برسان. آن طوطی در هندوستان چه کاری کرد که تو آموختی، چه حیله‌ای به‌کار بردی و جان ما را آتش زدی؟»

طوطی گفت:

«آن پرنده با کاری که کرد، اندرزی به من داد که مفهوم آن این بود: ای محبوب، لطافت و نغمه و دوستی را رها کن،[۲] زیرا که آوازت تو را به بند و حبس کشیده است. آن طوطی برای خاطر همین پند، خویش را مرده ساخت. یعنی گفت که ای آن‌که خاص و عام را شادمان می‌کنی، چون من بمیر تا رهایی یابی.»[۳]

آن طوطی خوش ذوق، چند پند به بازرگان داد و خداحافظی کرد.

بازرگان گفت:

«برو، در امان خدا باشی، حقّاً که به من راه تازه‌ای نشان دادی.»

سپس بازرگان با خود گفت:

«این کاری که طوطی کرد، اندرزی برای من بود؛ من راه او را در پیش می‌گیرم که این راه، روشن است.[۴] جانِ من، حقیرتر از جان طوطی نیست؛ جان باید دنباله‌روی چنین

۱- مولانا به دنباله‌ی داستان، در ابیات ۱۶۶۹ تا ۱۸۱۳، به زیان‌ها و مضرّاتی که از زبان و سخن نابجا پدید می‌آید و فتنه می‌آفریند و آتش برپا می‌کند می‌پردازد و خاصیّت دوگانه‌ی زبان را بیان می‌کند؛ هم‌چنین به سالکان که هنوز در وادی عشق روحانی ورزیده نشده‌اند، اندرز می‌دهد.

۲- در این‌جا مولانا تصریح می‌کند که پند دادن به عمل، قوی‌تر است از نصیحت کردن‌هایی که فقط با زبان است.

۳- به دنبال داستان، مولانا در ادبیات ۱۸۳۳ تا ۱۸۴۴ سالکان را پند می‌دهد که باید کمالات «فقر» را از دید دوستان دنیایی بپوشانند؛ ولی دوستان حقیقی که همانا اهل الله هستند، صحبت و هم‌نشینی ایشان موجب حصول سعادت است، چنان‌که آن طوطی با یک ارشاد غایبانه‌ی آنان، از بند قفس رها شد. و در این راه باید به لطف حق تعالی پناه بُرد و از او یاری خواست.

۴- این راه روشن، راه کسانی است که با **مرگ اختیاری**، همه‌ی حواس و خواهش‌های خود را مغلوب دل

راهی باشد و موجب رهایی از بند جسم گردد.»

ای انسان، تن و این کالبد جسمانی، مانند قفسی است که طوطیِ جان در آن زندانی شده است؛ و برای آن که آمادهی سفر راه حق شوی، عنایت حق تعالی و بندگان خاصّ او همراه توست.

ای خواننده، در حضور اهل کمال و اصحاب جلال که یوسفان کوی حقیقت و معرفت هستند، کمالات خود را عرضه مکن، بلکه یعقوبوار نزد آنان اظهار طلب و نیاز کن تا به وصال آنها برسی. معنای مُردن طوطی، احساس فقر و نیاز بود؛ پس تو هم در عین نیاز و فقر، خودت را مُرده گردان. اگر میپنداری که بدون طیّ مرحلهی فقر و خاکساری، دم اصحاب معرفت تو را زنده میگرداند، پاسخ این پندار بیهوده را این چنین بشنو: «بَا فرارسیدن بهار، کِی سنگها سرسبز میشوند؟» پس خاک شو و تواضع نما تا در همچون گلهای رنگارنگ، سر از خاکْ برون آری و تکامل یابی.(۱)

کردهاند و پیش از مرگ طبیعی، پرندهی روحشان از قفس تنِ خاکی رها شده است. (شرح جامع مثنوی معنوی، ج ۱، ص ۴۹۷)

۱- در چهار بیت پایانی، از مرگِ اختیاری که خاصّ انسانهای وارسته است سخن رفته است. و این مُردن، عبارت است از سرکوب هوای نفس و خودبینی و رویگردانی از لذایذ جسمانی که این را در اصطلاح عرفانی، «موت احمَر(مرگ سرخ)» نامند. مرگ اختیاری، فقط خاصّ انسان است. (همان کتاب، ص ۵۱۰)

خلیفه‌ی بخشنده

یک خلیفه بود در ایام پیش

کرده حاتم را غلام جود خویش

رایت اکرم و داد افراشته

فقر و حاجت از جهان برداشته

در روزگاران گذشته خلیفه‌ای بود بسیار بخشنده و دادگر که نه‌تنها بر قوم خود بخشش و جوانمردی می‌کرد، بلکه نیازمندان اقوام دیگر را نیز از کَرم و سخاوت خود برخوردار ساخته بود.

در دروازه‌ی آن خلیفه قبله‌ی حاجت نیازمندان بود، و شهرت بخشندگی او به همه‌جا رسیده بود. عجم و ترک و رومی و عرب از سخاوت و بزرگواری او شگفت‌زده بودند.

شبی یک زن عرب بیابان‌نشین از فرط نیاز و شدّت گرسنگی به شوهرش گفت:

«ما این‌همه ستم و فقر را تحمّل می‌کنیم، ولی تمام مردم دنیا خوش‌اند. نان نداریم و غذایمان درد و غبطه بر اموال دیگران است، حتّی کوزه‌ای آب هم نداریم و آبمان اشک چشممان است. روز، لباس ما گرمای آفتاب است و شب تشک و لحاف ما نور ماه ... .»

او بعد از شکایت‌های بسیار، فقر و نداریِ شوهر خود را با زبان تُند بازگو کرد و از سرِ ملامت و نکوهش به او گفت:

«افتخار عرب به جنگ و غارت است ولی تو به خاطر فقر، رعایت این رسم و سنّت اعراب را نیز نمی‌توانی بکنی؛ در نتیجه مال و ثروتی نداری تا هرگاه مهمانی نزد ما آید، او را پذیرایی کنی. اگر کسی به عنوان مهمان بر ما وارد شود، با این حال فقری که من دارم، شبانه برمی‌خیزم و جامه‌ی ژنده‌ی او را نیز مورد دستبرد قرار می‌دهم.»

ای انسان، دانایان و بینایان برای همین است که گفته‌اند:

«باید مهمانِ نیکوکاران شد، نه مهمان بینوایان. ای طالب، تو مرید و مهمان کسی شده‌ای که او از فرومایگی، حاصل دین و عمرت را تباه می‌کند. چون آن مدّعیِ ارشاد، خودش نوری ندارد؛ پس چگونه دیگران از او نور خواهند گرفت؟»

زن به شوهرش گفت:

«حال ما در رنج و فقر چنین است؛ خدا کند هیچ مهمانی فریفته‌ی ما نشود و به خانه‌ی ما نیاید.»

مرد اعرابی در پاسخ زن، به گذشت روزگار و ناپایداری احوال از خوشی و ناخوشی تمسّک می‌جوید. دلیل دیگر، احوالِ جانوران است که غمِ رزق و روزی نمی‌خورند و طعامی نمی‌اندوزند و هرگز گرسنه به سر نمی‌برند و گویی از سبب، گسیخته و در مُسبّب آویخته‌اند، و این حالتی است که آن را **«توکّل»** گویند.

او گفت:

«ای خاتون، مگر چقدر به درآمد مادّی نیاز داری؟ مگر از این عمر چقدر مانده است؟ بیش‌تر آن سپری شده. خردمند هرگز به کم و زیاد معاش توجّه نمی‌کند؛ زیرا هر دو امر،

یعنی کاستی و فزونی در معیشت مانند سیل می‌گذرد و آرام و قرار نمی‌گیرد. این‌همه غم و اندوه که به خاطر معاش و کسبِ روزی در سینه‌ها انباشته شده، نتیجه‌ی غُباری است که از طوفانِ «من» و «مایی» و خودبینی برخاسته است. این غم‌های ریشه برانداز برای ما چون داسِ است؛ و این‌که بگوییم این کار چنین شد و آن کار چنان شد، همانند وسواسی بر پیکر روح ما می‌افتد و آن را آرام می‌خورد و می‌تراشد. این را هم بدان که هر رنج و دردی که بر بدن ما عارض شود، پاره و بخشی از مرگ است. پس تا می‌توانی باید مرگ (رنج) را از خود دور سازی.[1] اگر جزء و پاره‌ی مرگ که همان دردها و امراض هستند برای تو سهل و مقبول شد، بِدان که خدای تعالی، مرگِ نهایی را هم برایت شیرین می‌کند.[2] ای زن، تو جُفت منی، جفت باید هم‌خوی و هم‌طرز باشد تا کارها بر وفق مراد و مصلحت بگردد و پیش برود.»

مرد قانع با کمال اخلاص و از روی دلسوزی، این‌گونه سخنان را تا به وقت بامداد به همسرش می‌گفت و با این روش اندرزش می‌داد که:

«من با دل قوی و استوار، از قناعت استقبال می‌کنم؛ تو چرا به سوی بدخویی و عیب‌جویی من می‌روی؟»

زن صحرانشین وقتی جواب شوهر خود را شنید، اعتراضش بیش‌تر شد و بر سر او فریاد زد:

«ای ریاکار، من از این دیگر فریب تو را نمی‌خورم. (چون تو در ظاهر زاهد و به باطن دنیادوست هستی.) این‌همه ادّعای بیهوده مکن،[3] این‌همه از خودبینی حرف مزن. چقدر حرف‌های پُر ادّعا می‌زنی؟ کبر و خود بزرگ‌بینی فی‌نفسه زشت است؛ مخصوصا اگر گدایان (درویشان) چنین صفتی داشته باشند زشت‌تر می‌نماید. ای آن‌که صاحب سست‌ترین خانه‌هایی،[4] تا کِی ادّعای پوچ و تظاهر و خودبینی؟ تو کِی با قناعت، جان خویش را روشن ساخته‌ای؟ تو از قناعت فقط نام آن را آموخته‌ای.[5] پیامبر گفت: قناعت چیست؟ گنج است. ولی تو قادر نیستی که گنج (گنج روان که تمام شدنی نیست) را از

<hr>

۲- برای همین است که اولیاءَالله را بیم و اندوهی نیست. زیرا همه‌ی بیم‌ها و اندوه‌ها از آرزوهای بلند زاده می‌شود و کسی که بر آرزوهای دنیوی غالب شود و از وزش بادهای مادّی در امان باشد، مانند شعله‌ای راست و فروزان خواهد ایستاد.(همان کتاب، ص ۶۰۶)

۳- «تلخی مرگ» که آن را «سَکَرات» می‌گویند، برای کسی است که بر خوشی‌ها و لذّات حیات دل نهاده و رنج‌ها را بر خویش آسان نکرده است؛ وگرنه هنگام رسیدن مرگ، حواس از کار فرو می‌ایستد و آدمی مرگ را به معنای علمی آن ادراک نمی‌کند. (شرح مثنوی شریف، ج ۳، ص ۹۸۰)

۱- این جمله به آیه‌ی ۳ سوره‌ی صَف اشاره می‌کند: **«ای مؤمنان، چرا چیزی می‌گویید و به آن عمل نمی‌کنید؟ این کار خشم خدا را برمی‌انگیزد.»**

۲- در سوره‌ی عنکبوت آیه‌ی ۴۱ آمده: **«و همانا بی‌بنیادترین خانه‌ها، خانه‌ی عنکبوت است.»**

۳- **«قناعت»** در اصطلاح صوفیّه عبارت است از: «طلب ناکردن است آن‌چه را که در دست تو نیست، و بی‌نیاز شدن از آن‌چه در دست توست.» و این، مقدّمه‌ی مقام **«رضایت»** می‌باشد. (پیشین، ص ۹۸۹) و نیز گفته‌اند که **«قناعت»** عبارت است از ترک شهوات نفسانی و تمتّعات حیوانی، مگر به قدر ضرورت. (لب لباب مثنوی، ص ۳۰۵)

رنج بازشناسی. ای‌کسی که مایه‌ی اندوه و رنج روح هستی، تو دیگر از قناعت دم نزن و دعویِ بیهوده مکن. تو مرا همسر خویش نخوان و مسخره‌ام نکن، من طالب همسری با انصافم.»

آن زن پس از رد کردن ادّعای مرد در قناعت، گفت:

«تحقیرآمیز به من نگاه نکن، تا راز درون دلت را فاش نکنم. تو خود را عاقل‌تر از من می‌دانی، ولی مرا واقعاً نشناخته‌ای که کم‌عقلم می‌دانی. چون عقل تو باعث مزاحمت و پای‌بند مردم است، نباید آن را عقل بنامی بلکه این، مار و کژدم است که به هر کس برسد نیشی می‌زند و آزاری می‌رساند.[1] تو با نام و عنوان شریف حق تعالی مرا فریب می‌دهی. سخنی بالاتر از جایگاه و مقام خود نگو.»

زن اعرابی، به درازیِ طومارها از این سخنانِ خشن برای همسر خود خواند و حرف‌های درشت و ناگوار بسیاری به او زد.

آن مرد خطاب به همسرش گفت:

«ای زن، تو واقعاً یک همسر هستی یا مایه‌ی اندوه؟ فقر افتخار است، این‌قدر سرزنشم نکن.[2] حقیقت و گوهر درویشی فراتر از فهم توست. درویشی را با چشم حقارت نگاه نکن؛ زیرا که درویشان، رزق فراوانی از خدای ذوالجلال (دارنده‌ی شکوه و حشمت) دارند که از ملک و مال بالاتر است. خدای تعالی عادل است، عادلان کی بر عاشقان ستم روا می‌دارند؟ به یکی نعمت و مکنت فراوان می‌دهد، و دیگری را بر آتش فقر و ریاضت می‌نشاند. هرکس گمان کند که خداوندِ دو جهان، در تقسیم ارزاق ستم و بیدا کرده است، آتش او را فرو گیرد. من درویش حقیقی هستم، نه دنیاخواهی که در لباس درویشان است. من از طمع دنیا را واژگون کرده‌ام. پناه بر خدا که من به مردم هیچ طمعی نبسته‌ام؛ بلکه از قناعت، در قلب من عالمی پهناور حاصل شده است.[3] ای زن پوشیده

۴- در دنباله‌ی داستان در ابیات ۲۳۳۰ تا ۲۳۳۶، مولانا از زبان زن زن اعرابی، احوال شیوخِ ریاکار و مزوّر را که اهل هوی و هوس را صید می‌کنند، توصیف می‌کند.

۱- «فقر»، از جمله‌ی مقامات و مراحل سیر و سلوک است و نخستین گام تصوّف به شمار می‌رود. فقر در بدایت، ترک دنیا و در نهایت فنا در ذات احدیّت است. فقیر آن است که از سر همه چیز گذشته باشد. (لب لباب مثنوی، ص ۳۸۳)

فقر حقیقی، تنها فقدان «غنا» نیست؛ بلکه فقدان میل و رغبت به هرگونه غناست. یعنی فقیر باید از هر فکر و انگیزه‌ای که او را از خدا غافل و به دنیا مشغول دارد، عاری و تهی باشد. پس برای آن‌که به فقر حقیقی و کمال اولیا رسید، باید از خویش برون آمد و هرچه «هست» و «بود» را از حق تعالی دانست و حتّی برای خود نیز موجودیّت قائل نشد. (تاریخ تصوّف در اسلام، ص ۲۷۷)

۲- حقیقت درویشی، بی‌نیازی از خلق و نیازمندی به حق است که ثمره‌ی آن، استغنا و توانگری واقعی می‌باشد و هزاران عزّت و سربلندی در آن نهفته است. مردم به حکم حس و آن‌چه در معیشت روزانه با آن روبرو هستند، تصوّر می‌کنند که توانگری آن است که مال و منال بیش‌تر به دست آورند؛ در صورتی که مالی که بیش از نیاز است، به خاطر نگه‌داری و نگرانی از تباهی آن و غم آن‌که دزد ببرد و وام‌گیرنده بازش ندهد و نظایر آن، مایه‌ی دردسر و غفلت از یاد باری‌تعالی می‌باشد. (شرح مثنوی شریف، ج ۳، ص ۱۰۰۴)

و پاکدامن، آیا هیچ شده است که تو خود را برای یک کور آرایش کرده باشی؟[1] اگر من بسیاری از حقایق و اسرار را فاش کنم ولی تو اهل شنیدن آن نباشی، دیگر چه کاری از من ساخته است؟»

سپس مرد اعرابی، زن را تهدید به متارکه کرد و گفت:

«ای زن، دست از این‌گونه سخنان درشت و ناهموار بردار و اگر چنین نمی‌کنی، مرا ترک کن. اگر خاموش شدی و سکوت اختیار کردی، بسیار خوب و پسندیده است؛ ولی اگر چنین نکنی، همین لحظه خانه و کاشانه را ترک می‌گویم.»

زن وقتی دید که همسرش خشمگین شده، از راه نرمی و ملاطفت وارد شد و گفت:

«من امیدوار بودم که با من از درِ موافقت و سازش درآیی. جسم و جان من و هرچه دارم و ندارم متعلّق به توست، هر فرمان و حکمی با توست و من تسلیم هستم. اگر به‌خاطر درویشی و بینوایی دلم گرفت و بیتاب شدم، به خاطر تو بود نه به‌خاطر خودم. ذات من برای ذاتِ توست؛ سوگند به خدا، «خویشتنِ» من هر لحظه می‌خواهد در برابر وجود تو فدا شود. ای که مایه‌ی آرامش جان منی، خاک بر سر سیم و زر می‌کنم و از آن‌ها مفارقت می‌جویم. تو که در جان و دل من نفوذ داری، چرا این‌قدر از من دوری می‌گزینی؟ این بنده، در دوستی و عشق تو افروخته شده. هر بار که تو آهنگ فراق می‌نمایی و از روی بی‌نیازی با من رفتار می‌کنی، جان من عذر تقصیر مرا می‌خواهد و در برابر تو تضرّع و زاری می‌کند. آن زمان را به یاد بیاور که من مانند بُت بودم و تو مانند بُت‌پرست. من مطلوب بودم و تو طالب. من به هنگام گفتن آن گِله‌ها و شِکوه‌ها در واقع به کُفرگویی دچار شدم.»

زن در ادامه گفت:

«اینک به ایمان وارد شدم و از جان و دل، مطیع حُکم و تسلیم تو شده‌ام. من خوی و منش شاهواره‌ی تو را نشناختم، به‌خاطر همین در برابرت گستاخی کردم. از آن جهت که عفو و گذشت تو برای من مانند چراغ، روشنی‌بخش دورنم هست، لذا از خطایی که مرتکب شده‌ام توبه کردم و دیگر اعتراضی نخواهم نمود، می‌دانم که تو گنه‌کاران را عقوبت نمی‌کنی. تو از فراق و جدایی تلخ حرف می‌زنی؟ هرچه که می‌خواهی بکن، ولی از من جدایی مجو... .»

زن اعرابی، به‌این‌صورت با لطف و گشاده‌رویی با شویش سخن می‌گفت که در اثنای کلام دچار گریه شد.[2] از اشک چشم زن، برقی پدیدار گردید و شعله‌ای بر دل آن مرد اعرابی

۳- به همین منوال اگر کسی کوردل باشد، فایده‌ای ندارد که زیبایی‌ها و جلوه‌های حقیقت و معرفت را بر او آشکار کنی؛ زیرا کوردل آن‌ها را نمی‌بیند. آن مرد به همسرش می‌گوید: «تو نیز کوردل هستی و من نمی‌توانم جلوه‌های معنا را به تو نشان دهم.» (شرح جامع مثنوی معنوی، ج ۱، ص ۶۲۸)

۱- این مکالمه بر حسب ظاهر، میان آن زن و مرد است؛ ولی بر حسب باطن، مکالمه‌ی «عقل و نَفْس» می‌باشد. در ابیات پیشین نیز همین‌طور بوده. برخی از ابیات آن می‌تواند عرض حال بنده باشد بر پروردگار.

زده شد و تحت تأثیر قرار گرفت؛ همان مردی که در ریاضت و قناعت یگانه و بی‌همتا بود.

مرد از گفته‌ی خود پشیمان شد، همان‌گونه که مرد ستمگر از ستمگری خود به هنگام مرگ پشیمان شود؛ و با خود گفت:

«من چگونه دشمنِ جانِ جانم شدم، چگونه با معشوق خود بدرفتاری کردم؟»

سپس به همسرش گفت:

«من از مخالفتی که در آغاز با تو داشتم و از حرفی که از روی خطا و نادانی زدم پشیمانم؛ اگر کافر بودم وتو را انکار می‌کردم، اینک نسبت به تو فرمانبردار و تسلیم می‌گردم و دست از مخالفت و ستیز با خواسته‌های تو می‌کشم.»[1]

ای انسان، شخص با اخلاص و پاکدل، پایان داستان آن زن و مرد را جست‌وجو می‌کند و جویای فَهم مقاصد آن است. ماجرای مرد و زن که نقل شد، تو آن را مثال نفس و عقل خود بدان. این زن و مرد که نفس و عقل‌اند، برای نظام این جهان مادّی و نظام نیک و بد ضروری‌اند. این دو وجود در این عالم خاکی، شب و روز با هم در جنگ و ستیزند. نفْس، جویای معاش مادّی است و عقل دنبال نیازهای معنوی؛ لذا مطلوب، در حدّ اعتدالِ میان آن دو است.

مرد عرب گفت:

«اینک از نزاع و ستیز گذشتم. هر امری به من کن، من آن را گوش می‌کنم و مطیع هستم و هرگز به نیک و بد آن فرمان نمی‌نگرم. من در وجود تو فانی می‌شوم زیرا که عاشقم و عشق، چشم و گوش آدمی را کور و کر می‌سازد.»

زن گفت:

«آیا قصد آن داری که به من نیکی کنی، یا با حیله اسرار درونم را کشف کنی؟»

مرد گفت:

«قسم به خدایی که دانای راز نهانی است و آدم صفی را از خاک آفرید و قسم به دریا، که این سخن نه برای امتحان است و نه سخن بیهوده. به خدایی که بازگشت من به سوی اوست، این سخن از روی عشق و صفا و تواضع است. اگر این خواسته‌ی من به نظر تو برای امتحان است، لحظه‌ای این امتحان مرا مورد آزمایش قرار ده. راز دلت را

(شرح کبیر انقروی، ج۳، ص ۹۳۲)

۱- همان‌طور که گفته شد مُراد از مرد، «عقل» است و مراد از زن، «نَفْس». وقتی نفس امّاره بنا بر مقتضای خویش حرکت کند و با عقل مخالفت ورزد، عقل نیز با نفس می‌ستیزد. و سرانجام، نفس را مورد سرزنش قرار می‌دهد و تأدیبش می‌کند و تدریجاً به مرتبه‌ی نفسِ «مطمئنّه» و «راضیه» می‌رساندش. وقتی نفس از حالت آمادگی خلاص گشت و به این مراتب رسید، اصلاً با مقتضای عقل مخالفت نمی‌کند و کاملا مطیع عقل می‌شود. و عقل که این حسن خلق نفس را نسبت به خودش می‌بیند و میل و محبّت آن را در حقّ خودش مشاهده می‌کند، شروع می‌کند به عذرخواهی از آن ستم‌ها که در ابتدا در حقّش روا داشته بود. پس مرد در این‌جا با زبان عقلی، این‌گونه سخنان معذرت‌آمیز را خطاب بر نفس خویش ادا می‌کند. (شرح کبیر انقروی، ج ۳، ص ۹۴۱)

مخفی نکن تا راز دلم بر تو آشکار شود؛ هرچه که به آن توانا و قادرم به من امر کن تا انجامش دهم.»

زن، مرد را به سوی خلیفه‌ی بغداد و عرض حاجت بر وی راهنمایی کرد و گفت:

«در دنیا فقط یک خورشید تابیده و تمام جهان، روشنایی را از آن گرفته است. شاهان، نایب و خلیفه‌ی پروردگارند. شهر بغداد از وجود آن خلیفه و از کرم و احسانش چون بهار، با نشاط و زیبا شده. اگر به آن شاه بپیوندی، سلطان می‌شوی، تا کِی با مردم بدبخت هم‌نشینی خواهی کرد؟ مصاحبت با نیک‌بختان، مانند کیمیاست.[1] کجاست کیمیایی که همانند نظر آنان باشد؟»

مرد گفت:

«چگونه ممکن است او مرا به حضور بپذیرد؟ بی‌بهانه و عذری نمی‌توان به بارگاه خلیفه راه یافت. خداوند که ما را به سوی خویش می‌خوانَد در حقیقت، خود وسیله‌ی دیدار خود را با برداشتن شرم از ما فراهم می‌کند.»[2]

زن گفت:

«هرگاه شاهِ کَرم و آفریدگار همه‌ی موجودات به میدان عطا و احسان رود و بر بندگانش لطف کند، هر چیزی که بر حسب ظاهر، سبب و ابزاری نداشته باشد، عین سبب و ابزار می‌گردد. زیرا سبب و ابزار، خود نوعاً دعوی و اثبات وجود مجازی برای شخص مدّعی است؛ بلکه عمل درست و گوهر راستین عرفان در نزد حضرت سبحان، کمال فقر و خاکساری است.»[3]

مرد گفت:

۱- در این‌جا تأثیر هم‌نشینی و صحبت، بیان شده است. بدون شک هم‌نشینی با دیگران بر روح و روان آدمی تأثیر می‌گذارد و شخصیّت انسان در هم‌نشینی‌ها شکل می‌گیرد. طرف صحبت ممکن است خوب و صالح باشد و در نتیجه شخصیّتِ انسان را به نحو مطلوب شکل می‌دهد؛ و گاه ممکن است طرف صحبت، افرادی نامطلوب باشند و مسلّماً این نیز بر روان آدمی تأثیر می‌گذارد. برای همین است که در پیام وحی، سفارش شده است که با موحّدان و عارفان باید نشست و برخاست کرد. در سوره‌ی کهف آیه‌ی ۲۸ آمده: «ای پیامبر، با کسانی باش که پروردگار خود را صبح و شب می‌خوانند و تنها رضای ما را می‌طلبند.» (شرح جامع مثنوی معنوی، ج ۱، ص ۷۰۰)

۲- اشاره به آیه‌ی ۱۵۱ سوره‌ی انعام دارد: «ای پیامبر بگو: به سوی من آیید تا آن‌چه را پروردگارتان بر شما حرام کرده است برایتان بخوانم.»

۳- در این‌جا مولانا به این مسئله اشاره کرده است که دیدار شاهان، بسیار مشکل بوده است؛ لیکن در اعیاد و روزهای خاص، شاهان با کوکبه‌ی بزرگ در شهر می‌گشتند و مردم آن‌ها را می‌دیدند. مولانا از این نمونه‌ی ظاهری نتیجه‌ای عارفانه می‌گیرد و آن این‌که وقتی جمال حقیقت بر دل بتابد و وصول دست دهد، آداب و اسباب، ساقط می‌گردد. سپس می‌گوید که خودنمایی و خویشتن فروشی از طریق داشتن وسایل، آیین تشرّف به حضور خلفا و سلاطین نیست. آن‌جا عنایت، مؤثّر است نه وسیلت و آلت؛ زیرا وسیله سازی، دلیل بر وجود و بقای شخصیّت و نوعی عرض هنر است و فروتنی و افتادگی، در مقابل قدرت مؤثّر می‌افتد. این بیان و طرز تعبیر، با مسلک فنای وصفی و فعلی در تعبیرات صوفیان مناسبت دارد. (شرح مثنوی شریف، ج ۳، ص۱۱۲۹)

«من باید چنین حالی را در خود پدید آورم. فقیری و خاکساری برای رسیدن به قرب حق، برترین هدیه است؛ ولی مادامی که به مرتبه‌ی فقر نرسیده‌ام، نمی‌توانم به مقام قرب برسم. پس باید شاهد و گواهی بر مغز خود داشته باشم تا شاهِ حقیقت بر فقر من، بر من رحم و شفقتی آورَد. ای زن، تو برای من شاهد و گواهی نشان بده که نیازی به گفتن و رنگ و شکل نداشته باشد،[۱] زیرا هیچ‌کس با ظاهر فقر و رنگ ظاهری، به مرتبه‌ی فقر نمی‌رسد؛ چه این ظواهر نمی‌تواند دلیل بر فقر حقیقی باشد. بنابراین برای اثبات فقر حقیقی باید شاهدی حقیقی نشان دهی تا شاه خوش‌منش ما را مورد رحمت قرار دهد. اگر گواه تو در اثبات فقر، همین رنگ و بو و قیل و قال باشد، این گواهی‌های ظاهری در نزد آن داورِ حقیقی مردود می‌گردد. باید نور باطن فقیر، بی‌هیچ قیل و قالی نمایان شود.»

زن گفت:

«صدق آن است که دست از هستی (مجازی) خویش و آن‌چه برای به دست آوردنش کوشیده‌ای، برداری و از همه‌ی علایق و وابستگی‌ها برهی.[۲] ما در کوزه، آب باران داریم و سرمایه‌ی ما همین کوزه‌ی آب است. این کوزه را بردار و راه بیفت و آن را به عنوان هدیه نزد شاه ببر؛ و به شاه بگو که غیر از این کوزه‌ی آب، دارایی نداریم و در دشت خشک و بی‌آب و علف، هیچ‌چیز بهتر از این آب نیست. اگرچه خزانه‌ی او پر از کالاهای گران‌بهاست، امّا چنین آبی در آن‌جا به سختی پیدا می‌شود.»[۳]
ای انسان، بدن و وجود ما مانند کوزه‌ای است که دارای پنج لوله است و تنها مقدار ناچیزی از آب، درون آن جا می‌گیرد. این پنج لوله، همان پنج حسّ ماست؛ پس معارفی که از طریق این پنج لوله (حواس پنجگانه) به کوزه‌ی وجود آدمی در می‌آید، بسی نامحدود و ناچیز است.

مرد عرب گفت:

«خداوندا، این آبِ احوال و اعمال مرا که در خُمِ وجودم گرد آوردم، از روی فضل و بزرگواری‌ات بپذیر.[۴] این کوزه‌ی کالبد را که پنج لوله از حواس دارد و نیز آب درون این کوزه را که همانا قوای مکنون در کالبد ماست، پاک‌دار و از آلودگی دور فرما. تا این‌که

____

۱- منظور از «گفتن و رنگ»، آن دسته از اعمال ظاهری است که در آن‌ها صدق و اخلاصِ درون رعایت نشده باشد. (پیشین، ص ۱۱۳۰)

۲- «صدق» در لغت به معنی راستگویی و درستکاری است؛ و «صدّیق» کسی است که حرف و عمل و پیمانش راست باشد؛ و منظور از «صدّیقین» همان‌هایی هستند که صدق و راستی در آنان به صورت ملکه در آمده و در گفتار و کردار آنان همه از آن نشأت می‌گیرد. (کشف الاسرار، ج۹، ص ۴۹۵) به عقیده‌ی مولانا، «صدق»، فنا و نیستی از خود و آثار خودی است، یعنی آن‌که خود را نبیند و جهد و کوشش خویش را به هیچ انگارد. (شرح جامع مثنوی معنوی، ج۱، ص ۷۰۵)

۳- مولانا، غفلت این زن را از دستگاه عریض و طویل خلیفه، به علم و معرفت ناچیز بشر تشبیه می‌کند که می‌خواهد این معارف ناچیز را وسیله‌ی شناخت خدا و رسیدن به مقام قرب او سازد. (همان کتاب، همان صفحه)

۴- **در سوره‌ی توبه، آیه‌ی ۱۱۱ فرموده: «خداوند، جان و مال مؤمنان را به بهای بهشت خریده است.»**

از این کوزه، روزنه‌ای به جانب دریا گشوده شود و کوزه‌ی کالبدمان، خوی و طبع دریا را بگیرد.[1] بعد از آن‌که از این کوزه، روزنه‌ای به سوی دریای حقیقت باز شد، آب آن کوزه‌ی تن نیز بی‌نهایت و بی‌کران می‌گردد». و با غرور به هدیه نگریست و گفت: «چه کسی چنین هدیه‌ای دارد؟ چنین هدیه‌ای شایسته‌ی آن شاه است.»

آن دو نمی‌دانستند که رودِ عظیم و خروشان دجله از میان بغداد می‌گذرد و آب در آن دیار، فراوان است.[2] برو به محضر شاه و در آن‌جا ببین که چگونه نهرها و جویباران، غلغله‌کنان در جریانند.[3] این حواس و ادراکات ما، در برابر آن رودهای صفا و علوم الهی، قطره‌ای بیش نیست.

سرانجام مرد و زن عرب بر آن شدند که سبوی آب را در نمدی بپیچند تا آب، گرم نشود؛ چنان‌که عادت بادیه‌نشینان همین است.

مرد، سبو را بر دوش کشید و راه‌های پُرپیچ و خم بیابان‌ها را درنوردید و زن نیز دست به دعا گشود تا شویش، آن سبو را بی‌گزند و زیان به سرای خلیفه رسانَد و مرتّب می‌گفت: «پروردگارا، تو آب این کوزه را از آسیب روزگار و گزند فرومایگان حفظ بفرما؛ ای پروردگارم، آن گوهر را به دریا یعنی بارگاه خلیفه برسان.»[4]

از برکت دعاها و ناله‌های زن و به سبب اندوه مرد که در اثر حفاظت و مراقبت شدید از کوزه‌ی آب تحمّل کرد، مرد عرب بدون آن‌که دزدان بر آب دستبرد زنند و یا از سنگی آسیبی به آن کوزه برسد، آن را به شهر خلیفه رسانید.[(۵)]

همین‌که به بارگاه خلیفه رسید، درگاهی دید پر از نعمت‌ها و انعام‌های بی‌شمار؛ و نیازمندان و فقیران، امیدها بسته بودند و چشم‌انتظار دریافت مائده‌ی کریم از آن خوانِ عظیم بودند. الطاف خلیفه، در حقّ کافر و مؤمن و زیبا و زشت، یکسان فرو می‌ریخت؛ مانند خورشید و باران

۱- کوزه‌ی وجود آدمی هرگاه از صفات ذمیمه پاک شود و از کمند حواس برهد و به دریای معارف الهی واصل شود، در آن صورت هیچ امری از امور دنیا آن را تیره و پلید نمی‌سازد.

۲- در این‌جا حالت آن زن و مرد اعرابی، نشان‌دهنده‌ی خودبینی و غرور انسان‌های خودباخته مخصوصاً متکلّمان و فیلسوفان و اهل قیل‌وقال است که به اندیشه‌های خِرد و نارس خود سخت می‌بالند و گمان می‌دارند که با مشتی الفاظ و اصطلاحات می‌توان به بزرگ‌ترین رازهای حقیقت دست یافت. در حالی‌که حقایق جهان هستی، بی‌کران‌تر از آن است که در ظروف ناچیزِ این الفاظ و اصطلاحات، محدود شود. و منظور از «دجله» ذوق و میل روحانی و معنوی است. (شرح جامع مثنوی معنوی، ج ۱، ص ۷۰۸)

۳- اشارت است به آیه‌ی ۲۶۶ بقره: «از زیر آن، نهرها روان است.»

۴- نفْس سالک در حال سیر الی‌الله برای حفظ کردن آب ایمان و طاعتی که در کوزه‌ی وجودش است، باید روز و شب در حال نماز و راز و نیاز رو به درگاه حضرت حق دعاها بخواند که: «خدایا، تو این گوهر را به آن دریای حقیقت برسان.» (شرح کبیر انقروی، ج ۳، ص ۱۰۳۶)

۵- در واقع، سالک با ریاضت و مواظبت بر نفس و مراقبه‌های بسیار، سرانجام می‌تواند سبوی علم و عمل و طاعت خود را به دور از حرامیان طریق و دزدان راه سلوک، به سر منزل حقیقت برساند. (شرح جامع مثنوی معنوی، ج ۱، ص ۷۱۲)

که فیض و نعمتشان همه‌گیر است، بلکه می‌توان گفت مانند بهشت بود. هر لحظه حاجتمندی از سویی می‌آمد و از آن درگاه، احسانی و خلعتی می‌یافت. اهل ظاهر و صورت پرستان، غرق در جواهرآلات و گوهرهای مادّی و دنیوی بودند؛ و اهل معنا غرق در دریای معنا.[۱]

نقیب‌ها (حاجبان) به استقبال آن مرد رفتند و بر جامه و گریبان او در کمال لطف، گلاب پاشیدند.[۲] پیش از آن‌که اعرابی سخنی به زبان راند، نیاز او را دریافتند؛ کار آنان بخشش، پیش از خواستن بود.

نقیبان به او گفتند:

«ای سالار و شریف قوم عرب! اهل کجایی؟ از خستگی راه و رنج آن چگونه‌ای؟»

اعرابی به آنان گفت:

«اگر به من عطایی کنید، سالارم؛ اگر بی‌اعتنایی کنید، بزرگی و شرافتی ندارم. ای کسانی‌که با نور خدا به جهان می‌نگرید و از پیشگاه شاه وجود، برای بخشش و افاضه به نیازمندان آمده‌اید تا این‌که کیمیایی نظر و نگاهتان را بر مس‌های اشخاص بزنید و مسِ وجود آنان را به طلای کمال مبدّل کنید، من غریبی هستم که از بیابان و به امید دریافت الطاف سلطان وجود آمده‌ام. عطر لطف او در بیابان‌ها پیچیده، حتّی ذرّات شن‌ها هم از آن لطف جان گرفته‌اند. من تا این‌جا برای به دست آوردن دینار آمدم؛ ولی همین‌که به این بارگاه رسیدم، مست دیدار حقیقت شدم.[۳] من برای رسیدن به نان، آب در سبوی خود آوردم؛ ولی بویِ این نان، مرا تا عالی‌ترین مرتبه‌ی سعادت معنوی بهشت رساند. به این مقام که رسیدم، من اینک بی‌هیچ خواست و غرضی مانند فلک، پیرامون این درگاه می‌گردم. در جهان، هیچ گردشی و جنبشی بی‌غرض انجام نمی‌شود، مگر جسم و جان

۱- یعنی: «سرای آن خلیفه چنان گسترده و بخشنده بود که هم اهل دنیا بدان روی می‌آوردند و هم اهل معنا و هرکس، به مراد و خواسته‌ی خود می‌رسید.» بی‌گمان در این‌جا زبان مولانا رنگ استعاره دارد و مرادش از سرای خلافت، بارگاه حضرت حق تعالی است که همه‌ی موجودات، ریزه‌خوار خوانِ گسترده‌ی او هستند. (همان کتاب، ص ۷۱۳)

۲- «نقیب‌حاجب»: پیشوا و رئیس، کسی‌که به احوال مردم معرفت داشته باشد. (فرهنگ نفیسی، ج ۵، ص ۳۷۵۵). «نقیب» در اصطلاح صوفیان یکی از مراتب اولیاست که او از باطن مردم، آگاه است. (کشّاف اصطلاحات الفنون، ج ۲، ص ۱۳۷۳). در این‌جا، به رسم گلاب زدن به تن و جامه‌ی حضار در مجلس مذهبی اشاره شده است.

۳- مولانا در این‌جا به این نکته اشاره کرده که گاهی انسان، با انگیزه‌ای معمولی و دنیایی به امری می‌پردازد؛ ولی در حین عمل به شناخت‌هایی دست می‌یابد که به‌کلّی انگیزه‌ی او را تبدیل کرده و تکامل می‌بخشد. مولانا در ابیات بعد (۲۷۸۵ تا ۲۷۹۵)، این معنی را با مثال‌هایی بیان می‌دارد.

عاشقان.»[1]

عرب صحرانشین، آن سبوی آب را پیش گرفت و در آن پیشگاه، بذر خدمتگزاری و بندگی را کاشت. او به حاجبان خلیفه گفت:

«این هدیه را پیش سلطان ببرید و خواست و مرادِ مرا که از شاه دارم برآورده سازید. این ارمغان، آب گوارای بارانی است که در گودال جمع شده.»

حاجبان شاه از آن ارمغان ناچیز خندیدند، امّا آن را چون جان پذیرفتند؛ چون لطف و مهربانی شاه آگاه و خوب، بر تمام ارکان و اجزای دولت اثر کرده بود.

آنَ عرب بادیه نشین چون از وجود دجله‌ی علم الهی بی‌خبر بود، در این کار معذور است که آن سبو را برای ارمغان به بارگاه خلیفه ببرد. اگر او از وجود دجله خبر داشت، آن سبو را بر سنگی می‌کوفت و آن را می‌شکست و هرگز به آن‌جا نمی‌برد؛ بلکه با فقر تمام به پیشگاه شاه می‌رفت و گدایِ کویِ حضرت واجب الوجود می‌شد.

همین‌که خلیفه آن مرد عرب را دید و از احوالش باخبر شد، دستور داد آن کوزه را پر از طلا کردند و احسان‌های دیگر نمود. آن عرب را از فقر نجات داد و بخشش‌ها و خلعت‌های خاص عطا نمود. سپس به مأمورینش گفت:

«این کوزه‌ی پر از طلا را به دستش بدهید و هنگام بازگشت، او را به سمت دجله راهنمایی کنید. چون آن اعرابی از راه بیابان و خشکی به این‌جا آمده، او را از راه آبی بازگردانید تا راهش نزدیک‌تر شود.»

همین‌که اعرابی سوار کشتی شد و دجله را دید، از خجالت خم می‌شد و سجده می‌کرد و می‌گفت:

«این شاه بخشنده عجب لطفی دارد؛ و عجیب‌تر آن‌که او آن آب را پذیرفت!»

ای پسر، همه‌ی جهان هستی را مانند یک سبو بدان که آن سبو، لبریز است از دانش و نیکی و زیبایی.[2] نیکی‌هایی که در این جهان است، قطره‌ای است از دجله‌ی نیکی و جمال خداوند که آن رحمت الهی، از فرط فزونی و کثرت، در هیچ ظرفی نمی‌گنجد. آن‌کس که سبوی وجودش از آب علم و معرفت جزئی پُر است، اگر از دجله‌ی کمال و معرفت الهی شاخه‌ای می‌دید، مسلّماً سبوی وجودش را در هم می‌شکست و فانی می‌کرد؛ زیرا برای وجود اعتباری خود در مقابل آن وجود حقیقی، ارزشی قائل نمی‌شد. آنان که شاخه‌ای از دجله‌ی نیکی خدا دیده‌اند، همیشه مست و مدهوش‌اند و از روی مدهوشی و بی‌خوشی، سنگِ فقر و ریاضت را بر سبوی «من» می‌کوبند

۱- عاشق حقیقی، همواره خود را مقهور مشیّت حق می‌بیند و هیچ‌یک از اعمالش، معطّل به غرض و کسب نتیجه نیست؛ چه او از تمام حرص‌ها و عیب‌ها و خودبینی‌ها پاک و منزّه است. اگر حق را می‌پرستد، نه برای رسیدن به نعیم بهشت و نه از بیم از آتش دوزخ است؛ بلکه او چون عاشق حق است، حق را می‌پرستد. و اگر به مردم نیکی کند منتظر عوض و پاداش از سوی آن‌ها نیست، درست مانند خورشید که بی‌غرض بر همگان می‌تابد. (شرح جامع مثنوی معنوی، ج ۱، ص ۷۲۶)

۲- در این‌جا جهان را به سبویی امّا کوچک و محدود تشبیه می‌کند. این زیبایی که در این کوزه است، قطره‌ای است از دریای بی‌کران هستی.

و آن را می‌شکنند. ای که از روی غیرت و همّت، سنگی بر سبوی وجودت زده‌ای، این سبو بر اثر این شکستگی، کامل‌تر نیز شده است.[۱] جزء جزءِ خُم در رقص و حال است، ولی عقل جزئی محال است که به این حالت برسد.[۲] در حالت فنا نه سبو پیدا است و نه آب، گوهر و حقیقت این سخنان را خوش بنگر، که خدا به درستی و راستی داناتر است.[۳]

❋ ❋ ❋

مولانا در ابیات ۲۸۴۸ و ۲۸۴۹ فرموده:

«منظور از آن سبوی آب، دانش‌ها و معارف ماست و مقصود از آن اعرابی، خود ما هستیم و منظور از خلیفه، رود خروشان وعظیم علم الهی است. ما سبوهای پر از دانش ناقص خود را به سوی دجله‌ی دانش الهی می‌بریم و خیال می‌کنیم که واقعاً آب در سبو چیزی است و چون سبوی ما از آب شور و ناگوار دانشِ کسبی پُر است دیگر نمی‌توان از آب زلال دجله‌ی دانش الهی، آبی برگرفت.»

و در ابیات ۲۹۰۲ و ۲۹۰۳ فرموده:

«عرب ماییم و سبو هم ماییم و پادشاه هم ماییم. منظور از آن شوهر و آن مرد اعرابی در این داستان «عقل»، مقصود از آن زن اعرابی «نفس» و آزمندی، سبو کنایه از «وجود محدود ما»، و آن شاه «حضرت حق» است؛ و همه‌ی این‌ها در ذات ماست و جدا از ما نیست.»

۱- هرگاه وجود موهوم و مجازی شخص، در وجود حقیقی حضرت وجود فانی شود، بقای حقیقی حاصل می‌شود. (شرح جامع مثنوی معنوی، ج ۱، ص ۷۴۳)

۲- هرگاه سالک، خُم وجودش را بشکند و فانی شود، به آب معنا واصل می‌گردد و سبوی روحش را از آب پُرمعنا لبریز می‌کند؛ آن وقت است که همه‌ی اجزای وجودش از شدّت ذوق به رقص و حال در می‌آیند. ولی کسانی‌که در مرحله‌ی عقل جزئی حسابگر مانده‌اند، نمی‌توانند به این حال دست یابند. (همان کتاب، ص ۷۴۳)

۳- این ابیات، بیان دیگری از مسئله‌ی فنای سالک بود. امّا این فنا، به معنی زوال مطلق نیست؛ بلکه این فنا، مقدّمه‌ی بقا و هستی جاودان است. (همان کتاب، ص ۷۴۴)

نحوی و کشتیبان

آن یکی نحوی به کشتی در نشست
رو به کشتیبان نهاد آن خودپرست
گفت هیچ از نحو خواندی گفت لا
گفت نیم عمر تو شد در فنا

نحوشناسی[1] سوار یک کشتی شد. او که به دانش نحو خود مغرور بود، رو به کشتیبان کرد و گفت:

«آیا چیزی از علم نحو می‌دانی؟»

کشتی‌بان گفت:

«نه، من تاکنون نحو نخوانده‌ام.»

آن عالِم نحوی با تمسخر گفت:

«پس نیمی از زندگی‌ات بر فنا رفته است.»

کشتی‌بان از آن کلام پُرغرور و تحقیرآمیز رنجید، امّا در آن لحظه جوابی نداد و خاموش ماند. تا این‌که طوفانی هولناک برخاست و امواجی کوه‌آسا بر پهنه‌ی دریا پدید آورد و کشتی را به گردابی انداخت.

کشتی‌بان با صدای بلند به آن نحوی گفت:

«آیا شناگری آموخته‌ای یا نه؟»

نحوی گفت:

«ای خوش‌جواب و نیکوچهر، نه چیزی نمی‌دانم.»

کشتی‌بان با قاطعیّت و صراحت گفت:

«ای نحوی، بدان که همه‌ی زندگی‌ات بر فنا شده؛ چون کشتی در این گردابها فرو خواهد رفت و راه نجاتی نیست جز شناگری.»

ای رفیق، بدان که این‌جا باید علم محو آموخت نه نحو. اگر تو اهل محو هستی، بی‌بیم و هراس به درون آب بیا.[2] دریا، مُرده را بر روی آب می‌آورد؛ و تا وقتی که زنده باشد، چگونه می‌تواند از دریا بِرهد؟[3] ای کسی که دچار غرور هستی و با آموختن

۱- **نحو**: بخشی است از دستور زبان که عمل و وضع کلمات در جمله را مشخّص می‌کند. (فرهنگ فارسی معین)

۲- «**مَحو**» در نزد صوفیان، عبارت است از زائل کردن وجود بنده. محو سه درجه دارد: نخست، پایین‌ترین درجه‌ی آن یعنی محو صفات ناپسند و کردار نارواست. دوم، درجه‌ی میانه یعنی محو مطلق صفات نکوهیده و ناستوده است. و بالاترین درجه‌ی محو، محو ذات می‌باشد. محو، از فنا، عام‌تر است. (مصباح‌الهدایه، ص ۱۴۴)

۳- تا وقتی که غریق، در آب دریا زنده باشد و به دست و پا زدن ادامه دهد، هم‌چنان در کام آب فرو می‌رود؛ ولی وقتی که در آب خفه شد، آن وقت است که دریا جنازه را به روی آب می‌آورد. (مصباح الهدایه، بیت شماره ۵۷)

مقداری الفاظ خود را دانا و دیگران را نادان فرض کرده‌ای، اگر تو در جهان، علّامه‌ی دَهر هستی، اکنون فنای این جهان و این دَهر را ببین.[1]

ای یار نیکو، مفهوم فقه و منظور نحو و صرف را در فنا و نیست‌شدن باید یافت؛ به عبارتی اصل و سرچشمه‌ی همه‌ی علوم، از آن جمله فقه و نحو و صرف و غیره، در محو و فناست، نه قیل‌وقال.

❋ ❋ ❋

حکایت کشتی‌بان و نحوی، فرصتی فراهم می‌آورد تا مولانا به غرور و خودبینی عالمان ظاهربین بتازد. از آن میان نحویان مغرور را مثال می‌آورد که اینان به دانش مقدّماتی نحو می‌بالند و قیل و قال می‌کنند؛ و به محض آن که کسی اِعراب کلمه‌ای را غلط بخواند بر او می‌تازند و بی‌سواد و نادانش می‌خوانند. درحالی‌که زبان، تنها کلیدی است که ما را آماده می‌سازد تا به علوم و معارفی آشنا شویم و خودِ زبان فی‌نفسه نمی‌تواند علم به معنی حقیقی کلمه باشد.

مولوی در این حکایت، قاعده و شیوه‌ی «محو» و «فنا» را یاد می‌دهد.

۱- علّامه‌ی حقیقی، کسی است که فانی بودن این جهان را باطناً مشاهده کند؛ نه آن که با زبان، دم از فنای دنیا بزند ولی قلباً بنده‌ی مطلق دنیا باشد و برای نیل به دنیا، سخنانی علیه دنیا بگوید. (شرح جامع مثنوی معنوی، ج ۱، ص ۷۳۸)

شیر بی‌یال و دُم

این حکایت بشنو از صاحب بیان
در طریق و عادت قزوینیان
بر تن و دست و کتف‌ها بی‌گزند
از سر سوزن کبودی‌ها زنند

قزوینیان رسم داشتند که قسمت‌هایی از بدن خود را بدون آن‌که ناراحت شوند، خالکوبی کنند.[1] مردی به صورت پهلوانان و نه بر سیرت ایشان، نزد دلّاکی[2] رفت تا نقشی بر بدنش بکوبد.

دلّاک گفت:

«ای پهلوان، چه نقشی بر بدنت بزنم؟»

مرد گفت:

«نقش شیر خشمگینی را بر شانه‌ام بکوب، چون طالعم برج اَسد است؛ بنابراین سعی کن تا نقش شیر، رنگی سیر و غلیظ باشد.»

همین‌که دلّاک نیش سوزن را بر پوست او فرو کرد، سوز شدیدی بر آن پهلوانِ بی‌تاب غالب شد و فریادی دردآلود برآورد و از دلّاک پرسید:

«از کدام‌یک از اعضای بدن شیر، آغاز به خالکوبی کرده‌ای؟»

دلّاک گفت:

«از دُم شیر شروع کرده‌ام.»

پهلوان گفت:

«دُم را رها کن، لازم نیست دُمش را نقش بزنی؛ زیرا از دُم شیر، نفَسم بند آمد و جانم به لب رسید. ای خالکوب، بگذار که این شیر دم نداشته باشد، زیرا از زخم سوزن دلم از حال رفت و دچار ضعف شدم.»

دلّاک وقتی بی‌تابی آن پهلوان را دید، از جای دیگر شیر شروع به کار کرد. همین‌که نیش سوزن را بر تن او فرو کرد، این بار نیز پهلوان فریاد زد:

«این دیگر کدام عضو شیر است؟»

دلّاک جواب داد:

«ای مرد خوب، گوش شیر است.»

۱- «خال کوبیدن» به این طریق است که با سر سوزن، پوست را می‌خراشند و در محلّ خراش، سُرمه یا نیل یا مرکب می‌افشانند. خالکوب، نقش‌های مختلفی از قبیل حیوانات و گیاهان و یا چهره‌ی آدمی بر روی ساعد و یا سینه و شانه و پشت نقش می‌زنند. خالکوبی از زمان‌های دیرین و در عصر جاهلیّت مرسوم بوده و در اسلام، نهی شده است. (شرح مثنوی شریف)

۲- دَلّاک: کیسه‌کِش حمّام. در روزگار پیشین، وظیفه‌ی دلّاک فقط کیسه‌کشیدن نبود، بلکه کارهای دیگری از قبیل سر تراشیدن و اصلاح صورت و ... بر عهده داشت.

پهلوان که طاقتِ نیش سوزن را نداشت، گفت:

«ای استاد! گوش را هم نقش نزن و کار را مختصر کن.»

استاد از قسمت دیگر بدن او، سوزن را فرو کرد. باز آن پهلوان نالید و گفت:

«این جای سوم، کدام عضو شیر است؟»

دلّاک گفت:

«ای مرد عزیز، نقشِ شکم شیر است.»

پهلوان گفت:

«از این قسمت نیز صرف‌نظر کن و شکم برای شیر نقش نکن؛ زیاد دردم می‌گیرد، کم‌تر سوزن فرو کن.»

استاد خالکوب سخت شگفت‌زده شد که چرا این مرد که مدّعی پهلوانی است، از نیش سوزنی عاجز و درمانده شده است؟! سپس با عصبانیّت بساط خالکوبی را بر زمین کوفت و گفت:

«شیر بدون دُم و سر و شکم را که دیده است؟ خدا نیز چنین شیری نیافریده!»

ای برادر، بر درد نیش ریاضت و سوز عبادت، صبر کن تا از نیش و گزند نفس کافرت رهایی یابی.[1] آن گروهی که از هستی بشری و اوصاف مادّی خود خلاص شدند، سپهر گردان و خورشید تابان و ماه فروزان، در برابر عظمت و بزرگی ایشان به سجده درآمده‌اند. هرکس نفسِ سرکش در او بمیرد، شعله‌ی عشق حقیقی در باطنش زبانه می‌کشد.

هر جزوی که به جانب کل در حرکت باشد، خارهای وجودش چون گل لطیف می‌شود. تعظیم و بزرگداشت حق تعالی به چه وسیله است؟ مسلّماً خوار داشتن و خاکی شمردن خود، تعظیم خداوند است. فرا گرفتن توحید چگونه است؟ وجود موهوم را ساقط کردن و سوزاندن آن در کوره‌ی عشق الهی و رسیدن به مقام فنا است.[2] اگر می‌خواهی که مانند روز نورانی باشی، هستی چون شب تاریک خود را بسوزان تا هیچ اثری از موجودیّت طبیعی‌ات که اسیر زنجیر شهوات است نمانَد.

۱- «درد نیش»، کنایه از مجاهده‌ی با نفس و ریاضت است. جهاد با نفس، از مهم‌ترین شرایط سلوک است. زیرا نفس، به قالب‌های مختلف در می‌آید. ممکن است کسی را در جامعه‌ی جاه گمراه کند و دیگری را با غرور بر طاعت و عبادت و یکی را با علم و دیگری را با شهواتِ پست حیوانی و ... . لذا جهاد با نفس مهم‌ترین وظیفه، و ریاضت عبارت از تهذیب اخلاق است. عرفا نیز جهاد با نفس و ریاضت را یکی از مهم‌ترین شرایط سلوک دانسته‌اند. (مجمع البحرین، ص ۴۸۶)

در قرآن کریم، مکرّراً به جهاد نفس و مقابله با هوی و هوس تأکید شده است، از آن جمله: «از هوی و هوس پیروی نکنید که از حق، منحرف خواهید شد.»(نساء /۱۳۵)

۲- اساس دین مبین اسلام و همه‌ی ادیان آسمانی، توحید است. در قرآن عظیم آیات فراوانی بر این معنا دلالت می‌کند که یکی از مشهورترین آن، سوره‌ی «توحید» یا «اخلاص» است که می‌فرماید: قُل هُوَ اللّه اَحد ... . عرفا با الهام از آیات قرآنی، توحید را آخرین مقام از مقاماتِ سلوک می‌دانند. توحید را عبارت از نفی همه‌ی موجودات مجازی و اثبات حق دانسته‌اند. (رساله‌ی قشیریه، ص ۵۱۹)

ای سالک، همان‌طور که مس، می‌گُدازد و در کیمیا به زر ناب مبدّل می‌شود، تو نیز مسِ وجودت را در کیمیای وجود حق تعالی فانی کن تا به بقای حقیقی برسی، چنان‌که داستانِ نقل شده نیز گویای همین مطلب است. تو به «من» و «مایی» سخت چسبیده‌ای، یعنی هم‌چنان در قیدوبند هویّت کاذب به‌سر می‌بری؛ ولی خبر نداری که همه‌ی این تباهی‌ها و ویرانی‌های روحی و اخلاقی از دوگانگی حاصل می‌شود، این‌که تو خود را در مقابل حضرت حقْ کسی بدانی.

٭ ٭ ٭

مولانا در این داستان می‌خواهد بگوید هر که خواهان هم‌نشینی با انبیا و اولیای بزرگوار است و می‌خواهد به مدارج و کمالات بالای روحانی و خصلت‌های ممتاز اخلاقی برسد، باید به سوزش و درد ریاضت، صابر باشد و از حرمان نفس امّاره نهراسد.

گرگ و روباه در خدمت شیر

شیر و گرگ و روبهی بهر شکار
رفته بودند از طلب در کوهسار
تا به پشت همدگر بر صیدها
سخت بربندند بار قیدها

شیری با گرگ و روباهی برای شکار به کوهسار رفته بودند تا با یاری و کمک یکدیگر، دام‌ها و بندهای شکار را استوار و محکم ببندند تا صیدها را گرفتار سازند. اگرچه شیر از همراهی آن‌ها ننگش می‌آمد، امّا بزرگواری کرد و همراه آن‌ها شد.

وقتی گرگ و روباه همراه و ملتزم رکاب شیر، با شکوه و عظمت به جانب کوه رفتند، گاوی کوهی و بزی کوهی و خرگوشی درشت به چنگ آوردند و کارشان روبراه شد. هر کس که به دنبال شیر جنگجو باشد، شب و روز کباب برایش کم نمی‌آید.[1]

همین‌که آن شکارها را کشتند و غرقه در خون به بیشه آوردند، گرگ و روباه طمع بر آن داشتند که شکارها مطابق عدالت شاهانه تقسیم شود. شیر با یقین و فراست، علّت طمع گرگ و روباه را دانست.[2]

ای دل اندیشمند، در حضور او دل را از اندیشه‌ی بد حفظ کن. او می‌داند و آرام کار خود را می‌کند و برای پرده‌پوشی، به روی تو لبخند می‌زند.[3]

شیر با این‌که وسوسه‌های درونی آن دو را دریافته بود، چیزی نگفت و آن لحظه رعایت حال ایشان را کرد و حرمتِ آنان را نگه داشت. امّا با خود گفت:

«ای فرومایگان گداصفت، آن‌چه شایسته‌ی شماست، نشانتان خواهم داد. آیا رأی من برای شما کافی نیست؟ آیا در مورد من و بخشش من چنین گمانی دارید؟ ای گرگ و روباه که اندیشه و خِرد شما از رأی من ناشی شده و همه‌ی آن‌ها براثر بخشش‌های جهان‌آرا و زینت‌دهنده‌ی من پدید آمده. ای مایه‌های رسوایی روزگار! در حقّ من چنین گمان پستی دارید؟ آنان‌که «بر خدا بد گمان‌اند»، باید همانند منافقان، سرشان را قطع کنم.[4] دنیا را از ننگ وجودتان پاک می‌کنم، تا این داستان در جهان باقی بماند و

۱- همین‌طور هر کس که در صحبت و خدمتِ شیران بیشه‌ی طریقت و عارفان کامل باشد، از علوم و معارف که روزی و رزقِ آسمانی و قوتِ روحَانی است، بی‌نصیب نمی‌ماند. (شرح مثنوی ولی محمّد اکبر آبادی، ج ۱، ص ۲۲۹)

۲- عارفان کامل نیز نهانی‌های افراد را در می‌یابند و هیچ کس نمی‌تواند احوال درونی خود را از آنان مخفی کند.

۳- پس اگر می‌بینی که اولیاءَالله، اسرار و مکنوناتِ نهفته‌ی دیگران را فاش نمی‌کنند، به‌این دلیل نیست که واقف نیستند؛ بلکه وقوف دارند ولی به اقتضای اسم مبارکِ «ستّار»، آن اندیشه‌ها و مکنونات را افشا نمی‌سازند و حتّی به رویت لبخند می‌زنند. (شرح جامع مثنوی معنوی، ج ۱، ص ۷۸۳)

۴- اشاره است به قسمتی از آیه‌ی ۶ سوره‌ی فتح: «تا این‌که مردان و زنان منافق و مردان و زنان مشرک را که

جهانیان از این ماجرا عبرت گیرند.»

شیر غرق در این اندیشه بود و با این حال، آشکارا می‌خندید؛ امّا بدان که نباید بر تبسّم شیر، آسوده و ایمن باشی، چه ممکن است در پسِ این حالت خنده و تبسّم، خشمی آتشین نهفته باشد.[1]

مال دنیا هم تبسّم‌های ذات حق است که ما را غافل و فریفته و پریشان کرده است.
ای مردِ بزرگ! فقر و تهیدستی برای تو بهتر است، چون که آن تبسّم دام می‌گسترد و بالاخره تو را به دام می‌اندازد.[2]

شیر به گرگ گفت:
«ای گرگ، این شکارها را بین ما تقسیم کن. ای گرگ کهنسال، عدالت خود را نشان بده. تو در تقسیم، نماینده‌ی من باش تا گوهر و اصل ذاتت شناخته شود.»

گرگ گفت:
«پادشاها، گاو وحشی سهم تو باشد؛ زیرا که آن بزرگ است و تو نیز بزرگ و درشت و چابکی. بز مال من، چون اندامی میانه و متوسّط دارد و مناسب حال من است. ای روباه، سهم تو نیز خرگوش است.»

شیر گفت: «ای گرگ، با چه گستاخی این حرف را زدی؟ در جایی‌که من حضور داشته باشم، تو با چه جرأتی اظهار وجود می‌کنی و از خودبینی و «مایی» و «تویی» دم می‌زنی؟ گرگ چه سگی است که در حضور شیرِ بی‌مثل و مانندی چون من، خود را ببیند؟ ای که برای خود، هستی و «من بودن» قائلی، جلوتر بیا.»

چون شیر متوجّه شد که گرگ مغز و تدبیر درست ندارد، وقتی گرگ روبرویش قرار گرفت، به عنوان کیفر پنجه‌ای قوی بر او زد و هلاکش نمود.

شیر خطاب به جسد گرگ گفت:«چون وجود غالب مرا دیدی و از وجود مجازی‌ات فانی نشدی، فضل من چنین اقتضا کرد که گردن تو را بزنم و تو را از تشخّص مجازی‌ات رها سازم تا به فنا واصل شوی. هر چیزی نابود شدنی است جز ذات او، چون ذات او فانی نیست؛ و تا

به خدا گمان بد می‌برند، مجازات کند.»

۱– شیر، هنگام خشم، دندان‌های خود را نمایان می‌کند و شخص نادان، دچار خیال خام می‌شود و به غلط گمان می‌کند که شیر، در حال تبسّم و نشاط است؛ لذا فارغ و آسوده به کار خود مشغول می‌شود، درحالی که شیر در این حالت، قصد هجوم و دریدن او را دارد. (شرح جامع مثنوی معنوی، ج ۱، ص ۷۸۵)

۲– پس مال دنیا و مقام ظاهری، در واقع جلوه‌ای از تبسّم الهی است؛ و شخص جاهل نمی‌داند که در باطن این تبسّم، خشمی آتشین و هلاکت‌بار نهفته است. لذا فریفته‌ی آن می‌شَود و دل بدان می‌بازد و سرانجام، به دام هلاکت می‌افتد. در آیه‌ی ۱۸۲ سوره‌ی اعراف، آمده: «و آن‌ها که آیات ما را تکذیب کردند، به تدریج از آن‌جایی که نمی‌دانند، گرفتار مجازاتشان خواهیم کرد.» (همان کتاب، ص ۷۸۶)

وقتی‌که وجود خود را در هستی خدا فانی نکرده‌ای، بقا و هستی نباید بخواهی.[1] هرکه فانی در حق شود، در واقع باقی می‌گردد و فنایی نمی‌یابد. هرکس که از قلمروی «لا» (نیست شدن وجود موهوم و اضافی) بگذرد یعنی به مقام «فنا» برسد، وارد مرتبه‌ی «اِلّا» (بقای بعدالفناء، هستی حقیقی) می‌گردد و هرکه به این مرتبه‌ی شریف برسد، دیگر فنا او را فرو نمی‌گیرد، زیرا به هستی محض رسیده است. هرکس که بر درِ خانه‌ی خدا برسد و دَم از «من» و «ما» بزند، آن شخص مردود درگاه الهی خواهد بود و محکوم به نیستی می‌گردد.»[2]

آن شیر سربلند و گرانقدر، سر گرگ را جدا کرد تا امتیاز و مغایرت از بین برود و دو رئیس، وجود نداشته باشد. بعد شیر رو به روباه کرد و گفت: «این شکارها را برای خوردن تقسیم کن.»

روباه در برابر شیر، سجده کرد و گفت: «ای پادشاه برگزیده! این گاو برای صبحانه شما، این بز برای ناهار آن سلطان پیروز است، و این خرگوش هم برای شام سلطان کریم و با لطف خواهد بود.»

شیر از سخنان روباه، با نشاط شد و گفت: «ای روباه، تو عدل و داد را فروزان ساخته‌ای. چنین تقسیم کردن را از که آموختی؟»

روباه گفت: «ای شاه جهان، از حال گرگ آموختم:»

شیر گفت: «چون خود را در گرو عشق ما گذاشتی و خود را فدا و فنا نمودی، هر سه شکار را بردار و برو که تو را به جهت آن‌که اظهار وجود نکردی، به دولت و اقبال رساندم.[3] ای روباه، چون تو کاملاً به «ما» تبدیل شدی، چگونه می‌توانیم تو را آزار دهیم؟ آزار دادن به تو، مانند آزار دادن به خودمان است. همه‌ی هستی از توست و همه‌ی صیدها از آنِ توست، اینک بر فلک هفتم پا بگذار و بالا بیا.[4] چون تو از حال گرگِ پست پند گرفتی که همواره اظهار وجود

۱- در آیه‌ی ۸۸ سوره‌ی قَصَص آمده: «همه چیز جز ذات (پاک) او فانی می‌شود.»

۲- این صحبت که از زبان شیر گفته شد، در حقیقت سخنان شیر بیشه‌ی هستی یعنی حضرت پروردگار است. سالک تا وجود مجازی خود را نفی نکند و از خودبینی نگذرد، هم‌چنان در کمند هستی‌های مجازی و کاذب است. چنین کسی هرچند که گمان بر موجودیّت خود دارد، ولی واقعاً نیست و معدوم است. و چون هستی مجازی خود را نفی کرد، هرچند که ظاهر آن فنا و نیستی است، ولی در باطن بقا و حیا است؛ زیرا فنا، آخرین مرحله‌ی سیر و سلوک می‌باشد. (شرح جامع مثنوی معنوی، ج ۱، ص ۷۸۸)

۳- این صحبت شیر و صحبت‌های بعدی او، اشاره به این است که چون خود را از میان برداشتی و همگی خود را در راه محبوب فدا ساختی، او ذات و صفات و افعال خود را به تو عطا می‌کند و تو را جانشینَ و خلیفه‌ی خود می‌سازد. (پیشین، ص ۲۳۹)

۴- یعنی: «حال که از هستی مجازی خود گذشتی و خودبینی را ترک کردی و وحدت را شهود نمودی، مقام و مرتبه‌ی معنویتِ متعالی یافته‌ای و بر مراتب و درجات آسمان‌ها نائل شده‌ای و اسرار و حقایق را در بیشه‌ی معنا صید کرده‌ای. (شرح جامع مثنوی معنوی، ج ۱، ص ۸۰۴)

می‌کرد و خودبینی می‌نمود، دیگر روباه نیستی، بلکه شیر منی و مورد قبول من واقع شده‌ای. [۱] خردمند کسی است که در بلای قابل پرهیز، از مرگ یاران خود پند بگیرد.»

در آن لحظه روباه صدها بار شکر به جای آورد که شیر ابتدا گرگ را به تقسیم غذا فرا خواند و سپس او را، تا بتواند از او عبرت بگیرد و اشتباه نکند و سرش را به باد ندهد؛ و با خود می‌گفت: «اگر نخست به من دستور می‌داد که تو این شکارها را تقسیم کن، چه کسی می‌توانست از این مهلکه جان سالم به‌در بَرد؟»

ای بزرگان، به آثار و احوال آن گرگ بنگرید و عبرت بگیرید.[۲] شخص خردمند چون بشنود که بر سر فرعون‌ها و قوم عاد چه آمد، این غرور و هستی را از سر بیرون می‌کند؛ ولی اگر کسی دست از خودبینی و غرور برندارد، دیگران از فرجام ناگوار و عقوبتی که به واسطه‌ی گمراهی‌اش به او رسیده عبرت می‌گیرند.

❈ ❈ ❈

در این داستان نیز صحبت از نفی هستی‌های مجازی و محو شدن در هستی حقیقی است.

۱- هر وجود موهوم که خود را نفی کند و از خودبینی و انانیّت بگذرد، شیر بیشه‌ی طریقت می‌شود و به «انسان کامل» و «خلیفةالله» مبدّل می‌گردد. (شرح جامع مثنوی معنوی، ص ۸۰۴)

۲- اشاره است به مضمون آیاتی نظیر آیه‌ی ۳۶ سوره‌ی نحل: «پس در روی زمین بگردید و ببینید عاقبتِ تکذیب‌کنندگان چگونه بود!»

در یک خانه، دو «من» نمی‌گنجد

آن یکی آمد در یاری بزد

گفت یارش کیستی ای معتمد

گفت من، گفتش برو هنگام نیست

بر چنین خوانی مقام خام نیست

دوستی به درِ خانه‌ی معشوق رفت و در زد. معشوق پرسید: «کیستی؟»

آن شخص که درِ خانه را به‌صدا درآورده بود گفت: «منم.»

صاحب‌خانه جواب داد:

«برگرد! زیرا هنوز تو خامی و دم از **«من»** می‌زنی و مدّعی عاشقی هم هستی. شخصِ خامی چون تو، جایگاهی برچنین سفره‌ای ندارد.»

ناپخته را جز آتش فراق و هجران، چه‌چیز دیگری می‌تواند پخته کند و از دوگانگی رها سازد؟ آن درمانده رفت و یک سال در آتش فراق یار، از آتش عشق سوخت. آن خام پس از این مدّت، پختگی حاصل کرد و به کمال رسید و دوباره به خانه‌ی معشوق برگشت. این‌بار با بیمِ فراوان و در کمال ادب درِ را به صدا درآورد و مواظب بود که حرفی نامعقول و دور از ادب از دهانش خارج نشود.

معشوق از درون خانه فریاد زد: «کیست که در می‌زند؟»

عاشق گفت:

«ای دلبر، آن‌که پشت در ایستاده و حلقه‌ی درِ را به صدا درآورده نیز خودِ تویی.»

معشوق گفت:

«اکنون که تو «من» هستی، وارد شو؛[1] زیرا در یک خانه، دو «من» نمی‌گنجد.»[2]

* * *

در این‌جا نیز مولانا مبحث فنای بنده در هستی حق را عنوان کرده است و می‌خواهد به سالکین الی‌الله بگوید که تا وجود موهوم و مجازی و «من» و «ما» باقی است و هنوز کمند اَنانیّت (خودبینی و غرور) از دست و پای سالکْ گسسته نشده، نمی‌تواند به حقیقت مطلق واصل شد.

۱- یعنی: «چون دست از خویشتنِ خویش شسته‌ای و وجود خود را در وجود من، فانی ساخته‌ای، بیا درون سرا.»

۲- در خانه‌ی وجود و سرای هستی نیز دوگانگی نیست؛ بلکه یکْ وجودِ واحد، حکمفرما و جاری است و کثرت‌ها وجود حقیقی ندارند و باید ساقط شوند که توحید، به معنی اسقاطِ اضافات است. (شرح جامع مثنوی معنوی، ج ۱،ص ۷۹۳)

مهمان یوسُف

گفت یوسف هین بیاور ارمغان
او ز شرم این تقاضا زد فغان

گفت من چند ارمغان جستم ترا
ارمغانی در نظر نامد مرا

یکی از دوستانِ کودکی یوسفِ صدّیق، به دیدار آن حضرت رفت. آن دوست به حضرت یوسف، ستم و حسادت برادرانش را یادآور شد.

یوسف گفت: «آن جُور و حسادت، مانند زنجیری بود و ما نیز مانند شیر.[1] زنجیر و قلّاده برای شیر، ننگ‌آور نیست. ما نباید از قضا و حکم حق‌تعالی گله و شکایتی داشته باشیم، چون از قضای الهی به ما رنجی نرسد.»[2]

مهمان پرسید: «احوالت در زندان و چاه چگونه بود؟»

یوسف گفت: «مانند ماه، در مُحاق و نقصان به سر می‌بردم.[3] در حالت محاق اگرچه ماهِ نو خمیده می‌شود، ولی آیا سرانجام بر پهنه‌ی آسمان به حالت قُرصِ کامل در نمی‌آید؟ مقدار زیادی گندم را زیر خاک ریختند و ظاهراً آن را مورد تحقیر قرار دادند؛ ولی پس از مدّتی، آن دانه‌ها به صورت خوشه‌ی گندم از خاک سر بیرون آورد. بار دیگر آن گندم‌ها را در آسیا بردند و کوبیدند و آردش کردند؛ در این حالت قیمتش زیادتر شد، زیرا نان موجب فزونی جان می‌شود. بار دیگر نان را زیر دندان، خرد کردند و به عقل و جان و فهم هوشمند تبدیل شد. پس آن دانه‌های گندم، محو و فانی گشت و به این مراتب عالی رسید. باز وقتی که جان، محو و فانیِ عشق الهی شد پس از کِشت و سرسبز شدن، موجب شگفتی کشاورزان می‌شود.»[4]

یوسف بعد از بازگفتن ماجرای خود، خطاب به مهمان گفت: «بگو ببینم، برای من به چه ارمغانی آورده‌ای؟ با دست خالی به دیدار دوستان رفتن، چون بی‌گندم به آسیا رفتن است. خدای تعالی روز قیامت به مردم می‌فرماید که برای روز رستاخیز چه ارمغانی آورده‌اید؟ و

۱- در این‌جا یوسف خود را به شیر و برادرانش را به زنجیر تشبیه کرده است.

۲- شیران طریق خدا، «مرد میدان رضایند و تسلیم تیر قضا» و رضای خود را در رضای خدا، فانی می‌سازند. هرچه از قضای الهی به آنان رسد، ضرر محسوب نمی‌دارند، بلکه آن را لطف می‌شمارند. هر گز ماهیّت شیرانه‌ی خود را تغییر نمی‌دهند و روبه صفتی پیشه‌ی خود نمی‌سازند و مفتون عافیت طلبی‌های پست دنیوی نمی‌شوند. (شرح جامع مثنوی معنوی، ج ۱، ص ۸۱۷)

۳- «مُحاق»: آخر ماه و سه شب آخر از هر ماه - و آخر ماه که قمر در آن پنهان باشد. (فرهنگ نفیسی، ج ۵، ص ۳۱۵۶)

۴- در مثال‌های فوق، این مطلب روشن شد که انسان در مسیر کمال‌یابی و تکامل معنوی، ناگزیر است که از گردنه‌هایی بگذرد و وجود موهوم خود را در کوره‌ی ریاضت و عبادت ذوب کند تا صاف و بی‌غش شود و آن‌گاه شایستگی شهود حقیقت را به دست آورد. این طریق، به ظاهر طریق **فنا** و باختن است؛ ولی برحسب باطن، طریق **بقا** و بردن می‌باشد. (شرح جامع مثنوی معنوی، ج ۱، ص ۸۱۸)

باز می‌فرماید که شما تنها به سوی ما آمدید، همان‌گونه که شما را آفریده بودیم.[۱] هان ای بندگان، برای روز قیامت چه ارمغانی آورده‌اید؟ آیا امید بازگشت و آمدن به محضر ما را نداشتید؟ وعده‌ی امروز را باطل و بیهوده می‌شمردید؟»

یوسف باز هم خطاب به مهمانش گفت: «اگر از روی نادانی، مهمانیِ او را انکار می‌کنی؛ پس، از آشپزخانه‌ی بیکران فضل و عطای او هیچ غذایی نصیب تو نمی‌شود مگر خاک و خاکستر. اگر به ضیافت خدا می‌روی، باید دستت از طاعت و عبادت پُر باشد تا برای ملاقات او ارمغانی ببری.مانند‌جنین کمی‌حرکت کن تا به تو نیز حواسّ تیز و روشن بین عطا کنند؛ و از جهانی که شبیه رحم مادر است بیرون رَوی و از زمین تنگ به میدان گسترده برسی.[۲] این‌که گفته‌اند «زمین خدا پهناور است»[۳]، عرصه‌ای است که پیامبران طی کرده‌اند.[۴] کوه اگرچه صدا را چه خوب و چه بد به تو برمی‌گرداند؛ ولی ذات کوه از هردو نوع آن بی‌خبر است. به‌هرحال، اولیا چنان مجذوب ذات الهی هستند که موجودیّتی برای خود قائل نیستند و از موجودیّت جزئی غافل‌اند.»[۵]

یوسف گفت: «حال ای دوست، ارمغانت کو؟ نمایانش کن، نشانش بده»

مهمان از خجالت این درخواست فغانی زد و گفت:

«مدّت‌ها در فکر این بودم که چه هدیه‌ی لایقی برای تو بیاورم، ولی ارمغان شایسته‌ای

۱- اشاره است به آیه‌ی ۹۴ از سوره‌ی انعام: «و (روز قیامت به آن‌ها خطاب می‌شود) همه‌ی شما تنها (بی‌کس و بی‌چیز) به سوی ما بازگشت نمودید، همان‌گونه که روز اوّل شما را آفریدیم.»

۲- در این‌جا اشاره به دو نوع تولّد است: اهل معرفت برای انسان دوگونه تولّد قائلند: یکی **تولّد صوری** (ظاهری) و دیگری **تولّد معنوی**. تولّد صوری، همان است که جنین و کالبد عنصری، از زاهدان مادر، گام به پهنه‌ی جهان می‌نهد؛ و این تولّد، جنبه‌ی عمومی دارد و همه را شامل می‌شود. در این تولّد، اختیار در کار نباشد؛ ولی تولّد معنوی، خاصّ صاحبدلان است و به اختیار صورت می‌گیرد؛ و ابتدای این تولد، زمانی است که سالک در همین جهان خاکی، روح را از زنگار و تعلّقات مادّی و دنیوی بزداید و سرانجام مانند شعله‌ی فروزان، فارغ از وزش بادهای دنیوی راست و استوار ایستد. به خاطر همین است که حضرت مسیح فرمود: «به ملکوت درنیاید آن‌که دوبار زاده نشود. پس هر انسانی برای نیل به حقیقت، باید دوباره زاده شود. (تمهیدات، ص ۱۲)

۳- اشاره است به آیه‌ی ۹۷ سوره‌ی نساء: «فرشتگان در روز رستاخیز گویند: «مگر زمین خدا پهناور نبود که در آن مهاجرت کنید؟»»

۴- پس باید مانند انبیا و اولیا از تنگنای مادّی دنیوی، به پهناوری جهان معنا گام نهاد تا به حقایق و اسرار متین آگاه شد.

۵- در این‌جا به مسئله‌ی «جذْبه» و «مجذوب» پرداخته است. جذبه، عبارت از کشش است. آنچه از طرف حق است، نامش جذبه است؛ و آنچه از طرف بنده است، نامش میل و ارادت و محبّت و عشق است. وقتی که توجّه بنده به حضرت حق افزایش یافت، رفته رفته به جایی می‌رسد که به یکباره همه‌چیز را ترک می‌کند و روی به خدا می‌آورد و قبله‌اش تنها «او» می‌شود و تنها در عشق حق زندگی می‌کند. (مقصد اقصی، ص ۲۲۵)

به نظرم نرسید. با خود گفتم که هر ارمغانی نزد تو بیاورم، مانند این است که دانه‌ی کوچکی را به معدنش ببرم، یا قطره‌ای را به دریا تحفه ببرم. خلاصه مشاهده کردم که هر ارمغانی که انتخاب کنم، شایستگی وجود ارزشمند تو را ندارد. اگر من دل و جان برایت ارمغان آورم، گویی که زیره به کرمان بُرده باشم. هیچ دانه‌ای نیست که در انبار تو نباشد؛ غیر از زیبایی و حُسن و کمال تو که نظیر و مانندی ندارد. به این نتیجه رسیدم که آینه‌ای به محضرت آورم که مانند نور سینه‌ی اولیاءالله روشن و تابان باشد. تا در آن آینه، روی زیبای خود را بنگری، ای تویی که همانند آفتاب، مایه‌ی روشنی آسمانی. ای نور چشم و ای روشنیِ دو دیده‌ام! برایت آینه آورده‌ام تا هروقت خود را تماشا کنی، یاد من باشی.»

آن مهمان، دست در جیب کرد و آینه‌ای از بغلش درآورد، زیرا که خوبرویان با آینه سروکار دارند و به آن مشغول و مأنوس‌اند.[1]

ای رفیق، آینه‌ی هستی چیست؟ نیستی است. اگر احمق نیستی، به بارگاه حضرت حق تعالی ارمغان **نیستی و فنا** ببر.[2] در واقع هستی حقیقی، در قیاس با نیستی نمایان می‌گردد؛ چنان‌که بنا بر قاعده‌ی «هرچیز به ضدّش شناخته می‌شود»، ثروتمندانِ بخشنده و سخی با بخشیدن به فقیران، صفت سخاوتمند خود را می‌نمایانند. پس فقر، آینه‌ی غناست. شخص گرسنه آینه‌ی صافی است که ارزش نان را نشان می‌دهد، همان‌طور که تکّه چوب سوخته نیز نمایانگر قدر و ارزش آتش‌زنه است.

همه‌ی نقص‌ها، آینه‌ی کمال و هنر است؛ کمال با وجودِ نقایص، آشکار می‌شود. و حقارت، آینه‌ی جلالت و شکوهمندی است؛ زیرا هرگاه حقارت پدید آید، ضدّ آن که عزّت و جلالت است نمایان می‌شود. بدون شک، ضد، ضد را آشکار می‌کند؛ چنان‌که ذاتِ شیرینِ عسل، با وجود سرکه‌ی ترش آشکار می‌شود. هرکس در آینه‌ی وجود خویش نقایصش را بیابد، در عرصه‌ی کمال‌جویی، با شتاب پیش رود. آن‌که در آینه‌ی وجودش نقصی نمی‌بیند، قطعاً به سوی ذوالجلال پرواز نمی‌کند، زیرا گمان دارد که کامل و فاقد نقص است.

۱- آینه که خود دیدن ندارد؛ یوسف با نگریستن در آیینه، می‌توانست مظهر جلال ایزد بی‌همتای جمیل را ببیند.

۲- «نیستی» در این‌جا مترادف اصلاح فناست؛ یعنی از هستی‌های مجازی گذشتن و خودبینی را نهادن و «من» و «مایی» را وداع گفتن است. مانند آینه؛ اگر آینه به زنگار و رنگ‌هایی آغشته باشد، صفا و درخشندگی خود را از دست می‌دهد و چیزی را نشان نمی‌دهد. همین‌طور تا شخص، ذات خود را از زنگ و رنگ هستی موهوم نزُداید و به مقام بیرنگی نرسد، نمی‌تواند هستی حقیقی را در خود شهود کند. (شرح جامع مثنویِ معنوی، ج ۱، ص ۸۲۶)

به عیادت رفتن ناشنوا

آن کری را گفت افزون مایه‌ای
که ترا رنجور شد همسایه‌ای
گفت با خود کر که با گوش گران
من چه دریابم ز گفت آن جوان

به یک نفر ناشنوا خبر دادند که همسایه‌اش مریض شده، او خواست که حقّ همسایگی را ادا کند و به عیادت بیمار برود.

ناشنوا پیش خود گفت:

«من با این گوش کَر، از سخن آن بیمار چه می‌فهمم؟ مخصوصاً که این شخص، بر اثر بیماری و رنجوری، توان حرف زدنِ واضح و روشن را نیز ندارد؛ ولی چاره‌ای نیست، باید مراتب ادب را به‌جا آوْرَد و به عیادتِ همسایه‌ی بیمار رفت.»

او فکری کرد و پیش خود چاره‌ای به این صورت اندیشید:

«به لب‌های بیمار نگاه می‌کنم؛ همین‌که لب بیمار به حرکت درآمد، حدس خود را می‌زنم و مقصودش را در می‌یابم. و متقابلاً سؤالاتی هم از او می‌کنم. پس دیگر مشکلی وجود ندارد و درنگ جایز نیست!»

آن ناشنوا، پیش خود پرسش‌ها و پاسخ‌ها را به این‌گونه تنظیم کرد:

به او می‌گویم:

«ای همسایه‌ی رنجور من، حالت چطور است؟»

او خواهد گفت:

«خوبم، بهترم.»

من باید در جواب او بگویم:

«خدا را شکر.»

سپس از او می‌پرسم:

«چه خورده‌ای؟»

بیمار خواهد گفت:

«شربت می‌خورم، و یا آش خورده‌ام.»

من در جوابش خواهم گفت:

«نوشِ جانت.»

سپس می‌پرسم:

«کدام حکیم به بالینت آمده‌است؟»

بیمار می‌گوید:

«فلان حکیم.»

من به او خواهم گفت:

«خوش‌قدم است. ما قدم آن طبیب را تجربه کرده‌ایم؛ هر کجا او برود، حاجت انسان را روا می‌کند.»

آن ناشنوا با قیاس‌های فرضی خود، این پرسش‌ها و پاسخ‌های فرضی را پیش خود آراست و به عیادت بیمار شتافت.

وقتی آن مرد نیکدل بر بالین بیمار حاضر شد، پرسید:

«حالت چطور است؟»

بیمار گفت:

«دارم می‌میرم.»

ناشنوا گفت:

«خدا را شکر.»

بیمار از این حرف، سخت برآشفت و رنجیده‌خاطر گشت و با خود گفت:

«این چه جای شکر و سپاس دارد؟ این مردک، هذیان می‌بافد، شاید هم بدخواه و دشمن من است.»

سپس ناشنوا از بیمار پرسید:

«چه خورده‌ای؟»

بیمار از شدّت ناراحتی گفت:

«زهرمار خورده‌ام.»

آن ناشنوا رو به بیمار کرد و گفت:

«نوشِ جانت.»

بیمار، سخت عصبانی شد.

آن‌گاه ناشنوا از بیمار پرسید:

«کدام حکیم به بالینت آمده است؟»

بیمار از شدّت خشم و ناراحتی گفت:

«عزرائیلْ درمان‌کننده‌ی من است، دست از سرم بردار.»

ناشنوا در پاسخ گفت:

«خوشحال باش که خیلی خوش‌قدم است.»

ناشنوا پس از آن عیادت، از خانه‌ی بیمار بیرون رفت و خرسند از این‌که حقّ همسایگی را مراعات کرده، خدا را سپاس گفت.

از آن طرف بیمار، سخت آزرده شده بود و با خود گفت: «عجبا! من می‌دانستم که او با من میانه‌ی خوشی ندارد، ولی دیگر نمی‌دانستم که خواهان مرگ من نیز هست و تا این‌حد

جفاکار است!» آن‌گاه شروع به ناسزا گفتن و دشنام به آن شخص نمود. آن بیمار شکسته‌دل می‌خواست که صدگونه ناسزا و پیغام درشت برای آن شخص ناشنوا بفرستد.

بیمار با خود می‌گفت: «عیادت برای آرامش دادن بیمار است؛ ولی این‌که عیادت نبود، بلکه خصومت‌ورزی بود. او می‌خواسته دشمن خود را در حال ضعف و ناتوانی مشاهده کند تا آن‌که خاطرش آرام گیرد.»[۱]

ناشنوا دل‌خوش بود و پیش خود می‌گفت: «حقّ همسایگی را خیلی خوب به جا آوردم.» ولی او با عمل نادرست خود، آتشی را در دل بیمار افروخت. گوشِ جان بیمار، ناشنوا بود و نتوانست کلام دل دوست دیرینه‌اش را بشنود و با قیاس اشتباه خود، دوستی قدیمی‌اش را باطل و تباه کرد.

❋ ❋ ❋

این داستان، حکایت حال انسان‌هاست که در زندگی خویش با معیارهای محدود و پیش‌فرض‌های بی‌اساس، قضیّه‌ای را نزد خود می‌سازند و می‌پردازند و آن‌گاه به نتیجه‌گیری قطعی دست می‌زنند و یک لحظه هم در این کار درنگ و تأمّل نمی‌کنند و احتمال دیگری را مورد نظر قرار نمی‌دهند.

در این حکایتِ شیوا، مولانا بر قیاس‌های ناروا و کوته‌بینانه می‌تازد و آن را مورد نقد قرار می‌دهد و طبق معمول، نکات و دقایق ظریف و نغز را در طول حکایت بیان می‌دارد.

۱- هم ناشنوا و هم بیمار، هر دو قیاس‌هایی نابجا ساخته‌اند. درحالی که در باطن، هیچ اختلاف و نزاعی نداشته‌اند، لیکن همین قیاس‌های ناروا سبب تفرقه و جدایی شده است.

رومیان و چینیان در علم نقّاشی

چینیان گفتند ما نقاش‌تر

رومیان گفتند ما را کر و فر

گفت سلطان امتحان خواهم درین

کز شماها کیست در دعوی گزین

مردم چین و روم بر سر مهارت خود در هنر نقّاشی، با یکدیگر بحث و گفت‌وگو می‌کردند. هریک از آن دو گروه، استادی خود را می‌ستود.

پادشاه گفت:

«در این خصوص باید امتحان کنم تا ببینم کدام‌یک از شما در این ادّعا برتر است؟»

رومی‌ها به گفت‌وگو ادامه ندادند و سکوت کردند. نقّاشان چینی از شاه، خانه‌ای خواستند که هنر خود را در آن به معرض دید قرار دهند. شاه، خانه‌ای به چینی‌ها و خانه‌ای نیز به رومیان داد تا مهارت و استادی خود را نشان دهند. این دو خانه درهایی مقابل هم داشت.

چینی‌ها از شاه، صد نوع رنگ خواستند و آن پادشاه ارجمند هم در خزینه را برای هزینه گشود. هر بامداد برای چینیان، از خزینه سهمیه‌ی رنگ را به آن‌ها می‌دادند.

رومی‌ها گفتند:

«ما فقط صیقل می‌زنیم و زنگارها را از در و دیوار پاک می‌کنیم و هیچ نقش و نگار و رنگی به کار ما نمی‌آید.»

آن‌ها در خانه را بستند و مشغول صیقل دادن دیوارها شدند و مانند آسمان، ساده و صاف و شفّاف شدند و درون خانه را باصفا و جلا کردند.

ای رفیق، از دویست نوع رنگ و وارنگ بودن، به بی‌رنگی راهی هست. رنگ مانند ابر است زیرا که موجب حجاب و پوشیدگی است؛ ولی بی‌رنگی، مانند آن ماهی است که حجاب ابر را نورانی می‌کند و از نورانی شدن ابر می‌توان به وجود ماه تابان پی بُرد.[1] در ابر، هرچه نور و پرتو دیدی، آن را ستاره و ماه و آفتاب بدان؛ لذا لطافت و درخشندگی موجود در رنگ‌ها، از بی‌رنگی است.

چینی‌ها همه‌گونه رنگ را با استادی تمام به کار گرفتند و ترکیبات بدیع و دلنشینی از آن ساختند و بر دیوار خانه نقش کردند. هنگامی‌که از کار خود فارغ شدند، از شادی و شور دُهل زدند.

شاه به دیدن کار نقّاشان چینی رفت. نقش‌های چینیان، عقل و هوش را از سر بیننده می‌ربود و او از دیدن آن حیرت کرد.

۱- به عبارت دیگر، بی‌رنگی اصل همه‌ی رنگ‌ها است و همه‌ی رنگ‌ها از آن پیدا شده است و سرانجام، همه‌ی رنگ‌ها به بی‌رنگی باز می‌گردد. وحدت، اصل عالم است و کثرت‌ها، موجودیّتی اعتباری دارند و دوباره به اصل خود می‌روند. (شرح جامع مثنوی معنوی، ج ۱، ص ۸۹۲)

شاه پس از مشاهده‌ی نقّاشی چینی‌ها، به سراغ رومیان رفت و آنان در میانی را باز کردند. ناگهان او، صحنه‌ی رؤیایی حیرت‌انگیزی دید. همه‌ی نقش‌ها و تصاویر رنگین و زیبای چینی‌ها بر دیوار اتاق‌های رومیان، به شکلی افسانه‌ای منعکس شده بود. هرچه پادشاه نزد چینی‌ها دیده بود، این‌جا بهتر و زیباتر جلوه‌گر شد. شاه از دیدن این صحنه، شوری خاص پیدا کرد و دید که معرفت رومی‌ها سبب شده که کاری خلّاق‌تر و بدیع‌تر به‌وجود آید. پس مجذوب کار آن‌ها شد.

ای پدر، منظور از رومیان همان صوفیان‌اند که از کتاب و تکرار بی‌نیازند و فاقد هنرهای ظاهری‌اند؛ خلاصه اهل قیل‌وقال نیستند، بلکه اهل حال‌اند. امّا سینه‌های خود را صیقل داده‌اند و از طمع و آز و بخل و کینه‌ها پاک کرده‌اند. مراد از این‌که رومیان دیوار خانه را به آینه‌ی صافی مبدّل کرده‌اند، وصف صفای دل است که می‌تواند به اقتضای این صفا، صورت‌ها و نقوش بی‌منتهایی را نمایان سازد. صورت بی‌حد و بی‌صورتِ عالم غیب،[۱] از آینه‌ی دل درخشید و از گریبان بر موسی تابید، به‌طوری‌که او دست در گریبان خود می‌کرد و دستش مانند خورشید می‌درخشید.[۲] فلک و عرش و عالمِ فرش محدود هستند، ولی آینه‌ی دل حد و حصری ندارد. تمامی صفات الهی، هم از لحاظ کثرت در مقام و احدیّت و هم از لحاظ وحدت در مقام احدیّت، در دل ظهور می‌کند. آن‌ها که دل را از زنگار کثرت بو و رنگ و مادیّت پاک کرده و صیقل توحید زده‌اند، هرلحظه و دمی از جانب حق، خوبی‌ها را مشاهده می‌کنند و حقایقی را شهود.

این صوفیان صافی و این پیروان طریق صفا و راه وفا، آن عالمان ربّانی‌اند که صورت ظاهر علم را رها می‌کنند و از مرحله‌ی لفظ می‌گذرند و پرچم عین‌الیقین را افراشته می‌سازند و به عین می‌رسند.

عارفانِ کامل، مرگ را یکی از مراحلِ طبیعی حیات می‌دانند و آن را زایشی دیگر و تولّدی دوباره می‌شمرند. عرفا، دنیا را به رَحِم تنگ و تاریک مادران تشبیه کرده‌اند که جنین برای رسیدن به دنیای پهناور، از این رحم، گام بیرون می‌گذارد. همین‌طور انسان، جنین این دنیاست که باید به جهانی پهناورتر و روشن‌تر گام نهد. لذا آن‌ها مرگ را مبارک می‌دانند و به آن مشتاقند.

هیچ‌کس نمی‌تواند بر دل و جان این صوفیان صافی، آسیبی و گزندی برساند. اگر کسی مدّعی شود که می‌تواند بر جسم اینان صدمه وارد آورد، می‌گویم:

«این آسیب و صدمه، هرچند بر تن ایشان وارد می‌شود، ولی بر دل آنان صدمه‌ای

۱- «صورتِ بی‌صورت بی‌حد»، حاکی از تمامیّت اسماء و صفات الهی است. (تفسیر مثنوی معنوی، ص ۳۶۶)

۲- اشاره است به معجزه‌ی ید بیضاء که در اعراف ۱۰۸/ ، طه ۲۲/ ، شعراء ۳۳/ ، نمل ۱۲/ و قصص ۳۲/ به آن تصریح شده: **دستت را به یقه‌ی لباست وارد کن، تا سپید و نورانی شود.** در کتاب تورات در سِفر خروج، باب چهارم آیه‌ی ششم نیز آمده: «و خداوند وی را گفت: «دست خود را در گریبان خود بگذار.» چون دست به گریبان خود برد و آن را بیرون آورد، دست او مثل برف سفید و نورانی شد.»

نمی‌رساند. مانند این‌که اگر صدف بشکند، گوهر آن مصون است.»

این عارفان اگرچه مسائل مربوط به علم «نحو» و «فقه»[1] را رها کرده‌اند، ولی در عوض برای «محو» و «فقردرویشی» اعتبار والایی قائل شده‌اند.

در دل این عارفان، نقش حقیقی بهشت را می‌توان یافت. این عارفان، از عرش نیز برترند و در «جایگاهی پسندیده» ساکن هستند.[2]

❊ ❊ ❊

در این داستان چینیان، نمودار عالمان ظاهری هستند که دل خود را با انواع علوم و محفوظات نقش زده‌اند؛ و رومیان، نمودار اصحاب کشف و شهودند.

۱- «**نحو**»: بخشی است از دستور زبان که به وسیله‌ی آن، عمل و وضع کلمات در جمله و عبارت شناخته می‌شود.

«**فقه**»: علمی است که از فروع عملی احکام شرع بحث می‌کند. مبنای این علم، بر استنباط احکام است از کتاب و سنّت؛ و به سبب همین استنباط، محلّ اجتهاد است. (فرهنگ معین)

۲- اشاره به آیه‌ی ۵۵ سوره‌ی قمر است: «آن‌ها در جایگاه راستی و مقام صدق، نزد خداوند توانا جای دارند.» و منظور از «عرش»، مجموعه‌ی جهان هستی است.

لقمان و میوه‌ها

بد لقمان پیش خواجه‌ی خویش
در میان بندگانش خوارتن
می‌فرستاد او غلامان را به باغ
تا که میوه آیدش بهر فراغ

لقمان حکیم، در میان سایر غلامان در خدمت خواجه‌ای قرار داشت. آن ارباب غلامان خویش را به باغ می‌فرستاد تا برایش میوه بیاورند. لقمان در میان سایر غلامان آن ارباب، طُفیلی و زیادی به نظر می‌رسید، درونی پرمعنی و صورتی چون شب سیاه داشت.

روزی آن غلامان، میوه‌ها را چیدند ولی از آن‌جا که حرص و طمع بر آنان چیره بود، مقداری از آن میوه‌ها را خوردند.

هنگامی که ارباب به این موضوع پی‌بُرد، گفتند:

«آن میوه‌ها را لقمان خورده است.»

ارباب بر لقمان خشمگین شد. وقتی لقمان سبب خشم و علّت ترشرویی و سرزنش اربابش را دریافت، نزد او رفت و گفت:

«ای سَرور من، بنده‌ی خیانت کار نمی‌تواند در پیشگاه الهی رضای او را جلب کند. بر تو خیانتی رفته است و برای کشف این خیانت همه‌ی ما را امتحان کن. دستور بده تا آبی گرم بیاورند و به هر یک از ما مقدار زیادی بنوشان.[۱] بعد از آن ما را به صحرایی وسیع ببر و تو سواره باش و ما نیز پیاده بدویم. آن‌گاه مجرم و خائن را بشناس و قدرت خدا را تماشا کن که چگونه رازها را فاش می‌کند.»

این پیشنهاد لقمان مورد قبول خواجه قرار گرفت و همین را اجرا کرد. وقتی غلامان مقداری آب گرم خوردند و به دویدن افتادند، حالت تهوّع بر آن‌ها چیره شد. آن آب گرم سبب شد که میوه‌هایی که خورده بودند، برگردانند؛ ولی هرچه از شکم لقمان بیرون می‌آمد، چیزی جز آب نبود. به این وسیله، پاکی و عدم خیانت او ظاهر شد.

وقتی حکمت لقمان این معایب نهان را این‌گونه کشف می‌کند، تو ببین که حکمت حضرت پروردگار چگونه خیانت و معصیتِ پوشیده‌ی مردم را کشف می‌کند؟ روز رستاخیز فرا می‌رسد و همه‌ی درون‌ها و رازهای شما فاش می‌شود. در آن روز، از شما اسراری فاش می‌شود که میل ندارید آن‌ها آشکار شوند.[۲] هنگامی که از آب جوشان دوزخ خورند، اعضای درونی آن‌ها پاره‌پاره می‌شود.[۳]

۱- «حمیمآب داغ». مولانا به آیه‌ی ۷۰ سوره‌ی انعام (در مورد روز قیامت) نظر داشته است. «آن‌ها کسانی هستند که گرفتار اعمالی شده‌اند که خود انجام داده‌اند؛ نوشابه‌ای از آب سوزان برای آن‌هاست.»

۲- اشاره است به آیه‌ی ۹ سوره‌ی طارق: «روزی که اسرار نهانی آشکار می‌شود.»

۳- اشاره است به آیه‌ی ۱۵ سوره‌ی مُحمّد: «از آب جوشان نوشانده می‌شوند که اعضای درونی آنان را از هم متلاشی می‌کند.»

دزدیدن ماری از مارگیر

دزدکی از مارگیری مار برد
ز ابلهی آن را غنیمت می‌شمرد

وا رهید آن مارگیر از زخم مار
مار کشت آن دزد او را زار زار

یک دزد حقیر و نادان، ماری را از مارگیری دزدید و از حماقت، آن را غنیمتی گران‌بها شمرد. آن مار زهرآگین، دزد را نیش زد و هلاک کرد؛ و مارگیر از نیش مار نجات یافت.

وقتی مارگیر با جسد دزد روبرو شد، با خود گفت:

«مارِ من آن دزد را کشت و من از این بلای عظیم نجات پیدا کردم. در حالی که وقتی دزد، مار را از من رُبود، دلم می‌خواست او را بیابم و مار را از او پس بگیرم و در این‌باره دعا می‌کردم که خداوند مار را به من برگرداند. سپاس خدا را که دعایم را اجابت نفرمود. من ابتدا این حادثه و عدم اجابت دعایم را زیانی بر خود می‌پنداشتم؛ ولی اینک می‌بینم که این مسئله، نسبت به من سود و نفع به همراه داشته.»[1]

بسیاری از دعاها که انسان برای خود می‌کند، در واقع موجب هلاک و تباهی است؛ ولی چون به حقایق امور علم ندارد، مصرّانه برآورده شدن آن را از خداوند می‌خواهد؛ ولی حضرت حق که پاک و منزّه است، از روی کرمش این قبیل دعاها را قبول نمی‌کند

۱- تداعی می‌کند آیه‌ی ۲۱۶ سوره‌ی بقره را:

«چه بسا چیزی را خوش نداشته باشید و ناگوارش شمرید، حال آن‌که خیرِ شما در آن است؛ و یا چیزی را دوست داشته باشید، ولی به واقع نسبت به شما زیان و گزند است. خداوند به سرانجام امور داناست و شما نمی‌دانید.»

صوفی و چهارپایش

صوفی‌ای می‌گشت در دور اُفق
تا شبی در خانقاهی شد قُنق
یک بهیمه داشت در آخور ببست
او به صدر صفه با یاران نشست

یکی از صوفیان ضمن سیر و سیاحت در اطراف عالم، به خانقاهی رسید و درآن‌جا اقامت کرد. ابتدا چهارپای خود را در آخور بست و سپس به حلقه‌ی ذکر صوفیان پیوست. آن صوفی همراه با یاران خود به مراقبه پرداخت؛ زیرا که حاضر شدن در نزد یار، خود دفتر و کتابی است آموزنده.[1]

دفتر و کتاب صوفی، سیاهی حروف بر روی کاغذ نیست؛ او جز دل سفید چون برف، دفتری ندارد.[2] توشه‌ی دانشمند و طالب علوم رسمی، آثار و نوشته‌هایی است که از قلم او تراوش می‌کند؛ ولی توشه و ذخیره‌ی صوفی، علوم و معارفی است که از سِیر و سلوک او و پیروی از طریقت و نتایج روحی و آثاری که از این راه حاصل می‌شود، می‌باشد.[3]

برای مثال، صوفی مانند آن صیّادی است که به سوی شکار می‌رود، ردّپای آهو را پیدا می‌کند و به‌دنبال آن می‌رود. در آغاز راه، ردّپای آهو برای نشان دادن راه به شکارچی، وسیله‌ی خوب و شایسته‌ای است؛ امّا بعد بوی دلاویز نافِ آهو، راه را به او نشان

1- آن‌طور که می‌توان که از حضور مرشد و راهبر بهره بُرد، نمی‌توان در غیاب او بهره گرفت، خاصّه در زمینه‌ی سلوک؛ زیرا سلوک عرفانی را نمی‌توان از طریق مطالعه‌ی کتاب حاصل کرد.

مراقبه در لفظ به معنی پاسبانی و نگاه‌داشتن و در اصطلاح، یکی از احوال سلوک عرفانی است. این اصطلاح نیز از قرآن گرفته شده: **«همانا خداوند، مراقب شماست.»** مقصود از مراقبه این است که بنده یقین کند که خداوند در جمیع احوال، بر قلب و ضمیر او عالم است. لذا وقتی بنده به این حقیقت یقین می‌آورد که هیچ‌یک از سخنان و نگاه‌ها و حالات او از خداوند نهان نیست، همه‌ی لحظات و دَم‌های خود را با خدا و با یاد او می‌گذراند و غیر او را از منزلگاه قلبش می‌روبد و از وجود حق پُر می‌شود. (شرح جامع مثنوی معنوی، ج ۲، ص ۷۸)

2- کتاب و دفتر در این‌جا، نشانگر علوم رسمی و محفوظات ظاهری و سطحی است.

در مورد کلمه‌ی **صوفی** نظریه‌های بسیاری داده شده. سُهرَورَدی گوید: «باید دانست که صوفی، آن باشد که دایم سعی در تزکیه‌ی نفس و تصفیه‌ی دل و روشنی روح کُند.» مولانا نیز در سراسر مثنوی، صوفی راستین را در همین معنا به‌کار گرفته و هرگز آن را به معنی رایج که جنبه‌ی تشکیلاتی و فرقه‌ای دارد فرضَ نکرده است. بنابراین، کلام فوق، دانش حقیقی را از راه صفای دل می‌داند.

3- بی‌گمان مقصود مولانا و مشایخ عرفا و اکابر صوفیه این نیست که باید کسب علوم و سعی و تلاش‌های علمی را تعطیل کرد، چنان‌که برخی از عوام صوفیه بر این گمان رفته‌اند. چه همین بزرگانی که علوم رسمی را کافی برای رسیدن به مقصود نمی‌دانند، خود در آن ماهر بوده و در عرصه‌ی علوم و دانش، سرآمد دوران و یگانه‌ی زمان خود به شمار می‌آمدند؛ نظیر مولانا، غزّالی، فارابی و ... . آثار و نتایج روحی که از سیر و سلوک و پیروی از طریقت حاصل می‌شود، علوم و معارفی است که از جانب حضرت حق بر دل بندگان وارد می‌گردد. (شرح جامع مثنوی معنوی، ج ۲، ص ۸۰)

می‌دهد و به سوی خود هدایت می‌کند.[1] هرگاه سالک، از این‌که راه حقیقت را با نشانه‌های تکلیف و بندگی پیموده شاکر باشد، بر اثر این سلوک به مراد خویش خواهد رسید و در ردیف اهل حقیقت قرار خواهد گرفت. یک منزل طی کردن به‌وسیله‌ی بوی خوش آهو، بهتر از طی کردن صد منزل به وسیله‌ی دنبال کردن ردّپای آهو و گشتن به دنبال اوست.[2]

فعلاً از شرح اسرار و بیان حقایق معنوی منصرف می‌شویم و برای شرح حال و ماجرای آن صوفی، به سوی نقل داستان باز می‌گردیم؛ ولی ای عزیز، مواظب باش که فقط به ظاهر داستان توجّه نکنی، بلکه از آن عبرت بگیر و حقایق و اسرار را در لابلای آن دریاب.[3]

همین‌که حلقه‌ی آن صوفیان بهره‌مند از تعالیم و ارشاد پیر، با وجد و شادی به پایان رسید، برای آن صوفی که مهمان خانقاه بود، سفره پهن کردند. او به یادِ چهارپایش افتاد و خادم را صدا کرد و گفت:

«به آخور برو و به آن حیوان، سری بزن و جو و کاهی برای آن زبان‌بسته فراهم کن.»[4]

خادم گفت:

«لاحَولَ وَ لا قُوَّةَ اِلّا باللّٰ.[5] این دیگر چه سفارشی است؟ من در تیمار داری چارپایان سابقه‌ای طولانی دارم و می‌دانم چه بکنم.»

صوفی گفت:

«ای خادم، چهارپای من سالخورده شده و دندان‌هایش کُند و سست است؛ لذا جو را

۱- «سالک» در آغاز سلوک، بیش‌تر به‌صورت حقیقت توجّه دارد و راه را تعبّدی و تقلیدی می‌رود؛ امّا وقتی مقداری از راه را پیمود، اخگر ذوق و اشتیاق در قلبش پدید می‌آید و تکلیف و تکلّف، رنگ ذوق و اشتیاق می‌گیرد و به‌این‌ترتیب باقی‌مانده‌ی راه را تا وصول به اصول، عاشقانه می‌پیماید. علوم رسمی می‌تواند در مراحل آغازین سلوک، مفید افتد؛ ولی از آن به‌بعد دیگر وسیله‌ی مناسبی نیست، بلکه باید با عشق به راه ادامه داد. (شرح جامع مثنوی معنوی، ج ۲، ص ۸۱)

۲- فرق است میان سالکی که عبادات و طاعات را به شکل تقلیدی و تعبّدی انجام می‌دهد، و آن سالکی که با عشق و جذبه به طاعات و عبادات روی می‌کند.

۳- چنان‌که اسلوب قرآنی نیز همین است: «[ای پیامبر!] این داستان‌ها را برای آن‌ها بازگو کن، شاید بیندیشند (و بیدار شوند).» (آل عمران/۱۷۶)

۴- «خادم» در میان مشایخ صوفیه، کسی را گویند که برای انجام خدمت فقرا گماشته می‌شود. صوفیان برای این خدمت، اهمیّت فراوان قائل بودند و کسی به لباس خدمت درمی‌آمَد که صفت جوانمردی و بخشش و ایثار در او به غایت وجود داشت. گاه نیز فرومایگانی برای خودنمایی به این لباس درمی‌آمدند. در این حکایت نیز با خادمی ریاکار و خودبین روبرو هستیم. (شرح جامع مثنوی معنوی، ج ۲، ص ۹۶)

۵- لاحَولَ وَ ... یعنی: «نیرو و قدرتی نیست، مگر از جانب خدا.» گاه برای پناه بردن به خدا از شرّ کسی آن را می‌خوانند. این کلمات باید از صمیمِ جان گفته شود، نه فقط با زبان؛ زیرا تنها ذکر این الفاظ هیچ تأثیری ندارد، مگر آن که قلب نیز متذکّر شود. بنابراین، دلی که از کمندِ هوی و ریا رسته باشد، می‌تواند با ذکر این الفاظ، تأثیرات شگرفی بیافریند.

خیس کن تا بتواند خوب بجَوَد.»

خادم گفت:

«لاحَولَ وَ ... . ای سَرور و بزرگ من، این‌چه حرفی است که می‌زنی؟ دیگران هم این کارها را از من یاد می‌گیرند.»

صوفی:

«چهارپای من، راهی بس طولانی را طی کرده و بر اثر سایشِ پالان، پشتش زخم شده، لطفاً روی زخم‌هایش مرهم بگذار.»

خادم:

«لاحَولَ و ... . این فلسفه بافی‌ها را رها کن، برای ما تاکنون ده‌ها هزار مهمان آمده و همگی خرسند و راضی این‌جا را ترک کرده‌اند؛ زیرا مهمان به منزله‌ی جان و روان ماست.»

صوفی:

«به آن زبان‌بسته آب هم بده، ولی مواظب باش که آبش نیم‌گرم و وِلَرم باشد؛ زیرا آبِ سرد با مزاجش سازگار نیست.»

خادم:

«لاحَولَ وَ ... .حرف‌های ابتدایی و واضح تو، مرا شرمنده می‌کند.»

صوفی:

«مواظب باش کاه، کم‌تر قاطیِ جو کنی.»

خادم:

«لاحَولَ وَ ... . ای آقای من، این حرف‌های زیادی را دیگر نزن؛ چون من همه‌ی این‌ها را که می‌گویی، می‌دانم.»

صوفی:

«جای حیوان را از سنگ و کثافات پاک‌کن؛ اگر هم زیرش خیس است، مقداری خاکِ خشک بریز تا رنجور نشود.»

خادم:

«لاحَولَ و ... . ای پدر معنوی، تو نیز پناه برخدا بگو؛ و با قاصدی که لیاقت و اهلیّت دارد، درباره‌ی وظیفه‌اش کم‌تر با او سخن بگو.»

صوفی:

«شانه‌ای بردار و پشتِ حیوان را قشو بزن.»

خادم:

«لاحَول و ... . ای پدر، خجالت بکش.»[1]

۱- چنان‌چه در طریقَت، پُرگویی و چانه‌زدن، نشان بی‌شرمی و قساوت قلب است.

خادم با چهره‌ای مصمّم از جای برخاست و به صوفی گفت:

«ابتدا می‌روم که کاه و جو را بیاورم.»

او از آن جا رفت، ولی هیچ یادی از آخورِ آن حیوانِ زبان‌بسته نکرد؛ بلکه یکسره نزد جمعی از بیکاران و ولگردان رفت و با آنان به صحبت پرداخت و بر سفارش‌های آن صوفی خنده‌ی تمسخرآمیز کرد. او در واقع آن صوفی را فریب داد.

صوفی از فرط خستگی به خواب سنگینی فرو رفت و خواب‌های پریشان بر او غالب شد؛ مثلاً خواب دید که خرش در چنگالِ گرگی گرفتار شده و آن گرگ، بی‌امان بر او حمله می‌کند.

صوفی، سراسیمه از خواب پرید و با خود گفت:

«لاحَولَ ... نکند مغزم پریشان شده که این خیالات واهی به سراغم آمده؟! شگفتا، آن خادمِ مهربان کجاست؟»

دوباره صوفی به خواب رفت و این‌بار خواب دید که الاغش هنگام راه رفتن گاه به چاهی سقوط می‌کند و گاهی به گودالی می‌افتد. او بیدار شد و برای رهایی از آن خواب‌های پریشان و هولناک، شروع کرد به خواندن سوره‌ی «فاتِحَه» و «قارِعَه».

صوفی با خودش می‌گفت:

«حالا چاره چیست؟ یاران و دوستان همه برخاسته و از خانقاه رفته‌اند و همه‌ی درها را نیز بسته‌اند. شگفتا، مگر آن خادم با ما نان ونمک نخورد؟ پس نباید نسبت به ما خیانتی ورزد وکوتاهی و تقصیری کند. من که نسبت به آن خادم، جز لطف کاری نکرده‌ام. او چرا برعکس، با من دشمنی می‌کند؟ سوءِظن کار زشتی است، چرا باید درباره‌ی برادرم چنین گمان بدی داشته باشم؟»[1]

دوباره با خود می‌گفت:

«دوراندیشی، در سوءِظن است؛ هر کسی که سوءِظن ندارد، چگونه می‌تواند در امان باشد و از شرّ توطئه‌ی دشمن جان سالم به در بَرد؟!»

صوفی دچار این وسوسه‌ها و خیالات پریشان بود. از طرف دیگر، آن حیوان از شدّت ضعف و گرسنگی، این پهلو و آن پهلو می‌شد و با زبان حال می‌گفت:

«خداوندا، از جو صرف‌نظر کردم، حدّاقل یک مشت کاه به من برسان.»

همین‌که روز فرا رسید، خادم به طویله رفت و پالان را بر پشت آن زبان‌بسته گذاشت. سپس به شیوه‌ی خرفروشان حرفه‌ای که با ضربات نیشتر، حیوان را به دویدن و چالاکی وامی‌دارند، دو سه سیخک به آن زبان‌بسته زد. از تیزی و شدّتِ نیشتر خادم، خر می‌جهید؛ ولی کو زبان و گفتار تا خر، حال زار خود را بازگو کند؟ خادم، حیوان را به حرکت و دویدن واداشت،

۱– در سوره‌ی حُجُرات، قسمتی از آیه‌ی ۱۲ آمده است: «ای کسانی‌که ایمان آورده‌اید، از بسیاری از گمان‌ها دوری کنید که همانا بعضی از گمان‌ها گناه است... .»

تا صوفی گمانِ بد به او نَبَرد.

هنگامی‌که صوفی سوار بر الاغش شد و به راه افتاد، حیوان زبان‌بسته قدرت راه رفتن نداشت و واژگون می‌شد. مردم که متوجّه‌ی حال زار حیوان شدند، هرکدام با قیافه‌ای کارشناسانه پیش می‌آمدند و در مورد بیماریش اظهارنظر می‌کردند.

وقتی معاینه‌ها به جایی نرسید، نومیدانه به صوفی گفتند:

«ای شیخ، این دیگر چه حالتی است؟ مگر تو نبودی که دیروز می‌گفتی سپاس خدا را که این الاغ، بس نیرومند و چالاک است؟!»

صوفی که از واقعیّت امر آگاه بود و ریشه‌ی اصلی پریشانی حیوان را می‌دانست، به‌آنان گفت:

«خری که شب به جای کاه و جو، لاحَولَ ... بخورد، شیوه‌ی راه رفتنش غیر از این نخواهد بود. وقتی‌که عُلوفه‌ی الاغ در شب، لاحول باشد؛ پس آن حیوان زبان‌بسته سراسر شب را به تسبیح گفتن مشغول می‌شود و ناچار در روز به سجده می‌افتد و واژگون می‌شود.»

ای برادر، نباید به سلام علیک ظاهریِ بسیاری از مردم چندان مطمئن باشی؛ زیرا سلام علیک و قول و قرارهای آنان، نظیر لاحَول گفتن خادم خانقاه است. از مردم شیطان‌صفت کم‌تر فریب بخور؛ زیرا ظاهراً لاف دوستیِ می‌زنند، ولی باطناً درصدد فریفتنِ این و آن هستند. آن‌کس که از نَفَس شیطان «لاحول» خورَد، یعنی کسی‌که مفتونِ سخنان فریبنده‌ی دیگران شود، مانند آن خر صوفی بالاخره هنگام حرکت و عزیمت با سر به زمین می‌خورد.

هرکس که در این دنیا، فریب شیطان را بخورد، مانند آن خر صوفی از ضعف و پریشانی با سر به زمین سقوط خواهد کرد.[1] به خودآی، فریب عشوه‌ها و نازهای رفیق بد را نخور، به دام توجّه کن، با اطمینان روی زمین راه نرو. صدهزار شیطان متظاهر و ریاکار را بشناس و زیر نظر قرار بده.[2]

مانند گوسفند نباش که دوست فریب‌کار، تو را «ای دوست» و «ای جان» خطاب کند و بفریبد و مانند قصّابی، پوست تو را برکَند.[3] وای به‌حالِ کسی‌که از دست

۱- در تفاسیر قرآن کریم، پلِ صراط را راهِ راست و آشکار و وسیع معنی کرده‌اند. پلِ صراط، همان راه مستقیم دین و فطرتِ الهی است.
عرفا در شرح صراط می‌گویند: «هرپدیده‌ای دارای حرکتی فطری به سوی حق تعالی است، یعنی راه کمال را فطرتاً می‌پوید. ولی در میان موجودات، این انسان است که علاوه بر حرکت نخست دارای یک حرکت ارادی و اختیاری نیز هست که البتّه این راه، ویژه‌ی کاملان است. هرگونه کژی و انحراف از این راه (صراط مستقیم)، آدمی را به ژرفای دوزخ می‌برد.» (مفتاح‌الغیب، ص ۱۰۲۶)
۲- دراین‌جا، اشارت به این مطلب است که ابلیسی و شیطان صفتی، در درونِ هر کسی وجود دارد. (شرح مثنوی اکبرآبادی، ج ۲، ص ۴۴)
۳- زیرا قصّاب به ظاهر با گوسفندان، دوستیِ می‌ورزد و با دادن آب و علف و برآوردنِ اصواتِ

دشمنانِ دوست‌نما، اندکی تریاک استفاده کند.[1]

مانند شیر باش و شکار خود را خودت صید کن، عشوه و ناز بیگانه و دشمن را رها کن و از خوشامدگویی و ثناخوانی آنان استقبال نکن. غم‌خواری و مواظبتِ فرومایگان را مانند مواظبت آن خادم بدان. بی‌کسی و تنهایی، بهتر از بزرگداشت و احترام ناکسان است.

دوستانه و محبّت‌آمیز، آن زبان‌بسته‌ها را به کشتارگاه می‌کشد و خونشان را می‌ریزد و پوست از تنشان جدا می‌کند. شیطان‌صفتان نیز با مردم ساده‌لوح چنین معامله‌ای دارند. (شرح جامع مثنوی معنوی، ج ۲، ص ۱۰۵)

۱- دشمنان شیطان‌صفت و تبه‌کاران بدنهاد در لباس دوست در می‌آیند و با فردی ساده‌لوح، طرح دوستی می‌ریزند و او را به مجلس کِیف دعوت می‌کنند و بَستی تریاک بر سر وافور می‌گذارند و به دست او می‌دهند و از خواصّ تریاک دم می‌زنند و مثلاً می‌گویند: «اگر این بست را بکشی طبعت در مقابل امراض، مقاوم می‌شود و همیشه جوان و نیرومند می‌مانی و ...» تا آن نگون‌بخت را خام کنند و به جِرگه‌ی اهل کِیف درآورند و بیچاره‌اش کنند. (شرح جامع مثنوی معنوی، ج ۲، ص ۱۰۶)

بازِ پادشاه و خانه‌ی پیرزن

دین نه آن بازیست کو از شه گریخت
سوی آن کمپیر، کو می‌آرد بیخت
تا که تنهایی پزد اولاد را
دید آن باز خویش خود زاد را

باز بلندپرواز و زیبایی که دست‌آموز شاه بود، روزی از کاخ شاهانه گریخت و به خانه‌ی محقّر پیرزنی پناه بُرد. پیرزن که سرگرم بیختن آرد بود، آن باز زیبا را گرفت و از سر دلسوزیِ نابخردانه، پایش را بست و پرش را کوتاه کرد و ناخنش را چید و مقداری کاه به عنوان غذا پیشش ریخت.

پیرزن به باز گفت:

«آدمیان نالایق از تو مواظبت نکرده‌اند، بال‌هایت بیش از حد بلند شده و ناخن‌هایت زیاد دراز شده است. دست هر آدم ناقابل، تو را بیمار و تباه می‌کند. اینک سوی ما بیا تا از تو خوب نگه‌داری کنیم.»

ای دوست، مهر و محبّت آدم نادان را همین‌گونه بدان؛ زیرا نادان همیشه راه را کج می‌رود.

از آن سو شاه نیز نگران باز خود بود و از صبح تا شب، به هر جا سر می‌کشید تا مگر او را پیدا کند؛ تا به کلبه و کاشانه‌ی آن پیرزن رسید و باز را با حالتی زار در آن‌جا پیدا نمود.

شاه ناله‌کنان به باز گفت:

«این حال زار، جزای کار نادرست توست؛ زیرا که در وفاداری به ما کامل نبوده‌ای. چگونه بهشت جاودان (کاخ شاهانه) را رها کردی و در دوزخ جای گرفتی؟ مگر از این آیه غافلی که: لایَستَوی اَصحابُ النّارِ و اصحابُ الجَنَّهِدوزخیان و بهشتیان برابر نیستند؟!»[1]

باز که به زشتی کار خود پی برده بود، پر و بالش را به دست شاه می‌مالید و می‌گفت:

«پادشاها، خطا کردم. توبه می‌کنم و تسلیم محض اوامرت هستم. کسی‌که تو مست و شیرِ شکارش کردی، اگر از روی مستی کج و نااستوار راه رفته، عذرش رَدپذیر. اگرچه ناخن‌هایم از بین رفته و بال و پرم چیده شده، ولی اگر از من حمایت کنی و همراهم باشی، دوباره قدرتمند می‌شوم.»

ای بخشایشگر، اگر تو جز نیکان کس دیگری را نپذیری، پس بنده‌ی فرومایه و گنه‌کار کجا بنالد و زاری کند؟ لطف و مهربانی شاه، جان و روان بنده را به سوی گناه می‌کشد؛ زیرا که شاه، هر گناهی را می‌بخشد و از گناه‌کار، فردی نیکو می‌سازد.[2]

برو کار زشت انجام نده که حتّی کارهای خوب ما در حضور آن محبوبِ زیبای

۱- سوره‌ی حشر، آیه‌ی ۲۰.

۲- چنان‌که در آیه‌ی ۷۰ سوره‌ی فرقان آمده است: «پس خداوند، بدی‌های آنان را به نیکی تبدیل کند.»

ما، زشت نموده می‌شود. تو از آن‌جهت پرچم گناه برافراشته‌ای که عبادت خود را شایسته‌ی قبول او پنداشته‌ای.[1] چون به تو اجازه دادند که نام خدا را بخوانی و دعا کنی، از آن دعا تو را غرور گرفته است. خودت را هم‌سخن حضرت حق دیدی و بسیار کسان به سبب این پندار، از خدا دور شده‌اند. هرچند پادشاه هم با تو روی زمین بنشیند، ولی تو حدّ خود را بشناس و ادب را در حضور او رعایت کن و گستاخی اختیار نکن.

حضرت حق، به اقتضای رحمت واسعه‌اش، به هر یک از بندگان خود به قدر استعداد و قابلیّت‌اش، افاضه‌ی رحمت و افاده‌ی موهبت می‌کند. بندگان، قابلیّت خود را با درخواست راستین و نیاز حقیقی نشان می‌دهند؛ گاه نیز از سر غفلت و بی‌خبری، نیازی به درگاه او نمی‌برند. در این موقع حق تعالی به واسطه‌ی صفت رحمانیّت، آنان را از خواب گران غفلت بیدار می‌کند و موهبت خود را به آنان می‌بخشد. رحمت باری تعالی بستگی دارد به درخواست بنده از سر اخلاص؛ که در آن‌صورت، از دریای رحمت الهی امواجی برمی‌خیزد و آن بنده را از نعمت‌هایش بهره‌مند می‌کند و دل او را با معرفت می‌گشاید.

۱- طاعات و عبادات نیز گاه از شهوت نفس سرچشمه می‌گیرد.

حلوا خریدن شیخ

بود شیخی دائماً او وامدار   از جوانمردی که بود آن نامدار

ده هزاران وام کردی از مهان   خرج کردی بر فقیران جهان

یکی از مشایخ طریقت (شیخ احمد خِضرویه)[1] که به جوانمردی مشهور بود، همیشه بدهکار بود. او از بزرگان و توانگران وام‌های زیادی می‌گرفت و همه را صرف فقیران و بینوایان می‌کرد. از طریق این وام‌ها خانقاهی نیز ساخته بود و جان و مال و خانقاه، همه را در راه خدا فدا کرده بود.[2] حضرت حق‌تعالی بدهی شیخ را از هرجا که بود، ادا می‌کرد.

شیخ وامدار، چندین سال به این کار ادامه داد؛ یعنی از توانگران وام می‌گرفت و مانند یک مددکار و قیّم و واسطه، به بینوایان می‌بخشید. شیخ تا می‌توانست تخم نیکی می‌کاشت تا این‌که هنگام رسیدن مرگ، در پیشگاه خدا رو سفید گردد و سکَرات مرگ را به راحتی و آرامش بگذراند.

چون زندگانی شیخ به پایان رسید و آثار مرگ را در وجودش احساس کرد، طلب‌کارانش با شتاب خود را به او رساندند تا طلب خود را بازگیرند. چون آن‌ها از وصول بدهی خود که مجموعاً چهارصد دینار طلا بود ناامید شدند، با حالت خشم و ترش‌رویی به او نگاه می‌کردند. شیخ که قیافه‌ی اخم‌آلود آنان را می‌نگریست، با خود گفت:

«این بیچارگان را ببین که نسبت به لطف حق چه‌قدر بدگُمان هستند. خیال می‌کنند که حضرت حق‌تعالی نمی‌تواند طلب ناچیزشان را ادا کند.»

در این هنگام بیرون از خانقاه، کودکی حلوا فروش فریاد زد: «حلوا، حلوا.» به این امید که از فروش آن، پولی به دست آورَد. شیخ با سر به خادم اشاره کرد که برو و همه‌ی حلواهای او را بخر و به این‌جا بیاور.

خادم از خانقاه بیرون رفت و به کودک حلوا فروش گفت:

«همه‌ی حلواهای این طَبَق را یکجا چند می‌فروشی؟»

پسر پاسخ داد:

«نیم دینار و اندی.»

۱- شیخ احمد خضرویه، از طبقه‌ی اوّل صوفیان بود و از بزرگان مشایخ خراسان و از کاملان طریقت و مشهوران فتوّت، کنیه‌ی او ابوحامد بود. او چون وفات یافت، هفتصد دینار وام داشت، زیرا همه را به بینوایان داده بود. به سال ۲۴۰ ه.ق وفات یافت و مقبره‌اش در بلخ است. (طبقات‌الصوفیه، ص ۹۸)

۲- جان فدا کردن در راه حق‌تعالی در میان صوفیان، تعبیری است از فنای ذات و موجودیّتِ موهوم خود در ذات حق؛ زیرا فنای ذات، نشانه‌ی صدق ایمان است. (شرح جامع مثنوی معنوی، ج ۲، ص ۱۳۸)

خادم گفت:

«نه، آن قیمتی که گفتی گران است؛ از صوفیان، بیش از آن نخواه. من نیم‌دینار به تو می‌دهم و دیگر حرفی نزن.»

آن پسرک، طَبَق حلوا را پیش شیخ گذاشت. تو اسرار شیخ سِراندیش را ببین که سرانجام، از آن اسرار او چه دیده شد و چه به ظهور آمد.

شیخ به طلب‌کاران اشاره کرد که:

«این عطای متبرّک را که حلال است، به خوشی میل کنید.»

پس از آن‌که طَبَق از حلوا خالی شد، کودک آن را برداشت و به شیخ گفت:

«ای شیخ خردمند، پول مرا بده.»

شیخ به کودک پاسخ داد:

«من پولی ندارم و بدهکارم و ساعاتی دیگر نیز خواهم مُرد.»

حالِ کودک دگرگون شد و به شیون و زاری پرداخت و از روی خشم و ناراحتی، سینی حلوا را بر زمین زد. بعد رو به شیخ کرد و گفت:

«ای شیخِ بدخو، تو مطمئن باش اگر من دست خالی و بی‌پول نزد استادم بروم، او مرا به قصدِ کُشت خواهد زد. آیا تو راضی هستی؟»

طلب‌کاران نیز با اعتراض و بی‌اعتقادی رو به شیخ کردند و گفتند:

«این دیگر چه ستمی بود که بر این کودک روا داشتی؟! اموال ما را که خوردی، این دیگر چه ظلمی بود که به ستم‌های قبلی افزودی؟!»

کودک تا وقت نماز مغرب گریه کرد. شیخ چشمانش را بسته بود و ابداً به پسر نگاه نمی‌کرد. او آسوده از تندخویی و مخالفت آن جمع، رخسار خود را که مانند ماه می‌درخشید، زیر لحاف بُرد و آن‌را پوشاند. شیخ با فرا رسیدن مرگ شادمان بود، و از سرزنش و گفتار عام و خاص آسوده خاطر.

آن‌کسی که جان حقیقی جهان از او راضی و خشنود باشد، از روی اخم‌آلودِ مردم چه غمی دارد؟ کسی که محبوب جان قرار گیرد، کِی از فلک و خشم آن اندوه می‌خورد؟[1]

اگر حاضران، در پرداخت حقّ آن کودک سهیم می‌شدند، طلب او پرداخت می‌شد؛ ولی همّت و تصرّف معنوی شیخ مانع از آن شد که سخاوت آنان به ظهور رسد. آری نفوذ معنوی پیران طریقت، از این‌هم که گفتیم بیش‌تر است.

وقت نماز مغرب فرا رسیده بود که خادمی از در خانقاه وارد شد و از طرف شخصی

۱- «جان» در این‌جا، همان جانِ جانان است که مقصود، حضرت حق‌تعالی می‌باشد. انبیا و اولیاءالله به مرتبه‌ای از کمال روحی و اوجِ معنوی دست پیدا می‌کنند که نه ستایش ستایشگران آنان را سرمست می‌کند، و نه بدگویی بدگویان آنان را غمین می‌سازد. (شرح مثنوی اکبرآبادی، ج ۲، ص ۶۱)

سخاوتمند، طَبَقی برای شیخ آورد. توانگرِ صاحب مالی که از حال شیخ باخبر بود، هدیه‌ای نزد او فرستاد. در طَبَق، چهارصد دینار نهاده بود، به اضافه‌ی نیم‌دینار دیگر که در کاغذ پیچیده بود. خادم به شیخ احترام کرد و آن طبق را در حضور شیخ بی‌نظیر گذاشت.

همین‌که شیخ، سرپوش را از روی طبق کنار زد و آن‌گروه آن کرامت را از شیخ دیدند، آه و فغان آنان بلند شد و گفتند:

«ای بزرگِ مشایخ و شاهان طریقت، این چه کرامتی بود؟ ای پیشوای بزرگان صاحب سِر، این‌چه رازی است و این چگونه سلطنتی است؟ ما نادان بودیم ما را ببخش، بسیار سخنان پریشان و نامربوط بر زبان آوردیم. ما که مانند کوران، عصازنان می‌رویم، چراغ‌هایی را که بر سر راهمان هست خواهیم شکست.[1] ما مانند ناشنوایان، هنوز سخنی نشنیده از روی قیاس خود، پاسخ‌هایی یاوه و بی‌ربط می‌دهیم.»[2]

طلب‌کارانِ شیخ خِضرویه وقتی کرامات او را دیدند، با اعتراف به غفلت خویش، عذرها خواستند.

شیخ فرمود:

«آن‌همه قیل‌وقال را من بر شما حلال کردم، حلالتان باد. راز این مسئله در آن بود که من از خداوند خواسته بودم راه راست را به من نشان دهد، او هم راه را نشانم داد. حضرت حق به طریق الهام به من فرمود اگرچه آن دینار کم است، ولی به دست‌آوردن آن، وابسته به گریستن کودک است. تا کودک حلوا فروش گریه نکند، دریای رحمت من به جوش نمی‌آید.»

بعد از آن‌که شیخ به آن‌ها گفت که سرّ آن کرامت و عطیه‌ی الهی به خاطر گریه‌ی آن کودک بوده، با حالی آرام و آسوده به استقبال مرگ رفت.

ای برادر، منظور از طفل، طفلِ چشم توست؛ این را بدان که به کام رسیدن تو، دقیقاً به گریه‌ی تو بسته است. اگر می‌خواهی که آن خلعت و موهبت به تو برسد، طفلِ چشم را بر جسم خود به گریستن وادار.

۱- قیاس‌های نظری و استدلال‌های منطقی، به عصا تشبیه شده است. به کارگیری قیاس‌های نظری و مطلق کردن آن‌ها، موجب انکار هادیان و راهنمایان حقیقت می‌شود. همان کسانی که مانند چراغی فروزان، راهِ حقیقت را به انسان‌ها نشان می‌دهند. (شرح جامع مثنوی معنوی، ج ۲، ص ۱۴۶)

۲- ر. ك. حکایت «به عیادت رفتن ناشنوا».

روستایی، شیر و گاو

روستایی گاو در آخور ببست
شیر گاوش خورد و بر جایش نشست
روستایی شد در آخر سوی گاو
گاو را می‌جست شب آن کنجکاو

یک روستایی گاو خود را در طویله به آخوری بسته بود. شیری آن گاو را خورد و خود در جای آن آرمید. روستایی، بی‌خبر از همه‌جا، شبانه رفت که به گاو سر بزند. طبق عادت همیشگی، به شیر دست می‌کشید به گمان آن‌که این همان گاو است. او گاه بر پشت و پهلو و گاه بر سر و پای او دست می‌کشید.

شیر با خود می‌گفت:

«اگر روشنایی بیش‌تر می‌شد و چادرِ سیاهِ شب بر پندارِ این روستایی سایه نمی‌افکند و می‌توانست مرا ببیند، زَهره‌اش می‌تَرکید و جان می‌داد. چون در این تاریکی مرا گاو خویش می‌پندارد، چنین گستاخانه مرا نوازش می‌کند.»

حق‌تعالی به آنان‌که از عظمت شأن کلام شریف و نام لطیف او بی‌خبرند، خطاب می‌کند:

«ای فریب خورده‌ی نابینا، مگر کوه طور با آن عظمت از نام من خُرد نشد؟[1] اگر فرضاً ما این کتاب را (به جای دل‌های خلق) بر کوه نازل می‌کردیم، آن کوه متلاشی می‌شد.»[2]

تو نام شریف حضرت حق را از پدر و مادرت شنیده‌ای و از روی تقلید یاد گرفته‌ای و به همین سبب است که از حقیقت آن، غافل مانده‌ای و بی‌خبرانه به آن وابسته شده‌ای. اگر تو بدون تقلید از حقایق و اسرار باخبر می‌شدی، وجود مادّی تو محو می‌گردید و مانند ندای آسمانی، مجرّد و لطیف می‌شدی.[3] این حکایت را برای بیم‌دادن تو بیان می‌کنم، تا آسیب و ضرر تقلیدکردن را بدانی.

۱- اشاره است به آیه‌ی ۱۴۳ سوره‌ی اعراف: «... هنگامی‌که پروردگار بر کوه جلوه کرد، آن را مانند خاک قرار داد.»

۲- اشاره است به آیه‌ی ۲۱ سوره‌ی حشر: «اگر این قرآن را بر کوهی نازل می‌کردیم، می‌دیدی که در برابر آن اظهار اطاعت و فروتنی می‌کند و از خوف خدا متلاشی می‌شود.»

۳- یعنی: اگر انسان، بدون تقلید در جهت معارف و حقایق ربانی و اسرار الهی تلاش کند، از آن، واقف و باخبر می‌شود؛ و وقتی به حقایق واصل شد، مانند ندای آسمانی پاک و مجرّد از جسم و عالم مادّه می‌شود و وجود موهوم مادّی و جسمانیش تحت تأثیر انوار الهی محو می‌گردد. (شرح کبیر انقروی، ج ۲، ص ۱۸۶)

خر برفت و خر برفت

صوفیی در خانقاه از ره رسید
مرکب خود برد و در آخور کشید
آبکش داد و علف از دست خویش
نه چنان صوفی که ما گفتیم پیش

یکی از صوفیان، از راهی دور به خانقاهی رسید. چهارپای خود را به طویله بُرد و در آخوری بست و مقداری آب و علف به آن زبان‌بسته داد. او برای این که مبادا چهارپابش کم و کسری داشته باشد، احتیاط کرد که دچار سهو و خطا نشود؛ ولی هنگامی‌که قضا بیاید، احتیاط چه فایده‌ای دارد؟

سپس آن صوفی، نزد دیگر صوفیان رفت. آن گروه صوفیان به سبب تهیدستی، تصمیم گرفتند که خر مهمان را بفروشند و از بهای آن مجلسی بیارایند و طعامی خریداری نمایند.

صوفیان همین‌که خر را فروختند، با پول آن، غذایی (لُوتِدیگجوش) فراهم کردند و شمع روشن نمودند.[1] در خانقاه میان صوفیان ولوله و غوغایی افتاد و آن‌ها به یکدیگر می‌گفتند: «امشب، شب خوردن و مجلسِ سماع است. تا کی زنبیل و کشکول به دست گیریم و گدایی کنیم؟ تا کی باید صبر کرد و روزه‌ی سه روزه گرفت؟[2] ما نیز آدمیم، ما هم‌جان داریم. امشب، بخت با ما یار است زیرا که مهمان داریم. به‌راستی که مهمان برای خانه و خانقاه، عین دولت و برکت است.»

آن مسافر نیز از راه دور و دراز آمده بود و خسته و کوفته‌ی راه بود. صوفیان، یکی‌یکی او را مورد لطف و نوازش قرار دادند و در حقّ وی خدمات پسندیده و مطلوبی کردند.

آن صوفی مقلّد چون لطف و نوازش صوفیان خانقاه را دید، با خود گفت: «امشب اگر به طرب و شادی نپردازم، پس کی چنین خواهم کرد؟»

صوفیان، غذای لذیذ را خوردند و سماع را شروع نمودند. آن‌ها از روی وجد و شعف، آشوبی

۱- در میان صوفیان، «دیگجوش دادن»، علامت تولّد معنوی است؛ و این وقتی است که سالک از کمند هوای نفس رسته است و به شکرانهی این رَستن، به امر پیر دیگجوشی می‌دهد. در این‌حال گویی که نوزادی تازه تولّد یافته است. رسم این است که پس از کندن پوست گوسفند بی‌آن‌که استخوان‌ها را بشکنند، آن را در دیگی گذارند تا پخته شود. آن‌گاه به امر پیر، گوشت‌ها را با دست از استخوان جدا می کنند و در نان می‌پیچند و به مهمان‌ها و سایر درویش‌ها می‌دهند. یکی از تعهّدات سالک به پیر، دادنِ دیگجوش است و این علامت کمال می‌باشد. (بهین‌سخن، ص ۳۲)

۲- برخی از مشایخ طریقت در ادوار، همواره در حال صیام و روزه بودند؛ برخی نیز **روزه‌ی سه‌گانه** می‌گرفتند، یعنی در روزهای ۱۳ و ۱۴ و ۱۵ هر ماه روزه می‌داشتند. **دریوزه**، به معنی گدایی است که صوفیان به آن پَرسه گویند. در ادوار گذشته، دراویش در کوی و برزن می‌گشتند و اشعاری می‌خواندند و هرکس به میل خود چیزی در کشکول آن‌ها می‌انداخت و طبق سنّت صوفیانه، موجودی کشکول بین فقرا تقسیم می‌شد. گاه نیز به فرمان پیر، ملزم می‌شد تا در کوی و برزن بگردد و اشعاری بخواند تا به این وسیله خوی کبر و خودبینی در او کشته شود. البتّه برخی از فرقه‌های صوفیّه پرسه زدن را مجاز نمی‌دانند. (شرح جامع مثنوی معنوی، ج ۲، ص ۱۷۳)

به‌پا کردند.

فقط آن صوفی‌ای شکم‌پرست نیست که از نور حق تعالی سیر خورده باشد. چنین صوفی‌ای از ننگِ کوبیدن در خانه‌ی این و آن، آسوده‌خاطر است. در میان هزاران صوفی، تنها شمار اندکی این‌گونه صوفی‌اند، یعنی واقعاً وارسته و پاکباخته‌اند؛ و سایر صوفیان در سایه‌ی حرمت و هویّت والای آنان زندگی می‌کنند و مورد احترام مردم واقع می‌شوند- یعنی همین‌که خود را در لباس صوفیان درمی‌آوردند، مردم به‌جهت احترامی که برای صوفیان حقیقی قائل‌اند، به آنان نیز با نظر خوب نگاه می‌کنند.

چون سماع به پایان نزدیک شد، مطربِ صوفیان ضربی قوی و سنگین را آغاز کرد.[1] او همراه با آن آهنگِ ضربی شروع کرد به خواندن: «خر برفت و خر برفت و خر برفت.» بر اثر دم گرم او، سایر درویشان نیز هم‌آواز و دمساز شدند.[2] با این ترانه تا سحر پای کوبیدند و دست زدند و گفتند: «ای پسر، خر برفت و خر برفت.» آن صوفی هم از راه تقلید از صوفیان پیروی کرد و همراه با جمع، آن شعر را با شور و هیجانی بیش‌تر و از جان و دل می‌خواند.

وقتی‌که بامداد فرا رسید و آن جوش و خروش و سماع پایان گرفت، همه‌ی صوفیان با صوفی مسافر خداحافظی کردند و پراکنده شدند. مسافر برای ادامه‌ی سفر به طویله سر کشید تا بار و بنه‌اش را روی خر بنهد و رهسپار شود؛ ولی با کمال شگفتی خری در طویله ندید. از سر ساده‌لوحی و خوش‌خیالی با خود گفت:

«حتماً خادم خانقاه، آن زبان‌بسته را برای سیراب کردن، به چشمه‌ای برده است.»

هنگامی‌که خادم آمد و دید از خر خبری نیست، با نگرانی به او گفت:

«پس خر کو؟»

خادم با نگاهی مانند نگه‌کردن عاقل اندر سفیه، به او گفت:

«کدام خر؟!»

صوفی گفت:

«همان خری که دیشب به تو سپردم. امانتی که به تو سپردم را باید به من پس بدهی.»

خادم گفت:

«صوفیان مرا مجبور کردند که خر را در اختیار آن‌ها بگذارم تا آن را بفروشند.»

صوفی گفت:

«فرض می‌کنیم که آن‌ها با زور، خر مرا از تو گرفتند؛ امّا در واقع، قصد جان من بیچاره را کردند. وقتی تو از این مسئله باخبر شدی، آیا نباید می‌آمدی و به من می‌گفتی که ای

۱- در مجالس سماع معمولاً رسم بر این است که پس از خواندن اشعار و آوازه‌خوانی با دف و نی و آلات دیگر، در بخش پایانی سماع، گروه دف‌زنان یک قطعه لحن ضربی و آهنگین را دسته‌جمعی با قدرت و قوّت می‌نوازند و سماع پایان می‌گیرد. (شرح جامع مثنوی معنوی، ج ۲، ص ۱۷۵)

۲- صوفیان حقیقی، به برطرف شدن چهارپای نفسانی واقف‌اند. اگر می‌گویند خر رفت، معنای حقیقی آن را می‌دانند؛ ولی صوفیان ظاهری، فقط به تکرار مقلدانه مشغول‌اند. (همان کتاب، همان صفحه)

بیچاره و ای بینوا، صوفیان دارند خرت را می‌برند تا آن را بفروشند؟ تا این‌که من، خر خود را پیش هرکس‌که باشد پس بگیرم؛ و اگر نتوانستم خر را پس بگیرم، لااقل بهای آن را از ایشان بگیرم؟»

خادم گفت:

«به خدا قسم من چندین بار آمدم تا تو را از این کارها آگاه کنم، ولی می‌دیدم که تو نیز مشغول دم گرفتنی و حتّی قوی‌تر و شورانگیزتر از همه‌ی حضّار می‌خوانی: خر برفت و خر برفت و خر برفت. تو غفلت کردی، من چه گناهی دارم؟ از پیش تو بازمی‌گشتم و با خود می‌گفتم: او از این قضیّه خبر دارد و به این‌کار رضایت دارد، زیرا که او مردی عارف و آگاه است.»

صوفی مالباخته در جواب خادم گفت:

«همه‌ی آنان این سخن را دلنشین ادا می‌کردند، و این دم‌گیرا مرا هم بر سر ذوق آورد. به‌راستی که تقلید کردن از آنان، بیچاره‌ام کرد، لعنت بر این تقلید کورکورانه. ذوق و شور گروه صوفیان، مرا تحت تأثیر قرار داد و دلم از انعکاس ذوق آنان، سر ذوق آمد.»

ای طالب، بازتاب شوق از یاران عاشق و عارفان صادق، تا آن زمان لازم است که تو به مرتبه‌ی استغنا (بی‌نیازی) برسی و از دریای معنویّت، بدون واسطه‌ی آنان، آب حقیقت جذب کنی. در ابتدای کار، اگر حال و ذوقی در تو منعکس شد، آن را باید تقلید بدانی؛ و چون آن حال و ذوق پی‌درپی به تو رسید، آن دیگر مرتبه‌ی تحقیق است.[۱] تا وقتی‌که بی‌واسطه به دریای حقیقت نرسیده‌ای، از یاران جدا مشو؛ زیرا تا وقتی که قطره‌ی باران به مروارید تبدیل نشده، نباید صدف را ترک کند.[۲] اگر می‌خواهی که چشم و عقل و گوش تو صاف باشد، پرده‌های طمع را پاره کن. آن تقلید که صوفی به سبب طمع خویش در آن افتاد، عقل او را از دریافت نور و درخشش آن کور کرد. طمعِ غذا و حرص به آن و شور و حال و سماع، مانع عقل او از دریافت و آگاهی گشت. هرکس از دیدار الهی بهره‌مند شد، در چشم او این دنیا با همه‌ی فریبندگی‌اش، چون لاشه‌ای مُرداری است. ولی آن صوفی مقلّد، از مدهوشی شراب الهی دور و بیگانه بود؛ و به سبب حرص، چشمانش در شب دنیا قادر به رؤیت جمال یار نبود. آن‌کس که مست حرص وآزمندی است، اگر صد نوع حکایت پندآموز بشنود، حتّی یک نکته هم در گوشِ او فرو نمی‌رود، زیرا که گوش باطنی او اسیر حرص و طمع است.

۱- گاه می‌شود که سالک مبتدی در جمع صاحبدلان بر اثر سماع و یا ذکر، حالی پیدا می‌کند. این، نوعی تقلید است؛ زیرا این حال بر اثر تصرّف روحی صاحبدلان، برای او حاصل شده. پس در این مرتبه نباید به خود مغرور شود و خویش را عارفی واصل بشمرد. ولی آن‌گاه که این حالات و ذوق‌ها در او ماندگار شد و دمادم به او رسید، او به مرتبه‌ی تحقیق و استغنا رسیده و دیگر برای حصول حالات معنوی نیازی به واسطه ندارد. (شرح جامع مثنوی معنوی، ج ۲، ص ۱۸۱)

۲- حالاتی که گاه‌به‌گاه به سالک دست می‌دهد، مانند قطرات بارانی است که در صدف قرار گرفته و مدّتی باید تحت حمایت راهنما قرار گیرد تا به مرحله‌ی پختگی برسد. راهنما حقیقی به منزله‌ی صدف است که قطرات باران را پرورده و مستعد می‌سازد. (همان کتاب، همان صفحه)

شتردار ساده‌دل

با وکیل قاضی ادراک‌مند

اهل زندان در شکایت آمدند

که سلام ما به قاضی برکندن

از گو آزار ما زین مرد دون

شخص بی‌چیز و بی‌خانمانی، در بند زندان ابد مانده بود. هر غذایی که به زندان می‌آمد، به هیچ‌یک از زندانیان امان نمی‌داد و بی‌درنگ آن را می‌ربود و می‌بلعید.

هرکس که دور از مهمانی خدای رحمان باشد، اگر پادشاه هم باشد، باز گدای سیری‌ناپذیر است. آن زندانی مردانگی را زیرپا نهاده بود و به سبب وجود آن حریص، زندان به دوزخ بدل شده بود.

زندانیان از دست او به تنگ آمده بودند؛ ولی امیدی به خلاصی از دست او نداشتند، زیرا وی به حبس ابد محکوم شده بود. سرانجام چاره را در آن دیدند که با نماینده‌ی قاضی که مردی بسیار فهمیده و هوشمند بود صحبت کنند و از ناروایی‌های مفلس شکایت به او برند. نهایتاً درخواست زندانیان این بود که یا آن مفلس پرخوار را از زندان بیرون برند، و یا مقرّری ویژه‌ای برای او تعیین کنند.

نماینده‌ی قاضی، شکایات را شنید و همه‌ی آن را نزد قاضی بازگو نمود. به دستور قاضی، مفلس حاضر شد. قاضی به او گفت: «تو مرخّصی، از زندان بیرون رو و به خانه‌ی خود بازگرد.»

مفلس با شنیدن این مژده نه تنها شادمان نشد، بلکه با لحنی التماس‌آمیز گفت: «خانه و کاشانه‌ی من احسان توست؛ کافری هستم که زندان تو بهشت من است. اگر تو مرا از زندان خویش برانی، من از تنگدستی و گدایی خواهم مرد. مانند شیطان که می‌گفت: پروردگارا، مرا تا قیامت مهلت ده.[1] ای قاضی، کجا بروم بهتر از این‌جا؟ من آهی در بساط ندارم که از این‌جا بیرون شوم. من مردی تهی‌دست و بینوا هستم و نمی‌توانم امور خود را بگردانم. پس بهتر است در همین زندان بمانم.»

قاضی پس از بررسی و تفحّص کافی دریافت که او واقعاً تهی‌دست است. لذا دستور داد تا مفلس را بر چهارپایی بنشانند و در کوی و برزن بگردانند و جارچیان نیز به همه‌ی اهالی شهر، اِفلاس[2] او را بانگ بزنند تا کسی به او وامی و نسیه‌ای ندهد.

ای دوست، انسان تا وقتی در زندان دنیا می‌ماند که تهی‌دستی او به اثبات رسد؛ و هنگامی‌که در دنیا حقیقتاً به مقام **فقر** رسید و به مرتبه‌ی اَحرار و رستگان از قیود مادّی نائل شد، در جوار رحمت حق ساکن می‌شود. خداوندِ در قرآن، افلاس و تهی‌دستی

۱- اشاره است به آیه‌ی ۳۶ سوره‌ی حجر: «ابلیس گفت: «پروردگارا، مرا تا روز رستاخیر مهلت ده.»»

۲- ابلیس نیز مظهر افلاس (تنگدستی) و فقدان کمال و مراتب معنوی است؛ او در نزد عارفان، رسوا و بی‌اعتبار است.

شیطان را جار زده است؛[1] زیرا شیطان، حیله‌گر و تهی‌دست و دروغ‌گوست. هرگز با او هم‌نشین نشو و با او دادوستد نکن. اگر دادوستد کنی و بخواهی حقّ خود را به‌دست آوری، بدان‌که او تهی‌دست است و از او سودی عایدت نخواهد شد.

مأمور اجرای این حکم، شتر یک هیزم‌فروش را به زور گرفت و مفلس را بر آن نشاندند و جارچیان نیز شروع به بانگ‌زدن کردند. اجرای حکم، از آغاز روز تا شامگاه به طول انجامید و همه‌ی مردم شهر، آن مفلس را آشکارا شناختند. در این مدّت، صاحب شتر به دنبال شتر می‌دوید و داد و فغان می‌کرد.

شب هنگام، مفلس را از شتر پیاده کردند. شتردار به مفلس گفت:

«منزل من دور است و اکنون نیز دیروقت. از سپیده‌دم بر شترم سوار شدی. از جو گذشتم، لااقل بهای کاه را به من بده.»

مرد مفلس گفت:

«تا کنون ما برای‌چه می‌گشتیم؟ حواست کجاست؟ مگر عقلت را از دست داده‌ای؟ این همه مرا گرداندند تا به همه ثابت شود که من بینوا و تنگدستم، حالا تو از من بهای کاه را مطالبه می‌کنی؟ من مفلسم و اَلمُفْلِسُ فی امان‌الله. آوازه‌ی تهی‌دستی من به آسمان هفتم هم رسید. گوش تو از طمع خام و بیهوده پُر بوده است؛ پس، بدان که طمع، انسان را کور و کر می‌کند. حتّی سنگ و کلوخ هم این سخن را شنیدند که این تبه‌کار، تهی‌دست است.»

جارچیان این ندا را از بامداد تا شامگاه گفتند؛ ولی در صاحب شتر اثری نکرد، چون که گوش او از طمع پُر بود. بر گوش و چشم آدمی، مُهر خدا نهاده شده؛[2] وگرنه در پس حجاب‌ها و پشت پرده‌ها، صورت‌ها و طنین بانگ‌ها بسیار است.[3] خداوند، هرچه را از کمال و جمال بخواهد، همان را به چشم می‌رساند؛ و از سماع و بشارت و وجد و حال هرچه را بخواهد، به گوش جان می‌رساند.[4]

۱- خداوند در آیه‌ی ۳ سوره‌ی حج، شیطان را «مَرید» خوانده. مرید کسی است که از هر گونه کمال، تهی و فقیر باشد. **«گروهی از مردم، بدون هیچ علم و دانشی، درباره‌ی خدا به جدال برمی‌خیزند و از هر شیطانِ سرکش و تهی از کمال پیروی می‌کنند.»** و دیگر این که ابلیس برای بقای خود، تا روز قیامت از حق‌تعالی تقاضای فرصت می‌کند و این خود نشان می‌دهد که ابلیس مالکیّتی در این جهان ندارد، بلکه سراپا فقر است. (شرح جامع مثنوی معنوی، ج ۲، ص ۲۰۰)

۲- اشاره است به آیه‌ی ۷ سوره‌ی بقره: **«خداوند بر دل‌ها و گوش‌های آنان مُهر نهاده، و بر چشم‌هایشان پرده‌ای افکنده شده، و عذاب بزرگی در انتظار آن‌هاست.»**

۳- در پشت حجاب‌های دنیوی و پرده‌های عالم محسوس، صورت‌هایی از تجلّیات لُطفیه و قهریه‌ی حضرت حق‌تعالی و سروش‌های غیبی و الهامات ربّانی وجود دارد که برای چشم‌ها و گوش‌هایی که در حجاب دنیایی مستور شده‌اند، قابل دیدن و شنیدن نیست. تنها چشم‌ها و گوش‌هایی می‌توانند بر آن واقف شوند که از کمند عالم محسوسات رسته باشند. (شرح جامع مثنوی معنوی، ج ۲، ص ۲۰۶)

۴- بشارت، ظاهراً به مکاشفه‌ی روحی سالکان و عارفان اشارت دارد که گاه‌به‌گاه در رؤیا آشکار می‌شود و آن را رؤیای شایسته (صادقه) می‌گویند، که مرد صالح آن را می‌بیند یا برای وی می‌بینند. (مقدّمه‌ی ابن خلدون، ج ۲، ص ۹۹۲)

امتحان دو غلام

پادشاهی دو غلام ارزان خرید
با یکی زان دو سخن گفت و شنید
یافتش زیرک دل و شیرین زبان
از لب شکر چه زاید شکرآب

پادشاهی دو غلام خرید و با یکی از آن‌دو شروع به صحبت کرد. شاه دید که آن غلام، زیرک و شیرین‌سخن است.

انسان، زیر زبان خود پنهان است. زبان، مانند پرده‌ای است بر سرای جان و روان آدمی که اگر وی حرف نزند، حقیقت باطنیش آشکار نمی‌شود. همین‌که باد پرده را کنار زند، آن‌چه درون خانه است بر ما معلوم می‌شود؛ که در آن خانه، گندم وجود دارد یا جواهر؟ گنج طلا وجود دارد یا مار و عقرب؟

آن غلام شیرین گفتار، چنان بی‌درنگ سخن می‌گفت که دیگران همان سخن را پس از بارها تأمّل و تفکّر بر زبان می‌رانند. گویی‌که در درون او دریایی بود پُر گوهر. هر جمله‌ی او، شنونده را متوجّه‌ی حق و باطل می‌کرد.

ای دوست، نور قرآن (فُرقان)، برای ما حق و باطل را متمایز کرده و آن دو را ذرّه به ذرّه نشان می‌دهد. اگر نور گوهر قرآن، دیده‌ی ما را روشن می‌کرد، درآن‌صورت آدمی می‌توانست شُبهات خود را خود پاسخ گوید.

شاه چون آن غلام را دارای هوش و ذکاوت دید، به غلام دیگر اشاره کرد که جلو برود. چون غلام دوم به حضور شاه آمد، پادشاه دید که دهان او متعفّن و دندان‌هایش سیاه است. اگرچه شاه از حرف زدن او خوشش نیامد، امّا باز هم در احوال درونی او به جست‌وجو پرداخت. شاه به آن غلام گفت:

«با این قیافه و با این بوی دهانت، دورتر بنشین. تا آن‌جا عقب‌تر بنشین که بوی ناخوشایند دهانت مرا آزار ندهد، ولی نه آن‌قدر دور که نتوانم حرف‌هایت را بشنوم.[1] تا بوی دهان تو را درمان کنم، زیرا تو دوستِ من هستی و من پزشک حاذق. با وجود این‌همه عیب و نقص، بنشین و دوسه حکایت برای ما تعریف کن تا میزان عقل و شعورت را به‌طور کامل بشناسیم.»

پادشاه، غلام اول را روانه‌ی حمّام کرد و گفت:

«برو و خود را بشوی.»

۱-شاه در این‌جا و بسیاری از ابیات دیگر، در معنی مجازی به کار رفته و شاهان سلوک و ارشاد بیش‌تر موردنظر است. هم‌چنین این بیان، کنایه است به کسانی که از حضور شاه حقیقت دور و بیگانه‌اند و با حضرت حق، به وسیله‌ی الفاظ و کتب و علوم رسمی و محفوظات لفظی ارتباط پیدا می‌کنند. (شرح کبیر انقروی، ج ۲، ص ۳۰۶)

سپس برای امتحان شخصیّت و وضع روحی غلام دوم، به او گفت:

«آفرین، تو زیرک و باهوشی، در حقیقت تو به تنهایی صد نفر غلامی نه یک نفر. تو چنان نیستی که رفیقت به ما معرّفی کرد؛ آن غلام حسود، ما را نسبت به تو دلسرد می‌کرد. رفیقت درباره‌ی تو می‌گفت که او نادُرست و بدکردار و نامرد و چنین و چنان است. بگو ببینم نظر تو چیست؟»

آن غلام به شاه گفت:

«او همیشه آدم راستگویی بود، من آدمی راستگوتر از او ندیده‌ام. راستگویی در ذات اوست. هرچه گفته، نمی‌توانم بگویم که خالی از حقیقت است. من آن نیکواندیش را دروغگو نمی‌دانم، بلکه خود را متّهم می‌شمرم. شاها، ممکن است او در من عیب‌هایی مشاهده کند که خودم نتوانم آن عیب‌ها را ببینم. اگر هرکس پیشاپیش عیب خود را ببیند، کِی از اصلاح خود آسوده می‌شود؟»

ای پدر من، این مردم از عیب خود خبری ندارند، بلکه به عیب‌جویی یکدیگر می‌پردازند. هرکس که ذات خود را بشناسد و به صفات خویش متوجّه باشد، نور چنین شخصی از نور سایر مردم زیادتر است. اگر چنین انسانی بمیرد، بینش و دیده‌ی دل او باقی خواهد ماند؛ زیرا بینش او، بینش الهی است. آن نوری که آدمی بتواند با آن، ذات و صفات خود را نزد خود آشکارا مشاهده کند، مسلّماً نور محسوس و معمولی نیست.

شاه به آن غلام نیک‌خو گفت:

«همان‌طور که او عیب‌های تو را گفت، تو نیز عیب‌های او را بگو؛ تا بدانم که یار و غمخوار منی و کارگزار مملکت و کارهای من.»

غلام گفت:

«پادشاها، هرچند که او رفیق من است، من عیب‌های او را می‌گویم. عیب او محبّت و وفاداری و انسانیّت است، عیب او راستی و تیزهوشی و دوستی است. کوچک‌ترین عیب او جوانمردی و بخشش است، آن‌چنان جوانمردی که حتّی جان خود را هم نثار می‌کند. خداوند در پاداش آن جانی که او فدا می‌کند، صدها هزار جان به او می‌بخشد.»

ای انسان، اگر کسی آن صدها هزار جان را می‌دید، به‌خاطر از دست‌دادن یک جان، کِی این‌گونه اندوهگین می‌شد؟ برای مثال، کسی در کنار جوی آب از دادن آب دریغ می‌کند، که آب درون جوی را نبیند. حضرت پیامبر فرمود: «هرکس یقین داشته باشد که در روز رستاخیز پاداش خواهد داشت و در برابر هر نیکی، ده برابر پاداش به دست می‌آورد، هرلحظه سخاوت و جوانمردی تازه‌ای از او پدید می‌آید.»[۱] آن‌کس‌که به صفت بُخل متّصف شده، علّتش این است که عوض و پاداش را ندیده؛ وگرنه اگر می‌توانست پاداشِ بخشندگی را مشاهده کند و یقین می‌کرد که بخشیدن مال به معنی خسران و زیان نیست بلکه به‌دست‌آوردن عوضی بالاتر و بهتر است، درآن‌صورت هرگز خساست به خرج نمی‌داد.

۱- اشاره است به آیه‌ی ۱۶۰ سوره‌ی انعام: «هرکس کار نیکی انجام دهد، ده برابر آن پاداش گیرد.»

غلام نیک‌خو ادامه داد:

«عیب دیگر رفیقم این است که دچار خودبینی نیست، بلکه او همواره درصدد یافتن عیب خود است.»

شاه به او گفت:

«در ستایش دوست خود زیاده‌روی نکن و ضمن ستایش او، به ستایش خود نپرداز؛ زیرا من آن غلام را مورد آزمایش قرار خواهم داد و درآن‌صورت، تو از سخنانت شرمگین خواهی شد.»

غلام نیک‌خو برای قانع کردن شاه و اثبات صدق خود گفت:

«نه چنین نیست، سوگند به خداوند بزرگ که دارنده‌ی همه‌ی جهان هستی است و سوگند به خدای بخشاینده‌ی مهربان، منظورم از ستایش آن غلام، ستایش از خودم نبود. به‌حقّ آن خدایی که همه‌ی موجودات را آفرید، صفات دوست و رفیق من، صد برابر آن چیزی است که من درباره‌ی آن حرف می‌زنم. ای بزرگوار، من آن‌چه از توصیف صفاتِ آن یارِ دمساز می‌دانم، باور نمی‌کنی، پس چرا سخن گویم؟»

شاه به غلام گفت:

«اینک از اوصاف خود برای من تعریف کن، تا کِی از این‌وآن تعریف می‌کنی؟ تو چه هنری داری و چه کسب کرده‌ای؟ از ژرفای دریا چه مرواریدی صید نموده‌ای؟»

ای انسان، روزی که از دنیا بروی، این حواس تو باقی نخواهد ماند، آیا نور جانی داری که همدم دل تو شود؟ وقتی‌که در گور، چشمان ظاهری تو را پُر از خاک می‌کنند، آیا توشه‌ای داری که گور تو را روشن کند؟ وقتی‌که دست‌وپای تو متلاشی می‌شود، آیا پروبالی داری که روح تو به وسیله‌ی آن از تاریکی گور به عالم بالا و تا جان پرواز کند؟ شرط به‌جا آوردن کار نیک، تنها انجام آن نیست، بلکه باید این کار نیک را به بارگاه حضرت حق رسانید.[۱]

غلام به شاه گفت:

«ای سَرور من، صحیح نیست که بگوییم چه کارهایی کرده‌ایم؛ بلکه باید حاصل و جوهر معنوی آن کارها را نشان دهیم. جهان نخستین، جهان آزمایش است؛ و جهان دوم، جزای این و آن.»

شاه گفت:

«ای غلام، تو از اعمالت تنها یک نشان به من بده تا من کلّ مسئله را دریابم؛ زیرا که من همه‌ی مسائل را می‌دانم و ابر نمی‌تواند ماه حقیقت را بپوشاند.»[۲]

۱-بسیاری از مردم صورت ظاهری عمل خیر را انجام می‌دهند، ولی شرط باطنی آن را که نیّت پاک است معمولاً رعایت نمی‌کنند؛ در نتیجه اعمالشان تباه و بی‌اثر می‌گردد. (شرح جامع مثنوی معنوی، ج ۲، ص ۲۶۶)

۲-در این بیان شاه، تمثیلی است از مردان حق که به باطن امور آگاه و واقف هستند.

غلام گفت:

«تو که از نتایجِ اعمالِ من واقفی، پس چرا از من سؤال می‌کنی؟»

شاه گفت:

«ای غلام، اگر من به تو گفتم عملت را به من نشان بده، به این دلیل بود که علم من به مرتبه‌ی عین برسد و آن‌چه در علم، نهان دارم در عالم عیان ظهور کند، وگرنه منظورم این نبود که به من علم بده. تو نمی‌توانی لحظه‌ای بیکار بنشینی، و این همان حالی است که در تو ایجاب می‌کند که عملت را به مرحله‌ی عین برسانی. این انگیزه‌های کار و رفتار، برای این بر تو چیره می‌شود که راز نهانت عیان شود.»

صحبت‌های شاه و غلام ادامه یافت و شاه ضمن گفت‌وگو علامتی در او دید که نشان از آن بود که غلام، صاحب معرفت و کمال است.

وقتی آن غلام زیباروی بدسرشت از گرمابه آمد، آن شاه بزرگ او را نزد خویش خواند.

شاه به غلام گفت:

«عافیت باشد. پیوسته در نعمت باشی، زیرا که تو بسیار لطیف و زیبا رخسار هستی. ای دریغ و افسوس، کاش آن عیب‌هایی که رفیقت از تو برای من گفته در تو نبود.»

وقتی غلام زیبارو این سخنان را شنید، گفت:

«شاها، اندکی از حرف‌هایی که آن غلام بی‌دین و ایمان درباره‌ی من گفته، بازگو کن.»

شاه گفت:

«رفیق تو معتقد است که تو فردی دورو و ریاکاری.»

ولی غلام زشت‌رویِ نیک‌سیرت، جز ستایش حرفی درباره‌ی او نزده بود و شاه از این کلمات، قصد سنجیدن شخصیّت او را داشت.

غلام زیبارو وقتی که پلیدی و فرومایگی دوستش را شنید، ناگهان دریای خشم و غضبش به‌جوش آمد و رخساره‌اش سرخ شد و تندبادِ ناسزا و دشنام را متوجّه‌ی رفیق خود کرد.

وقتی که غلام، پی‌درپی رفیق خود را مورد بدگویی قرار داد، شاه گفت:

«دیگر بس است! من با یک آزمایش، تو را از رفیقت بازشناختم؛ دانستم که تو جانت گندیده است و رفیقت، دهانش. پس ای‌که جان و روح پلید و گندیده داری، دورتر بنشین. از این به‌بعد، آن غلام فرمان خواهد داد و تو اطاعت خواهی کرد.»

ای بزرگوار، بدان‌که صورت زیبا و نیکو که با خوی بد همراه باشد، پشیزی نمی‌ارزد. صورت ظاهری، رو به فنا و نیستی می‌گذارد، ولی عالَم معنی جاودانه است.

تا کِی به نقش سبو عشق می‌ورزی و به آن اظهار علاقه می‌کنی؟ از نقش سبو صرف‌نظر کن و در طلب آب باش. تو صورت آن سبو را می‌بینی، درحالی‌که از معنایش غافلی. اگر عاقل و خردمندی، از صدف، مرواریدی برگیر. این قالب‌ها که به منزله‌ی صدف‌اند، اگرچه همه‌ی آن‌ها از دریای جان زنده‌اند، ولی در هر صدفی

گوهر یافت نمی‌شود؛ پس باید چشم بگشایی و درون هریک از آن‌ها را ببینی که آن صدف چه دارد و این صدف چه دارد؟ سپس انتخاب کن؛ زیرا آن مروارید گران‌بها واقعاً کمیاب است. همین‌طور افراد انسانی را نیک مورد دقّت قرار بده که آیا دارای گوهر معنویت هستند، یا درونی خالی و پوچ دارند.

حق‌شناسی لقمان

نی که لقمان را که بنده‌ی پاک بود
روز و شب در بندگی چالاک بود
خواجه‌اش می‌داشتی در کار پیش
بهترش دیدی ز فرزندان خویش

لقمان، یک غلام پاک بود و شب و روز در خدمت خواجه‌اش چابکی و چالاکی نشان می‌داد. اگرچه او ظاهراً غلامی زیردست بود، ولی در باطن، حکیمی فرزانه و از کمند هوس رهیده بود. خواجه‌اش او را در هر کاری مقدّم می‌ساخت و حتّی او را از فرزندان خود نیز بهتر و خوبتر می‌دانست. خواجه‌ی لقمان، ظاهراً مانند خواجگان و بزرگان بود؛ ولی در حقیقت، او بنده بود و لقمان، بزرگ و خواجه؛ زیرا بدون مشورت با لقمان، کاری انجام نمی‌داد و از حکمت و نصیحت او بهره می‌بُرد.

ای دوست، در نزد گروهی از مردم، نوع لباس، معرّف شخص به شمار می‌آید؛ لذا اگر کسی جامه‌ای ساده و معمولی بپوشد بلافاصله می‌گویند: «او از عوام‌النّاس است.» در نزد گروهی از مردم نیز زهد و پارسایی ظاهری، معیار و معرّف اشخاص محسوب می‌شود؛ ولی باید انسان نور معرفتی داشته باشد تا زهد ریایی را از زهدِ حقیقی تشخیص دهد. نوری مبرّا از تقلید و فریب لازم است تا ماهیّت اشخاص را بدون آن‌که سخنی بگویند و یا کاری انجام دهند بشناسند.

لقمان حکیم در باطن، آقا و بزرگ بود، ولی در ظاهر بنده و غلام؛ و بندگیِ ظاهری، مانند پرده‌ای بر بزرگی باطنی او بود.

ارباب لقمان از اسرار او باخبر بود و در وی نشانه‌هایی دیده بود؛ ولی به اقتضای مصلحت و حکمت، کار خود را می‌کرد و چیزی به روی او نمی‌آورد. مسلّماً خواجه‌ی لقمان از همان روز نخست می‌خواست او را آزاد کند، ولی رضایت و خشنودی لقمان را مراعات می‌کرد؛ چون لقمان می‌خواست که کسی آن شیر و جوانمرد را نشناسند و از اسرارش باخبر نشود.

ای رفیق، چه جای شگفتی است که رازت را از بَدان پنهان کنی؟ شگفت آن است که رازت را حتّی از خودت نیز پنهان کنی. تو کارهایت را از چشمان خود نیز پنهان کن، تا کار تو از چشم حسودان سالم بماند.

عادت خواجه این بود که هر طعامی که نزد او می‌بردند، بدان دست نمی‌زد مگر آن‌که ابتدا لقمان از آن طعام چیزی می‌خورْد. هر غذایی را که لقمان پس از امتحان کردن می‌خورد، خواجه هم می‌خورد و بر سر ذوق و شوق می‌آمد؛ و هر طعامی را که لقمان نمی‌خورد، خواجه هم دست به آن نمی‌زد.

روزی برای ارباب لقمان، خربزه‌ای به ارمغان آورده بودند. خواجه، لقمان را صدا زد و نزد خود خواند و قاشی از خربزه بُرید و به او داد. لقمان آن قاش را چنان خورد که گویی دارد شکر

و عسل می‌خورَد. خواجه، قاش دیگری داد و او با رغبت و میل فراوان آن‌را نیز خورد. خواجه، پی‌درپی از خربزه می‌برید و به او می‌داد. از آن خربزه فقط یک قاش مانده بود که خواجه گفت: «حالا که این خربزه این‌قدر شیرین و گواراست، این قاش را خودم می‌خورم تا ببینم چه‌قدر شیرین است. لقمان چنان این قاش‌ها را با لذّت می‌خورَد که اشتهای هر آدمی را تحریک می‌کند.»

خواجه همین‌که آن را در دهانش گذاشت و خورد، از تلخی آن، حالش دگرگون گشت. بعد از آن‌که به خود آمد، به لقمان گفت:

«ای روح پاک و ای‌که به تنهایی خود جهانی به شمار می‌روی، تو این همه زهر را چگونه با خوشی خوردی؟ و این‌همه قهر و بلا را چگونه لطف پنداشتی؟ این چگونه صبری است، و این بردباری برای چیست؟ مگر جان خویش را دشمن خود می‌دانی؟! چرا برای چاره‌جویی، بهانه‌ای نیاوردی و نگفتی که ای خواجه، مرا معذور بدار؟!»

لقمان پاسخ داد:

«من از دست بخشنده‌ی تو چندان نعمت خورده‌ام که شرمسارم. ای مرد دل‌آگاه، شرم کردم که یک‌بار از دست تو تلخی را با رغبت نخورم؛ چون همه‌ی اجزای وجودم از بخشش‌های تو رشد کرده‌اند و وجودم غرق نعمت‌های توست. اگر از یک چیز تلخ فریاد و گله کنم، سزاوارِ این هستم که صدبار خاک بر فرق وجودم باشد. شیرینی دست تو که همواره عطیه‌ی شیرین همانند شکر به هرچیز می‌بخشد، در این خربزه نیز اثر بخشیده و تلخی آن را گرفت.»

ای رفیق، براثر عشق و دوستی، تلخی‌ها به شیرینی مبدّل می‌شود؛ همین‌طور براثر عشق و دوستی، مس به طلا دگرگونی می‌یابد. براثر عشق و دوستی، دردها شفا می‌یابد. با عشق و دوستی، مُرده را زنده می‌کنند؛ و از اثر آن، شاه، تن به بندگی می‌دهد. این عشق، نتیجه‌ی معرفت و دانش است.

ولی آن‌کس که به لاف و گزاف فریفته باشد، کِی به چنین مسندی می‌نشیند و بر تخت عشق تکیه می‌زند؟ این علم و معرفت ناقص کِی می‌تواند چنین عشقی پدید آورد؟ علم ناقص می‌تواند عشق پدید آورد، ولی عشق به جمادات را. آن‌چه موجب پریشانی می‌شود، کمبود و نقصان عقل است؛ و نقصان عقل، موجب لعنت و مستحق دوری از خدا می‌شود.

در این‌جا حضرت مولانا به درگاه احدیّت چنین عرضه می‌دارد: «بارالها، یا رهایم کن تا سخنی نگویم، و یا دستور ده تا تمام مطلب را ادا کنم. اگرنه این‌را می‌خواهی و نه آن‌را، فرمان و حکم در دست توست؛ کسی چه می‌داند که مقصد تو کجاست و به کجا می‌خواهی هدایت کنی؟ جانی باید مانند جان حضرت ابراهیم باشد تا نور معرفت را در میان آتش، مشاهده کند. چنان جانی لازم است تا پلّه به پلّه به ماه و خورشید عروج کند و مانند حلقه‌ی در، وابسته به در

نباشد.[1] مانند حضرت ابراهیم خلیل از آسمان هفتم نیز بگذرد و در حین عبور از آن‌ها بگوید: «من اُفول‌کنندگان را دوست نمی‌دارم.»[2] این جسم و عالم مادّی، جز آن‌کس که از شهوت رها شده، همه را گمراه کرده است.»

موسی و چوپان

دید موسی یک شبانی را به راه
کو همی‌گفت ای گزیننده اله
تو کجایی تا شوم من اکرت
چارقت دوزم کنم شانه سرت

روزی حضرت موسی چوپانی را دید که می‌گفت:

«ای خداوندی که هرکس را خواهی برمی‌گزینی؛ تو کجایی که من خادم و چاکرت شوم، چاروُقت را بدوزم و سرت را شانه بزنم، لباس‌هایت را بشویم و شپش‌هایت را بکُشم، شیر برایت بیاورم ای بزرگوار. دستان و پاهایت را نوازش کنم و هنگام خواب، جای تو را جارو کنم. ای خدا، همه‌ی بزهایی که دارم فدای تو باد، ای خدایی که با شیون و فریادم یاد تو می‌کنم.»

خلاصه آن چوپان از این سخنان بی‌سر و ته می‌گفت که حضرت موسی به او گفت:

«آهای فلانی، دارای با چه‌کسی این‌گونه حرف می‌زنی؟»

چوپان گفت:

«این حرف‌ها را به همان کسی می‌زنم که ما را آفریده و این زمین و آسمان از فضل او پدید آمده:»

حضرت موسی گفت:

«آهای چوپان، تو از حق روی برتافته‌ای، زیرا قبل از این‌که نسبت به امر خدا تسلیم شوی، کافر شده‌ای. این چه حرف‌های یاوه و کفرآمیز و بیهوده‌ای است که می‌زنی؟ ساکت باش. عفونت سخنان کفرآمیز تو جهان را متعفّن ساخت و کفر تو، جامه‌ی لطیف و زیبای دین را کهنه و فرسوده کرد. چاروُق و پاپیچ لایق توست؛ برای خدا که چون آفتاب درخشانی است، این چیزها به چه دردی می‌خورد؟ اگر دهانت را از گفتن چنین سخنانی نبندی، آتش خشم الهی فرو می‌بارد و همه‌ی مردم را می‌سوزاند. اگر واقعاً هنوز خشم الهی تو را فرو نگرفته، پس این دود کفر و عصیان که به شکل سخنان کفرآمیز از دهانت خارج می‌شود چیست؟ اگر واقعاً معتقدی که خداوند، حاکم و فرمانروای جهان هستی است، پس چرا این سخنان بیهوده و گستاخانه را باور داری؟ دوستیِ شخص بی‌عقل‌وخرد، عین دشمنی است؛ و حق‌تعالی از این‌گونه عبادات و خدمات بی‌نیاز است.»

و باز حضرت موسی ادامه داد:

«ای چوپان، این سخنان را به چه کسی می‌زنی؟ مگر با عمو و دایی‌ات حرف می‌زنی؟ آیا می‌شود که خدای بزرگ دارای جسم و نیاز باشد؟ شیر و لَبَن را کسی می‌نوشد که در حال رشد و نموّ باشد؛ و چارق، کسی به پا می‌کند که نیازمند به پا باشد. ای چوپان، دست و پا داشتن برای ما بندگان، ستایش و نشان کامل بودن خلقت است؛ ولی نسبت دادن دست و پا و جسم به حق‌تعالی، عیب و نقص به شمار می‌رود و از مقام تنزیه به

دور است. اگر در توصیف حق‌تعالی بگوییم: «او نه زاده است و نه زاییده شده»، توصیف به‌جا و سزاواری است؛[1] زیرا او آفریننده‌ی همه‌ی زایندگان و زاده‌شدگان است. هرچیز که جسم باشد، او را می‌توان به زاییده شدن توصیف کرد؛ و هرچه که زاده شده باشد، به دنیای محسوس ما تعلّق دارد.»

چوپان وقتی این سخنان را از حضرت موسی شنید، به او گفت:

«ای موسی، دهان مرا بستی و دوختی، از پشیمانی بر جانم آتش زدی.»

آن چوپانِ دل‌شکسته، لباس خود را از هم درید و آهِ سوزانی کشید و سر به بیابان نهاد و رفت.

از بارگاه الهی به موسی وحی رسید که:

«ای موسی، توبنده‌ی ما را از ما جدا کردی. آیا تو برای پیوند دادن بندگان به حضرت حق آمده‌ای، یا برای بُریدن این پیوند؟ تا جایی که می‌توانی به راه جدایی گام نگذار. من در وجود هرکسی، خوی و عادتی قرار داده‌ام؛[2] و به هرکسی شیوه‌ای خاص در بیانِ مقصود و منظور خود داده‌ام.[3] آن سخنان نسبت به سطح درک و شعور چوپان، واقعاً مدح و ستایش حق‌تعالی است؛ ولی همان سخنان نسبت به حال و مرتبه‌ی استعداد تو (ای موسی)، نکوهش و بدگویی حق‌تعالی می‌باشد. چنان‌که چیزی برای ذائقه‌ی او همانند عسل، شیرین می‌نماید؛ ولی برای ذائقه‌ی تو، سمّ ناگوار.[4] من اگر به بندگانم گفتم مرا عبادت کنند، منظورم این نبود تا سودی ببرم؛ بلکه خواستم بر بندگانم جود و بخششی نمایم. من از تسبیح و تقدیس بندگانم، پاک و مقدّس نمی‌شوم؛ بلکه این آنان هستند که بر اثر این عمل، پاک می‌شوند و ذکرهایی مانند مروارید از زبانشان فرو می‌پاشد. ما که حق‌تعالی هستیم، به زبان و گفتار مردمان کاری نداریم، بلکه با قلب و درون آنان کار داریم. اگر قلب، فروتن و خاشع باشد، ما به قلب می‌نگریم، هرچند که ظاهر گفتار، نرم و فروتن نباشد. تا کی می‌خواهی با این کلمات پرپیچ وتاب و پُر رمز و راز و آکنده از مجاز سخن بگویی؟ من آتش پُر اخگر عشق را خواهانم، با آن عشق بسوز و بساز. ای کسی که دلبسته‌ی قیل‌وقالی، از عشق الهی در قلب و جانت آتشی بیفروز و اندیشه و عبارت را یکسره بسوزان.»

حق‌تعالی دوباره به موسی خطاب می‌کند:

۱- اشاره است به آیه‌ی ۳ سوره‌ی اخلاص (توحید): «لَمْ یَلِدْ و لَمْ یولَدنه زاده کسی را، و نه زاده شده از کسی.»

۲- اشاره است به آیه‌ی ۸۴ سوره‌ی اِسراء: «بگو: هر کس طبق روش (و خلق و خویِ) خود عمل می‌کند؛ و پروردگارتان کسانی را که راهشان نیکوتر است، بهتر می‌شناسد.»

۳- اشاره است به آیه‌ی ۲۲ سوره‌ی روم: «و از نشانه‌های او، آفریدن آسمان‌ها و زمین است و تفاوت زبان‌ها و رنگ‌های شماست؛ در این، نشانه‌هایی است برای عالمان.»

۴- بنابراین هر انسان خداشناسی، با زبان و شیوه‌ای، حق‌تعالی را عبادت می‌کند و جای هیچ گونه ایرادی نیست.

«ای موسی، در میان بندگان من، آن‌ها، که رعایت آداب می‌کنند نوعی دیگرند؛ و آنان که بر جان و روانشان، شَرَرِ عشق الهی افتاده نوعی دیگر. عاشقان سوخته‌دل، هردَم در آتش عشق الهی می‌سوزند و مقیّد به رسوم و تشریفات ظاهری نیستند. اگر عاشق دلسوخته بر حسب ظاهر، سخنی به خطا هم که گفت، تو او را خطاکار مدان؛ و اگر شهید، غرق در خون هم باشد، نیازی به غسل دادن ندارد. برای شهیدان، خون مناسب‌تر از آب است؛ و این خطایی که عاشق بر زبان می‌راند، از صد درستی پسندیده‌تر و بهتر است. در داخل کعبه، قانون قبله رعایت نمی‌شود. اگرغوّاص پاپوش به پا نداشته باشد، چه غمی بر اوست؟ تو نباید از شوریدگان سرمست، انتظار رهبری و دستگیری داشته باشی؛ چگونه به کسانی‌که لباس‌های پاره دارند، امر به رفو می‌کنی؟[۱] آیین عشق، از همه‌ی دین‌ها و آیین‌ها جداست؛ دین و مذهب عاشقان، همانا خداست.»

سپس حق‌تعالی رازهایی به موسی گفت که نمی‌توان به زبان آورد؛[۲] و او آن رازها را به ذوق و کشف که موجب اطمینان است، دریافت. حضرت موسی چندبار از خود بیخود شد و باز به خود آمد و مکرّراً از ازل به سوی ابد پرواز کرد.[۳]

همین‌که موسی این عتاب حضرت حق را شنید، در بیابان به دنبال چوپان دوید. جای پایِ آن چوپان سرگشته و حیران را گرفت و با شتاب رفت. جای پای عاشقان و شوریدگان، از جای پای دیگران جداست و فوراً معلوم می‌شود. عاشق شوریده‌حال گاهی مانند مُهره‌ی «رُخ» در صفحه‌ی شطرنج، مستقیم حرکت می‌کند و از بالا به پایین می‌رود؛ و گاه نیز مانند مُهره‌ی «فیل»، کج و مُورّب حرکت می‌کند. خلاصه عاشق، احوال مختلف دارد و به رسوم ظاهر مقیّد نمی‌شود. گاهی مانند موج، سر به بالا می‌افرازد؛ و گاهی مانند ماهی در ژرفای دریاها، روی شکم می‌خزد. گاهی هم شرح حال خود را روی خاک می‌نویسد.[۴]

بالاخره حضرت موسی، چوپان را پیدا کرد و به او گفت:

«ای چوپان، مژده که حق‌تعالی به تو اجازه‌ای داده است؛ و آن این‌که درصدد هیچ‌گونه آداب و رسوم نباش، بلکه هرچه دل تنگت می‌خواهد بگو. زیرا کفر گفتن تو، عین دین است و دین تو، نور جان. تو از عذابَ خدا در امانی و به پاس حرمت تو، مردم جهان نیز از عذاب خدا در امان‌اند. ای‌که به حکم «خدا هرچه بخواهد می‌کند»[۵] بخشوده شدی،

۱- این طایفه از صوفیان را سالکِ مجذوب گویند.

۲- «سر»، از مصطلحات صوفیه است.

۳- به تعبیر صوفیانه، چندبار به مَحو و صَحو رفت‌وآمد کرد.

۴- در این‌جا حال عارف عاشق، به حال چوپان تشبیه شده است. وقتی چوپان می‌بیند که مردم، شوریدگی وی را نمی‌توانند تحمّل کنند سر به بیابان می‌نهد و از روی رنج و اندوه، احوال خود را بر صفحه‌ی زمین می‌انگارد. (شرح جامع مثنوی معنوی، ج ۲، ص ۴۵۱)

۵- اشاره است به قسمتی از آیه‌ی ۲۷ سوره‌ی ابراهیم: «خداوند هرکاری را بخواهد (و مصلحت بداند)، انجام می‌دهد.»

برو و بی‌هیچ ملاحظه‌ای زبان خود را بگشا و هرچه می‌خواهی بگو.»

چوپان گفت:

«ای موسی، من دیگر از این مراحل گذشته‌ام (از عالم جذبه‌ی الهی و مرتبه‌ی بی‌خوشی گذشته‌ام) و اینک در خون دل خود غرق شده‌ام. من از سدرةالمنتهی نیز گذشته‌ام و راه صدهزار ساله‌ای، آن سوی‌تر رفته‌ام.[۱] ای موسی، بر اسب من تازیانه‌ای زدی که بر اثر آن، اسبم جهید و از فلک گذشت؛ آفرین بر دست و بازویت. امید است که حق‌تعالی با اسماء و صفات خود، در وجود آدمی ما تجلّی کند و هستی مجازی ما را بسوزاند و در ذات خود فانی سازد.[۲] حالِ من اکنون، چیزی است که در بیانِ نمی‌گنجد.»

ای سالک، هشیار و بیدار باش که اگر به درگاه الهی حمد و سپاسی به‌جا می‌آوری، آن را مانند حمد و سپاس ناسزاوار و نارسای آن چوپان بدان؛ پس نباید به طاعات و عبادات خود مغرور شوی و خود را کامل فرض کنی. حمد و ستایش تو اگرچه نسبت به حمد و ستایش آن چوپان برتر و بهتر است، ولی باز هم نسبت به مقام کبریایی حق، ناقص و نارساست. چه‌قدر از خودت تعریف می‌کنی؟ یعنی دائماً می‌گویی منم که این‌همه طاعت و عبادت کرده‌ام و این‌همه ذکر خوانده‌ام. روز رستاخیز که پرده از میان بردارند، مردم درخواهند یافت که حقیقت این نبوده که در دنیا گمان می‌کرده‌اند.[۳] این‌که ذکرها و عباداتِ تو مورد قبول حق قرار می‌گیرد، از لیاقت تو نیست؛ بلکه از رحمت واسعه‌ی الهی است.[۴]

<hr>

۱- سِدْرَه، به معنی درخت کُنار؛ و مُنتَهی، به معنی محلّ انتها و یا خود انتها است. در قرآن کریم سوره‌ی نجم، آیه‌ی ۱۴ آمده‌است: «عِندَ سِدْرَةِ المُنتَهی». مفسّرین قرآن کریم در این‌که منظور از سدرة المنتهی چیست، بحث‌های فراوانَ کرده‌اند. عرفا و صوفیه عقیده دارند که نباید آن درخت را با دید ظاهر تفسیر کرد؛ بلکه این تعبیر جنبه‌ی مجازی دارد و منظور از آن، نهایت درجه‌ی مقام روحانی سالک است که بدان درمی‌آید و آن، معراج به سوی معشوق و مقام قرب و کمال می‌باشد. (شرح جامع مثنوی معنوی، ج ۲، ص ۴۵۲)

۲- به این مرتبه، مقام فنا گویند. به گفته‌ی صوفیان، جمیع شطحیات (سخنانی که ظاهر آن خلاف شرع باشد و عرفای کامل در شدت وجد و حال، آنها را بر زبان رانند، مانند اناالحق گفتن حسین بن منصور حلاج)و طامات (معارفی که صوفیان بر زبان رانند و در ظاهر گزافه به نظر آید)، در این مرتبه، از عارف سر می‌زنند. (همان کتاب، ص ۴۵۳)

۳- اشاره است به آیه‌ی ۲۲ سوره‌ی ق: «(به او خطاب شود) تو از این صحنه (و دادگاه بزرگ) غافل بودی و ما پرده را از چشم تو کنار زدیم، و امروز چشمت کاملاً تیزبین است.»

۴- بنده نباید به طاعات و عبادات خود مغرور شود، چه این ستایش‌ها و ثناها هیچ‌کدام در خور مقام کبریایی حق نیست؛ و اگر حق‌تعالی این عبادات را می‌پذیرد، به خاطر فضل و کرم واسع اوست نه شایستگی این عبادات.

مار و شخص خفته

عاقلی بر اسب می‌آمد سوار
در دهان خفته‌ای می‌رفت مار
آن سوار آن را بدید و می‌شتافت
تا رماند مار را فرصت نیافت

فرمانروای خردمندی سوار بر اسب می‌رفت. ناگهان دید ماری به سوی دهان مردی خفته در زیر درخت می‌خزد. اسب را رِهی کرد و چهار نعل تاخت تا مار را از کام آن نگون‌بخت برهانَد؛ ولی دیگر کار از کار گذشته بود و سعی و تلاش او به جایی نرسید و مار به کام خفته در خزید.

چون آن مردِ سوار از عقل برخوردار بود، اندیشید و بی‌آن‌که خفته را بدین امر خطیر آگاه کند، به یکباره بر او تاخت و ضرباتی سنگین بر او نواخت. خفته، سراسیمه از خواب بیدار شد و گیج و مبهوت شروع به دویدن کرد و سوار نیز غضبناک بر او حمله می‌آورد.

سرانجام، آن مرد با حالی زار به زیر درختی پناه برد که در زیر آن، سیب‌هایی پوسیده و گندیده فراوان ریخته بود. آن سوار دانا به او گفت:

«ای دردمند، از این سیب‌ها بخور.»

آن سوار، به قدری سیب پوسیده به آن مرد خوراند که از دهان او بیرون می‌ریخت.

آن مرد از شدّت درد، داد و فریاد می‌کرد و می‌گفت:

«ای امیر، آخر چرا قصد جان من کرده‌ای؟ مگر من به تو چه بدی و زیانی رسانده‌ام؟ اگر تو در اصل با جان من ستیزه داری، شمشیری بزن و یکباره مرا بکش و راحتم کن. چه ساعت شومی بود لحظه‌ای که به چشم تو ظاهر شدم، خوشا به سعادت کسی‌که روی تو را ندید. حتّی کافران روا نمی‌دارند که به هیچ جرم و جنایتی و بی‌هیچ خلافی این‌چنین ظلم کنند. خدایا، خودت او را به مجازات برسان.»

آن شخص، هر لحظه نفرین تازه‌ای می‌گفت، و سوار وادارش می‌کرد که در صحرا بدود. از ترس ضربه‌ی گرز و چابکی سوار، آن مرد نیز ناچار به سرعت می‌دوید، ولی مرتّب به زمین می‌خورد. معده‌ی آن مرد از آن سیب‌های پوسیده پُر بود، خواب‌آلود و سُست و بی‌حال شده بود و پا و صورتش زخم برداشته بود. سوار، آن شخص را به این‌سو و آن‌سو می‌کشید و گاهی نیز به حال خود رهایش می‌کرد؛ تا این‌که بر اثر غلبه‌ی صفرا، شروع کرد به استفراغ. بنابراین هرچه خورده بود چه خوب و چه بد، همه را بالا آورد و مار، با غذاهای خورده از دهانش بیرون افتاد.

آن مرد همین‌که مار را دید که از دهانش بیرون پرید، در برابر آن سوار نیکوکار تعظیم و تکریم کرد؛ و چون هیبت آن مار را دید، تمام دردهایش را فراموش نمود.

سپس آن مرد گفت:

«ای امیر، تو فرشته‌ی رحمتی، و گویا تو خداوندِ صاحب نعمت باشی. چه ساعت مبارکی بود آن لحظه که مرا دیدی، واقعاً من مُرده بودم که تو جان تازه به من بخشیدی. تو مانند مادران مهربان مرا دنبال می‌کردی که رنجی را از من بزدایی، ولی من مانند الاغ از دست تو فرار می‌کردم.[1] خر، به سبب نادانی از صاحب خود می‌گریزد؛ امّا صاحب آن به سبب سرشت نیکی که دارد، به دنبالش می‌رود. صاحبش برای نفع یا ضرر خود به دنبال خر روان نمی‌شود و آن را نمی‌جوید؛ بلکه به این‌خاطر در پی او می‌رود که مبادا گرگ و یا حیوانی درنده او را پاره کند. خوشا به سعادت کسی که روی تو را مشاهده کند، یا ناگهان گزارش به سر راه تو بیفتد.»

آن مرد، صحبتش را چنین ادامه داد:

«ای امیری که روان‌های پاک، تو را می‌ستایند؛ ولی من از روی نادانی و غفلتم قدر تو را ندانستم و بارها به تو سخنان یاوه و پوچ زدم.[2] ای سرور من، ای شاهنشاه و ای مرد بزرگ، مرا ببخش. آن سخنان را من نگفتم، جهل من گفت. اگر از این ماجرا اندکی خبر داشتم، کِی می‌توانستم که سخنان یاوه بر زبان بیاورم؟ ای فرمانروای نیکو خصال، اگر از حال و چگونگی ماجرا اشاره‌ای به من می‌کردی، تو را بسیار می‌ستودم. امّا با حالی خاموش احوال مرا دگرگون ساختی و ساکت و خاموش بودی و بر سرم می‌زدی. من پریشان‌حال شدم و عقل از سرم پرید، مخصوصاً که مغز کوچکی در آن است. ای خوشرو و نیک‌رفتار، آن‌چه را که از روی دیوانگی گفتم بر من ببخش.»

سوار گفت:

«اگر از آن ماجرا رمزی به تو می‌گفتم، همان لحظه زَهره تَرَک می‌شدی. اگر من به توصیف مار و چگونگی آن می‌پرداختم، ترس، دمار از جانت در می‌آوْرد. دست خدا بالاتر از همه‌ی دست‌هاست، خداوند یکتا دست ما را هم دست خود خوانده است.[3] بی‌گمان مرا دستی است که از آسمان هفتم نیز گذشته است و من حامل قدرت الهی هستم. دست و قدرت من، بر فراز آسمان هنرنمایی کرد.»

ای انسان و ای مرد کوشا، این توصیف، به خاطر عقل‌ها و اندیشه‌های ناتوان است؛ وگرنه کِی می‌توان قدرت انبیا و اولیا را برای سُست اندیشان شرح داد؟ افراد ضعیف‌الذهن و کوته اندیش، نمی‌توانند قدرت حقیقی را بدون مشاهده‌ی نشانه‌های

۱- این، سخنان کسی است که بر حسب باطن گرفتار مار نفس امّاره است. آن که یکّه‌تاز میدان ارشاد و هدایت است، به آن اسیر نفس، ریاضت می‌دهد تا جانَش از خطر آن نفس مارصفتَ رهایی یابد. ابتدا ممکن است این فرد، اعمال آن مرشد کامل و هادی فاضل را عَبَث و نامعقول بداند، ولی نهایتاً به نتیجه‌ای مطلوب می‌رسد. (شرح جامع مثنوی معنوی، ج ۲، ص ۴۷۹)

۲- مردم نادان نیز تعالیم مربّیان بشری را یاوه و بی‌اساس تلقّی می کنند.

۳- اشاره است به آیه‌ی ۱۰ سوره‌ی فتح: «کسانی‌که با تو بیعت می‌کنند، (در حقیقت) تنها با خدا بیعت می‌نمایند و دست خدا بالای دست آن‌هاست. پس هرکس پیمان‌شکنی کند، تنها به زیان خود پیمان شکسته است؛ و آن کس که نسبت به عهدی که با خدا بسته وفا کند، به زودی پاداش عظیمی به او خواهد داد.»

محسوس آن درک کنند. آن‌گاه که از خواب غفلت بیدار شوی، این اسرار و حقایق را درخواهی یافت.

آن مرد نیک‌خو خطاب به مرد گفت:

«تو چنان حال زاری داشتی که نه می‌توانستی چیزی بخوری و نه راه بروی و نه در اندیشه‌ی استفراغ بودی. دشنام‌ها را می‌شنیدم و کار خودم را می‌کردم و زیر لب دعا می‌کردم که خدایا کار را آسان فرما.[1] من اجازه نداشتم علّت کارم را به تو بگویم؛ ولی درعین‌حال نمی‌توانستم تو را به‌حال خودت رها کنم. هر لحظه از سوز دل می‌گفتم: خدایا، قوم مرا هدایت فرما که آنان نمی‌دانند.»

آن مردِ رها شده از رنج، در برابر آن سوار به سجده درآمد و گفت:

«ای کسی‌که سعادت و اقبال و گنج گران‌بهای منی، خدا پاداش عمل تو را بدهد، این ناتوان قدرت سپاس‌گزاری تو را ندارد. ای پیشوا، حق‌تعالی پاداش کار تو را دهد، که این لب و چانه‌ی من توان انجام شکر تو را ندارد.»

بله، دشمنیِ خردمندانه این‌گونه است؛ زهری که آنان بدهند، مایه‌ی شادمانی و نشاط جان می‌گردد. ولی دوستیِ نادان، مایه‌ی ناراحتی و گمراهی و سرگشتگی است.

____

۱– اشاره است به آیات ۲۵ و ۲۶ سوره‌ی طه: «پروردگارا، گشاده گردان دلم و آسان گردان کارم.»

اعتماد به وفای خرس

اژدهایی خرس را درمی‌کشید

شیرمردی رفت و فریادش رسید

شیر مردانند در عالم مدد

آن زمان کافغان مظلومان رسد

مردی زورمند در راهی می‌رفت. ناگهان دید که اژدهایی، خرسی شکار کرده و نزدیک است او را ببلعد. مرد دلاور و جسور پیش رفت و به یاری خرس شتافت.

در این جهان، تنها شیرمردان و دلاوران هستند که هرگاه فریاد ستمدیدگان بلند شود، به یاری آنان می‌شتابند. آن مردان، فریاد دادخواهی ستمدیدگان را از هر جایی بشنوند، همانند رحمت حق‌تعالی بدان سو می‌دوند. اینان مانند ستون‌هایی برای این دنیای رو به ویرانی، و طبیب‌های بیماری‌های پنهان هستند. آنان سراپا محبّت و عدل و عدالت‌اند و مانند حق‌تعالی، رحمت و لطفشان معلّل به علّت احتیاج و نیاز نیست و هیچ رشوه‌ای نمی‌ستانند. اگر از یکی از اینان بپرسی:

«برای‌چه این همه کمک به او می‌کنی؟»

پاسخ می‌دهد:

«سبب این کار، اندوه و بیچارگی آن ستمدیده است.»

همین که خرس از ترس اژدها به فریاد آمد، شیرمرد جلو رفت و آن خرس را از چنگ اژدها رها کرد. تدبیر و دلاوری در آن مرد، دست به هم دادند و مرد با این نیرو اژدها را از پای درآورد.

ای سالک، قطب و هادیِ حق، انسان کامل است؛ و انسان کامل، مظهر تام و تمامِ اسماء و صفات حق‌تعالی است. تو باید همواره بانگ کو؟ کو؟ برآری؛ یعنی در طلبِ او باشی و سراغ او را بگیری تا حقیقت خود را در او پیدا کنی. اگر نخواهی به انسان کامل و مرشد فاضل خدمت کنی، مسلّماً مانند آن خرس، در دهان اژدهای نفس امّاره فروخواهی رفت. شاید استاد و راهبری، تو را از خطر نجات دهد و تو را از کامِ خطر رهایی بخشد.

خرس همین‌که از دست اژدها نجات پیدا کرد و آن جوانمردی را از آن مرد دلاور دید، به او اُنس گرفت و به دنبالش به راه افتاد. پس از طی کردن مسافتی، مرد سر به زمین نهاد و خرس، به نگهبانی پرداخت.

شخص خردمندی از آن‌جا می‌گذشت، از حال او پرسید و گفت:

«ای برادر، این خرس با تو چه‌کاری دارد؟»

مرد دلاور ماجرای اژدها را تعریف کرد. رهگذر به وی گفت:

«ای نادان، به دوستی خرس دل نبند؛ زیرا دوستی احمق از دشمنی بدتر است. به هر تدبیری که می‌دانی او را از خود بران.»

مرد دلاورِ ساده‌لوح وقتی این سخن را شنید، گفت:

«به خدا که به سبب حسد این حرف را گفتی. تو چرا به خرس بودن او نگاه می‌کنی؟ به محبّت و صفای او نگاه کن.»

مرد خردمند گفت:

«محبّت احمقان انسان را می‌فریبد، حسد من از محبّت خرس بهتر است. همراه من شو، این خرس را از خود دور کن؛ خرس را به دوستی و همراهی برنگزین، و هم‌جنس خود را رها نساز.»

دلاورِ نادان گفت:

«ای حسود، برو پیِ کارت و خودت را نصیحت کن.»

خردمند گفت:

«کار من همین بود، امّا گویا نصیب تو نبود که از آن بهره‌مند شوی. ای مرد شریف، من کم‌تر از خرس که نیستم؛ او را رها کن تا من هم‌نشین و همراه تو شوم. من قلباً برای تو نگرانم و دلم می‌لرزد، هیچ‌جا با این خرس همراه نشو. دل من بیهوده نمی‌لرزد. ارشاد و نصیحت من از نور الهی است، نه ادّعا و یاوه‌گویی. من فردی باایمانم که با نور الهی بینا شده‌ام، آگاه باش و از این آتشکده بگریز.»

خردمند این همه اندرز داد، ولی به گوشِ دل او فرو نرفت؛ زیرا سوءِظن و بدگمانی برای انسان، مانعی بزرگ است. رهگذر دست او را گرفت، امّا او دست خود را از دست وی کشید.

خردمند وقتی این‌حال را دید، گفت:

«حالا که رشد یافته نیستی و نمی‌توانی صواب را از ناصواب تمیز دهی، من رفتم.»

آن مرد از فرط حماقت به آن خردمند دلسوز گفت:

«برو، تو غم مرا نخور. ای پرحرف که خود را دانا و حکیم نشان می‌دهی، این‌قدر اظهار فضل و معرفت نکن.»

دوباره آن خردمند به او گفت:

«من دشمن تو نیستم؛ اگر دنبال من بیایی، فایده و سود این کار نصیب خودت می‌شود و به خود نیکی کرده‌ای.»

آن دلاور نادان گفت:

«من الآن خوابم می‌آید؛ مرا رها کن و برو دنبال کار خودت.»

خردمند گفت:

«این دَم آخر از من پیروی کن، تا در پناه شخصی خردمند بخوابی و در کنار دوستی صاحبدل بیاسایی.»

آن مرد نادان از تلاش و کوشش آن رهگذر دچار بدگمانی شد، پس با حالتی غضب‌آلود روی خود را از وی برگرداند و با خود گفت:

«نکند این شخص، قصد کشتن مرا دارد؛ یا گدایی است که به چیزی طمع کرده؛ یا با

دوستان خود شرط بسته که مرا از هم‌نشینی با خرس بترساند!»

آن نادان به علّت پلیدی درون، حتّی یک گمان نیک به خاطرش نرسید؛ بلکه همه‌ی نیک اندیشی‌اش متوجّه‌ی خرس بود. مرد نادان، به آن مرد خردمند اتّهام زد؛ ولی خرس را اهل دوستی و عدالت به شمار آورد.

مؤمن نیک سرشت، زورمند نادان را رها کرد و درحالی‌که ذکرِ لاحَولَ و لاقَوَّةَ اِلّا باللّه زیر لب می‌گفت، شتابان دور شد و با خود می‌گفت:

«پافشاری و تلاش من در اندرز دادن او باعث می‌شود که خیالات واهی در ذهنِ او نسبت به من پدید آید.»

لذا راه پند و ارشاد بسته شد. خداوند به ما امر فرموده که باید از ستیزه‌گران روی گردانید.[1]

آن زورمند نادان خوابید و خرس مگس‌ها را از روی او دور می‌کرد. خرس چندین بار مگس‌ها را از روی آن جوان راند، ولی باز مگس‌ها به سوی او باز می‌گشتند. خرس خشمگین شد و به قصد خدمت و دوستی، سنگی بزرگ برداشت تا مگسان را بکوبد و ولی‌نعمت خود را آسوده سازد. سنگ را بالای سر خود برد و محکم بر صورت آن بینوا زد و در دم هلاکش ساخت.

دوستیِ احمق، مسلّماً همان دوستی خرس است. دشمنیِ احمق، دوستی؛ و دوستیِ او، دشمنی است. پیمان احمق، سست و نااستوار است. گفتار او محکم است، وفای او اندک. اگر سوگند هم بخورد، سخن او را باور نکن؛ مرد دروغگو، سوگند خود را هم می‌شکند. چون سخن او، قبل از سوگند خوردن دروغ بود، مبادا بر اثر نیرنگ و سوگند او فریفته شوی. نفس او امیر و فرمانرواست، ولی عقل او ذلیل و اسیر است. تو فرض کن آن احمق، صدها هزار بار به قرآن سوگند یاد کند؛ باز هم هیچ فایده‌ای ندارد و او به عهد خود وفا نمی‌کند. چون پیمان خود را بدون سوگند خوردن می‌شکند، اگر سوگند هم بخورد باز پیمان‌شکنی می‌کند؛ زیرا اگر نفس امّاره را با سوگندِ محکم و غلیظ محکم ببندی، آشفته‌تر و خشمگین‌تر می‌شود.

تو ای خردمند، به احمق نگو: «به عهد خود وفا کن.»[2] و نیز به احمق نگو: «سوگندهای خود را نگه‌دار.»[3] زیرا آدم احمق، ذاتاً نمی‌تواند به پیمان خود وفادار مانَد. ولی آن‌که وفادار به عهد و پیمان خود است، هرچند در وفای به عهد نحیف و نزار شود، باز دست از عهد خود برنمی‌دارد. از عیش تن و پروار بدن می‌گذرد تا به پیمان خود وفادار مانَد؛ خاصّه که این پیمان، پیمانی ازلی و میثاق فطری با حقّ‌تعالی باشد.

۱- اشاره است به آیه‌ی ۳۰ سوره‌ی سجده: «[ای پیامبر!] حال که چنین است، از آن‌ها روی بگردان و منتظر عذاب آن‌ها باش.»

۲- اشاره است به بخش اوّل آیه‌ی ۱ سوره‌ی مائده: «ای کسانی‌که ایمان آورده‌اید، به پیمان‌ها و قراردادهای خود وفا کنید...»

۳- اشاره است به بخشی از آیه‌ی ۸۹ سوره‌ی مائده: «... و سوگندهای خود را حفظ کنید (و نشکنید)...»

سیاست باغبان

باغبانی چون در نظر در باغ کرد
دید چون دزدان به باغ خود سه مرد
یک فقیه و یک شریف و یک صوفیی
هر یکی شوخی بدی لایوفیی

باغبانی وارد باغ خود شد و دید که سه نفر مرد مانند دزدان در باغ هستند. آن سه نفر عبارت بودند از یک فقیه و یک شریف (سیّد) و یک صوفی.

باغبان با خود گفت:

«من علیه اینان صد دلیل قابل قبول دارم؛ ولی اشکال کار این است که این‌ها جمعی متشکّل هستند. یک‌تنه از عهده‌ی سه نفر برنمی‌آیم، پس باید آنان را از هم جدا کنم. هریکی از اینان را از دیگری جدا می‌کنم و چون تنها شد، به حسابش می‌رسم.»

باغبان نیرنگی به کار بست که صوفی را به راهی روانه کند تا نظر رفقا را نسبت به او تیره سازد؛ لذا با خوشرویی به او گفت:

«برای این‌که از تفرّج در این باغ لذّت بیش‌تر ببرید، برو از اتاق من در انتهای باغ، گلیمی بیاور.»

صوفی فوراً حرکت کرد و در لابلای درختان ناپدید شد. در این هنگام، باغبان از غیبت صوفی استفاده کرد و به فقیه گفت:

«تو یک فقیهی و این هم یک سیّد نام‌آور. ما به برکت فتواهای درست تو زندگی خود را به آسودگی سپری می‌کنیم، و ما به وسیله‌ی پر و بالِ دانش تو پرواز می‌نماییم. این یکی نیز که شاهزاده و سلطان ماست، سیّدی از خاندانِ حضرت مصطفی است. این صوفی شکم‌پرستِ فرومایه کیست که با شماشاهان حقیقی هم‌نشینی می‌کند؟ وقتی صوفی این‌جا آمد، بگیرید و آن‌قدر بزنیدش که مانند پنبه شود. آن وقت به پاداش این کار، یک هفته در باغ و بوستان من گردش کنید. باغ چه ارزشی دارد؟ جان من متعلّق به شماست، ای مردانی که برای من مانند چشم راست، عزیز و ارزشمند هستید.»

باغبان، آنان را به وسوسه انداخت و فریب داد. آه که نباید از دوستان جدا شد. همین که فقیه و سیّد، صوفی را از خود جدا کردند، دشمن (باغبان) چوبی بزرگ به دست گرفت و به سراغ صوفی رفت و به او گفت:

«ای سگ، آیا تصوّف همین است که بی‌اجازه و از روی گستاخی وارد باغ مردم شوی؟! این عادت زشت، از کدام شیخ و پیر طریقت به تو رسیده است؟!»

سپس به سختی او را مورد ضرب قرارداد به‌طوری که نیمه جان بر زمین افتاد.[1]

1- بینش خودبینانه و کثرت گرایانه نیز به تفرقه و انفصال میان افراد و پیروان ادیان و نهایتاً تباهی آن‌ها می‌انجامد. (شرح جامع مثنوی معنوی، ج ۲، ص ۵۴۳)

صوفی در آن حال زار با خود گفت:

«ای رفیقان، نوبت من گذشت، شما مواظب خودتان باشید. مرا بیگانه دانستید، امّا من بیگانه‌تر از این بی‌ناموس نیستم. کتکی که من خوردم، شما نیز خواهید خورد؛ چنین شربتی پاداش هر پست‌فطرتی است. این جهان، مانند کوهی است و گفت‌وگوی تو در آن، بر اثر طنین و انعکاس صوت، به سوی خودت باز می‌گردد.»

همین‌که باغبان خیالش از جانب صوفی راحت شد، بهانه‌ی دیگری از همان نوع تراشید.

به سیّد گفت:

«ای سیّد گران‌قدر، به اتاق برو. من برای نیمروز نان نازکی پخته بودم، برو به نوکرم بگو تا آن نان نازک را همراه مرغابی بریان برایمان بیاورد.»

سیّد رفت و فقیه تنها ماند. در این لحظه باغبان روی به او کرد و گفت:

«ای مرد باذکاوت، تو فقیهی، این آشکار و مسلّم است؛ ولی این سیّد کیست که همراه تو شده؟ تازه معلوم هم نیست که واقعاً سیّد باشد. در روزگار ما بسیاری از احمقان، خود را به خاندان علی و پیامبر نسبت می‌دهند.»

باغبان، به قدری سخنان نیرنگ‌آمیز به گوش فقیه خواند که او نیز آن حرف‌ها را باور کرد. آن‌گاه باغبان ستم‌کار و نابخرد به دنبال سیّد روان شد. وقتی او را دید، گفت:

«ای نادان، چه کسی تو را به این باغ دعوت کرد؟ آیا دزدی و سرقت، میراثی است که از رسول‌الله برای تو مانده؟ بگو ببینم تو با پیامبر چه شباهتی داری؟»

آن مرد پناه گرفته در سنگر حیله (باغبان)، با سیّد آن کرد که خوارج با خاندان پیامبر کردند. حال سیّد از ضربات آن ستم‌کار وخیم شد، و در همان وضع پیش خود گفت:

«ای فقیه، من از آب گذشتم و غرق نشدم. اکنون که تنها و بی‌یار ماندی، پایداری کن؛ چون طبل باش و ضربه‌های باغبان را بر شکم تحمّل نما. فرض کن که من سیّد و دوست تو نیستم، برای تو کم‌تر از چنین ستمگری که نبودم. مرا به دست این آدم غرض‌ورز سپردی، حماقت کردی، دوستی که به‌جای من گزیدی چه دوست بدی است.»

وقتی‌که باغبان خیالش از جانب سیّد هم راحت شد، سراغ فقیه رفت و به او نهیب زد:

«آهای مردک، تو چگونه فقیهی هستی؟ ای‌که مایه‌ی ننگ و عار هر نادانی هستی. آیا فتوای تو همین است که وارد باغ شوی و سؤالی نکنی که آیا اجازه‌ای در کار هست یا نیست؟»

در این موقع فقیه متوجّه‌ی نقشه‌ی باغبان شد و دریافت که همه‌ی این گفتارهای فریبنده برای جداکردن آن سه نفر از یکدیگر بوده است. پس گفت:

«حق داری، بزن، این است سزای کسی‌که از یاران خود جدا شود.»

صاحب‌خانه و دزد

این بدان ماند که شخصی دزد دید
در وثاق اندر پی او می‌دوید
تا دو سه میدان دوید اندر پیش
تا درافکند آن تعب اندر خویش

شخصی در خانه‌اش با دزدی روبرو شد؛ دزد همین‌که او را دید، پا به فرار گذاشت. صاحب‌خانه به تعقیب او بالاخره به چند قدمی دزد رسید و چیزی نمانده بود که دستش به او برسد.

دزدی دیگر، صاحب خانه را صدا کرد و گفت:

«بیا تا نشانه‌های بلا را مشاهده کنی. ای مردِ کاردان، عجله کن و بازگرد تا ببینی که این‌جا اوضاع خیلی خراب است.»

صاحب‌خانه با خود گفت:

«شاید در آن طرف، دزد دیگری باشد؛ اگر با شتاب بازنگردم، شاید گرفتاری ایجاد کند. ممکن است به زن و بچّه‌ی من حمله کند؛ دستگیر کردن این دزد کِی می‌تواند برای من سودمند افتد؟ این شخص نداکننده، از روی جوانمردی مرا صدا می‌زند. اگر به ندای او پاسخ ندهم و فوراً باز نگردم، پشیمان خواهم شد.»

صاحب‌خانه که گمان کرده بود نداکننده، شخصی مهربان و نیک‌خواه است، از تعقیب دزد دست کشید و به طرف آن شخص بازگشت و گفت:

«ای دوست خوب، اوضاع چگونه است؟ این داد و فریاد تو برای چیست؟»

مُنادی گفت:

«ببین، این اثر پای دزد است؛ مسلّماً آن دزدِ بی‌شرف از این طرف رفته. این ردِّپا و نشان را بگیر و به دنبال او برو.»

صاحب‌خانه از شنیدن آن حرف، خشمگین شد و نهیب زد:

«احمق، چه می‌گویی؟ من خودِ دزد را پیدا کرده بودم و نزدیک بود گرفتارش سازم. به‌خاطر این‌که مرا صدا کردی، از تعقیب آن دزد دست کشیدم. ای مردک، این چه یاوه و هذیانی است که به هم بافتی؟ من حقیقت را یافته بودم؛ ردِّپا دیگر چه معنی دارد؟»

آن مرد نداکننده گفت:

«من نشانه‌ی حقیقت را به تو می‌دهم، نشانه این است، من از حقیقت آگاهم.»

صاحب‌خانه گفت:

«یا تو مکّاری یا احمقی، شاید هم دزدی و از ماجرا باخبری. من کم مانده بود که دشمن خود را کشان‌کشان بیاورم؛ ولی تو باعث شدی که او رهایی یافت و ردِّپای او را نشان دادی. تو، از جهت‌ها سخن می‌گویی؛ حال آن که من از جهات بیرونم. در حالِ وصال،

٭ ٭ ٭

در این حکایت، مولانا میان معرفت شهودی و معرفت استدلالی مقایسه‌ای می‌کند. صاحب‌خانه در این حکایت، کنایه از سالکانی است که مراحل سلوک را تا منزل شهود طی می‌کنند. آن دزدی که صاحب‌خانه را صدا می‌کند، کنایه است از علمای کلام و جدال که عمر گران‌بها را به آثار و نشانه‌ها تلف می‌کنند و به حقیقت راه نمی‌برند؛ و آن دزد، کنایه است از حقیقت.

کودک و جنازه‌ی پدرش

کودکی در پیش تابوت پدر
زار می‌نالید و برمی‌گوفت سر

کای پدر آخر کجاات می‌برند
تا تو را در زیر خاکی آورند

جمعی تابوت پدری را بر دوش می‌بردند. کودکی همراه با آن جمع، نالان و گریان می‌رفت و خطاب به تابوت می‌گفت:

«آخر ای پدر عزیزم، تو را به کجا می‌برند؟ تو را می‌خواهند به خاک بسپرند. تو را به خانه‌ای می‌برند که تنگ و تاریک است و هیچ چراغی در آن فروزان نمی‌شود. آن‌جا خانه‌ای است که نه دری دارد و نه پیکری در آن است و نه حصیری در آن است و نه طعام و غذایی. آن خانه نه در دارد و نه راهی به سطح، و نه همسایه‌ای هست که یار و پشتیبان تو باشد.»

به‌این‌ترتیب، خصوصیّات گور را می‌شمرد و از دو چشمش اشکِ حسرت سرازیر می‌کرد. پسرکی فقیر به نام «جوحی» که با پدرش از آن‌جا می‌گذشت و به سخنان آن کودک گوش می‌داد، به پدرش گفت:

«پدر جان، معلوم می‌شود که این تابوت را به خانه‌ی ما می‌برند؛ چون خانه‌ی ما نیز نه حصیری دارد، نه چراغی، نه طعامی، نه درش آباد است و نه حیاط و بام آن.»

در وجود انسان نیز بدین شیوه صدها نشانه است، امّا سر کشان چگونه ممکن است آن نشان‌ها را مشاهده کنند؟[۱] خانه‌ی دلی که از پرتو آفتابِ حضرت حق تعالی نوری نگیرد، مانند روح و روان حق ستیزان، تنگ و تاریک است و از نفحات و ذوق پادشاهِ مهربانِ عالَم وجود بی‌بهره می‌باشد. در آن قلب نه انوار آفتاب می‌تابد و نه برای آن، وسعتی وجود دارد؛ و هیچ دری از معرفت به روی قلوب حق ستیزان گشوده نمی‌شود. گور برای تو بهتر از این قلبِ تیره و تار و فاقد معرفت است، آخر گامی از گور قلبت فراتر گذار. تو زنده‌ای و از موجودی زنده متولّد شده‌ای. ای شوخ و شیرین رفتار، آیا نفَسِ تو از این گورِ تنگ و تاریک بند نمی‌آید؟ (چگونه روح سالم تو در قفس مادّه و دام شهوات تاب بیاورد؟)

تو یوسف زمانی و خورشید آسمان. از این چاه و زندان بیرون بیا و خودت را نشان بده.[۲]

۱- مولانا از این‌جا تا آخر پاراگراف، قلب و باطن طغیانگران و سرکشان را به گور تنگ و تاریک تشبیه می‌کند؛ ولی قلب اولیاءالله همانند بیت‌الله است.

۲- در این‌جا حضرت مولانا، روح آدمی را به حضرت یوسف و خورشید آسمان تشبیه می‌کند و جسم و مادّیت را به چاه و زندان. بنابراین نباید روح زیبا و منوّر به انوار معرفت را، در چاه غفلت و زندان شهوت محبوس کرد. (شرح جامع مثنوی معنوی، ج ۲، ص ۷۵۳)

یونسِ تو (روح تو) در شکم ماهی (کالبد جسمانی) به هلاکت رسید؛ برای رهایی از تباهی و هلاکت، چاره‌ای ندارد جز پرداختن به تسبیح الهی. اگر حضرت یونس در شکم ماهی نیایش حق را نمی‌گفت، تا روز قیامت، در آن حبس و زندان باقی می‌ماند.[۱] حضرت یونس به واسطه‌ی نیایش حق، از شکم ماهی بیرون آمد. نیایش حق چیست؟ مسلّماً نشانه‌ای از روز اَلَست.[۲]

اگر نیایش روح را فراموش کرده‌ای، پس نیایش ماهی‌ها را گوش کن.[۳] هرکس خدا را مشاهده کند، او فردی الهی است؛ و هرکس که دریا را ببیند، او ماهی است.[۴]

در این‌جا حضرت مولانا «دریا» را تمثیلی از دنیا و ماهی را تمثیلی از جسم و یونس را تمثیلی از روح به کار می‌بَرد و می‌فرماید:

«این دنیا در مَثَل مانند دریا، جسم مانند ماهی، و روح مانند یونس است که از نور سپیده‌دم محروم و محتجب می‌باشد. اگر یونسِ روح به نیایش و ستایش حق بپردازد، از ماهی جسم به سلامت می‌رهد؛ در غیر این‌صورت در درون این جسم، تباه و هلاک می‌گردد. ماهیانِ روح یعنی عارفان، در دریای این جهان فراوان‌اند و این جهان هرگز از ماهیان حقیقت یعنی عارفان خالی نمی‌شود. آن ماهیان، خود را به تو می‌زنند، دیدگانت را بازکن تا آن‌ها را آشکارا مشاهده کنی.»

۱- اشاره است به آیات ۱۴۳ و ۱۴۴ سوره‌ی صافّات: «اگر او (یونس) از نیایشگران حق نبود، تا روز رستاخیز در شکم ماهی می‌ماند.»

۲- همان‌طور که در روز اَزَل، وجود آدمی از جسم و عوارض جسمانی، مجرّد و عاری بوده و به تسبیح حق مشغول؛ باید در این جهان نیز از جسم و جسمانیّت عاری شد و به تسبیح حقّانی خدا پرداخت. (شرح اسرار، ص ۱۶۸)

۳- یعنی: «اگر عهد و میثاق فطری و معنوی عالَم اَلَست را از یاد برده‌ای، به نیایش اهل کمال و عارفان حقیقی گوش کن.» «ماهی» در این‌جا رمزی است از وجود عارفان که در دریای عشق و معرفت الهی غوطه‌ورند. کلمه‌ی «اَلَست»، در آیه‌ی ۱۷۲ سوره‌ی اعراف آمده. (شرح جامع مثنوی معنوی، ج ۲، ص ۷۵۴)

۴- صوفیه، حقّ‌تعالی را به دریا مَثَل زده‌اند. بنابراین تنها ماهیان دریای عشق و معرفت می‌توانند در این پهنه‌ی بی‌کران و ژرفای ناپیدا شناور شوند. (شرح جامع مثنوی معنوی، ج ۲، ص ۷۵۵)

عرب صحرانشین و کیسه‌ی ریگ

یک عرابی بار کرده اشتری
دو جوال زفت از دانه پُری
او نشسته بر سر هر دو جوال
یک حدیث‌انداز کرد او را سؤال

عربی صحرانشین بر پشت شتر خود باری نهاده بود؛ این‌بار عبارت بود از یک کیسه پُر از گندم و یک کیسه پُر از ریگ. خود نیز روی آن دو کیسه نشسته بود و ره می‌سپرد. در میان راه یک شخص پُرگوی فیلسوف‌نما از او سؤالاتی کرد. از وطنش پرسید و او را به حرف آورد و در سؤالات خود معانی بسیار نغزی به‌کار می‌برد.

سپس به آن عرب صحرانشین گفت:

«راستش را بگو ببینم این دو کیسه از چه چیزی پُر شده؟»

صحرانشین گفت:

«در یک کیسه، گندم است و در کیسه‌ی دیگر، ریگ پُر کرده‌ام که غذای مردم نیست.»

فیلسوف‌نما:

«چرا این ریگ‌ها را بار کرده‌ای؟»

صحرانشین:

«برای این‌که کیسه‌ی دیگر تنها نباشد و تعادل بار حفظ شود.»

فیلسوف‌نما:

«اگر عقل داشتی، نصف بار گندم را در کیسه‌ی دیگر می‌ریختی، تا هم وزن بارت سبک‌تر شود و هم شترت بهتر و سبک‌تر حرکت کند.»

صحرانشین:

«آفرین بر تو ای حکیم شایسته و آزاده. تو با این اندیشه‌ی دقیق و فکر خوب، چرا با تنی برهنه و پایی پیاده با رنج و ناراحتی می‌روی؟»

آن نیک‌مرد عرب دلش به حال آن فیلسوف‌نما سوخت و خواست او را سوار شتر کند، لذا گفت:

«ای حکیم سخنور، اندکی از حال و وضع خودت برایم صحبت کن. تو با این عقل و کاردانی که داری، راست بگو که پادشاهی یا وزیری؟»

فیلسوف‌نما:

«هیچ‌کدام از آن دو نیستم، شخصی عادّی هستم، تو به سر و وضع لباسم نگاه کن.»

صحرانشین:

«چند شتر و چند گاو داری؟»

فیلسوف‌نما:

«کنجکاوی نکن که نه گاو دارم و نه شتر.»

صحرانشین:

«در مغازه‌ات چه اجناسی داری؟»

فیلسوف‌نما:

«ما کجا و دکّان و مکان کجا؟ من هیچ‌گونه مِلکی ندارم.»

صحرانشین:

«بسیار خوب. حالا که جنس و کالایی نداری، بگو ببینم چه‌قدر پول نقد داری که تنها می‌روی و سخنانت نیز دلنشین است؟ تو کیمیایی داری که مس‌های جهان را بدان وسیله به زرِ ناب مبدّل می‌سازی، عقل و علم تو مانند جواهری انباشته و متراکم است.»

فیلسوف‌نما:

«ای بزرگ‌مردِ عرب، به خدا سوگند که حتّی قادر به تأمین نان شب خود نیستم، تا چه رسد به پول نقد. من با پایی برهنه و تنی عریان تلاش می‌کنم و هرکس لقمه‌ی نانی به من بدهد، به آن‌جا می‌روم. من با همه‌ی این علم و فضل و هنر، حاصلی در دست ندارم جز خیالات بی‌اساس و زحمت.»

صحرانشین:

«حالا که وضعت این است، زود از من دور شو که می‌ترسم شومی و نحس دانش و هنر تو، گریبان مرا نیز بگیرد و مرا نیز مانند خودت بیچاره کند. یک کیسه‌ی گندم و یک کیسه‌ی ریگی که دارم، بهتر است از این همه چاره‌اندیشی‌های کهنه و برجای مانده. حماقت من، حماقتی فرخنده و پُر برکت است؛ زیرا دلم رزق معنوی دارد و روحم پرهیزکار است. اگر تو واقعاً می‌خواهی که از گمراهی‌ات کاسته شود، تلاش کن تا دانش ظاهری را از وجود خویش کم کنی.»

علومی که از طبیعت مادّی و خیالات واهی بشر و ارمغان قیل‌وقال و مناقشه و جدال پدید آید، دانشی است که از انوار خداوند بزرگ بی‌بهره است و روح آدمی را به کمال معنوی و آرامش روحی نمی‌رساند. دانش ظاهری دنیوی، بر شک و تردید می‌افزاید؛ امّا حکمت و دانشِ باطنی و دینی، انسان را به اوج افلاک پرواز می‌دهد. عالمانِ ظاهری در این زمان، خود را از صاحبدلانِ پیشین برتر می‌دانند.

علوم ظاهری سبب می‌شود که آدمی به دانسته‌های خود مغرور شود و از صفات و اخلاقِ نیکو بی‌بهره مانَد؛ درحالی‌که علم اگر حقیقی باشد، باید انسان را شخصی فروتن و جوانمرد سازد. فکر حقیقی، آن فکری است که راهی پیش پای تو باز کند؛ و راه حقیقی، آن راهی است که با پادشاهی و امیری برخورد کنی. شاه حقیقی، آن شاهی است که ذاتاً شاه باشد؛ نه آن‌که با تکیه به گنجینه‌ها و سپاهیانش خود را شاه نماید. شاهی که ذاتاً شاه باشد، پادشاهی او جاودانه خواهد بود، مانند شکوه و جلال آیین حنیف حضرت احمد.

❈ ❈ ❈

مولانا در این حکایت نیز صاحبان علوم ظاهری و عقول جزئی (فیلسوف‌نماها) را مورد نقد قرار داده است. اینان که عمر خود را بر سر محفوظات و ملفوظات بی‌ثمر به باد فنا داده‌اند، حاصلی به دست نمی‌آورند جز خیالات واهی و اضطراب‌های روحی. بنابراین آنچه موجب اصالت و فضیلت شخص می‌شود، علل و ابزار خارجی نیست؛ بلکه قدرت روحی و هویّت معنوی، عامل شرافت و برتری است.

موش و شتر

موشکی در کف مهار اشتری
بُرد و شد روان او از مری در ربود و شد روان او از مری
اُشتر از چستی که با او شد روان
موش غرّه شد که هستم پهلوان

موش حقیری افسار شتری را به‌دست گرفت و با غرور به راه افتاد. چون شتر بنا به طبع ملایمی که دارد به راه افتاد، موش مغرور شد و با خود گفت: «منم پهلوان.»

بازتابی از اندیشه‌ی غرورآمیز موش بر دل شتر زده شد و شتر با خود گفت:

«فعلاً خوشحالی کن، صبر کن تا به تو نشان دهم.»

تا این که به لب نهر بزرگی رسیدند که حتّی حیوانات نیرومند نیز نمی‌توانستند از آن بگذرند. موش حیرت‌زده و بیمناک بر جای ایستاد و قدمی پیش ننهاد.

شتر برای تأدیب موش گفت:

«ای رفیق طریق، برای چه ایستاده‌ای؟ چرا حیران و سرگشته‌ای؟ مردانه گام در میان رود بگذار. تو راهنما و پیشرو منی، در وسط راه توقّف نکن و از همراهی دست برندار.»

موش جواب داد:

«این آبی بزرگ و عمیق است. ای رفیق، می‌ترسم غرق شوم.»

شتر برای شکستن غرور موش گفت:

«بگذار ببینم اندازه‌ی آب چه‌قدر است.»

سپس پایش را درون آب نهاد و گفت:

«ای موش، چرا حیرت‌زده و مدهوش شده‌ای؟»

موش گفت:

«این مقدار آب برای تو چیزی نیست، ولی برای من خیلی زیاد است، زیرا زانو داریم تا زانو. ای صاحب فضیلت، اگر این آب تا زانوی تو می‌رسد، صد گز از سر من می‌گذرد.»

شتر گفت:

«حال که چنین است، بعد از این گستاخی نکن تا جسم و جانت از آتش گستاخی نسوزد. تو با موش‌هایی مثل خودت ستیز کن، موش حرفی ندارد که به شتر بزند.»

موش از خودبینی دست کشید و گفت:

«توبه کردم. برای رضای خدا، مرا از این آب هلاکت‌بار عبور بده.»

شتر دلش به رحم آمد و گفت:

«بپر روی کوهانم و روی آن بنشین. گذشتن از این نهر آب در حدّ قدرت من است، صدها هزار مِثل تو را هم می‌توانم از این‌جا بگذرانم.»

چون پیامبر نیستی، پیرو پیامبر باش تا از چاه خودبینی و نفس امّاره رها شوی و به

چاه معنوی برسی. حالا که سلطان نیستی، بنده باش؛ و اینک که کشتی‌بان نیستی، خودسرانه کشتی نران. حالا که در فن تجارت کامل نشده‌ای، تنهایی به کسب و دکّان‌داری نپرداز؛ متواضع باش تا قابلیّت پرورش و تکامل پیدا کنی.

فرمان «خاموش باشید» را گوش کن و خاموشی برگزین؛ حالا که نتوانستی زبان حق باشی، دست‌کم گوش به حق بسپار. اگر حرفی می‌زنی، آن را به شکل سؤال مطرح کن؛ با شاهان حقیقی و مردان الهی فروتنانه سخن بگو. تکبّر و دشمنی، از شهوت ناشی می‌شود؛ شهوت، بر اثر عاداتِ بد ظاهر می‌گردد. لذا اسیران شهوات از آن رو که از شناخت نفس و احوال آن عاجز و ناتوان هستند، باید به صحبت و خدمت راهنمایان و مرشدان راستین درآیند تا آنان بیماری‌های نفسانی او را به او بشناسانند.

❋ ❋ ❋

منظور از این حکایت آن است که هر چند انبیاء و اولیاءالله بردبار و فروتن‌اند و با همگان نرمی و ملاطفت دارند، ولی نباید از فروتنی و نرمی آن‌ها سرمست و خودبین شد؛ بلکه باید راهنماییِ آن صاحبدلان حقیقی را با گوش جان شنید تا از بیماری‌های نفسانی نجات یافت و به دریای لایتناهی الطاف الهی وارد شد و از این جهان محسوس، به جهان نامحسوس پرواز نمود.

میوه‌ی زندگی

گفت دانایی برای دوستان
که درختی هست در هندوستان
هر کسی از میوه‌ی او خورد و بُرد
نی شود پیر نی هرگز بمرد

مردی دانا با زبان رمز و استعاره به دوستان خود گفت:

«در هندوستان درختی است که هرکس از میوه‌ی آن بخورد، نه پیر می‌شود و نه می‌میرد.»

پادشاهی این مطلب را از شخص راستگویی شنید و شیفته‌ی آن درخت و میوه‌ی آن شد؛ لذا قاصدی فرستاد تا به‌هرصورتی که هست آن درخت را پیدا کند.

آن فرستاده سال‌ها برای یافتن آن درخت در سرزمین هندوستان به جست‌وجو پرداخت؛ ولی اثری از آن درخت نیافت، حتّی مورد تمسخر بسیاری از مردم نیز قرار گرفت.

از هرکس درباره‌ی آن درخت پرسید، او را مسخره کرد و گفت:

«چه‌کسی جز دیوانه دنبال چنین درختی می‌گردد؟!»

بسیاری از روی مدح ساختگی گفتند:

«ای مرد درستکار، جست‌وجوی آدم هوشمند و پاکدلی مثل تو، کِی ممکن است بی‌نتیجه باشد؟!»

آن‌ها از روی تمسخر، همّت او را مورد ستایش قرار می‌دادند و می‌گفتند:

«ای مرد بزرگ، در فلان سرزمین درختی عظیم است. در فلان جنگل درخت سبز بسیار بلند و قطوری است که برگ‌های بزرگی دارد.»[1]

فرستاده‌ی پادشاه، در طلب آن درخت کمر همّت بسته بود و در این طریق از هرکسی چیزی درباره‌ی آن درخت می‌شنید. در آن دیار غربت سال‌ها سیاحت کرده و رنج فراوان برده بود. پادشاه نیز در طول این سال‌ها برای او اموال بسیاری می‌فرستاد.

سرانجام از یافتن آن نومید شد و با چشمی اشکبار و دلی‌شکسته، راه دیار پادشاه را در پیش گرفت. در یکی از منازل بین راه فرود آمد تا استراحت کند. در آن‌جا شیخی دانشمند و ربّانی که به مقام قطبی نایل شده بود، می‌زیست.

فرستاده‌ی پادشاه، پیش خود گفت:

«من نومیدانه به حضور آن شیخ می‌روم و پس از دیدار آستان او به راه خود ادامه می‌دهم؛ تا دعای خیر او بدرقه‌ی راه من شود، زیرا من از دسترسی به مقصود نومیدم.»

او با چشمان پر از اشک پیش شیخ رفت و گفت:

۱- مسخره‌کنندگان، کنایه از مدّعیان علوم و معارف و ارشاد خلایق است که طالبان حقیقت را به بیراهه می‌کشاند. (شرح جامع مثنوی معنوی، ج ۲، ص ۸۷۱)

«ای شیخ، اینک وقت رحم و شفقت است؛ نومید شده‌ام، هنگام لطف عنایت همین ساعت است.»

شیخ گفت:

«آشکارا بگو این نومیدی از چیست؟ مطلوب تو چیست، به چه چیز توجّه داری؟»[1]

فرستاده‌ی شاه گفت:

«شاهنشاه مرا برای جستن درختی مأمور کرد. به من گفت که آن درختی است که در عالم نظیر ندارد و میوه‌ی آن آب حیات است. سال‌هاست به دنبال آن گشتم، ولی جز مسخره و طنز این آدم‌های بی‌خبر چیزی نیافتم.»

شیخ خندید و به او گفت:

«ای ساده‌دل، این درختی که به دنبال آن هستی، همانا درخت علم و معرفت الهی است که در شخص عالم و دانا نهفته است. این درخت، بسیار بلند و زیبا و شگفت‌انگیز و پهناور است، و آب حیاتی است که از دریای محیط سرچشمه گرفته.[2] تو چون معنی ظاهری درخت را مورد توجّه قرار داده‌ای، از مقصود باطنی آن گمراه شده‌ای. سبب این‌که آن را نتوانستی پیدا کنی این است که حقیقت آن را فرو نهاده‌ای. گاهی آن را درخت، گاه آفتاب، گاه دریا و گاه ابر می‌خوانند. آن ذات، یکی است، ولی صدها هزار جلوه از آن پدید می‌آید. کم‌ترین اثر آن عمر جاوید یافتن است. هرکس که فقط اسماء الهی را طلب کند، هرچند که فردی اصیل و مورد اعتماد باشد، باز مانند تو کارش به ناامیدی و پریشانی می‌انجامد؛ زیرا نام‌های گوناگون، افکار را پریشان می‌کند و نمی‌گذارد به کُنه صفات پی ببرد. چرا تو فقط به نام درخت می‌چسبی که در ناکامی و بدبختی بمانی؟ نام را رها کن و به صفات توجّه کن تا صفات، تو را به ذات رهبری کند. اختلاف مردم، به سبب اختلاف در نام‌هاست. پس همین‌که به معنی توجّه کنند، اختلاف‌ها از میان می‌رود و آشتی و آرامش برقرار می‌شود.»

۱- راهنمایان راستین و مرشدان صادق، مانند طبیبی دلسوز، ابتدا شخص طالب را مورد سؤال و بررسی قرار می‌دهند و سپس نسخه‌ای مطابق با حال او تجویز می‌کنند. (شرح جامع مثنوی معنوی، ج ۲، ص ۸۷۳)

۲- دریای محیط، نام دریایی است که به اعتقاد قدما، پیرامون زمین را فرا گرفته. در این‌جا مراد ذات حضرت حق تعالی است.

اختلاف انگوری

چهار نفر که هرکدام زبان خاصّی داشتند، به جایی رفتند. شخصی یک دِرَم پول به آنها داد که چیزی برای خود بخرند.

یکی از آنها که فارس بود گفت:

«برویم با این پول، مقداری انگور بخریم.»

دومی که عرب‌زبان بود گفت:

«انگور دیگر چیست؟ من عِنَب (انگور) می‌خواهم.»

سومی که ترک بود گفت:

«این پول مال من است. لذا من انگور و عِنَب نمی‌خواهم، بلکه اُزُم (انگور) می‌خواهم.»

چهارمی که رومی بود گفت: «این حرف‌ها را بگذارید کنار. من نه انگور می‌خواهم نه عنب و نه اُزُم. باید برویم اِسْتافیل (انگور) بخریم و بخوریم.»

آن گروه بگوومگو کردند و کارشان به جنگ کشید؛ زیرا از اسرار و معانی آن نام‌ها بی‌خبر بودند. از نادانی به همدیگر مشت می‌زدند؛ از نادانی آکنده بودند و از دانایی، خالی.

اگر صاحب سرّی ارجمند که به صد نوع زبان آشنایی دارد آنجا بود، آنان را آشتی می‌داد؛[1] و به آنان می‌گفت: «من با همین پول آرزوی همه‌ی شما را برآورده می‌کنم. اگر بدون حیله دل خود را به من بسپرید، همین پول شما چندین کار انجام می‌دهد. این یک درم شما چهار آرزو را برمی‌آورد و چهار دشمن بر اثر اتّحاد یکی می‌شوید. سخن هریک از شما، مایه‌ی جنگ و جدایی می‌شود؛ امّا گفته‌ی من، شما را متّحد می‌سازد. بنابراین شما خاموش و ساکت باشید، تا من در گفت و گو زبان شما باشم. اگر حرف شما به ظاهر مایه‌ی آشتی و اتّحاد باشد، ولی چون بهره‌ای از حقیقت ندارد، موجب ستیز و پراکندگی می‌شود؛ چون نفْس، هر لحظه به رنگی در می‌آید و به صورتی متفاوت عرض اندام می‌کند.»

لذا اگر چنان حکیمی آنجا بود، به آنان می‌فهماند که همه‌ی آنها یک چیز را می‌خواهند، منتهی با الفاظ مختلف؛ در نتیجه اختلاف آنها رفع می‌شد.

✳ ✳ ✳

مولانا در این حکایت، به نحو ماهرانه‌ای معلوم می‌دارد که بیشتر اختلافاتِ رایج در میان مردم دنیا، لفظی است و بر اساسی نیست. باید به حال نگریست، نه قال.

1- صاحب سرّ، همان عارف بالله است که می‌تواند حقیقت واحدی را که در وَرای الفاظ و کلماتِ گوناگون نُهان است، دریابد. (شرح کافی، ج ۲، ص ۵۷۹)

شکار بچّه فیل

آن شنیدی تو که در هندوستان
دید دانایی گروهی دوستان
گرسنه مانده شده بی‌برگ و عور
می‌رسیدند از سفر از راه دور

گروهی از مسافران به سرزمین هند رسیدند و چون گرسنه بودند، خواستند حیوانی شکار کنند. مردی دانا و خردمند[1] با آن‌ها روبرو شد و از سر محبّت و راهنمایی به آن‌ها گفت:

«در این سرزمین پهناور، گلّه‌های فیل بسیار یافت می‌شود. ولی مبادا بچّه فیل شکار کنید؛ زیرا فیل‌ها بوی فرزندان خویش را به خوبی تشخیص می‌دهند و اگر شما بچّه‌ی فیلی را شکار کنید و بخورید، بدانید که فیل، دهان هر رهگذری را بو می‌کند و اطراف شکم او را مورد جست‌وجو قرار می‌دهد تا وقتی خورنده‌ی بچّه‌ی خود را پیدا کرد، انتقام و قدرت خود را به او نشان دهد.»

ای انسان، تو پشتِ سر بندگان خدا بدگویی می‌کنی و این عمل در حقیقت مثل آن است که گوشتِ آنان را می‌خوری؛ بدان که کیفر این کار ناپسند را خواهی دید.

بهوش باشید که آفریدگار هستی[2]، دهان شما را می‌بوید. چه‌کسی جز راستگویان، می‌تواند جان سالم به در بَرَد؟

آن نصیحت کننده‌ی دانا، به آن جمع گرسنه گفت:

«این نصیحت مرا گوش کنید، تا مبادا قلب و روحتان دچار رنج و بلا شود. شما به همین گیاهان و برگ‌ها قناعت کنید و به شکار بچّه‌ی فیل نپردازید. من در ابلاغ نصیحت، دینِ خود را ادا کردم و در اندرز دادن به شما سنگِ تمام گذاشتم؛ آیا پایان شنیدن اندرز، جز نیک‌بختی چه‌چیز دیگر است؟ بهوش باشید تا مبادا حرص و طمع، شما را از راه به

۱- این مرد حکیم، کنایه است از اولیا و هادیان حقیقی که مردم را از خطر نفْسِ سَحّاره (سِحر‌کنندهافسونگر) حفظ می‌کنند. (شرح جامع مثنوی معنوی، ج ۳، ص ۴۱)

۲- اشاره است به آیه‌ی ۱۲ سوره‌ی حُجُرات: «ای کسانی که ایمان آورده‌اید، از بسیاری از گُمان‌ها بپرهیزید، چون بعضی از گمان‌ها گناه است؛ و هرگز در کار دیگران تجسُس نکنید؛ و هیچ‌یک از شما دیگری را غیبت نکند. آیا کسی از شما دوست دارد که گوشت برادر مرده‌ی خود را بخورد؟! به یقین همه‌ی شما از این امر کراهت دارید؛ تقوای الهی پیشه کنید که خداوند، توبه‌پذیر و مهربان است.»

این‌که غیبت را به خوردن گوشت برادر مُرده‌ی فرد تشبیه نموده، به جهت آن است که چون شخص غیبت‌شونده بی‌خبر است و نمی‌تواند از خود دفاع کند، مانند شخص مرده است. درعین‌حال، اگر ما عیب کسی را در حضور او بگوییم، می‌تواند خودش اتّهام خود را برطرف کند؛ همان‌طور که اگر بدن شخص زنده‌ای آسیبی ببیند، می‌تواند آن را ترمیم کند. امّا شخصی که حضور ندارد و ما عیب او را بگوییم، مانند این است که به اعضای بدن مرده‌ای آسیب بزنیم و بدیهی است که بدن مرده، قادر به ترمیم و جبران آن آسیب نیست. و این مثالی که قرآن می‌زند، امری ثابت و محقّق است. چون هرگز هیچ‌کس راضی نمی‌شود که گوشت برادر مرده‌اش را بخورد؛ کراهت از این امر، مسئله‌ای محقّق و قطعی است. به‌همین‌صورت، غیبت کردن از سایرین نیز باید مورد نفرت و کراهت انسان باشد. (علامه سیّدمحمّدحسین طباطبائی، ترجمه‌ی تفسیر المیزان)

در کند و بنیاد هستی شما را براندازد.»

آن نصیحت‌کننده، این سخنان را گفت و وداع کرد و رفت. تدریجاً گرسنگی آنان شدّت گرفت.[1]

آن جمع گرسنه ناگهان بر سر راه خود، نوزاد فیلی را دیدند و مانند گرگ‌های گرسنه بر او حمله کردند. آن بچه‌ی فیل را کباب کرده و خوردند و دست‌هایشان را شستند. یکی از همراهان آن جمع که اندرز آن دانای صالح را به خاطر سپرده بود، از گوشت آن بچه‌ی فیل چیزی نخورد و به آن‌ها نیز نصیحت کرد که از خوردن آن صرف‌نظر کنند.

همه‌ی آنان که کباب فیل را خورده بودند، روی زمین خوابیدند؛ ولی آن‌که چیزی از آن گوشت نخورده بود، مانند چوپان بیدار ماند و از خوابیدگان محافظت می‌کرد.[2]

در آن اثنا دید که فیلی نزدیک می‌شود. ابتدا فیل به طرف محافظ آن جمع شتافت. سه بار دهان او را بو کرد، امّا هیچ بوی ناگواری از او به مشامش نرسید. فیل چندبار اطراف او دور زد و چرخید و بی‌آن‌که به او آسیبی بزند، راهش را گرفت و رفت.

سپس به سوی جمع خوابیدگان رفت و از بوی دهان آنان دریافت که قاتلان فرزندش همان‌ها هستند. آن فیل، بی‌درنگ آنان را پاره پاره کرد و به هلاکت رساند.

در این‌جا حضرت مولانا به نتیجه‌گیری اخلاقی و اجتماعی می‌پردازد و می‌فرماید:

ای کسی‌که مال مردم را می‌خوری، یقین بدان‌که مال آنان، چون خون آنان بر تو حرام است؛ زیرا آن اموال، بر اثر رنج و زحمت حاصل شده است.

ای رشوه‌خوار، تو نوزاد فیل می‌خوری؛ دشمن نیرومند، تو را به هلاکت می‌رساند. بو، سبب شد که حیله‌گران رسوا شوند؛ زیرا فیل، بویِ بچّه‌ی خود را تشخیص می‌دهد.

✳ ✳ ✳

فیل در این حکایت، تمثیلی است از حضرت حق‌تعالی؛ پیل بچگان، تمثیلی است از انبیا و اولیا و انسان‌های کامل؛ خورندگان فیل تمثیلی است از معاندان و مخالفان انبیا و اولیا؛ و خوردن بچّه فیل تمثیلی است از مخالفت ستیز کنندگان با انبیا و اولیا.

۱- گاه آتش شهوت بر اثر شنودن پندی چند، موقّتاً به خاموشی می‌رود؛ امّا همین که اثر آن نصیحت‌ها محو می‌شوَد، دوباره زبانه می‌کشد. (شرح جامع مثنوی معنوی، ج ۳، ص ۵۸)

۲- آنان که شکمشان را با مال حرام پر می‌کنند، غنودگان حقیقی‌اند؛ ولی آنان که شکم از طعام حرام عاری می‌دارند، بیداران حقیقی‌اند که همواره حفاظت و رعایت خوابیدگان جامعه را بر عهده دارند. (همان کتاب، ص ۵۹)

افتادن شغال در خُمره‌ی رنگ

آن شغالی رفت اندر خُم رنگ

اندر ان خم کرد یک ساعت درنگ

پس برآمد پوستش رنگین شده

که منم طاووس علیین شده

شغالی درون خمره‌ای از رنگ‌های گوناگون افتاد و مدّتی کوتاه در آن ماند. وقتی از آن بیرون آمد، پوستی رنگین پیدا کرده بود و گفت:

«من یک طاوس بهشتی شده‌ام.»

پشم رنگارنگ آن شغال، جلوه‌ی دلنشینی پیدا کرده بود و آفتاب که به آن رنگ‌ها می‌تابید، می‌درخشید. شغال خود را به رنگ‌های سبز و سرخ و صورتی و زرد آراسته دید، لذا نزد شغالان خودنمایی نمود.

همه‌ی شغال‌ها گفتند:

«ای شغال عزیز (یا ای شغالِ بی‌مقدار و حقیر)، چه شده که شادابی سراپای تو را فرا گرفته است؟ آن‌قدر شادمان و مسروری که از ما فاصله گرفته‌ای؟ بگو بدانیم این تکبّر و خودبینی را از کجا آورده‌ای؟»

شغالی دانا و کهنه‌کار پیش او رفت و گفت:

«فلانی راستش را بگو، آیا حیله‌ای در کار است و یا واقعاً از خوشدلان شده‌ای؟ ای مدّعی، نیرنگی به کار گرفته‌ای که بر فراز منبر بنشینی و با ادّعاهای خود مایه‌ی حیرت مردم شوی. بسیار کوشیدی و حرارت و عنایتی از مردم ندیدی، از راه حیله این گستاخی و بیشرمی را در پیش گرفته‌ای.»[1]

ای رفیق گرمی خلوص و پاکدلی، ویژه‌ی انبیا و اولیاست؛ ولی گستاخی و بی‌شرمی، پناهگاه حیله‌گران است. این ریاکاران مدّعی، با بیشرمی، مردم ساده‌لوح را به سوی خود جلب می‌کنند. هرچند ادّعا می‌کنند که حالی خوش داریم (یعنی روحی آرام و مطمئن به حقیقت داریم)، ولی بدان که باطناً حال بسیار بدی دارند.

آن شغال رنگارنگ، نهانی آمد و بیخ گوش نکوهش کننده‌ی خود چنین گفت:

«به من و رنگ من نگاه کن. آیا هیچ بت‌پرستی بتی مانند من دارد؟ من همانند گلزاری صدرنگ و زیبا شده‌ام. در برابر من سجده آور و سرکشی نکن. در حُسن و جمال من، جلال و شکوه را مشاهده کن. من مظهرِ لطف الهی شده‌ام؛ و به لوحی تبدیل شده‌ام که اسرار کبریایی و حقایق ربّانی در من نوشته شده است. پس ای شغال‌ها، هشیار باشید و

۱- مدّعیان عرفان و معرفت ممکن است در راه کسبِ علوم بسیار بکوشند، ولی چون اخلاص و پاکدلی ندارند، در روح خود گرمای عشق و معرفت نمی‌یابند؛ لذا کلامشان در دل و روح مستعمان، گرمی و حرارت عشق و معرفت پدید نمی‌آورد. (شرح کبیر انقروی، ج ۳، ص ۲۸۹)

(۱۲۲)

دیگر مرا شغال نخوانید، بلکه مرا رکن‌الدّین و فخرالدّین لقب دهید.»[1]

شغال‌ها همه آن‌جا جمع شدند، همان‌گونه که پروانه‌ها گرد شمع فراهم آیند؛ و به او گفتند:

«حال که می‌گویی تو را شغال نخوانیم، پس ای بزرگ‌منش، تو را چه بخوانیم؟»

شغال ریاکارِ گفت:

«طاوس نر سعادت‌بخش.»

گفتند:

«طاوس‌های جان در گلستان، جلوه‌ها دارند و در میان باغ می‌خرامند؛[2] آیا تو نیز مانند آنان جلوه‌ای داری؟»

پاسخ داد:

«نه، من که هنوز به بیابان نرفته‌ام، چگونه می‌توانم مِنا را توصیف کنم؟»[3]

شغال‌ها به او گفتند:

«حال که رنگِ طاوسانِ گلستان به خود بسته‌ای، آیا می‌توانی چون طاوس نغمه‌سرایی کنی؟ و یا هم‌چنان زوزه می‌کشی؟»

شغال ریاکار گفت:

«نه، چنان آوازی ندارم.»

به او گفتند:

«پس ای عالی‌جناب، تو طاوس نیستی.»

به‌این‌ترتیب شغال مدّعی، رسوا می‌شود.

جامه‌ی فاخرِ طاوس، از آسمان عطا می‌شود؛ کِی می‌توانی با رنگ و ریا و ادّعا، به آن جامه‌ی فاخر دست یابی؟[4]

مانند فرعون که ریشِ خود را به جواهر آراسته بود و از روی نادانی و حماقت، از حضرت عیسی نیز خوَد را بالاتر دانست.[5] آن فرعون نیز به خُم مال و مقام افتاده

۱- رکن‌الدّین (پایه‌ی دین) و فخرالدّین (مایه‌ی فخر دین)، از القابی است که در قرون پیشین بر بسیاری از امرا و علما اطلاق می‌شده است.

۲- «طاوسان جان»، به انبیا و اولیا اشاره دارد که در عالم روح و لامکان سیر می‌کنند.

۳- یعنی: «من که بیابان سلوکـ را طی نکرده‌ام، چگونه از کعبه‌ی حقیقت حرف بزنم؟» (شرح کبیر انقروی، ج ۳، ص ۳۰۴)

۴- خوارزمی می‌گوید: «ای دریغا، این‌ها همه بیان حالِ توست و شرح نهایت کمال تو. گاهی دم از احاطه داشتن انواع علوم زنی و گاهی دعوی معرفتِ سرّ مَکتوب کنی، گاهی خود را مظهر سرّ خدایی خوانی، گاهی خویشتن را محرم حریم کبریایی دانی، و گاهی گویی که سوخته‌ی آتش اشتیاقی. ولی هرگز اهتمام نمی‌نمایی تا گفتار تو از سر حال باشد و ذات تو را بهره‌ای از خلوص اهل کمال باشد. واجب آن است که گوشِ هوش بگشایی.» (جواهرالاسرار، ج ۳، ص ۵۰۴)

۵- زیرا حضرت عیسی با این که به آسمان صعود کرد، هم‌چنان خود را بنده‌ی حضرت حق‌تعالی می‌دانست؛ درحالی که در آیه‌ی ۲۴ سوره‌ی نازعات، ادّعای خدایی فرعون را چنین حکایت

بود. هرکس که جاه و مالِ او را دید، در برابر او به سجده افتاد؛ و آن گَدای خرقه‌پوش نیز از سجده‌ی آن مسخرگان، خرسند و سرمست می‌شد.[۱]

مال دنیوی آکنده از زهرهای معنوی است، و بدتر از آن اینست‌که آدمی فریفته‌ی تعظیم‌ها و تملّق‌های چاپلوسان شود و احترام آنان را حقیقی گمان کند و خود را نیز کسی بشمرد.

ای فرعون، با زیور و جاه و مقام ظاهری، خود را در صف طاوسان عالم حقیقت جا نزن. اگر به طاوسان باغ حقیقت که به اوصاف و رنگ‌های الهی آراسته شده‌اند نزدیک شوی و بخواهی خودنمایی کنی، مسلّماً رسوا خواهی شد.[۲]

حضرت موسی و هارون، در واقع طاوسان باغ حقیقت بودند؛ آنان براهین و معجزات خود را که مانند بال و پر طاوس، زیبا و گیرا بود، به تو (فرعون) عَرضه کردند. در نتیجه، زشتی و رسوایی نمایان شد و از بلندای آن‌همه دعاوی و یاوه‌گویی‌ها و منَم منَم زدن‌هایت، بر زمینِ عجز و زبونی سقوط کردی.

❋ ❋ ❋

این حکایت به‌طور کلّی نقد حال مدّعیان و ترفندبافان است که به زبان طنز بیان شده؛ خواه مدّعیان ارشاد و دستگیری در میان صوفی و خواه مدّعیان علم و کمال در میان فضل فروشان عارَی از معنا، و هر مدّعی دیگر که ریاکارانه، خود را به زیور علم و هنر و فضل و کمال می‌آراید و می‌لافد و این و آن را می‌فریبد.

می‌کند: «فرعون گفت: «من پروردگار برتر شما هستم.»»

۱- اطلاق «ژنده پوش» به فرعون، شاید از باب تذکّر به این معنی باشد که او با همه‌ی دارایی ظاهری، در واقع فقیر محض بود؛ زیرا مالکیّت خلق، اعتباری است. (شرح جامع مثنوی معنوی، ج ۳، ص ۱۹۷)

۲- خوارزمی گوید: «موسی و هارون مانند طاوسان عالَم الهی بودند که با پَر همّت، جلوه‌ها نمودند؛ ولی برای فرعون، پَر طاوسی سود نداشت و چون مَحکِ امتحان در میان آمد، جز سیاه‌رویی برای او حاصلی نبود.» (جواهرالاسرار، ج ۳، ص ۵۰۵)

(۱۲۴)

مارگیر و اژدها

یک حکایت بشنو از تاریخ گوی
تا بَری زین راز سرپوشیده بوی
مارگیری رفت سوی کوهسار
تا بگیرد او به افسون‌هاش مار

مارگیری به سوی کوهستان رفت تا با افسون‌های خود ماری بگیرد.[1]

خواه انسان با کُندی حرکت کند و یا با تندی، اگر جوینده باشد بالاخره مقصود را می‌یابد. در راه مطلوب، با تمام وجود سعی کن؛ زیرا طلب در سلوک، راهنمای خوبی است. تو در هرحال و شکلی که هستی، خود را به سوی او بکشان و او را طلب کن. گاه با سخن گفتن، گاه با سکوت و گاهی به یاری بویایی، رایحه‌ی شاه وجود را ادراک کن. یعقوب‌وار، در طلب یوسف حقیقت باش.

آن مارگیر در فصل زمستان که همه‌جا را برف پوشانده بود، در اطراف کوهستان می‌گشت تا ماری بزرگ پیدا کند. پس از تکاپوی بسیار، به اژدهایی بزرگ برخورد که در میان برف‌ها مُرده می‌نمود.

مارگیر برای این مار می‌گیرد که تماشاگران را دچار حیرت سازد. شگفتا از حماقت و نادانی عوام‌النّاس. انسان همانند کوهی ستبر و استوار و معدن فضائل و علوم و معارف است؛ لذا به اقتضای وجودِ اشرف و افضل خود، روا نیست که اسیر و مسخره‌ی مال دنیا شود که مانند مار و اژدها است.

مارگیر بی‌درنگ دست به‌کار شد و آن اژدها را با طناب بست و رهسپار شهر بغداد شد تا نمایشی برپا کند و از آن راه، مالی به دست آوَرَد. اژدهایی را که خیال می‌کرد مُرده است، کشان‌کشان با خود بُرد تا آن‌که به کنار رود دجله رسید و بساط معرکه و نمایش گسترد و مردم از هر سو برای تماشا هجوم آوردند. آن اژدها، از شدّت سرما و برف، جامد و بی‌حرکت شده بود؛ امّا زنده بود و به نظر مرده می‌رسید.

جمیع جمادات به اعتبار طبیعت مادّی، مرده به نظر می‌رسند، ولی به اعتبار ماوراءِ طبیعت زنده‌اند؛ نسبت به عالم خلق خاموش هستند امّا نسبت به حق، گویا و ناطق. هرگاه حق‌تعالی جمادات را از عالم غیب و معنا به جهان محسوسات بفرستد، آن عصای به ظاهر فاقد روح و جان، به اژدهایی تبدیل می‌شود؛ و چون خدا اراده کند که انسان به معنا توجّه کند، حجاب مادیّت را از روی جمادات برمی‌دارد و باطن رحمانی آن‌ها را به او نشان می‌دهد. درآن‌صورت کوه‌های جامد نیز نغمه‌ی داودی می‌سرایند و

به تسبیح حق می‌پردازند؛ و آهن، ذات استوار و محکم خود را به اراده‌ی حق از دست می‌دهد و در دست داوود به مومی تبدیل می‌شود و مطیع امر او می‌گردد.[1] ماه، اشاره‌ی حضرت احمد را می‌بیند، یعنی وقتی که آن حضرت به ماه اشاره کرد، ماه متوجّه‌ی این اشاره شد؛[2] و آتش نیز برای ابراهیم مانند گلستان شد؛[3] و زمین، قارون را همانند ماری به کام خود کشید.[4]

صدها آدم عاطل و بی‌کار دور معرکه جمع شدند. ازدحام جمعیّت به حدّی بود که مرد، توجّهی به مار نداشت؛ گویی که روز رستاخیز بود و عام و خاص همه در آن گرد آمده بودند. آن مارگیر آغاز معرکه را اعلام کرد، تماشاگران گردن کشیدند تا صحنه را تماشا کنند.

دیری نگذشت که آفتابِ عالمتاب، تابش خود را بر روی زمین پخش کرد، اژدهای خموده و افسرده را گرمی بخشید و کم‌کم جان گرفت و به حرکت و جنبیدن درآمد و بر خلق‌الله معلوم شد که او زنده است.

حیرت مردم از حرکت آن اژدهای به ظاهر مُرده هزار برابر شد؛ چون انتظار نداشتند که آن اژدهایی که ظاهراً مرده بود، به حرکت درآید. مردم با حیرت تمام، فریاد می‌زدند و از حرکت آن اژدها پا به فرار گذاشتند.

اژدها بر اثر آن سر و صداهای بلند خشمگین شد و بندها را از هم گسست و به راه افتاد. ازدحام بیش از حد، سبب شد که شمار بسیاری از آنان زیر دست و پا تلف شوند. مارگیر نیز حیرت زده و بیمناک بر جای خشکیده بود و با خود می‌گفت: «عجب تحفه‌ای از کوهسار آورده‌ام!» اژدها، به مارگیر حمله کرد و در دَم به هلاکتش رساند.

ای سالک، نفس امّاره‌ی تو نیز مانند اژدهاست. او کِی ممکن است مُرده باشد؟ بلکه از غم نداشتن وسیله و از رنج مجال نیافتن، پژمرده و خموش شده است. اگر نفس امّاره‌ی تو، دستگاه و بساط فرعونی پیدا کند (یعنی از قدرت و شوکت دنیوی برخوردار شود) او نیز مانند فرعون، از روی خودبینی مدّعی می‌شود که آب در جویبار به فرمان او جریان می‌یابد.[5] آن‌گاه نفْس تو، بنیاد فرعونی در می‌اندازد و با صد موسی و هارون به مخالفت برمی‌خیزد.

۱- اشاره است به آیات ۱۰ و ۱۱ سوره‌ی سبأ: «ما به داوود از سوی خود فضیلتی بزرگ بخشیدیم؛ ما به کوه‌ها و پرندگان گفتیم: «ای کوه‌ها و پرندگان، با او هم‌آواز شوید و همراه او تسبیح خدا گویید.» و آهن را برای او نرم کردیم و به او گفتیم: «زره‌های کامل و گشاد بساز و حلقه‌ها را به اندازه و متناسب کن»»

۲- اشاره است به آیه‌ی ۱ سوره‌ی قمر: «قیامت نزدیک شد و ماه از هم شکافت.»

۳- اشاره است به آیه‌ی ۶۹ سوره‌ی انبیاء: «سرانجام او را به آتش افکندند؛ ولی ما گفتیم: «ای آتش، بر ابراهیم سرد و سالم باش.»»

۴- اشاره است به آیه‌ی ۸۱ سوره‌ی قَصَص: «سپس ما، او (قارون) و خانه‌اش را در زمین فرو بردیم ...»

۵- اشاره دارد به آیه‌ی ۵۱ سوره‌ی زُخرُف: «فرعون در میان قوم خود ندا داد و گفت: «ای قوم من، آیا حکومت مصر از من نیست، و این نهرها تحت فرمان من جریان ندارد؟ آیا نمی‌اندیشید؟»»

بنابراین اژدهای نفس را در برف فراق نگه‌دار (یعنی او را از کامیابی و لذّت‌جویی بازدار)، و مبادا او را به سوی خورشید بکشی؛ زیرا درآن‌صورت، به مهلکه خواهی افتاد. اژدهای نفس را با زیرکی و هوشیاری مات کن، تا به دست او مات نشوی. اگر[۱] گرمی تابش خورشید شهوت بر نفس امّاره‌ات بزند، آن اژدهای حقیر شروع به عصیان و طغیان می‌کند. تو مردانه با نفس امّاره‌ات پیکار و مجاهده کن تا خدا به پاداش این ریاضت، تو را به وصال خود رسانَد.

٭ ٭ ٭

این حکایت، نقد حال انسان‌هاست. نفس امّاره، مانند اژدهایی در درون هریک از آنان نهفته است و هرگاه امکان قدرت‌نمایی یابد، با قدرت و هیبتی هولناک به حرکت درمی‌آید. به عبارت دیگر، وقتی «خورشید تابان» یعنی امکانات مادّی و تمهیدات شهوانی بر این اژدهای خفته و افسرده در برف حرمان و فقر بتابد، به جنبش و حرکت در می‌آید، بندِ تقوا و پروا از دست و پای می‌گسلد، می‌غرّد، می‌کُشد و ویران می‌کند و جهانی را به کام دوزخ آسایِ خود اندر می‌سازد. بنابراین ممکن است هر فردِ ضعیف و ناتوانی بالقوّه فرعون و گردنکشی بیدادگر باشد، منتهی فعلاً امکانات و تمهیدات لازمِ دنیوی را برای عرضِ اندام ندارد.

مولانا در طول این حکایت، آن‌جا که اژدهای افسرده از حرارت خورشید عراق جان می‌گیرد، نتیجه‌گیری دیگری می‌کند که بسیار عمیق و دقیق است: رستاخیز و حشر، حقیقتی انکارپذیر است. عالَم طبیعت هر چند جامد و بی‌جان می‌نماید، امّا مانند همین اژدهای مُرده‌نما وقتی آفتابِ روحانیِ حشر بر آن بتابد، جان می‌گیرد و به موجودی حاضر و زنده تبدیل می‌شود؛ چنان‌که در قرآن کریم، به کرّات اثبات قیامت، از راه‌های پدیده‌های محسوس طبیعی صورت گرفته است.[۲]

۱- یعنی: «نفس امّاره را از شهوات نفسانی دور نگه‌دار، و مبادا آن را به خورشید گرم و سوزان مال و لذّات دنیوی و شهوانی بری.» (شرح مثنوی ولی محمّد اکبرآبادی، ج ۳، ص ۴۱)
۲- نظیر: روم /۱۹، زُخرُف /۱۱ و ق/ ۱۱.

(۱۲۷)

اختلاف نظر در چگونگی و شکل فیل

پیل اندر خانه‌ی تاریک بود
عَرضه را آورده بودندش هُنود
از برای دیدنش مردم بسی
اندر آن ظلمت همی شد هر کسی

در خانه‌ای تاریک فیلی بود که هندیان برای نشان دادن به مردم آورده بودند. گروه زیادی از مردمِ آن دیار که تاکنون فیل ندیده بودند، به آن‌جا می‌رفتند. چون در تاریکی دیدنِ فیل امکان‌پذیر نبود، هر کس به بدن آن دست می‌مالید و چیزی تجسّم می‌کرد.

مثلاً آن‌که دست به خرطوم فیل می‌کشید، آن را به صورت یک ناودان تصوّر می‌کرد؛ و آن دیگری که دست بر گوش آن حیوان می‌مالید، خیال می‌کرد که فیل، شبیه بادبزن است. همین‌طور کسی‌که دست به پای فیل می‌کشید، آن را به صورت یک ستون تجسّم می‌کرد؛ و بالاخره کسی‌که دست بر کمر فیل می‌کشید، می‌گفت که فیل مانند تخت است.

به سبب دیدگاه‌های گوناگون، قضاوتشان نسبت به شکل فیل، دچار اختلاف شد؛ چنان‌که مثلاً یکی می‌گفت: «فیل مانند دال، کج است.» و دیگری می‌گفت: «خیر، مانند الف، راست است.»

اگر در آن‌جا شمعی می‌درخشید، شکل حقیقی فیل نمایان می‌شد و اختلاف‌ها از بین می‌رفت.

بینش حسّی و ظاهری آدمی، مانند کفِ دست، تنها ظواهرِ موجودات را المس می‌کند و کاری به ریشه‌ی حقایق ندارد؛ بنابراین عقل جزیی، قادر به فهم حقیقت نیست. چشم دریابین، چشمی دیگر است؛ چشم کف‌بین را رها کن و با دیده‌ی دریابین نگاه کن.[1] کف‌هایی که شبانه‌روز بر روی دریا می‌بینی، حرکت و جنبش خود را از دریا گرفته است. عجیب است که تو کف را می‌بینی و دریا را نمی‌بینی! با این‌که ما در حیطه‌ی ذات الهی قرار داریم، ولی از او بی‌خبر و غافلیم، چنان‌که کشتی‌ها از آب دریا که موجب حرکت آن‌هاست بی‌خبرند؛ و چون او را در این جهان مشاهده نمی‌کنیم، به جنگ و ستیز فرقه‌ای و کشمکش‌های متعصّبانه سرگرم هستیم، چنان‌که آن قوم نیز در چگونگی و شکل فیل اختلاف نظر داشتند.

افراد ظاهربین، تنها به سطح ظاهری پدیده‌ها می‌نگرند و از ژرفای آن بی‌خبرند. هرچند به این نکته پی برده‌اند که در درونِ آن‌ها جان و روانی هست که منشأ حرکت و نشاط فعالیّت آدمی می‌شود، یعنی به روح حیوانی اعتقاد دارند، امّا از این نکته غافل شده‌اند که آن جان و

۱- حضرت مولانا در این بیت، از کفِ دست، به کفِ دریا منتقل می‌شود. در متون عرفانی، ذاتِ حق به دریا تشبیه شده است. در مثنوی نیز بارها این تشبیه به کار آمده. لذا دریای حقیقت را تنها با چشم حقیقت‌بین توان دید و بس. امّا مراد از «کف»، صورت‌های هستی است؛ چنان‌که حباب‌های درون آن، پایدار نیست و هرلحظه محو می‌شود. (شرح جامع مثنوی معنوی، ج ۳، ص ۳۱۵)

روان نیز به وسیله‌ی جانِ جان (روحِ روح) که همانا ذاتِ حضرت احدیّت است، در نشاط و حرکت می‌باشد؛ منتهی این جانِ جان را نمی‌توان با ادراکِ حسّی و مقیاس صوری شهود کرد.

ای سالک و یا ای مقلّد، هرگاه از سرچشمه‌ی حق‌تعالی به حیاتِ طیّبه دست‌یابی، از گلْزارِ مادّیات بی‌نیاز می‌شوی و به سوی قلمروِ معنا حرکت می‌کنی؛ اینک به وسیله‌ی قوت و غذای روحانی، خود را از غذای مادّی بازگیر.

ای ضعیف‌الذّهن، تو که استعداد دریافتِ حقیقتِ عریان و بی‌حجاب را نداری و تنها می‌توانی به وسیله‌ی الفاظ و عبارات، سایه‌ای از آن را درک کنی؛ اگر در طریق سلوک کوشا باشی تو نیز می‌توانی مانند مردان خدا، بی‌صورت و کلام، حقیقت را فهم کنی. هرگاه استعداد و اهلیّت لازم را به دست آری، می‌توانی به شهودِ بی‌حایل و حجاب حق برسی. لذا پس از شهود بی‌حایل و حجاب حق، همانند ستارگان بر اوج افلاک سیر می‌کنی؛ بلکه حتّی بدون نیاز به چرخ گردون، شایسته‌ی سفرهای بی‌چون و چند خواهی شد. این سفر بی‌چون و چند، آن‌چنان است که از عالم نیستی، به عالم هستی در آمده‌ای. برای نیل به این هدف، گوش حسّی و ظاهری خود را ببند و سپس گوش باطنیِ خود را بگشا.

❄ ❄ ❄

در این حکایتِ تمثیلی، «فیل» کنایه از حقیقتِ مطلق (ذاتِ الهی)، «تاریکی» کنایه از این دنیاست زیرا در این دنیا آدمی در لایه‌های بی‌شماری از حجاب‌ها و پرده‌های پوشاننده‌ی محسوسات پوشیده شده است و عقل و روح او نیز در زندان حواس محبوس است. «دستْ سایندگان بر اندامِ فیل» کنایه از کسانی است که می‌کوشند حقیقتِ مطلق را با مقیاس‌های محدود و نارسای عقلی و تجربی خود بشناسند.

حکیمان و متکلّمان و فیلسوفان و عالمان و ... هریک برای شناخت حقیقت، مدّعی روشی هستند، امّا همه‌ی این روش‌ها و مذهب‌ها کافی برای رسیدن به مقصود نیست؛ بلکه هریک، جلوه‌ای از حقیقتِ مطلق را نمایانده‌اند. چه طریق شناخت حقیقت مطلق، نوعی دیگر است. «شمع» کنایه از نورِ کشف و یقین می‌باشد. هرگاه چنین نوری در قلب و بصیرت آدمی درخشیدن گیرد، به کشفِ تمامی حقیقت نایل می‌شود و در این مرتبه، نزاع و ستیزها رنگ می‌بازند.

مطالعه‌ی عشق‌نامه در حضور معشوق

آن یکی را باز پیش خود نشاند
نامه بیرون کرد و پیش یار خواند
بیت‌ها در نامه و مدح و ثنا
زاری و مشکینی و بس لابه‌ها

معشوق، عاشقی را به حضور خواند و کنار خود نشاند؛ امّا آن عاشق خام طبع به جای آن‌که از وصال معشوق بهره‌مند گردد، دست در جیب خود کرد و انبوهی نامه که در دوران هجران و فراق با سوز و گداز و آه و افسوس برای معشوق خود نوشته بود، بیرون آورد و شروع به خواندن کرد و خلاصه آن‌قدر خواند که حوصله‌ی معشوق را سر بُرد.

معشوق با نگاهی تحقیرآمیز به او گفت:

«اگر این نامه‌ها برای من است، که تو در این لحظه در کنار من نشسته‌ای و به وصالم رسیده‌ای. خواندن نامه‌ی عاشقانه در هنگام وصال، جز ضایع کردن عمر حاصل دیگری ندارد و بدان‌که این کار تو، نشانه‌ی عشاق نیست.»[1]

عاشق به معشوق گفت:

«بله، البتّه که تو نزد من هستی؛ ولی آن‌گونه که در عالم فراق و هجران از ذوق یاد تو بهره‌مند می‌شدم، اینک از ذوق حضور تو بهره نمی‌برم و آن لذّت را احساس نمی‌کنم. من از چشمه‌سار عشق تو آب‌های صاف و پاک نوشیده‌ام و چشم و دلم را با آن آب، طراوت بخشیده‌ام. اینک چشمه‌ی جمال تو را زیارت می‌کنم، امّا آب ذوق و صفا را در آن احساس نمی‌کنم. آیا راهزنی از شیطان، مجرایِ عشق و ذوقم را قطع کرده است؟»

معشوق به آن عاشق‌نما گفت:

«پس من معشوق تو نیستم؛ زیرا برداشت ذهنی ما از حقیقت، با نفس عینی آن، زمین تا آسمان فرق دارد. تو، هم عاشق ذات منی و هم عاشق حال خاصّ خود. بنابراین تو عاشق دو معشوق شده‌ای؛ یکی معشوق باقی که منم و دیگری معشوق فانی که حالِ روحیِ موقّتی توست که از عشق من سَر زده. تو خالصاً عاشق من نیستی؛ بلکه چون از عشق من، به حالی می‌رسی که آن مطلوب و محبوب توست، پس نسبت به من عشق

____

۱- به‌طور کلّی صوفیان برای مقام قرب الهی نیز آدابی قائل‌اند و تأکید می‌ورزند که آداب قرب الهی را نیز باید از حضرت ختمی مرتبت آموخت که در کمال اعتدال و استقامت بود و جز به حضرت حق به هیچ‌چیز توجّه نمی‌فرمود، به طوری که قلب و قالب او یکی شده بود. (عوارف‌المعارف، ص ۱۲۱)
خوارزمی گوید: «با وجود آفتاب، روشنی از کرم شب‌تاب مَجوی و از کنار چشمه‌ی آب حیات، در پی سراب مپوی؛ چون به سر گنج مشاهده رسیدی از رنج مجاهده بیرون آی، و چون به مطلوب پیوستی از سر هوس، راه طالب مپیمای؛ چون منظور در نظر است، حدیث انتظار مگوی؛ وقت نظاره‌ی گلزار و هنگام شُکر خرّمی بهار، قصّه‌ی سر تیزی خار مگوی؛ چون آب حیات یافتی حکایت قطع ظلمات فراموش کن؛ چون به میخانه شتافتی دهان بربند؛ و چون خُم صهبا، جوش کن. طلب دلیل، نزد حصول مدلول به سمتِ قباحت موسوم است؛ و اشتغال به علم بعد از وصول، زشت و نکوهیده.» (جواهرالاسرار، ج ۳، ص ۵۳۷)

می‌ورزی. لذا هرگاه از جانب من به حالی برسی، عاشق من می‌شوی؛ و اگر به چنین حالی نرسی، از من رخ برمی‌تابی.»

سپس معشوق در نکوهش مدّعی عشق می‌گوید:

«این‌که گفتم من جزئی اَز معشوق تو هستم، حتّی این هم نیست؛ بلکه صحیح‌تر اینست که به تو بگویم اصلاً من در سرای عشق تو جایی ندارم و تو به‌طور جزئی نیز عاشق من نیستی. زیرا من جایگاه معشوقم، نه خود معشوق؛ چنان‌که علاقه‌ی عاشق به خانه‌ی معشوق، تنها به خاطر معشوق است نه خود خانه. هم‌چنین علاقه‌ی آدمی به صندوقچه‌ی پول و نقدینه، به‌جهت صندوقچه نیست؛ بلکه به‌خاطر نقدینه‌ی آن است. همین‌طور عشق تو به من، به‌خاطر من نیست؛ بلکه به‌جهت حالی است که به تو دست می‌دهد. پس تو عاشق خودت هستی نه من. ادب عشق، اقتضا می‌کند که عاشق همه‌ی آثار و رسوم اَنانیّتَ (خودستایی، خودبینی، کبر و غرور) را در معشوق، فانی کند و حتّی به کرامات عادات و حالات خاصّ خود نیز دل نبندد، که این‌ها نیز خود حجاب‌های نورانی است.»[1]

در این‌جا حضرت مولانا از معشوق مجازی، به معشوق حقیقی می‌پردازد و منظور نهایی خود را از این حکایت بیان می‌فرماید:

«معشوق حقیقی کسی است که مطلقاً واحد و یگانه باشد و اوّلین و آخرین مقصود تو نیز همو باشد.[2] هرگاه آن معشوق حقیقی را یافتی، دیگر در انتظار هیچ‌کس نخواهی بود؛ زیرا او، هم آشکار است و هم نهان.»

تا این‌جا مولانا در شرح معشوق حقیقی و احوال عاشقانی که در عشق حقیقی، خالص نیستند بیاناتی ایراد فرمود؛ و اکنون شروع می‌کند به بیان مراتبِ آن کاملانی که در عشق معشوق حقیقی، خالص و صافی‌اند.[3] می‌فرماید:

«عاشق حقیقی، مقیّد به حال (که کیفیّتِ روحی ناپایدار است،) نیست؛ بلکه مسلّط بر آن است. چنان‌که عاشق ناخالص و یا سالک مبتدی، بر حال (از خود بیخود شدن و به حال متعالی رسیدن) چیره و حاکم نیست، یعنی هرگاه اراده کند حال به او دست نمی‌دهد؛ امّا عاشق حقیقی یا سالک منتهی، حاکم بر حال است و هرگاه اراده کند، از حالات متعالی روحانی لبریز می‌شود. عاشق حقیقی، از کمند زمان رهیده است و زمان نیز تحت

۱- در آیه‌ی ۱۸ سوره‌ی جن، یکی از آداب مهمّ عشق آمده است: «به راستی که مساجد، تنها برای یاد کردن خداوند است؛ پس هیچ‌کس را با خداوند نخوانید.» برخی از مفسّران قرآن کریم، منظور از «مساجد» را هفت عضو بدن دانسته‌اند که به هنگام سجده، روی زمین قرار می‌گیرد: پیشانی، دو کف دست، دو زانو و دو سر انگشت پا. (مجمع‌البیان، ج ۱۰، ص ۳۷۲ و کشّاف، ج ۴، ص ۶۲۹)

۲- به مضمون آیه‌ی ۳ سوره‌ی حدید: «اوّل و آخر و پیدا و پنهان اوست.» و به مضمون آیه‌ی ۴۲ سوره‌ی نجم: «به راستی که همه‌ی امور به پروردگارت منتهی می‌شود.» حقّ‌تعالی، معشوقِ حقیقی و مطلوب نهایی است.

۳- به نظر مولانا، صافی در مرتبه‌ای بالاتر از مرتبه‌ی صوفی است.

تصرّف اوست. اگر انسان کامل و عاشق واصل اراده کند، مرگِ هولناک و ناگوار را نیز شیرین و گوارا می‌سازد؛ و خار و نیشتر نیز لطافت گُل نرگس و نسرین را پیدا می‌کند.»
تو ای عاشق ناخالص، در واقع عاشق حالِ خودی، نه عاشق ذاتِ من؛ و به امید رسیدن به آن حال، گِرد کوی من می‌گردی.
ای طالب تشنه‌کام، درهرحالی که هستی، طالب آب باش و آب را جست‌وجو کن؛ زیرا لبِ خشک تو گواهی می‌دهد که سرانجام به سرچشمه‌ی آب حیات خواهی رسید و به مرادت نایل خواهی شد. لبِ خشک و حال تشنگی، این پیغام را از طرف آب به تو می‌رساند که یقیناً این جنب‌وجوشش، تو را به ما خواهد رسانید.
ای پسر معنوی، هرکس را که در حال طلب مشاهده می‌کنی، رفیق او شو و نسبت به او فروتنی کن؛ زیرا تو با مصاحبت و مجاورت اهل طلب، در ردیف طالبان درخواهی آمد؛ و تحتِ سایه‌ی عارفانِ غالب بر نفس و هوی، تو نیز بر نفس و هوای خود غالب می‌شوی.

❋ ❋ ❋

مولانا در این حکایت، حالِ آن سالک خامی را وصف می‌کند که هرگاه حقیقت را بی‌حجاب و نقاب شهود کند، آن را برنمی‌تابد؛ چه او عادت کرده است که حقیقت را از ورایِ حجاب‌ها بنگرد و بدان عشق ورزد. چنین کسی، مظهر اهل ظاهر است.

مریض خیالی

کودکان مکتبی از اوستاد

رنج دیدند از ملال و اجتهاد

مشورت کردند در تعویق کار

تا معلم در فتد در اضطرار

کودکان مکتب‌خانه به‌جهت کوشش استاد در تعلیم آنان، دچار خستگی شده بودند. بنابراین با یکدیگر مشورت کردند تا کاری کنند که معلّم بیمار شود و در نتیجه مکتب‌خانه نیز تعطیل گردد و مدّتی از دست او آسوده شوند و خلاصه بتوانند نفَس راحتی بکشند.

یکی از کودکان که از همه زیرک‌تر بود تدبیری اندیشید و گفت:

«رفقا، قرار می‌گذاریم فردا هنگامی‌که استاد آمد، ابتدا من به او بگویم: استاد عزیز ان‌شاءالله بلا دور است، مگر کسالتی دارید؟ چرا رنگ مبارکتان پریده است و حالت طبیعی ندارید؟ شاید هم از اثر هوای بد است و یا خدای نکرده تبی بر شما عارض شده!»

آن کودک زیرک، صحبت‌هایش را ادامه داد و گفت:

«از این حرف‌های من، معلّم دچار اندکی خیال می‌شود. و تو نیز ای برادر و ای همدرس، در این رابطه مرا یاری نما و با تأیید کردن حرف من، معلّم را بیش‌تر دچار خیال کن. مثلاً وقتی‌که وارد مکتب‌خانه شدی بگو: حضرت استاد، ان‌شاءالله که حالتان خوب است. دراین‌صورت، آن خیال پیشین کمی شدیدتر می‌شود؛ زیرا بر اثر خیال، آدم خردمند نیز دیوانه می‌گردد. نفر سوم و چهارم و پنجم نیز وارد شود و همان حرف‌ها را بزند و با قیافه‌ی اندوزه زده، از بیماری وکسالت معلّم اظهار همدردی و غم‌خواری کند. وقتی‌که چند نفر، این مسئله را متّفق و پی‌درپی بگویند، خیال بیماری در قلب او اثر می‌گذارد و بیماری بر او عارض می‌شود و می‌توانیم مدّتی از دستِ او خلاص شویم.»

هریک از همشاگردی‌ها به آن کودک گفتند:

«آفرین بر تو ای دوست باهوش. بخت و اقبالت بر عنایت حق استوار باد.»

سپس آن کودکان، پیمان استواری بستند که هیچ‌یک خلاف پیمان عمل نکند. آن کودک زیرک، همه‌ی دوستان خود را به سوگند خوردن واداشت تا شخص سخن‌چینی از آن میان، ماجرا را فاش نکند. همه‌ی آنان رأی او را پذیرفتند، زیرا عقل او بر عقول آنان سبقت داشت.

روز شد و آن کودکان با این فکر از خانه به مکتب آمدند. همه بیرون درِ مکتب منتظر ماندند تا اوّل آن کودک باهوش وارد شود، زیرا که منشأ اصلی این اندیشه او بود.

ای انسان مقلّدَ، مبادا بر اولیای رحمانی که از منبع نور آسمانی و علم الهی برخوردارند، پیشی بجویی و علم خود را بالاتر از آنان بدانی!

آن کودک زیرک داخل مکتب‌خانه شد و به استاد سلام کرد و گفت:

«ان‌شاءالله بلا دور است، رنگ صورت شما زرد شده.»

(۱۳۳)

استاد جواب داد: «هیچ نوع کسالتی ندارم، برو سرِ جایت بنشین و حرف مفت نزن.» اگرچه استاد، حرف آن کودک را نفی کرد؛ امّا اندکی غبار تردید و خیالاتِ تشویش‌آور در دلش پیدا شد و باطناً از حرف آن کودک نگران گردید.

کودکی دیگر وارد شد و همین حرف را زد و با گفتن آن، تردید و خیالاتِ استاد بیش‌تر شد. همین‌طور هر بچّه‌ای که وارد مکتب‌خانه می‌شد، عین آن حرف را به استاد می‌زد تا این‌که خیالات استاد بسیار نیرومند شد و از حال خود دچار تعجّب گردید.

فرعونِ بیدادگر نیز قربانی خیالات بدِ خود شد؛ زیرا وقتی‌که دید همه در برابرش به سجده می‌روند، دچار بیماری شخصیّتی گردید. مردم که به فرعون می‌گفتند: «تویی خدا، تویی پادشاه»، چنان بر اثر این وَهم بی‌پروا شد که گستاخانه ادّعای خدایی کرد و مانند اژدهایی سیری‌ناپذیر گردید.[1]

سرانجام کودکان، استاد را مغلوب سخنان و تلقینات خود کردند و استاد خیال کرد که به راستی دچار بیماری شده است؛ لذا سست وبی‌حال گردید و با حالی زار و نزار به طرف خانه حرکت کرد.

آن معلّم خوش‌اندیش، از دستِ همسرش عصبانی بود و با خود می‌گفت:

«این زن نسبت به من کم‌علاقه شده. من چنین حالی داشته‌ام، ولی او احوالی از من نپرسیده. حتّی مرا از پریدگی رنگم آگاه نکرده؛ گویا می‌خواهد از شرّم خلاص شود. همسرم خبر ندارد که خورشیدِ عمرم در حال زوال است.»

معلّم با اوقات تلخ به خانه رسید و در را باز کرد و کودکان مکتب‌خانه نیز به دنبالِ او روان شدند.

همسرش به او گفت:

«ان‌شاءالله که خیر است، چرا زود آمدی؟ خداوند وجود عزیزت را از هر بلا و گزندی مصون دارد.»

معلّم گفت:

«مگر کوری؟ به رنگ روی من نگاه کن، حتّی بیگانگان نیز از این حال زارم غصّه‌دار شده‌اند؛ امّا تو به سبب دشمنی و دورویی خود درون خانه، به حال من که در آتش تبم توجّهی نداری.»

همسرش به او گفت:

«ای آقا، تو هیچ چیزت نیست، گرفتار توهّمی بی‌اساس شده‌ای.»

معلّم گفت:

۱- در آیه‌ی ۲۴ سوره‌ی نازعات، دعوی خدایی فرعون را چنین بازگو می‌کند: «فرعون گفت: «منم خدای بزرگ شما.»»

«ای غافلِ بی‌خبر، تو هنوز با من در ستیز و سرپیچی هستی، مگر این تغییر حال مرا نمی‌بینی؟»

همسرش گفت:

«اگر می‌خواهی آینه بیاورم تا رنگت را ببینی و مطمئن شوی که من گناهی ندارم.»

معلّم گفت:

«برو که نه تو با من سر سازگاری و اطاعت داری و نه آینه‌ات. ای زن، زود رختخواب مرا پهن کن تا بخوابم که سرم سنگین شده است.»

آن زن با خود گفت:

«عجب گرفتاری شده‌ام. چاره‌ای ندارم، او در آتش اوهام بی‌اساس می‌سوزد. اگر حقیقت حال را به او بگویم، مرا متّهم می‌کند که حتماً خیالِ بدی نسبت به او دارم؛ و اگر نگویم، این مسئله صورت جدّی پیدا می‌کند. اگر به او بگویم شوهر عزیزم تو بیمار نیستی، او به این خیال خواهد افتاد که این زن کاری دارد که می‌خواهد خلوت کند، مرا از خانه بیرون می‌کند تا به کار قبیح خود بپردازد.»

لذا آن زن بیچاره رختخواب مرد را پهن کرد و آقا دراز کشید و شروع کرد به آه و ناله سر دادن. کودکان مکتب‌خانه همان‌جا نشستند و درس می‌خواندند؛ امّا در نهان با صد اندوه می‌گفتند:

«این همه تلاش کردیم و حیله و تدبیر به کار گرفتیم، ولی باز نتوانستیم از محبس درس و تکلیف خلاصی یابیم و هم‌چنان در این زندان به سر می‌بریم. این کار و تدبیری که ساختیم، تدبیر خوبی نبود؛ پس باید تدبیر دیگری اندیشه کنیم و خود را از بار تکلیف و درس خلاص نماییم.»

آن کودک زیرک، به کودکان دیگر گفت:

«ای یاران عزیز، با صدای بلند درس بخوانید و سر و صدا راه بیندازید.»

وقتی کودکان بلند بلند شروع به درس خواندن کردند، آن کودک زیرک به ظاهر از سر دلسوزی به آن‌ها گفت:

«بچّه‌ها، سروصدای ما برای استاد ضرر دارد. از سروصدا، سردرد استاد شدیدتر می‌شود؛ آیا می‌ارزد که استاد عزیز ما به خاطر پول ناچیزی که می‌گیرد، بیمار و رنجور شود؟»

معلّم گفت:

«راست می‌گوید، سردردم شدیدتر شد، بلند شوید و بیرون بروید.»

کودکان هر یکی به معلّم خود تعظیم کردند و گفتند: «ای بزرگوار، بیماری و رنجوری از جسم تو دور باشد.» سپس از خانه‌ی معلّم خود بیرون رفتند و مانند پرندگانی که به دنبال دانه می‌گردند، به طرف خانه‌های خود دویدند.

مادرانِ آن کودکان از دیدن این وضع، ناراحت شدند و از فرزندانشان علّت نرفتن به

مکتب‌خانه را سؤال کردند. بچه‌ها گفتند که طبق قضا و قَدَر، معلمشان بیمار و رنجور گشته و مکتب‌خانه و درس و مشق تعطیل شده.

مادران به بچّه‌ها گفتند:

«این حرف‌ها همه حیله و دروغ است. شما برای بازیگوشی خود صد تا دروغ می‌سازید. ما فردا صبح نزد استاد می‌رویم تا با ماجرای اصلی مکر و فریب شما آشنا شویم.»

بچّه‌ها گفتند:

«بسم‌الله، بفرمایید بروید تا از صدق و کذب حرف ما آگاه شوید.»

صبح، مادران به خانه‌ی استاد رفتند و استاد مانند یک بیمار وخیم‌الحال خوابیده بود. از بس لحاف به روی خود انداخته بود، عرق از او می‌ریخت. سر خود را بسته و زیر لحاف پنهان کرده بود. استاد آرام آرام ناله می‌کرد و مادران شگفت‌زده بودند.

مادران به استاد گفتند:

«ان‌شاءالله که این سردرد تو رفع می‌شود. به جان عزیزت که ما از این موضوع خبر نداشتیم.»

معلّم گفت:

«من هم از این مسئله خبر نداشتم، آن بچّه‌ها مرا آگاه کردند. من مشغول قیل‌وقال و بحث ودرس بودم؛ در نتیجه از این رنجوری و بیماری غافل بودم و نمی‌دانستم که باطناً دچار این بیماری سخت شده‌ام.»[1]

این، یک اصل کلّی است: هرگاه انسان صمیمانه و به‌طور جدّی به کاری مشغول شود، رنج و کسالت خود را احساس نمی‌کند. حکایت شده که زنان مصر وقتی جمال حضرت یوسف را مشاهده کردند از حال خود غافل و بی‌خبر شدند آن زنان از شدّت حیرت دست‌های خود را بریدند. اصولاً روحی که از مشاهده‌ی محبوب، حیران و بی‌خود شده باشد، نه چیزی را نمی‌بیند.[2]

چه بسا که در جنگ‌ها، ضربه‌های شمشیر دست یا پای مرد شجاعی را قطع می‌کند؛ امّا آن مرد دلاور، در حین نبرد از بُریده شدن دست و پای خود بی‌خبر است. بعد از خاتمه‌ی نبرد، تازه متوجّه می‌شود که دستش در گرماگرم پیکار، قطع شده و او در آن‌حال، چیزی حس نمی‌کرده است.[3]

۱- در این‌جا «معلّم»، کنایه از عالمان علوم رسمی است که چنان در قیل‌وقال و بحث‌وجدل فرو می‌روند که از نقایص روحی و اخلاقی خود غافل می‌شوند. (شرح جامع مثنوی معنوی، ج ۳، ص ۴۰۶)

۲- اشاره دارد به ماجرایی که آیه‌ی ۳۱ سوره‌ی یوسف از آن یاد کرده: «هنگامی‌که همسر عزیز از فکر آن‌ها باخبر شد، به سراغ آن زنان فرستاد و از آن‌ها دعوت کرد؛ و برای آن‌ها مجلسی فراهم ساخت و به دست هرکدام، چاقویی برای بریدن میوه داد. در این موقع به یوسف گفت: «وارد مجلس آنان شو!» هنگامی‌که چشمشان به او افتاد، او را بسیار بزرگ و زیبا شمردند و بی‌اختیار دست‌های خود را بریدند و گفتند: «منزه است خدا! این بشر نیست! این یک فرشته‌ی بزرگوار است!»»

۳- این اصول کلّی و مهم، مربوط به روح و روان آدمی است. هرگاه روح آدمی در امری متمرکز شود، از

❋ ❋ ❋

مولانا در این داستان، در توصیف قدرت روحی عارفان راستین می‌گوید: «مدح و یا نکوهش، به هیچ‌وجه در اینان، خیال و وَهم نمی‌زاید. این تلقینات، فقط در کسی مؤثر می‌افتد که مانند آن استاد مکتب‌خانه، مظهر حماقت و همانند فرعون، مظهر تکبّر و خودپرستی باشد. پس یکی را (مانند آن استاد)، نکوهش و بدگویی از میدان اعتدال به در می‌برد؛ و دیگری را (مانند فرعون)، مدح و چاپلوسی دچار پریشان مغزی می‌سازد.

مولانا در این بخش از مثنوی، قدرت تصرّف وَهم را بر روان آدمی با تمثیلاتی بیان کرده است.

کمند حواس می‌رهد و در این موقع ممکن است که شخص صداهایی را نشنود، چیزی را نبیند، طعمی را احساس نکند و ... . همه‌ی انسان‌ها کم و بیش، این مسئله را در زندگی خود تجربه کرده‌اند؛ و چون تمرکز به صورت کامل صورت گیرد، حتّی تیغ سر نیزه و دشنه‌ی آبدار نیز نمی‌تواند او را متألّم و دردمند سازد. (شرح جامع مثنوی معنوی، ج ۳، ص ۴۰۷)

(۱۳۷)

زاری نکردن شیخی بر مرگِ فرزندانش

بود شیخی رهنمایی پیش ازین

اسمانی شمع بر روی زمین

چون پیامبر در میان امتان

درگشای روضه‌ی دارالجنان

در روزگاران پیشین، شیخی ربّانی[1] می‌زیست که مانند شمعی آسمانی بر روی زمین نورافشانی می‌کرد. آن مردِ الهی، مانند پیامبر در میان مردمان بود که درِ بهشت را بر آنان می‌گشود.

روزی دو تن از فرزندانش جان سپردند و اهل خانه داغدار و سوگوار شدند. شیون و زاری فضای خانه را فرا گرفته بود؛ امّا با کمال تعجّب، شیخ حالی آرام داشت و اشکی نمی‌ریخت و شیونی نمی‌کرد.

این مسئله موجب شد که اهل خانه مخصوصاً همسرش، گله‌مندانه از او سؤال کنند:

«ای نیک سیرت، مگر احساس و عاطفه نداری؟ ما از داغ فرزندانت پریشان و خمیده قامت شده‌ایم، تو چرا گریه سر نمی‌دهی و حالی آرام داری؟ وقتی‌که در دل تو رحمی نباشد، چه امیدی می‌توانیم به تو داشته باشیم؟ ای مرشد و راهبر، ما چشم امید به تو دوخته‌ایم که در این عالم فانی ما را رها نکنی؛ و چون روز قیامت تخت را برپا و آراستند، در آن روز سخت تو از ما شفاعت خواهی کرد.[2] در چنان شب و روز بی‌امان، ما به بزرگواری و بخشش تو امیدواریم. در آن روز ما دست به دامن تو خواهیم زد، زیرا که در آن روز هیچ گناه‌کاری در امان نیست.»

شیخ در پاسخ همسرش گفت:

«ای رفیق و همراه زندگی‌ام، مبادا گمان کنی که من مهر و محبّت و دلی مهربان ندارم؛ من حتّی نسبت به سگ‌ها مهربانی می‌کنم و دلم به حالشان می‌سوزد که چرا مردم با سنگ، آن‌ها را آزار می‌دهند؟ من به قدری نسبت به سگ‌ها مهربانم که اگر سگی مرا گاز بگیرد، به درگاه الهی دعا می‌کنم که خداوند، آن سگ را از خویِ تهاجم نجات دهد و آن‌ها را به گونه‌ای تعلیم دهد تا به دست مردم سنگسار نشوند.»

در این‌جا مولانا در توصیف اولیاءالله می‌فرماید: حق‌تعالی بدان جهت اولیا را به زمین آورد، تا آنان را مایه‌ی رحمت جمیع اهل جهان قرار دهد.[3] اولیاءالله با بیان اوصاف جمیل پروردگار، مردم را به سوی او تشویق می‌کنند و در عین‌حال، از خدا نیز می‌خواهند که الطاف

1- **شیخ** در لغت به معنی مرد کهن‌سال و پیر است؛ امّا در اصطلاح صوفیّه انسان کاملی است که دچار هیچ گونه آفات اخلاقی نباشد و در علوم شریعت و طریقت و حقیقت به حدّ کمال رسیده باشد. صوفیّه آن را پس از درجه‌ی نبوّت، عالی ترین مرتبه‌ی معنوی به شمار می‌آورند. (عوارف‌المعارف، ص ۳۳)

2- «روز سخت»، اشاره است به آیه‌ی ۹ سوره‌ی مدثّر: «آن روز، روزی است دشوار.» منظور از «برپا کردن و آراستنَ تخت»، برپا کردن عدالت است.

3- چنان‌که در سوره‌ی انبیاء، آیه‌ی ۱۰۷ در حقّ حضرت محمّد فرمود: «ما تو را جز برای رحمت جهانیان نفرستادیم.» اولیا نیز بر قَدَم حضرت نبی‌اکرم هستند و دلی رحیم دارند.

خود را بر مردم مزید فرماید. اولیاءالله در این دنیا برای پند و اندرز مردم می‌کوشند؛ و چنان‌چه مردم گوش به نصیحت آنان نسپارند، روی به درگاه الهی می‌کنند و چنین عَرضه می‌دارند: «خداوندا، در رحمت را به روی بندگانت مسدود نکن.» آن‌ها به سبب مشاهده‌ی حق در جمیع موجودات، بر تمام عالَم نیکان و بدان، رحمت و شفقت می‌نمایند. آنان به دریای حضرت حق پیوسته شده‌اند و َبا تکیه بر این توفیق الهی، دیگران را سیل‌وار و جوی‌وار به سوی دریای رحمتِ حضرت حق دعوت می‌کنند.

همسر شیخ دوباره به او گفت:

«تو که نسبت به همه‌ی مردم، مهربان و شفیقی و مانند شبان اطرافِ رمه‌ی آنان می‌چرخی؛ پس چرا اینک که رگ حیات فرزندانت قطع شده، گریه و شیون سر نمی‌دهی؟ از آن‌جا که علامت و نشان دلسوزی و شفقت دل اشک چشم است، پس چرا چشم تو خشک است و گریه‌ای سر نمی‌دهی؟»

آن شیخ کامل، روی به همسرش کرد و گفت:

«ای پیرزن، همان‌طور که زمستان با تابستان تفاوت بسیار دارد، گریه نکردن من نیز با گریه نکردن دیگران تفاوت اساسی دارد. چون گریه نکردن دیگران، ممکن است ناشی از قساوتِ قلبی و سردیِ روحی آنان باشد؛ امّا نَگریستن من، ناشی از حرارت و گرمی مشاهده‌ی یار حقیقی است. همه‌ی فرزندان من خواه بمیرند و خواه زنده باشند، چگونه ممکن است که از مقابل چشم دلم غایب و پنهان شوند؟! وقتی‌که آنان را در برابر چشم‌دل خویش زنده و حاضر می‌بینم، پس نه شیون می‌کنم و نه مانند تو چنگ به صورتم می‌اندازم و زخمی‌اش می‌کنم. هرچند که فرزندان من از گردونه‌ی روزگار خارج شده‌اند، ولی آنان همواره در حضور من به سر می‌برند و در اطراف من به بازی مشغول هستند. گریه، به سبب دوری و جدایی است؛ درحالی‌که من هجرانی نمی‌بینم، بلکه در حضور عزیزان خود هستم و ما دست در گردن هم انداخته‌ایم. عامّه‌ی مردم، عزیزان از دستِ رفته‌ی خود را فقط در خواب می‌توانند ببینند، امّا منِ آن‌ها را در بیداری نیز می‌بینم؛ چون خداوند متعال چشم دل مرا نسبت به حقیقت عالَم کرده است و بی‌آن‌که به خواب روم، عالَم روحانی و جهانِ برزخ را می‌بینم.»[1]

<hr>

۱- در هنگام خواب، نفْس ناطقه از کمند حواس ظاهره می‌رهد و در عالم مجرّدات به سیر و سفر می‌پردازد، لذا انسان‌های مَعمولی فقط هنگام خواب به عالم باطنی راه می‌یابند؛ درحالی‌که عارفان و صاحب‌دلان در بیداری نیز عوالم ملکوتی و جهان باطنی را مشاهده می‌کنند، زیرا اینان بر حواس خود غالب هستند و شمع روح را از گزند بادهای دنیایی و نفسانی که از منافذ حواس ظاهره می‌وزد مصون نگاه داشته‌اند. (شرَح جامع مثنوی معنوی، ج ۳، ص ۴۶۹)

صوفیان، مکاشفاتی را که بین خواب و بیداری و یا صرفاً در بیداری دست می‌دهد **واقعه** می‌نامند و این وقتی است که انسان از کمند خیال رهیده باشد و روحش به مقام تجرّد از صفات بشری رسد. (مرصادالعباد، ص ۲۸۹)

دَقوقی و کَراماتش

آن دقوقی داشت خوش دیباچه‌ای[1]
عاشق و صاحب کرامت خواجه‌ای
در زمین می‌شد چو مه بر آسمان
شبروان را گشته رو روشن‌روان

دَقوقی عارفی بلند مرتبت و با کمال بود. بر روی زمین مانند ماه آسمان بود؛ و روح آنانی که در ظلمتِ مادّی و جسمانی دنیا حرکت می‌کردند، از نور وجود او روشنایی می‌گرفت. او کم‌تر در جایی مقیم می‌شد، و در هر روستا یا محلّی بیش از دو روز اقامت نمی‌کرد.[2] دَقوقی حتّی از اقامت کوتاه نیز در یک‌جا اجتناب می‌کرد و می‌گفت: «اگر در منزلی حتّی دو روز مقیم شوم، عشق و جاذبه‌ی آن منزل در دلم شعله می‌کشد و مرا اسیر و وابسته‌ی خود می‌کند. من خوی و سرشتِ قلب خود را به مکانی معیّن عادت نمی‌دهم، تا به هنگامِ امتحان خالص باشم.» روز را برگردش می‌گذراند و شب مشغول نماز می‌شد.

ای نفْس، برای رسیدن به مرتبه‌ی بی‌نیازی و توانگری حقیقی سفر کن؛ یعنی از منزل هوی و هوس و آرزوهای یاوه و تعلّقات مادّی و اوصافِ نکوهیده و زشت دوری کن، تا به کمال روحی و معنوی برسی.

هرچند دقوقی از خلایق بُریده بود و در خلوت زندگی می‌کرد؛ ولی نسبت به همه‌ی مردم مهربان بود و هم‌چون آب به آنان فایده می‌رسانید و درخت وجودشان را سرسبز و با نشاط می‌کرد. او شفاعت کننده‌ی خوبی بود و دعاهایش نیز در درگاه الهی مقبول می‌افتاد. او به همه‌ی مردم چه نیک و چه بد مهربانی می‌کرد و پناهگاه و قرارشان بود. (چنان‌که پناهگاه، همه‌ی مردم را در پناه خود می‌گیرد و کاری به بدی و خوبی آن‌ها ندارد.)

دقوقی کسی بود که در تقوا و وارستگی و ذکر و نیایش، گویِ سبقت از همگان ربوده بود؛ امّا با این‌همه، به داشتن مقام والای عرفانی خود قناعت نمی‌کرد و پیوسته به جست‌وجوی اولیای خاصّ خدا بود. سالک حقیقی کسی است که هرگز خود را کامل فرض نکند و در هیچ موقفی از مواقف سلوک توقّف نکند. دقوقی، نمونه‌ای از این سالکان بود.

وقتی در راه می‌رفت، دائماً زیر لب می‌گفت:

---

۱ – دیباچه: جامه‌ای است نیمچه که بر بالای جامه‌ی دیگر می‌پوشیدند و پوشش پادشاهان عجم بود. (لغت‌نامه دهخدا)

۲- مشایخ طریقت برای سفر، مقاصدی ذکر کرده‌اند از جمله: الف)- طلب علم و تجربه. ب)- به مصاحبتِ مشایخ و راهْ رفتگان رسیدن. ج)- ترکِ متعلّقات و نفس از قبیَل اسباب و اثاثه و اهل و مسکنِ خود و نوشیدن شربت تلخناکِ فراق. د)- پاک شدنِ نفْس از اخلاق پست، زیرا سختی سفر، نفْس را رام می‌کند. ه)- مشاهده‌ی آثار و عجایب طبیعت و آدابِ دیگر مردمان و عبرت گرفتن. و)- ریاضت نفْس. (عوارف‌المعارف، ص ۶۰-۵۷)

«پروردگارا، مرا با بندگان خاصّ خود آشنا کن؛ پروردگارا، من بنده و غلام و ستایشگر آن خاصّانت هستم که قلباً آنان را می‌شناسم و حاضرم هرگونه نیکی در حقّشان انجام دهم.»

حضرت حق‌تعالی به دقوقی ندا فرمود:

«ای بزرگمرد، این چه عشقی است، این چه تشنگی مفرطی است؟ تو که عاشقِ منی، دیگر در طلب چه هستی؟ چون خدا با توست، چرا به دنبال یافتنِ انسانی؟»

دقوقی گفت:

«پروردگارا، ای آن‌که رازها را می‌دانی، تو راه نیاز را در دلم گشودی. اگرچه در میان دریای اسرار و حقایق ربّانی نشسته‌ام، ولی می‌خواهم جامع مراتب همه‌ی اولیا شوم، زیرا هریک از اولیا در کمالی خاص ظهور بیش‌تری دارد؛ لذا می‌خواهم که همه‌ی کمالات در من ظهور کند. خداوندا، حرص و آزمندی در طریق عشق تو، مایه‌ی مباهات و سرافرازی است.»

بنابراین ای طالب و ای سالک، تو نیز هم‌چون کسی باش که سخت تشنه‌کام است و هرچه آب می‌نوشد سیراب نمی‌شود و در این طریق به هرچه رسیدی و یافتی، اکتفا نکن. مقامات سلوک، بی‌نهایت است و نباید به صِرف رسیدن به چند مرتبه، خود را مُرشد کامل و مَسندنشین فرض کنی؛ مرتبه‌ی عالیِ تو در اینست که همواره سالک باشی. موسی با داشتن مقامی والا و با وجود این‌که پیامبر بزرگ خدا بود، باز در طلب خِضر برآمد و از خودبینی دور بود.[1] پس شما نیز ای مردم حق‌طلب، مبادا خود را کامل انگارید و خودبین شوید و از فیض وجود اولیا محروم مانید!

دقوقی که رحمت خدا بر او باد گفت:

«مدّتی میان خاور و باختر زمین سفر کردم. ماه‌ها و سال‌ها از عشق ماه حقیقت سر کردم، درحالی‌که از رنج راه خبر نداشتم و از جمال الهی حیران و سرگشته بودم.»

او سالیانی چند در پهنه‌ی زمین می‌گشت تا به مطلوب خود رسد، و حتّی گاه می‌شد که پای برهنه قدم برخارستان‌ها و سنگلاخ‌ها می‌نهاد و با گرمی و اشتیاق تمام همه‌جا را می‌جُست، باشد که اولیای خاصّ خدا نقاب غیبت از رخسار برگیرند و به او رخ بنمایند.

۱- داستان ملاقات حضرت موسی و آن عالم ربّانی (حضرت خضر)، در سوره‌ی کهف، آیات ۶۰ تا ۸۲ آمده. صوفیّه از ماجرای حضرت موسیَ و خضر نتیجه‌گیری‌های بسیار کرده‌اند که اصلی‌ترین آن، لزوم تسلیم مرید به پیر است؛ و این سفر موسی را سَفَرِ تَعَبی نامیده و آن را اشاره‌ای می‌دانند به سفر مریدان در آغاز و شروع ارشاد که توأم با ریاضت و تحمّلِ مشقّات پرهیز از شهوات و نفسانیّات است. (کشف‌الاسرار وعدةالابرار، ج ۵، ص ۷۲۷)

از این تعابیر ذوقی که بگذریم، ماجرای برخورد حضرت موسی و خضر نشان می‌دهد که یک پیامبر اولوالعزم با تجربه‌ی میقات و کوه طور و انزال تورات، باز دایره‌ی علم و معرفتش محدود است و هنوز حقایقی بر او مکشوف نگشته و هم‌چنان نیازمند یادگیری و تعلّم است، تا چه رسد به دیگران. (شرح جامع مثنوی معنوی، ج ۳، ص ۵۱۲)

برای کسی‌که عاشق حق‌تعالی است، سختی راه و طولانی بودن آن مطرح نیست، مهم رسیدن به شهود حق است. درازی و کوتاهی، از اوصاف و خصوصیاتِ کالبد جسمانی است؛ روح‌ها نیز راه می‌روند، امّا راه‌رفتن آن‌ها نوعی دیگر است. سیر روح در حیطه‌ی مکان و زمان از چگونگی و کیفیّت مبرّاست؛ بلکه اگر بخواهی مطلب را دریابی بهتر است بگویی که آموزنده‌ی حرکت به جسم عاشقان، همان سِیر و حرکت روح است.

اینک دقوقی نیز سیر جسمانی را رها کرده، زیرا سیر جسمانی فاقد اعتبار است. او هر چند بر حسب ظاهر با جسم حرکت می‌کند؛ لیکن بر حسب باطن، سیر و سلوکی روحانی دارد.

دقوقی گفت:

«یکی از روزها با اشتیاقی تام، سیری روحانی را آغاز کردم تا در وجود انسان، انوار الهی را مشاهده کنم. می‌خواستم در قطره‌ای، دریایی و در ذرّه‌ای آفتابی را مشاهده کنم. همین‌که با پای پیاده به کرانه‌ی دریا رسیدم، روز رفته و شب فرا رسیده بود.»[1]

دقوقی ادامه می‌دهد:

«ناگهان از دور بر کرانه‌ی دریا، هفت شمع فروزان به نظرم آمد. بی‌درنگ به ساحل به سوی آن شمع‌ها دویدم.[2] پرتوِ هریک از آن شمع‌های هفتگانه به گونه‌ای خوش و دلنشین تا پهنه‌ی آسمان می‌رسید.[3] آن صحنه‌ی پرشکوه، سخت حیرت‌آور بود. اندیشیدم که این‌ها چگونه شمع‌هایی است که این‌گونه افروخته شده‌اند؟ چرا چشمان مردم قادر به دیدن آن‌ها نیست؟ مردم بینوا، سراسر حیات گران‌بهای خود را در راه جست‌وجوی چراغی ناچیز سپری می‌کنند و این شمع‌ها که نورشان از ماه گردون

۱- برخی از مفسران، این بیت را چنین معنا کرده‌اند: ساحل، عبارت است از **عالَم مثال**، زیرا که عالم شهادت و مثال، دو ساحل دریای احدیّت هستند. «شاب» نیز به اعتبار مستور بودنش از دیدگان مردم، کنایه از عالم باطن است. بنابراین معنی تأویلی این کلام چنین است: «چیرگی و حکم عالم ظاهر، رو به زوال بود و عالم باطن به ظهور آمده بود که من به ساحل دریای وحدت رسیدم.» (شرح کبیر انقروی، ج ۳، ص ۷۴۳)

۲- از این‌جا به بعد مکاشفات اسرارآمیز دَقوقی آغاز می‌شود. خلاصه‌ی حرف مفسران در این باب: «هفت شمع»، به هفت اسم اَز اسماءالله اشاره دارد که به «ائمّه‌ی سَبْعه» و یا «ائمّه‌ی اسماء» مشهور است و آن عبارت است از: حَیّ، مُرید، عالِم، قادر، سمیع، بصیر و متکلّم. (اصطلاحات‌الصوفی، ص ۱۱) بنا به این احتمال، حقیقت هفت اسم در عالم مثال برای دقوقی، مشخص شد؛ و علّت مثال زدن آن به شمع اینست که ظهور همه‌ی اشیا و ممکنات، متوقّف بر حقیقت این هفت اسم است. احتمال دیگر آن است که این هفت شمع، کنایه از «اَبدال سَبعه» باشد که قطب هفت اقلیم هستند. بنابراین، دقوقی انوار این اولیای هفت‌گانه را در ساحل دریای ملکوت دید. (شرح اسرار، ص ۲۱۳) (اَبدال: **نجیبان، شریفان، کریمان، بخشندگان**.)

۳- مضمون آخر آیه‌ی ۲۴ سوره‌ی ابراهیم: «آیا ندیدی چگونه خداوند، کلمه‌ی طَیبه (و گفتار پاکیزه) را به درخت پاکیزه‌ای تشبیه کرده است که ریشه‌ی آن (در زمین) ثابت و شاخه‌ی آن در آسمان است؟»

نیز افزونی دارد نمی‌بینند. عجب حجابی بر چشمان مردم زده شده شده!»[1] خداوند هرکس را بخواهد (و مستحق بداند) گمراه، و هرکس را بخواهد (و شایسته بداند) هدایت می‌کند.»[2]

دقوقی ادامه می‌دهد:

«در همین‌حال دیدم که آن هفت شمع، به یک شمع مبدّل شد و روشنایی آن نیز افزون‌تر.[3] بار دیگر آن یک شمع به هفت شمع تبدیل شد و مدهوشی و حیرتِ من نیز شدیدتر گشت.[4] میان این شمع‌ها، پیوندی برقرار است که در زبان و گفتار ما نمی‌گنجد. [5] گاه انسان حقایقی را با چشم متوجّه می‌شود که نمی‌تواند در طولِ سالیان، آن را به زبان شرح دهد.[6] چیزی که ادراک درون در لحظه‌ای می‌فهمد، سال‌ها آن را از راه شنیدن نمی‌توان کسب کرد. چون دیدنی‌های ظاهری و باطنیِ انسانی پایانی ندارد، پس ای انسان به سوی خویشتنِ حقیقی خود برو و خود را بشناس.»

در ادامه، دقوقی می‌گوید:

«باز به سوی آن شمع‌ها دویدم تا ببینم آن نشان کبریایی که در آن‌ها هست، چیست.

۱- خلاصه‌ی مقصود این است که انوار باطنی اولیای خدا سراسر زمین و آسمان را فرا گرفته و حتّی از انوار کواکب نیز افزون‌تر و آشکارتر است؛ امّا مردم دیده‌ی بصیرت ندارَند و از آنان غافل و بی‌خبرند و عمر خود را در راه یافتن چراغ مباحث نظری و مجادلات کلامی بر باد فنا می‌دهند. (شرح کبیر انقروی، ج ۳، ص ۷۴۶)

۲- این مطلب، در بسیاری از آیات قرآن آمده است، از آن جمله در یونس /۲۵، ابراهیم/۴، نحل /۹۳، نور /۴۶، قصص /۵۶، فاطر /۸ و زُمَر /۳ و ۲۳. و این گمراه کردن و یا هدایت نمودن، گمراهی یا هدایت اوّلیه نیست؛ بلکه پژواک و بازتاب اعمال خود آنهاست که از طرف قدرت لایتناهی دریافت می‌کنند.

۳- اگر هفت شمع را کنایه از هفت اسم حق‌تعالی فرض کنیم، فرض اینست‌که میان اسمای الهی اختلاف و مغایرتی نیست، زیرا صفاتِ حق عین ذات اوست و در مرتبه‌ی ذات هیچ تعیّنی راه ندارد. (تعیّن: به چشم دیدن چیزی و به یقین پیوستن.)

اگر هفت شمع را بر اولیای بزرگ اطلاق کنیم، منظور اینست‌که حقیقت باطنی آن‌ها یکی است، هرچند که بر حسب ظاهر متعدّد باشند. لذا آن هفت شمع در اصل، یک شمع بود و هفت شمع روح شد در بروزِ صفات، و هفت مرد در عالم مادی شد به حسب بدن‌ها یا هفت جسد مثالی. (شرح اسرار، ص ۲۱۴)

۴- هرگاه به حقیقت اولیا نظر شود، روحی واحد به نظر می‌رسند؛ و چون به تعدّدشان نظر شود، مختلف دیده می‌شوند. حق‌تعالی در قسمتی از آیه‌ی ۲۸۵ سوره‌ی بقره حقیقت انبیا و اولیا را واحد می‌داند: «... مؤمنان می‌گویند: «ما میان رسولان خدا فرق نمی‌گذاریم و به همه ایمان داریم... .»» (شرح جامع مثنوی معنوی، ج ۳، ص ۵۲۰)

۵- زیرا اتّحاد ارواح، از نوع اتّحاد اجسام نیست.

۶- حتّی آدمی مشاهدات حسّی خود را نیز نمی‌تواند در طیّ سال‌ها شرح دهد، تا چه رسد به مشاهدات باطنی. چشم ظاهری و حسّی انسان در یک لحظه، از زمین تا آسمان را می‌بیند، ولی آیا زبانش قادر است پدیده‌های دیده شده را یکی‌یکی شرح دهد و خواص و کیفیّات هریک را بیان کند؟ مسلّماً نمی‌تواند. وقتی که زبان از بیان مَرئیّات (دیده‌های) محسوس عاجز باشد، از بیان مشهودات قلبی و مرئیّاتِ باطنی عاجزتر خواهد بود. (شرح کبیر انقروی، ج ۳، ص ۷۴۷)

از خود بی‌خود شدم، مدهوش و خراب گشتم و به سبب شتاب در رفتن افتادم. مدّتی بی‌عقل و هوش روی زمین افتادم و ماندم، بار دیگر به خود آمدم و برخاستم؛ امّا گویی برای رفتن نه سری و نه پایی داشتم. هفت شمع به صورت هفت مرد درآمد که نور سیمایشان، سقف لاجوردی آسمان را روشن می‌کرد. نور روز در برابر روشنایی پرفروز آن‌ها کدر و بی‌رونق بود.»

دقوقی بار دیگر دید که هریک از آن مردان به شکل درختی درآمده، به‌طوری که چشم از تماشای سرسبزی و خرّمی آن‌ها احساس شادی و مسرّت می‌کرد.[^1]

در این‌جا دقوقی به شرح هیأت و مرتبه‌ی مثالی آن هفت ولی می‌پردازد و می‌گوید:

«به سبب پُربرگی، شاخه‌های درخت پیدا نبود و برگ‌ها هم به سبب میوه‌های فراوان گم شده بود.[^2] شاخه‌ی هر درختی از سدرةالمنتهی (درختی در آسمان هفتم) نیز می‌گذشت. ریشه‌های این درختان حتّی از عمیق‌ترین نقطه‌ی زمین نیز فراتر رفته بود. ریشه‌ی آنان، از شاخه‌هایشان شاداب‌تر بود.[^3] هر میوه‌ای که به سبب کمال شکافته می‌شد، از درون آن، نور چون آب بیرون می‌زد.[^4] عجیب‌تر از همه آن‌که صدها هزار نفر از کنار آن درختان انبوه و پُرمیوه می‌گذشتند؛ امّا به سبب اسارت در بندِ جهل و هوی، آن درختان را نمی‌دیدند. این مردمان در آن صحراهای خشک در آرزوی یافتن سایه‌ای جان می‌دادند و از روی ناچای و اضطرار، گلیمی را سایه‌بان خود کرده بودند.[^5]

---

[^1]: تا این‌جا به طور خلاصه مکاشفات دقوقی بدین قرار بود: ابتدا در **عالَم مثال**، هفت شمع را به شکل هفت مرد دید، و این وقتی بود که ارواح آن‌ها را در این عالم همراه با بدن‌هایشان مشاهده کرد. سپس چون دوباره به عالم مثال نظر انداخت، آن هفت مرد را به صورت هفت درخت دید. (همان کتاب، ص ۷۵۲)

[^2]: خلاصه‌ی برداشت برخی از شارحان: اگر آن هفت شمع را که گاه به صورت هفت مرد و گاه به صورت هفت درخَت در می‌آید، عبارت از هفت اسم الهی بدانیم، تأویل این کلام چنین می‌شود: حیات و علم و اراده و قدرت و سمع و بصر و نطق که در موجودات عالم است، شاخه‌ها و فروع ائمّه‌ی اسماء الهی هستند و دیگر قوای ظاهره و باطنه‌ی این عالم، به منزله‌ی برگ‌های آن‌ها و علوم و افعال و تأثیرَات این صفات و قوا به منزله‌ی میوه‌ی آن‌ها. پس میوه از برگ، فراخ‌تر باشد و برگ از شاخ، انبوه‌تر. هم‌چنین می‌توان مراد شاخه‌ها را، دیگر اسماء الهی فرض کرد که متضرّع از ائمه‌ی اسماء (هفت اسم اصلی الهی) هستند؛ و مراد از میوه‌ها، افعالَ و تأثیرات و خواص آن اسماء است که رزق مادّی و معنوی جهانیان از طریق آن‌هاست. و اگر آن هفت درخت، عبارت باشد از اَبدال (بدن‌های) سَبعه (هفت‌گانه)، شاخه‌ها کنایه از صفات کمالیه‌ی ایشان، و برگ کنایه از اعمال و احوَال حسنه‌ی ایشان و میوه کنایه از علوم و معارف و افادات و افاضات ایشان است. (شرح کبیر انقروی، ج ۳، ص ۷۵۲- شرح مثنوی اکبرآبادی، ج۳، ص ۱۱۸)

[^3]: انقروی منظور از ریشه را سکینت و وقار، و شاخه را اعمال و احوال آنان می‌داند. و اکبرآبادی منظور از ریشه را نَسَب اسماء هفت‌گانه‌ی الهی می‌داند. (شرح جامع مثنوی معنوی، ج ۳، ص ۵۲۴)

[^4]: هر گاه میوه‌ی علم و معرفَت پنهان در این اولیا شکافته شود و باطن آن آشکار گردد، معلوم می‌شود که حقیقتِ باطنی این علوم و معارف، آکنده از نور صفا است. (همان کتاب، همان صفحه)

[^5]: مردم در صحراهای این دنیا برای رسیدن به سایهِ جان‌بخشِ روحی و آرامش درونی و راحتِ روح،

آنان سایه‌ی سعادت‌آفرین درختانِ حقایق و معارف اولیا را اصلاً نمی‌دیدند. قهر الهی بر چشمان این غفلت‌زدگان مُهر زده است،[1] لذا انوار تابان معارف و کمالات اولیای راستین خدا را نمی‌بینند؛ امّا نور ضعیف و بی‌دوام اهل ریا را که باطن سیاه خود را با کلمات عارفان می‌آرایند، می‌بینند و به دنبال آنان راه می‌افتند. این غفلت‌زدگان، با این که اولیا را که خورشید حقیقت‌اند نمی‌بینند و در عوض، وجود ناچیز دیگران را می‌بینند و در پی آنان مقلّدانه می‌روند، با این‌حال درهای لطف و عنایت حق به روی آنان بسته نیست؛ بلکه امید است که اولیای راستینِ خدا را پیدا کنند.»

سپس دقوقی می‌گوید:

«باز جلوتر رفتم و دوباره آن هفت درخت، یک درخت شد.[2] در هر لحظه یک درخت به هفت درخت تبدیل می‌شد و دوباره به صورت یک درخت در می‌آمد. نمی‌دانی که من از شدّت حیرت چه حالی پیدا کرده بودم! پس از آن، درختان را دیدم که مانند آدمیان صف کشیده بودند و به نماز مشغول. یک درخت مانند امام در جلوی صف درختان ایستاده بود و سایر درختان در پشت سر او در حال قیام بودند.[3] من از قیام و رکوع و سجود آن درختان بسی تعجّب کردم، زیرا فکر می‌کردم که نماز تنها مختص آدمیان است؛ ولی یاد این کلام حضرت حق افتادم که فرمود: گیاهان بی‌ساقه و گیاهان ساقه‌دار نیز در برابر حق‌تعالی سجده می‌کنند.[4] گیاهان و سنگ‌ها و سایر نباتات و جمادات نیز نماز و نیایش دارند که هوشمندان بدان واقف‌اند.»

در این هنگام از بارگاه الهی به دقوقی الهام رسید:

«ای مرد روشن ضمیر، آیا هنوز از کارهای ما تعجّب می‌کنی؟!»

خواهان انسان کاملی هستند که ایشان را بدین مطلوب نهایی برساند؛ امّا چون در چنبره‌ی اوهام و شهوات در خزیده‌اند، نَاگزیر به کسانی پناه می‌برند که به صورت، خادم (خدمت‌کننده، خدمتگزار) هستند و به سیرت، هادم (ویران‌کننده، خراب‌کننده). (همان کتاب، ص ۵۲۵)

۱- اشاره است به آیات ۶ و ۷ سوره‌ی بقره: «[ای پیامبر!] کسانی‌که کافر شدند، برای آنان تفاوت نمی‌کند که آنان را (از عذاب الهی) بترسانی یا نترسانی؛ ایمان نخواهند آورد. خدا بر دل‌ها و گوش‌های آنان مُهر نهاده، و بر چشم‌هایشان پرده‌ای افکنده شده؛ وعذاب بزرگی در انتظار آن‌هاست.»

۲- یعنی: آن‌گاه که از مرتبه‌ی کثرت گذشتم و به مرتبه‌ی وحدت رسیدم، آن درختان به منزله‌ی نفس واحده‌ای شدند.

۳- اگر هفت درخت را عبارت از هفت اسم حق‌تعالی بدانیم، امام شدن یکی از آن درختان به معنی اینست که یکی از آن اسماء هفت‌گانه‌ی حق تعالی، مقدّم بر سایر اسماء است؛ قول صحیح اینست که آن اسم «حَیّ» باشد. برخی نیز «عالم» را اسم مقدّم می‌دانند. امّا مسلّماً حَیّ بر عالَم تقدّم دارد زیرا که علم، متوقف بر حیات است. و اگر هفت درخت را اشاره بر اولیای هفت‌گانه‌ی اقالیم هفت‌گانه بدانیم، معنی‌اش اینست که صاحب اقلیم اوّل بر سایر اولیای دیگر اقالیم مقدّم است. (پیشین، ص ۱۲۲)

۴- در آیه‌ی ۶ سوره‌ی رحمان آمده است: «گیاهان بی‌ساقه (بوته‌ها) و گیاهان ساقه‌دار (درخت‌ها) نیز حق را سجده می‌کنند.» سجده‌ی این‌ها، به معنی اطاعت محض در برابر اراده‌ی تکوینی (هستی‌بخش، ایجاد) حضرت حق است.

الهام حق‌تعالی، تعجّب دقوقی را رفع کرد؛ زیرا به او فهماند که در عالم ملکوت، این قضایا محال نیست.

دقوقی می‌گوید:

«بعد از مدّتی آن هفت درخت، به هفت مرد تبدیل شدند و همه به عبادت خداوند یکتا نشستند.»[۱]

چشمانم را مالیدم تا ببینم آن هفت بزرگ‌مرد چه کسانی هستند؟ همین‌که نزدیک‌تر رفتم، از بی‌خویشی به در آمدم و به خود آمدم و به آنان سلام کردم. آن‌ها جواب سلام مرا دادند و مرا به نام صدا کردند و مایه‌ی افتخار و تاج سر بزرگان خطاب نمودند. مبهوت ماندم که اینان مرا از کجا می‌شناسند و نامم را چگونه می‌دانَند؟ آنان سریعاً فکر و ضمیر باطنی مرا خواندند و در پاسخم با لبخند گفتند: چگونه امکان دارد که اسرار همه‌ی جهان بر دلِ عارفانِ بالله پنهان بماند؟»

سپس گفتند:

«ای دوستِ پاکدل، می‌خواهیم در نماز به تو اقتدا کنیم.»

گفتم:

«باشد، ولی ساعتی به من مهلت دهید؛ از گردش روزگار و این چرخ گردون، پرسش‌هایی دارم.[۲] حلّ مشکلات من سازید و یک لحظه از غایت جوانمردی به حال من بپردازید تا به برکت صحبت شما، حجاب از میان برخیزد و فرع به اصل بیامیزد؛ زیرا انگور شیرین و آبدار نیز به سبب هم‌صحبتی با خاک به آن مرتبه می‌رسد. دانه وقتی خود را در خاکْ فانی می‌کند، به صورت تازه‌ای بقا پیدا می‌نماید. آن دانه‌ی پر مغز، وجود خود را در مصاحبت با خاک، به‌کلی محو می‌کند به‌طوری‌که رنگ و بو و سرخی و زردی او برجای نمی‌ماند.[۳] آن دانه پس از آن‌که در وجود خاکْ محو شد، گرفتاری و جُمود آن از میان می‌رود و رفته‌رفته استعدادهای نهفته‌اش می‌شکفد و جوانه می‌زند و به برگ و

۱- یکی از اسرار تبدیل این اولیا به درختان و اشجار این بود که به‌طور شهودی و عینی عبادت نباتات بر دقوقی مکشوف شود؛ و این‌که دوباره به هفت مرد بدل شدند، برای این بود که به دقوقی فهمانده شود که آن درختان حقیقتاً نبوده‌اند. (شرح کبیر انقروی، ج ۳، ص ۷۷۴)

«نشستن» در این‌جا کنایه از حالت مطمئن شدن خاطر و تمرّکز تام نسبت به حضرت حق است. (مثنوی اکبرآبادی، ج ۳، ص ۱۲۵)

۲- دقوقی می‌خواست در پرتو عنایتِ آن خاصّان که به‌طور کامل از قیود عالم محسوسات رسته بودند، به مقام تجرّد محض رسد و بندها و قیود عالم امکان را به‌طور کامل از دست و پای روح خود باز کند و سپس لیاقت امامت را بیابد. (تفسیر و نقد و تحلیل مثنوی، ج ۷، ص ۴۶۸)

۳- صوفیه یکی از شروط هم‌صحبتی با شیخ را فنای رسوم و اوصاف سالک در رسوم و اوصاف او می‌دانند. سالک باید آثار خودی و خودبینی را در شیخ فانی سازد تا به تولّد ثانی برسد.

بار می‌نشیند و شاخه‌ها و برگ‌هایش روی زمین منتشر می‌شود.[1] هرگاه کسی در برابر اصل و منشأ هستیِ خود محو شود، غلبه‌ی شکل مادّی‌اش از میان می‌رود و روح لطیف و شخصیّت حقیقی‌اش جلوه‌گر می‌گردد.»

دقوقی می‌گوید:

«وقتی من این سخنان و تمثیلات را گفتم، آنان با حرکت سر حرف‌هایم را تأیید کردند و گفتند: فرمانْ تو راست. از تأیید آنان، گرمی و سوزی پُر در دلم پدید آمد. با آن گروه برگزیده، مدّتی به مراقبه پرداختم و از خود بیخود شدم. در همان ساعت احساس کردم که جانم از کمندِ زمان رها شده. همه‌ی احوال متغیّر، ناشی از محدوده‌ی زمان و جهان مادّه و مدّت است؛ پس کسی‌که از کمند زمان رهیده، از این‌گونه احوال ناپدار خلاصی می‌یابد. همین‌که لحظه‌ای از حیطه‌ی زمان خارج شوی، کیفیّت و کمیّت از وجود تو رخت می‌بندد و تو مَحْرم خداوند خواهی شد.»

آن اولیای هفت‌گانه به دَقوقی گفتند:

«این سخنان را پایانی نیست، ای دقوقی، وقت نماز است بشتاب و جلو بایست. ای عارف بی‌نظیر، دو رکعت نماز اقامت کن تا از برکتِ وجودت روزگار زینت یابد. ای امام دلْ‌آگاه، در امر هدایت و امامت، داشتن چشم بصیرت لازم است.»

دقوقی برای پیشنمازی آماده شد و در آن ساحل به نماز ایستاد. آن جمع هفت نفره‌ی اولیا نیز در پشت سر دقوقی به نماز ایستادند. عجب جمع شکوهمند و عجب پیشنماز برگزیده‌ای! در اثنای نماز، چشم دقوقی به پهنای متلاطم دریا افتاد؛ زیرا از جانبِ دریا فریاد و فغانِ جمعی شنیده می‌شد که تقاضای کمک داشتند. دقوقی دید که یک کشتی دچار قضا و بلا و حادثه‌ی ناگواری شده بود. هم شب بود، هم هوا ابری بود، و هم دریا امواج عظیمی داشت. از یک سو این سه تاریکی دست به دست هم داده بود، از سوی دیگر خطر غرق شدن کشتی وجود داشت.[2]

ساکنانِ کشتیِ حادثه‌دیده شیون‌کنان دست بر سر می‌کوفتند و در آن معرکه، کافران و بی‌دینان نیز خالصانه از خدا یاری می‌خواستند؛ و در آن لحظاتِ پُر خوف و خطر، با شیون و زاری با خدا عهدها می‌بستند و نذرها می‌کردند. آنان از همه‌کس قطع امید کرده بودند و در آن لحظاتِ مرگبار، آدم‌های کافر و تباه‌کار، پرهیزکار شده بودند؛ چنان که بدکاران به هنگام جان

____

۱- همین‌طور اگر سالک، دانه‌ی وجود خود را در زمین مصاحبتِ شخص کاملی قرار دهد، قبض و جمود او که متعلّق به دنیای تنگ و تاریک مادّی و حیوانی است برطرف می‌شود و بسط و تکامل روحی و فکری پیدا می‌کند. در این‌جا «قبض سالک» به سخت شدن، و «جمودِ دانه و بسط او» به شکفته شدن دانه تشبیه شده است. بنابراین انعطاف‌پذیری متعادل روحی و شخصیّتی، یکی از عوامل تکامل روحی و ترک جمود فکری می‌باشد. (شرح کبیر انقروی، ج ۳، ص ۷۸۲)

۲- آیه‌ی ۴۰ سوره‌ی نور را تداعی می‌کند: «مانند ظلماتی در یک دریای عمیق و پهناور که موج آن را پوشانده، و برافراز آن موج دیگری، و بر فراز آن ابری تاریک است؛ ظلمت‌هایی است یکی بر فراز دیگری.. .»

دادن، پرهیزکار می‌شوند. برای ساکنانِ کشتی، هیچ چاره‌ای از هیچ طرفی وجود نداشت؛ زیرا وقتی‌که تدبیرها و حیله‌ها به نتیجه‌ای نیانجامد، هنگام دعا کردن فرا می‌رسد. دود سیاهِ آه و شیونشان به آسمان می‌رسید.[1]

در آن لحظه، شیطان از رویِ دشمنی پیش رفت و به شیون‌کنندگان گفت: «ای کسانی‌که هوای نفس خود را معبود خود کرده‌اید، دور شوید که شما دو گونه بیماری دارید.[2] ای منکران و منافقان، مرگ بر شما باد، این اتّفاق بالاخره رخ خواهد داد.[3] چه فایده از این گریه‌ها؟! چون اگر خلاص شوید، به سبب غلبه‌ی شهوات، از حق غافل و کور خواهید شد. دیگر یادتان نمی‌آید که روزی گرفتار خطر بودید و خداوند، دست شما را در تنگنا گرفت و نجاتتان داد.» این ندا هم‌چنان از سوی شیطان برمی‌خواست، امّا این سخن را هر گوشی نمی‌توانست بشنود، بلکه فقط گوش‌های شنوا آن را می‌شنید.

چون دقوقی آن شور وغوغا را دید، دلش به رحم آمد و اشک از چشمانش سرازیر شد. او از صمیم دل برای نجات بلازدگان لب به دعا گشود و با زاری و تضرّع به درگاه باری تعالی عرضه داشت: «پروردگارا، به اعمال زشت این قوم نگاه نکن. ای سلطانِ نیکوصفت، به برکت فضل و عنایت خود، دستشان را بگیر و از ورطه‌ی هلاک نجاتشان ده. ای خدایی که قدرتت بر دریا و صحرا چیره است، آنان را به خوشی بر ساحل نجات برسان. ای بخشنده و بخشاینده‌ی ابدی، این بلا را از آن بداندیشان رفع کن. ای خدای بزرگ، تنها تو می‌توانی در پناه خویش گناهان بزرگ ما را ببخشایی. پروردگارا، تو خودت به ما یاد دادی که تو را بخوانیم. پروردگارا، به احترام این دعا که به ما یاد دادی و در ظلمت‌سرای تن چراغ دعا را روشن کردی، آنان را نجات ده.»[4]

<hr>

۱- این پاراگراف، مضمون عنکبوت/۶۵ و اِسراء/۶۷ و۶۶ و یونس/۲۳ و۲۲ است: «اوست خدایی که کشتی را در دریا برای شما به حرکت در می‌آورد تا از نعمت‌های او بهره‌مند شوید. باد موافق، اهل کشتی را به سوی مقصد حرکت می‌دهد و شما شادمان می‌گردید. ناگهان طوفان شدیدی می‌وزد و امواج از هر سو به سراغ شما می‌آید و گمان می‌کنید هلاک خواهید شد. در آن هنگام جز او، تمام کسانی را که برای حل مشکلات خود می‌خوانید، فراموش می‌کنید و خدا را از روی اخلاص می‌خوانید که: «اگر ما را از این گرفتاری نجات دهی، حتماً از سپاسگزاران خواهیم بود.» امّا هنگامی‌که شما را به خشکی نجات دهد، روی می‌گردانید؛ زیرا انسان، بسیار ناسپاس است.» چه غالب آدمیان در هنگام گرفتاری، خدا را یاد می‌کنند و در موقع نعمت و راحتی، از او غافل می‌شوند.

۲- قسمتی از آیه‌ی جاثیَه را تداعی می‌کند: «آیا دیدی آن را که هوای نفسِ خود را معبود خود ساخت...؟!» آن دو بیماری، گویا به غفلت و عصیان اشارت دارد.

۳- این اتّفاق کدام است؟ آیا شیطان برای تضعیف روحیه‌ی اهل کشتی به آنان می‌گوید بالاخره کشتی غرق خواهد شد، یا منظور از «اتّفاق» خلاصیِ آنان از ورطه‌ی دریا و بازگشت دوباره به غفلت و عصیان است، و یا مرگِ حتمی که همه را گرفتار خواهد کرد؟ ظاهراً هر سه وجه. (شرح جامع مثنوی معنوی، ج ۳، ص ۵۶۶)

۴- اشاره است به آیه‌ی ۶۰ سوره‌ی مؤمن: پروردگارتان فرمود: «مرا بخوانید تا (دعای) شما را اجابت کنم.»»

در آن لحظات دقوقی مانند مادران مهربان، اشک از چشمانش سرازیر می‌شد و در آن حال که از خود بی‌خود شده بود، دعا می‌کرد و آن دعاها مقبولِ درگاه حق قرار می‌گرفت. دعایی که انسان در حالتِ بی‌خویشی می‌کند آن دعا از دعاکننده نیست، بلکه از حضرت احکم‌الحاکمین است.[1] اگر با دیده‌ی حقیقت‌بین بنگری، خواهی دید که آن دعا را حضرت حق می‌کند نه انسان مستغرق و بی‌خویش؛ زیرا او در مرتبه‌ی فناست و در این مرتبه همه‌ی افعال و رسوم و آثارِ انسان، به اختیار حق صورت می‌پذیرد. دراین‌حال خدا دعا می‌کند و خدا نیز اجابت. کسی‌که همه‌ی آثار و رسومش در مشهودِ حقیقی محو و فانی شده، دیگر هیچ‌گونه اختیارِ شخصی ندارد، کاهی است در امواج دریا. در این‌گونه دعاها، مخلوق واسطه نیست، و حتّی جسم و جان آدمی نیز از آن تضرّع‌ها بی‌خبر است.[2]

وقتی‌که آن کشتی از گردابِ بلا نجات یافت و خواسته‌ی آن‌ها برآورده شد، نماز جماعت آن هفت‌نفر به امامت دقوقی نیز پایان یافت. دراین‌حال آن هفت نفر آهسته به نجوا پرداختند و از یکدیگر می‌پرسیدند: «این چه کسی بود که در کار خدا فضولی کرد؟»

هریک از آن‌ها گفت:

«من نه آشکارا و نه در پنهان، چنین دعایی نکرده‌ام.»

یکی از آن میان گفت:

«گویی پیشنماز ما (دقوقی) از روی فضولی چنین دعایی کرده است.»

آن دیگری گفت:

«ای دوست، یقیناً همین‌طور است که می‌گویی. به نظر من نیز همین‌طور می‌آید. او (دقوقی) بر اثر دلتنگی و اندوهی که بر وی عارض شده بود، نسبت به قضای خداوند که مختار مطلق است، اعتراض کرد.»

دقوقی می‌گوید:

«همین‌که به پشت سرم نگاه کردم تا ببینم آن کریمان با هم چه می‌گویند، حتّی یک

۱- مولانا در مثنوی به کرّات گفته است که انسان در حالت محو و استغراق همه‌ی رسوم و آثارش، در مشهود خود فانی می‌شود و بیانش منقطع می‌گردد و دعا به مرتبه‌ی صحو و باخویشی تعلّق دارد و هنوز بنده، رسوم و آثار من و مائی خود را به کلّی در حضرت حق فانی نکرده است. (شرح جامع مثنوی معنوی، ص ۵۷۱)

۲- برخی از مفسران، حادثه‌ی دریا و برخاستن طوفان و به خطر افتادن کشتی و ساکنان آن را تفسیر کرده و چنین گفته‌اند: مراد از کشتی، دقوقی است. مراد از ساکنان کشتی، حواس و قوای جسمانی است؛ چون قوای روحانی از غرق شدن نمی‌ترسند، بلکه خواهان غرق شدن در دریای احدیّت هستند. چون دقوقی به حضرت احدیّت که موجب فنای بشریّت است توجّه داشت، توجّه وی به صورت نماز متمثّل شد؛ بنابراین جسم او به صورتِ کشتی و قوای آن، به صورت ساکنان کشتی تمثّل یافت. و چون در آن حالت در آستانه‌ی فنای فی‌الله قرار گرفته بود، این حالت فنا به صورت غرق شدن کشتی در دریا نمودار شد؛ و مراد از ساحلَ، عالم مثال است. (شرح مثنوی اکبرآبادی، ج ۳، ص ۱۴۳)

تنِ آنان را نیز در جای خود ندیدم. گویا هریک از آنان مرواریدی بود که آب شد و به قعر زمین رفت، و خلاصه چنان غایب شدند که نه ردّپایی از آنان ماند و نه غباری در صحرا از آنان دیده شد. در آن لحظه همگی آنان به آسمان الهی رفتند و معلوم نشد که آن گروه به کدام گلشن رفتند. واقعاً متحیّر و سرگشته شدم که این قوم را حق‌تعالی چگونه از چشمان ما پوشانید؟!»

دقوقی، سال‌ها در حسرت آن اولیای مستور ماند و تا پایان عمر در اشتیاقِ ایشان اشک ریخت.

ممکن است تو به طریق استفهام و یا اعتراض بگویی:

«وقتی کسی به شناخت حقیقی حضرت حق نایل می‌شود، چه نیازی دارد به این که در حسرت و اشتیاقِ آدمیان اشک بریزد و به دنبال آنان باشد؟»

و امّا جواب:

«ای فلانی، تو فقط به جنبه‌ی بشری و جسمانی آنان توجّه داری. ای مرد ناپخته، کار تو از این جهت خراب است که تو نیز مانند عوام‌النّاس، آنان را فقط بشر معمولی دیده‌ای.[1] تو همان چیزی را دیدی که ابلیس ملعون نیز وقتی آن را دید، گفت: «من از آتشم و آدم از گِل.»[2] ای ظاهربین، یک لَحظه چشمِ ابلیس‌وارِ خود را فروبند. آخر تا کی می‌خواهی به صورت و ظاهر توجّه کنی؟

ای دقوقی (و ای دقوقی مسلک)، تو که داری با چشمانت مانند جویبار، سیلابِ اشکْ روان می‌کنی، مبادا قطع امید کنی. بهوش باش و پیوسته در جست‌وجوی اولیا باش.

✳ ✳ ✳

حکایت دقوقی، از مفصّل‌ترین حکایات مثنوی است که حدود چهارصد بیت را به خود اختصاص داده.

می‌توان گفت که دَقوقی، کسی نیست جز خود مولانا و اوست که مکاشفات و واقعاتِ روحانیِ خود را از زبان دقوقی بیان کرده است.

مولانا در این حکایتِ تمثیلی و پُر راز و رمز، ضروری‌ترین مباحث عرفان و تصوّف از قبیل وحدت وجود، اتّحاد نوری اولیا، تجسّد (به صورت جسم درآمدن) روح در قالب‌های مثالی (بدن)، ظهور حق در جامه‌ی خلق به نحو تجلّی، و مکاشفات و واقعات و غیره را با کلامی فخیم و ماهرانه به نظم کشیده است.

۱- اشاره است به آیاتی نظیر فرقان/۷، تغابن/۶ و ابراهیم/۱۰. در قسمتی از آیه‌ی اخیر آمده است: «[قوم کافر به پیامبرانِ خود] گفتند: «شما جز بشرهایی مانند ما نیستید و می‌خواهید ما را از آن چه پدرانمان می‌پرستیدند، باز دارید. پس معجزه‌ی روشنی برای ما بیاورید.»»

۲- اشاره است به قسمتی از آیه‌ی ۷۶ سوره‌ی ص: «ابلیس گفت: «من از او بهترم، مرا از آتش آفریده‌ای و او را از گِل.».»

(۱۵۰)

زبان حیوانات

گفت موسی را یکی مرد جوان
که بیاموزم زبان جانوران
تا بود کز بانگ حیوانات و دَد
عبرتی حاصل کنم در دین خود

جوانی به حضرت موسی گفت:

«ای پیامبر خدا، زبان حیوانات را به من یاد بده تا از صدای آنان، در تقویت دین و ایمان خود پندهایی بگیرم. کلام انسان‌ها چون آلوده به غرض‌های شخصی و منافع مادّی است، هرچند هم که آراسته و زیبا باشد، در قلب آدمی تأثیر نمی‌گذارد. شاید حیوانات به هنگام مرگ و کوچ کردن از این عالَم، تدبیری داشته باشند و موجب کشف مسئله‌ای شوند.»

حضرت موسی به او گفت:

«دست از این هوی و هوس بردار و حدّ خود را بشناس زیرا این میل و هوس، خطرات فراوانی در ظاهر و باطن دارد. اندرز و بیداری را از خدا طلب کن، نه از کتاب و گفتار و حرف و زبان.»

وقتی‌که حضرت موسی او را منع کرد، آن مرد حریص‌تر شد؛ زیرا آدمیزاد از هر چه منع شود، به آن حریص‌تر می‌گردد.

آن جوان گفت:

«ای موسی، از روزی‌که نور تو درخشید، هر چیزی از وجود تو ارزشی یافته است.[1] ای بخشنده، محروم کردن من از رسیدن به آرزویم، شایسته‌ی لطف تو نیست. اکنون تو جانشین حق بر روی زمینی؛ اگر مرا از رسیدن به آرزویم محروم کنی، مایه‌ی نومیدی من (و دیگران نسبت به رحمت الهی) می‌شود.»[2]

حضرت موسی گفت:

«پروردگارا، نکند این مرد ساده‌لوح را شیطان ملعون فریب داده باشد. اگر زبان حیوانات را به او یاد دهم، به ضررش تمام می‌شود؛ و اگر یاد ندهم، بدگمان و ناراحت خواهد شد.»

حضرت حق فرمود:

«ای موسی، آن علم را به او بیاموز؛ زیرا ما از روی بخشش هرگز دعایی را رد

۱- این کلام، ناظر بر مسئله‌ی اتّحاد ظاهر و مَظهَر (جای آشکار شدن، محل ظهور) است که مورد اعتقاد عرفا و از آن جمله مورد قبول و تأکید مولاناست. (شرح جامع مثنوی، ج ۳، ص ۸۴۱)

۲- درحالی که خداوند در کلام کریم خود بارها انسان را از نومیدی از رحمتش برحذر داشته است؛ از آن جمله در آیه‌ی ۵۳ سوره‌ی زُمَر می‌فرماید: «[ای پیامبر!] بگو: «ای بندگانم که بر خود ستم کرده‌اید، از رحمت خدا نومید نشوید که خدا همه‌ی گناهان را می‌آمرزد؛ زیرا او بسیار آمرزنده و مهربان است.»»

نمی‌کنیم.»(۱)

حضرت موسی عرضه داشت:

«اگر این خواسته‌ی او برآورده شود، باعث پشیمانی او خواهد شد. هرکسی قابلیّت آن را ندارد که قدرتی به دست آورَد.»

حق‌تعالی فرمود:

«تو مرادِ آن جوان را برآورده ساز و دستِ او را باز بگذار که هرچه که می‌خواهد بکند؛ آن‌گاه مشاهده کن که او جنگ‌جوی راه خدا می‌شود و یا راهزن.»

دوباره حضرت موسی از روی محبّت و دلسوزی پندهایی به آن جوان داد و گفت:

«رسیدن به این مطلوب، تو را پریشان و افسرده خواهد کرد. بهتر است از این خیالات و آرزوهای بی‌اساس دست برداری و از خدا بترسی که قطعاً شیطان وسوسه‌ات کرده.»(۲)

آن جوان به حضرت موسی گفت:

«حالا که نمی‌شود زبان همه‌ی جانوران را به من بیاموزی، دست‌کم زبان خروس و سگِ خانه‌ام را به من بیاموز تا مقصد آنان را دریابم.»

حضرت موسی به آن جوان گفت:

«اختیار با توست. برو که مرادت حاصل شد و از این به بعد مقصودِ این دو حیوان را خواهی فهمید.»

آن جوانِ خام‌اندیش، از آغاز صبح در حیاط منزل خود ایستاد تا دانش جدید خود را امتحان کند. در این لحظه کنیزِ خانه تهِ مانده‌ی سفره‌ی طعام را در حیاط تکاند. پاره نانی از آن بر زمین افتاد و خروس با چالاکی پرید و آن را از پیش سگ ربود و برد.

سگ گفت:

«ای خروس، برو که در حقّ من ستم کردی. ای شادمان، تو می‌توانی دانه‌ی گندم نیز بخوری، امّا من قادر نیستم آن را بخورم. این پاره نان را هم که نصیب و قسمت ما سگان شده، آیا تو از این غذای اندک نیز نمی‌گذری و آن را از ما می‌ربایی؟!»

خروس به سگ اطمینان داد و گفت:

«ناراحت نباش که خدا به جای این، عوض دیگری به تو می‌دهد. فردا اسب این خواجه (همان جوان که خواهانِ فهمِ زبان جانوران بود) می‌میرد و تو از لاشه‌ی آن شکمی سیر خواهی کرد.»

همین‌که آن مرد این خبر را از خروس شنید، بی‌درنگ اسب را فروخت تا از زیان مالی

۱- اشاره است به آیه‌ی ۶۰ سوره‌ی مؤمن: «پروردگارتان فرمود: «مرا بخوانید تا (دعای) شما را اجابت کنم.»

۲- در آیه‌ی ۱۰۱ سوره‌ی مائده آمده: «ای کسانی‌که ایمان آورده‌اید، از چیزهایی نپرسید که اگر برای شما آشکار گردد، شما را ناراحت می‌کند... .» بنابراین سؤال کردن نیز آدابی دارد. آدمی نباید سؤالی کند که تحمّل شنیدن جواب آن را ندارد.

نجات یابد؛ در نتیجه آن خروس در نزد سگ شرمنده شد و وعده‌ی او دروغ از آب درآمد.

روز دیگر نیز خروس، نان سفره را ربود و سگ هم به خروس گفت:

«ای خروس فریب‌کار، تو دروغگو و ستم‌کاری. آن اسبی که گفتی سَقَط می‌شود، کو و کجاست؟ تو منجّمی کور هستی که ادّعای دیدن ستارگان را می‌کنی.»

آن خروس که از وقایع مطّلع بود، به سگ جواب داد:

آن اسب در جایی دیگر به هلاکت رسیده است. آن جوان، اسبش را فروخت و از زیان و ضرر هلاکت آن خلاص شد و ضرر آن را متوجّه‌ی دیگران کرد. لیکن همین فردا قاطرِ آن مَردِ جوان هلاک خواهد شد و این خود برای سگان نعمتی است.»

آن مردِ طمع‌کار فوراً قاطر را نیز فروخت و در آن لحظه از غم و پریشانی نجات پیدا کرد.

روز سوم سگ به خروس گفت:

«ای سالار دروغگویان که با شکوه و جلال ظاهری به یاوه‌گویی مشغولی، پس این‌همه اخباری که دادی چه شد؟»

خروس جواب داد:

«آن مرد فوراً قاطرش را نیز فروخت، امّا فردا نوبت مردنِ غلام این خانه است. او می‌میرد و خویشان او مجلس عزا برپا می‌دارند و انواع طعام‌ها می‌پزند و از ته‌مانده‌ی آن شکمی سیر خواهی کرد.»

خواجه این سخن را هم شنید و غلام را فروخت و از زیان و ضرر نجات پیدا کرد. او پس از نجات پیدا کردن از آن سه واقعه شکرها می‌کرد و خوشحالی می‌نمود و با خود می‌گفت:

«خدا را شکر که از این سه حادثه‌ی ناگوار نجات یافتم.»

در حالی که آن خام‌اندیش این مطلب را درنیافته بود که برخی از زیان‌ها و از دست‌دادن‌ها، بلای عظیم‌تری را دفع می‌کند.

او با خود گفت:

«از وقتی زبان سگ و خروس را آموخته‌ام، چشمِ پیش‌آمدهای ناگوار را بسته‌ام.»

روز بعد آن سگ، به طعنه به خروس گفت:

«ای یاوه‌گو، پس آن حدس‌ها و پیش‌گویی‌هایت چه شد؟! ای خروس، تا کی می‌خواهی دروغ بگویی و مرا فریب دهی؟ از دهان تو جز حرف دروغ شنیده نمی‌شود.»

خروس گفت:

«وجود من و هم‌جنسان من، از دروغگویی پاک و منزّه است. لذا در مسئله‌ی دروغگویی مورد آزمایش قرار نمی‌گیریم، چون دروغ از ما برنمی‌آید. ما خروس‌ها مانند اذان‌گویان، در بانگ و آوای خود راستگو هستیم. مواظب طلوع آفتابیم و وقت‌شناسیم. ما فطرتاً و خلقتاً می‌دانیم که خورشید چه وقت طلوع می‌کند و حتّی اگر ما را در جای تاریک حبس کنند، باز متوجّه می‌شویم که خورشید چه وقت طلوع خواهد کرد و پیش از آن، مردم

را خبر می‌کنیم.»(۱)

اولیای خدا نیز پاسبان و نگهبان آفتاب جهان‌تاب حقیقت‌اند؛ هرچند خود از جنس بشر هستند، امّا به اسرار الهی واقف‌اند.(۲)

خروس ادامه داد:

«خداوند، فطرت ما را به گونه‌ای ساخته که وقت نماز را اعلام کنیم. خداوند در نظام طبیعت، وجود ما را ارمغانی برای آدمیان ساخته است. اگر یکی از ما خروس‌ها، بی‌هنگام بانگ برآورَد، همین بانگ بی‌هنگام سبب هلاکت ما می‌شود؛ زیرا وجود ما را شوم می‌دانند و سر از تنمان جدا می‌کنند.»(۳)

غلامی که آن مرد خام‌اندیش فروخته بود، نزد مشتری جان سپرد و این معامله تماماً به ضرر مشتری شد. هرچند آن مرد، اموال خود را از ضرر و زیان حفظ کرد؛ امّا او با این کارها وسایل قتل خود را فراهم آورده بود.

ای برادر، تحمّل یک زیان، موجب دفع زیان‌های دیگر می‌شود. جسم و مال‌ها باید فدای جانِ ما شود، نه برعکس. چون به مسئله‌ی قضا و قَدَر نادانی، اموالت را از حق‌تعالی دریغ می‌داری و در عوض جانت را در معرض قضا و قدر قرار می‌دهی.(۴)

روز بعد سگ، خروس را دید و به او گفت:

«ای یاوه‌گو، پس آن همه وعده‌های شیرین چه شد؟!»

خروس گفت:

«من در پیش‌بینی‌هایم خطا نکرده‌ام؛ امّا بدان که فردا قطعاً خودِ خواجه جان خواهد سپرد و از این دنیا به سرای باقی خواهد شتافت. بازماندگان مجلس عزا برپا می‌دارند و گاوی می‌کُشند. فقیران را اطعام می‌کنند و سگان نیز از آن خوان رنگین کامروا می‌گردند. مرگ اسب و قاطر و غلام خواجه، در واقع بَلاگردان این شخص مغرور و خام‌اندیش بود. هرچند که آن مغرورِ خام‌طمع از ضرر مالی و ناراحتیِ آن جَست و بر مقدار اموالش افزوده

۱- مولانا از زبان خروس، احوال اولیا را توصیف می‌کند که همواره از تجلّیات خورشید حقیقت خبر می‌دهند؛ امّا غافلان، به بانگ بیدار باش آنان توجّه نمی‌کنند.

۲- کلام دوم، یادآور مضمون قسمتی از آیه‌ی ۱۱۰ سوره‌ی کهف است: «[ای پیامبر] بگو: «[من نیز بشری مانند شما هستم؛ (امتیازم این است که) به من وحی می‌رسد که ... .»»

۳- مولانا در این‌جا پیام اخلاقی و عارفانه‌ی خود را این‌گونه بیان کرده است: «کسانی که خود را در صف اولیا و مُصلحان بشری جا می‌زنند و تقلیداً به اقوال و احوال آنان شبیه می‌سازند، هرگاه به ارشاد این و آن اقدام کنند، آبروی خود را بُرده و زحمت به دیگران داده‌اند و چیزی جز خروسانِ بی‌محل نیستند.» (شرح جامع مثنوی معنوی، ج ۳، ص ۸۵۴)

۴- در این‌جا بر لزوم صدقه دادن تأکید شده است. صدقه به معنی آن چیزی است که در راه خدا برای سلامتی و دفع بیماری به فَقیران دهند. از حضرت نبی اکرم و ائمّه‌ی معصومین روایات متعدّدی در تأثیر صدقه در دفع بلای مقدّر رسیده است، از آن جمله از پیامبر نقل شده: «صدقه، بلا را دفع می‌کند و بر عمر می‌افزاید.» (همان کتاب، ص ۸۵۶)

شد؛ امّا در عوض موجب شد که به زودی جانش به مهلکه افتد و خونش ریخته شود.»

آن مرد همین‌که سخنان خروس را درباره‌ی خود شنید، شتابان و هیجان‌زده به سرای حضرت موسی کلیم‌الله رفت و گفت:

«ای موسای کلیم‌الله به فریادم برس که فردا نیز اَجَل بر من فرو خواهد نشست.»

حضرت موسی با توبیخ و نکوهش به آن مرد گفت:

«برو خودت را نیز بفروش تا نجات یابی، زیرا تو در رهیدن از زیان و ضرر استاد شده‌ای. برو به همه‌ی افراد با ایمان و پرهیزکار ضرر بزن و خودت کیسه‌های خود را از پول و ثروت دو برابر کن. من قضای مقدّر و مرگ تو را وقتی آشکارا می‌دیدم، که بر تو و امثال تو در حجاب غیب بود؛ درحالی‌که تو وقتی آن را دیدی، که آن قضا از مرتبه‌ی غیب به مرتبه‌ی شهادت تنزّل کرده است. شخص عاقل، با چشم دل خود پایانِ هر چیز را در آغازِ آن مشاهده می‌کند؛ امّا آدمی که از عقل و علم ناچیزی برخوردار است، در پایان کار تازه متوجّه می‌شود که جریان از چه قرار بوده است.»

آن مرد خام‌اندیش دوباره به حضرت موسی گفت:

«ای خوش‌خوی، ملامتم نکن و خطایم را به رویم نیار. شخص ناشایستی بودم و لذا از من کاری ناشایست سرزد؛ حالا که تو شخصی جوانمرد و باگذشتی، بَدی‌ام را با خوبی جواب بده.»

حضرت موسی گفت:

«ای پسر، بدان که تیر اَجَل از کمان مشیّت خداوندی رها شده و فردا بر جانِ تو فرو خواهد نشست و هیچ چاره‌ای از آنَ نیست. درحالی‌که اگر قضا و بلا به آنَ حیوان می‌خورد، جانِ تو از هلاکت نجات می‌یافت. امّا طمع، تو را به نابودی کشاند. اینک تنها کمک من به تو اینست که از درگاه حق بخواهم که تو را با ایمان از سرایِ دنیا ببرد. اگر با ایمان از دنیا بروی، تو نمرده‌ای بلکه زنده‌ای و اگر با ایمان بمیری، باقی و پاینده‌ای.»

در آن لحظه مرد از ترس مرگ، خودش را باخت و حالش دگرگون شد. چند نفر آمدند و آن شخصِ در حال مرگ را به اتاقش رساندند درحالی‌که ساقِ پایِ خود را به هم می‌مالید (حالش وخیم بود) و جان می‌کَند.(۱)

موسی در سحرگاه آن روز به نیایش پرداخت و به حضرت حق‌تعالی عرضه داشت:

«خداوندا، ایمان را از او مگیر و او را بی‌ایمان از دنیا مبَر. بزرگواری کن و او را عفو فرما، او خطا کرد و گستاخی نمود و از حدّ خود پای فراتر نهاد. به او بارها گفتم که این دانش (علم غیب) در حدّ تو نیست و قابلیّت آن را نداری؛ امّا او خیال می‌کرد که من می‌خواهم او را از سرم باز کنم و خیال می‌کرد که حرف‌هایم بیهوده است. آن شخصِ خام‌اندیش

۱- اشاره است به آیه‌ی ۲۹ سوره‌ی قیامت: «و ساق پاها (از سختی جان دادن) به هم بپیچد!» این آیه از بلیغ‌ترین تعابیری است که حالتِ شخصِ مُحتَضَر را وصف می‌کند.

که می‌خواست زبانِ حیوانات را یاد بگیرد داخل دریا شد و چون مرغ آبی نبود و قابلیّت دریا را نداشت، فوراً غرق شد.[۱] پس ای خداوندی که دوستدار بندگانت هستی، دَستِ او را بگیر و مگذار بی‌ایمان از دنیا برود.»

حضرت حق، دعای موسی را اجابت فرمود و آن مرد را با ایمان از دنیا برد.

* * *

مولانا با مهارتی بی‌نظیر در طول این حکایت ساده، مقاصدی عالی را گنجانده که خواننده را در اعجابی تمام فرو می‌بَرد. از جمله نکات و نتایجی که از این حکایت به دست می‌آید این‌هاست:

فهم اسرار الهی، نیازمند قابلیّت و اهلیّت است. آدمی تا ظرفیّتِ روحی لازم را به دست نیاورده، نباید مبادرت به فهم مسائلی کند که از حیطه‌ی ادراک و تحمّل او خارج است؛ چه دراین‌صورت تعادل روحی و شخصیّتی خود را از دست می‌دهد.

در بخشی از این حکایت، خروس کنایه از انبیا و اولیای بزرگوار و شخصیّت‌های برجسته‌ای است که با بانگ و نوای دلنشین خود، از طلوع شمسِ حقیقت و تجلّیات آفاقی و انفسی حق خبر می‌دهند. آن مرد، کنایه از خام‌اندیشانی است که پیش از پخته‌شدن و رسیدن به کمال روحی می‌خواهند کار بزرگان را تقلید کنند و علوم الهی و اسرار ربّانی را در جهت آباد کردن دنیای خود به‌کار گیرند. نکته‌ی دیگر آن‌که تا سالک، قضای حق (تقدیر و حکم الهی) را با صبر و وقار تحمّل نکند، اسرار الهی و حقایق ربّانی بر او مکشوف نمی‌گردد.

دیگر آن‌که آن مرد، مثالِ اهل دنیاست که حیات روحی و کمال معنوی خود را فدای حفظ اموال و رسیدن به لذّات حیوانی خود می‌کنند؛ چنان‌که در این حکایت، آن مرد اموال خود را از بلا مصون داشت، امّا در عوض جانِ خود را باخت.

دیگر آن‌که صدقه دادن موجب دفع بلای مقدّر می‌شود.

دیگر آن‌که آن مرد به‌جای درخواست نور هدایت و طریق رسیدن به کمال روحی و اخلاقی از حضرت موسی، به خاطر هوی و هوس، خواهان کرامتی می‌شود که خاصّ کاملان است نه ناقصان.

<hr>

۱- اولیاءَالله مانند مرغان آبی در دریای بی‌کران اسرار الهی شناورند؛ امّا سایر مردم مانند مرغان خاکی‌اند و استعداد ورود به دریا را ندارند، و اگر هم خود را به دریا زنند هلاکک می‌شوند. بنابراین در بیان اسرار نیز بایدَ مراتب و قابلیّت‌ها را رعایت کرد. (شرح جامع مثنوی معنوی، ج ۳، ص ۸۶۶)

(۱۵۶)

وفات یافتن بِلال

چون بلال از ضعف شد همچون هلال
رنگ مرگ افتاد بر روی بلال
جفت او دیدش بگفتا وا حرب
پس بلالش گفت نه نه وا طرب

بِلال حبشی رَضِیَ‌الله عَنهُ هنگامی که از ضعف مانند هلال ماه، لاغر شد، در آستانه‌ی مرگ قرار گرفت.

وقتی همسرش او را به آن حال دید، گفت:

«اندوه، چه مصیبتی!»

بلال گفت:

«نه، این حرف را نگو، بلکه بگو: به به، چه شادی و طربی! من تاکنون با زندگی دنیویم در ستیز و ناراحتی بودم، تو نمی‌دانی که مرگ چه زندگیی است و چه خوشی و لذّتی دارد.»

بلال این سخنان را می‌گفت و در عین‌حال، چهره‌اش مانند گل و لاله و نرگس شکفته می‌شد. روشنی و درخشندگی چهره‌ی بلال و چشمان پُر نورش، گواه سخنان او بود.

اشخاصی که دارای قلبی سیاه و کدر بودند، بلال را به جهت پوست سیاهش مورد تحقیر قرار می‌دادند. این نادان‌ها مگر نمی‌دانستند که مردمک چشم نیز سیاه است، امّا این سیاهی از شأن و قدر آن نمی‌کاهد، چون محلّ نور و بینایی است. پس هر سیاهی مطلقاً زشت و ناپسند نیست. انسان‌های فاقد بصیرت، رسوا و سیاه‌اند؛ امّا مردم با بصیرت که در حکم مردمک چشم‌اند، مظهر اسماء و صفات حق‌اند. در این دنیا هرکسی نمی‌تواند حقیقت انسان کامل را مشاهده کند، مگر اهل بصیرت. بلال نیز یکی از مصادیق انسان کامل بود. چون حقیقت باطنی بلال را کسی جز مردمکِ چشم بصیر ندید، پس به‌جز دیده‌ی بصیر، چه‌کسی حقیقت او را دیده است؟[1]

همسر بلال گفت:

«ای مرد خوش‌خوی، هنگام جدایی و فراق فرا رسیده. امشب به دیار غربت می‌روی و از قوم و خویشت غایب می‌شوی.»

بلال گفت:

«نه، این فراق نیست؛ بلکه وصال است، وصال. امشب جان من از دیار غربت به وطن

۱- مراد از «مردمکِ چشم بصیر» در این‌جا، حضرت نبی‌اکرم است از این حیث که آن حضرت مصداق عالی و حقیقی انسان کامل بوده است. منظور از این کلام آن است که: هیچ کس به اندازه‌ی آن حضرت، به حقیقت بلال واقف نشد. (شرح جامع مثنوی معنوی، جِ۳، ص ۹۰۰)

بصیرت نوعی دید درونی است که با دید چشم ظاهری، متفاوت است و اصلاً با چشم یا اندام‌های ظاهری بدن، قابل دریافت نیست. بصیرت، قوه و نیروی قلبی است که به مدد نور الهی پدید می‌آید و انسان حقیقت و باطن امور را چنان که هست درمی‌یابد.

اصلی خود باز می‌گردد. وقت آن رسیده که قفس محنت بشکند و پرنده‌ی روح‌م فارغ و آسوده به عالم ملکوت پر کشد و در جمع خواصِ الهی در آید. اگر چشم به مراتب بالایِ جهانِ هستی بدوزی و به مراتب پایین نگاه نکنی، خواهی دید که تو نیز جزو آن جمع خاصّانِ الهی هستی. در آن جمع خواص، از بارگاه الهی انواری در آن جمع می‌تابد مانند درخشیدن نگین در حلقه‌ی انگشتری.»

همسرش باز گفت:

«افسوس که جسم تو به زودی فانی می‌گردد.»

بلال گفت:

«تو به روحِ پُر نور نگاه کن نه به جسم که مانند ابر تیره مانع از تابش انوار روح می‌گردد. حال من به این می‌مانَد که مثلاً کسی خانواده‌ی پُر عایله‌ای دارد، درحالی‌که خانه‌اش تنگ و کوچک است. امیر شهر می‌آید و از روی لطف خانه‌اش را ویران می‌کند تا به‌جای آن، خانه‌ای وسیع‌تر بنا کند؛ همین‌طور حضرتِ شاه وجود به زودی خانه‌ی حقیر جسم مرا ویران می‌کند تا عایله‌ی من که همان قوای روحانی من است، به منزل فراخ و بی‌کران عالم ملکوت منتقل شود. من نیز ابتدا مانند حضرت آدم اسیر اندوه و غصّه بودم. اندوه آدَم وقتی آغاز شد که از جَنّةالمأوی و بهشت برین به دار محنت و بلای این دنیا هُبوط کرد. روح‌م به قدری کمال یافته و رشد کرده که جهان گنجایش آن را ندارد.»[۱]

بلال دوباره گفت:

«من در این خانه‌ی جسم که مانند چاه تنگ و تاریک است، فقیرانه می‌زیستم؛ امّا اینک با عنایات ربّانی، شاه معنوی شده‌ام و شاه نیز قصری بزرگ لازم دارد. پس روح با کمال من اینک نمی‌تواند جسم حقیر مرا تحمّل کند.»

ای سالک، شاهان حقیقی و امیران عرصه‌ی معنویّت محلِّ آرامش و اُنسِ‌شان قصرهای معنوی است؛ امّا مُرده‌دلان دنیا، همین خانه‌های حقیرشان کافی است. این دنیا واقعاً برای پیامبران تنگ بود؛ لذا آن‌ها شاهانه به عالم مجرّدات رهسپار شدند. اگر سرای دنیا واقعاً تنگ و حقیر نیست، پس این‌همه ناله و شیونِ مردم برای چیست؟ چرا هرکس در این دنیا زیاد عمر می‌کند، خمیده قامت و پژمرده می‌شود؟[۲] اگر واقعاً این دنیا تنگ و حقیر نیست، پس چرا انسان در عالم رؤیا از کمند درد و رنج خلاص می‌شود؟! تو نگاه کن به این که روح در رؤیا چگونه شادمان است.

روح می‌گوید:

«همان‌گونه که جنین در زِهدانِ (رحِم) مادر، دست و پایی ناتوان دارد، اینک من نُه

۱- این کلام این نکته‌ی دقیق عرفانی را می‌گوید که: «هر گاه روح به کمال تجرّد خود می‌رسد، میل به عالم دیگر می‌کند.» یعنی تعلّق روح به بدن، برای رسیدن به مقامات و مراتب عالیه است و تعلّق آن از نوع تعلّق تدبیری و تکمیلی است. (شرح جامع مثنوی معنوی، ج ۳، ص ۹۰۲)

۲- اشاره است به آیه‌ی ۶۸ سوره‌ی یس: «هرکس را طول عمر دهیم، در آفرینش واژگونه‌اش می‌کنیم (و به ناتوانی کودکی باز می‌گردانیم)؛ آیا اندیشه نمی‌کنید؟!»

ماهه شده‌ام و وقت آن رسیده که از زهدانِ طبیعت به دنیای ماوراء طبیعت وارد شوم؛ یعنی به مرحله‌ای رسیده‌ای که دیگر نمی‌توانم در این جسم بمانم و باید ارتحال کنم. اگر روحم دردِ حقیقت‌بینی پیدا نکند، هم‌چنان محکوم شرایط مادّی خواهم بود.»

بهوش باش و راه خلاص شدن روح را از جسم مهیّا کن، که روح به کمال مطلوب خود رسیده و باید به جهانی دیگر منتقل شود. هرچند به هنگام مرگ، انسان به‌طور غریزی از آن می‌ترسد و می‌نالد؛ امّا روح شادمان است، زیرا می‌خواهد از زندان دنیا رها شود.

❊ ❊ ❊

مأخذ این حکایت، روایت ذیل است:

چون اَجلِ بلال فرا رسید، همسرش گفت: «اندوه، چه سوگ بزرگی!»

بلال جواب داد:

«این سخن مگو، بل بگو چه شادمانی بزرگ؛ زیرا فردا دوستانم، محمّد و یارانش را دیدار می‌کنم.»[1]

❊ ❊ ❊

از مبانی مکتب عرفانی مولانا اینست که مرگ جسمانی یکی از مراحل تکاملی انسان شمرده شود؛ لذا فرا رسیدن مرگ برای سالکانِ حقیقت‌بین نه‌تنها اندوه نمی‌زاید، بلکه موجب شادمانی و طرب نیز می‌گردد. چه تا مرگ فرا نرسد، ارتقایی در کار نیست. بنابراین زنجیره‌ی تکاملی موجودات و از آن جمله انسان، با مرگ تداوم می‌یابد.

به‌طور کلّی عرفا عقیده دارند که هر پدیده‌ای، با شوقی طبیعی و عشقی فطری رهسپار کویِ حضرت حق‌تعالی است، چه بدان سِیر واقف باشد و چه نباشد. لذا مرگ را امری طبیعی می‌شمرند و می‌گویند هرچه طبیعی است، خیر محض است.

مولانا در حکایت بلال، ترسیدن از مرگ را نکوهش می‌کند و آن را ناشی از عدم وقوف به باطن هستی می‌داند.

۱- مأخذ قصص و تمثیلات مثنوی، ص ۱۱۸.

(۱۵۹)

عاشق و هجران طولانی

اندر آن بودیم کان شخص از عسس [1]

راند اندر باغ از خوفی فرس

بود اندر باغ آن صاحب جمال

کز غمش این در عَنا بُد هشت سال

جوانی، عاشق دختری شده بود و شور عشق، خواب و خوراک از او در ربود. آن عاشق به معشوق خود نامه می‌نوشت و ضمن آن، اظهار عشق و علاقه می‌کرد.

در آغاز، انتظار وصال معشوق، انیس و مونس عاشق بود؛ یعنی عاشق به امید وصال به معشوق، درد خود را تسکین می‌داد و گاهی خود را در مرتبه‌ی **فنا** می‌یافت. وقتی‌که این خوی تدبیر و خواسته‌های شخصی در وی فروکش می‌کرد، چشمه‌ی اتّحادِ با معشوق در او غلیان می‌نمود.

وقتی‌که او از همه‌ی وابستگی‌ها و تعلّقات شخصی خود دست کشید، برگ و نوای معنوی به سوی او شتافت. یعنی وقتی‌که به مقام **فقر** رسید، حالت **استغنا** در او پدید آمد. در این مرتبه، افکارش از لوث اَغراض (آلودگی خواست‌ها) و سلطه‌ی حواس، پاک و خالص شد و نورانیّت پیدا کرد؛ و زان پس مانند ماه تابان هادی کسانی شد که در شبِ دنیا و شام طبیعت، به سلوکِ طریق حق همّت گماشته‌اند.

هشت سال بدین منوال گذشت تا این‌که شبی داروغه‌ی شهر در کوچه‌ای خلوت و تاریک جوان عاشق را دید و به خیال آن‌که دزد و یا مجرمی یافته، فرمان ایست داد؛ امّا جوان گریخت و داروغه به تعقیب او پرداخت. جوان عاشق از ترس داروغه به درون باغی پرید و ناگهان معشوق خود را مانند شمع و چراغی فروزان در برابر خود یافت.

آن جوان عاشق در آن لحظه با ذوق و شوق رو به خداوندِ مسبّب‌الاسباب کرد و گفت:

«خداوندا، داروغه را مشمول لطف و رحمت خود فرما. بارالها، اگرچه داورغه‌ها خواهانِ گرفتاری و بلا برای مردم هستند؛ ولی این داروغه را که باعث شد من داخل این باغ شوم، در این دنیا و آن دنیا سعادتمند فرما. خداوندا، تو سبب‌های ناشناخته‌ای را که به فهم در نمی‌آید، پدیدآورده‌ای و از درِ جهنّم مرا داخل بهشت کرده‌ای.»

آن معشوق چنان پنهان و پوشیده بود که حتّی دیدن سایه‌ی او نیز ممکن نبود؛ به جز دیدار نخستین که تصادفاً انجام گرفت و در همان لحظه آن معشوق، دل آن جوان را ربود و او را سراپا شیفته‌ی خود کرد. پس از دیدار نخستین، هرچه آن عاشق کوشید که یک‌بار دیگر او را ببیند، نشد؛ زیرا آن معشوق تندخو و ناسازگار به او مجالی برای ملاقاتِ دوباره نداد.

نه گریه و زاری، چاره‌سازِ تندخویی و ناسازگاری معشوق بود و نه صَرفِ مال و بذلِ ثروت؛

---

1 - عسس: شبگرد و پاسبان.

زیرا آن معشوق که مانند نهال، تر و تازه بود بسیار بی‌نیاز و بی‌آز و طمع بود.

ای طالب کمال، این خداوند است که اسباب و تمهیدات جذب و اخگر شوق و عشق را در سرشت آدمی به ودیعت نهاده است. ابتدا ذوق و لذّت مراد و محبوب، در روح و روانِ آدمی ظهور می‌کند و او به وسیله‌ی نیروی محرّکه‌ی آن ذوق و لذّت، گام در طریق مراد خود می‌نهد. وقتی‌که در آن طریق به حرکت درآمد، مشکلات و موانع مانند خارها بر سر راهش پدید آید درحالی‌که در آغاز چنین نبود. در این وقت اگر طالب بر مقدار سعی و مجاهدت خود نیفزاید، از ادامه‌ی راه می‌مانَد؛ امّا اگر اخگر میل و طلبْ او را به سعی و مجاهدتی روز افزون وادارد، تا وصولِ به اصولْ راه پیماید. پس ای طالب کمال، بدان که رسیدن به سرمنزل کمال و تعالی معنوی، موکول به عشق و شوقِ روز افزون و مجاهدت و ریاضت است. مبادا پنداری با شوقی آنی و عشق مجازیَ می‌توانی به آن منزلِ کریم درآیی!

طالبانِ هر مقصودی به امیدِ وصولِ بدان مقصود حرکت می‌کنند و به سعی و تلاشِ می‌پردازند. هرگاه به عطای الهی می‌نگرند امیدوار می‌شوند، یا هرگاه نشانی از مقصود می‌یابند امیدوار و پشتگرم می‌گردند و چون به بُعد طریق نگاه می‌کنند نومید می‌شوند.[۱] هرکسی به امید دستیابی به نتیجه و مقصودی تلاش می‌کند که در نهایت روزی دری به رویش باز شود؛ امّا دوباره آن در را به رویش می‌بندد و آن شخصِ امیدوار با تکیه بر امیدِ خود به گشوده شدن دوباره‌ی درِ مقصود، با گرمی و حرارتَ تمام به تلاش می‌پردازد.

مشیّت خداوند، داروغه را وسیله‌ای کرد تا آن جوان به معشوق خود برسد. هنگامی‌که او وارد باغ شد، دید که معشوقش با فانوس مشغول جست‌وجوی باغ است تا انگشتر مفقود شده‌ی خود را پیدا کند.

همین‌که آن ساده‌لوح (عاشق)، معشوق خود را در باغ تنها دید، اخگر آتشین میل و شهوت در دلش زبانه کشید و به طرف او رفت که در آغوشش کِشد و ببوسد.

آن معشوق زیبارو با خشم و هیبت بر سر عاشق فریاد کشید که:

«گستاخی نکن و ادب را نگه‌دار.»

عاشق که بی‌تاب شده بود، عاجزانه گفت:

«چرا مرا از این کار باز می‌داری؟ آخر این‌جا که خلوت است و کسی نیست که ما را ببیند، در این‌جا جز باد کسی دیگر نیست. چه‌کسی این‌جا حضور دارد؟ چه‌کسی مانع این کار است؟»

معشوق گفت:

۱- به قول حضرت علی: «آه از کمی توشه و درازیِ راه و دوریِ سفر و سختیِ جایگاه و مقصد.» (نهج‌البلاغه، حکمت ۷۴)

«ای عاشقِ نادان، چگونه است که نسیم را می‌بینی، امّا خالق نسیم را نمی‌بینی؟!»[1]

ای سالک، تو که اثر را می‌بینی، مؤثّر را نیز ببین. هر آدم فهمیده‌ای یقیناً این مطلبِ مسلّم را از روی عقل درمی‌یابد که هر متحرّکی نیازمند محرّک است.[2] اگر تو نمی‌توانی محرّک را با چشم خود عیناً مشاهده کنی، دستِ کم او را از روی آثاری که نمایان می‌کند بشناس.[3] برای مثال، جسم توسّط روح به حرکت در می‌آید و تو نمی‌توانی روح را ببینی، امّا باید از حرکت جسم به وجود روح پی ببری.

عاشق گفت:

«اگرچه من در رعایت ادب نادانم؛ امّا رسم وفای به معشوق و علاقه‌ی به او را خوب می‌دانم.»

معشوق به آن عاشق‌نمایِ گستاخ و شهوت‌پرست گفت:

«ادب تو همین بود که دیدم. من پیش از آن که با تو دیدار کنم می‌دانستم که تو هرچند خوبرو و زیبایی، امّا به سبب دارا بودن خویِ ستیزه‌گری، سخت در ورطه‌ی بدبختی فرو افتاده‌ای. تو ای عاشق گستاخ، مرا برّه‌ای بدون چوپان دیدی و خیال کردی که من محافظ ندارم. دلیل نالیدن و گریستن عاشقان اینست که آن‌ها معشوق را تنها در نظر نداشته‌اند، بلکه توجّه خود را به‌جای دیگر معطوف ساخته‌اند و در نتیجه به درد هجران مبتلا شده‌اند. آن آهو را بدونِ چوپان گمان کرده‌اند، و آن اسیر را مجّانی و مفت دانسته‌اند. حق‌تعالی عشّاق را به قهر و بلا دچار می‌سازد تا هر نااهلی خود را عاشق، جا نزد. چگونه ممکن است که من از برّه و بزغاله کمتر باشم که پشت سرم، نگهبانی نباشد؟ من نگهبانی دارم که سزاور پادشاهی است؛ حق‌تعالی، قیّوم آسمان‌ها و زمین و آن چه در آنهاست می‌باشد. اگر کسی بدین نکته‌ی دقیق وقوف یابد، باید گفتار و رفتار خویش را بر میزان حق و راستی نهد. ای بیماردل، خداوند از هیچ چیز بی‌خبر و غایب نیست. نفس امّاره نه کلام حق را می‌شنود و نه جمالِ بی‌مثال او را می‌بیند. من با دیده‌ی جان، از دور کوردلی تو را می‌دیدم. به‌این‌دلیل من مدّت هشت‌سال سراغ تو را نگرفتم، زیرا تو را مالامال از جهل مرکّب یافتم. برای چه از کسی احوال‌پرسی کنم که در وسط آتش واژگون شده؟ زیرا کسی‌که در سیاه‌چال شهوات و آتشگاه نفسانیات سرنگون شده، آن قدر غافل و بی‌خبر است که حتّی قابلیّت آن را ندارد که او را به حال

____

۱- در اعراف/۵۷، حجر/۲۲، فرقان/۴۸، نمل/۶۳، روم/۴۶ و دیگر آیات، خداوند به عنوان ارسال کننده‌ی باد توصیف شده است.

۲- از نظر عقلی و علمی ثابت شده است که هر متحرّکی نیازمند محرّکی است و هیچ پدیده‌ای نمی‌تواند خود، محرّکِ خود باشد.

۳- در منطق صوری، برهان بر دو نوع لِمّی و اِنّی تقسیم شده است: «برهانِ لِمّی» برهانی است که در آن، از علّت به معلول پی بُرده می‌شود. امّا «برهان اِنّی» برعکس، از معلول به علّت پی برده می‌شود. این کلام، ناظر بر برهان اِنّی است. عارفانِ بالله، خدا را به خدا می‌شناسند و آثار را حجاب او می‌دانند و این، عالی‌ترین مرتبه‌ی خداشناسی است.

زارش آگاه کنی.»

معشوق ادامه داد:

«ای بی‌ادب، تو از انوار تهی هستی. بر اثر فراق، رنگ و رویت مانند برگِ خشکیده، پژمرده و زرد شده و هرچند برگ‌های درختِ وجودت زرد شده، امّا میوه‌ی روحت همچنان خام مانده است؛ زیرا در عشق خود صادق نیستی و از مرتبه‌ی عشق‌های رنگین فراتر نرفته‌ای. وضع تو مانند آن دیگی است که بر اثر دود و آتش زیر آن، سیاه و تیره شده، امّا گوشتِ درونش به علّت سخت بودن و نداشتن لطافت همچنان خام و نپخته مانده است. پس تو نیز ای مدّعی عاشقی هر چند زمان فراقت طولانی بوده، امّا آتش فراق، روح خام تو را به کمالِ پختگی نرسانده است. من هشت سال تمام، آتش فراق را متوّجه‌ی تو کردم، امّا ذرّه‌ای از خامی و نفاق تو کاسته نشد. ای خام، تو مانند غوره‌ای هستی که به سبب آفت، نارسیده مانده، درحالی‌که غوره‌های دیگر همه رسیده‌اند و به مویز مبدّل شده‌اند.»[1]

عاشق گفت:

«مرا نکوهش نکن، چون می‌خواستم تو را مورد امتحان قرار دهم تا مطمئن شوم که پاک و عفیف هستی؛ اگرچه بدون امتحان نیز تو را می‌شناختم، امّا «شنیدن کی بود مانند دیدن؟» تو مانند آفتابِ جهانتابی که آوازه‌اش همه‌جا را گرفته است؛ من اگر بخواهم آفتاب را امتحان کنم، این امتحان چه ضرری به او می‌زند؟ تو در واقعِ خودِ منی، زیرا وجود عاشق در معشوق فانی می‌گردد و لذا عاشق همان معشوق است. پس من با امتحان کردنِ تو در واقع دارم خودم را به هنگام منفعت و ضرر می‌آزمایم. طلب معجزه از پیامبران، غالباً از سوی منکران و حق‌ستیزان صورت می‌گرفت، زیرا افراد سلیم و صالح بی‌مشاهده‌ی معجزات نیز انبیا و اولیا را برحق می‌دانند. در مَثَل، این دنیا مانند ویرانه‌ای است و تو مانند گنجی هستی که در آن نهفته‌ای. اگر من گنج وجودت را جست‌وجو کردم، ناراحت نشو. ای ماه، اگر به تو بی‌احترامی کردم و برخلاف ادب حرکتی ناشایست به جا آوردم، اینک حقیقتاً از تو پوزش می‌خواهم. دوباره داری حرف از جدایی و فراق می‌زنی. بسیار خوب، هر چه دلت می‌خواهد انجام بده، امّا فقط حرف از جدایی نزن.»[2]

آن معشوق در جواب عاشق گستاخ و ظاهرساز لب به سخن گشود و گفت:

«ای عاشق، تو وقتی‌که جُرم و گناهت فاش شد، دیگر دست از حیله و نیرنگ بردار و

1- مولانا در مثنوی شریف به کرّات، افراد خام و ناپخته را به «غوره» و کاملان را به «انگور» و «مویز» تشبیه کرده است. (شرح جامع مثنوی معنوی، ج ۴، ص ۱۰۴)

2- مولانا وقتی که در این حکایت به موضوع «فراق» می‌رسد، به یاد فراق انسان در ویرانکده‌ی دنیا می‌افتد. مثنوی معنوی، شرح این فراق و بیان طریق وصال است. نایِ وجودِ آدمی از نیستانِ حقیقت جدا افتاده است، پس باید بکوشد تا به روزگار وصل «خویش» برسد.

خاکسار و فروتن باش؛ زیرا آنان‌که فرزندان خاصّ حضرت آدم‌اند می‌گویند که «ما بر خود ستم کردیم.»[1] تو حاجت و نیاز خود را بیان کن و مانند شیطان ملعون و گستاخ، بهانه‌تراشی نکن.[2] همان‌طور که گستاخیِ ابلیس در برابر حضرت پروردگار، بی‌فایده بود، بی‌شرمی تو نیز برای تو فایده‌ای ندارد. تو کِی سزاوار آن هستی که از رویِ خودبینی، محبوبی چون مرا مورد امتحان قرار دهی؟!‏[3] تو مرا نمی‌خواهی، بلکه امیال خود را می‌خواهی و هنوز مقام والایِ عشق را درک نکرده‌ای.»

عاشق به توجیه تقصیر و کاستی‌های خود می‌پردازد؛ امّا معشوق با سخنانی محکم و بلیغ، خودبینی و تزویر او را بدو می‌نماید.

❊ ❊ ❊

مولانا در این حکایت کوتاه و پراکنده، معانی بزرگی را در بیان آورده است، از آن جمله این‌که در این دنیا که دارِ کمیّات است، همه‌ی امور نسبی است و هیچ پدیده‌ای مطلق نیست. در این دنیا هیچ‌چیز را نمی‌توان یافت که از جمیع جهات، خیر و یا شرّ مطلق باشد؛ چنان‌که آن داروغه‌ی سخت‌گیر با آن‌که نسبت به عموم مردم شر بود، نسب به آن جوان موجب خیر شد.

نکته‌ی دیگر آن‌که این حکایت به نقد احوال کسانی می‌پردازد که گوهر عشق را با مقولات مبتذل نفسانی درآمیخته و به گزافْ خود را در صف عاشقان و سالکان حقیقی جا می‌زنند؛ امّا چون محکِ تجربه به میان آید، رسوا شوند.

نکته‌ی دیگر آن‌که خدا را باید در خلوت‌ترین خلوت‌ها ناظر بر اعمال و احوال خود دانست. مولانا در قسمت انتهایی داستان، حال و هوای دیگری به سخن خود می‌دهد و مرتبه‌ی کمال را ارتقا می‌بخشد. بدین ترتیب که هر چند به ظاهر، جوابِ معشوق به عاشق را نقل می‌کند، لحن و فضای کلمات به گونه‌ای است که گویی خداوند با بنده‌ای عاصی و گنه‌کار سخن می‌گوید؛ و یا گویی که عارفی کامل، مریدی را مخاطَبِ خود ساخته که هنوز از بند هوی و کمند ریا نرسته است.

مولانا ضمن آوردن چنین حکایاتی، می‌خواهد دیدگاه آدمی را نسبت به رنج و ابتلا

۱- اشاره است به آیه‌ی ۲۳ سوره‌ی اعراف: «آن دو (آدم و حوّا) عرض کردند: «پروردگارا، ما به خود ستم کردیم؛ و اگر ما را نبخشی و بر ما رحم نفرمایی، مسلّماً از زیان‌کاران خواهیم بود.»»

۲- چنان‌که طبق آیه‌ی ۱۶ سوره‌ی اعراف، ابلیس فعل قبیح خود را به گردن نگرفت؛ بلکه آن را به خدا نسبت داد و گفت خدا مرا گمراه کرده است.

۳- یکی از مقاصد مولانا در این حکایت، بیان گستاخی‌های افراد سطحی و خام‌طبعی است که خود را در مقابل انسان‌های کامل و راهنمایان واصل، کسی می‌دانند و شروع می‌کنند به ظاهرسازی و گستاخی. این کلام هر چند از قول معشوق است، امّا در حقیقت قول انسان کامل است در خطاب به مدّعیان وصول به کوی حقیقت.

تصحیح کند. چه، هر رنجی الزاماً شر نیست چنان‌که هر لذّتی نیز الزاماً خیر نیست. برخی از سختی‌ها، مانند ضربه‌ای بیدار کننده است و موجب هوشیاری و بیداردلیِ انسان می‌شود.

دبّاغ در بازار عطرفروشان

آن یکی افتاد بیهوش و خمید
چونک در بازار عطّاران رسید

بوی عطرش زد ز عطّاران راد
تا بگردیدش سر و بر جا فتاد

دبّاغی که پوست حیوانات را پاک و پرداخت می‌کرد، روزی گزارش به بازار عطرفروشان افتاد. بوی خوش عطرهای مختلف فضای بازار را آکنده بود و مشام عابران را می‌نواخت؛ امّا آن دبّاغ نگون‌بخت چون شامّه‌اش به بوی کثافات عادت کرده بود، از بوی عطر کلافه شد و همان‌جا بر زمین افتاد و روی زمین بیهوش و بی‌حرکت ماند.

مردم گرد او جمع شدند و هریک می‌کوشید او را به‌هوش آورد. یکی گلاب به سر و صورتش می‌زد، و دیگری عود و عنبر می‌سوزاند؛ ولی این درمان‌ها هیچ‌کدام حالش را به‌جا نیاورد و هم‌چنان بیهوش بر زمین افتاده بود.

وقتی‌که مردم دیدند او را به هوش بیاورند، به خویشان آن دبّاغ این خبر را رساندند. آن دبّاغ نیرومند برادری داشت بس هوشیار و دانا که خود را سراسیمه و شتابان به آن‌جا رسانید. مقدار کمی مدفوع سگ در آستین به همراه خود آورد و صف مردم را از هم شکافت و به سوی دبّاغِ بیهوش رفت.

آن برادر هوشیار گفت:

«من علّت ناراحتی او را می‌دانم. همین‌که علّت بیماری را دانستی و توانستی آن را تشخیص دهی، درمانش آسان می‌شود؛ زیرا دانستن علل بیماری، جهل و نادانی را از بین می‌برد.»

سپس با خود گفت: «بوی تعفّن، در اعماق و لابلای رگ و مغزش نفوذ کرده است. او هر روز از صبح تا شب برای امرار معاش تا کمر، خود را غرق نجاست می‌کند و به کار دبّاغی پوست می‌پردازد. به همین خاطر است که جالینوس بزرگ گفته: «برای بیماری باید از چیزهایی استفاده کرد که بیمار بدان عادت کرده است، زیرا بیماری او از استعمال چیزی‌که بدان عادت نداشته، پیدا شده؛ پس درمان او را نیز باید از چیزی بجویی که بدان اعتیاد یافته است.»[1] دارو و درمان این دبّاغ از همان مدفوع است، زیرا به بوی آن خو گرفته و معتاد شده. آیه‌ی «زنان پلید برای مردان پلیدند و زنان خوب به مردان خوب تعلّق دارند»[2] را بخوان و

۱- اعتیاد، در واقع نوعی بیماری است؛ زیرا اعتیاد، طبیعت اوّلیه‌ی انسان را محو می‌کند و خود به طبیعت ثانویه‌ی آدمی مبدّل می‌شود. هرکس به چیزی عادت داشته باشد، نیروی خویشتن داری و حفظ نفس خود را از دست می‌دهد.

۲- اشاره است به آیه‌ی ۲۶ سوره‌ی نور.

ظاهر و باطن آیه را درک کن. آدم‌های خیرخواه می‌خواهند او را با عنبر و گلاب درمان کنند و در صلاح و نجات را به روی او بگشایند؛ امّا ای یاران مورد اعتماد، چیزهای پاکیزه با مزاج ناپاکان سازگاری ندارد و شایسته و مناسب آنان نیست.»

ای سالک، چون حق‌ستیزان از رایحه‌ی دلاویز وحی الهی منحرف و گمراه شدند، فریاد زدند:

«ما شما را به فال بد گرفته‌ایم (و وجود شما را شوم می‌دانیم.) این سخنان شما برای ما اسباب رنج و ناراحتی است. اگر از این سخنان و اندرزها دست برندارید، شما را سنگباران می‌کنیم.[۱] ما با گفتار و کردار باطل و بیهوده، نشْو و نما کرده‌ایم، و هیچ‌وقت طبع و خوی خود را با شنیدن اندرز عادت نداده‌ایم. غذای روحی و اخلاقی ما، دروغ و حرف‌های باطل و یاوه است، و خلاصه حالمان از پیام‌های نصیحت‌گونه‌ی شما به هم می‌خورد. شما با این حرف‌ها بر رنج ما می‌افزایید و سخنان شما مانند افیون و تریاک، موجب زایل شدن قوّه‌ی عقلانی ما می‌شود.»

آن جوان دانا مردم را از کنار برادرش دور می‌کرد تا آن‌ها نحوه‌ی معالجه‌ی او را نبینند. سر خود را نزدیک گوش برادر برد و چنین وانمود کرد که می‌خواهد رازی را آهسته به او بگوید. بعد آن کثافتی که در دست داشت را بر بینی او نهاد. او مدفوع سگ را به دست خود مالیده بود، زیرا تشخیص داده بود که داروی آن مغز معتاد به بوهای نامطبوع، فقط کثافت سگ است.

مدّتی گذشت، دبّاغ حرکتی کرد و ناظران گفتند:

«این مرد، افسونی به گوش دبّاغ خواند و با این‌که مُرده بود، این افسون به دادش رسید و او را نجات داد.»

چنان‌که قوّه‌ی محرّکه‌ی اهل فساد، مسائل مبتذل دنیوی و شهوانی (مثل زنا و کرشمه و اشارت ابرو) است؛ هرکس از بوی خوش نصیحت سود نبَرَد، ناگزیر با بوی بد سخنان ناحق و گمراه‌کننده عادت می‌کند. خداوند از آن جهت مشرکان را ناپاک خوانده که آنان از ازل درون کثافت تولّد یافته‌اند.[۲] برای مثال، کرمی که درونِ مدفوع زاده می‌شود، هرگز نمی‌تواند طبع خود را تغییر دهد و به عنبر و بوی خوشْ عادت کند. چون که نور حقْ بر پلیدان حق‌ستیز نپاشیده است، آنان جسمی بدون روح حقیقی

۱- اشاره است به آیه‌ی ۱۸ سوره‌ی یس.

۲- اشاره است به قسمتی از آیه‌ی ۲۸ سوره‌ی توبه: «یا اَیُّهَا الَّذینَ آمَنوا اِنَّما المُشرِکونَ نَجَسٌ فَلا یَقرَبوالمَسجِدَالحرامَ بَعْدَ عامِهم هذا ... ای کسانی‌که ایمان آورده‌اید، مشرکان ناپاک‌اند؛ پس نباید بعد از این سال، نزدیک مسجدالحرام شوند ... .» «نَجَس و نَجاسَت»، به معنی هر گونه پلیدی است و آن بر دو نوع است: یکی ناپاکی محسوس، و دیگری ناپاکی درونی. منظور مولانا در این‌جا، پلیدی روحی و باطنی است. (شرح جامع مثنوی معنوی، ج ۴، ص ۱۰۲)

علامه سیّدحسین طباطبائی در تفسیر المیزان، این قسمت از آیه را چنین تفسیر نموده‌اند: «مشرکان، در افکار و روش زندگی و از جهت این‌که با دین حق در ستیز هستند، ناپاک می‌باشند. پس آن‌ها نباید نزدیک مسجدالحرام شوند، چون مسجدالحرام مطهّر و پاکیزه است.»

هستند، درست مانند پوستی که مغز ندارد. هرکس که از انوار هدایت الهی برخوردار شود، از کالبد جسمانی او دانش و بینش عرفانی حاصل می‌شود، نه علوم ظاهری.

❋ ❋ ❋

مولانا در قسمتی از این حکایت می‌فرماید: «از آن‌جا که مشام دلِ حق‌ستیزان با بویِ جانبخشِ حقیقت اُنس ندارد، آن رایحه‌های جانفزا را بر نمی‌تابند و از آن گریزانند و دل در گِروی افکار بی‌اساس و مبتذل می‌نهند.»

مأخذ این داستان، از امام محمّد غزالی در کیمیای سعادت است که آن شخص در بازار عطّاران را یک نفر کَنّاس (یعنی کسی که چاه مستراح را پاک و پلیدی‌های آن را حمل می‌کند) معرّفی نموده. شیخ عطّار نیز در اسرارنامه، این حکایت را به نظم کشیده است.

عطّار و مرد گِلْخوار

پیش عطّاری یکی گِل خوار رفت

تا خَرَد ابلوج قند خاص زفت

پس بر عطّار طرّاد دودل

موضع سنگ ترازو بود گِل

شخصی که دچار بیماری گِل‌خواری بود، به دکّان یک عطّار رفت تا مقداری قند بخرد.

عطّار به آن شخص گفت:

«اگر می‌خواهی از من قند بخری، بدان‌که سنگ ترازوی من از گِل است.»[1]

گِل‌خوار گفت:

«برای کار مهمّی به قند نیاز دارم، سنگ ترازویت هرچه می‌خواهد باشد.»

و با خود گفت:

«در نظرِ آن‌کس که گِل‌خوار است، سنگ چه ارزشی دارد؟ گِل از طلا هم بهتر است.»

سپس به عطّار گفت:

«اگر تو سنگ ترازو نداری و از گِل به جای سنگ استفاده می‌کنی، این خیلی بهتر است،

زیرا از جان و دل آن را دوست می‌دارم.»

عطّار برای وزن کردن، به جای سنگ، گِل در ترازو نهاد. سپس با دست قند می‌شکست که به وزن گِل، در کفه‌ی دیگر ترازو قرار دهد. چون قندشکن نداشت، مدّتی تأخیر کرد و مشتری را آن‌جا منتظر گذاشت. در حالی‌که عطّار ظاهراً حواسش پیش قندها و رویش طرف دیگر بود، گِل‌خوار با بی‌صبری و پنهان از چشم عطّار، شروع کرد به دزدیدن گِل.

گِل‌خوار درحالی‌که داشت با ترس مقداری از گِل را در ترازو می‌دزدید و می‌خورد، پیش خود می‌گفت:

«نکند الآن عطّار برای آن‌که مرا بسنجد که دزدم یا نه، به من نگاه کند.»

عطّار که مردی هوشمند و زیرک بود متوجّه‌ی دزدی آن گِل‌خوار شده بود، امّا خود را عمداً سرگرم نشان داد تا او بیش‌تر گِل بخورد و وزنِ گِلِ ترازو را سبک‌تر کند و در نتیجه قند کم‌تری به او تحویل دهد؛ و در دل خود گفت:

«ای گِل‌خواری که از فرط خوردن گِل، چهرات زرد و پژمرده شده، از این گِل بیش‌تر بدزد. اگرچه ظاهراً از گِل من می‌دزدی و می‌خوری، امّا در واقع داری به خود زیان می‌زنی. تو به سبب نادانی از من می‌ترسی، امّا من می‌ترسم که تو کم‌تر گِل بخوری. اگرچه به ظاهر مشغول به کارم هستم، امّا آن‌قدر احمق نیستم که تو بتوانی از من بهره‌کشی کنی. چون قند را پس از وزن کردن به دست بگیری، خواهی دانست که چه

۱- در قدیم به جای وزنه، همسنگ آن، سنگ یا گِل به کار می‌بردند.

کسی نادان و بی‌خبر است.»^(۱)

ای سالک، مانند پرنده‌ای مباش که دل در گروی دانه‌های دنیوی نهاده؛ چون هرقدر نسبت به شهوات نفسانی توجّه داشته باشی، به همان نسبت دنیا تو را می‌فریبد و به بند می‌کشد. اگر از راه چشم و با نگاهی ناپاک، لذّتی می‌بری، مگر نه اینست که به خودِ حقیقی خویش زیان می‌رسانی؟^(۲) نگاه‌های ناپاک، مانند تیرهای زهرآلودی است که از راه دور پرتاب می‌شود و بر جسم آدمی می‌نشیند و او را به هلاکت می‌رساند؛ و هرچند نگاه ناپاک، میل تو را می‌افزاید، امّا صبر و صیانت نفس تو را کم می‌کند.

ای اسیر دنیا، تو درحالی‌که با غل و زنجیر دنیوی بسته شده‌ای می‌گویی:

«من فرمانروای کلّ جهانم.»

ای بنده‌ی این دنیا، روح تو در زندان ظواهر محبوس است، پس تا کی می‌خواهی خود را حاکم و آقای جهان بدانی؟ آخر چه‌قدر مَنَم مَنم می‌زنی و خود را از بادِ غرور پُر می‌کنی و عمر گران‌قدرت را در راه این اوهام صرف می‌کنی؟!

✳ ✳ ✳

مولانا این حکایت را آورده تا نقد حالی باشد برای دنیاخواهان و شهوت‌پرستانی که خور و خواب و عشرت مادّی و لذّت نفسانی را بر شیرینی حظِّ معنوی و ذوق روحانی ترجیح می‌دهند، و خلاصه روح و جان را فدای حیات مادّی خود می‌کنند.

در این حکایت «گِل» کنایه از لذّات مادّی، «قند» کنایه از لذّات معنوی، «گِل‌خوار» کنایه از طالبان لذّات دنیوی، و «عطّار» کنایه از عارفان بالله است که قند معارف را به طالبان می‌دهند. باز می‌توان عطّار را کنایه از حضرت حق دانست که آدمیان را در انتخابِ گل (لذّات نفسانی) و یا قند (معارف و کمالات الهی) اختیار می‌دهد.

اهل هوی به سوی نفسانیّات دست می‌برند و پیش خود خیال می‌کنند که زیرک هستند و بهترین و راحت‌ترین چیز را به غنیمت برده‌اند؛ غافل از آن که در نهایت، زیان‌کار خواهند بود.

---

^{۱ـ} شهوت‌پرستان همین گونه‌اند. هرچه بیش‌تر در کیف نفسانی غرق شوند، از لذّت‌های معنوی و ذوق‌های روحانی محروم می‌گردند. چنان‌که در این حکایت، قند کنایه از لذّت روحانی و گِل کنایه از لذّت مادّی است. (شرح جامع مثنوی معنوی، ج ۴، ص ۲۱۲)

^{۲ـ} منظور از آن نگاه ناپاک، «زنا کردن چشم» است و منظور از آن، چشم‌چرانی و نگاه شهوت‌آلود می‌باشد که از بدترین بیماری‌های اخلاقی و روانی است. قرآن کریم، مؤمنان را از این آفت اخلاقی برحذر داشته، از جمله در آیه‌ی ۳۰ سوره‌ی نور: «[ای پیامبر!] به مؤمنان بگو چشم‌های خود را (از نگاه به نامحرمان) فرو گیرند و عفاف خود را حفظ کنند، این برای آنان پاکیزه‌تر است؛ خداوند از آن‌چه انجام می‌دهند آگاه است.»

صوفی در میان گلستان

صوفیی در باغ از بهر گشاد
صوفیانه روی بر زانو نهاد
پس فرو رفت او به خود اندر نغول
شد ملول از صورت خوابش فضول

یکی از صوفیان برای انبساط روحی، به روش صوفیان سر بر زانوی خود نهاد و به مراقبه مشغول شد.[1] آن صوفی با تمرکزی عمیق در خود فرو رفته بود که شخصی گستاخ، از ظاهرِ به خواب رفته‌ی او حوصله‌اش سر رفت. لذا رو به صوفی کرد و گفت: «برای چه خوابیده‌ایَ؟ سرت را بلند کن و درختان و گیاهان سرسبز باغ را تماشا کن. فرمان حضرت حق را گوش کن که فرموده است: بنگرید به آثار رحمت الهی و به آن روی آورید.»[2]

صوفی به آن شخص گستاخ گفت:

«ای اهل هوی و هوس، آثار رحمت الهی در دل است، آن‌چه در بیرون است تنها آثار آن آثار می‌باشد.[3] لطافت و نشاط روحی باید در دل پدید آید، والّا گلزار طبیعت به استقلال خود نمی‌تواند منشأ لطافت روحی شود. بسا شخصی که در باغ و بوستان احساس دلتنگی کند، و شخصی در کنج سیاه‌چال احساس نشاط. همه‌ی زیبایی‌ها در دل آدمی است و هرچه زیبایی در این دنیاست، تماماً انعکاسی است از آن.[4] اگر انعکاس آن سِرّ و شادمانی درونی و معنوی نبود، خداوند دنیا را سرایِ فریب نمی‌دانست.[5]

۱- مراقبه، کلمه‌ای عربی به معنی مواظبت کردن است. در میان صوفیان، مراقبه زانو تا کردن و پای بر زمین فشردن و سر بر زانو نهادن و چشم‌ها را بستن و به عظمت خداوند اندیشیدن و آن‌چه را که مربوط به دنیاست به دل بیرون کردن و فیض الهی را خواستن است. در زبان ترکی، مراقبه را «به کار دل پرداختن» و «پاییدن دل» گویند. (نثر و شرح مثنوی شریف، ج ۴، ص ۱۹۱)

۲- اشاره است به آیه‌ی ۵۰ سوره‌ی روم: «به آثار رحمت خداوند بنگرید که چگونه زمین را بعد از مردنش زنده می‌کند؛ چنین کسی (که زمین مرده را زنده می‌کند) زنده‌کننده‌ی مردگان (در قیامت) است؛ او بر همه چیز تواناست.» مولانا از زبان آن شخص ملول و آن صوفی صافی، به دو نوع معرفت اشاره می‌کند: یکی معرفت از راه مطالعه و مشاهده‌ی آثار و آیات خارجی و برون ذات، و دیگری معرفت از طریق مراقبه‌ی باطنی که معرفت اخیر ژرف‌تر و مطمئن‌تر است. (شرح جامع مثنوی معنوی، ج ۴، ص ۴۰۳)

۳- مولانا در اثر دیگر خود می‌گوید: «هرچه در این عالَم می‌بینیِ در آن عالَم چنان است؛ بلکه این‌ها همه نمونه‌ی آن عالَم‌اند، و هرچه در این عالَم است همه از آن عالَم آورده‌اند.» (فیه‌مافیه، ص ۶۲)

۴- نتیجه می‌گیریم که باغ و گلزار حقیقی، در درون دل اصحاب معرفت است؛ زیرا افکار و احوال لطیف آنان باغی مصفّا در درونشان پدید آورده و بر اثر لطافت روحی است که جهان طبیعت نیز جلوه و رونقی یافته است. (شرح جامع مثنوی معنوی، ج ۴، ص ۴۰۴)

۵- خداوند در آیه‌ی ۲۰ سوره‌ی حدید، حیات دنیوی را مَتاعُ‌الغُرور (کالای فریب) دانسته است. مولانا می‌گوید که سِرّ هویت اصحاب معرفت، بر عالم طبیعت تجلّی کرده و باعث جلوه و رونق آن شده است. به‌همین‌سبب خداوند دنیا را مایه‌ی فریب خوانده زیرا که جلوه‌ی دنیا با این که ناشی از عالم دل است، امّا مردم را می‌فریبد و آن‌ها خیال می‌کنند که جلوه‌ی دنیا ذاتی است. (شرح مثنوی معنوی مولوی، ج ۴، ص ۱۵۰۷)

منظور از این غرور آنست که این خیال، انعکاسی است از قلب و روح مردان خدا.[1] همه‌ی فریب‌خوردگان پیرامون این تصویر خیالی ازدحام کرده‌اند به این گمان که این تصویر خیالی همان باغ حقیقی (بهشت) است.[2] از باغ‌های حقیقی که ریشه و منشأ این باغ‌هاست می‌گریزند و بر خیالی دلی می‌بندند و زندگیِ لغو و بیهوده می‌کنند.»

سپس صوفی گفت:

«مردم تا وقتی‌که به دنیا مشغول‌اند، در حقیقت در خواب هستند و همین‌که خواب غفلت آنان به پایان رسد (بمیرند) در حقیقت بیدار می‌شوند. پس در گورستان ناله و فریادِ مردگان طنین انداخته و تا قیامت به خاطر این خطا، فریاد آه و حسرت آنان بلند است. خوشا به حال کسی که پیش از مُردن بمیرد، یعنی روح و روان او از رایحه‌ی این باغ حقیقی بویی ببرد.»[3]

❋ ❋ ❋

مولانا در این فصل از مثنوی، به نکتّه‌ی مهمّی اشارت می‌کند و آن که این که منشأ زیبایی، جهانِ درون است نه برون؛ و زیبایی و جمال جهانِ خارج، جلوه‌ای است از عالَمِ دل.

۱- دنیا نیز خیالی است که دنیاپرستان را می‌فریبد و سایه را حقیقت می‌پندارند. دنیا سایه‌ی حقیقت است و طالب دنیا بی‌جهت عمر گران‌مایه‌ی خود را صرف آن می‌کند.

۲- این است که قرآن کریم در آیات متعدّدی از جمله آیه‌ی ۲۰ سوره‌ی حدید، زندگی دنیا را تنها بازی و سرگرمی و مایه‌ی فریب می‌شمرد.

۳- اشاره دارد به **مرگ اختیاری.**

(۱۷۲)

جواب ابلهان خاموشی است

بود شاهی بود او را بندهیی
مُرده عقل بود و شهوت زندهیی
خرده‌های خدمتش بگذاشتی
بد سگالیدی نکو پنداشتی

پادشاهی غلامی داشت که نادان و حریص بود و وظایف خود را به درستی انجام نمی‌داد، ولی افکار و اندیشه‌های ناصحیح خود را درست و صحیح می‌پنداشت.

شاه برای تأدیب او گفت:

«جیره غذایش را کم کنید و اگر باز به لجاجت و بی‌خردی خود ادامه داد، نامش را به کلّی از دفتر خدمتگزاران پاک کنید.»

عقل آن غلام اندک و طمعش بسیار بود، به‌طوری‌که وقتی دید جیره‌ی غذایش را کم کرده‌اند، عصبانی و سرکش شد. آن غلام اگر عقلی داشت، در وجود خویش به بررسی می‌پرداخت و به قصور و تقصیر خود پی می‌بُرد و بخشوده می‌شد.

انسان‌ها به سبب امتحانی که می‌گذرانند به سه گروه تقسیم می‌شوند، گرچه همه‌ی آن‌ها به ظاهر انسان‌اند و مانند یکدیگر.[1]

گروه اوّل به‌طور کامل در ذات حق غرق شده‌اند و مانند حضرت عیسی به فرشتگان پیوسته‌اند، یعنی به تجرّد کامل رسیده‌اند و ذرّه‌ای از گرایش‌های نفسانی در آنان وجود ندارد. به ظاهر انسان‌اند، امّا در باطن و به سیرت جبرئیل‌اند، زیرا از غضب و هوس و چون و چراهای لفظی گذشته‌اند. حتّی به مرتبه‌ای رسیده‌اند که دیگر از قید ریاضت و پارسایی و پیکار با هوای نفس نیز گذشته‌اند، و اصلاً گویی از نوع انسان زاده نشده‌اند.

گروه دوم به سبب تسلیم شدن در مقابل امیال و غرایز حیوانی، از مرتبه‌ی والای انسانی به مرتبه‌ی نازل حیوانی سقوط کرده‌اند و خشم و شهوت، عنان آن را به دست دارد. در آنان نیز صفت فرشتگی وجود داشت، امّا از میان رفت. خانه‌ی وجود آنان به دلیل سلطه‌ی شهوات و تمایلات نفسانی تنگ بود، درحالی‌که صفت فرشته بودن بس عظیم بود.[2] خداوند آن دسته از آدمیان را که روحی کثیف و پلید دارند،

۱- مناسب است با آیات ۷-۱۱ سوره‌ی واقعَه: «و شما به سه گروه تقسیم می‌شوید. نخست گروه دست راست که سعادتمندان و خجستگان هستند؛ دوم گروه دست چپ که شقاوتمندان و تیره‌بختان هستند؛ و سوم پیشی‌گیرندگان و پیشگامانند که مقرّبان درگاه الهی هستند.» آدمیان به سه گروه نیکان، بدان و مقرّبان تقسیم‌شده‌اند؛ پس بکوش بدی را از خود دور کنی و در ردیف نیکان و مقرّبان درآیی. (شرح جامع مثنوی معنوی، ج ۴، ص ۴۴۲)

۲- طبق آیه‌ی ۳۰ سوره‌ی روم، همه‌ی آدمیان فطرتاً بر آیین توحید آفریده شده‌اند، یعنی خوی پاکی و وارستگی در همه‌ی آحاد بشری به صورت بالقوّه وجود دارد و همگان مستعد وصول به کمالات معنوی هستند؛ امّا ظهور این صفات، نیازمند سعی و مجاهده است. لذا آدمیان حیوان‌سیرت کسانی هستند که با اعمال تباه خود این استعداد را محو کرده‌اند. (همان کتاب، ص ۴۴۳)

«چهارپا» نامیده.[1]

سومین گروه از انسان‌ها کسانی هستند که دائماً میان جنبه‌ی نفسانی و جنبه‌ی روحانی‌شان کشمکش است. گاهی نفسشان غالب می‌شود و گاه عقلشان.

وقتی قضیه‌ی کم کردن جیره به گوش غلام رسید، به‌جای آن‌که درصدد شناختِ قصور و تقصیر خویش برآید با نادانی تمام، درصدد نوشتن نامه‌ای پُرجنجال و ستیز برای شاه برآمد.

در این‌جا حضرت مولانا از نامه‌ی غلام، به نامه‌ی وجود انسان منتقل می‌شود و می‌فرماید:

«برای مثال، کالبد انسان مانند نامه‌ای است؛ پس باید ابتدا به درون آن با دقّت نگاه کنی و ببینی آیا محتویات و مضامین نامه‌ی وجود تو لایق حضرت شاه وجود هست یا نیست؟ و درصورتی که شایسته باشد، آن را به بارگاه الهی ببر. تو باید تنها به گوشه‌ی خلوت بروی و با مراقبه و محاسبه[2] نامه‌ی وجود و نفْس خود را پیش چشم دلت و دیده‌ی باطنی باز کنی و احوال خویش را در میزان سنجش قرار بدهی و ببینی آیا حروف و کلمات آن لایق شاهان طریقت هست یا نیست؟! اگر نامه‌ی وجود تو لایق نیست، آن را پاره کن و نامه‌ای دیگر بنویس و این نقیصه را جبران نما؛ یعنی وجود خود را متحوّل کن و احوال و اعمال ناپسند خود را از صحیفه‌ی روحت بزدای و حروف و نقوش زیبایی از احوال و اعمال نیک روی آن برنویس.»

غلام پیش از نوشتن نامه نزد آشپز رفت و پرخاش‌کنان گفت:

«ای آشپز بخیلی که در آشپزخانه‌ی شاه بخشنده کار می‌کنی، از شاه و همّت او بعید است که این مقدار جیره‌ی ناچیز من در نظرش جیره‌ی قابل توجّهی بیاید.»

آشپز گفت:

«این کار را برای مصلحتی فرموده است، نه از روی بخل و تنگدستی.»

ولی غلام مدّعی بود که کاهش جیره‌اش کار دیگران بوده است نه خودِ شاه. آشپز ده نوع دلیل آورد، امّا غلام به علّت طمعی که داشت همه را رد کرد.

چون به هنگام صبح جیره‌ی کم برایش آوردند، دشنام داد، امّا فایده‌ای نداشت؛ لذا به آشپز و دستیاران او گفت:

«شما این کار را علیه من انجام می‌دهید.»

۱- در آیه‌ی ۱۷۹ سوره‌ی اعراف کسانی را که دل دارند و نمی‌فهمند- چشم دارند و حقیقت را نمی‌بینند- گوش دارند و حقیقت را نمی‌شنوند، به چهارپایان مانند کرده، حتّی فروتر از چهارپایان معرّفی نموده است و آنان را اهل جهنّم خوانده. (نثر و شرح مثنوی شریف، ج ۴، ص ۲۰۸)

۲- محاسبه در لغت به معنی حساب کردن است؛ و در اصطلاح اهل سلوک، سنجیدن اعمال و احوال خود می‌باشد. قرآن کریم در آیه‌ی ۱۸ سوره‌ی حشر، مؤمنان را این گونه به محاسبه فرا می‌خواند: «ای کسانی‌که ایمان آورده‌اید، از (مخالفت) خدا بپرهیزید؛ و هرکس باید بنگرد که برای فردایش چه چیزی از پیش فرستاده؛ و از خدا بپرهیزید که خداوند از آن‌چه انجام می‌دهید آگاه است.» (شرح جامع مثنوی معنوی، ج ۴، ص ۴۶۱)

آشپز جواب داد:

«خیال نکن که کم شدن جیره‌ی تو به ما و امثال ما مربوط است، بلکه این کار با تصمیم شاه صورت گرفته. پس به کمانْ طعنه نزن، زیرا تیر به وسیله‌ی نیروی بازو رها می‌شود. آیه‌ی «آنگاه که تیر انداختی، تو تیر نینداختی» برای امتحان است؛ یعنی این آیه معیارِ شناختِ مرتبه‌ی ایمان و اعتقادِ تو نسبت به فعل و مشیّتِ ربّانی است پس نباید بر پیامبر خطایی نسبت دهی، یعنی نباید فعلِ رَمْی (افکندن تیر و پرتاب مشتی خاک به سوی کفّار) را که توسّط پیامبر صورت گرفت به او نسبت دهی و انجام آن را از جانب آن حضرت محسوب داری؛ بلکه فاعل این فعل نیز حقیقتاً خداوند رحمان بود.[۱] ای گستاخ، آب از سرچشمه گل‌آلود است، چشمت را باز کن و سرچشمه را ببین.»

غلام، خشمگین و غمگین رفت و با آن حالِ خشمگین برای شاه نامه‌ای نوشت. در آن نامه، شاه را ستود و از بخشش و سخاوت او سخن‌ها گفت.

غلام چنین نوشت:

«ای آن که در برآوردن نیازِ نیازمندان از دریا و ابر نیز گشاده دست‌تری؛ زیرا که ابر هرچه بر زمین و زمینیان می‌دهد با حالت گریه می‌دهد، درحالی‌که دست تو دائماً خوان نعمت را به نیازمندان با حالت شادی و خنده می‌دهد.»[۲]

شروع نامه مدح‌آمیز بود، امّا به دنبال آن جملاتی به کار برد که آثار خشم در لابلای کلماتش به چشم می‌خورد. او چنین نوشت:

«همه‌ی کارهای تو از آن‌جهت بی‌نور و زشت است که از نور فطری بسیار دوری. عاقبت، رواج کار فرومایگان دچار کساد می‌شود، درست مانند میوه‌ی تازه‌ی که زود فاسد

۱- اشاره است به آیه‌ی ۱۷ سوره‌ی اَنفال: «[ای پیامبر،] این تو نبودی که (خاک و سنگ و تیر به طرف آن‌ها) انداختی، بلکه خداوند انداخت؛ و خداوند می‌خواست مؤمنان را به این وسیله امتحان کند.» این آیه مربوط است به جنگ بَدر در سال دوم هجری. حضرتِ رسول در آن جنگ شخصاً حضور داشت و با این که مسلمانان از نظر عدّه خیلی کم‌تر از کافران بودند، ولی با قضای الهی غالب شدند. حضرت رسول، تیری به سوی دشمنان پرتاب کرد و شکست آنان را حتمی نمود. مولانا در این‌جا از زبان آن آشپز، طالبان حقیقت و سالکان طریقت را به این نکته‌ی حسّاس ارشاد می‌کند که گرچه در این جهانْ علل و اسبابی بی‌شمار در کار است، امّا آدمی نباید چنان در آن غرق شود که مشیّت الهی را نادیده انگارد. چه‌بسا به اقتضای حکمت و مصلحت خداوندی در جایی که آدمی پیروزی را حتمی می‌شمرد شکست پیش آید، و یا بالعکس در جایی که امیدی به ظفر نمی‌رود ناگهان فتح و گشایشی حادث شود؛ لیکن آدمی مسبّب‌الاسباب و مفتّح‌الابواب را نمی‌بیند. (شرح جامع مثنوی معنوی، ج ۴، ص ۵۰۴)

۲- مولانا به این نکته اشاره می‌کند که عطا و بخشش حقیقی آن است که آدمی آن را با رضایت خاطر و شادمانی و مسرّت به‌جا آورَد، نه با منّت و تکلیف. چنان‌که در آیه‌ی ۲۶۴ سوره‌ی بقره آمده: «ای کسانی که ایمان آورده‌اید، بخشش‌های خود را با منّت و آزار، تباه و باطل نسازید....» (شرح جامع مثنوی معنوی، ج ۴، ص ۵۰۵)

می‌گردد. اگر در دلِ ستایشگر، کینه‌هایی باشد، دل‌ها از ستایش او خشنود و مسرور نمی‌شود. اگر زبان، حمدِ خدا گوید و دل دچار بی‌میلی و اکراه باشد، این کار نیرنگ‌سازی و حیله‌گری است.»[۱]

آن غلام از کمی جیره‌ی نان، درمانده شده بود. خوشا به حال آن درویشی که روزیِ مادّی‌اش کم شود، سنگِ بی‌مقدار او به مرواریدِ معنوی تبدیل شود و روحی دریاآسا و بی‌کران پیدا کند؛ پس هرگاه آدمی وجود موهوم دنیایی خود را در حقیقت مطلق محو و فانی سازد، خود به دریای هستی بی‌کران مبدّل گردد. هرکس از جیره‌ی خاصّ الهی خبر داشته باشد، او شایسته‌ی مقام قرب و منبع فیض الهی می‌گردد. وقتی غذای روحی به قلب صوفی کم برسد، به پریشانی دچار شود و از این کاهش متوجّه می‌شود که حتماً خللی در کار سلوک او بوده و گناهی مرتکب شده که حضرت حق را از خود ناراضی کرده است. پس در این وقت توبه (برگشت به سوی خدا) و اعتراف به قصور و تقصیر خود لازم است؛ همان‌طور که آن شخص مذکور (غلام) از این‌که جیره‌اش کاهش یافته بود، برای صاحب خرمن (پادشاه) نامه‌ای نوشت.

مأموران، نامه‌ی غلام را به حضور آن امیر دادگر بردند. او نامه را خواند امّا جوابی به آن نداد.

شاه گفت:

«این غلام دردی جز درد طعام ندارد. یعنی این نامه را برای شرفیابی به حضور ما ننوشته، بلکه فقط می‌خواهد طعام بیش‌تری تناول کند؛ پس درد او درد وصال نیست، بلکه درد عطا و بخششِ است. لذا سزاوارْ این است که جوابی به احمق داده نشود جز سکوت. این غلام اصلاً درد هجران و وصال ندارد، بلکه وابسته به فرعیّات است و هرگز طالب اصل نیست.[۲] این غلام، فردی احمق است و شیفته‌ی «ما» و «منی»؛ یعنی او سخت مفتون خودبینی و انانیّت است و از شدّت توجّه به فرعیّات، فرصت ندارد به اصل بپردازد.»[۳]

چون از سوی پادشاه برای غلام پاسخی نیامد، سخت بی‌قرار و پریشان شد. آن غلام احمق از شدّت جهل و بی‌خبری، گاه بر شاه ایراد می‌گرفت که او جیره‌ام را کم کرده است،

۱- چنان که در آیه‌ی ۱۴۲ سوره‌ی نساء در وصف اهل نفاق می‌فرماید: «... و هنگامی‌که به نماز می‌ایستید، با سستی و تنبلی می‌ایستید... .»

۲- مانند بسیاری از مردم که راز و نیاز با حضرت منّان را به چانه زدن برای عواید مادّی و خواسته‌های دنیوی تنزّل می‌دهند. این ابیات گرچه ظاهراً جواب شاه به غلام است، لیکن در واقع جواب پرورد گار به بند گان ظاهر گرا و کاسبْ‌مشرب است. و خطاب است به کسانی که عاشق نعمت‌اند، نه مُنعِم. (شرح جامع مثنوی معنوی، ج ۴، ص ۵۴۴)

۳- دنیاطلبان چنان در جنبه‌های کاذب زندگی غرق شده‌اند که و اسیر تعلّقات و آویزش‌های مادّی شده‌اند که نمی‌توانند به ماورای این حیات غریزی و حیوانی راه پیدا کنند. (همان کتاب، همان صفحه)

گاه از آشپز عیب‌جویی می‌کرد که او عمداً جیره‌ام را نمی‌دهد، و گاه از نامه‌رسان بدگویی می‌کرد که او از حسادت نامه‌ام را به شاه نرسانیده است. امّا آن نادان پر مدّعا لحظه‌ای به خود نمی‌اندیشید که شاید سبب کاهش جیره و نرسیدن جواب نامه، خود او باشد و به غیب خود پی ببرد و با خود بگوید:

«هر رنجی و مشقّتی که بر سرم آمده، مقصّرش خودم بودم؛ خلاصه این‌که، از ماست که بر ماست.»

آن غلام بدگُمان نامه‌ای دیگر به شاه نوشت که آکنده از بدگویی و ناله و فغان بود. غلام نوشت:

«قبلاً نیز نامه‌ای به حضور پادشاه نوشتم، آیا آن نامه به آن‌جا رسیده و به حضور راه یافته است؟»

آن پادشاه زیباروی آن نامه را هم خواند و جوابی نداد و سکوت کرد. شاه از پاسخ دادن به نامه‌ی غلام سکوت می‌کرد، امّا غلام پنج‌نامه‌ی پیایی نوشت.

نگهبان شاه گفت:

«شاها، آخر او بنده‌ی شماست؛ اگر جوابی برایش بنویسی، شایسته است. اگر به غلام و بنده‌ی خود نظر لطفی کنی، از مقام پادشاهی تو چه چیزی کم می‌شود؟»

پادشاه گفت:

«این کار آسان است، امّا او غلامی احمق است؛ و شخص احمق، منفور و رانده شده‌ی درگاه الهی می‌باشد. اگر به انحراف اخلاقی او بی‌توجّه رفته رفته باشم، برای من نیز امری عادّی می‌شود. وقتی بیماری جسمانی این‌قدر مسری است، واویلا از بیماری روحی و اخلاقی که به مراتب مسری‌تر است. خدا نکند که حتّی کافر نیز دچار بیماری حماقت و سبک‌مغزی شود؛ زیرا رحمت و برکت را از بین می‌برد و سبب بلا و مصیبت می‌شود. ابر بر اثر شومی آدم احمق، حتّی قطره‌ای به زمین نمی‌بارد، و شهر به سبب شوم بودن او ویران می‌گردد؛ چنان‌که بر اثر بیماری روحی و نادانی آن نابخردان، طوفان نوح برخاست و جهانی را با رسوایی و فضاحت ویران کرد. پیامبر فرمود: «نابخرد، دشمن است؛ و خردمند، دوست من.» حضرت علی در وصیّت خود به حضرت امام حسین فرمود: «بپرهیزید از دوستی با شخص احمق؛ زیرا هرگاه او بخواهد به تو سود رساند، زیانت دهد.» پس بر دوستی و مصاحبت احمقان اعتماد نکن.»

ای پسر، غذای حقیقی آدمی، معارف و روحانیّت است نه طعام‌های سفره. غیر از نور ایمان و یقین، خوراکی برای انسان نیست و روح انسان جز با آن طعام معنوی پرورش نمی‌یابد. از طعام‌های جسمانی تدریجاً جدا شو، زیرا این طعام‌ها، برای الاغ و حیوان است نه آدم‌های آزاده. از طعام‌های جسمانی جدا شو تا لایق خوردن طعام‌های حقیقی شوی و لقمه‌های انوار

الهی را تناول کنی. انعکاس آن نور است که این نان، نان شده است؛ و فیض آن روح است که این جان، جان شده.[1] اگر یک بار از طعام نورانیِ ایمان و عرفان بخوری، طعام‌های مادّی و جسمانی در نظرت بی‌اعتبار خواهد شد. پس به حیات حقیقی بنگر، نه به حیات حیوانی.

* * *

مولانا این حکایت را در نقد کسانی می‌آورد که هرگاه دچار زیان و خسارتی شوند، به جای خویشتن کاوی و نقد کردن خود، قصور و تقصیر خویش را توجیه می‌کنند و علل و اسبابی موهوم و دروغین می‌تراشند.

مولانا به مناسبت ارسال نامه‌ی غلام به حضور شاه، ارتباط انسان و خدا را این‌گونه بیان می‌کند که ای انسان، وجود تو مانند نامه‌ای است که نزد شاه وجود رجوع خواهد کرد. ببین در نامه‌ی روحت چه اعمال و احوالی ثبت کرده‌ای. آیا چنین نامه‌ای شایسته‌ی ارسال به درگاه الهی هست یا خیر؟ اگر شایسته نیست، آن اعمال و احوال را از صفحه‌ی روحت بزدا و روح خود را به نیکویی و صلاح بیارا، زیرا حق‌تعالی به ظاهر نمی‌نگرد. بسا کسانی که به ظاهر، طاعت و عبادت حق به جا آرند؛ امّا چون خالص و مخلص نیستند، آن‌همه طاعت و عبادت به درگاه الهی پشیزی نیرزد.

۱- یعنی: آدمی در پرتو علم و حکمت توانسته است کشت و زرع کند و غذای خود را پدید آورد. پس تمام مصنوعات و کشفیّات آدمی محصول علم و معرفت است. هم‌چنین منشاء حیات، روح انسانی است و روح حیوانی از آن روح، کسب حیات می‌کند. (شرح جامع مثنوی معنوی، ج ۴، ص ۵۶۶)

(۱۷۸)

مجنون و شترش

همچو مجنون‌اند و چون ناقه‌ش یقین

می‌کشد آن پیش و این واپس به کین

میل مجنون پیش آن لِیلی روان

میل ناقه پس پی کُرّه دوان

عشق مادینه شترم پشت سر من است و عشق من در پیش رویم

من و او هر دو سودا زده‌ایم، سوداهایمان با هم اختلاف دارند[1]

عقل و نفس، مانند مجنون و شتر ماده‌ی او هستند. مجنون، شتر را به پیش می‌رانْد و شتر با کینه به عقب باز می‌گشت و می‌خواست به سوی کُرّه‌اش برود.[2] مجنون مایل بود که نزد لیلی برود، درحالی‌که شتر می‌خواست برگردد و به کُرّه‌اش برسد.[3] چون مجنون لحظه‌ای غفلت می‌کرد، شتر برمی‌گشت و به عقب می‌رفت. چون سراسر وجود مجنون از عشق و آرزوی لیلی لبریز بود، چاره‌ای نداشت جز آن که بی‌خویش و مدهوش شود. آن‌چه می‌بایست از مجنون مراقبت کند عقل او بود؛ امّا عشق لیلی، عقل او را ربوده بود.

لیکن شتر ماده کاملاً چابک و مواظب بود، به‌طوری‌که وقتی احساس می‌کرد افسارش اندکی سست شده، متوجّه می‌شد که مجنون از او غافل و از خود بیخود شده است؛ لذا برمی‌گشت و بی‌درنگ به سوی کرّه‌ی خود می‌رفت. همین که مجنون به خود می‌آمد، متوجّه می‌شد از محلّی که ناقه‌اش (شترش) او را به آن‌جا باز آورده بود، فرسنگ‌ها از مقصد عقب رفته است. به‌این‌ترتیب مجنون راهی را که می‌توانست سه روزه طی کند، سال‌ها در رفتن و عقب‌گرد طی کرد و در دشت و هامون سرگردان بود.

تا این‌که مجنون دید که با آن شتر نمی‌تواند به کوی لیلی برسد، لذا به او گفت:

«ای شتر، چون ما هر دو عاشقیم و ضدّ یکدیگر، بنابراین برای همدیگر رفیق و همراهِ نامناسبی هستیم. نه عشق تو بر وفق مراد من است و نه افسار تو؛ پس باید از تو جدا شد.»

ای سالک، این دو همراه، راهزن یکدیگرند. یعنی عقل (روح لطیف) و نفس امّاره

1- بیتی که در عنوان این حکایت آمده به نام شاعری به نام عُروه است که در زمان خلیفه‌ی سوم، عثمان در گذشته است. مجنون، همان قیس عامری عاشق لیلی است. (نثر و شرح مثنوی شریف، ج ۴، ص ۲۲۴) مجنون: «عاشق لیلی، از قهرمانان شعری عربی وَ فارسی که در وجود تاریخی او نیز مانند لیلی، بحث و اختلاف‌نظر است. نام اصلی او قیس‌بن‌الملوّح‌بن‌عامری بود. به او قیس عامری و مجنون بنی‌عامر هم می‌گویند. او هم‌قبیله‌ی لیلی و از کودکی با او معاشر و هم‌مکتب و همبازی بود. سپس کارشان به عشقی جانسوز کشید. پدر مجنون به وصلت آن دو رضایت نمی‌داد. قیس را به مناسبت شیدایی عاشقانه‌اش، مجنون لقب داده بودند. این دو عاشق نابه‌کام، هر دو در یک سال (۶۸ ق) درگذشتند.... » (حافظنامه، ص ۳۱۶)

۲- تعارض عقل و نفس نیز این‌گونه‌اند.

۳- عقل می‌خواهد آدمی را به سوی کمالات پیش ببرد، امّا نفس می‌خواهد او را به مرتبه‌ی حیوانی تنزّل دهد.

ضدّ یکدیگرند و هیچ‌گاه با هم سازگاری ندارند. پس روحی که وابستگی خود را از جسم نگسلد و مجنون‌وار از ناقه‌ی تن فرود نیاید، قطعاً راه و مقصد حقیقت را گم کرده است. روح لطیف به سبب دور افتادن از عرش (عالَم الهی) در فقر و مسکنت به سر می‌بَرد؛ درحالی‌که جسم از شدّت علاقه به بوته‌ی خار (یعنی غذاهای نفسانی و لذت‌های شهوانی)، مانند شتر، چاق و ستبر شده است؛[۱] و تا آدمی در بیابان دنیا سوار بر اُشتُر تن و شهوت است، مقصد را گم می‌کند و سرگشته و حیران می‌ماند. عاشقی که مجنون‌وار راه خدا را دوست دارد، می‌گوید:

«با این‌که وصال به حضرت معشوق به اندازه‌ی دو قدم راه است، امّا من بس‌که مشغول ناقه‌ی تن شده‌ام، از مقصد به دور افتاده‌ام؛ پس واجب است که تن و مقتضیات آن را رها کنم تا روح، فارغ و آسوده به وصال معشوق رسد.»

در این لحظه بود که مجنون خود را از شتر پایین انداخت و گفت:

«من از فراق سوختم. این سوختن تا کی ادامه دارد؟ تا کی؟»[۲]

بیابان با همه‌ی وسعت خود در نظرش تنگ و کوچک آمد. پس خود را روی سنگلاخ و در سختی‌ها انداخت. مجنون با خود گفت:

«از این لحظه به بعد خود را سراپا اسیر و مطیع اراده و خواست او می‌کنم.»[۳]

ای طالب حقیقت، وقتی عشق مخلوق که عشقی مجازی است موجب آن‌همه شوریدگی و فداکاری می‌شود، ببین عشق خالق چه‌ها می‌کند! پس شایسته است که انسانْ عشق حقیقی داشته باشد و در راه عشق حضرت حق، صادق باشد؛ زیرا این سفر از این بعد با جذْبه‌ی الهی صورت می‌گیرد و آن سفری که به وسیله‌ی ناقه صورت گیرد، سیر و سلوک خودِ ماست. سیر و سلوکی که با جذبه‌ی رحمانی صورت می‌گیرد، منحصربه‌فرد است و بی‌نظیر. چنین سیری نتیجه‌ی جذبه‌ای بس بزرگ است و از نوع جذبه‌های معمولی و متعلّق به عموم مردم نیست؛ آن جذبه‌ی بزرگ را فضل و احسان حضرت احمد موجب شده است. درود بر سالکانِ صادق.[۴]

۱- مولانا، مثنوی را با بحث از فراق انسان آغاز کرده.

بشنو از نی چون حکایت می‌کند   وز جدایی‌ها شکایت می‌کند

انسان از اصل برین خود جدا افتاده و در ویرانکده‌ی دنیا اسیر شده است. روحی که برای اتّصال به اصل خود نکوشد، زیور کمالاَت الهی و اخلاقی را از کف می‌دهد و فقیر محض می‌شود؛ درحالی‌که ناقه‌ی جسمِ او از فرط چریدن در مرغزار شهوت و لذت ، فربه شده است. (شرح جامع مثنوی معنوی، ج ۴، ص ۴۵۵)

۲- مجنون دید که مرکوبش، راهزن او شده؛ یعنی به جای این‌که وی را به لیلی برساند، هر لحظه او را دورتر می‌برد. پس ترک مرکوب خود کرد. مجنون‌های راه خدا نیز وقتی جسم و جسمانیّت را مزاحم وصال حق بدانند، آن را ترک می‌گویند و خود را به خاک فقر و فنا می‌افکنند و فقیر خاکسار می‌شوند. (همان کتاب، ص ۴۵۷)

۳- این در واقع زبان حال سالک حقیقی است که خود را تسلیم ضربات ابتلا و امتحان الهی می‌کند و ابراهیم‌وار به درون آتش محنت وابتلا می‌رود.

۴- **جذبه**، عبارت از کشش است. آن‌چه از طرف حق است، نامش جذبه می‌باشد؛ و آن‌چه از طرف بنده است، نامش **میل و ارادت و محبّت و عشق**. وقتی توجّه بنده به حضرت حق افزایش یافت، رفته رفته به جایی

❊ ❊ ❊

مولانا در این حکایت کوتاه از ستیز عقل و نفس سخن به میان آورده است. منظور از
«مجنون»، عقل لطیفِ نورانی، و مراد از «لیلی»، حقیقت الهی است. عقل نورانی و لطیف
همواره مست و شیدای حقیقت الهی است و می‌کوشد بدان مقام واصل شود. منظور از
ناقَه (شتر ماده)، نفس امّاره؛ و مراد از کُرّه‌ی ناقه، شهوات نفسانی و حظّهای جسمانی
است. نفس امّاره نیز پیوسته شیفته‌ی شهوات است و با عقل در تضاد می‌باشد.

می‌رسد که به یکباره همه چیز را ترک می‌کند و روی به خدا می‌آورد و قبله‌اش تنها «او» می‌شود و تنها در
عشق حق زندگی می‌کند. (مقصد اقصی، ص ۲۲۵)
در قسمت پایانی داستان، یکی از مبانی اصلی مکتب فکری و عرفانی مولانا طرح شده است. مولانا می‌گوید
حضرت حق دو نوع وصال دارد: یکی **وصال اکتسابی** که با سعی و تلاش بنده حاصل می‌شود؛ و دیگری
وصال موهوب که بی‌هیچ سبب و واسطه‌ای از جانب حق به اقتضای اسم وَهّاب به بنده عطا می‌شود. مولانا،
سالکان و طالبان را به سعی و تلاش دعوت می‌کند و این موضوعی است که در قسمت‌های مختلف مثنوی
دیده می‌شود.

هر که چیزی جُست بی‌شک یافت او   چون به جدّ اندر طلب بشتافت او

او می‌فرماید: «گاه به اقتضای حکمت و مصلحت الهی، جذبه‌ای از بارگاه حَضرت حق می‌رسد و سالکان را
می‌رُباید و او را به خود به مقام اعلای قرب و وصال می‌رساند. هرگاه عنایت ازلی و جذبه‌ی او بردل سالک رسد، این
جذبه و عنایت، هزاران مرتبه از سعی و تلاش سالک مؤثرتر و غنی‌تر است، زیرا سالک را زودتر و مطمئن‌تر
به مقصد می‌رساند. سالکی که به این جذبه مفتخر شود، **سالکِ مجذوب** نامیده می‌شود؛ و از آن به بعد در
حکم مجنون مسلوب‌الاختیاری است که وجود موهوم و هستی کاذب وی، در اراده‌ی الهی مستهلک شده
است. امّا سالک باید در هر حالی ساعی و کوشا باشد و حق ندارد که به بهانه‌ی جذبه، دست از سعی و طلب
بردارد.» (شرح جامع مثنوی معنوی، ج ۴، ص ۴۵۹)

صیّادان و سه ماهی

قصه‌ی آن آبگیر است ای عُنود

که در او سه ماهی اشگرف بود

در کلیله خوانده باشی لیک آن

قشر قصه باشد و این مغز جان

شاید این حکایت را در کتاب کلیله و دمنه خوانده‌اید، ولی آن پوست و ظاهر حکایت است و مطالبی که اینک آغاز می‌کنیم مغز و حقیقت اسرار آن.

سه ماهی در آبگیری می‌زیستند. روزی سه ماهی‌گیر از آن ناحیه می‌گذشتند که چشمشان به آن سه ماهی افتاد و بلافاصله رفتند که دام‌های خود را فراهم کنند. هر یک از آن ماهی‌ها به اندازه‌ی هوش و استعداد خود خطر آنان را احساس کرد.

آن ماهی که عاقل بود، خواست با دو رفیق خود در این‌باره مشورت کند؛ امّا دید که آن دو به‌قدری از قضیّه دور و بیگانه‌اند که نه‌تنها با او هم رأی و همراه نمی‌شوند، بلکه او را در این تصمیم سست می‌سازند. لذا عزم سفر کرد و راه دریا را پیش گرفت و رفت.[۱]

ای سالک، برای مشورت کردن باید کسی را انتخاب کنی که خود زنده‌دل باشد تا تو را نیز سرزنده و با نشاط کند؛ امّا چنین شخصی کم پیدا می‌شود. ای مسافر و سالکی که آبگیر دنیا را جای امن نمی‌دانی و می‌خواهی در عوالم برین سلوک کنی، اگر می‌خواهی در چون‌وچند سلوک مشورت کنی، با کسی مشورت کن که خودِ او نیز سالک باشد؛ والّا چون مقیّد به ظواهر زندگی و هوای نفسانی است، شروع می‌کند به منفی‌بافی و سست کردن عزم تو. این‌قدر از حدیث «حُبُّ الوَطَن» دم مزن و از این مرتبه گذر کن؛ زیرا ای جان، وطن حقیقی و اصلی انسان، آن سوی عالم هستی و جهانِ برین غیب و کمال است، نه این سو و این دنیای مجازی. پس بکوش تا به وطنِ خود واصل شوی. اگر خواهان عالم وحدت و جهانِ برین الهی هستی، باید دنیای تنگ و محدود را پشتِ‌سر گذاری و رودخانه و دریای ریاضت و عبادت را درنوردی تا به دریای وحدت الهی برسی. مانند آن ماهی که با سینه‌ی خود بر آب لغزید و برکه را وداع گفت و رفت؛ تو نیز سینه و قلب خود را نورانی ساز و از جویبار دنیا، به دریای وحدت و حقیقت راه پیدا کن.

آن ماهی حرکت کرد و راه دریا را در پیش گرفت، یعنی راهی در پیش گرفت که بسیار طولانی و پهناور بود.[۲] آن ماهی دوراندیش رنج‌های بسیار تحمّل کرد و سرانجام به جای

۱- سالکان طریق کمال، راهی را طی می‌کنند که انصافاً دشوار است و از هر کسی بر نمی‌آید، زیرا ترک نفسانیّات و تعلّقات شخصی، کار هر کس نیست. (شرح جامع مثنوی معنوی، ج ۴، ص ۶۴۰)

۲- ماهیان دریای حقیقت نیز راهی بس دشوار و طولانی دارند و با دشواری‌ها و موانع بسیار مواجه‌اند؛ زیرا طریقَ کمال و رسیدن به مقصود عالی، صعب و دشوار است و هر کسی نمی‌تواند در آن راه گام نهد. (همان کتاب، ص ۶۴۸)

امن و سلامتی رسید. خود را به چنان دریای ژرفی افکند که حد و کرانه‌ی آن بر هیچ‌کس معلوم نبود.

وقتی ماهی‌گیران دام آوردند، ماهی نیمه عاقل از آمدن آن‌ها ناراحت و پریشان شد، زیرا فرصت را از دست داده بود. با خود گفت:

«افسوس که فرصت را از دست دادم. چرا با آن راهنما همراه نشدم؟![۱] آن ماهی دوراندیش ناگهان این‌جا را ترک کرد و شتابان رفت. من نیز وقتی دیدم او رفت، باید به دنبالش با شتاب می‌رفتم؛ امّا برگذشته نباید افسوس خورد زیرا این کار، نادرست است.»[۲]

آن ماهی نیمه عاقل که هنگام گرفتاری از سایه‌ی مصاحبت و ارشاد آن ماهی عاقل جدا مانده بود، با خود گفت:

«آن ماهی عاقل، به سوی دریا رفت و از غم و اندوه رها شد. چنان رفیق خوبی از دستم رفت، امّا دیگر نباید به او فکر کنم. باید سعی و تلاش فوق‌العاده کنم و خود را فعلاً مُرده سازم.[۳] در آب مانند شناگران شنا نمی‌کنم، بلکه همان‌طوری حرکت می‌کنم که خس و خاشاک بر روی آب می‌روند.[۴] خود را مرده خواهم ساخت و خویشتن را به آب می‌سپارم، زیرا مردن پیش از مرگ مایه‌ی نجات از عذاب است.»[۵]

آن ماهی، خود را بدان ترتیب مرده ساخت و شکم خود را به طرف بالا و پشتش را بر سطح آب نهاد و آب، او را گاهی پایین و گاهی بالا می‌برد. ماهی‌گیران که قصد گرفتن او را داشتند، اندوهگین شدند و با خود گفتند: «حیف که ماهیِ بهتر مُرد.»

آن ماهیِ به ظاهر مُرده، از اظهار حسرت و دریغ ماهی‌گیران شادمان شد و پیش خود

۱- چنان‌که در آیه‌ی ۲۷ سوره‌ی فرقان می‌فرماید که ستمگران به وقت بیدار شدن از خواب غفلت گویند: «"... ای کاش از رسول خدا پیروی می‌کردم."»

۲- حسرت بر گذشته دو نوع است: یکی حسرتِ پسندیده که مبنای آن عبرتِ از حوادث پیشین و تصحیح افکار و رفتار در آینده است؛ و دیگری حسرت ناپسند که صرفاً حسرت است و باعث تحوّل مثبت در حیات آدمی نمی‌شود، بلکه مایه‌ی اتلاف عمر و نیروی جسمی و روحی است. مولانا حسرت نوع اخیر را مورد نقد قرار داده. (شرح جامع مثنوی معنوی، ج ۴، ص ۶۵۰)

۳- مولانا در این قسمت از حکایت، مرگ عارفانه (مرگ اختیاری) را مطرح می‌کند. (همان کتاب، ص ۶۵۶)

۴- به عبارت دیگر: «خود را به مشیّةالله می‌سپارم و هر گونه جنبشٍ و حرکت و میل شخصی را محو و مستهلک می‌سازم و حقیقت لاحَوْلَ و لاقُوّةَ اِلّا بِالله را شهوداً درمی‌یابم.» (همان کتاب، ص ۶۵۷)

۵- مرگ اختیاری و عارفانه، آدمی را از گزند نفسانیّات و دنیا می‌رهاند. (همان کتاب، همان صفحه)

گفت:

«نقش مُرده را خوب بازی کردم و از شمشیر قهر آنان نجات یافتم.»

وقتی صیّادان او را در آن حالت دیدند، به تصوّر این‌که شاید نیمه‌جانی در تن او مانده، بلافاصله او را روی ماسه‌های ساحل رودخانه انداختند تا خوردن گوشتش حلال شود. آن ماهی با زیرکی خاص، خود را اندک اندک غلطاند و به آب دریا وارد شد و جان خود را نجات داد.

امّا آن ماهیِ دیگر که ذرّه‌ای دوراندیشی و درایت نداشت، در آن آبگیر پریشان و مضطرب ماند. آن احمق، چپ و راست و همه‌ی اطراف آبگیر را می‌گشت تا شاید خلاصی یابد. ماهی‌گیران دام گستردند و آن ماهی در دام گرفتار شد و حماقت، او را به آتش بدبختی و هلاکت کشاند.

آن ماهیِ کودن هنگامی‌که در تابه قرار گرفت و از حرارت آتش می‌جوشید، عقل در آن حال به او می‌گفت: «آیا هشدار دهنده‌ای نزد تو نیامد؟»[1] او به سبب شکنجه و بلا که گرفتار شده بود، مانند جانِ کافران که می‌گفتند: «آری»، می‌گفت: «آری، البتّه که هشدارکننده‌ای آمد.»[2]

آن ماهی درحالی‌که در آتش قهر و بلا می‌سوخت، باز می‌گفت:

«اگر این‌بار از این مِحنت نجات یابم، به جز دریا در هیچ جای دیگر موطنی نخواهم گزید و هرگز در هیچ آبگیری منزل نخواهم کرد. آبی بی‌کران می‌جویم و در امان خواهم زیست و تا ابد در امنیّت و سلامتی خواهم بود.»

٭ ٭ ٭

این حکایت، نقد حال آدمیان است. دنیا به آبگیری می‌ماند که سه نوع مردم در آن زندگی می‌کنند: عاقلِ کامل، نیمه عاقل و غافل. عقلا با تکیه بر مشعل عقل خود، راه حیات را به سلامت طی می‌کنند.

نیمه عاقلان، ابتدا در اندیشه‌ی نجات خود برنمی‌آیند، ولی با ارشاد عقلا راه را از چاه تشخیص می‌دهند و با سرکوبی هوای نفسانی و مرگ اختیاری، از صیّاد نفْس و شیطان

۱- اشاره است به آیات ۶-۸ سوره‌ی مُلک: «برای کسانی‌که به پروردگار خویش کفر ورزیدند، عذاب دوزخ است و آن، بدجایگاهی است. چون در آن افکنده شوند، صدای وحشتناکی از آن می‌شنوند و این درحالی است که پیوسته می‌جوشد! هر زمان که گروهی در آن افکنده می‌شوند، نگهبانان دوزخ از آنان می‌پرسند: «مگر بیم‌دهنده‌ی الهی به سراغ شما نیامد؟!»» در این قسمت از داستان، مولانا عصیانگران و دنیاطلبان نابخرد را که به سخنان حکمت‌آموز انسان‌های کامل توجّه نمی‌کنند، به کافران تشبیه کرده. (شرح جامع مثنوی معنوی، ج ۴، ص ۶۶۰)

۲- اشاره است به آیه‌ی ۹ سوره‌ی مُلک: «کافران در جواب می‌گویند: «آری، بیم‌دهنده به سراغ ما آمد، ولی ما او را تکذیب کردیم.»»

(۱۸۴)

می‌رهند. امّا غافلان، در دام مکر و حیلت نفس و شیطان اسیر می‌شوند.

عاقل، با روشنایی عقل و هدایت خود سلوک می‌کند و به مقصد می‌رسد. نیمه‌عاقل باید با ارشاد عاقل طی طریق کند. امّا آن‌که غافل است، نه عقلی دارد که خود به‌مقصد برسد و نه نیمه‌عقلی که با کمک هادیِ عاقل به منزلگه مقصود واصل شود.

پرنده‌ی گرفتار و پندهایش

آن یکی مرغی گرفت از مکر و دام
مرغ او را گفت ای خواجه‌ی همام
تو بسی گاوان و میشان خورده‌ای
تو بسی اشتر به قربان کرده‌ای

شخصی با دام، پرنده‌ای شکار کرد. پرنده‌ی اسیر به او گفت:

«ای آقای بزرگوار، تو تاکنون گوشت فراوان گاوان و گوسفندان را خورده و سیر نشده‌ای؛ اکنون بدان‌که با خوردن اندام نحیف من نیز سیر نخواهی شد. اگر مرا آزاد کنی، سه پندِ ارزشمند به تو می‌دهم که با آن سعادتمند خواهی شد. نخستین پند را هنگامی به تو می‌دهم که هنوز در دستِ تو هستم، دومین پند را وقتی‌که بر دیوار خانه‌ات بنشینم، و سومین پند را وقتی‌که بر سر شاخه‌ی درخت قرار گیرم.»

پرنده ادامه داد:

«پند نخست من به تو اینست که غم گذشته را نخور، کاری که گذشت حسرت آن را نداشته باش.»

آن پرنده چون پند بزرگ و ارزشمند را در دستِ آن شخص گفت، آزاد شد و بر سرِ دیوار نشست.

باز آن پرنده‌ی رها شده گفت:

«پند دیگر من به تو اینست که حرفِ محال را از هیچ‌کس باور نکن.»

و چون بر شاخه‌ی درخت نشست، گفت:

«ای آقا، در شکم من مروارید نایاب و گران‌بهایی به وزن ده درهم است، ولی چه کنم که قسمت تو نشد! وگرنه تو و خانواده‌ات با آن توانگر و سعادتمند می‌شدید.»

آن شخص خام با شنیدن این خبر چنان پریشان شد که آه و فغانش به هوا رفت.

پرنده گفت:

«ای آقا، مگر به تو پند ندادم که بر گذشته غم نخور؟ چیزی‌که گذشت و سپری شد چرا غمش را می‌خوری؟ تو یا پند مرا نفهمیدی و یا واقعاً کر هستی و پندِ مرا نشنیدی. در پند دوم نیز به تو گفتم مبادا از روی غفلت و گمراهی، سخنانی که عقلاً محال است باور کنی. ای ساده‌لوح، من تمام هیکلم به اندازه‌ی سه درهم وزن ندارد، چگونه ممکن است چیزی به وزن ده درهم در درونم نهفته باشد؟!»

آن شخص وقتی این حرف را شنید، به خود آمد و گفت:

«ای پرنده، اکنون سومین پند را به من بده.»

پرنده با لحن طنزآمیز به آن شخص خام‌طبع گفت:

«نه این‌که به آن دو پند قبلی خوب عمل کردی، اینک پند سوم را مفت و رایگان به

تو بگویم؟!»

ای دوست، پند دادن به نادانی که در خواب غفلت است، مانند بذرافشانی در شوره‌زار می‌باشد؛ پس ای اندرزگو، بذر حکمت و نصیحت را در زمینِ دلِ احمقان نیفشان.

* * *

مولانا این حکایت را بعد از حکایت قبلی آورده است، زیرا در آن‌جا ماهیِ نیمه عاقل افسوس خورد که چرا با آن ماهی عاقل همراه نشده است.

در این حکایت مولانا می‌گوید حسرتِ پویا بهتر از حسرت ایستاست. اگر بر گذشته و قصور و تقصیر خود حسرت بخوری که آن حسرت در تو حرکت و پویایی پدید آرد، البتّه که مبارک است؛ امّا حسرتی که در آدمی افسردگی و پژمردگی زاید، حسرتی نکوهیده است. حسرت آن ماهی، از نوع اوّل بود که موجب نجاتش شد.

زاهد و سال قحطی

هم چنان کن زاهد اندر سال قحط
بود او خندان و گریان جمله رهط
پس بگفتندش چه جای خنده است
قحط بیخ مؤمنان برکنده است

یکی از پارسایان در هنگام خشکسالی شادمان بود، درحالی‌که همه‌ی مردم نگران و نالان بودند.

مردم که شادی بی‌موقع آن مرد پارسا را دیدند، متعجّب شدند و گفتند:

«یا شیخ، الآن چه وقت خندیدن است؟ قحطسالی، ریشه‌ی مؤمنان را از جا کنده است. پس در چنین وضعی نباید بخندی. باران رحمت الهی نباریده. هامون بر اثر تابش آفتاب سوزان، سوخته شده و کشتزار و بوستان و تاکستان، بر اثر بی‌آبی سیاه و سوخته شده. مردم از این قحطی و عذاب مانند ماهیانی که از آب دور مانده‌اند، می‌میرند.»

آن مرد پارسا گفت:

«این وضعیّتی که اینک بر ما حاکم شده و شما آن را قحطی می‌بینید، این زمین به ظاهر قحطی‌زده در نظر من، مانند بهشت دلگشا و مفرّح است. بر اثر وزیدن باد صبا، خوشه‌ها به موج درآمده، و هامون پُر از خوشه‌های سبز است.»

آن‌ها گفتند:

«اگر همه‌ی بیابان‌ها پُر از خوشه‌های سبز است، پس چرا ما آن‌ها را نمی‌بینیم؟»

زاهد جواب داد:

«چون شیفتگی بر هوی و هوس، حجابی بر دیده‌ی دل و مانع از شهود حقیقت نزد شما شده. اگر دوست و همراه عقل معاد شوید، آب حقیقت در نظر شما ظهور می‌کند. وقتی دیدگاه خود را نسبت به فعل و مشیّت الهی تعالی بخشید، قهر او را نیز عین لطفش می‌بینید. درآن‌صورت دیدگاه مرا پیدا می‌کنید و بهشتی را که من می‌بینم، شما نیز خواهید دید.»

***

مولانا در این حکایت مقام عارفانه‌ی «رضا»[1] را بیان کرده است. عارفی که عاشق مُنعم است و نه نعمت، هر قهر و بلایی که از او رسد عاشقانه مرحبا گوید. چنین مقامی البته در دسترس همگان نیست، بلکه تنها خواص به آن واصل شوند.

مولانا در انتهای این حکایت نتیجه‌گیری می‌کند که اگر دیدگاه خود را نسبت به رخدادها و پدیده‌های جهان ارتقا دهی و حُب و بغض شخصی را از خود دور کنی، آتش قهر و بلا نیز بر تو سلام و سازگار می‌گردد و مصداق اَلمؤمنُ کَالجَبَلِ الرّاسِخ می‌شوی.

۱- **رضا:** خشنودی، خوشدلی؛ رفع کراهت و تحمّل مرارت احکام قضا و قدَر، و مقام رضا بعد از مقام توکّل است. حقیقت رضا، تسلیم شدن سالک می‌باشد. (فرهنگ فارسی دکتر محمّد معین)

گفت‌وگوی مورچه‌ها

موری بر کاغذی دید او قلم

گفت با مور دگر این راز هم

که عجایب نقش‌ها آن کلک کرد

هم چو ریحان و چو سوسن زار و وَرد

مورچه‌ای قلمی را دید که روی صفحه‌ی کاغذ حرکت می‌کند. این مسئله را با مورچه‌ی دیگر مطرح کرد و گفت:

«ببین این قلم چه نقوش زیبایی خلق می‌کند.»

دوستش که اندکی از او فهیم‌تر بود گفت:

«این نقوش را قلم نمی‌نگارد، بلکه کار انگشت است.»

مورچه‌ای دیگر که از هر دو بیش‌تر می‌فهمید گفت:

«فاعل اصلی برای کشیدن این نقوش انگشت نیست، بلکه بازوست؛ زیرا انگشتِ لاغر از نیروی بازو مدد می‌گیرد.»

همین‌طور این سلسله مراتب در مورچه‌ها یکی پس از دیگری بالا می‌رفت، یعنی هر مورچه‌ای که در این‌باره اظهار نظر می‌کرد، نظرش پخته‌تر و عالمانه‌تر بود؛ تا آن‌که نوبت به بزرگِ مورچه‌ها رسید. او اندکی صاحب عقل و هوشمندی بود و گفت:

«این هنر را از هیأت و صورت ظاهری نبینید، بلکه باید به عقل و روح توجّه کنید که این نقش‌ها جز به وسیله‌ی آن عوامل به حرکت در نمی‌آیند.»

حتّی آن مورچه‌ی هوشمند از این حقیقت غافل بود که این عقل و جان نیز بدون تصرّف و تأثیر الهی، جمادی بیش نیستند. اگر حق‌تعالی لحظه‌ای عنایت خود را از عقل قطع کند، همین عقلِ زیرک حماقت‌های بسیاری خواهد کرد.

❊ ❊ ❊

مولانا در این تمثیل، صاحبان عقول جزئیه را به مورچه تشبیه می‌کند که از ظواهر و صُوَر عالَم طبیعت غافل مانده‌اند و نمی‌توانند علل و اسباب الهی را دریابند. زیرا «این سبب‌ها، بر نظرها پرده‌هاست.»

مرد عرب و سگش

آن سگی می‌مرد و گریان آن عرب
اشک می‌بارید و می‌گفت ای کرب
سایلی بگذشت و گفت این گریه چیست
نوحه و زاری تو از بهر کیست

سگی در حال جان کندن بود. صاحبش ـ یکی از صحرانشینان عرب ـ در کنارش نشسته، اشک می‌ریخت و می‌گفت: «ای وای، اندوها!»

عابری که از آن‌جا می‌گذشت، حال زار او را دید و از او پرسید:

«چرا گریه می‌کنی؟ این شیون و زاری برای کیست؟»

صاحب سگ گفت:

«من سگی وفادار داشتم که اینک در وسط راه در حال جان دادن است. هم نگهبانم بود و هم برایم شکار می‌کرد.»

عابر پرسید:

«رنج و بیماری سگت چیست؟ آیا آسیبی به او وارد شده؟»

عرب مذکور جواب داد:

«خیر، بلکه از شدّت گرسنگی به حالِ مرگ افتاده.»

در این لحظه نگاه عابر بر کیسه‌ی انباشته‌ی صاحب سگ افتاد و به او گفت:

«درون این کیسه چیست؟»

اعرابی گفت:

«نان و غذای دیشب من است که برای نیرو بخشیدن به بدنم آن را با خود می‌کشم.»

عابر گفت:

«مرد حسابی، پس چرا مقداری از آن را به سگت نمی‌دهی که نمیرد؟!»

صاحب سگ گفت:

«آخر مهر و محبّتم به آن سگ در این حد نیست که به او نان بدهم؛ زیرا برای خرید نان باید درهم و دینار بدهم، درحالی‌که اشکِ چشمانم مفت و رایگان است.»

ای سالک، وقتی کلّ یک چیز حقیر باشد، قهراً اجزای آن نیز حقیر است. آن عرب که به سبب بُخل، شخصیّتی خوار و حقیر داشت، پس اشک‌های او که جزئی از وجود او محسوب می‌شود نیز بی‌ارزش بود. بُخل صفتی است که شخصیّت دارنده‌ی آن را ذلیل و حقیر می‌کند.[1]

من بنده و غلام آن کسی هستم که هستیِ خود را به کسی نفروشد، مگر به آن پادشاه

۱ـ آیات قرآنی در نکوهش بُخل ناطق است و نیز روایات فراوانی در این باب آمده و در کتب اخلاقی نیز بخل، فصلی مستقل دارد.

کریم و بخشنده.[1] اگر چنین شخص والا و بلند همّتی گریه کند، آسمان نیز به گریه می‌آید؛ و اگر او ناله سر دهد، سپهر گردون نیز «یارَب، یارب» خواهد گفت.[2] من غلام و بنده‌ی آن بنده‌ای با همّتی هستم که جز به حضرت حق که کمال مطلق است، سر تعظیم در برابر کسی فرود نیاورد. با تضرّع و خشوع دعا کن؛ زیرا فضل الهی به سوی شخص خاشع و خاکسار پرواز می‌کند و تا ابد در حال عروج و تعالیِ معنوی خواهی بود.

* * *

آن‌چه که از نظر مولانا در این حکایت اهمیّت دارد، مقاصد والای عرفانی و اخلاقی و روانشناختی است.

برای دستیابی به عطای الهی و مواهب ربّانی باید از صمیم دل به درگاه الهی تضرّع و توبه کرد و از درون متحوّل شد، و مسلّماً هرگونه ریا و ظاهرسازی در پیشگاه الهی پشیزی نیرزد. پس اگر ظاهرسازی و مردم فریبی در این دنیا کارساز گردد، در محضر الهی باعث وَبال و خسران شود.

مولانا بدین مناسبت حکایتِ اعرابی و سگش را می‌آورَد تا چهره‌ی حیله‌گرانِ مدّعی را آشکار سازد؛ و ضمن آن گُریزی هم به ادب دعا کردن می‌زند که از جمله‌ی آن، خشوع و خلوص در دعاست.

۱- تعبیر «فروختن وجود»، مناسب است با آیاتی نظیر بقره/۲۰۷، نساء/۷۴ و توبه/۱۱۱ که سخن بر سر فروش هستی خود به حضرت حق‌تعالی است؛ و حق، خریدار جان و هستی آدمیان پاکزاد. (شرحِ جامعِ مثنوی معنوی، ج ۵، ص ۱۵۲)
۲- اشاره است به آیه‌ی ۲۹ سوره‌ی دخان که درباره‌ی هلاکتِ فرعون و فرعونیان می‌فرماید: «نه آسمان بر آنان گریست و نه زمین، و نه به آن‌ها (در هنگام فرا رسیدن عذاب) مهلت داده شد.» در میان عرب رسم است که هر گاه بخواهند عمق مصیبتی را نشان دهند، می‌گویند: «بَکتِ السَّماءُ وَ الاَرْض.» (همان کتاب، همان صفحه.)

فیلسوف‌نما و طاووس

پر خود می‌کند طاووسی به دشت

یک حکیمی رفته بود آن جا به گشت

گفت طاووسا چنین پر سنی

بی‌دریغ از بیخ چون برمی‌کنی

طاووسی در صحرایی پَرهای زیبا و رنگین خود را می‌کند و بر زمین می‌ریخت. در این اثنا شخصی که دانش و بینش سطحی داشت امّا خود را مظهر فضل و معرفت می‌دانست، این کار طاووس را بیهوده تلقّی نمود.

آن فیلسوف‌نما گفت:

«ای طاووس، چطور راضی می‌شوی که این پر و بال زیبا را خود برکَنی و در گِل و لای افکنی؟! هیچ خبر داری که پر و بال تو چه ارزشی دارد؟ این دیگر چه نوع ناشکری و گستاخی است؟ مگر نقّاشِ این پرها (آفریدگار) را نمی‌شناسی؟ یا می‌شناسی و بی‌نیازی نشان می‌دهی و عمداً این نقش و نگارها را می‌کَنی؟ مسلّماً استغنا[۱] نمودن و بی‌نیازی نشان دادن در برابر حضرت حق روا نیست. راه نیاز، راهی پُر از امنیّت و آسودگی است. ناز و استغنا را رها کن و در راه نیاز حرکت نما و با آن راه بساز. چه‌بسا ناز و استغناکننده‌ای که در راه بی‌نیازی به خدا حرکتی می‌کند و نهایتاً، همان استغنا برای او عذاب و گرفتاری می‌شود. اگرچه احساس نیاز به حضرت حق تو را فروتن و خاکسار می‌کند، امّا در عوض سینه‌ات را مانند ماه شب چهارده روشن و تابان می‌گرداند.»

ای سالک، چون خداوند، مُرده را از زنده بیرون می‌آورد، هرکس که بمیرد هدایت را بیابد. و چون او از زنده، مُرده را بیرون می‌آورد، نفْس زنده به سوی مرگ می‌گراید.[۲] مُرده شو، یعنی از نفْس و نفسانیّات پاک شو تا خداوندِ بی‌نیاز که زنده را بیرون می‌آورد، زنده‌ای را از مرده‌ی تو بیرون آورد. اگر از ظاهرگرایی و ظاهربینی پرهیز

۱- استغنا: به معنی بی‌نیازی و توانگری، یکی از مراحل سیر و سلوک است که سالک طریق حق، با رسیدن به آن، نوعی بی‌نیازی از غیر از الله را در وجود خویش احساس می‌کند و در همه حال، خود را تنها نیازمند حق تعالی می‌داند. استغنای بنده نسبت به خدا موجب خشم الهی می‌شود؛ زیرا به گفته‌ی کلام‌الله، آدمی در هنگام استغنا نافرمان و ستمکار می‌شود. اگر بشر خود را از حضرت حق بی‌نیاز بداند، همین احساسِ بی‌نیازی بدبختی بزرگی به شمار می‌رود. (شرح جامع مثنوی معنوی، ج ۵، ص ۱۶۸)

۲- اشاره است به آیه‌ی ۹۵ سوره‌ی انعام: «خداوند، شکافنده‌ی دانه و هسته است؛ زنده را از مرده خارج می‌سازد، و مرده را از زنده بیرون می‌آورد. این است خدای شما! پس چگونه از حق منحرف می‌شوید؟!» منظور از این قسمت داستان چنین است: از آنجا که حق‌تعالی مُرده را از زنده و زنده را از مُرده خارج می‌کند، اگر در این دنیا نفس امّاره‌ی خود را سرکوب کنی و به مرگ اختیاری برسی، به هدایت الهی نایل شوی و درآن‌صورت به بقای جاودانه و حیات طیّبه دستَ یابی. این، یکی از اصول بنیادین مکتب عرفانی مولاناست که در جای جای آثار و مکتوبات او تصریح شده است. مرگِ اختیاریَ فقط مخصوص صاحبدلان رهیده از بندِ «ما» و «منی» است. (شرح جامع مثنوی معنوی، ج ۵، ص ۱۶۹)

کنی، حقیقت‌بین خواهی شد و روح و جانت به زیور کمالات معنوی مزیّن خواهد گردید.

ای طالب حقیقت، آن پَری را مکَن که به هیچ وجه نتوان التیام و پیوندش داد؛[1] و مبادا با روی آوردن شهواتِ احوال روحانی خود را زائل کنی، که درآن‌صورت زیان‌کار خواهی بود. خراشیدن و مجروح کردن رخساری که مانند آفتابِ تابان است، عملی خطاست.[2] بر چنان رخسار شریفی ناخن کشیدن و خراشیدن کفر است. حتّی ماه نیز به چهره‌ی (معنوی) انسان عشق می‌ورزد، درحالی‌که ماه مظهر زیبایی و جلوه‌گری است؛ پس همه‌ی افلاک و نجوم، در برابر انسان کامل، خاضع و خاشع‌اند.

ای غافل، یا تو رخساره‌ی معنوی خود را نمی‌بینی؛ و یا اگر می‌بینی به سبب غلبه‌ی نفسانیّات، خود را به ندیدن می‌زنی. پس اخلاق ستیزگرانه‌ی خود را ترک کن و از افکار حق‌ستیز دست بردار.

ای طاووس، پرِ خود را مکَن، بلکه دل از پر و بال برکَن.

طاووس به آن حکیم سؤال‌کننده گفت:

«از این جا دور شو که فردی ظاهرگرایی و تنها به آب و رنگ دلخوش کرده‌ای. مگر نمی‌دانی که به خاطر همین پروبال زیبایی که دارم، از هر طرف بلاهای بسیاری به سوی من می‌آید؟ صیّادان بی‌رحم، شب و روز در کمین ما می‌نشینند و دام می‌گسترند. حال‌که در برابر این قضا و قدَر و بلا و فتنه، قدرت مقابله و امکان حفظ خود را ندارم، بهتر است که زشت و بدشکل گردم تا در این دشت و کوهستان آسَوده باشم. ای جوان، این (بال و پر) سلاحِ غرور و تکبّر من است؛ غرور، مغروران را به صد گونه بلا گرفتار می‌کند. پس بگو ببینم جان عزیزتر است یا حفظ ظاهر؟»

٭ ٭ ٭

در این حکایت، «طاووس» کنایه از عارفان بالله و ژرف‌اندیشان وارسته‌ای است که دل از ظواهر دنیا شسته‌اند تا روح خود را از تبَاهی‌های مرسوم پاک دارند. آن «حکیم» مثال ظاهربینان فضل‌فروشی است که به اسرار روحی و باطنی روشن‌بینان وقوف ندارند و به‌این‌جهت، عدَم التفات آنان به آرایش دنیوی و نفسانی را نکوهش می‌کنند و آنان را که خاک و طلا در نظرشان یکسان است، مَجنون خطاب می‌نمایند.

۱- مراد از «پَر» در این جا، احوال حسنه و قوای روحانی است. (شرح کبیر انقروی، ج ۱۲، ص ۲۰۸)

۲- منظور از «آفتاب تابان» در این جا «نفْس مطمئنه» است؛ و مراد از «خراشیدن»، افکار دنیایی و نفسانی است. منظور کلام این است: روا نیست که به خاطر همّ و غم دنیوی و نفسانی، قوای روحانی و استعدادهای معنوی و الهی خود را از دست بدهی. (شرح جامع مثنوی معنوی، ج ۵، ص ۱۷۱)

(۱۹۳)

آهو در طویله‌ی خران

روزها آن آهوی خوش ناف نر
در شکنجه بود در اصطبل خر
مضطرب در نزع چون ماهی ز خشک
در یکی حقه معذب پشک و مشک

صیّادی، آهویی شکار کرد و به طویله‌ی گاوان و خران خود انداخت. وقتی‌که برای آن‌ها کاه ریخت، آن زبان بسته‌ها با اشتهای عجیبی شروع به خوردن کردند؛ امّا آهو هراسان از این سو به آن سو می‌دوید و اصلاً لب به کاه نمی‌زد.

هرکس را بالاجبار در کنار کسی قرار دهند که از حیث روحی و اخلاقی تناسبی با او ندارد، عذابی مرگبار خواهد کشید. ای شخص مورد اعتماد، آن عذاب چیست؟ عذاب او، با پرنده‌ی غیر هم‌جنس در قفس بودن است.

ای انسان، تو از دستِ این جسم در عذابی، پرنده‌ی روح تو با پرنده‌یی دیگر بسته شده است. بدان که روح لطیف تو به منزله‌ی باز شکاری است و غرایز حیوانی مانند زاغ، و مسلّماً روح لطیف از دست زاغان و جغدان دچار رنج و عذاب‌هایی است.

آن آهوی نر که نافه‌ای[1] معطّر داشت، روزها در آخور خران، مضطرب و پریشانی بود.

چون ماهی به خشکی افتاده، دست و پا می‌زد و مشغول جان‌کندن بود.

خری (به خران دیگر) از روی استهزا گفت:

«بدانید که این حیوان وحشی سرشتِ شاهان و امیران را دارد. ساکت باشید!»

خری دیگر با حالی تمسخرآمیز گفت:

«این حیوان از تکاپوی خود به این طرف و آن طرف، گوهری به دست آورده است. چه‌کسی ممکن است آن را ارزان بفروشد؟!»[2]

و خری دیگر گفت:

«به او بگویید با این ظرافتی که دارد، باید برود بر تخت پادشاهی تکیه بزند.»

خری دیگر که مشغول پُرخوری بود، به رسم دعوت، آهو را به خوردن دعوت کرد؛ امّا آهو سرش را به علامت رد و امتناع بالا بُرد و گفت:

«نه فلانی، نمی‌خورم. اصلاً اشتها ندارم، مریضم.»

آن خر گفت:

۱–نافه: کیسه‌ای به حجم یک نارنج که در زیر شکم جنس نر آهوی خُتَن در زیر جلد نزدیک عضو تناسلی حیوان قرار دارد و دارای منفذی است که از آن مادّه‌ای قهوه‌یی رنگ روغنی شکل خارج می‌شود که بسیار خوشبو و معطّر است و به نام مُشک موسوم است و در عطرسازی به کار می‌رود. (فرهنگ فارسی دکتر معین)

۲–منظور آن است که عارف باالله در اصطبل دنیا، بر اثر سیر و سلوک، به گوهر معرفت دست می‌یابد و آن را ارزان در اختیار هر کَس قرار نمی‌دهد. (شرح جامع مثنوی معنوی، ج ۵، ص ۲۶۸)

«ای آهو، می‌دانم که ناز می‌کنی و یا ننگ می‌دانی که از این غذاها بخوری. برای همین از آن می‌پرهیزی.»

آهو گفت:

«ای الاغ، این غذای نفسانیِ تو است که اجزای بدن تو با این غذاها زنده و تر و تازه می‌ماند. من با علفزار اُنس و اُلفت ، و در کنار آب‌های زلال و باغ‌ها آرامش داشتم.[1] اگرچه قضا و قدَر الهی ما را دچار محنت و ابتلای دنیوی کرد، امّا کِی ممکن است که آن خوی و طبع لطیف و پاکیزه از وجودمان محو شود؟ محال است که ما تن به نفسانیّات دهیم. اگرچه اینک گدا شده‌ام؛ ولی محال است گداصفت شوم؛ و اگرچه جامه‌ام کهنه شود، امّا وجودم همیشه تازه و بانشاط است.[2] من حتّی لاله و سنبل و ریحان را نیز با هزاران ناز و بی‌میلی خورده‌ام.»[3]

الاغ به آهو گفت:

«آری، یاوه‌گویی و خودستایی کن، زیرا در غربت می‌توان سخنان بیهوده بسیار گفت.»[4]

آهو در جواب خر گفت:

«نافه‌ی خوشبوی من گواه بر صدق ادّعای من است، به‌طوری‌که حتّی از عوِد و عنبر نیز خوشبوتر است. امّا آن رایحه‌ی دلنواز را چه کسی استشمام می‌کند؟ مسلّماً کسی که قوّه‌ی شامّه‌اش سالم باشد. بدان‌که آن رایحه‌ی دلنواز بر خری که به مدفوع اشتیاق دارد، حرام است.[5] خر، ادرار خود و دیگر خران را که بر سر راه ریخته شده، می‌بوید. با این وصف من چگونه می‌توانم مُشک و عنبر را به این گروه عرضه دارم؟»[6]

آهو ادامه داد:

۱- زبان حال عارف بالله نیز همین است. او به شهوت پرستانی که مانند خر لایعلم و گاو لایفهم‌اند می‌گوید: «طعام‌هایَ نفسانی و لذّات حیوانی در خودِ وجود شماست؛ زیرا من پیش از هُبوط (فرود آمدن) به آخورِ دنیا، با گلشن عرفان و روضه‌ی رضوان انیس و مونس بوده‌ام. پس تمام تلاشم رجوع به آن عالَم استَ.» (شرح جامَع مثنوی معنوی، ج ۵، ص ۲۶۹)

۲- عارفان بالله با زبان حال به اهل دنیا می‌گویند: «گرچه ما ظاهراً از مُلک و مال دنیوی رخ برتافته‌ایم و فقیر محضَ شده‌ایم، هرگز گداصفت نیستیم؛ زیرا گداصفتی از لئامت روحی و دنیادوستی ناشی می‌شود. و گرچه جسممان پیر و شکسته شود، امّا روحمان سیّال و بانشاط است.» (همان کتاب، همان صفحه)

۳- عارف بالله می‌گوید: «من حتّی در بهره بُردن از امور حلال نیز محتاط عمل کرده‌ام، تا چه رسد به مکروه وِ حرام.» (همان کتاب، ص ۲۷۰)

۴- زیرا شخصی که برای دیگران ناشناس باشد و سابقه‌اش نامعلوم، می‌تواند برای اطرافیانِ خود لاف بسیار زند و بگوید من چنین و چنان بوده‌ام. (همان کتاب، همان صفحه)

۵- رجوع شود به حکایت «دبّاغ در بازار عطرفروشان». منظور کلام این است: «کسی که مشام باطنی نداشته باشد، نمی‌تواند بوی عشق و معرفت را از عارفان دریابد. (همان کتاب، همان صفحه)

۶- یعنی: «وقتی سلیقه‌ی دنیاپرستان به سوی متاع دنیایی و امور نفسانی است، من چگونه مُشک معارف را بر آنان عرضه کنم؟» (همان کتاب، همان صفحه)

«برای همین است که پیامبر اکرم امر حق را اجابت کرد و این راز را بیان داشت که «اسلام در جهان غریب است.» زیرا اگرچه فرشتگان با ذات او (اسلام و یا پیامبر و یا فرد مسلمان) همدم و مونس‌اند، امّا خویشان و کسانش از او دوری می‌کنند.[1] گرچه مردمانِ ظاهربین، ظاهر او را مانند خود، بشری می‌بینند؛ امّا رایحه‌ی حقیقت را از وجود او استشمام نمی‌کنند.»

باز هم آهو گفت:

«وقتی تحتِ ارشاد عارفی ربّانی و موحّدی حقّانی قرار گیری، او خوی حیوانیِ تو را از میان می‌برد و خوی حماقت را از قلب و ضمیرت بیرون می‌کند. اگر فرضاً گاو باشی (یعنی احمق و نفْس‌پرست باشی)، آن هادیِ عارف و موحّدِ واصل، تو را چنان ارشاد می‌کند که از حماقت و هوی‌پرستی، به شیر دلاور عرصه‌ی حق و توحید مبدّل خواهی شد. پس اگر تو واقعاً حماقت و هوی‌پرستی را امری مطلوب می‌دانی، هرگز آرزوی شیر شدن نکن و آن را طالب نباش.»

٭ ٭ ٭

منظور کلّی از این حکایت چنین است: هرکس از باده‌ی کُبرای حقیقت جرعه‌ای پیموده باشد، در این دنیا نمی‌خرامد، زیرا شیفته‌ی آن جهان است؛ و کسی که به کاهدانِ دنیا خو کرده باشد، به دنیا خوش است.

در این حکایت «آهو» کنایه از اهل الله است؛ «آخور» کنایه از دنیا؛ «گاوان» و «خران» کنایه از مردم دنیاطلب و شهوت‌پرست؛ و «صیّاد» کنایه از حضرت حق است که طبق حکمت و مشیّت خود، اهل الله را نیز به این دنیا آورده است.

اهل الله در اصطبل این دنیا غریب‌اند و چون به روضات معنوی عادت کرده‌اند، برای متاع دنیوی که حریصان از دست یکدیگر به یغما می‌برند، اعتباری نمی‌نهند. پس رفتار و گفتار و کردارشان، برای ابنای دنیا غریب و مجنون‌وار است.

مولانا به مناسبت بیان حال غریبانه‌ی اهل الله در دنیا، گریزی می‌زند به غربت روح در عالم جسم و می‌گوید همان‌طور که سر کردن با ناهمجنس عذابی الیم است، رام شدن و اطاعت روح در جسم نیز عذابی است برای روح. پس روح‌های پاک، هر دم می‌خواهند خرقه‌ی کالبد را بشکافند و در فضای الهی به پرواز آیند.

مرغ باغ ملکوتم نی‌ام از عالم خاک   چند روزی قفسی ساخته‌اند از بدنم

۱- چنان که بسیاری از خویشانِ رسولِ خدا، از آن حضرت و دین و شریعتش رخ برمی‌تافتند.

(۱۹۶)

سلطان محمّد و شهر سبزوار

شد محمد الپ الغ خوارزمشاه

در قتال سبزرار پرپناه

تنگشان آورد لشکرهای او

اسپهش افتاد در قتل عدو

سلطان دلیر و بزرگ، محمّد خوارزمشاه و سپاهیانش به جنگ مردم سبزوار رفتند[1]. عرصه را بر آنان تنگ کردند و سپاهیان او به قتل‌عام دشمنان خود (مردم سبزوار) پرداختند.

مردم به حضور سلطان رفتند و سجده کردند. امان خواستند و گفتند:

«ما را امان ده تا غلام حلقه به گوش تو باشیم. هر مقدار مالیات و هدایایی که در هر فصلی از ما بخواهی، بیش از آن‌چه توقّع داری به تو تقدیم می‌کنیم. ای دلاور، جانِ ما به تو تعلّق دارد، امّا لطف کن تا این‌جان مدّتی پیش ما امانت باشد و ما را نکش.»

خوارزمشاه گفت:

«ای رمیدگان از حق، من از شما زر و سیم نمی‌خواهم. اگر می‌خواهید امان یابید، باید از میان همشهریان، شخصی به نام ابوبکر را به عنوان هدیه نزد من بیاورید. ای فرومایگان، شما را مانند کشت و زرع درو خواهم کرد. نه از شما مالیات می‌ستانم و نه به سخنان یاوه‌ی شما گوش فرا می‌دهم.»

آنان ناگزیر جست‌وجوکنندگانی به اطراف شهر گسیل داشتند تا شخصی با آن نام بیابند. پس از سعی و تلاش بالاخره شخصی ضعیف و مُردنی را به نام ابوبکر پیدا کردند. وی مردی مسافر بود که بر اثر بیماری در شهر سبزوار توقّف کرده بود. آن مرد نحیف در گوشه‌ی ویرانه‌ای خوابیده بود. جست‌وجوکنندگان به بالینش رفتند و به او گفتند:

«بلند شو و عجله کن که شاه تو را خواسته است، مردم شهر ما به سببِ وجودِ تو از قتل‌عام نجات خواهند یافت.»

آن شخص رنجور گفت:

«اگر مرا پایِ رفتن بود، در این شهر که پُر از دشمن است سر نمی‌کردم؛ بلکه به جای ماندن، به سوی دیار یاران حرکت می‌کردم.»

پس تابوتی آوردند و او را که قادر به حرکت نبود داخل آن گذاشتند و سپس بر دوش کشیدند و نزد خوارزمشاه بردند.

ای طالب، این جهان به منزله‌ی سبزوار است، و مردان حق در این جهان، قدر و منزلتشان مخفی می‌ماند. حضرت حق در مَثَل، مانند خوارزمشاه است که از مردمانِ

فرومایه دل طلب می‌کند.[1] پیامبر فرمود:

«حق‌تعالی به ظاهر شما نگاه نکند؛ پس برای چاره‌جویی در کار خود، صاحب‌دلی طلب کنید.»[2] خداوند فرماید: «من به واسطه‌ی صاحب‌دل به تو می‌نگرم، به ظاهرِ عبادت و انفاقت نگاه نمی‌کنم و آن را معتبر نمی‌شناسم. ولی چون تو خود را صاحب‌دل انگاشته‌ای، خیال می‌کنی به مقصود رسیده‌ای و مستغنی از ارشادِ کاملانی؛ درحالی‌که هم‌چنان نیازمند ارشاد اهل نظری. تو نباید این قلب خُرد و کوچک را قلب بخوانی.»

ای سالک، خداوند عطایای خود را در دست انسان کامل قرار می‌دهد و از دست او، به افرادی که مشمول رحمت الهی قرار گرفته‌اند عطا می‌فرماید؛ یعنی انسان کامل واسطه‌ی فیض الهی است. اتّصال انسان کامل با حق، اتّصالی است که در بیان نمی‌گنجد.

ای توانگر، اگر فرضاً صد کیسه‌ی طلا به درگاه حق بری، آن حضرت فرماید:

«ای خمیده قامت، یعنی ای‌که به ظاهر نماز می‌خوانی و قیام می‌کنی، دل باصفا بیاور. اگر صاحب‌دلان از تو راضی‌اند، من نیز از تو راضی‌ام؛ و اگر آنان از تو رخ برتابند، من نیز رخ برتابم. من به ظاهر تو نگاه نمی‌کنم، بلکه به دل تو می‌نگرم. عزیز من، بر درگاه من دلی باصفا به ارمغان آر.»

ای مرد کوشا، دلی در درگاه الهی مورد قبول است که از گرد و غبار گناه و معصیت و حبّ جاه و مال عاری، و به نور فضایل رحمانی منوّر باشد. آن سلطان قلب‌ها در انتظار دلی است که آکنده از نور حقیقت و خیر محض باشد. تو اگر روزها در سبزوار بگردی و بنگری، نمی‌توانی چنان دلی بیابی. سرانجام، دلی پژمرده و روحی فرسوده را روی تابوتِ جسمت می‌گذاری و به سوی بارگاه الهی می‌بری و می‌گویی:

«ای شاه عالَم هستی، من به درگاه تو این دل را آورده‌ام، زیرا در سبزوارِ دنیا بهتر از این دل پیدا نشد.»[3]

حق‌تعالی به تو فرماید:

«ای گستاخ، مگر این‌جا گورستان است که دل مرده را به این‌جا آورده‌ای؟ برو دلی به بارگاه الهی بیاور که زیبنده به اخلاق الهی باشد، همان دلی که سبزوارِ عالَم هستی به برکت وجود او امان می‌یابد.»

❋ ❋ ❋

۱- مناسب است با آیات ۸۸ و ۸۹ سوره‌ی شعراء: در آن روز (آدمی را) نه دارایی سود دهد و نه فرزندان، مگر کسی که با قلبی سالم (زُدوده از غبار معصیت) به پیشگاه خدا آید.»

۲- مولانا در این قسمت از داستان، این نکته را بیان می‌کند که اگر آدمی خود دارای قلبی پاک و مصفّانیست، می‌تواند با همراهی و راهنمایی صاحب‌دلی حقیقی راه پاکی و طهارت روحی را بیابد و خود اندک اندک بدان درجه برسد. (شرح جامع مثنوی معنوی، ج ۵، ص ۲۵۷)

۳- منظور این است: «تو با دلی فاقد معنا و عاری از معرفت و فرسوده از حُبّ دنیا، به درگاه الهی می‌شتابی و خیال می‌کنی که دل مطلوب خداوند همین دل‌های آغشته به جرم و معصیت است.» (شرح جامع مثنوی معنوی، ج ۵، ص ۲۶۲)

(۱۹۸)

«سبزوار» کنایه از ویرانکده‌ی دنیاست؛ «آن مردِ ضعیف و رنجور»، کنایه از اولیاءالله است که در دنیا مظلوم و مجهول‌القدرند؛ و «شاه» کنایه از حضرت حق، شاهِ جهان هستی است.

به درگاه الهی فقط قلب پاک و مصفّا اعتبار دارد و لاغیر، چنان‌که سبزواریان پیشنهاد هدایای گران‌بها به شاه کردند و او نپذیرفت و گفت: «این‌ها به نزد من ارزشی ندارد، جز آن‌که بروید فلان شخص را برایم حاضر کنید.» حق‌تعالی، به ظاهر و مال‌ومنال و جاه‌ومقام دنیوی کسی ننگرد؛ بلکه تنها قلب هر کس، ملاکِ رد یا قبول است.

سپس مولانا به مناسبت امان یافتن سبزواریان به واسطه‌ی یافتن شخص مورد نظر شاه، نتیجه‌گیری می‌کند که امان و بقای عالَم، به وجود حجّت خدا و ولی‌الله الاعظم است که او واسطه‌ی فیض رساندن ربّانی به خلایق می‌باشد؛ و دیگر نکات و نتایجی که در طول داستان درج شده است.

جواب عاشق به معشوق

آن یکی عاشق پیش یار خود
می‌شمرد از خدمت و از کار خود
کز برای تو چنین کردم چنان
تیرها خوردم در این رزم و سنان

عاشقی در حضور معشوق خود، خدمت‌ها و کارهای خود (در راه معشوق) را می‌شمرد. مثلاً می‌گفت:

«ای معشوق، من برای تو چنین و چنان کردم و رنج‌ها و دردها کشیدم. در راه این عشق، مال و قدرت و شهرتم از میان رفت و بر اثر عشق تو، ناکامی‌های بسیاری نصیب من شد. از شدّت غلبه‌ی عشق تو، شب‌ها تا صبح بیدار و گریان سر کردم.»[1]

آن عاشق هر تلخی و ناکامی که چشیده بود، یک به یک و مفصّل به معشوق شرح می‌داد. البتّه دردها و ناراحتی‌های خود را به این دلیل بازگو نمی‌کرد که بر معشوقِ خود منّتی بگذارد، بلکه می‌خواست بر صداقتِ خود در عشق دلایلی فراوان بیاورد.

برای عاقلان اشاره‌ای کافیَ است؛ امّا عاشقان حقیقیِ الله، به آثار قناعت نمی‌کنند بلکه طالب دریای ذات الهی‌اند. عارفان عاشق بی‌هیچ‌گونه دلتنگی و ملال، سخن خود را تکرار می‌کنند و تشنگی عاشق با یک اشاره فرو نمی‌نشیند، همان‌طورکه ماهی به اندک آب سیر نمی‌شود.

آن عاشق نیز از دردِ دیرین خود سخنانی بسیار می‌گفت؛ امّا از بس در عشق، بی‌خویش شده بود، می‌گفت که حتّی یک سخن هم نگفته. دردِ مزمنِ عشق مانند آتش بود و او از ماهیّت آن خبر نداشت؛ امّا مانند شمع از حرارت آن گریه می‌کرد.

معشوق به او گفت:

«آری، همه‌ی این کارها را کرده‌ای؛ امّا خوب گوش‌هایت را باز کن و مطالبی که می‌گویم را دقیقاً درک نما. آن مطلب اینست که گرچه تو همه‌کار کردی، امّا آن‌چه را که شرط اصلی عشق و دوستی است به جا نیاوردی. پس همه‌ی کارهایی که تا به حال کرده‌ای، فرع بوده است.»

عاشق پرسید:

«آن شرط اصلی چیست؟»

معشوق جواب داد:

«اصلِ بنیادین عشق، مردن و نیست شدنِ عاشق است. تو همه‌کار کردی، ولی فانی

۱- مناسب است با آیه‌ی ۱۶ سوره‌ی سجده: «پهلوهایشان از بسترها در دل شب دور می‌شود (و به پا می‌خیزند و رو به عبادت می‌پردازند.) پروردگار خود را با بیم و امید می‌خوانند، و از آن‌چه به آنان روزی داده‌ایم انفاق می‌کنند.»

نشدی و هنوز زنده‌ای. آن شرطِ اصلی، مردن در راه معشوق است.»[۱]

همین‌که عاشق این سخن را شنید، دراز کشید و مانند گُل، شاد و خندان در راه معشوق جان سپرد؛ و آن خنده مانند روح و عقل عارف که هیچ رنجی ندارد (و از لوث جسم و جسمانیّت پاک است،) بر لب آن عاشق، جاودانه نقش بست.

نور آفتاب به محض آن‌که خطابِ «ارْجِعی» را بشنود، شتابان به سوی اصل خود باز می‌گردد.[۲] انسان کامل که نور جهان است و نور حق را دیده، وقتی به سوی حق بازگردد دنیا را ظلمانی و خاموش سازد و این دنیا و اهل دنیا در حسرت فراق انسان کامل بمانند. روح عارفِ بالله نه تعلّقی به دنیا دارد و نه آخرت، بلکه عاشق حق است و لاغیر؛ و این مقام، مقام صدّیقان است.

❊ ❊ ❊

مولانا در موضوعِ توحیدِ حقیقی و نفی وجود مجازی و موهوم، این حکایت را آورده است. او می‌گوید که دعوی عشق را همگان دارند، امّا حقیقت عشق را کم‌تر کسی متوجه می‌شود. شرط اصلی عشق، گذشت از بقای موهوم و خروج از منزل «من» و «مائی» است؛ و تا وقتی‌که منِ خود را حفظ کرده‌ای، به جوهر عشق نرسیده باشی.

۱- مولانا در این جا یکی از مبانی عرفی و تصوّف را بازگو کرده است و آن اینست که عشق حقیقی، مستلزم فنای عاشق در معشوق و رفع دوئی و انانیّت (خودبینی، منی، خودستایی) است. تا وقتی که کوه هستی انسان برپاست، از عشق دم زدن یاوه‌سرایی است؛ زیرا اگر اخگر عشق در کسی زبانه کشد، حبّ «منی» و «مایی» را محو می‌سازد. (شرح جامع مثنوی معنوی، ج ۵، ص ۳۵۳)

۲- «نور آفتاب» در این جا کنایه از روح عارف است. یعنی همین که حضرت حق ارواح عارفان را از بدن‌هایشان فرا خوانَد، بی‌درنگ ارواح به سوی او باز می‌گردند. ارجعی (بازگرد) مقتبس است از آیات ۲۷ و ۲۸ سوره‌ی فجر: «تو ای روح آرام یافته، به سوی پروردگارت بازگرد، درحالی‌که هم تو از او خشنودی و هم او از تو خشنود است.»

کنیزک، خاتون و خر

یک کنیزک یک خری بر خود فکند
از وفور شهوت و فرط گزند
آن خر نر را بگان خو کرده بود
خر جماع آدمی را پی برده بود

کنیزکی در طویله‌ی خانه‌ی بانوی خود با خری شهوت می‌راند و برای مصون ماندن از آسیب آن، کدویی را در نصف نرینه‌ی خر قرار می‌داد. کنیزک، آن خر را به عمل جِماع با خود عادت داده بود، و خر نیز نزدیکی کردن با انسان را آموخته بود. روزها بدین منوال می‌گذشت و آن خر بر اثر کثرت مجامعت پیوسته لاغر می‌شد.

بانوی خانه که از موضوع خبر نداشت، از حال زار خرش نگراش شد و آن را نزد «نَعل‌گردان» برد، ولی علائم هیچ نوع بیماری در او دیده نشد و هیچ‌کس نتوانست راز این قضیه را کشف کند. بانوی خانه جست‌وجو را در این‌باره با جدّیت ادامه داد.

ای سالک، روح آدمی باید غلام و بنده‌ی سعی و جدّیت باشد؛ زیرا کسی‌که با جدّیت به دنبال چیزی رود، آن را خواهد یافت.

وقتی بانوی خانه مشغول تفحّص در احوال خرش بود، برحسب تصادف از شکاف دِر طویله دید که آن کنیزک زیر خر خوابیده است. آن زن از دیدن چنین صحنه‌ی وقیحی سخت تعجّب کرد. دید که خر با آن کنیزک همان‌طور جماع می‌کند که مردان از روی عقل و عرف با زنان خود. (یعنی آن خر در این‌کار آموخته و مجرّب بود.) چون آتش شهوت در او نیز پُر لهیب بود، دچار حسادت شد و با خود گفت:

«حال که این کار شدنی است، پس من بدین کارْ شایسته‌ترم زیرا که خر مالِ من است. این خر تربیت شده و آموخته است، اینک همه‌ی وسایل برای شهوت‌رانی آماده است.»

بانو با آن‌که آن صحنه را دیده بود، امّا خودش را به ندیدن زد و دِر طویله را به صدا درآورد و گفت:

«آهای کنیزک، چه‌قدر می‌خواهی این طویله را جارو کنی؟»

بانو به جهت طمعی که خود داشت، آن راز را پنهان کرد و چیزی به کنیزک نگفت.

کنیزک کدو و دیگر چیزهای این فساد را پنهان نمود و جلو رفت و دِر را باز کرد. او برای سرپوش نهادن به عمل قبیح خود و رد گم کردن بانو، چهره‌اش را گرفته نشان داد و چشمانش را اشک‌آلود کرد و لب‌هایش را بر هم مالید یعنی که روزه‌ام.[1]

۱- روزه‌دار معمولاً لب‌هایش خشک می‌شود و بی‌اختیار لبانش را به هم می‌مالد تا مرطوب شود. این قسمت از داستان، نقدِ حال متظاهران و ریاکارانی است که خود را به جامعه‌ی پرهیزکاران در می‌آورند. به رسوم و احوال عارفان بالله تشبّه می‌جویند و با اطوار و اقوال و اشاراتی به دیگران اعلام می‌دارند که مثلا نماز شب می‌خوانند و شَب زنده‌داری دارند و یا چند روزی را روزه‌دار بوده‌اند. (شرح جامع مثنوی معنوی، ج ۵، ص ۳۷۸)

کنیزک برای این‌که وانمود کند در حال تمیز کردن طویله بوده، جارو به دست در را باز کرد. بانو زیر لب گفت: «ای استاد حیله‌گری!»

بانو در آن لحظه کنیزک را مانند افراد بی‌گناه، محترم و گرامی داشت. سپس به کنیزک گفت:

«چادرت را سر کن و به در فلان خانه برو و پیغامی از من به او برسان.»

بعد از این‌که کنیزک را به اصطلاح «دنبال نخود سیاه» فرستاد، هیجان‌زده درحالی‌که از مستیِ شهوت شادمان بود، در را بست. آن زن خود را از هر جهت کامروا می‌دید و در آتش شهوت آن خر بی‌تابی می‌کرد.

ای رفیق، امیالِ شهوانی، دلِ آدمی را کر و کور می‌کند به‌طوری‌که خر، مانند حضرت یوسف جلوه می‌کند، و آتش به صورت نور. چه‌بسا افرادی که مستِ آتش‌اند و خواهان آتش، امّا خود را نور مطلق می‌انگارند؛ مگر این‌که یکی از بندگانِ خدا و یا جذْبه‌ای از جذبات حق او را به راه آورَد و حال زار او را دگرگون سازد. تا او دریابد که آن خیالات آتشین، از نظر طریقت امری عاریتی و مجازی بوده است. حرص و آز، زشتی‌ها را به صورت زیبا نشان می‌دهد. در طریقت، هیچ آفتی بدتر از شهوت نیست. شهوات نفسانی بسیاری از خوش‌نامان را بدنام کرده، و بسیاری از افراد زیرک را گول زده و ابله ساخته است.

ای سالک، شهواتِ نفسانی از خوردن به وجود می‌آید. پس، از مقدار طعام خود کم کن. و یا برو ازدواج کن تا از گزند آن مصون مانی. زیرا پُرخوریِ تو را به سوی کارهای حرام می‌کشد. پس ازدواج به منزله‌ی لاحَوْل و لاقُوَّةَ الاّ باللّه است تا شیطان نَفْست تو را گرفتار بلا نکند.[۱] اگر نسبت به خوردن، حرص می‌ورزی، زود زن بگیر؛ والّا گربه می‌آید و دنبه را می‌رباید.[۲] اگر خر نفست را با طاعت و ریاضت و ذکر حق مشغول نکنی، او تو را به خودش مشغول می‌کند؛ پس پیش از آن‌که نفس امّاره بر پشت تو بار گناه و عصیان نهد، تو بارِ طاعت را بر پشتش بند. تو که خبر نداری آتش شهوت چه ویرانی‌ها به بار می‌آورَد، کورکورانه خود را به میان آن نیفکن. انسان معتدل و درست‌کردار، هم فایده‌ی آتشِ شهوت را می‌شناسد و هم مضرّاتش را؛ و اَز شهوت در جهتی استفاده می‌کند که دیگِ وجودش به کمال و پختگی رسد، نه آن‌که آتش شهوت زبانه کشد و خرمن کشت و نسل او را بسوزاند.

آن زن، درِ طویله را بست و شادمانه خر را به روی خود کشید. ولی چون شهوت چشم و گوشش را بسته بود، ندانست که باید مانند کنیزک با کدو مقدّمات کار را فراهم سازد؛ والّا

<hr>

۱-لاحَولَ ... از ذکرهای شریفی است که خیالاتِ فاسده‌ی نفسانی را دفع می‌کند. در این جا ازدواج، به این ذکر تشبیه شده تا ضرورت این سنّت حسنه در ضبط و صیانت نابهنجاری‌های اجتماعی و اخلاقی را نشان دهد. (شرح جامع مثنوی معنوی، ج ۵، ص ۳۸۲)

۲- یعنی: «همان‌طور که «گربه» دنبه را می‌رباید، گربه‌ی شهوت نیز اخلاق و تقوای تو را می‌رباید و می‌برد.» (همان کتاب، ص ۳۸۳)

نه‌تنها تمتّعی نَبَرد، بلکه به کام هلاکت نیز درآید. خلاصه‌ی کلام، بر او رفت آن‌چه باید می‌رفت. زن از آسیب آن زبان بسته، در دم جان داد.

پدرجان، مرگ آن زن، با رسوایی و فضاحتِ بسیار رخ داد. آیا تاکنون دیده‌ای که کسی از آلت خری شهید شود؟! تو «عذابِ خواری» را از قرآن کریم بشنو، تا جان خود را در چنین رسوایی و ننگی قربانی نکنی.[1]

ای رهرو، بدان که این نفس حیوانی در مَثَل مانند آن نره‌خر است؛ و زیر چنین حیوانی خوابیدن از عمل قبیح آن زن بدتر می‌باشد. اگر بر اثر پیروی از نفس امّاره در حالت انانیّت و خودبینی بمیری، بدان‌که حقیقتاً تو مانند همان زنی.

ای سالک، حضرت حق‌تعالی نفس امّاره‌ی ما را به صورت خر در خواهد آورد؛ زیر او صورت‌ها را مطابق با سیرت‌ها تجسّم دهد. این است معنی کشف اسرار در روز قیامت. تو را به خدا از این تن که مانند خر است فرار کن.[2] خداوند کافران را از آتش ترساند، و کافران گفتند: «آتش برای ما سزاوارتر از ننگ است.»[3] خداوند فرمود: «نه، آن آتش اساس همه‌ی ننگ‌هاست.» درست مانند همین آتش شهوت که این زن را حقیر و خوار و نابود کرد. پس آتش شهوت، اساس همه‌ی ذلّت‌ها وننگ‌هاست.

کنیزک به طرف خانه‌ای که آن بانوی هلاک شده فرستاده بود می‌رفت، ولی به زیرکی و فراست دریافته بود که آن بانو خواسته خود دست به کار شود و می‌دانست که چه بلایی بر سر بانو خواهد آمد؛ لذا با خود می‌گفت: «ای وای، ای بانوی من، تو استاد را روانه کردی. اگر بخواهی بدون استاد کاری انجام دهی، بدان که جاهلانه هلاک خواهی شد.[4] ای کسی‌که علمی ناقص از من دزدیده‌ای، آیا عارت آمد که موضوع دام را از من سؤال کنی؟ اگر آن بانو فْوت و فن لذّت بردن از خر را دقیقاً از من یاد می‌گرفت، هم کامروا می‌شد و هم به هلاکت نمی‌رسید.[5] از حظهای نفسانی کمتر استفاده کن؛ و اگر امرِ کُلُوا (بخورید) را خوانده‌ای، نهیِ

1- چنان‌که در قسمتی از آیه‌ی ۱۶ سوره‌ی فصّلت آمده: «... تا این‌که عذاب خوارکننده را در زندگی دنیا به آن‌ها بچشانیم؛ و عذاب آخرت، از آن هم خوارکننده‌تر است و ایشان یاری نشوند.»

2- در آیه‌ی ۹ سوره‌ی طارق آمده: «در آن روز، اسرار نهان (آدمی) آشکار شود.» ظهور باطن و کشف اسرار آدمی، با تجسّم اعمال صوَرت می‌بندد و هر کس با صفت غالبش محشور شود. الحق عجب ظهور و کشفی است! دیگر مثل دنیا نیست که نیّات و معایب اخلاقی، با پرده‌های ریا و نفاق پوشیده شود. (شرح جامع مثنوی معنوی، ج ۵، ص ۳۸۶)

3- قسمتی از آیه‌ی ۲۷ سوره‌ی ص را تداعی می‌کند: «... پس وای بر کافران از آتش (دوزخ).»

4- مولانا در این‌جا مبتدیان خام را که تا دانشی «نیم‌بند» به دست می‌آورند دچار خودبینی می‌شوند و به منتهیان راهْ جفا و بی‌مهری می‌کنند، ارشاد می فرماید و ضرورت توجّه به استاد راه‌دان را تأکید می‌کند. امّا همه‌ی این نکات را از زبان آن کنیزک بیان می‌فرماید. (شرح جامع مثنوی معنوی، ج ۵، ص ۳۸۹)

5- نکته‌ی معنوی کلام: بهره‌مندی از شهوات و مواهب دنیوی باید در سایه‌ی ارشاد عقل و شرع و منتهیان این راه صورت گیرد؛ اگر اعتدال رعایت شود، هم غرایز آدمی به کار بسته شود و هم دین و ایمانش تباه نگردد. اگر سالک تحت تعلیم و ارشاد کامل هدایت شده‌ی وارسته و مرشد صالح قرار

لاتُسْرِفُوا (اسراف نکنید) را نیز بخوان.[۱] عارفان بالله و روشن‌بینان آگاه، از لذّات شیطانی و حظهای اهریمنی خودداری می‌کنند. هوی‌پرستان به خواری کشیده شوند، حق‌پرستان به مراتب عالیه‌ی معنوی و تقرّب به حضرت حق و اشتغال به ذکر و نیایش مشغول شوند.»

وقتی کنیزک به خانه بازگشت و آن صحنه‌ی رسوا را دید، خطاب به جسد زن گفت:

«ای بانوی احمق، این دیگر چه وضعی است؟ استاد به تو فنّی را نشان داد، ولی تو ظاهر آن فن را دیدی و راز آن بر تو پوشیده ماند. تو که آلت خر را مانند شیرینی و عسل لذّت‌بخش دیدی، پس ای آزمند، چه شد که آن کدو را ندیدی؟[۲] یا چنان در عشق خر فرو رفتی که کدو از چشمت پنهان ماند؟ تو صورت ظاهر فن و حرفه را از استاد مشاهده کردی و بسیار شادمانه ادّعای استادی نمودی؟»

کنیزک باز هم خطاب به جسد آن زن گفت:

«ای بسا حیله‌گران ابله و ناآگاهی که از راه حقّ رجال طریقت چیزی جز خرقه‌ی پشمینه ندیده‌اند.[۳] ای بسا آدمیان گستاخی که جز لفّاظی و یاوه‌گویی، کم‌ترین هنری از شاهان حقیقت نیاموخته‌اند. هریک از مدّعیان ریاکار، عصایی به دست گرفته و خود را موسای زمان و عیسای دوران می‌دانند؛ درحالی‌که وقتی محک تجربه به میان می‌آید، سیه‌روی شوند. وای از آن روزی که رجال حقیقت از تو بخواهند که صداقت ایمانت را، مانند مؤمنان راستین نشان دهی.[۴] تو که صورت ظاهر فضل و کمال را از مردان حق دیده‌ای، جوهر آن را نیز از آنان سؤال کن تا رستگار شوی؛ امّا مدّعیان حریص، کوردل و گنگ‌اند. هرکه بدون علم و معرفت و اقتباس از اخگر گرم و سوزان مردان الهی در هامون سلوک پای نهد، توسّط ابلیسان آدم‌نما صید شود و دار و ندار ایمان و تقوای خود را از دست دهد. تو ظاهر قضیه را شنیده‌ای و همان را عیناً تکرار می‌کنی، همان‌طور که

گیرد، گام از موازین اخلاقی بیرون نمی نهد. (همان کتاب، همان صفحه)

۱- اشاره است به آیه‌ی ۳۱ سوره‌ی اعراف: «از نعمت‌های الهی بخورید و بیاشامید، ولی اسراف نکنید که خداوند مسرفان را دوست نمی‌دارد.»

۲- نکته‌ی معنوی کلام: ای انسان، حظهای نفسانی را طلب می کنی، امّا طریق بهره‌مند شدن از آن را باید از مجرای عقل و حکمت و رعایت اخلاق و ارزش‌های برتر باشد نمی‌دانی. پس سرانجام خاسر و زیان کار و مصداق خَسِرَالدُنیا و الآخِرة خواهی شد. (همان کتاب، ص ۳۹۲)

۳- مولانا در این جا به بعد، متشبّهان به عارفان و مدّعیان سلوک را مورد نقد قرار داده است که از جوهر و عمق سلوک در راه حق، تنها به ظواهر دل‌خوش داشته‌اند. مثلاً از درویشی، فقط خرقه پوشیدن و کلاه چند تَرک بر سر نهادن و غیره را یاد گرفته‌اند؛ درحالی که جوهر عرفان و درویشی، سفر از منزل خودبینی و نزول به منزل خدابینی است. لذا مولانا در این قسمت پایانی داستان، همه‌ی صورت گرایان و قشریان را نقد کرده، صرف نظر از مرام و مذهب و مسلک آنان. (همان کتاب، ص ۳۹۳)

۴- چنان که در قسمتی از آیه‌ی ۱۱۹ مائده آمده: «خداوند فرماید: «اینست روزی که صدق صادقان، به آن‌ها سود می‌بخشد.....».»

طوطیان از مفهوم سخنانی که می‌گویند آگاهی ندارند.»

❋ ❋ ❋

مقصود اصلی این حکایت که بی‌پرده‌ترین حکایت مثنوی است، نقد تقلیدهای نابخردانه است. در قسمت پایانی این حکایت از زبان کنیزک، مبتدیان مغرور و خودبینان شیفته را که به محض آشنایی با الفبای مطلبی، خود را با فضل‌ترین و زبده‌ترین نوابغ می‌پندارند نقادی می‌کند. چنان که آن بانوی ناکام وقتی صورتی از کار کنیزک را دید خیال کرد که با تقلید آن، می‌تواند به تمتّع رسد؛ در حالی که به هلاکت رسید.

مقصود دیگری که مولانا در این حکایت به تفصیل در بیان آورده، قباحت شهوت‌رانی و هوی‌پرستی است. او می‌گوید:

«گرچه فعل آن زن، ناپسند و زشت بود؛ امّا ای کسی که مغلوب شهوتی و عبدِ هوی، بدان که کار تو از فعل او وقیح‌تر است و اگر مغلوب هر نوع شهوتی شوی، تو نیز مانند همان زن هستی.»

مولانا ضمن نکوهش شهوت‌رانی، این نکته را باز می‌کند که شهوت (نه فقط شهوت جنسی بلکه جمیع امیالِ عنان گسیخته‌ی آدمی) عاملی است که بصیرت را از آدمی می‌رباید و واقعیّت‌ها را وارونه نشان می‌دهد.

(۲۰۶)

پوستین و چارُق اَیاز

آن ایاز از زیرکی انگیخته
پوستین و چارقش آویخته
می‌رود هر روز در حجره‌ی خلا
چارقت این است منکر کرد در علا

ایاز،[1] غلام محبوب سلطان محمود غزنوی چون در دستگاه او به مقام و منصب رسید، به حکم نمک‌شناسی و برخلاف روش خودشیفتگانِ نوکیسه، چارُق[2] و پوستین ژنده‌ی دوران غلامی خود را به دیوار اتاقش آویخته بود. هر روز ابتدا به آن‌جا می‌رفت و به آن‌ها نگاه می‌کرد و ایّامِ پیشینِ خود را به یاد می‌آورد و به خود می‌گفت:

«چارق تو همین است، پس خودبینی و بلندپروازی مکن.»

سپس بر سر منصب و مقام دولتی خود حاضر می‌شد. او برای آن‌که کسی بدین کار واقف نشود، قفلی بر در اتاقش زده بود.

رقبای حسود او به شاه خبر دادند که ایاز اتاقی دارد و در آن‌جا طلا و نقره و خمره‌ای پُر از جواهرآلات دارد. هیچ‌کس را بدان اطاق راه نمی‌دهد و همیشه درِ آن را بسته نگه می‌دارد.»

سلطان محمود به یکی از امیران خود دستور داد:

«نیمه شب برو و در آن اتاق را باز کن و وارد شو. هرچه در آن اطاق پیدا کردی، همه را به نفع خودت تاراج نما و سپس راز او را نیز برای نزدیکانم فاش کن. آیا ایاز بعد از این همه لطف و احسانی که در حقّ او کرده‌ایم، باز از روی پستی و فرومایگی طلا و نقره ذخیره می‌کند؟ آیا ایاز ظاهراً نسبت به من عشق و شور وفاداری می‌ورزد و در نهان حیله به کار می‌بَرد؟»

ای سالک، هرکس به مقام عشق حضرت حق رسد، به حیات طیّبه رسیده است.

چنین کسی هرکاری را جز بندگیِ حضرت معشوق، کفر می‌داند.

آن امیر با سی‌تن از افراد مورد اعتماد خود، درباره‌ی گشودن در اتاق ایاز مشورت کرد. چند پهلوان مشعل‌ها برافروختند و شادمان به سوی اتاق ایاز حرکت کردند.

آنان با یکدیگر می‌گفتند:

«امر، امر سلطان است. به اتاق ایاز حمله می‌کنیم و هریک کیسه‌ای از طلا برمی‌داریم و بیرون می‌آییم.»

البتّه سلطان محمود نسبت به ایاز سوءِظن نداشت، لیکن با این امتحان می‌خواست

۱- اَیاز غلامی ترک و از امرای محبوب سلطان محمود غزنوی بود. او در فراست و هوش و جنگجویی و زیبایی ضرب‌المثل بود. ایاز از طرف سلطان محمود، امیر چند ناحیه شده بود. او در زمان سلطان مسعود نیز فرمانروایی داشت. (شرح جامع مثنوی معنوی، ج ۴، ص ۲۷۷)

۲- چارُق: کفش چرمینه‌ای که با بندهای بلند، به ساق پیچیده شود.

سخن‌چینان را خجل و مسخره کند. سلطان، ایاز را از هر نوع حیله و نیرنگی پاک می‌دانست؛ امّا از غلبه‌ی خیالات، دلش مضطرب بود. سلطان مضطرب بود که مبادا حرف سخن‌چینان راست از آب دربیاید و ایاز از این واقعه دچار آسیب شود. پس پیش خود می‌گفت:

«من هرگز نمی‌خواهم او شرمسار گردد؛ و اگر هم فرضاً چنین عملی را مرتکب شده، این عمل برای او جایز است. هرکاری را که معشوقم انجام داده، در واقع من کرده‌ام. او منم و من او، اگرچه در پشت حجاب پنهان شده‌ام.[۱] این عمل از خُلق و خوی ایاز بعید است، زیرا او به منزله‌ی دریایی است که ژرفایش ناپیداست. هفت دریا در برابر عظمت او قطره‌ای محسوب می‌شود و همه‌ی هستی، قطره‌ای از موج اوست.»[۲]

ای طالب، ایاز هر روز به چارُق و پوستین خود نگاه می‌کرد تا دوران پیشین خود را فراموش نکند و شکرگذار سلطان باشد. پس ای انسان، هرگز اصل وجود خود را فراموش نکن؛[۳] زیرا خودبینی موجب زوال عقل و حیا می‌شود، و زوال این دو، آدمی را دچار شقاوت و بدبختی می‌کند.

ای برادر، راه کمال با لذّت‌جویی‌های حیوانی جهتِ معکوس دارد؛ پس اگر در لذّات دنیوی غرق شوی، اصل وجودت را از یاد خواهی برد. همین‌که موقع مردن فرا می‌رسد، از روی حسرت و تأسّف آهی می‌کشی و آن‌گاه به یاد پوستین و چارُقت خواهی افتاد. پس به وقت مرگ، به یاد اصل خود خواهی افتاد. تا وقتی‌که غرق امواج زشتی نشده باشی، نه یادِ کشتی نجات می‌افتی، و نه به چارُق و پوستینت نگاه می‌کنی.[۴] و چون در غرقاب هَلاکت گرفتار آیی، در آن هنگام پی‌درپی خدا را صدا می‌کنی و پشیمان و حسرت‌زده می‌گویی: «بر خود ستم کردم.»[۵] ولی این خوی و خصلت، از ادب و تربیت ایاز به دور است که نمازش نماز حقیقی نباشد.[۶]

۱- این بیت گریزی است به یکی از مسائل بنیادین عرفان و تصوّف مولانا که به «اتّحاد ظاهر و مظهر» معروف است. (شرح جامع مثنوی معنوی، ج ۵، ص ۵۱۵)

۲- مولانا در این جا، انسان کامل را از زبان سلطان محمود توصیف کرده است.

۳- اشاره است به آیات ۵ تا ۷ سوره‌ی طارق: «انسان باید بنگرد که از چه چیز آفریده شده است؟! از یک آب جهنده آفریده شده، آبی که از میان پشت و سینه‌ها خارج می‌شود.» یعنی انسان نباید اصل خلقت خود را که آب بی‌مقدار «مَنی» است فراموش کند و راه تکبّر و گردنکشی پوید.

۴- منظور این است تا وقتی که آدمی در دریای محنت و گرفتاری غرق نشده باشد، یاد مردان خدا که مُنجی غریقان دنیا و نفسانیّات هستند نمی‌افتد؛ و نیز به یاد خمیر مایه‌ی آغازین و بی‌مقدار خود. (شرح جامعِ مثنوی معنوی، ج ۵، ص ۵۴۳)

۵- اشاره است به آیه‌ی ۲۳ سوره‌ی اعراف: «گفتند: «پروردگارا، ما به خویشتن ستم کردیم؛ اگر ما را نبخشی و بر ما رحم نکنی، از زیان‌کاران خواهیم بود.»»

۶- مراد از «ایاز»، بنده‌ی عاشق و عارفِ بالله است. یعنی خُلق و خوی عارفان روشن‌بین به گونه‌ای است که نماز و نیایش و تضرّعشان حقیقی و خالصانه است و محال است که تضرّع و انابتی (توبه کردن و بازگشت به سوی خدا، پشیمانی) ساختگی داشته باشند. (همان کتاب، همان صفحه)

ای کسی‌که اسیر صبح کاذبی، مبادا صبح صادق را کاذب پنداری. اگر تو از نفاق و بدی در امان نیستی، چرا نسبت به برادر خود همان گُمان بد را داری؟ آدم تبه‌کار همیشه نسبت به دیگران بدگمان است؛ و آن اعمال و نیّات پلیدی که در صحیفه‌ی وجودش نگاشته شده، همان را به دوستان و همنوعانش اسناد می‌دهد. آن فرومایگانی که در کجرَوی‌ها فرو مانده‌اند، پیامبران را جادوگر و منحرف نامیده‌اند؛ و آن امیرانِ فرومایه‌ی متقلّب یعنی امیران سلطان محمود که ایاز را به انباشتن زر و سیم متّهم کرده بودند، درباره‌ی اتاق ایاز چنین گمانِ کژی داشتند.

سلطان محمود از پاکی و وارستگی ایاز آگاه بود، ولی آن جست‌وجوها را برای تأدیب بدگمانان ترتیب داد. سلطان به آن امیران گفت:

«نیمه شب که ایاز خبر ندارد، بروید و در آن اتاق را باز کنید تا نیّات و اندیشه‌های او آشکار شود. زان‌پس گوشمالی دادن او بر عهده‌ی ماست. آن طلاها و جواهرات را به شما بخشیدم؛ زیرا من از آن طلاها چیزی نمی‌خواهم، مگر خبری که درباره‌ی آن به من می‌رسانید.»

سلطان محمود این سخنان را گفت، ولی می‌ترسید که مبادا حرف‌های او به گوش ایاز برسد و او برنجد.

سلطان باز برای دلداری دادن به خودش می‌گفت:

«به حقّانیّتِ دین او قسم که اطاعت ایاز، از این فراتر است که از اتّهامِ ناروای من دل‌آزرده شود و از غرض و نیّت من بی‌خبر باشد.»

آن امیران مورد اعتماد بر درِ اتاق ایاز رفتند و خواهان گنجینه و طلا و خمره‌های پُر از جواهر شدند. چند نفر با مهارت و علم فراوان و از روی هواهای نفسانی مشغول گشودن قفلِ در شدند، زیر آن قفل، ساختمانی پیچیده داشت. امّا این‌که ایاز چنین قفلی بر درِ اتاقش زده بود، علّتش بخل او نسبت به نقره و مال و طلا نبود؛ بلکه می‌خواست بدین وسیله اسرار خود را از بیگانگان بپوشاند.

این‌که ایاز بر درِ اتاقش قفل زد، مردم پیش خود درباره‌ی او خیالات بد کردند و گفتند ایاز در اتاقش گنج فراهم کرده؛ و اگر قفل نمی‌زد، همه بر کارش آگاه می‌شدند و می‌گفتند وی شخص ریاکار و متظاهر است. مردان حق، اسرار الهی را به هرکسی نمی‌گویند، بلکه آن را نزد خود از لعل و جواهر نیز محفوظ‌تر نگه می‌دارند. دنیاطلبانِ نادان حاضرند معنوّیت و حیات طیّبه‌ی الهی را قربانی مال و منال دنیوی کنند؛ امّا عارفان بالله عکس آنان عمل می‌کنند، یعنی برای لطافت روحی خود، از زر و زیور و نقش و نگار دنیوی و هواهای نفسانی می‌گذرند.

امیرانِ سلطان محمود، طمع و هوس بر آنان چیره شده بود و طلا و جواهرات در نظرشان از جان هم عزیزتر جلوه می‌کرد، لذا شتابان به سوی اتاق ایاز می‌دویدند؛ امّا فریاد بیدار کننده‌ی عقلشان به آنان می‌گفت: «عجله نکنید، آرام‌تر بروید.»

ای صاحبدل، شخص حریص از حرص آب وقتی سراب را می‌بیند خیال می‌کند آب دیده است، لذا شتابان می‌رود؛ امّا عقل می‌گوید: «درست نگاه کن، آن سراب است نه آب.»

آن امیران مفتّش با حرص و آز فراوان درِ اتاق ایاز را گشودند. آن‌ها وقتی وارد اتاق ایاز شدند به چپ و راست نگاهی کردند، ولی چیزی جز یک جفت چارُق و یک دست پوستین نبود؛ لذا فکر کردند که امکان ندارد آن مکان بدون زر و گوهر باشد و آن چارق و پوستین، برای رد گم کردن است. مأمورین به دستور امیران دنیاپرست، هر قسمت آن اتاق را حفر کردند و درون آن را کاویدند ولی چیز باارزشی نیافتند؛ لذا از سوءظن خود نسبت به ایاز شرمنده شدند و حفره‌ها را دوباره پُر کردند.

آن جمع بدنیّت وقتی دیدند گمان‌شان غلط از آب درآمد، جمله‌ی شریفه‌ی لا حَوْلَ ولا قُوَّةَ الاّ باللّه را پی‌درپی در دل خود می‌گفتند. زیرا این ذکر شریف در دفع خیالات شیطانی اثر معجزه‌آسایی دارد؛ البّته به شرط توجّه به حقیقت آن، نه فقط لقلقه‌ی زبان.

حفره‌های در و دیوار اتاق، گمراهی آنان را که بیهوده تلاش می‌کردند آشکار نمود. امکان نداشت که حفره‌ها را با گِل بپوشانند، به هیچ‌وجه امکان نداشت چیزی را از ایاز کتمان کنند. اگر آنان با حیله می‌خواستند ادّعای بی‌گناهی کنند، دیوارها و کف اتاق علیه آنان شهادت می‌داد.[1] آنان با سر و وضعی خاک‌آلود و چهره‌ی خجلت‌زده، نزد سلطان محمود بازگشتند.

شاه که متوجّه‌ی وضع پریشان سخن‌چینان شده بود، با تعجّب ساختگی گفت: «چه شده است که بَغَل‌های شما از طلا و کیسه‌های جواهر خالی است؟!»[2] ای سخنان‌چینانی که ایاز را به دزدی و پنهان کردن زر و سیم متّهم کردید، اگر در اتاق او زر و سیم یافته‌اید باید بسی خوشحال باشید؛ زیرا همان‌طور که مثلاً برگ درخت، احوال ریشه‌ی آن را نشان می‌دهد، آثار ظاهری آدمی نیز نشانگر باطن اوست.»[3]

همه‌ی آن امیرانِ مورد اعتماد سلطان عذرخواهی کردند و مانند سایه در مقابل ماه به

____

1- در قرآن کریم در آیاتی اشاره شده به این موضوع که در روز قیامت اعضای بدن، برعلیه صاحبانشان شهادت خواهند داد.

2- اشاره است به دو آیه‌ی قرآن. یکی آیه‌ی ۱۰۶ سوره‌ی آل عمران: «آن روز عظیم روزی خواهد بود که گروهی سپید روی و گروهی سیه‌روی شوند. به سیه‌رویان گفته می‌شود: «آیا بعد از آوردن ایمان کافر شدید؟! پس (اینک) به سبب کفرتان بچشید عذاب خدا را.»» و دیگر آیه‌ی ۶۰ سوره‌ی زُمَر: «روز قیامت کسانی را که بر خدا دروغ بسته‌اند می‌بینی که سیه‌رخساره‌اند. آیا متکبّران را در دوزخ جایگاهی نیست؟!» آن رو سیاه‌ها کسانی هستند که بافته‌های افکار و آرای خود را به خدا نسبت داده‌اند و «روسیاهی» کنایه از آن است که بُطلان دعوی و زشتکاری‌شان آشکار شده و رسوا و شرمسارند.

3- این کلام، اشاره است به قسمتی از آیه‌ی ۲۹ سوره‌ی فتح که در این آیه‌ی نسبتاً بلند اوصافی از یاران رسول خدا آمده است. «... نشانه‌ی آنان در صورتشان نمایان است و این نشانه از آثار سجده است...» و مراد آیه این است که اثر ایمان، در هیأت ظاهری آنان نمایان است.

سجده درآمدند. (یعنی در مقابل سلطان، خاضع و خاکسار شدند.) آنان از شدّت خجالت، در عذرخواهی مبالغه کردند. هریک می‌گفت:

«ای سلطان گیتی، اگر خون ما را بریزی، بر تو حلال است؛ و اگر ما را ببخشی، این بخشش ناشی از احسان و عطای توست. ما کارهایی مرتکب شده‌ایم که شایسته‌ی ما بود؛ تا ببینیم ای شاه بزرگوار، تو چه دستوری می‌دهی.[۱] ای شاه دل افروز، اگر گناه ما را ببخشایی، هیچ خللی به عظمت تو وارد نشود؛ زیرا هرکس طبق خاصیّت ذاتی خود عمل می‌کند. ما گنه‌کاران، گنه می‌کنیم، و تو عفو. اگر عفو کنی، ناامیدی ما برطرف می‌شود؛ و اگر عفو نکنی، صد جان نظیر جان‌های ما فدای شاه باد.»

سلطان محمود گفت:

«من حق ندارم که شما را مورد لطف و نوازش و یا غضب و تنبیه قرار دهم؛ زیرا اتّهام شما متوجّه‌ی ایاز بوده و آبروی او به مخاطره افتاده است. باید خود او تصمیم بگیرد که آیا ببخشد یا انتقام بگیرد؟ اگرچه من و ایاز وحدت روحی داریم، امّا ظاهراً من از این سود و زیان دور هستم.»

ای سالک، اگر بنده‌ای از بندگانِ شاه وجود (یعنی حضرت حق) را به جرمی متّهم کنند، از این اتّهام (چه روا و چه ناروا) هیچ گَردی بر دامنِ کبریایی حضرت حق ننشیند؛ زیرا او از جمیع اوصاف مخلوق پاک و منزّه است؛ ولی حضرت حق حلم و بردباریِ فراوان دارد و آن گستاخان را مهلت می‌دهد و تا سرآمدی معیّن حفظشان می‌کند. درجایی که حضرت حق، تهمت‌زنندگان به بندگان خاصّ خود را از نظر مال و جاه مانند قارون می‌کند، تو ببین در حقّ بی‌گناهان چه لطف و احسانی می‌فرماید. تو خیال نکن که حضرت شاه وجود از اعمال و احوال کسان بی‌خبر است، او خبر دارد؛ منتهی فقط حلم و بردباریِ اوست که از افشای آن اعمال و احوال قبیح جلوگیری می‌کند. آدمی با تکیه بر حلم و عفو پروردگار، به ارتکاب گناه جرأت می‌کند؛ والّا هیبت و عظمت حضرت حق کی فرصت گناه به بنده می‌دهد؟

سلطان، ایاز را به حضور طلبید و گفت:

«ای ایاز، ای ایازی که از جرائم، پاک و منزّهی و از زشتی‌ها سخت می‌پرهیزی، اینک میان مجرمان قضاوت کن.[۲] ای ایاز اگر تو را هرقدر که در بوته‌ی آزمایش‌های عملی

۱- چنان که آیه‌ی ۸۴ سوره‌ی اِسراء می‌فرماید: «بگو: «هرکس طبق سرشت و رَوِش (و خُلق و خوی) خود عمل می‌کند؛ و پروردگارتان کسانی را که راهشان نیکوتر است، بهتر می‌شناسد.»» پس مولانا از زبان آن سخن چنان می‌گوید: «هر کسی، به فطرت خود رفتار می‌کند.» (شرح جامع مثنوی معنوی، ج ۵، ص ۵۷۱)

۲- اشاره است به آیه‌ی ۱۷۹ سوره‌ی بقره: «وای خردمندان، شما را اندر قصاص کردن، زندگانی است، تا مگر پروا پیشه کنید.» و در دفتر سوم مثنوی معنوی بیت ۲۵۰۳ آمده:

کشته شد ظالم، جهانی زنده شد   هـر یکـی از نو خدا را بنده شد

که به این صورت تفسیر شده: «آن ستم‌کار کشته شد و با کشته شدن او جهانی حیات پیدا کرد و هریک از جهانیان دست از انکار خود برداشتند و دوباره به بندگی خدا پرداختند.»

بجوشانم، باز در کفِ حاصل از جوشت هیچ اثری از حیله و نیرنگ پیدا نمی‌کنم. بر اثر امتحان، تعداد بی‌شماری از مردم شرمسار می‌شوند؛ امّا همه‌ی امتحان‌ها، از تو شرمنده می‌گردند، چون از امتحانات سربلند بیرون می‌آیی. ایاز نه تنها صاحب علم است، بلکه در حلم و ثبات نیز مانند کوه می‌باشد.»

ایاز در جواب سلطان محمود گفت:

«می‌دانم که همه‌ی کمالات من از عطایای توست، والّا من لایق همان چارُق و پوستینم.[1] برای همین است که پیامبر این مطلب را فرمود که هرکس خود را شناخت، خدا را شناخته است.»

ای بزرگمرد، چارُق تو آب منی است، و پوستین تو خون. مابقی این دو، از عطایای الهی است.[2] خیالَ نکن که نعمت‌های الهی فقط جنبه‌ی مادّی و جسمانی دارد، بلکه نعمت‌های محسوس مدخلی است برای ورود به عرصه‌ی بی‌کران نعمت‌های معنوی او.[3]

سلطان محمود گفت:

«ای ایاز، اینک بیا عدالت را اجرا کن و در جهان، عدالتی تازه و کم‌نظیر بنیاد گزار. کسانی‌که تو را به ناحق متّهم کردند، سزاوار کشته شدن هستند؛ امّا از روی طمع، باز به عفو و بردباری تو دل بسته‌اند. منتظرند تا ببینند که آیا مِهر غلبه می‌کند یا خشم؟ آیا آب کوثر چیره می‌شود یا زبانه‌ی آتش؟ ای ایاز، هرچه زودتر در مورد این مجرمان داوری کن؛ زیرا منتظر نهادن و بلاتکلیف گذاشتن اینان نیز نوعی انتقام‌گیری است.»

ایاز گفت:

«شاها فرمان، فرمانِ توست. همان‌گونه که ستارگان در مقابل خورشید، محو و ناپیدا هستند، صاحبدلان نیز خود را در برابر هستی مطلق، محو و فانی می‌دانند. اگر من چارُق و پوستینم را فراموش می‌کردم، نمک‌شناسی و مردانگی را پاس نمی‌داشتم، و کسی با من کاری نداشت و هیچ اتّهامی نیز به من وارد نمی‌گشت. قفل کردنِ در اطاق در میان جمیع کثیر خیال‌پردازان نیز فتنه‌انگیز شد و مرا دچار دردسر کرد. گویا عافیت‌طلبی چنین اقتضا می‌کرد که این کارها را نمی‌کردم تا مورد طعن و اتّهام خیال‌اندیشان حسود واقع

____

۱- این کلام گرچه ظاهراً گفته‌ی ایاز به سلطان محمود است، ولی در اصل سخن انسان کامل است به حضرت حق. انسان کامل به حق‌تعالی عرض می‌کند: «من فی نَفسه به چیزی نمی‌ارزم، جز وقتی که در ذیل عنایت تو به کمال رسم.» (شرح جامع مثنوی معنوی، ج ۵، ص ۵۷۸)

۲- یعنی: «همان‌طور که ایاز در ابتدا فقط یک جفت چارق و یک دست پوستین داشت و سپس هرچه به دست آورد از سلطان بود، تو نیز ای انسان، هرچه فضائل و کمالات داری از حضرت حق است.» با توجّه به این حقیقت، آدمی از کبر و خودبینی پاک و مطهّر می‌شود؛ زیرا هر کمالی را که واجد است، از حضرت حق می‌داند. (همان کتاب، ص ۵۷۹)

۳- این معنی نیز جایز است: «ای سالک، مبادا بپنداری که کمالات روحی و معنوی خلاصه می‌شود در کمالاتی که تو بدان توفیق یافته‌ای، بلکه... .»

نشوم.[1] همان‌طور که یافتن خِشتِ خشگ در جویِ آب محال است، یافتن خیانت در جویِ وجود من نیز محال است؛ همان‌طور که در جویِ زلالِ باطن صاحبدلان، امکان عصیان و خیانت نسبت به حق‌تعالی پیدا نشود. این حسودان می‌پندارند که من جفاکارم، درحالی‌که وفا نیز از من شرمنده و خجل است. در مورد تصمیم‌گیری در موردِ آن گروهِ از خدا بی‌خبر نیز باید بگویم که چون من هرچه دارم از برکت الطاف و اِنعام توست؛ پس ای ولی‌نعمت من، امر هم امر توست و من تابع.»

سلطان محمود از ایاز پرسید:

«آخر برای چه مانند عشّاقی که به معشوق خود عشق می‌ورزند، این همه نسبت به این چارق مهر و محبِّت نشان می‌دهی؟! تو مانند مجنون که چهره‌ی لیلی خود را دین و مذهب خود کرده بود، چارق را چنان کرده‌ای. تو ای ایاز، نسبت به دو شیءِ کهنه و مندرس، صمیمانه عشق می‌ورزی و هر دو را در اتاقی آویخته‌ای. چه‌قدر با این دو شیءِ کهنه حرف تازه می‌زنی؟ این‌که به چارق و پوستین خود این‌قدر عشق می‌ورزی، مگر این ملبوسات را از اشخاصِ والا و محترم گرفته‌ای؟ گویی‌که پوستین تو، پیراهن یوسف است؟!»[2]

ایاز در جواب سلطان گفت:

«شاها، من با همین چارق و پوستین به دربار آمدم و در سایه‌ی توجّه تو به دولتی رسیدم. برای این‌که اصل خود را گم نکنم و به اَنانیّت و خودپرستی نیفتم، این‌ها را حفظ کرده‌ام. هر روز به آن اطاق می‌روم، آن‌ها را نگاه می‌کنم، به آن‌ها عشق می‌ورزم و به خود می‌گویم: تو چنین بودی، با این‌ها به این‌جا آمدی، باز همینی، فریبِ دولتی را که رسیده‌ای مخور؛ و به‌این‌صورت نفْسم و خودم را تعلیم می‌دهم.»

❋ ❋ ❋

حکایت چارُق و پوستین اَیاز از عمیق‌ترین و پرمغزترین حکایات مثنوی است. این حکایت در بیت (۲۱۴۹) موقّتاً رها می‌شود و بعد از هزار و صد و دو بیت دیگر در بیت (۳۲۵۱) قسمت پایانی حکایت ایاز نقل می‌گردد.

در این حکایت نکات دقیق و لطافت عمیق بسیار است؛ امّا آن‌چه واضح است اینست که «ایاز» در این‌جا کنایه از انسان کامل و ولیّ خداست، و «سلطان محمود» کنایه از حضرت حق تعالی. وقتی‌که مولانا در وصف ایاز می‌گوید او دریایی است بی‌کران و بی‌انتها و یا همه‌ی هستی‌ها تراوشی از موج اوست، و یا زبان آدمی قدرت بیان اوصاف او را ندارد و

۱- منظور این است: «وقتی ظاهربینان، خموشی صاحبدلان را می‌بینند، آن را حمل بر تکبّر می‌کنند و می‌پندارند که درون آنان از خودبینی آکنده اسَت، درحالی که چنین نیست.»
۲- اشاره است به آیه‌ی ۹۶ سوره‌ی یوسف. «بعد از آن که بشارت دهنده آمد (و مژده‌ی یوسف را آورد)، (یعقوب) پیراهن او را به رخسارش افکند و دیده‌ی انتظارش به وصل، روشن شد....»

... جملگی توصیف انسان کامل است.

مولانا در قسمت دیگری از این حکایتِ پُر نکته‌ی تمثیلی، ضمن بیان تقارب و تقارن ایاز و سلطان محمود، به یکی از مسائل بنیادین مکتب فکری و ذوقی خود یعنی «اتّحاد ظاهر و مظهر» و «وحدت نوری و خلق» گریزی می‌زند؛ مانند «آناالحَق» گفتنِ منصور حلّاج.

مولانا در این حکایت موضوع «عشق مجازی و حقیقی» را پیش می‌کشد و می‌گوید ایاز هر روز مقابل دو شیءِ کهنه و مندرس می‌ایستاد و با آن حرف‌ها می‌زد. همین‌طور سالک در ابتدای امر، از طریق آثار و آیات به سوی معبود می‌رود؛ او در آن‌حال پیوسته در قید مظهر است نه ظاهر. در واقع عشق او صورتی است نه معنوی؛ و چون حضرت معشوق بدون رادع (بازدارنده، مانع، جلوگیر) و حایل (هرچه از دیدن چیزی مانع گردد) بر او تجلّی کند، به عشق حقیقی واصل شود.

سؤال معشوق از عاشق

گفت معشوقی به عاشق ز امتحان
در صبوحی کای فلان ابن الفلان
مر مرا تو دوست‌تر داری عجب
یا که خود را راستگو یا ذا الکرب

معشوقی به منظور امتحان عاشق پرسید:

«راستش را بگو. آیا مرا بیش‌تر دوست داری یا خودت را؟!»

عاشق به معشوق جواب داد:

«من چنان در تو فانی شده‌ام که از سر تا پا، از وجودِ تو آکنده هستم. از وجودِ من چیزی جز نام باقی نمانده است. ای محبوب، در وجودم چیزی جز تو نیست. من مانند سنگی که کاملاً به لعل خالص مبدّل می‌شود و از صفات و خاصیّت‌های آفتاب آکنده می‌گردد شده‌ام؛ که وقتی خورشید را از دل و جان دوست داشته باشم، باز هم بی‌شک خودم را دوست دارم. لعل خالص اگر خود را دوست بدارد و یا خورشید را، هیچ فرقی نمی‌کند و در این دو عشقَ هیچ تفاوتی نیست. آن سنگ تا وقتی‌که به لعل مبدّل نشده، دشمن خود است؛ زیرا در آن مرتبه یک «من» وجود ندارد، بلکه دو «من» وجود دارد.[1] زیرا سنگ، تاریک است و حتّی در روز هم کور می‌باشد؛ و وجودِ تیره بر حسب ذاتش، ضدّ نور است.[2] سنگ اگر خود را دوست بدارد، کافر است، زیرا او از تابیدن خورشید بر وجود تیره‌ی خود ممانعت کرده است.[3] پس روا نیست که سنگ، «من» بگوید و دم از وجود خود بزند؛ زیرا سنگ، وجودی تاریک و در مرتبه‌ی عدَم است.»[4]

ای صاحبدل، یکی از فراعنه گفت:

«اناالحق، یعنی منم حضرت حق»؛ و با این گفته، خوار و ذلیل شد. منصور حلّاج نیز گفت: «اناالحق»؛ درحالی‌که با این گفته رستگار شد.[5] آن «من گفتن» لعنت خدا

۱- یک «من»، هویّت «سنگ» است و من دیگر هویّت خورشید؛ و دوئی و غیریّت مبنای دشمنی و ستیز است. سنگ، تیره و منکدر است و خورَشید، روشن و منوّر. و چون سنگ، اوصاف و خصوصیّات خورشید را بگیرد، وجود پیشین او توسّط خورشید ربوده شود. (شرح جامع مثنوی معنوی، ج ۵، ص ۵۵۷)

۲- آنان که از مرتبه‌ی دنیوی نگذشته‌اند و به لطافت روحانی نرسیده‌اند، باطنی تیره و روحی منکدر دارند و به سبب کوردلی نمی‌توانند خورشید حقیقت را مشاهده کنند. پس به ستیز با آن برمی‌خیزند. (همان کتاب، همان صفحه)

۳- شخص خودپرست نیز وجودی ظلمانی دارد، زیرا خودبینی و اَنانیّت او سبب شده که خورشید حقیقت الهی بر او تابیدن نگیرد. (همان کتاب، همان صفحه)

۴- «نور» وجود است، و تاریکی جنبه‌ی عدمی دارد. پس هرکس که باطنی تیره و ظلمانی دارد برحسب حقیقت، وجود ندارد، گرچه قیل‌وقالی دارد. (همان کتاب، ص ۵۵۸)

۵- فرعون همان‌طور که آیه‌ی ۲۴ سوره‌ی نازعات بر آن گواهی می‌دهد، گفت: «اَنَا رَبُّکُمُ الاَعلیمن پروردگار برتر شما هستم» (به خاطر اتفاقات مالی و اداره‌ی امور مردم خود را ربّی بالاتر از بت‌ها و و سایر ارباب

را در پی داشت، یعنی من گفتنِ فرعون باعث جوشش غضب الهی و ملعون شدنش شد؛ امّا ای عاشق حق، این «من گفتن»، رحمت الهی را به دنبال آورد. یعنی اناالحق گفتن حلّاج چون جنبه‌ی نفسانی نداشت و از دریای حق سرچشمه می‌گرفت، سزاوار رحمت الهی شد. فرعون به منزله‌ی سنگ سیاه بود و حلّاج به مثابه‌ی عقیق. آن یکی دشمن نور بود، و این یکی عاشق نور. «اَناالحقّی» که حلّاج سرداد، در حقیقت «هَوَالحَق» بود و این، از طریق وحدت و اتّحاد نور بود. بکوش تا اوصاف سنگی در تو کم‌تر شود؛ یعنی اوصاف مادّی و دنیوی خود را کم کن تا به لعل شدن، سنگ وجودت تابناک گردد. اگر اوصاف «منی» و «مایی» را در حقیقتِ مطلق فانی سازی، درآن‌صورت به اخلاق الهی خُلق‌وخو پیدا می‌کنی و روحی پُر نور و سُرور خواهی یافت.

آنها می‌دید) با چنین ادّعایی ذلیل و رسوا شد. منصور حلّاج نیز گفت: «اناالحق»، امّا رستگار گردید. مولانا می‌گوید: «میان این دو حرف تفاوت بسیار است، زیرا فرعون در مرتبه‌ی خودبینی و کثرت چنین سخنی گفت؛ درحالی‌که حلّاج در مرتبه‌ی فنا و محو در ذات احدیّت این حرف را زد. فرعون وجود خود را خدا دانست، ولی حلّاج وجودی جز حق ندید. (همان کتاب، ص ۵۵۸)

زاهد قلّابی

زاهدی را یک زنی بُد بس غیور
هم بُد او را یک کنیزک هم چو حور
زان ز غیرت پاس شوهر داشتی
با کنیزک خلوتش نگذاشتی

زاهدنمایی زنی باغیرت و کنیزکی بس زیبا داشت. آن زن چون به شوهرش اعتماد نداشت، هیچ‌گاه او را با کنیزک تنها نمی‌گذاشت.

تا این‌که روزی زن همراه با کنیزک به حمّام رفته بود که در اثنای استحمام متوجّه شد طشت را در خانه جا گذاشته است. زن به کنیزک گفت:

«به خانه برو و طشت را بیاور.»

کنیزک با شنیدن این حرف از خوشحالی جانی تازه گرفت و دانست که هنگام کامرانی فرا رسیده و به وصال آقای خانه خواهد رسید. پس به طرف خانه دوید و فوراً با مرد هم‌آغوش شد.

شهوت چنان بر آن دو هوس‌پیشه غلبه کرد که احتیاط را از دست دادند و یادشان رفت که در خانه را ببندند. هر دو شاد و مسرور یکدیگر را در آغوش گرفتند؛ و در آن لحظه بر اثر درآمیختن، دو جان به هم پیوست.

در آن اثنا زن به خود آمد و پیش خود گفت: «چرا من کنیزک را به خانه فرستادم؟! من با دست خود کنیزک را در اختیار شوهرم قرار دادم.» لذا با سر و وضع خیس، لباس‌های خود را پوشید و هراسان به طرف خانه دوید.

ای برادر، کنیزک از عشق جان دوید و آن زن از ترس. عشق کجا و ترس کجا؟ این دو تفاوت شگرفی دارند.[۱] عارف در هر لحظه تا پیشگاه حضرت شاه وجود طیّ طریق می‌کند، درحالی‌که زاهد در هر ماه به اندازه‌ی یک روز راه می‌پیماید.[۲] گرچه زاهد نیز سالک حق است؛ ولی راهی را که عارف یک روزه طی می‌کند، زاهد در طول پنجاه هزار سال می‌پیماید. به عبارت دیگر، زاهد سِیر می‌کند و عارف پرواز.[۳]

۱- منظور کلام: سالکی که با بُراق عشق سلوک می‌کند، بر آن کسی که از خوف (ترس) عذاب و یا طمع بهشت سلوک می‌کند برتری دارد. گرچه هر دو سالک‌اند، امّا سالک عاشق زودتر و مطمئن‌تر به مقصد می‌رسد تا سالک خائف یا طامع. (شرح جامع مثنوی معنوی، ج ۵، ص ۵۹۴)

۲- دلیل رجحان عارف عاشق بر زاهد خائف معلوم شد. آن یکی در هر لحظه، در حال شهود و لقای حق است؛ و این یکی در سلوک حرکتی کُند دارد و لنگ‌لنگان طیّ طریق می‌کند. (همان کتاب، همان صفحه)

۳- اشاره است به آیه‌ی ۴ سوره‌ی معارج: «فرشتگان و روح [فرشته‌ی مقرّب خداوند] به سوی او عروج می‌کنند، در آن روزی که مقدارش پنجاه هزار سال است (روز رستاخیز).» نکته‌ای که در آیه‌ی مذکور آمده اینست که هر روز از روزهای قیامت، معادل پنجاه هزار سال از سال‌های دنیوی است. (همان کتاب، همان صفحه)

ترس در قیاس با عشق، به اندازه‌ی یک تار مو ارزش ندارد.^(۱) عشق، صفت خداوند است؛ لیکن ترس، صفت بنده‌ای است که محکوم مقتضیات و قانونمندی‌های مادّی و طبیعی است.^(۲) پس محبّت نیز مانند عشق، وصف حضرت حق است؛ لیکن خوف (ترس) وصف خداوند نیست. حال که صفات الهی در اعلی مرتبه‌ی علوّ است، ای طالب حقیقت خود را به اوصاف یزدان متّصف کن نه به اوصاف مخلوقات، و با بُراق عشق سلوک کن نه با مرکوب خوف؛ چون سالکی که با ثائقه‌ی عشق سلوک می‌کند، سیرش بی‌نهایت است.

همین‌که آن زن به خانه رسید و در را باز کرد و صدای در به گوش آن دو (خواجه و کنیزک) رسید، کنیزک با حالی پریشان، از وضعیّت جماع برخاست و مرد نیز با شتاب برخاست و تظاهر به اقامه‌ی نماز کرد.

زن همین‌که وارد اطاق گردید، دید که کنیزک آشفته و گیج است. از آن طرف شوهر خود را دید که به نماز ایستاده؛ ولی از لرزش و اضطراب او دچار شک شد.

زن بی‌هیچ ملاحظه‌ای گوشه‌ی لباس مرد را بالا زد و دید که پا و ران مرد غرق پلیدی است. پس کشیده‌ای آبدار به آن مردک هوس‌باز نواخت و ناسزاگویان گفت:

«آیا تو با این وضعیّت پلید و پرنفرت، شایسته‌ی نماز و نیایشی؟!»

ای طالب، ایمان و عبادت فقط در مشتی واژه که به صورت لقلقه بر زبان جاری می‌شود خلاصه نمی‌گردد؛ بلکه ایمان و عبادت اگر به صورت جوهری و نه قشری در کسی وجود داشته باشد، آثار و نشانه‌هایش در اعمال او منعکس می‌شود. چنین کسی دست خود را به ظلم و تباهی و حق ستیزی نمی‌آلاید و سینه‌اش را پُر کینه نمی‌سازد. پس لقلقه‌ی زبان ملاک ایمان نیست. ایمان اگر ایمان باشد، باید کردار و حال آدمی را کمال بخشد؛ پس صرفِ تکرار مشتی الفاظ موجب ایمان نمی‌گردد. به گفته‌ی قرآن کریم وقتی از مشرکان هم سؤال کنی چه‌کسی زمین و آسمان را آفریده، می‌گویند: «الله»^(۳) آیا حق‌ستیزی و تباه‌کاری و ستمگریِ بی‌حدِ آن‌ها هم با چنین اقراری تناسب دارد؟ مسلّماً ندارد.

در روز رستاخیز هر امر پوشیده‌ای پیدا می‌شود، و هر گناه‌کاری به وسیله‌ی خودش

۱- مراد از عشق همان «حُب» است که در قرآن کریم خداوند بدان صفت توصیف شده، و از جمله‌ی اسماءالله «مُحب» و «حبیب» است. پس سبب این که «خوف» در مقابل «عشق» چیزی به شمار نیاید اینست که «خوف» وصف بنده است، درحالی‌که حُب (عشق) وصف حق‌تعالی می‌باشد. لذا مقام سالک عاشق از مقام سالک خائف بالاتر است، زیرا عاشق خود را تحت اسم «مُحب» قرار داده و متّصف به صفت الهی شده، درحالی‌که خائف به صفت بندگی اتّصاف یافته. (شرح جامع مثنوی معنوی، ج ۵، ص ۵۹۶)

۲- حق‌تعالی با صفت «حُب» توصیف می‌گردد، امّا با صفت «خوف» هرگز؛ زیرا خوف، صفت مخلوق است.

۳- اشاره است به آیه‌ی ۶۱ سوره‌ی عنکبوت: «[ای پیامبر!] هرگاه از آنان بپرسی: «چه کسی آسمان‌ها و زمین را آفریده و خورشید و ماه را مسخّر کرده؟» می‌گویند: «الله.» پس با این حال چگونه از حق منحرف می‌شوند؟!»

رسوا می‌گردد.[۱] دست و پای مجرم در حضورِ خداوندِ یاری‌بخش به سخن می‌آیند و بر تباهیِ او گواهی می‌دهند.[۲] مثلاً دست می‌گوید: «من این‌گونه دزدی کرده‌ام.» لب می‌گوید: «این‌چنین سؤال کرده‌ام. (یعنی به‌جای آن‌که در زندگانیِ دنیا سؤالات مفید و گره‌گشا کنم، سؤالاتی که جنبه‌ی تجسّس و فضولی در کارِ مردم داشته است را انجام داده‌ام.)» پا می‌گوید: «من تا سرزمینِ آرزوهای نفسانی رفته‌ام.» شرمگاه می‌گوید: «این من بودم که زنا کرده‌ام.» چشم می‌گوید: «من نگاه حرام کرده‌ام.» و گوش می‌گوید: «سخنان ناروا شنیده‌ام.»

به‌این‌صورت سراپای او دروغ از آب در می‌آید؛ زیرا اعضا و جوارح او، او را تکذیب می‌کند. چنان‌که در نمازی که مایه‌ی روشنیِ روح و قلب آدمی است، با شهادت جوارح آن زاهدنمای ریاکار (زاهد قلّابی)، ریا و تزویرش آشکار شد.

پس ای صاحبدل، در زندگیِ خود باید چنان عمل کنی که آن عمل بی‌آن‌که نیازی به سخن داشته باشی بر ایمانت شهادت دهد[۳] و عملت عینِ گفتارت باشد. لذا ای پسر، به گونه‌ای عمل کن که همه‌ی اعضا و جوارحت به سودِ تو گواهی دهند. اگر تا این لحظه از عمرت، نامه‌ی اعمالت را سیاه کرده‌ای، اینک از کارهای خطایی که در گذشته انجام داده‌ای توبه کن. دراین‌صورت حق‌تعالی جمیع بدی‌های پیشین تو را به نیکی‌ها مبدّل می‌فرماید.[۴] ای خواجه، به توبه‌ی نصوح خوب توجّه کن و برای دست‌یابی به آن توبه، هم با روحت بکوش و هم با جسمت و صمیمانه در این راه قدم بگذار.

❋ ❋ ❋

حکایت فوق در بیان این مطلب است که بسیاری از مدّعیان فضل و کمال، با آن که سخنان جذّاب و دلنشین و پُرنکته می‌گویند، ولی از نظر عملی اشخاصی ضعیف و بی‌مقدارند. در کلام و شعار گویی سبقت از همگان می‌ربایند، امّا در عملِ صالح و تعهّدات

۱- چنان‌که در آیه‌ی ۹ سوره‌ی طارق آمده است: **«روزی که رازهای نهان آشکار گردد.»**

۲- ناظر است به آیه‌ی ۶۵ سوره‌ی یس و موضوع چگونگی شهادت دادن اعضا و جوارح آدمی در روز قیامت. آن روز بر دهان آن کافران مُهر خاموشی نهیم و دست‌هایشان با ما سخن گوید و پاهایشان به آنچه می‌کردند گواهی دهد.»

۳- مولانا می‌گوید: «تو باید با عملت بر حضور خدا گواهی دهی، زیرا شهادت دادن بدین معنی است که آدمی به حضور و نظارت حق بر جمیع اعمال و احوال و نیّاتش گواهی می‌دهد. پس باید به گونه‌ای عمل کنی که از عملت معلوم شود که خدا را در هر لحظه حاضر و ناظر بر خود می‌دانی؛ والّا صِرفِ پای‌بندی به رسوم عبادت، وافی به مقصود نیست. (شرح جامع مثنوی معنوی، ج ۵، ص ۶۰۸)

۴- اشاره است به آیه‌ی ۷۰ سوره‌ی فرقان: **«کسانی که توبه کنند و ایمان آورند و عمل صالح انجام دهند، خداوند گناهانشان را به حسنات مبدّل می‌کند؛ و خداوند همواره آمرزنده و مهربان است.»**

و در مورد «توبه‌ی نصوح» در آیه‌ی ۷۴ سوره‌ی مائده آمده: «به درگاه الهی توبه نصوح کنید.» یعنی توبه‌ای به درگاه الهی انجام دهید که بازگشتی به گناه نداشته باشد.

اخلاقی حالی نومیدکننده دارند.

به این مناسبت مولانا به آیه‌ای از قرآن کریم استشهاد می‌کند و می‌گوید:

«کافران نیز در زبان می‌گویند الله خالق آسمان‌ها و زمین است. ولی آیا حق‌ستیزی و ستم‌کاری آنان نیز با این اقرار سازگار است؟ مسلّماً نیست. ایمان در یک مشت واژه خلاصه نمی‌شود؛ بلکه تعهّد به قیود اخلاقی و ضبط هوای نفس و پرهیز از خودبینی و غلبه بر انانیّت (خودبینی، غرور)، نتیجه‌ی ضروری ایمان است.»

توبه‌ی نَصوح

بود مردی پیش از این نامش نصوح
بُد ز دلاکیِ زن او را فتوح
بود روی او چو رخسار زنان
مردیِ خود را همی کرد او نهان

پیش از این مردی بود به نام نصوح[1] که از طریق دلّاکی کردنِ زنان امرار معاش می‌کرد. هیأت ظاهری او مانند صورت زنان بود، لذا مرد بودن خود را از دیگران مخفی می‌کرد. او سال‌های زیادی در حمّام‌های زنانه دلّاکی می‌کرد و در حیله و تزویر بسیار ماهر بود، لذا هیچ‌کس به جنسیّت حقیقی او پی نبرده بود. هم صدایش زنانه بود و هم صورتش، ولی در اوج جوانی به سر می‌برد و شهوت مردانه‌اش کامل و فعّال بود. نصوح چادر بر سر می‌کرد و پوشینه و مقنعه می‌گذاشت. آن جوانِ هوس‌پیشه از این راه امرار معاش می‌کرد و با شستن دختران اعیان و دختر شاه، ارضای شهوت می‌نمود.

او چندین بار به حکم وجدان توبه کرده بود، امّا نفْسِ امّاره و اخگر شهوت، او را به کام خود می‌کشید. روزی آن بدکاره (نصوح) برای رهایی از آن فعل قبیح، به حضور یکی از عارفان ربّانی رفت و به او گفت:

«در حقّ من دعایی کن.»

آن عارف وارسته از طریق خواندن ضمیر او مشکلش را دریافت، بی آن‌که چیزی از او بشنود. ولی چون از صفت حلم الهی برخوردار بود، قباحتِ کار او را به رویش نیاورد.

عارف حقیقی ساکت است، درحالی‌که اسرار بسیاری از امور را در دل دارد؛ لبانش خموش است و دلش پُر از نداهای غیبی. عارفانی که جام اسرار حضرت حق را نوشیده‌اند، به اسراری واقف شده‌اند، ولی آن اسرار را از بیگانگان پوشیده داشته‌اند.[2] هرکس به شرف اسرار الهی مشرّف شود و بدان حریم باقی درآید، از طرف خداوند اجازه ندارد که هرچه را مکاشفه کرده به دیگران بگوید، مگر به اهلان.

آن عارف وارسته تبسّمی کرد و به طریق دعا به نصوح گفت:

۱- «نصوح» در لغت به معنی بسیار ناصح و نصحیتگر است. صیغه‌ی مبالغه از مصدر نُصُح (نصیحت کردن). در آیه‌ی ۸ سوره‌ی تحریم آمده است: «ای کسانی‌که ایمان آورده‌اید، به سوی خدا توبه کنید، توبه‌ای خالص (توبةً نَصوحاً) ...» مفسّران در تفسیر «توبه‌ی نَصوح» گفته‌اند که آن، توبه‌ی خالصی است که خالصاً برای خدا باشد و دیگر توبه‌کننده به سوی هیچ گناهی باز نگردد؛ و نیز گفته‌اند که «توبه‌ی نَصوح» توبه‌ای است نصیحت کننده؛ به‌هر‌حال همه‌ی آن وجوه به مسئله‌ی خلوص در توبه باز می‌گردد. (شرح جامع مثنوی معنوی، ج ۵، ص ۶۱۴)

۲- یکی از صفات پسندیده‌ی عارفان صاحبدل این است که در عین وقوف بر امری، تا مصلحت اقتضا نکند چیزی بُروز نمی‌دهند؛ برعکسِ کوته‌بینان متظاهری که در هر امری خود را بَحرالعلوم می‌نمایانند. (همان کتاب، ص ۶۱۷)

«ای بدطینت، انشاءالله توبه نصیبت می‌شود.»

دعای آن عارف به اجابت رسید؛ زیرا انسان کامل چون انانیّتی (تکبّر و خودپسندی) ندارد و سراپا نور الهی است، هرچه او گوید، گفته‌ی حق است.[1] اگر خدا چیزی از خود بخواهد و طلب کند، چگونه ممکن است که دعای خود را رها کند؟[2] خلاصه‌ی مطلب، خلّاقیت خداوندِ صاحبْ جلال، اسباب توبه‌ی نصوح را فراهم کرد تا او را از لعن و گناه بَرهاند.

روزی نصوح طبق روال همیشگی در حمّام زنانه مشغول کار بود که ناگهان قیل‌وقالی بلند شد و در آن میان زنی جار زد که یکی از مرواریدهای گوشواره‌ی دختر شاه گم شده است. همه‌ی زنان به جست‌وجو پرداختند. درِ حمّام را محکم بستند و نگذاشتند کسی خارج شود تا این‌که جامه و بقچه‌ی حاضران وارسی شود. بقچه‌ها را روی زمین ولو کردند و جامه‌ها را به دقّت گشتند، امّا از دانه‌ی مروارید خبری نشد. ناچار گفتند همه باید کاملاً برهنه شوند و یکی‌یکی مورد بازدید قرار گیرند.

نصوح با شنیدن آن حرف به‌کلّی خود را باخت و به گوشه‌ای خلوت رفت، درحالی‌که بدنش مثل بید می‌لرزید. در آن خلوت با دلی شکسته رو به حضرت حق کرد و گفت: «پروردگارا، اگر نوبت وارسی من برسد، وای بر من که دچار چه سختی‌هایی خواهم شد! از ترس و هیجان دارم آتش می‌گیرم. خداوندا، دامن رحمتت را گرفته‌ام؛ عطایت را به من ارزانی دار، به فریاد رس. ای کاش مادر مرا نزاده بود، یا شیری درنده مرا در چراگاه خورده بود. خداوندا، کاری کن که زیبنده‌ی توست. خداوندا، فرصت اندک است. فقط یک لحظه بر من پادشاهی کن و به فریادم رس. خداوندا، اگر این‌بار به اقتضای اسم ستّار (بسیار پوشنده) لغزش مرا بپوشانی، زین پس از هر کار ناروا توبه می‌کنم. این‌بار واقعاً کمر همّت می‌بندم تا توبه‌ام شکسته نشود. اگر این دفعه گناهی مرتکب شدم، دیگر دعایم را قبول نکن و حرفم را گوش مده.»

نصوح پیوسته گریه می‌کرد و اشک فراوانی از چشمانش جاری شد و پیش خود می‌گفت: «اسیر جلّادان و مأمورانِ خشونت‌کار شدم.» او بر جان خود شیون‌ها می‌کرد، گویی که عزرائیل را مقابل خود دیده است. او آن‌قدر خدایا، خدایا کرد که در و دیوار نیز با او همنوا شدند.

نصوح در حالِ «یارب یارب گفتن» بود که ناگهان از میان مأمورانِ تفتیش صدایی بلند شد. صاحب آن فریاد می‌گفت: «همه را گشتیم، اکنون ای نصوح جلو بیا.»

۱- چنان‌که در آیات ۳ و ۴ سوره‌ی نجم آمده: «و (محمّد) هرگز از روی هوای نفس سخن نمی‌گوید، آن‌چه می‌گوید چیزی جز وحی که بر او نازل شده نیست.»

۲- این کلام به اتّحاد عبد و معبود و فنای مظهر در ظاهر اشارت دارد که از بنیادی‌ترین قواعد مکتب مولاناست. (شرح جامع مثنوی معنوی، ج ۵، ص ۶۱۸)

نصوح مانند دیواری شکسته فرو افتاد و عقل و هوش از او جدا شد و مانند جماد، بی‌جان افتاد.[1] وقتی‌که هوشْ بی‌درنگ از نصوح مفارقت کرد و از هستی موهوم خود خالی شد و موجودیّتِ او باقی نماند، خداوند، بازِ بلند پرواز روحش را به حضور خود فراخواند. چون کشتیِ وجود او ناخواسته شکست، پس به کرانه‌ی دریای رحمت الهی افتاد.[2] وقتی‌که روح نصوح از ننگ جسم رها شد، شادمان نزد اصل خود رفت.

پس از ترسی که مایه‌ی هلاک جان بود، ناگهان مژده دادند که سبب بیم و ترس از بین رفت زیرا آن مروارید گران‌بها که گم شده بود، پیدا شد. از بانگ و فریاد و کف زدن زنان که می‌گفتند سبب اندوه برطرف شد، فضای حمّام پُر شده بود.

نصوح که مدهوش و بی‌خویش شده بود به خود آمد و در آن فضای آکنده از شادمانی، چشم دل او تجلّی الهی را که برای دیگران طیّ روزها و شب‌های فراوان در طاعت و عبادت ظهور می‌کند، در لحظه‌ای دید.

همه از نصوح حلالیّت می‌طلبیدند. یکی از زنان مفتّش به نصوح گفت:

«ما در حقّ تو سوءِظن داشتیم. ما را حلال کن، چون با قیل‌وقال خود (و اتّهام زدن) غیبتِ تو را کردیم.»[3]

مفتّشان بیش از هرکس به نصوح سوءِظن داشتند، چون وی دلّاک مخصوص شاهزاده و مَحرم اسرارش بود. هنگام تفتیش نیز ابتدا می‌خواستند نصوح را وارسی کنند، ولی به خاطر احترام بدو نوبت تفتیش را عقب انداختند. نوبت او را عقب انداختند که شاید از این فرصت استفاده کند و جواهرِ دزدیده را در گوشه‌ای بیفکند و خلاصه در این فاصله خود را نجات دهد. لذا از نصوح حلالیّت می‌طلبیدند و درصدد عذرخواهی برمی‌آمدند.

نصوح به زنان گفت:

«چه حلالیّتی؟ اگر فضل و احسان خداوند شامل حالم نمی‌شد، در فساد و قباحتِ عمل از همه جلوتر بودم.[4] از آدم گناه‌کاری چون من از چه حلالیّتی می‌طلبید؟ من از همه‌ی

1- مولانا در این‌جا و جملات بعد، به مناسبت بیهوش شدن نصوح اشارتی دارد به فنای فی‌الله عارفان که از طریق فنا به نجات می‌رسند. (شرح جامع مثنوی معنوی، ج ۵، ص ۶۲۳)

۲- منظور این است که نصوح خود طالب فنای فی‌الله نبود، بلکه تجلّی جلالی حضرت حق، هستی موهوم او را در یک لحظه ربود و بُرد؛ زیرا تجلّیِ حق ناگهان آید. و دل نصوح در آن لحظات، به آگاهی رسیده بود. (همان کتاب، ص ۶۲۴)

۳- زشتی «غیبت کردن» این بلای خانمانسوز اخلاقی و اجتماعی، در آیه‌ی ۱۲ سوره‌ی حُجُرات بیان شده: «ای کسانی‌که ایمان آورده‌اید! از بسیاری از گُمان‌ها بپرهیزید، چون بعضی از گمان‌ها گناه است؛ و هرگز (در کار دیگران) تجسّس نکنید؛ و هیچ‌یک از شما دیگری را غیبت نکند ... .»

۴- کلام فوق این نکته را می‌گوید که شخص اگر به توفیقی رسید و یا از مهلکه‌ای رهید، نباید به خود مغرور شود و سبب توفیق و نجات خود را به خود نسبت دهد. (همان کتاب، ص ۶۲۹)

مردم روزگار گناه‌کارترم. کسی جز اندکی، چه چیزی درباره‌ی من می‌داند؟ از هزاران گناه و زشتکاری‌ام فقط یکی را می‌داند. فقط من می‌دانم و خداوندِ ستّارالعیوب که چه گناهان و تبه‌کاری‌هایی مرتکب شده‌ام. در ابتدای ارتکاب به گناه، ابلیس معلّم من بود؛ امّا بعد از مدّتی ابلیس پیش من هیچ بود. حق‌تعالی همه‌ی افعال قبیحم را دید و چشم‌پوشی کرد تا بر اثر رسوایی شرمنده نشوم. بار دیگر رحمت الهی لغزش مرا جبران کرد و توبه‌ای نصیب من فرمود که از جان هم شیرین‌تر است. هر گناهی که مرتکب شدم، چشم‌پوشی فرمود؛ و هر طاعت و عبادتی که انجام نداده بودم، انجام یافته فرض کرد. حق‌تعالی مرا مانند سرو و سوسن، سبز و خرّم دائمی کرد. نام مرا در دفتر پاکان صالح نوشت؛ و با آن‌که مستحقّ جهنم بودم، بهشت را به من عطا فرمود.»

سپس ادامه داد:

«از کثرت گناه آه کشیدم و آهم به ریسمانی مبدّل شد و آن ریسمان در درون چاهی که محبوس بودم آویزان شد. آن ریسمان را گرفتم و از چاه نفسانیّات و شهوات حیوانی خارج شدم؛[۱] و پس از نجات از آن چاه، از نظر روحی و باطنی شاد و نیرومند و کمال‌یافته و بانشاط شدم.»

و در پایان، به منظور شکر و سپاسگزاری عرضه داشت:

«خداوندا، آفرین‌های بی‌شمار نثار تویی که ناگهان مرا از اندوه رهانیدی. قادر نیستم که سپاس تو را به‌جا آورم. من در میان این بوستان‌ها و چشمه‌ساران در خطاب به مردم فریاد برمی‌آورم که: ای کاش قوم من می‌دانستند.»[۲]

نصوح بر توبه‌اش ثابت‌قدم ماند و فوراً از آن کار کناره گرفت.

چند روزی از غیبت او در حمّام سپری نشده بود که فرستاده‌ای از طرف دختر شاه به سراغ او رفت و گفت:

«دختر پادشاهِ ما از روی لطف و مرحمت، تو را مجدّداً نزد خود خوانده است چون به جز تو دلّاک دیگری نمی‌خواهد که او را مشت و مال دهد و سرش را بشوید.»

نصوح به آن فرستاده گفت:

«دست من از کار افتاده است و قادر به دلّاکی و مشت و مال نیستم. برو کسی دیگر را طلب کن.»

نصوح در دل گفت:

۱- اشاره است به قسمتی از آیه‌ی ۲۵۶ سوره‌ی بقره: «... کسی که به خدا ایمان آوَرد، به ریسمان محکمی چنگ زده است که گسستن برای آن نیست.»

۲- اشاره است به آیات ۲۶ و ۲۷ سوره‌ی یس: «[سرانجام او را شهید کردند و] به او گفته شد: «وارد بهشت شو.» گفت: «ای کاش قوم من می‌دانستند که پروردگارم مرا آمرزیده و از گرامی‌داشتگان قرار داده است.»» این سخن را «حبیب نجّار» که آیین مسیح را پذیرفت و به عیسی پیامبر ایمان آورد و به این سبب به قتل رسید، گفته است. (نثر و شرح مثنوی شریف، ج ۵، ص ۳۳۱)

«گناه من از حد گذشته است، آن بیم و اندوه کِی ممکن است از دل من بیرون رود؟ من یک‌بار مُردم و زنده شدم. من طعم تلخ مرگ و نیستی را چشیدم. من نزد خداوند توبه‌ای راستین کرده‌ام و تا وقت مرگ، آن توبه را نخواهم شکست.»

❋ ❋ ❋

این حکایت در بیان توبه‌ی صادقانه و تبدیل سیّئات به حسنات، به برکت فضل و عنایت ربّانی است.

مولانا می‌گوید آدمی تا وقتی به لذّت شهوات روی می‌آورد که لذّتِ حالت‌های معنوی را نچشیده باشد. مولانا طبق اسلوب مطلوب خود، از هر بخش حکایت نتیجه‌ای اخذ می‌کند. مثلاً در آن‌جا که نصوح نزد عارف می‌رود و عارف با دیده‌ی باطنی مشکل اخلاقی او را در می‌یابد و در عین‌حال به رویش نمی‌آورد، مسئله‌ی حفظ اسرارِ الهی و بازگو نکردن آن را به بیگانگان پیش می‌کشد. در آن‌جا که نصوح بی‌هوش بر کف حمّام می‌افتد، مسئله‌ی فنایِ فی‌الله عارفان را مطرح می‌کند و می‌گوید همان‌طور که نصوح با بی‌هوش شدنش از رسوایی نجات پیدا کرد، عارفان نیز از طریق فنایِ فی‌الله از چرخه‌ی حیات دنیوی به نجات حقیقی می‌رسند.

شیر، روباه و خر

گازُری بود و مر او را یک خری
ریش پشت تهی اشکم و لاغری
در میان سنگلاخ بی‌گیاه
روز تا شب بی‌نوا و بی‌پناه

یک گازُر (رختشوی) خری نحیف و لاغر داشت که کمرش در زیر سنگینی بار زخمی شده بود. آن زبان بسته روز تا شب در میان سنگلاخِ بی‌علف به سر می‌برد و چیزی جز آب برای خوردن نمی‌یافت.

در آن حوالی بیشه‌ای قرار داشت و در آن شیری زندگی می‌کرد. روزی میان شیر و فیلی نیرومند جنگی رخ داد و شیر در اثنای آن جنگ مجروح شد و از آن به بعد از شکار جانوران عاجز ماند؛ لذا حیوانات وحشی دیگر (نظیر کرکس، کفتار، روباه و ...) که قبلاً از بازمانده‌ی لاشه‌ی صید شده توسّط شیر می‌خوردند، چون شیر ناتوان شد، آن‌ها نیز دچار مضیغه‌ی غذایی شدند.

چون گرسنگی بر شیر غالب شد، به روباهی امر کرد:

«اگر خری در حوالی چمنزار دیدی، نیرنگی به کار گیر و فریبش بده و به حضور ما بیاورش. اگر از خوردن گوشت خر نیرویی بگیرم، زان‌پس به شکارهای دیگر می‌پردازم. من از مقدار کمی از گوشت خر را می‌خورم و بقیّه را نیز شما می‌خورید. من باعث ارتزاق شما می‌شوم. ای روباه، برو با آن حیله‌هایی که بلدی برای من یا یک خر بیاور و یا یک گاو. با حیله‌ها و سخنان جذّاب و دلنشین، عقل از سرش بیرون کن و به این‌جا کشانش.»

ای سالک، قطب به منزله‌ی شیر است و کار او شکار کردن؛ و سایر مردم باقی‌مانده‌ی صید او را می‌خورند.[1] تا می‌توانی در راه خشنودی قطب (عارف واصل و انسان کامل) تلاش کن تا او نیرومند گردد و جانوران وحشی را صید کند. (به انسان کامل صادقانه

۱- مولانا در این‌جا می‌فرماید: قطب (انسان کامل و عارف واصل)، واسطه‌ی افاضات الهی به خلق است؛ یعنی از حق می‌گیرد و به خلق می‌دهد. از اینروست که اهل‌الله، قطب را «واسطه‌ی فیض» دانند؛ و خلایق هر کدام برحسب استعداد و لیاقت خود، از آن افاضات برخوردار می‌شوند. به سخنی دیگر هر کس از حیث روحی و کمال معنوی به انسان کامل نزدیک‌تر باشد، از فیض بیش‌تری مستفیض می‌گردد. مولانا برای تفهیم این مطلب طبق اسلوب خود به تمثیل و تشبیه متوسّل می‌شود و انسان کامل را به شیری تشبیه می‌کند که در بیشه‌زار الهیَ صیدی از حقایق و اسرار به دست می‌آورَد. ابتدا خود از ناب‌ترین قسمت آن متمتّع می‌شود و باقی‌مانده را به دیگران می‌دهد تا از آن ارتزاق کنند. مولانا می‌گوید بهره‌ی هر کس از افاضات انسان کامل به قدر قرب او به بارگاه الهی است و این قرب، قرب مکانی نیست بلکه قرب روحی و سنخیّت معنوی است. (شرح جامع مثنوی معنوی، ج ۵، ص ۶۴۱)

خدمت کن تا او نیز صید حقایق و اسرار ربّانی را در اختیارت نهد.)[1] احوال روحانی که به منزله‌ی ارزاق روحانی است، از طریق انسان کامل به خلق می‌رسد؛ پس تا می‌توانی انسان کامل را خشنود کن تا از ارزاق معنوی و روحی او برخوردار شوی. یاری کردن تو به او، توان تو را می‌افزاید نه توانِ او را؛ چنان‌که حضرت حق فرمود: اگر خدا را یاری کنید، یارَی کرده می‌شوید.[2] (هر کمکی که به انسان کامل کنی، در واقع به خود کرده‌ای؛ زیرا او نیز تو را با حقایق ربّانی آشنا سازد و در نتیجه نیکبخت خواهی شد.)

روباه به شیر عرض کرد:

«به شیر خدمت می‌کنم. حیله‌هایی می‌سازم و عقل و تدبیر خر را از او می‌رُبایم.[3] شاها، خیالت راحت راحت باشد که حیله‌گری و گمراه‌سازیِ ساده‌دلان کار اصلی من است.»

روباه این را گفت و از فراز کوه به سوی جویبار رفت و خر ساده‌لوحِ بینوا را پیدا کرد. پیش رفت و سلامی کرد و با تعجّبِ ساختگی به خر گفت:

«در این بیابان خشک و بی‌آب و علف چه می‌کنی!؟»

خر جواب داد:

«نصیب و قسمتی که حضرت حق برای من مقدّر و مقرّر فرموده همین است که

۱- یعنی: «تا می‌توانی در خدمت قطب و انجام حوائج بدنی وی که موجب خشنودی و التفات اوست بکوش تا بدنش از ضعفی که به سبب نایافت غذا، در آن راه یافته و دل او برای آن مشغول اسباب معاش گشته و به‌قدر آن از صید وحوش اسرار و معارف بازمانده رهایی یابد و قوّت گیرد و دل او از آن شغل فراغت یافته به کار خود که صَید اسرار و معارف است درآید. (شرح مثنوی ولی محمّد اکبرآبادی، ج ۵، ص ۱۰۶)

حکیم سبزواری سخنی دارد بدین مضمون: حتّی انسان ناقص نیز روحش به زمان و مکان و جهات نیاز ندارد، تا چه رسد به انسان کاملی که در وَرای حواس است و روح ولایت در او به اعلی مرتبه‌ی فعلیّت رسیده است. پس ضعف ظاهری و جسمی انبیا و اولیا و عرفا دلیل بر ضعف روحی آنان نیست. (شرح اسرار، ص ۳۸۴)

۲- این کلام، از آیه‌ی ۷ سوره‌ی محمّد اقتباس شده است: **«ای کسانی‌که ایمان آورده‌اید! اگر خدا را یاری کنید، خدا نیز شما را یاری می‌کند و گام‌هایتان را استوار می‌گرداند.»** مفسّران قرآن کریم از جمله شیخ طبرسی و زمخشری مراد از یاری خدا را، یاری دین او و پیامبرش دانسته‌اند. (مجمع‌البیان، ج ۷، ص ۹۸ و کشّاف، ج ۴، ص ۳۸۲)

۳- از شیوه‌های خاصّ مولانا در نقل حکایات اینست که شخصیّت‌های داستانی او، در نقش‌های منفی و مثبت خود نمی‌مانند؛ بلکه به اقتضای مقام و به مناسبت ایراد نکات و مطالب معنوی، دگرگون می‌شوند. و این خود دلیل دیگری است بر آن که هدف مولانا در مثنوی داستان‌سرایی نبوده است؛ بلکه حکایات در نظر او پیمانه‌ای است برای اظهار معانی و مقاصد والا. مثلاً تا قبل از این بیت، مولانا قطب‌الاقطاب (قطب قطبان، لقب بعضی از پیروان) را به «شیر» و مرید حقیقت‌طلب را به «روباه» تشبیه کرده، امّا از بیت فوق نقش مثبت روباه به نقش منفی تغییر می‌یابد. یعنی از این به بعد «روباه» مظهر حیله و خدعه می‌گردد، «شیر» مظهر سخت‌دلی و بیرحمی، و «خر» مظهر ساده‌دلی و ستم‌دیدگی. بنابراین اگر به تغییر نقش شخصیّت‌های داستانی مثنوی توجّه نکنیم، سررشته‌ی مطلب را گم می‌کنیم و دچار حیرت می‌شویم. (شرح جامع مثنوی معنوی، ج ۵، ص ۶۴۶)

می‌بینی؛ لذا من از این وضعیّتی که دارم شکر گزارم.»[1]

روباه به خر گفت:

«به خاطر اطاعت از فرمان الهی، سعی در کسب روزیِ حلال امری واجب است.[2] امر شده که رزق خداوند را طلب کنید.[3] بدون کلیدِ تکاپو و حرکت امکان ندارد در رزق گشوده شود، و شیوه‌ی خداوند این نیست که بدون طلب و تکاپوی بنده به او نان دهد؛ لذا در این دنیا باید تلاش کنی تا به رزقت برسی، والّا گرسنه خواهی ماند.»

خر در جواب استدلال‌های روباه گفت:

«سعی و تلاش در راه به دست آوردن رزق، ناشی از ضعف توکّل است؛ والّا کسی‌که جان عطا کرده، نان هم می‌دهد.»[4]

پسر جان، هرکس مقام قرب الهی و سلطنت اُخروی و معنوی را طلب کند، در معاش خود نیز درنمی‌ماند؛ بلکه به قدر حاجت تأمین می‌شود.[5] همه‌ی حیوانات اهلی و وحشی روزی‌خوارند؛ درحالی‌که این‌ها نه به دنبال کسب روزی‌اند و نه روزیِ خود را برای فردا می‌اندوزند.[6] خداوندِ روزی‌دهنده، همگان را روزی می‌دهد و قسمت هرکس را پیشش می‌گذارد.[7]

روباه در جواب خر گفت:

۱- مولانا از این‌جا تا انتهای این داستان از زبان «خر» احوال و اقوال اولیا را در مقابل محنت و شدّت روزگار بیان می‌دارد و می‌گوید که اینان از رنج‌ها و ابتلائات دهر دلتنگی نشان نمی‌دهند، بلکه در هرحال شاکر و صابرند. توضیح آن که مقام «شُکر» بالاتر از مقام «صبر» است؛ زیرا صبر تحمّل محنت توأم با کراهت است، درحالی‌که شکر، قبول محنت توأم با ستایش از محنت دهنده. (شرح جامع مثنوی معنوی، ج ۵، ص ۶۴۶)

۲- از این‌جا به بعد، موضوع «کسب و توکّل» محور بحث واقع می‌شود.

۳- اشاره است به آیه‌ی ۱۰ سوره‌ی جمعه: «هرگاه نماز به پایان رسید، در روی زمین پراکنده شوید و از فضل خداوند بطلبید، و خدا را بسیار یاد کنید شاید رستگار شوید.»

۴- توکّل نیز مانند سایر مقامات عرفانی مراتبی دارد. عالی‌ترین مرتبت آن گسستن از اسباب و پیوستن به مسبّب‌الاسباب است. کسی‌که به این مرتبه از توکّل می‌رسد، فقط منتظر تقدیر الهی است و مانند مُرده‌ای است در دست غسّال. توکّل در این مرتبه عبارت است از فرو نهادن تدبیر خود و عاری شدن از تکاپو و قدرت. امّا در مراتبِ پایین‌تر توکّل جایز است که شخص در عین اعتماد به لطف و فضل الهی، به اسباب نیز توجّه داشته باشد؛ به شرط آن‌که علل و اسباب را در عرض مشیّت الهی قرار ندهد، بلکه در طول آن قلمداد کند. توکّل در این مرتبه نه بدان معنی است که کسب و کار رها شود؛ بلکه بدین معنی است که شخص، کار نبیند و کارساز بیند و خداوند را در همه‌ی امور وکیل نماید. (شرح جامع مثنوی معنوی، ج ۵، ص ۶۵۷)

۵- چنان‌که در قسمتی از آیات ۲ و ۳ سوره‌ی طلاق می‌فرماید: «... و هرکه تقوای الهی پیشه کند، (خداوند) برای او راه نجاتی قرار می‌دهد و او را از جایی‌که گمان ندارد روزی می‌دهد... .»

۶- این کلام ناظر است به مضمون آیه‌ی ۶۰ سوره‌ی عنکبوت: «و چه بسیارند جنبندگانی که رزق خود نیندوزند. خداوند آن‌ها و شما را روزی دهد؛ و اوست شنوا و دانا.»

۷- در آیه‌ی ۶ سوره‌ی هود آمده: «هیچ جنبنده‌ای در زمین نیست، جز آن‌که تأمین رزقش بر عهده‌ی خداوند است... .»

«آن توکّلی که تو می‌گویی، موردش کم پیش می‌آید و کم‌اند کسانی‌که در توکّل تا این درجه مهارت داشته باشند. ای خرصفت، اگر حدّ خود نشناسی و کار پاکان را قیاس از خود بگیری و به گزاف تکیه بر جای بزرگان بزنی، زیان‌کار و رسوا خواهی شد. مقام عالی توکّل نصیب هر کس نمی‌شود، زیرا این مقام با لقلقه‌ی زبان حاصل نگردد. بسیارند کسانی که دائماً دم از توکّل می‌زنند و «تَوَکَّلْتُ عَلَی الله» را ورد زبان می‌کنند، درحالی‌که عملاً به اسباب و ابواب (درها) چشم دوخته‌اند نه بر مسبّب‌الاسباب و مفتّح‌الابواب.»

خر در جواب روباه گفت:

«بدان‌که تو قضیّه را وارونه بازگو می‌کنی؛ زیرا فتنه و فساد، به سبب طمع بر جان آدمی عارض می‌شود. تابه‌حال هیچ‌کس از قناعت هلاک نشده، و هیچ‌کس از روی حرص و آز پادشاه بی‌نیازی و استغنا نشده است. همان‌طور که ابر از کار و تلاش مردم پدید نیامده است، پس سعی و تلاش، شرط مرزوق شدن نیست.»

روباه به خر جواب داد:

«این افسانه‌ها را رها کن، دست به سعی و تلاش بزن اگرچه سعی و تلاشِ ناچیزی داری.[1] خدا به تو دست داده است، پس کاری انجام بده. هر کس به کار و کسبی بپردازد، به دوستانش یاری می‌دهد؛ زیرا تقسیم کار یک ضرورت اجتماعی است و امکان ندارد که یک شخص چند صنعت مختلف را در حدّ تخصّصی و علمی بداند. قوام جامعه‌ی بشری، به تعاون و تقسیم کارِ همگانی نیازمند است. هر کس به سبب احتیاج خود و جامعه، به حرفه و صنعتی روی آورده است.[2] مفت‌خواری و انگلِ جامعه شدن، شرط عقل و انصاف نیست.»[3]

خر گفت:

«من در دو جهان کار و کسبی بهتر از توکّل کردن بر پروردگارم سراغ ندارم. من هیچ کسبی را نظیر شکرِ خدا نمی‌شناسم، زیرا شکر خدا روزی را جذب می‌کند و بر مقدار آن می‌افزاید.»[4]

۱- مانند تلاش فقیر. (درویشی که به درجه‌ی استغنا رسیده.)

۲- میرفندرسکی (از دانشمندان و سخنوران عارف دوره‌ی صفوی) می‌گوید: «در انسان همه‌ی اعضاء احتیاج به یکدیگر دارند و هیچ عضو معطّل نیست، که اگر یکك عضو کار خاصّ خود نکند فعل سایر اعضاء باطل باشد؛ و هر گاه چنین باشد، خلل به حال شخص راه یابد. پس در معالجه کوشد و آن را به قدر امکان علاج کند و اگر علاج نپذیرد، آن عضو را قدر نباشد. هم‌چنین هر شخص در عالم به منزله‌ی عضوی خاص است و کار مخصوصی را باید انجام دهد؛ پس اگر کار نکند، به منزله‌ی عضوی فاسد باشد و خلل به کلّ عالم راه یابد.» (رساله‌ی صناعیه، ص ۵)

۳- مولانا همیشه به یاران خود سفارش می‌کرد که از دسترنج خود ارتزاق کنند و گِردِ سؤال و دریوزگی (گدایی) نگردند. (شرح جامع مثنوی معنوی، ج ۵، ص ۶۶۶)

۴- اشاره دارد به قسمتی از آیه‌ی ۷ سوره‌ی ابراهیم: «... اگر شکرگزاری کنید، نعمت خود را بر شما خواهم افزود... .»

بحث و مجادله میان خر و روباه بالا گرفت، به‌طوری‌که از سؤال و جوابِ متقابل خسته شدند. روباه دید با مباحثه کاری از پیش نمی‌رود، پس از درِ مکر وارد شد و توصیف دلنشینی به‌این‌صورت از زندگی در بیشه و نیزار کرد:

«بدان که در این جهان نهی شده‌اید از این که خود را با دست خود به هلاکت افکنید.[1] صبر کردن در هامون خشک و سنگلاخ حماقت است؛ درحالی‌که جهانِ حضرت حق وسیع می‌باشد.[2] از این صحرای خشک، به سوی چمنزار کوچ نما و در آن‌جا کنار جویبار چَرا کن. چمنزارهای سبز و خرّمِ آن، مانند باغ‌های بهشتی است. خوشا به حال حیوانی که به آن‌جا رود. در آن ناحیه‌ی باصفا از هر گوشه‌ای چشمه‌ای جریان دارد. در آن‌جا حیوانات در کمال امنیّت و راحتی به سر برند.»

امّا آن خر از روی نادانی، به روباه مکّار نمی‌گفت که:

«ای ملعون! تویی که از آن چمنزاری، پس چرا این‌قدر لاغری؟ کو آن نشاط و چاقی و رونق تو؟ اگر توصیف تو از آن باغ، یاوه و دروغ نیست؛ پس چرا چشمانت از صفای آن بوستان، مست و خمار نیست؟ ای بلندمرتبه! چرا درباره‌ی چیزی که می‌گویی و تعریفش را می‌کنی، نشانی در تو نیست؟»[3]

همین‌که آن خر وصف جلوه‌های ظاهری چمنزار را از روباه شنید، همه‌ی آن دلایلی را که قبلاً در اثبات قناعت و توکّل آورده بود از یاد بُرد. حال آن خر مانند کسی بود که نیاز به باران پیدا کند، ولی ابری در کار نباشد. وجود آن خر سراپا گرسنگی بود، امّا هیچ صبر و طاقتی نداشت.

ای طالب حقیقت، معده‌ی قلبت را از تناول لذّات و شهوات دنیایی منع کن و آن را به تناول گُل معرفت و ریحان حقیقت عادت بده. معده‌ی ظاهری‌ات، تو را به سوی تمتّع از لذّات و شهوات دنیوی جلب می‌کند؛ درحالی‌که معده‌ی قلب تو، تو را به سوی گُل و ریحان معنوی جذب می‌نماید. هرکس که کاه و جو بخورد، قربانی می‌شود. یعنی همان‌طور که گاو و گوسفند را ابتدا پروار می‌کنند و سپس به مسلخ می‌برند؛ همین‌طور اگر غایت و مقصد اعلای تو تمتّع حیوانی و لذّت دنیوی باشد، سرانجام به مسلخ خواهی رفت و سلّاخ مرگ تو را ذبح خواهد کرد. و هر کس که نور حق بخورد، به قرآن مبدّل می‌شود؛ یعنی کتاب روحش مخزن اسرار و معدن انوار الهی می‌گردد. پس ای طالب حقیقت، بکوش تا قرآن شوی نه قربان. جنبه‌ی روحانی و معنوی خود

۱- اقتباس از قسمتی از آیه‌ی ۱۹۴ سوره‌ی بقره است: «در راه خدا انفاق کنید؛ و با ترک انفاق، خود را به دست خود، به هلاکت نیفکنید....»

۲- مناسب است با نساء/۹۷، عنکبوت/۵۶ و زُمَر/۱۰ که می‌گوید زمین خدا برای مهاجرت وسیع است.

۳- البتّه جا داشت که خر مشت روباه را این‌گونه باز می‌کرد و حیله‌اش را آشکار می‌نمود، ولی به سبب نادانی نتوانست چنین کند. احوال آدمیان خرسیرت و روباه‌صفت نیز بدین‌گونه است و این، تمثیل مدّعیان عاری از معناست. (شرح جامع مثنوی معنوی، ج ۵، ص ۶۷۰)

را نیرومند و متکامل کن، نه جنبه‌ی مادّی خود را.

خر با همه‌ی اصراری که بر توکّل می‌ورزید، حرص و طمع، او را خوار و زبون کرد و به دنبال روباه به سوی بیشه‌ی شیر علیل به راه افتاد.[1] وقتی روباه خر را به چمنزار بالای کوه بُرد، شیر چون از شدّت گرسنگی بی‌تاب شده بود، طاقت نیاورد که خر در دسترسش قرار گیرد. پس خیزی برداشت تا به خر حمله کند، امّا تاب و توانی در کار نبود. خر همین‌که چهره‌ی هولناک و عبوس شیر را دید، پا به فرار گذاشت و تا پایین کوه با شتاب تاخت و از آن مهلکه جان به‌در برد.

روباه به شیر گفت:

«ای شاه ما، چرا به هنگام حمله آن‌قدر صبر نکردی که آن گمراه نزد تو آید تا با حمله‌ای جزئی بر او غلبه کنی؟ عجله و شتاب از نیرنگ شیطان، و صبر و حسابگری لطف خداوند است. خر از تو دور بود، همین‌که حمله‌ی تو را دید پا به فرار گذاشت؛ و در این حادثه ناتوانی تو فاش شد و آبروی تو رفت.»

شیر گفت:

«من خیال می‌کردم که هم‌چنان قدرت قبلی خود را دارم، و دیگر نمی‌دانستم که تا این اندازه سستی بر من غلبه کرده است. هم‌چنین گرسنگی و نیازم از حد درگذشت و شکیبایی و خِردم بر اثر گرسنگی از میان رفت. ای روباه، اگر بتوانی یک بار دیگر خر را به این‌جا بازگردانی، از تو سپاس فراوان خواهم داشت. سعی کن شاید بتوانی او را با نیرنگ به این‌جا آوری.»

روباه گفت:

«بله، اگر خداوند یاری کند، مُهری از کوری بر دل او خواهد نهاد.[2] مُهر نهد تا خر آن حادثه‌ی ترسناک را از یاد ببرد؛ البتّه این حالت، از حماقت او (خر) بعید نیست. ولی اگر این دفعه آن خر را نزد تو بازگردانم، بر او حمله مکن تا مبادا بر اثر شتاب از دستش بدهی.»

شیر گفت:

«بله، من عملاً وضعیّت خود را تجربه کردم و دریافتم که سخت ناتوان و علیلم. تا خر نزد من نیاید حرکتی نمی‌کنم، بلکه خود را به خواب می‌زنم.»

روباه گفت:

«شاها، عنایتی کن تا غفلت، عقل او را بپوشاند.[3] زیرا آن خر به درگاه الهی توبه‌های

۱- اهل قیل‌وقال با همه‌ی محفوظات و معلومات خود، به دنبال روباهِ نفس امّاره به حرکت در می‌آیند.

۲- این کلام مناسب است با مضمون آیه‌ی ۷ سوره‌ی بقره: «خدا بر دل‌ها و گوش‌های آنان (کافران) مُهر نهاده... .»

۳- مولانا در این‌جا تعبیری صوفیانه به کار برده است. در میان اهل طریقت رسم است که مرید از پیر

فراوان کرده است که مفتون هر بدکرداری نشود.(۱) ما توبه‌های او را با حیله‌های خود خواهیم شکست، زیرا ما دشمن عقل و پیمان‌های صریح و استواریم و وقتی من بتوانم در عقل و عهد او خلل وارد سازم، توبه‌اش خود به خود خواهد شکست. قوّه‌ی درک ظاهربینان محدود و عارضی است، ولی قوّه‌ی درک ژرف‌اندیشان وسیع و منبعث از حضرت حق.»

روباه پیش خود گفت:

«اگرچه او (خر) مقصود و نیّت مرا تجربه کرد؛ ولی با این وجود، تجارب فراوان در برابر حیله‌ی من درهم خواهد شکست.(۲) شاید آن سست عنصر توبه‌اش را بشکند و نحسِ توبه‌شکنی، گریبانش را بگیرد.»(۳)

روباه نزد خر رفت. خر گفت:

«از دوستیْ مانند تو باید حَذَر کرد و اعتماد بر تو جایز نیست. ای ناجوانمرد، من در حقّ تو چه کردم که می‌خواستی مرا طعمه‌ی آن شیر درنده کنی؟! ای ستیزه‌گر، جز پلیدی درون و ناپاکی طینتِ تو چه چیزی موجب شد که نسبت به جانم سوءقصد کنی؟»

روباه گفت:

«آن جانوری که به شکل شیر دیدی، شیر نبود؛ بلکه جادوگری طلسمی ساخت و با افسون خود در قوّه‌ی خیالیه‌ی تو تصرّف کرد و آن طلسم را به صورت شیر درآورد. والّا من از نظر جسمانی از تو ناتوان ترم، درحالی‌که شبانه‌روز در آن‌جا به چرا مشغولم. اگر آن جادوگر طلسمی بدان‌گونه نمی‌ساخت، هر چرنده‌ای به آن‌جا می‌تاخت و می‌چرید و دیگر چمنزاری باقی نمی‌ماند. من می‌خواستم این مطلب را معلّم‌وار به تو درس دهم و بگویم که اگر منظره‌ی هولناکی دیدی، ترسی به دل را مده. امّا از بس غرق دلسوزی تو بودم، یادم رفت که این مطلب را به تو تعلیم دهم. من می‌دیدم که تو دچار گرسنگی هستی. شتاب می‌کردم که تو به علفزار برسی و رمقی یابی؛ والّا موضوع طلسم را برای تو شرح می‌دادم و به تو می‌گفتم که آن طلسمِ هولناک خیالی بیش نیست و واقعیّت ندارد.»

خر به روباه گفت:

خود همّت می‌خواهد، یعنی از عنایت و روحانیّت او کمک می‌گیرد تا مشکلات سلوک را رفع کند. (شرح جامع مثنوی معنوی، ج ۵، ص ۷۱۰)

۱- در این‌جا حضرت مولانا دسیسه‌های شیطان و قدرت مکر او را از زبان روباه بیان می‌فرماید. مراد از «خر» در این‌جا آدمیان خرصفت و حمارسیرت سست‌ایمانی است که به سبب غلبه‌ی نفسانیّات نمی‌توانند بر عهد خود پایدار مانند. (همان کتاب، همان صفحه)

۲- خرصفتان هرقدر هم که با عقول جزئیّه‌ی خود تجربه اندوزند، باز مغلوب وسوسه‌های نفسانی و شیطانی می‌شوند. (شرح جامع مثنوی معنوی، ج ۵، ص ۷۱۳)

۳- بسیارند کسانی که توبه‌ی لفظی و مقطعی می‌کنند؛ و چون مجدّداً در شرایط گناه و فعل حرام قرار می‌گیرند، نمی‌توانند ضبط نفس کنند و دوباره به تباه‌کاری می‌پردازند. (همان کتاب، همان صفحه)

«ای کسی‌که مانند شیطان دشمن جان هستی، برو که روی تو را نبینم. با کدام رو نزد من می‌آیی؟ آشکارا قصد جانم کرده‌ای و آن وقت می‌گویی می‌خواهم تو را به چمنزار ببرم! چنان قصد جانم کردی که عزرائیل را در برابر چشمم دیدم. حالا دوباره به مکر و نیرنگ می‌پردازی؟ اگرچه من باعث رسوایی خرانم، یا این‌که اصلاً خرم؛ ولی به هرحال حیوانم و جان دارم. کی ممکن است خریدار سخن تو باشم؟ آن منظره‌ی هولناک خطیری که من دیدم، اگر طفل می‌دید از شدت هراس فوراً پیر می‌شد.^(۱) وقتی آن عذابِ آشکار را دیدم، از ترس پایم بسته شد. در آن لحظه با خدا پیمان بستم که ای صاحب نعمت‌ها، این بند را از پایم بگشای تا از این پس سخنان وسوسه‌آمیز کسی را نشنوم. ای یاور، پیمان بستم و نذر کردم. بر اثر آن دعا و ناله و اشارت قلبی‌ام، حضرت حق همان لحظه پایم را گشود. چنان‌چه خداوند مرا رها نمی‌کرد، شیر نر به من می‌رسید. خر در زیر پنجه‌های شیر چه عاقبتی پیدا می‌کند؟ مسلّماً پاره پاره می‌شود.»

خر ادامه داد:

«ای هم‌نشین بد، دوباره آن شیر بیشه تو را برای فریب من فرستاده است.^(۲) به حقّ ذات پاک خداوند بی‌نیاز که مار بد از دوست بد بهتر است.^(۳) مار بد، جان مارگزیده را می‌ستاند، امّا دوست بد انسان را به سوی آتش جاودان و پابرجا می‌کشد. طبیعت انسان منفعل (اثر پذیرنده) است و از خو و خصلت رفیق و هم‌نشین خود تأثیر می‌پذیرد. وقتی هم‌نشین بدْ تو را تحت تأثیر خود قرار دهد، آن هم‌نشینِ فاقد کمالات معنوی، تو را فاقد کمال می‌کند.»

روباه وقتی سخنان تند و ملامت بار خر را شنید باز دست از فریب او برنداشت، بلکه حیله‌گرانه به او گفت:

«بدبینی تو به ما ناشی از خیالات بی‌اساس است، والّا ما سوءِ نظری به تو نداشتیم.^(۴) ای ساده‌لوح، از دریچه‌ی خیالات زشت و منفی خود به من نگاه نکن. چرا بر دوستدارانِ خود گمان بد داری؟^(۵) نسبت به برادرانِ باصفا، گمان خوب داشته باش، گرچه ظاهراً از

____

۱- اشاره است به آیه‌ی ۱۷ سوره‌ی مُزَّمّل: «اگر کافر شوید، در روزی (قیامت) که کودکان را پیر گردانَد، چگونه (از سختی عذاب الهی) در امان خواهید ماند؟»

۲- اشاره است به آیه‌ی ۳۸ سوره‌ی زُخْرُف: «هنگامی که به سوی ما آید (در نهایت حسرت) گوید: «ای کاش میان من و تو (شیطان) فاصله‌ای به مسافت مشرق تا مغرب می‌بود. چه بد هم‌نشینی بودی.»»

۳- عرفا در بیان هم‌نشینی با نیکان و دوری از بَدان می‌گویند: «برای سالک بعد از توبه هیچ شربتی گواراتر از هم‌نشینی با پاکان و دوری از ناپاکان نیست.» (لب لباب مثنوی، ص ۱۳۷)

۴- مولانا بنا به اسلوب معهود خود در مثنوی که گاه مطالب عالی را از زبان شخصیّت‌های فرومایه‌ی حکایت بازگو می‌کند، نصایحی را در باب زیان‌های سوءِظَن و بدگمانی، از زبان روباه بیان می‌فرماید. (شرح جامع مثنوی معنوی، ج ۵، ص ۷۲۷)

۵- در نهی از گمان بد، در آیه‌ی ۱۲ سوره‌ی حُجُرات فرموده: «ای کسانی‌که ایمان آورده‌اید! از بسیاری از گمان‌های بد بپرهیزید، چرا که بعضی از گمان‌ها گناه است.»

سوی ایشان به تو درشتی و ناملایمی رسد.خیالات بدبینانه، پیوند دوستی‌های دیرین را می‌گسلد. اگر فرضاً یاری مهربان در حقّ تو ستمی مرتکب شود و یا تو را مورد امتحان قرار دهد، عقل تو نباید به او بدگمان گردد؛ به‌خصوص که من بدنهاد و بدنام نبوده و نیستم وآن منظره‌ی هولناکی که دیدی (هجوم شیر) واقعیّت نداشت، بلکه طلسمِ جادو بود. و اگر فرضاً اندیشه‌ی من درباره‌ی تو بد باشد، دوستان باید آن خطا را بر من ببخشند»

روباه با سخنان نرم و دلنشین سعی کرد به خر اطمینان دهد که هیچ خطری او را تهدید نمی‌کند، بلکه آن هول و هراس ناشی از غلبه‌ی وَهم و خیال بوده است. خر خیلی کوشید که سخنان روباه را نپذیرد؛ ولی گرسنگی و طمع بر او غالب شد، زیرا صبرش ناتوان بود. وابستگی به شکم، باعث هلاکت بسیاری می‌گردد.

آن خر، اسیر گرسنگی شده بود؛ پس با خود گفت:

«فرضاً اگر نیرنگی هم در میان باشد، مرگ دفعی از مرگ تدریجی بهتر است و از این عذابِ گرسنگی نجات پیدا می‌کنم. اگر زندگی اینست، برای من مرگ بهتر است.»

اگرچه خر بار اوّل از پذیرفتن پیشنهاد روباه پشیمان شد زیرا دید توطئه‌ای در کار است، ولی بالاخره به سبب حماقت دوباره توسّط وسوسه‌های روباه خام شد.

ای برادر، حرص و طمع آدمی را کوردل و احمق و نادان می‌کند و مرگ را بر ابلهان آسان جلوه می‌دهد. بسا آدمیان حریصی که به واسطه‌ی حرص به کام مرگ رفته‌اند. البتّه مرگ برای جانِ خران آسان نیست، زیرا آنان صفای روح جاودانه ندارند.[1] هرکس از روح جاودانه بی‌بهره باشد بدبخت است، و طبعاً جسارتِ او بر مرگ ناشی از حماقت می‌باشد. درست است که مرگ محبوب و مطلوب شخص باایمان است؛ ولی مرگ برای هرکس، موجب راحتی و سعادت نشود، بلکه آمادگی و توشه‌اندوزی شرط مطلوبیّت مرگ است. والّا اگر کسی فاقد اعمال صالحه باشد، مرگ برای او پسندیده نیست. بکوش تا به مرتبه‌ی نیک‌بختان برسی و برای روز مرگ توشه‌ای از اعمال صالحه ذخیره کنی. آدم احمق همواره تحت تسلّط روح حیوانی است و هرگز به مرتبه‌ی روح انسانی ارتقا نمی‌یابد.

آن خر، به خدای روزی‌دهنده این اعتماد را نداشت که آن رزّاق از عالم غیب بر او رزق و روزی نثار فرماید. او این فکر را نکرد که تاکنون به فضل الهی بی‌روزی نمانده، هرچند که گاهی گرسنه مانده است. امّا گرسنگی نیز اگر به موقع باشد، دارای فواید و فضایلی است؛ زیرا

۱- آدمیان شقی به محض آن که بمیرند، عذابی ناگوار گریبانگیر آنان می‌شود. اگر آنان در این دنیا بمانند بهتر است، زیرا ممکن است راهِ راست را پیدا کنند. پس جرأت و جسارت گمراهان بر مرگ از حماقت است، چون با عارض شدن مَرگ دیگر فرصت جبران آنچه از دست رفته را ندارند. (شرح جامع مثنوی معنوی، ج ۵، ص ۷۷۹)

بسیاری از بیماری‌ها ناشی از پُرخوری و عدم ترتیب در خوردن غذاست.

روباه حقیر خر را به حضور شیر بُرد و همین‌که در دسترس شیر دلاور قرار گرفت، شیر بر او حمله آورد و پاره‌پاره‌اش کرد.[1] سلطان درندگان از تلاش فراوان تشنه شد و به سوی چشمه رفت تا آبی بنوشد. در این هنگام روباه از فرصت استفاده کرد و دل و جگر خر را خورد.

وقتی‌که شیر بازگشت خواست ابتدا دل و جگر خر را بخورد، ولی هرچه گشت آن دو را نیافت؛ لذا به روباه گفت:

«پس دل و جگر خر کجاست؟!»

روباه گفت:

«خر در اصل نه دلی داشت و نه جگری؛ چون اگر شعور داشت وقتی دفعه‌ی اوّل او را به جایگاه تو آوردم و اتّفاقاً از دستت گریخت، باید عبرت می‌گرفت و دیگر گول مرا نمی‌خورد و با پای خود به هلاکتگاه نمی‌آمد.»

ای برادر باصفا، وقتی‌که نور در دل نباشد، آن دل، دل نیست. جسمی هم که فاقد روح باشد، گِلی بیش نیست. بدن‌های آدمیان، مانند هیأت ظاهری چراغ است؛ و نور چراغ که همانا روح لطیف است، عطای الهی است. اگرچه بدن‌ها مختلف و متکثّر است، امّا نور دل واحد می‌باشد. پس ای طالب حقیقت، به مایه‌ی وحدت انسان‌ها بنگر نه به مایه‌ی کثرتشان. آدمیان از حیث جسم ظاهر متعدّدند، لیکن به اعتبار روح الهی یکی هستند.[2] جویبار حقیقی آن است که آب داشته باشد، همین‌طور انسان حقیقی کسی است که روح لطیف الهی داشته باشد؛ پس انسانیّت به شکل و صورت نیست، چنان‌که هر حفره‌ی طویلی را جویبار نگویند. آنان که فاقد فضایل و کمالات اخلاقی و انسانی‌اند انسان نیستند، بلکه مجسّمه‌های انسان‌اند، زیرا اینان مُرده‌ی نان و کشته‌ی شهوات حیوانی هستند.[3]

٭ ٭ ٭

مولانا در این حکایت طولانی و پرمغز، موضوعات مختلفی را مورد بحث قرار می‌دهد که مهم‌ترین آن‌ها عبارت‌اند از: تسلیم بودن اولیاءَالله به رضای حضرت حق، و رویارویی اهل سعی و تلاش با اهل تسلیم و توکّل. در این حکایت «خر» مظهر اهل توکّل است، و «روباه» مظهر اهل سعی.

نکته‌ی دیگر این حکایت، نقد اهل تقلید است. همان‌ها که سطحی، دم از مکارم

۱- در آیه‌ی ۱۰ سوره‌ی مُلک آمده: «و (دوزخیان) گویند: «اگر (در دنیا سخنان انبیا را) می‌شنیدیم یا به حکم عقل رفتار می‌کردیم، (امروز) در میان دوزخیان نبودیم.»»

۲- قشریان و ظاهرگرایان، به پوست می‌چسبند و مغز را رها می‌کنند. آنان اسیر قالب‌ها و صورت‌ها هستند و انبیا و اولیا را که دارای اتّحاد نوری و روحی‌اند از یکدیگر جدا می‌کنند. درحالی‌که جوهر همه‌ی ادیان و روح پیام انبیا و اولیا یکی است. (شرح جامع مثنوی معنوی، ج ۵، ص ۷۹۸)

۳- مولانا حکایت شیر و روباه و خر را با نقد صورت‌پرستی و قشرگرایی به پایان می‌رساند.

و فضایل اخلاقی می‌زنند درحالی‌که خود بدان ایمان ندارند. در این بخش نیز «خر» نماینده‌ی این گروه است.

نکته‌ی دیگر، نقد توبه‌کارانِ سست ایمان و دارندگان علوم ظاهری است. مولانا می‌فرماید: «علوم ظاهری و محفوظاتِ ذهنی نمی‌تواند آدمی را از مهلکه‌های نفْس نجات دهد.» در این بخش نیز «خر» نماینده‌ی این قشر است، زیرا با آن‌که سخنانِ پُر نکته‌ای درباب اجتناب از حرص و طمع بر زبان آوْرد، با این همه خود به سبب غلبه‌ی حرص و آز، به قربانگاه قدم نهاد.

گاو نگران

یک جزیره‌ی سبز است اندر جهان

اندرو گاویست تنها خوش دهان

جمله صحرا را چرد او تا به شب

تا شود زفت و عظیم و منتخب

در این دنیا جزیره‌ای است سرسبز که در آن گاوی خوش‌خوراک و پُرخور زندگی می‌کند. او از صبح تا شام می‌چَرَد و چاق و فربه می‌گردد؛ امّا همین‌که سیاهی شب فرا می‌رسد فکر و خیالْ او را برمی‌دارد که:

«فردا چه بخورم؟ آیا سبزه گیرم می‌آید یا گرسنه می‌مانم؟»

دوباره چون بامداد چهره از نقاب سیاه شب فرو می‌گیرد و خورشید دامن زرنگار خود را می‌گسترد، صحرا پر از علف می‌شود و آن‌گاه با حرص و ولع سراغ گیاهان سرسبز می‌رود و تا شب در آن علفزار می‌چرد؛ و مجدّداً شب آن نگرانی‌ها و خیالات بیهوده به جانش می‌افتد.

سالیان است آن گاو چنین حالی داد و هرگز نشده که لحظه‌ای خیالش راحت باشد، و با خود نمی‌اندیشد که:

«من سال‌هاست که از این علفزار و چمنزار می‌خورم و هیچ یک از روزها رزق من کم نیامده است. پس این بیم و اندوه و نگرانی بیهوده است.»

ای برادر نیک‌اندیش، نفس امّاره، آن «گاو» است؛ و آن «صحرا» دنیاست. آنان‌که اسیر نفس امّاره‌اند، روحی پریشان و پُراضطراب دارند. حرص و ولع بر جانشان چنگ زده است و مدام برای جمع متاع دنیوی و انتفاع بیش‌تر جوش می‌زنند و نفس حریص آنان دائماً نگران است که در آینده چه خواهند خورد و چه خواهند کرد.[1]

ای آدم حریص، سال‌ها خوردی و رزق تو کم نیامد. فکر فردا را ترک کن و به گذشته نگاه کن. وقتی یقین کردی که در سال‌های پیشین گرسنه نمانده‌ای، بدان‌که آینده نیز مانند گذشته است. پس این‌قدر حرص نزن. به آینده نگاه نکن. پریشان نباش و به خاطر نگرانی متاع دنیوی، لحظات حال خود را زهرآگین نکن و روحت را پُراضطراب و افسرده نساز.

۱- انسان فاقد کمال به تعبیر آیه‌ی ۱۹ سوره‌ی معارج حریص است: «به یقین انسان، حریص و کم‌طاقت **آفریده شده است.**» البتّه این انسان، انسان طبیعی و غریزی است و حساب انسانِ ارزشی از او جداست.

عشق مجنون به لیلی

ابلهان گفتند مجنون را ز جهل
حسن لیلی نیست چندان، هست سهل
بهتر از وی صد هزاران دلربا
هست هم چون ماه اندر شهر ما

نابخردان از روی نادانی، مجنون را به خاطر عشق به لیلی نکوهش کردند و گفتند: «آخر این همه عشق و دلدادگی به لیلی بهر چیست؟ زیبایی لیلی آن قدرها هم نیست که خیال می‌کنی. زیبایی او معمولی است. در شهر ما دلربایان بسیارند و از لیلی زیباترند.»

مجنون به آنان گفت:

«زیبایی امری باطنی است نه ظاهری، چنان‌که ممکن است ظاهر کوزه زیبا نباشد ولی شرابِ درون آن مست‌کننده و نشاط‌آور باشد.[1] امّا خداوند از کوزه‌ی وجود لیلی، به شما سرکه داده تا عشق او شما را مجذوب خود نسازد. دستِ قدرت خداوندِ عزیز و جلیل از یک کوزه، هم زهر می‌دهد و هم عسل. تو فقط کوزه را می‌بینی (یعنی فقط به ظواهر امور توجّه می‌کنی)، امّا شرابِ جمال معنوی در چشم گژبینان دیده نمی‌شود.»

مجنون ادامه داد:

«ذوق‌های معنوی مانند حوریان بهشتی است که فقط به مَحرمان روی نشان می‌دهد. آن شراب معنوی هم‌چون قاصراتُ الطَّرف است.[2] وجوه مختلف یک پدیده فقط بر صاحبان کشف و یقین معلوم است و مابقی فقط وجه ظاهر را می‌بینند. عموم را به کُنه حقیقت موجودات راهی نیست، بلکه عارفان روشن‌بین به جوهر حقایق عالم وقوف دارند. به عنوان مثال، هیأت ظاهری یوسف مانند جامی زیبا بود، و پدرش (یعقوب) از طریق یوسف به ذوق روحانی و رقص معنوی می‌رسید؛ امّا برادران از هیأت ظاهری یوسف زهرابه می‌نوشیدند، زیرا که وجود یوسف در آنان خشم و کینه می‌افزود. باز از جام وجود یوسف، زلیخا باده‌ی شیرین می‌خورد و از عشق یوسف نوعی دیگر کیف می‌کرد. از جام وجود یوسف، حضرت یعقوب نوعی مست شد و زلیخا نوعی دیگر. زیرا نشاط یعقوب از جمال روحانی یوسف، جنبه‌ی روحانی داشت؛ ولی نشاط زلیخا از زیبایی یوسف، جنبه‌ی حیوانی و شهوانی.»

مجنون چنین ادامه داد:

«با آن‌که کوزه یکی است، ولی شراب درون آن گوناگون است تا که در شراب غیب

۱- مولانا در این‌جا به موضوع «زیباشناسی عرفانی» نظر دارد. (شرح جامع مثنوی معنوی، ج ۵، ص ۹۰۲)

۲- «قاصر» به معنی کوتاه و کوتاه‌کننده، و «طَرْف» به معنی پلک چشم و کنایه از نگاه کردن است. «قاصراتُ‌الطَّرف» وصف زنان بهشتی است که جز به همسران خود نگاه نمی‌کنند. یعنی پاکدامنانی هستند که فقط به شوهران خود عشق می‌ورزند و لاغیر. این وصف از زنان بهشتی، در قرآن کریم سه بار به کار آمده است. (از جمله در آیه‌ی ۵۶ سوره‌ی رحمان.)

شکّی برایت نمانَد.[1] شراب از جهان غیب است و کوزه از این جهان؛[2] گرچه کوزه پیداست، لیکن شراب در آن پنهان است.[3] البتّه این شراب، از چشم نامحرمان نهفته؛ لیکن برای محرمان اسرار، آشکار و هویدا است.»

مجنون از صحبت‌هایش چنین نتیجه‌گیری کرد:

«شما ظاهر را می‌بینید و من باطن را. اگر شما نیز از نگاه من به او بنگرید، زیبایی او را خارق‌العاده خواهید یافت.»

٭ ٭ ٭

در این حکایت «مجنون» مظهر عارفان روشن‌بین است که ریشه‌ی حقیقت را در ورای صورت ظاهریِ پدیده‌ها می‌بینند. «نکوهندگان مجنون» کنایه از ظاهربینانی است که به ژرف‌بینی عارفان وقوف ندارند و جاهلانه آنان را مسخره می‌سازند.

سپس مولانا از این قسمت حکایت که زیبایی لیلی فقط برای مجنون مشهود بود نه دیگران، بحث نسبی بودن پدیده‌های جهان هستی را پیش می‌کشد. یک پدیده از مناظر مختلف، نتایج مختلف به‌دست می‌دهد. بر این اصل، وجوه مختلف یک پدیده فقط بر صاحبان کشف و یقین معلوم است و مابقی فقط وجه ظاهر را می‌بینند.

۱- مراد از «شربت»، احوال باطنی هرکس است. با آن‌که صورت ظاهر انسان یا هر پدیده‌ی دیگر معلوم و معیّن است؛ لیکن در پس این ظاهر آشکار، باطنی پیچاپیچ و پُرلایه وجود دارد. (شرح جامع مثنوی معنوی، ج ۵، ص ۹۰۶)

۲- یعنی: «احوال باطنی، به عالم غیب تعلّق دارد و هیأت ظاهری به جهان محسوس.» (همان کتاب، همان صفحه)

۳- یعنی: «گرچه هیأت ظاهری انسان یا سایر پدیده‌ها معلوم و مرئی است، لیکن باطن و جوهر حقیقت آن‌ها مستور و پوشیده است.» (شرح جامع مثنوی، ج ۵، ص ۹۰۶)

گوشت و گربه

بود مردی کدخدا او را زنی

سخت طناز و پلید و رهزنی

هر چه آوردی تلف کردیش زن

مرد مضطر بود اندر تن زدن

مردی، زن حیله‌گر و دزد داشت. مرد هرچه می‌خرید و به خانه می‌بُرد، زن همه را سربه‌نیست می‌کرد و آن مرد چاره‌ای جز سکوت نداشت.

روزی آن مرد با زحمت فراوان گوشتی خرید و به خانه بُرد تا زن غذایی طبخ کند و از مهمانان خود پذیرایی نمایند. زن که شکمباره بود، گوشت را کباب کرد و پنهانی خورد.

پس از ساعتی مرد آمد و گفت:

«زودتر برو گوشتی را که خریده‌ام بردار و غذایی درست کن که الآن مهمانان سر می‌رسند.»

زن در کمال خونسردی گفت:

«آن گوشت را گربه خورد. اگر لازم است برو دوباره گوشت بخر.»

مرد که سابقه‌ی زن خود را می‌دانست، نوکرش را صدا کرد و گفت:

«آهای غلام، برو ترازو را بیاور تا من گربه را وزن کنم.»

مرد، گربه را وزن کرد و دید وزن گربه نیم‌من است؛ لذا با عصبانیّت به زن گفت:

«آخر ای زن، وزن گوشت نیم‌من و یک سیر بود، درحالی‌که وزن این گربه نیم‌من است. اگر این گربه است، پس گوشت کجاست؟ و اگر این گوشت است، پس گربه کو؟ بگرد گربه را پیدا کن.»

دوست من، اگر انسان کامل همین جسم است، پس آن روح منوّر و لطیف چیست؟! و اگر انسان کامل همان روح است، پس این قالب جسمانی چه کسی است؟! چگونگی جمع این دو ضد (یعنی روح و جسم) و نحوه‌ی ارتباط آن دو با هم واقعاً معمّایی حیرت‌انگیز است و حل این معمّا، نه کار توست و نه کار من.[1] حقیقت انسان کامل، شامل روح و جسم است. ولی مثلاً در ازدیادِ محصول زراعت، دانه اصل است و کاه فرع آن.[2] حکمت الهی این دو ضد (جسم و روح) را به یکدیگر پیوند داده است.

جنبه‌ی مادّی و جنبه‌ی معنوی انسان، لازم و ملزوم یکدیگرند و انسان منهای یکی

۱- ربط معنا به مادّه و ارتباط غیب با شهادت، و یا موضوع فراگیرتری به نام «ربط حادث به قدیم» ذهن متکلّمان و حکما را به خود مشغول داشته است. مولانا حلّ قطعی آن را از حوزه‌ی مباحث نظری و قیل‌وقال خارج می‌داند؛ لیکن برای نزدیک گردانیدن ذهن‌ها، مطالبی را به صورت مثال بیان می‌کند. (شرح جامع مثنوی معنوی، ج ۵، ص ۹۴۰)

۲- «دانه» در این جا کنایه از روح است، و «کاه» کنایه از جسم. لذا با آن که حقیقت انسان مشتمل بر جسم و روح و ساحت مادّی و ساحت معنوی است، با این‌حال اصل گوهر او روح و معنویّت است. (همان کتاب، همان صفحه)

از آن دو تحقّق عینی ندارد. روح بدون قالب جسمانی نمی‌تواند کاری کند؛ و قالب جسمانی تو نیز بدون روح، جامد و افسرده است. قالب جسمانی تو آشکار است، در حالی‌که روح تو پنهان. با وجود دو جنبه‌ی مادّی و معنوی، جهان خلقت به کمال رسیده است؛ انسان نیز با وجود این دو جنبه امکان تعالی دارد.

به عنوان مثال، اگر خاک را بر سر کسی بزنی سرش نمی‌شکند، هم‌چنین اگر آب را بر سرش بکوبی باز سرش نمی‌شکند. اگر می‌خواهی سر کسی را بشکنی، باید آب و خاک را با هم مخلوط کنی؛ یعنی از ترکیب آب و خاک، کلوخ پدید می‌آید و مسلّماً اگر با کلوخ بر سر کسی بکوبی آناً سرش می‌شکند. چون سرش را شکستی، در روز جدایی، آب به اصل خود باز می‌گردد، و خاک نیز به خاک رجوع می‌کند.[۱]

حکمتِ مورد نظر خداوند در پیوستن روح و جسم محقّق شد. چگونه تحقّق یافت؟ این‌گونه که بعضی از آدمیان به حضرت حق احساس نیاز کردند. پس ایمان را شعار خود نمودند، و بعضی نیز راه کفر و ستیزه‌گری پوییدند و در ردیف حق‌ستیزان قرار گرفتند. پس دو ساحتِ متضادّ وجودی انسان، در ایمان و کفر نمایانده می‌شود. ایمان حاکی از جنبه‌ی معنوی اوست، و کفر نشان‌دهنده‌ی جنبه‌ی مادّی او.

❊ ❊ ❊

مولانا در این حکایت بیان می‌کند که انسان کامل دو ساحت وجودی را که در تقابل یکدیگرند، یکجا در خود جمع کرده است: ساحت الهی و ساحت مادّی. سپس می‌گوید: «رابطه‌ی جسم و روح و نحوه‌ی سازگاری و تلائم آن، معمّایی است لاینحل.»

۱- «آب» در این جا کنایه از روح، «خاک» کنایه از جسم، و «شکستن سر» انجام امور و طی کردن ایّام حیات است. «روز فصل» اشاره دارد به «یَوْمُ الفَصْل» که از نام‌های قیامت است و در قرآن کریم بارها آمده. منظور کلام: «چون روزگار حیات خود را به پایان بُردی، روح به عالم ارواح می‌رود و جسم در خاکدان دنیا می‌ماند.» (شرح جامع مثنوی معنوی)

شاه، باده‌گساری و زاهد

امیری، دلشاد و می‌گسار بود که هر شرابْ زده‌ی خُمار و درمانده‌یی را پناه می‌داد. پادشاهی مهربان، درویش‌نواز، عادل، پاک‌نژاد، عطاکننده‌ی سیم و زر و بلندطبع بود. سرورِ مردان و سالار مؤمنان، نگهبان راه حق، واقف به اسرار و قدرشناس دوستان و محبّان بود.

زمان حضرت عیسی و روزگار پیامبری مسیح بود. مردم نسبت به یکدیگر مهربان و کم‌آزار و خوش‌خوی بودند.

شبی مهمانی به‌طور سرزده برایش رسید. او هم امیری همطرازِ خود او بود و مرام و منش خوبی داشت. برای نشاط و خوش‌گذرانی باده لازم بود و در آن روزگار، شراب‌خواری امری مجاز و حلال به حساب می‌آمد.

چون آنان شراب کم داشتند، امیر به غلامش گفت:

«کوزه‌ای بردار و نزد فلان عیسوی برو و شرابی ناب بخر و برای ما بیاور تا با نوشیدن آن، جانمان از قیل‌وقال و غوغای عموم رها شود. جرعه‌یی از قدح آن راهب، کار هزاران کوزه‌ی شراب و شرابخانه را می‌کُند. همان‌طور که پادشاهی حقیقی در گلیمی و عبایی خود را می‌پوشاند (اهل عبا) که نظیر او را نمی‌توان در البسه‌ی فاخر (اهل قَبا) پیدا کرد، همین‌طور در آن شراب (معنوی) خاصیّتی است که در هیچ شرابی یافت نمی‌شود.»[1]

غلام دو کوزه برداشت و شادمان رفت و به صومعه‌ی راهبان رسید. زر داد و شرابی زرد طلایی گرفت؛ آن شراب به قدری قیمتی بود که طلا در مقابل آن، مانند سنگی بی‌ارزش می‌نمود.

شرابی که شورها و غوغاهایی برمی‌انگیزد، شاه و گدا را در هم می‌آمیزد.[2] همه‌ی علائم متمایز و تفرقه برچیده می‌شود و همگان به مرتبه‌ی جانِ محض می‌رسند؛ و در آن هنگام است که تخت شاهانه و تخته‌ی درویشانه یکسان می‌گردد. وقتی‌که آدمیان تحت تأثیر عقل جزئی و کثرت‌طلب قرار می‌گیرند، کاملاً از یکدیگر متفرّق و متمایز می‌شوند؛ ولی وقتی شراب عشق الهی آنان را مست می‌کند، به مرتبه‌ی وحدت کامل می‌رسند. کسی‌که در مرتبه‌ی وحدتْ غوطه‌ور نشده باشد، نمی‌تواند وحدت را از کثرت بازشناسد؛ زیرا این امر از مقولات تجربی است نه از مقولات نظری که با مطالعه‌ی کتب به‌دست آید.

۱- مراد از «اهل عبا»، درویشان؛ و مراد از «اهل قبا»، محتشمان دنیاپرست است. «سلطان» در این‌جا اشاره و کنایه است از بزرگان طریقت که بر نفس خود امیر و شَاهاند. (شرح جامع مثنوی معنوی، ج ۵، ص ۹۵۲)

۲- یعنی: «شراب عشق الهی چنان مست کننده است که با پیمودن آن آدمی مست می‌شود و از مرتبه‌ی کثرت و تفرقه، به مرتبه‌ی وحدت و جمع می‌رسد و در آن مرتبه، هر گونه تمایز از میان برمی‌خیزد.» (همان کتاب، صفحه ۹۵۴)

خلاصه‌ی کلام، آن غلام چنین شرابی را به سوی قصر آن امیر خوش‌نام می‌بُرد. در راه زاهدی[1] شوریده‌حال به او رسید. آتش عشق و شوقِ معنوی باعث شده بود که جسم را ریاضت دهد. آن زاهد هر لحظه دل خود را در حال مجاهده می‌دید، و روز و شبِ او قرین مجاهده با هوای نفْس بود. او در طول ماه‌ها و سال‌ها، با سختی و ریاضت هم‌نشین بود. همین‌که در نیمه‌های شب چشمش به غلام افتاد، بردباری خود را از دست داد و پرسید:

«درون این کوزه‌ها چیست؟»

غلام جواب داد:

«شرابی خریده‌ام و برای فلان امیر می‌برم.»

زاهد گفت:

«آیا کسی‌که خواهان حقیقت است، رواست که زندگیش را در راه خوردن و عیش و نوش به هدر دهد؟ آیا طالب خدا بودن، با عیش و نوش سازگاری دارد؟ آیا امکان دارد که شراب شیطان را بنوشی و با این عقل ناقصت از زشتی‌ها در امان بمانی؟ عقل تو بدون خوردنِ شراب نیز ضعیف و خموده است، وای به وقتی‌که شراب هم بخوری و مست شوی.»

آن زاهد از روی غیرت، سنگی به کوزه‌ی شراب زد و آن را شکست. غلام نیز کوزه‌ی شکسته را بر زمین انداخت و پا به فرار گذاشت و خود را از دست زاهد خلاص کرد.

غلام نزد امیر رفت و به او گفت: «پس شراب کجاست؟!» غلام ماجرای خود و زاهد را بازگفت.

وقتی امیر جریان را شنید یکپارچه غضب شد و از جا پرید و به غلام گفت:

«بگو ببینم خانه‌ی آن زاهد کجاست؟ تا با گرز گران بر سرش بکوبم. آن زاهد چه می‌داند امر به معروف یعنی‌چه؟ بلکه او به سبب خباثت درونی، خواهان آوازه و شهرت است. زاهد می‌خواهد با این حیله خود را مقبول همگان سازد و به این وسیله، انگشت‌نمای خاص و عام شود؛ زیرا او هنری جز این کار ندارد که با این و آن مکر ورزد.»

خلاصه‌ی مطب، امیر گُرزی به دست گرفت و از خانه بیرون پرید و نیمه‌های شب بود که با حالی نیمه مست به درِ خانه‌ی زاهد رسید. امیر خواست از شدّت عصبانیّت مرد زاهد را بکشد، ولی زاهد چون از قصد امیر اطّلاع داشت خود را زیر توده‌ای پشم پنهان کرد.

زاهد پیش خود گفت:

«من نمی‌توانم عیب امیر را در مقابل او بگویم، برعکسِ آینه که عیب هرکس را علناً به او نشان می‌دهد. پس من مانند آینه، نقّادِ در حضور نیستم؛ لذا خود را پنهان کرده‌ام.»

۱- زاهد: آن که در راه معشوق ریاضت‌های بسیاری می‌کشد و دنیا را برای آخرت ترک می‌گوید. (فرهنگ فارسی دکتر محمّد معین)

مردم محلّه وقتی فریادهای امیر را شنیدند، سراسیمه از خانه‌ها بیرون ریختند و چون جانِ زاهد را در خطر دیدند، به التماس افتادند و گفتند:

«ای امیر، اشتباه او (زاهد) را عفو نما و به دردمندی و بدبختی او نگاه کن؛ تا خداوند نیز از گناهت درگذرد و لغزش تو را بیامرزد. تو نیز از روی غفلت کوزه‌های بسیاری شکسته‌ای و دل به امید عفو الهی بسته‌ای. پس تو از لغزش دیگران درگذر تا به پاداشِ آن، مشمول عفو شوی؛ زیرا تقدیر الهی در خصوص پاداش و مکافات، بسیار دقیق عمل می‌کند.»

امیر به جمع شفاعت‌کننده گفت:

«آن زاهد کیست که سنگی بر کوزه‌ی شراب ما بزند و آن را بشکند؟ چرا زاهد، غلام ما را آزرده خاطر کرد و ما را نزد مهمانمان شرمگین ساخت؟ شرابی را که از خون او (زاهد) بهتر است زد و بر زمین ریخت، و اکنونِ از دست ما گریخته است. امّا کِی ممکن است که از دستم جان به در بَرَد؟ اگر فرضاً او مانند پرنده به اوج آسمان پرواز کند، تیر قهر خود را بر بال و پر او فرود آورم و بال و پر حقیرش را می‌کنم. چنان ضرب‌شستی به او نشان می‌دهم که مایه‌ی عبرت دیگران باشد.»

آن جماعتِ شفاعت‌کننده همین‌که غوغا و عربده‌ی امیر را شنیدند، از ترس دست و پای او را بوسیدند. به او گفتند:

«ای امیر، انتقام‌گیری زیبنده‌ی تو نیست. اگر شراب از دست رفت، تو بدون شراب هم مست و سرخوشی.[1] ای مهربان، ای بخشنده، زاده‌ی بخشنده، شاهانه عمل کن و او را ببخش. ای امیر (انسان کامل که مظهر تمام اسماء و صفات الهی هستی)، تو خود زیبا و محبوبی، چرا منّت شراب را می‌کشی؟»

ای انسان، تو در والاترین درجه‌ی شرافت و کرامت قرار گرفته‌ای.[2] برای تو زیبنده نیست که به نمودهای طبیعی مقیّد شوی و خود را محتاج به آن‌ها دانی. ای کسی که عقل و تدبیرها و هوش‌ها، غلام توست، چرا خود را این‌چنین ارزان می‌فروشی؟ انسان که برگزیده‌ی جهان هستی است و مدار آن، روا نیست که به جز حق، از موجودات استمداد جوید. باده‌گساری و سرود و آوازهای مبتذل و آمیزش جنسی هوسناکانه، در شأن انسان نیست که او بدان‌ها محتاج باشد.

امیر به جماعت شفاعت‌کننده گفت:

«نه. من رفیق و همراه آن شرابم. من به لذّات جسمانی که مقصد نهایی دنیاپرستان است التفات نمی‌کنم.[3] من می‌خواهم مانند گُل یاسمن چنان باشم که گاه به این سمت

۱- یعنی: «تو به شراب ظاهری نیاز نداری درحالی که درونت از شراب حقیقی مست است.» از این جا به بعد «امیر» کنایه از انسان کاملی است و از باده‌ی عشق الهی مست می‌باشد. (شرح جامع مثنوی معنوی، ج ۵، ص ۹۸۰)

۲- اشاره است به آیه‌ی ۷۰ سوره‌ی اِسراء: «ما آدمیزادگان را گرامی داشتیم... .»

۳- همان‌طور که گفته شد، مراد از «امیر» در این حکایت انسان کامل است که به پدیده‌های ناچیز و مبتذل زندگی توجّهی ندارد. (همان کتاب، ص ۹۸۴)

مایل شوم و گاه بدان سمت.(۱) و از همه‌گونه بیم و امید رها شوم و مانند درخت بید به هر طرف خم گردم، مانند شاخه‌ی درخت بید که با وزیدن باد به رقص‌های گوناگون می‌پردازد و به چپ و راست می‌گردد.(۲)

ای خواجه، کسی‌که مزاجش با نشاطِ شراب حق عادت کرده باشد، خوشی‌های ظاهری و مبتذل را نمی‌پسندد. پیامبران از آن‌رو از خوشی‌های ظاهری و مبتذل دنیوی رخ برتافتند، که در نشاط و خوشیِ حقیقی و معنوی پرورش یافته بودند. چون روح آنان مزه‌ی خوشی‌های معنوی را چشیده بود، خوشی‌های دنیوی در نظرشان بازیچه‌ای بیش نبود. عشق حقیقی، عشق بر معشوق لایَزال است.

٭ ٭ ٭

در این حکایت مراد مولانا از «امیر»، انسان کامل و عارف کامل؛ مراد از «شراب»، باده‌ی کُبرای الهی؛ و مراد از «زاهد»، متشرّعی(۳) است که از باده‌ی عشق الهی بی‌خبر می‌باشد.

مولانا از زبان زاهد، مِی‌گساری را نکوهیده و مضر توصیف می‌کند و عمده‌ی مضرّت آن را زوال عقل و فکرت می‌شمارد.

۱- توصیف حال لطیف عارف و تشبیه آن به گُل است. عارف گاه به جهان اعلی توجّه می‌کند، گاه به جهان فرودین. امّا به هرجا بنگرد، روی حضرت حق بیند. (شرح جامع مثنوی معنوی، ج ۵، ص ۹۵۴)

۲- در این‌جا نیز لطافت حال عارف، به لطافت و نرمی درخت بید و شاخه‌های آن تشبیه شده است. لذا روح عارف نرم و قابل انعطاف است، نه مانند قشریان (یعنی آن‌که در تبعیّت از احکام و سنن تعصّب دارد) خشک و غیرقابل انعطاف؛ و نه مانند دنیاپرستان سرد و منجمد. (همان کتاب، همان صفحه)

۳- متشرّع: آن‌که معتقد به شریعت و احکام آن باشد؛ تابع شرع. (فرهنگ فارسی دکتر محمّد معین)

پادشاه و دلقک

شاه با دلقک همی شطرنج باخت

مات کردش زود خشم شه بتاخت

گفت شه شه، و آن شهِ کبرآورش

یک یک از شطرنج می‌زد بر سرش

روزی پادشاهی با دلقکِ دربار شطرنج بازی می‌کرد. دلقک بلافاصله شاه را در موقعیّتِ مات شدن قرار داد و گفت: «کیش، کیش و مات.» (چنان‌که در شطرنج متداول است.)

وقتی شاه دید که چاره‌ای جز مات شدن ندارد، به شدّت عصبانی شد، به‌طوری‌که مُهره‌های شطرنج را یکی‌یکی بر سر دلقک می‌کوبید و به او دشنام می‌داد. سپس کتک مفصّلی نیز نوشِ جان وی کرد.

شاه برای تلافی شکست خود، یک‌بار دیگر دلقک را به بازی فراخواند. دلقک که از عاقبت مات شدن شاه می‌ترسید، با ترس و لرز بازی را آغاز کرد و از قضا این بار نیز شاه را در موقعیّتِ مات شدن قرار داد.

دلقک از جا پرید و به گوشه‌ای دوید و زیر چند لایه نمد مخفی شد تا از ضربات شاه، جان به در بَرَد.

شاه که هنوز متوّجهِ مات شدن خود نشده بود، تعجّب کرد و گفت:

«آهای دلقک، چرا بازی را نیمه‌کاری گذاشتی؟! این عمل دیگر چیست؟!»

دلقک از زیر نمدها گفت:

«قربان دوباره کیش شدی، کیش و مات. ای خشمگین آتشین مزاج، حرف حق را با تو جز در زیر لحاف کی می‌توان در میان گذاشت؟! ای شاهی که در شطرنج مات شده‌ای و من نیز از ضربات تو مات شده‌ام، من اینک مجبورم که در زیر بالش و نمد به تو کیش دهم.»[1]

٭ ٭ ٭

مولانا این حکایت کوتاه و طنزآمیز را در واقع به عنوان وصف‌الحالِ زاهد آورده است. همان‌طور که در حکایت پیشین گفته شد، شاه خشمگین به درِ خانه‌ی زاهد رفت تا گوشمالش دهد؛ امّا زاهد از ترس سیاستِ شاه خود را زیر پشم‌ها کرده بوده و با خود می‌گفت:

۱- این سخن بر دو وجه قابل تفسیر است. یکی آن‌که غالب مردم حرف حق را فقط در محیط‌های امن می‌زنند. یعنی جایی انتقاد می‌کنند که کسی متعرّض آنان نشود. و کم دیده می‌شود که کسی خطر کند و حرف حق را آشکارا بر زبان آورد، چون‌که زان پس سنگ جفا به او پرانند.

وجه دوم آن‌که غالب مردم حرف حق را در پوششی از استعاره و مجاز به یکدیگر می‌گویند. (شرح جامع مثنوی معنوی، ج ۵، ص ۹۶۷)

(۲٤٦)

«مسلّم است که من نمی‌توانم روبروی شاه از او انتقاد کنم.»

لذا نکته‌ی حکایت مذکور نقد روحیه‌ی انتقاد ستیزی است، روحیه‌ای که مخصوص افراد کوته‌بین و خودخواه است. وقتی این روحیه توسعه یابد، تملّقْ رفتار و برخورد رایج جامعه می‌شود.

مصطفی و جبرئیل

مصطفی را هجر چون بفراختی
خویش را از کوه می‌انداختی
تا بگفتی جبرئیلش هین مکن
که تو را بس دولتست از امر کن

گاهی پیامبر از فراق حضرت حق ناراحت می‌شد. در آن حال می‌خواست خود را از کوه به پایین افکنَد.[1]

تا این‌که جبرئیل ظاهر می‌شد و می‌گفت:

«بهوش باش و این‌کار را مکن که طبق مشیّت الهی، به سعادت‌های معنوی نایل خواهی شد.»

محمّد مصطفی مدّتی آرام می‌گرفت، ولی دوباره سوز هجران همه‌ی وجودش را احاطه می‌کرد و می‌خواست خود را از کوه به پایین افکند مجدّدا جبرئیل بر او ظاهر می‌شد و وی را آرامش می‌داد و می‌گفت:

«ای شاه بی‌نظیر، این کار را مکن.»

حالِ پیامبر هم‌چنان بر این منوال بود و این قبض و بسط[2] ادامه داشت، تا بالاخره حجاب از میان رفت و گوهر و شاهدِ حقیقت را در درون خود یافت؛ و زان پس دغدغه‌ی هجران از او رخت بربست.

ای یار حقیقت‌جو، وقتی مردم برای غم‌های دنیوی حاضرند خودکشی کنند، چگونه می‌توانند اصل و سرچشمه‌ی همه‌ی غم‌ها را که همانا هجران از حق است تحمّل کنند؟[3] هریک از ما آدم‌ها خود را فدای خصلتی و آرزویی کرده‌ایم؛ بعضی فدای شهوت شده‌ایم، بعضی فدای شهرت و ... . حال که قرار است انسان خود را فدا کند، چرا در راه اهداف عالی فدا نشود؟ خوشا به حال کسی‌که جسم خود را در راه چیزی فدا کرده است که ارزش فدا شدن دارد.

از آن رو که هرکس در راه کاری فدا شده است و در آن راه عمر خود را صرف می‌کند و جان می‌بازد، مردم در هرحال فدا می‌شوند؛ منتهی یک دسته در راه آرزوهای پَست

۱- روایت کرده‌اند که چون بار اوّل به حضرت پیغمبر وحی آمد و مدّتی وحی قطع شد، حضرت پیامبر خواست که خود را از کوه حرا پایین اندازد؛ و چون صدایی از آسمان به گوشش رسید، از آن‌کار منصرف شد. (مأخذ قصص، به نقل از **دلائل‌النّبوة**، ص ۱۸۸)

۲- قبض: گرفتن جان، میرانیدن؛ گرفتگی، اندوه.
بسط: گستردن، بازنمودن؛ فراخی، وسعت.

۳- چنان که مولی‌العارفین حضرت علی در دعای شریف کمیل می‌فرماید: «پس اگر مرا برای کیفرها در شمار دشمنانت درآوری و با گرفتاران بلایت در یک‌جا گِرد آوری و میان من و اولیا و دوستانت جدایی افکنی، گیرم معبودا و سرورا و صاحبا بر کیفرت شکیبا باشم، امّا چه سان بر دوری تو شکیبایی ورزم؟»

و ظلمانی، و دسته‌ای دیگر در راه اهداف عالی و نورانی. در حالت دوم، عاشق در وجود معشوق وحدت می‌یابد و با او یکی می‌گردد. خلاصه این نیک‌بخت خود را فدای کاری کرده است که در آن فدا شدن، صدگونه حیات نهفته است. پس هر که در راه عشق الهی بمیرد، فنا نیابد و چیزی از دست ندهد، بلکه به بقای حقیقی رسد و دولت و حشمت والای معنوی نصیب او گردد.(٢١)

٭ ٭ ٭

مولانا این فصل را به خاطر روشن نمودن حالت قبض خلوت نشینان در بدایت خلوت‌نشینی آورده است. او می‌فرماید:

«چون گوهر حقیقت در درون یافته آید، دیگر این پریشانی که از حالت قبض نشأت می‌گیرد از میان برمی‌خیزد.»

١- چنان که در آیه‌ی ١٧٠ سوره‌ی آل‌عمران می‌فرماید: «شهیدانِ طریق الهی را مرگی نیست، بلکه نزد پروردگار خود به ارزاق روحانی مرزوق‌اند و شادمان به عطایای فضل الهی.»

مهمان و زنِ خانه

آن یکی را بیگهان آمد قُنُق
ساخت او را هم چو طوق اندر عُنُق
خوان کشید او را کرامت‌ها نمود
آن شب اندر کوی ایشان سور بود

برای شخصی به طور سرزده مهمان رسید. صاحب‌خانه، او را بس گرامی داشت و در میزبانی به اصطلاح معروف «سنگِ تمام گذاشت».

میزبان آهسته به همسرش گفت:

«امشب دو دست رختخواب پهن کن. رختخواب ما را کنار در اطاق (قسمت پایین اتاق) پهن کن، و رختخواب مهمان را در طرفی دیگر.»

زن به مرد گفت:

«ای دو چشم روشنم، حرفت را شنیدم و اطاعت می‌کنم. این خدمت را با شادی و خرسندی به‌جا می‌آورم.»

زن هر دو رختخواب را پهن کرد و سپس به جشنی که در محلّه‌ی آنان برپا بود رفت. مهمان و میزبان در خانه ماندند و از هر دری سخنی می‌گفتند و تنقّلات می‌خوردند.

بعد از نقل حکایات و خاطره‌ها، خواب بر مهمان غلبه کرد و بی‌آن که متوجّه باشد یک‌راست به بستر مخصوص صاحب‌خانه رفت. میزبان خجالت کشید چیزی به او بگوید. بدین ترتیب قراری که زن و مرد نهاده بودند، به هم خورد و مهمان در بستر آن دو آرمید.

اتّفاقاً در آن شبْ بارانی تند بارید، به طوری‌که از سنگینیِ ابرها همه تعجّب کردند. به‌هرحال، میزبان و مهمان هر دو در خواب فرو رفتند.

پاسی از شب گذشته بود که زن صاحب‌خانه از جشن همسایه به خانه بازگشت و مطابق قراری‌که با شوهر داشتند به سویِ رختخواب دمِ در رفت و برهنه شد و زیر لحاف خزید بی‌آن‌که متوجّه شود که پهلوی مهمان خوابیده است.

زن چندبار او را بوسید و سپس گفت:

«شوهر عزیزم، آمد به سرم از آن‌چه می‌ترسیدم. این ابر انبوه به این زودی‌ها برطرف نمی‌شود و این مهمان در این باران و گِل کی ممکن است برود؟ او اینک وبالِ جان تو شده است.»

وقتی مهمان این حرف را شنید، از جا پرید و گفت:

«نترس، من چکمه دارم و از باران و گِل و لای باکی ندارم. من رفتم، خیر ببینی. ما نیز در این دنیا مسافریم و نباید به مهمان‌سرا و راه‌های دنیا دل بندیم. تا این‌که مسافر هرچه زودتر به موطن اصلی خود بازگردد؛ زیرا دلخوش بودن به راه‌ها و

اماکنِ ضمنِ سفر، آدمی را از مقصد باز می‌دارد.(۱) من رفتم خداحافظ.»

وقتی که آن مهمانِ بی‌نظیر پرید و رفت، زن از گفته‌ی دلسردکننده‌ی خود پشیمان شد. زن بسیار به آن مهمان گفت که:

«ای امیر، آخر اگر از روی خوش‌طبعی با تو شوخی کردم به دل مگیر.»

خواهش و تمنّای زن هیچ فایده‌ای نداشت. مهمان رفت و آن دو را دچار حسرت کرد.

چون آن مهمان یکی از اولیاءالله به شمار می‌آمد، شمع روحش از حجاب تن رهیده و یکپارچه نور بود. آن مرد (مهمان) می‌رفت و بیابان از پرتو شمع وجودِ او، مانند بهشت از تاریکیِ شب زدوده شده بود؛ چنان‌که هامون تیره و منکدر دنیا، از روشنی روح مردان خدا روشنی گیرد.

زان‌پس صاحب‌خانه از شدّتِ غم و خجالتِ این واقعه، خانه‌ی خود را به مهمان‌خانه مبدّل کرد. خیال مهمان هرلحظه از راهی پوشیده به قلب آن زن و مرد می‌آمد و چنین می‌گفت:

«من یار و همراه حضرت خضرم. من بسیاری از گنجینه‌های معنوی و عطایای ربّانی را نثار شما کردم؛ ولی چون قسمت شما نبود، چیزی نصیبتان نشد.»

❋ ❋ ❋

در این حکایت «مهمان» کنایه از افکار و اندیشه‌های متعالی است که گاه بر قلب آدمی خطور می‌کند. «میزبان» کنایه از قلبی است که به‌جهت غلبه‌ی هواهای نفسانی نمی‌تواند آن اندیشه‌ی متعالی را در خود نگه دارد و به ثمر برساند؛ لذا آن اندیشه‌ی متعالی، راهی قلب‌های دیگر می‌شود.

بسیار اتّفاق می‌افتد که اندیشه‌ای نورانی و فکری حیات‌بخش در ذهن و قلب فردی صاعقه‌وار می‌درخشد، امّا به عللی خموش می‌گردد. ناگهان همان اندیشه در ذهنِ فردی دیگر سربرآورده و چون او استعداد به ثمر نشاندن آن اندیشه را دارد، با تمرکز و مجاهده‌ای شایسته جوانه‌ی آن اندیشه را به درختی تناور مبدّل می‌سازد.

۱- یادآور این مَثَل است: «مسافر باید بر راه سفر باشد.» ضرورت این نکته را بیابان می‌کند که در سلوکْ که سفری معنوی است، نباید در هیچ موقفی توقّف کرد و عنایتی به کشف و کرامات نباید نشان داد. (نثر و شرح مثنوی شریف، ج ۵، ص ۴۸۲)

صوفی متظاهر

رفت یک صوفی به لشکر در غزا
ناگهان آمد قطاریق و وفا
ماند صوفی با بنه و خیمه و ضعاف
فارسان راندند تا صف مصاف

یک صوفی‌نمای نازپروردهٔ طعم عشق حقیقی نچشیده که از تصوّف فقط به ظواهر دلش را خوش کرده بود و از این‌که عدّه‌ای از عوام‌النّاس اطراف او را گرفته و عزّت و احترامش می‌نهادند سخت مغرور شده بود، روزی بادی به غبغب انداخت و با خود گفت: «ما که قهرمانِ بی‌رقیب جهاد اکبریم (یعنی بیش از هرکس نفس امّاره را مغلوب کرده‌ایم!) بهتر است قهرمانیِ خود را در جهاد اصغر نیز به اثبات برسانیم (یعنی دشمنان را نیز قلع و قمع کنیم!)» پس به جنگاوران سفارش کرد:

«هرگاه جنگی رخ داد، ما را خبر کنید که در جنگاوری و دلاوری نظیر نداریم!»

از قضا طولی نکشید که جنگی پیش آمد و او زرهٔ جنگی به تن کرد و سلاح به دست گرفت و چون یل سیستان (رستم) به راه افتاد و به صف جنگ‌جویان پیوست. ناگهان غوغا و هیاهوی جنگ بلند شد. وحشتی در دل آن پهلوانِ‌پنبه افتاد، به‌طوری‌که روحیهٔ خود را باخت و برای آن‌که رسوا نشود بهانه‌هایی تراشید تا در خطوط پشت جبهه در خیمه‌ها همراه ناتوانان بماند. مجاهدین و پیشتازان در عرصهٔ پیکار (سابقون) تا صف مقدّم پیش تاختند، درحالی‌که زمین‌گیر شدگان (قاعدین یعنی کسانی‌که نمی‌توانستند در جنگ شرکت کنند) برجای خود ماندند.[1]

جنگ‌جویان پس از نبردهای فراوان پیروز شدند و با غنایم سودآور بازگشتند. سهمی از آن غنایم به صوفی نیز دادند؛ امّا او آن را بیرون خیمه انداخت و هیچ‌چیز نگرفت.

جنگ‌جویان به او گفتند: «چرا غضبناکی؟»

صوفی گفت:

«من سخت ناراحتم از این‌که چرا توفیق جهاد دست نداد. آخر من مردِ جنگم!»

صوفی که در میدان مبارزه دشنه‌ای نکشیده بود، از لطف و مهربانیِ دوستانِ خود خوشحال نشد.

وقتی جنگ‌جویان دیدند اوتا این اندازه شیفتهٔ پیکار است، برای تسلّی خاطرش گفتند:

۱- کلمه‌ی «سابقون» اقتباس شده از آیات ۱۰ و ۱۱ سوره‌ی واقعه است: «وَ السّابِقُونَ السّابِقُونَ- اُولئِکَ المُقَرَّبونآنان‌که پیشی جُسته‌اند و سبقت گرفته‌اند، ایشان مقرّبانند.» و منظور کلام این است: «پیشتازان عرصه‌ی کمال پیش می‌تازند، ولی دنیاپرستان در مرتبه‌ی مادّی فرو می‌مانند.» (شرح جامع مثنوی معنوی، ج ۵، ص ۱۰۲۳)

«ای صوفی، ما عدّه‌ای از دشمنان را به اسارت گرفته‌ایم. حال که توفیق پیکار نیافته‌ای،
برو یکی از اسیران را که دست‌هایش را بسته‌ایم بکُش، تا تو نیز جنگاور شمرده شوی
و در اجر پیکار سهیم گردی.»

مدّعی بر هیأتِ یلانِ شجاع اندکی خوشحال و قوی‌دل شد، ازجا برخاست و با گام‌های
پهلوانانه سراغ اسیر رفت.

جنگ‌جویان هرچه منتظر ماندند از او خبری نشد؛ پس با تعجّب به یکدیگر گفتند:
«آن صوفی چرا این‌قدر تأخیر کرده؟! کشتن کافری که دو دستش بسته باشد، این‌همه
معطّلی ندارد!»

یکی از سلحشوران رفت تا ببیند اوضاع از چه قرار است. واقعاً منظره‌ی عجیبی بود. دید
که مدّعی بی‌هوش بر زمین افتاده و اسیر با دست‌های بسته روی او است و با دندان گلوی
او را مجروح می‌کند.

مانند تو که از دستِ نفس امّاره که دستانش (با ریسمان عقل و شرع) بسته شده
است، مانند آن صوفی مدهوش و حقیر شده‌ای. ای ضعیف الایمانی که نمی‌توانی با
آن معتقداتت به کم‌ترین مرتبه‌ی کمال نایل شوی، چگونه می‌توانی به مراتب عالی
کمال صعود کنی؟ ضبط نفس امّاره از لوازم حتمی سالک شدن است، والّا اسم عارف
و صوفی را بیهوده یدک می‌کشی.

جنگ‌جویان همان لحظه از روی غیرت و بدون ملاحظه، کافر (اسیر) را با شمشیر کشتند.

پیکر بی‌هوش مدّعی را به خیمه بردند و با آب و گلاب به هوشش آوردند و از او سؤال کردند:
«ماجرا چه بود؟! ای عزیز، محض رضای خدا بگو این چه حالی بود که پیدا کردی؟ چرا
این‌گونه بی‌هوش شدی؟ آخر چطور شد که به وسیله‌ی اسیری نیمه‌جان و دست‌بسته،
این‌گونه بی‌هوش و حقیر بر زمین افتادی؟»

مدّعی گفت:
«وقتی خواستم کارش را یکسره کنم، چنان نگاه مهیب و سنگینی به من انداخت که از
هیبت آن نگاه بندِ دلم پاره شد و بی‌هوش شدم و دیگر نفهمیدم چه شد؛ تا این‌که الأن
خود را در خیمه می‌بینم.»

جنگ‌آوران با لحنی طنزآمیز به او سفارش کردند:
«ای صوفی، با این دل و جرأتی که تو داری، هیچ‌گاه طرف جنگ و نبرد نرو؛ زیرا از
نگاه آن اسیر دست بسته بیهوش شدی و در دریای متلاطم نگاه او کشتی وجودت
غرق شد و درهم شکست. در عرصه‌ی پیکار، مرد آهنینی مانند حضرت حمزه لازم
است. جنگ کارِ آدم‌های حسّاس و رقیق‌القلب نیست که به محض این‌که هراسی پیش
می‌آید پا به فرار بگذارند. جنگ کارِ جنگ‌آوران است. تو که زَهره‌ی پیکار نداری، همان
بهتر که در خانه بنشینی.»

❈ ❈ ❈

این حکایت، در نقد مدّعیان بی‌جوهر و سست عنصر است. همان‌ها که از فراز و نشیب روزگار، ندیده خود را اکمل کاملان می‌پندارند؛ به‌خصوص این‌که تحسین و تمجید عوام‌النّاس نیز بدرقه‌ی توهّم غرورآمیزشان شود.

مولانا در این حکایت طنزآمیز «نفس امّاره» را به همان اسیر تشبیه می‌کند که با دستان بسته بر آن صوفی غالب آمده. مولانا می‌فرماید: «نفس امّاره مانند اسیری است که به وسیله‌ی عقل و شرع دستانش بسته شده؛ پس اگر سالک همّتی کند، می‌تواند بر او غالب آید. امّا همین نفسِ شکست خورده و اسیر، بر افراد سست اراده مسلّط می‌شود.»

مولانا می‌فرماید: «صوفی، به اسم و رسوم ظاهر نیست؛ بلکه صوفی کسی است که از بند هوی و کمند ریا رهیده، خواه به رسوم صوفیه مترّسم باشد یا نباشد.» به این منظور در حکایت بعدی احوال صوفی حقیقی را بیان می‌دارد و می‌گوید: صوفیان متظاهر، صوفیان حقیقی را بدنام کرده‌اند.

صوفی حقیقی

گفت عیّاضی نود بار آمدم   تن برهنه بوک زخمی آیدم

تن برهنه می‌شد در پیش تیر   تا یکی تیری خورم من جای گیر

یکی از صوفیان خالص به نام عَیّاضی گفت:

«من تا به حال نود مرتبه با تنی برهنه به میدان کارزار شتافتم به این امید که به شهادت رسم. من در برابر تیرها برهنه می‌شدم که تیری کاری به من اصابت کند. اصابت تیر به گلو یا بر جایی که سبب کشته شدن شود، تنها نصیب شهیدان سعادتمند می‌شود. در سراسر بدنم یک‌جا پیدا نمی‌شود که زخمی برداشته نباشد؛ اَمّا تیرها بر نقطه‌ی حسّاس بدنم فرود نیامده که مرا بکشد. شهادت کار بخت و اقبال است، نه کارِ چالاکی و هوشیاری. وقتی دیدم شهادت قسمت من نشد، به خلوت و چلّه‌نشینی پرداختم. برای ریاضت و لاغر کردنِ خود، بدنم را به جهاد اکبر (یعنی پیکار با نفْس امّاره) واداشتم. یکی از روزها بود که صدای طبل مجاهدان فی‌سبیل‌الله طنین افکند. نفْس امّاره از درونم مرا صدا کرد و سحرگاه با گوشِ حسّی صدایش را شنیدم.»

نفس امّاره می‌گفت:

«بلند شو، وقت جهاد است، برو به جهاد بپرداز.»

گفتم:

«ای نفس پلیدِ بی‌وفا، عجیب است که تو دم از جهاد فی‌سبیل‌الله می‌زنی! ای نفس امّاره راستش را بگو، زیرا می‌دانم که دعوت به جهاد از طرف تو نوعی حیله‌گری است و نفْس شهوانی از طاعت و عبادت بیزار است. اگر راستش را نگویی به تو حمله می‌کنم و با ریاضت‌های شاق، بر شکنجه‌ات می‌افزایم.»

نفس امّاره همان لحظه از درون، بدون زبان امّا با فصاحت و سخنوری، درباره‌ی حیله‌ی خود چنین گفت:

«تو هر روز مرا می‌کُشی و جانم را چون جانِ کافران شکنجه می‌دهی. هیچ‌کس از حالم خبر ندارد که تو مرا بدون خواب و خوردن غذا عذاب می‌دهی. این کار برایم مرگ تدریجی است. می‌خواهم که به میدان جنگ بروی و گرفتار تیر و تیغ شوم تا یکباره خلاص گردم. و دیگر این‌که مردم رشادت‌های مرا تحسین کنند و مرا مجاهد فی‌سبیل‌الله بشمرند.»

من گفتم:

«ای نفْس حقیر، هم منافقانه زندگی کردی و هم منافقانه خواهی مُرد. عجب موجودی هستی! دَر دو جهان (ظاهر و باطن) ریاکار بوده‌ای. در هر دو جهان تو به هیچ دردی نمی‌خوری. من نذر کرده‌ام تا این بدن زنده است، هرگز از خلوت بیرون نیایم؛ یعنی تا

(۲۵۵)

"

مقتضیّات نفسانی‌ام جلال و شکوهی دارد، هم‌چنان در ریاضت و خلوت‌نشینی بمانم تا تو را مغلوب سازم و خیالم را راحت کنم؛ زیرا بدن هرکاری که در خلوت انجام دهد، برای خودنمایی به این و آن نیست.(۱) حرکت و سکون و نیّت بدن شخص در خلوت، تنها برای حضرت حق است. این جهاد، جهاد اکبر (مبارزه با نفس) است؛ و آن جهاد، جهاد اصغر (جهاد با دشمن). این جهاد، کار کسی نیست که با کوچک‌ترین حادثه خود را ببازد و سلوک را وداع گوید.»

آن یکی نامش صوفی بود، این یکی هم صوفیٖ. دریغا از این اشتراکِ نام!(۲) آن صوفیٖ متظاهر فقط صورتی از تصوّف دارد و اصلاً جان و جوهر تصوّف ندارد. صوفیان حقیقی، به واسطه‌ی وجود چنین صوفیانی بدنام شده‌اند. حقیقت باطنی صوفیان راستین، سرانجام بر حشمت و کوکبه‌ی ریاکاران غالب می‌آید. چشم دل ظاهربینان، از گرد و غبار و کثافاتِ هوای نفس انباشته شده و نمی‌توانند حقیقت اولیا را ببینند.

٭ ٭ ٭

مولانا در حکایت پیشین، از شخصی مدّعیٖ سخن به میان آورد که تصوّف و عرفان در او ساختگی بود نه حقیقی. به عبارتی دیگر فاقد کمال بود و درعین‌حال بدان تظاهر می‌کرد و سرانجام نیز در بوته‌ی عمل رسوا شد. امّا در این حکایت، سخن بر سرِ کسی است که کمالات و فضائل اخلاقی و مراتب روحی در او ریشه‌دار است. مولانا در این حکایت چند نکته‌ی عالی را بیان کرده:

نکته‌ی اوّل: نفس امّاره رنگ‌پذیر است و بوقلمون صفت. دائماً رنگ عوض می‌کند و برای فریب آدمی به هر لباسی ملبّس می‌شود، حتّی به لباس شرع و صلاح در می‌آید؛ چنان‌که عیّاض را دعوت به جهادِ فی‌سبیل‌الله کرد و این دعوت قهراً بدخواهانه بود.

نکته‌ی دوم: نوع دعوتِ نفس امّاره متناسب با مرتبه‌ی روحی و شخصیّتی افراد است. او اهل هوی را آن‌گونه به شرّ و ضلال نمی‌خواند که اهل‌الله را. برای فریب، گروه اوّل، به جذابیّت‌های مبتذل دنیوی چنگ می‌زند؛ و برای اغوای گروه دوم، به شرعیّات متمسّک می‌شود. گروه اوّل را به حجاب ظلْمانی و تاریکی گرفتار می‌سازد و گروه دوم را به حجاب نورانی.

در ضمن، مولانا در این حکایت بیان می‌کند که شهادت حقیقی، با سرکوب کردن هوای نفس حاصل نشود؛ والّا فقط کالبد عنصری را فدا کردن، وافی به مقصود نیست.

۱- این کلام، اهمیّت خلوت‌نشینی را در ایجاد خلوص نشان می‌دهد. شخص در خلوت، جوهر خود را نشان می‌دهد زیرا چشم خلق را ناظر خود نمی‌بیند؛ ولی اهل اخلاص، همیشه چشم حق را ناظر احوال خود می‌بینند. (شرح جامع مثنوی معنوی، ج ۵، ص ۱۰۳۹)

۲- «آن صوفی» اشاره است به همان صوفی متظاهری که از هیبتِ نگاه اسیری بیهوش شد؛ و «این صوفی» اشاره است به عیّاض که نود مرتبه بی‌محابا به جهاد رفت.

خلیفه، کنیزک و پهلوان

مر خلیفه‌ی مصر را غماز گفت

که شه موصل به حوری گشت جفت

یک کنیزک دارد او اندر کنار

که به عالم نیست مانندش نگار

یک خبرچین به خلیفه‌ی مصر گفت:

«شاه موصل[1] با کنیزکی دمساز شده که در همه‌ی جهان معشوقی بدان حد زیبا پیدا نمی‌شود. تصویر او همین است که روی این کاغذ کشیده شده.»

وقتی‌که خلیفه‌ی مصر آن تصویر را دید، متحیّر شد و جام از دستش بر زمین افتاد. او بلافاصله پهلوانی نیرومند را با لشکری عظیم به سوی موصل فرستاد تا آن‌جا را فتح کند و کنیزک را نزد او آورَد. به آن پهلوان سفارش کرد:

«اگر شاه موصل آن کنیزکِ ماهرو را تحویل نداد، کاخ او را از بنیاد ویران کن؛ و اگر او را داد، با او کاری نداشته باش و آن کنیزک ماهرو را بیاور تا من ماه را در روی زمین در آغوش کشم.»

پهلوان، شهر موصل را محاصره کرد و یک هفته آن را درهم کوبید تا بالاخره شاه موصل تسلیم شد و به پهلوان پیغام داد که هرچه بخواهد به او دهد.

هنگامی‌که فرستاده‌ی شاهِ موصل نزد پهلوان رفت، پهلوان کاغذی را که روی آن تصویر و مشخّصات کنیزک نگاشته بود به او داد و گفت:

«خلیفه‌ی مصر، این کنیزک را از شاه خواسته. کنیزک را به من تحویل دهید و الّا او را با زور خواهم برد؛ زیرا هم‌اکنون غلبه با من است.»

موقعی‌که فرستاده‌ی شاه نزد او رفت و پیغام پهلوان را بدو داد، آن شاه بزرگوار گفت:

«فرض کن صورتی از صورت‌ها کم شود. هرچه زودتر کنیزک را نزد او ببر.[2] من در دوره‌ی ایمان، بت‌پرستی نمی‌کنم؛ پس سزاوارتر این است که بت، نزد آن بت‌پرست باشد.»

وقتی‌که فرستاده‌ی شاه موصل کنیزک را نزد آن پهلوان برد، پهلوان بر زیبایی او عاشق شد.

عشق چنان دریایی است که آسمان با آن‌همه عظمت، کفِ روی آن دریا محسوب شود.[3] آسمان همان‌طور در عشق حضرت حق حیران است که زلیخا در عشق

۱- «موصل» از شهرهای شمال عراق واقع در کناره‌ی غربی رود دجله است.

۲- مولانا از زبان شاه موصل سخنانی عالی می‌آورد که در واقع از زبان شاهان طریقت است؛ زیرا عارفان بالله فقط حضرت حق را می‌پرستند و زیبایی‌های بُت‌گونه‌ی زمینی را، به ظاهر گرایان می‌سپارند. (شرح جامع مثنوی معنوی، ج ۵، ص ۱۰۵۵)

۳- در این‌جا مولانا از عشق مجازی، به سوی عشق حقیقی منتقل شده.

یوسف.[1] بدان‌که گردش افلاک تماماً از حرکت امواج عشق الهی است.[2] اگر عشق نبود، جهان منجمد و افسرده می‌شد.[3] این عشق الهی است که جماد از مرتبه‌ی خود به مرتبه‌ی نباتی کمال می‌یابد و این عشق الهی است که نبات ترقّی می‌کند و به مرتبه‌ی روح حیوانی می‌رسد. پس تکامل جهان بر مبنای حرکت حُبّی موجودات است. همه‌ی موجودات، عاشقانه به سوی حضرت حق می‌روند.[4] عشق الهی، جهان را سیّال و پویا کرده؛ همین‌طور روح عشّاق حقیقی، سیّال است و روح بیگانگان عشق، منجمد و پژمرده. عشّاق حضرت حق، آنی در سیر رو به کمال خود توقُّف و کندی ندارند.

آن پهلوان که فقط پهلوان جسمانی بود، بر اثر غلبه‌ی عشق مجازی و مبتذل که مغلوب هوی و هوس شده بود، به کاری وقیح دست زد؛ زیرا غلبه‌ی شهوت، چشم را کور و گوش را کر می‌کند و عقل را از تفکّر باز می‌دارد. پس ای طالب حقیقت، تا از کمندِ شهوات رهایی نیابی، سلوک تو کجا باشد سلوکی؟!

آن پهلوان بر اثر غلبه‌ی شهوت، همه‌ی حدود و قیود شرعی و اخلاقی را نقض کرد و نعره‌زنان می‌گفت:

«من از مرگ هیچ باکی ندارم. در طریق عشق، به چه سبب از خلیفه بترسم؟ درحالی‌که هستی و نیستی‌ام در نظرم یکسان است.»

وقتی حرص و آز برای شکستن حدود اخلاقی و شرعی قدرت می‌گیرد، در آن موقعیّت عقل و مشورت به کار نمی‌آید. هرکس نسبت به کسی و یا چیزی عشق ورزد، جز معشوق چیزی و کسی را نبیند. اگرچه عقل نیرومند است، ولی نفس امّاره با حیله و ترفند او را به چاه هلاکت می‌افکند. آتشی لازم است که با آب حق فرو نشسته باشد. مانند حضرت یوسف که با وجود آن‌که زلیخا او را در شرایط تباهی و فساد روحی و اخلاقی قرار داد، با توسّل به تقوای الهی خویشتن‌داری کرد و اسیر هوس‌های آن زن نشد؛ بلکه مانند مردان الهی خود را از زلیخای رعنا و خوش قد و قامت نگه داشت.

پهلوان از شهر موصل بازگشت و به راه افتاد تا آن‌که به بیشه و مرتعی فرود آمد. آتش

۱- در این‌جا «آسمان» به زلیخا تشبیه شده و حضرت حق به یوسف. مولانا در این‌جا، عظمت مقام عشق الهی و حقارت کائنات و موجودات را در برابر آن بیان کرده است. (همان کتاب، ص ۱۰۵۶)

۲- از این‌جا به بعد، مولانا جهان‌بینی عارفانه‌ی خود را که بر مبنای «عشق ازلی» است بیان می‌دارد. صوفیه و عرفا، پیدایش جهان و ظهور ذرّات و کائنات را نتیجه‌ی عشق حق می‌دانند. (شرح جامع مثنوی معنوی، ج ۵، ص ۱۰۵۶)

۳- صوفیه و عرفا نه‌تنها پیدایش جهان را نتیجه‌ی عشق حق می‌دانند، بلکه حرکت جمیع موجودات از ذرّه تا کائنات را حرکتی حُبّی و عشقی می‌شمرند. پس همه، بی‌خودان اللّه‌اند. (همان کتاب، همان صفحه)

۴- در این قسمت، سیر کمالی موجودات، از پست‌ترین مرتبه به عالی‌ترین مرتبه بیان شده است. (همان کتاب)

شهوات پست حیوانی چنان افروخته شده بود که زمین را از آسمان تشخیص نمی‌داد. پهلوان آهنگِ ملاقات آن کنیزک ماهروی را کرد. در آن حال که شهواتِ حیوانی، شخص را مغلوب کرده است، نه عقل مطرح است و نه ترس از کیفر. آن پهلوان، پهلوان حقیقی نبود، زیرا اگر منشِ پهلوانی داشت، در امانت خیانت نمی‌کرد.

در لحظه‌ای که پهلوان با کنیزک همبستر شد، هیاهوی لشکر را شنید. سبب فریاد و غوغای آنان، به خاطر حمله‌ی شیری درنده بود. پهلوان بلافاصله شمشیری به دست گرفت و برهنه بیرون دوید و با شیر درگیر شد و با ضربتی جانانه سرِ آن حیوان را دو نیمه کرد. چون به خیمه بازگشت، هنوز حالت شهوت در او پدیدار بود و کنیزک قوّت مردانگی او را تحسین کرد. وقتی‌که کنیزک به نیروی مردانگی آن پهلوان پی برد، از روی میل و رغبت با او درآمیخت؛ و از پیوند آن دو جان با یکدیگر، از جهان غیب جانی دیگر در رسید.[1]

هرجا که دو نفر، یا از روی محبّت و یا از روی دشمنی درآمیزند، اگر مانعی برای انعقاد نطفه‌ی مرد و باردار شدن زن نباشد، بدون تردید موجودی ثالث پدید می‌آید.[2]

آن پهلوان، به واسطه‌ی جاذبه‌های ظاهری کنیزک دچار گمراهی شد و حقیرانه گرفتار و زبونِ امیال و شهوات حیوانی‌اش گردید. چند روزی بر این منوال سپری کرد و از آن کنیزک لذّت برد و تمتّع جُست، سپس از آن گناهِ سنگین پشیمان شد.

پهلوان، کنیزک را به مصر برد و به خلیفه تحویل داد؛ ولی پیش از آن، کنیزک را سوگند داده بود که در آن‌باره چیزی به خلیفه نگوید.

همین‌که خلیفه کنیزک را دید، نتوانست در برابر جمال او خویشتن‌داری کند. خلیفه دید که زیبایی و جمال کنیزک صد برابر آن‌چه بود که برایش وصف کرده بودند.

در شناخت حقیقت دو شیوه وجود دارد: شیوه‌ی سمعی و شیوه‌ی شهودی. شیوه‌ی سمعی مخصوص اهل قیل‌وقال است، و شیوه‌ی شهودی خاصّ عارفان بالله. مسلّماً قطعیّت معارف شهودی، با معارف سمعی قابل مقایسه نیست؛ ولی معارف سمعی و علوم ظاهری نیز مطلقاً باطل نیست، زیرا همین معارف و علوم نیز قدمی است در راه حقیقت. سالک باید بکوشد که مسموعات (شنیده‌های) خود را به مشهودات ارتقا بخشد؛ به عبارت دیگر، از منزل دانش بگذرد و به منزل بینش درآید. گرچه اهل قیل‌وقال نمی‌توانند حقیقت را عیناً شهود کنند؛ لیکن از طریق الفاظ، سایه‌ی خیال‌گونه‌ای از حقیقت در ذهن و دلشان نقش بسته است.

۱- مراد از «دو جان» در این‌جا مطلق زن و مرد است، نه فقط آن پهلوان و کنیزک. مولانا با اشاره به آمیزش زن و مرد و تولّد فرزند، می‌خَواهد مسئله‌ی «نتیجه‌ی اعمال» و «تجسّم اعمال» را جا بیندازد.

۲- پس تعامل دوستانه و دشمنانه هر دو، نتایج خود را دارند. در این‌جا آن‌چه مورد نظر است، فقط ولادت نوازد نیست؛ بلکه نتیجه‌ای است که از عمل انسان پدید می‌آید، خواه عمل خجسته (نیک، خوب) و خواه عمل گجسته (ملعون، خبیث). (شرح جامع مثنوی معنوی، ج ۵، ص ۱۰۶۶)

پس ای‌طالب حقیقت، بکوش که هر آن‌چه شنیده‌ای ببینی؛ و با تصفیه‌ی درون، مسموعات خود را درباره‌ی حق، به مشهودات مبدّل کن. زان پس، گوش تو خصلت و خاصیّت چشم را پیدا می‌کند؛ و آن دو گوش حسّی تو، به جواهر مبدّل گردد.[۱] بلکه با نیل به مرتبه‌ی شهود، همه‌ی وجود تو چنان صفایی پیدا می‌کند که همه‌ی حقایق و اسرار عالَم در تو منعکس می‌شود و تمام وجود تو چشم و دل می‌گردد.

آن خلیفه قصد آمیزش کرد و برای مباشرت نزد آن کنیزک رفت؛ ولی قضا و قدَر مانع عیش و عشرت او شد. ناگهان خلیفه صدای جویدن موشی را شنید و از ترس، شهوتش به کلّی از میان رفت. خلیفه گمان کرد که آن خش‌خشِ ماری است که به سرعت زیر حصیر حرکت می‌کند؛ زیرا وقتی‌که آدمی اسیر قوّه‌ی توهّم شود، سراپا در قبضه‌ی تصرّف آن قرار می‌گیرد.

کنیزک وقتی این صحنه را دید، یادِ شجاعت و قوّه‌ی مردانگی پهلوان افتاد و سخت خنده‌اش گرفت. کنیزک برای آن‌که جلو خنده‌اش را بگیرد، سعی می‌کرد به آن چیزی که سبب خنده‌اش بود فکر نکند بلکه حواس خود را به چیزهای دیگر معطوف دارد، ولی این تدبیر نیز مفید نیفتاد؛ زیرا خنده مانند سیل خروشان می‌تاخت و امان نمی‌داد.

ای برادر، گریه و خنده و غم و شادی دل، هرکدام سرچشمه‌ی جداگانه‌ای دارند. هریک از دو حالتِ خنده و گریه در وجود آدمی منبع مستقلی دارد. کلید آن دو حالت، به دست خداوند گشاینده است.[۲]

خلاصه‌ی مطلب، خنده‌ی کنیزک آرام نگرفت، لذا خلیفه خشمگین شد. شمشیرش را از غلاف بیرون کشید و گفت:

«ای خبیث، بگو ببینم سبب خنده‌ی تو چیست؟ من نسبت به خنده‌ی تو ظنین شده‌ام. راستش را بگو. مرا نمی‌توانی فریب دهی. اگر مرا با دروغ فریب دهی و یا با افسون و بهانه‌ی مزوّرانه بیاوری، آن را خواهم دانست، زیرا قلب من روشن است. پس هر مطلبی که گفتنش ضروری است، بگو.[۳] بدان‌که در قلبِ شاهان (عارفان)، ماهِ تابان (روشن‌بینی و قوّه‌ی بصیرت الهی) هست، اگرچه گاهی به سبب غفلت زیر ابر نهان می‌شود. صاحبدل به هنگام گشت و گذار در جهان هستی، چراغی در دل دارد که به هنگام غضب و آزمندی چراغ قلبش پوشیده می‌شود و پرتوافشانی نمی‌کند و از روشن‌بینی ساقط می‌شود. آن روشن‌بینی اینک همراه من است. اگر آن‌چه گفتنش لازم است نگویی، با این شمشیر گردنت را می‌زنم. بهانه تراشیدن هم هیچ سودی ندارد. اگر

———————

۱- مولانا در این‌جا و کلام بعدی، این نکته‌ی دقیق را گفته است که هر گاه سالک به مرتبه‌ی والای شهود حقیقت رسد، هر حسّی از حواس ظاهر می‌تواند علاوه بر انجام وظیفه‌ی خود، وظایف سایر حواس را نیز انجام دهد؛ در آن‌صورت گوش، هم می‌تواند بشنود و هم ببیند.

۲- چنان‌که در آیه‌ی ۴۳ سوره‌ی نجم می‌فرماید: «خداوند است که می‌خندانَد و می‌گریانَد.»

۳- این کلام و کلام‌های بعدی، گرچه از زبان آن خلیفه است، ولی در واقع وصف عارفان روشن‌بین می‌باشد؛ چنان‌که مؤمن، با نور خدا می‌بیند. (شرح جامع مثنوی معنوی، ج ۵، ص ۱۰۸۲)

حرف راست بزنی، آزادت می‌کنم. سوگند به خدا تو را شکسته‌حال نکنم، بلکه شادمانت سازم.»

خلیفه در آن‌وقت کلام‌الله مجید را آورد و به آن سوگند خورد و قول و قرار خود را بر زبان آورد. کنیزک چون از تهدیدهای خلیفه ترسید، ماجرایی که میان او و پهلوان رفته بود و کشتن شیر و قوّت مردانگی آن یل را به تفصیل تعریف کرد؛ هم‌چنین ضعف قوّه‌ی مردانگی خلیفه را که می‌کوشید خود را شخصیّتی با قدرت نشان دهد درحالی‌که از خش‌خش موشی قوّه‌ی مردانگی‌اش فروکش کرد.

ای جویای حقیقت، همان‌طور که راز کنیزک و پهلوان فاش شد، اسرارِ ضمیر نیز توسّط حضرت حق فاش می‌گردد. حال‌که هر بذری خواهد رویید، پس هرگز بذرِ زشتی کشت مکن. آب و ابر و آتش و آفتاب، اسرار را از زیر خاک بیرون می‌آورند و باعث رویش گیاه می‌شوند. این بهارِ نو که بعد از خزان و موسم برگ‌ریزان فرا می‌رسد، دلیلی است بر وجود روز قیامت. همان‌طور که درختان خشکیده در فصل بهار سرسبز می‌شوند و قُوا و استعدادهای نهفته‌ی درونی‌شان آشکار می‌گردد، اسرار درونی خلایق نیز در روز رستاخیز به‌طور کامل ظهور می‌کند.

خلیفه بعد از شنیدن سبب خنده‌ی کنیزک، به خود آمد. دانست که هر عملی در این جهان عکس‌العملی دارد و هیچ فعلِ خوب و بدی در جهانِ هستی بی‌پاسخ نمی‌ماند.[1] به یاد گناه و لغزش خود در مورد کنیزک افتاد و طلب آمرزش کرد.

با خود گفت:

«هرکاری که با دیگران کردم، کیفرش به من رسید. به سبب قدرتِ ناشی از جاه و مقام قصد ناموس دیگران کردم، همان بلا بر سرم آمد و به چاه مجازات افتادم. کسی‌که قصد ناموس دیگران را کند، یکی از مجازات‌هایش اینست که همان عمل را دیگران با ناموسش کنند؛ چون‌که جزای هر بدی، بدیی مانند آن است.[2] من با زور کنیزک شاه موصل را گرفتم، دیگری نیز آمد و فوراً او را از من گرفت. آن پهلوان که ندیم و امین من بود، خیانت‌کاری‌های من، او را به فردی خائن تبدیل کرد.»

سپس با خود گفت:

«اکنون موقع کینه‌توزی و انتقام‌گیری نیست. من با دست خود کاری خام انجام دادم. حال اگر از آن پهلوان و کنیزک انتقام بگیرم، کیفر آن ستم نیز بر سرم خواهد آمد؛ همان‌طور که کیفر عمل زشتم یک‌بار بر سرم آمد. آن را یک‌بار آزمایش کرده‌ام و دیگر نخواهم آزمود.

۱- یادآور آیه‌ی ۴۶ سوره‌ی فصّلت است که می‌فرماید: «کسی‌که عمل صالحی انجام دهد، سودش برای خود اوست؛ و هرکس بدی کند، به خویشتن بدی کرده است.»

۲- چنان‌که در آیه‌ی ۴۰ سوره‌ی شوری آمده: «وَ جَزاءُ سَیِّئَةٍ سَیِّئَةٌ مِثْلُها کیفر بدی، مجازاتی است همانند آن.»

آزردن شاه موصل مرا ذلیل کرد؛ دیگر نمی‌توانم دیگری را آزرده‌خاطر سازم.»

و باز با خود و خدای خود چنین گفت: حضرت حق ما را از کیفر مطّلع کرد و فرمود:

«اگر به عمل زشت بازگردید، ما نیز به کیفر خود باز می‌گردیم.»[۱] چون در این موقعیّت افزودن بر گناه و تعدّی فایده‌ای ندارد، پس جز صبر و مهربانی کار دیگری پسندیده نیست. پروردگارا! من ستم کردم، دچار خطا شدم، رحمی کن که رحمت‌های تو بزرگ است.[۲] من قصد ناموس دیگری را کردم و خواستم با جبر و اکراه بر او دست یابم، ولی هنوز کامروا نشده کیفرش را چشیدم. من از کرده‌ی خود پشیمانم. من آن پهلوان و کنیزک را عفو کردم، تو نیز گناه جدید و لغزش‌های قدیم مرا عفوکن.»

خلیفه‌ی مصر پس از گفتن این سخنان گفت:

«ای کنیزک، حرفی را که اکنون از تو شنیدم، در جایی بازگو مکن. من تو را همسر آن پهلوان خواهم کرد. محض رضای خدا این ماجرا را فاش نکن. از این ماجرا حرفی نزن، تا آن پهلوان از روی من خجلت‌زده نشود؛ زیرا او یک بدی کرده، و در عوض صدهزار نیکی به‌جا آورده است. من بارها او را آزمایش کرده بودم و کنیزکانی زیباتر از تو به او سپرده بودم.»

خلیفه، پهلوان را به حضور خود طلبید و غضبِ انتقام جویانه‌ی خود را فرو خورد. سپس به او گفت:

«چون همسرم از حضور این کنیزک در قصر ناراحت و پریشان است، او را می‌خواهم به کسی دیگر دهم و هرچه فکر کردم، کسی را لایق‌تر از تو نیافتم. اینک او را به عقد تو در می‌آورم.»

خلیفه‌ی مصر، کنیزک را به عقد ازدواج پهلوان درآورد و به او سپرد، و خشم و حرص خود را متلاشی کرد. اگرچه شهوت جنسی در خلیفه کم بود، ولی در عوض مردانگی پیامبر را داشت.

٭ ٭ ٭

مولانا در این حکایت بیان می‌دارد که مردانگیِ حقیقی در اصطلاح اهل معرفت، با مرد بودن فرق دارد. عرفا به کسی مرد می‌گویند که بر هوای نفس غالب باشد. آن کسانی که اسیر شهوات نفسانی هستند، مرد نیستند بلکه فقط هیأت مردانه دارند.

در این حکایت نکات والایی مندرج شده است. مثلاً در آن‌جا که «شاه موصل» در کمال آرامش و متانت کنیز را به پهلوان تحویل می‌دهد، این نکته آمده است که شاهان

۱- اشاره است به آیه‌ی ۸ سوره‌ی اِسراء: «امید است پروردگارتان به شما رحم کند. هرگاه برگردید، ما هم برمی‌گردیم؛ و جهنّم را برای کافران، زندان سختی قرار دادیم.»

۲- اشاره است به قسمتی از آیه‌ی ۲۳ سوره‌ی اعراف: «گفتند: «پروردگارا! ما به خویشتن ستم کردیم؛ اگر ما را نبخشی و بر ما رحم نکنی، از زیان‌کاران خواهیم بود.»»

طریقت در قید صورت و تعلّقات دنیوی نیستند. آن‌جا که «کنیزک» قلب پهلوان را تسخیر می‌کند، ابتدا از عشق مجازی سخن می‌گوید؛ ولی از عشق مجازی، نقبی به عشق حقیقی می‌زند و عشق ازل را پیش می‌کشد و در این زمینه نکات دقیقی ایراد می‌کند. در آن‌جا که «خلیفه‌ی مصر» می‌بیند که زیبایی کنیزک از آن‌چه شنیده بود چند برابر بیش‌تر است، گریزی می‌زند و به دو شیوه‌ی معرفت؛ یکی معرفت عارفانه که بر مبنای شهود عینی است، و دیگری معرفت عالمانه که از طریق شواهد و آثار حاصل می‌گردد. او نهایتاً بینش را بر دانش، و شهود را بر علوم ترجیح می‌دهد. و یا آن‌جا که «کنیزک» چگونگی رابطه‌ی خود را با آن پهلوان فاش می‌کند، بحث انکشاف اسرار ضمیر و اسرار باطن آدمیان را توسّط حضرت حق مطرح می‌فرماید.

سلطان و گوهر گران‌بها

شاه روزی جانب دیوان شتافت

جمله ارکان را در آن دیوان بیافت

گوهری بیرون کشید او مستنیر

پس نهادش زود در کف وزیر

روزی سلطان محمود غزنوی به دیوان حکومتی رفت درحالی‌که همه‌ی ارکان دولت در آن‌جا حضور داشتند. سلطان گوهری گران‌بها از جیب خود بیرون آورد و به وزیر گفت:

«قیمت این جواهر چه‌قدر است؟»

وزیر جواب داد:

«این جواهر از صد خروار طلا هم بیش‌تر می‌ارزد.»

سلطان گفت:

«آن را بشکن!»

وزیر گفت:

«چگونه بشکنم درحالی‌که خیرخواه گنجینه و ثروت تو هستم؟»

سلطان به آن وزیر آفرینی گفت و به او خلعت بخشید و تمام لباس‌های فاخری که پوشیده بود، به وزیر داد.

سپس سلطان، جواهر را به دست یکی از نگهبانان خود داد و گفت:

«این جواهر، از نظر مشتری چه قدر ارزش دارد؟»

نگهبان گفت:

«به اندازه‌ی نصف مملکت می‌ارزد. خداوند آن را از نابودی حفظ فرماید.»

سلطان گفت:

«این جواهر را بشکن.»

نگهبان گفت:

«ای شاه مقتدر و جهان گستر، بسیار حیف است که این جواهر شکسته شود. دست من چگونه ممکن است برای شکستن آن حرکت کند که درآن‌صورت دشمن گنجینه‌ی شاه باشم؟»

سلطان به او نیز خلعت بخشید و بر مستمرّی‌اش افزود.

سپس شاهِ آزمایشگر، آن جواهر را به دست قاضی اعظم داد. او نیز همان جواب را داد. سلطان بر همین منوال همه‌ی شخصیّت‌های حکومتی را امتحان کرد و به هریک از آنان خلعتی گران‌بها بخشید. سلطان محمود ظاهراً آنان را مورد احسان و تشویق خود قرار داد و به اموال دنیوی مفتون کرد تا راز مسئله را در نیابند. پنجاه شصت نفر دیگر از امیران یک‌به‌یک

به تقلید از وزیر، همان جواب را دادند.

ای برادر اگرچه اساس زندگی مردم تقلید است، کمتر کسی پیدا می‌شود که برای زندگی خود دلیلی معقول داشته باشد.

سلطان بر همین منوال همه‌ی شخصیّت‌های برجسته‌ی حکومتی را امتحان کرد، تا آن‌که نوبت به اَیاز رسید. سلطان محمود گفت:

«اَیاز، این جواهر با این‌همه جلوه و زیبایی چه‌قدر می‌ارزد؟»

اَیاز گفت:

«ارزش آن فراتر از آن است که من بتوانم بگویم.»

سلطان گفت:

«همین الآن آن را خُرد و متلاشی کن.»

اَیاز قبلاً به فراست دریافته بود که با چنین امری مواجه خواهد شد. یا ممکن است که آن مرد باصفا (اَیاز) به سبب صفای درون، این ماجرا را در رؤیای خود دیده بود، لذا از قبل دو قطعه سنگ در آستین آماده کرده بود. در آن لحظه سنگ‌ها را از آستین خود درآورد و آن گوهر را خُرد و متلاشی نمود، زیرا به نظر او، کاری صحیح بود.

وقتی که سالک به فتوحات ربّانی رسد، برایش کامروایی و ناکامی دنیوی فرقی ندارد؛ چنان‌که گفته‌اند: «عارفان حقیقی، خاک و طلا در نظرشان یکی است.» کسی که وصال حضرت معشوق، کفیل و ضامن او باشد، چنین کسی چه ترسی از شکست و کارزار دارد؟ عارف بالله برای نیل به مقصود، به علل و اسباب صُوَری (نقش‌ها، صورت‌ها) توجّه ندارد؛ چه او از اسباب، گسسته و به مسبّب‌الاسباب پیوسته است. سالک در سلوک خود، باید از صورت‌گرایی و قشری‌گری پرهیز کند تا به سرمنزل حقیقت برسد. خود را به سنگلاخ تعصّبات کور و خانمان برانداز میفکن؛ بلکه از صورت‌پرستی و قشری‌گری رها شو، تا حقیقت را خارج از این قیل و قال‌های جنگ هفتاد و دو ملّت مشاهده کنی.

همین‌که اَیاز آن گوهر ممتاز را شکست، داد و فریاد امیران سلطان بلند شد و گفتند:

«چرا شکستی؟! این دیگر چه گستاخی و جسارتی است که از اَیاز سر زد؟! به خدا قسم هر کس این جواهر درخشان را بشکند، کافر است.»

آن گروه یعنی امیران، از روی جهل و کوردلیِ مرواریدِ فرمان شاه را شکسته بودند، بی‌آن‌که بدانند. عشق و دوستی نسبت به سلطان ایجاب می‌کرد که فرمانش اطاعت شود، ولی آنان گوهر را بر اطاعت امر او ترجیح دادند.

اَیاز گفت:

«ای امیران نامدار، آیا فرمان شاه گران‌مایه بهتر است یا جواهر؟ محض رضای خدا بگویید آیا به نظر شما امر شاه بهتر است یا این جواهر؟ ای کسانی که به جواهر توجّه

دارید و به شاه توجّه ندارید، محلّ توجّه شما شاهراه عشق حقیقی نیست.[1] من چشم از سلطان بر نمی‌دارم و مانند مشرکان به سنگ روی نمی‌آورم. کسی‌که به سنگِ رنگارنگ (ظواهر دنیوی) توجّه کند و امر سلطان (حقیقت) را ترک گوید، فاقد اصالت است.»

ای جویای حقیقت، به دنیا که مانند بتِ رنگین است بی‌توجّه باش، و عقل خود را مبهوتِ آفریننده‌ی رنگ کن و عاشق حضرت حق باش که دنیا نیز جلوه‌ای از اوست. به جویبار عرفان درآی و سبوی جسم را با سنگ ریاضت و عبادت بشکن و اوصاف نفسانی را محو کن و ظواهر دنیوی را در آتش عشق الهی بسوزان.

آن امیران، از خجالت سرشان را به زیر انداختند و به خاطر فراموشی و غفلتی که از ایشان سر زده بود، پوزش طلبیدند. همان وقت از درون دلِ هریک از آنان صدها آه و حسرت، مانند دودی به آسمان بلند می‌شد.

سلطان محمود به میرغضب کهنه‌کار خود اشاره کرد و گفت: «این فرومایگان را از صدر مجلسم دور کن.[2] این فرومایگان که به خاطر سنگی فرمانم را نقض می‌کنند، چه لیاقتی برای صدرنشینی در مجلس مرا دارند؟[3] فرمان ما در نزد این تبه‌کاران، به خاطر سنگی رنگین‌خوار، و بی‌رونق شد.»[4]

ایازِ مهربان و محبوب از جا پرید و به طرف تخت آن پادشاه بزرگ رفت.[5] ایاز در برابر سلطان محمود سجده‌ای کرد و به حالت التماس و تضرّع گفت:

«ای پادشاهی که آسمان از عظمت تو حیران است. ای بخشنده‌ای که بخشش‌های جهان در برابر عطای تو محو و فانی می‌شود. هرکس در برابر فرمان تو سرپیچی کند، به جز عفو تو چه تکیه‌گاهی دارد؟ ای جایگاه عفو و گذشت، بی‌خبری و جسارت این گنه‌کاران از کثرت عفو توست. ای پادشاه بخشنده، این امیران خطاکار را ببخش. آنان تاکنون از الطاف تو شیرین‌کام بوده‌اند، زین پس نیز آنان را مشمول الطاف خود فرما. ولی در جایی که تو خود مخزن لطف و سرچشمه‌ی صفایی، من کیستم که بیایم و به تو بگویم عاصیان را عفو کن؟! پس مقام شفاعت نیز لطف دیگری است که تو به این

۱- مولانا در این‌جا صورت‌گرایی را نقد می‌کند.

۲- منظور کلام: حضرت حق در روز قیامت به فرشتگان می‌فرماید: «آنانی را که مفتون دنیا شدند و فرمانم را فرو نهادند، از مقام قرب من دور کنید.» (شرح جامع مثنوی معنوی، ج ۵، ص ۱۱۱۱)

۳- منظور کلام: «دنیاطلبان که به خاطر مال دنیا (چه کم و چه زیاد) فرمان خدا را در پاکی و تهذیب نفس اطاعت نمی کنند، لیاقت حضور در مقام قرب را ندارند.»

۴- یعنی: «اهل دنیا به خاطر مطالع دنیوی، امر الهی را نادیده می گیرند.»

۵- در این کلام و جملات بعدی که به زبان تمثیلی بیان شده، ایاز آن بنده‌ی مقرّبی است که به مقام محبوبیّت حق رسیده و در پیشگاه حضرت جبّار (مسلط) به شفاعت عاصیان و مجرمان می‌پردازد. این جملات گرچه ظاهراً از زبان ایاز به سلطان محمود است، لیکن در واقع از زبان انسان کامل به حضرت حق می‌باشد. (شرح جامع مثنوی معنوی، ج ۵، ص ۱۱۱۲)

بنده‌ی ناچیز عطا فرموده‌ای. من در برابر تو چه بگویم؟ از چه چیزی آگاهت کنم یا شرط بخشندگی را فرا خاطرت آرم؟ ای جایگاه عفو و گذشت، بی‌خبری و جسارت این گنه‌کاران از کثرت عفو توست. پس این‌بار نیز از گناه آنان چشم‌پوشی فرما.»

❊ ❊ ❊

این حکایت، در بیان ضرورت فرمان بردن امر حق است. در این حکایت تمثیلی «سلطان» کنایه از حضرت حق، «اَیاز» کنایه از عارفِ بالله، «امیران» کنایه از اسیران هوی و بندیان نفسانیات، و «جواهر» کنایه از جسم و مقتضیات جسمانی است که فی‌نفسه (به خصوص در نظر نفس‌پرستان) بسیار گران‌قدر است، لیکن در مقایسه با فرمانبری امر الهی و ارتقای روحی پشیزی نیرزد.

حضرت حق، بندگان را به شکستن گوهر جسمانی و دُرّ نفسانی فرا می‌خوانَد. بندگان مخلص به این دعوت لبّیک گویند و با سنگ ریاضت و عبادت آن را می‌شکنند؛ ولی دنیاپرستان آن را عزیز می‌شمرند و به جای شکستن آن، کمر به خدمتش می‌بندند.

«خلعت بخشیدن سلطان به آنان»، کنایه از اینست که سعی و تلاش دنیاپرستان برای رسیدن به امیال و خواسته‌های نفسانی اگر هم به نتیجه‌ای منجر شود، دستیابی بدان بهره‌ها دامی است برای اسارت بیش‌تر آنان و محروم شدن از بهره‌های روحانی. لذا عاقلان حقیقی و بندگان روشن‌بین، به لذایذ حیوانی و بهره‌های دنیوی توجّه نمی‌کنند، تا به احوال متعالی برسند.

امیرانِ سلطان و اَیاز

چون امیران از حسد جوشان شدند

عاقبت بر شاه خود طعنه زدند

کین ایاز تو ندارد سی خرد

جامگی سی امیر او چون خورد

امیران سلطان محمود بر اثر شدّت حسادت به او گلایه کردند که: «ایازِ تو که عقل سی نفر را ندارد، پس چرا به او مقرّری سی امیر را می‌دهی؟» سلطان به آن‌ها جوابی نداد.

تا این‌که روزی سلطان برای شکار با سی تن از اُمَرا به صحرا و کوهستان رفت و از مسافتی دور کاروانی را دید. به یکی از امیران گفت: «برو بر سر راهِ آن کاروان بایست و از آنان سوال کن که از کدام شهر می‌آیند؟» آن امیر رفت و از کاروان پرسید و بازگشت و گفت: «از شهر ری می‌آیند.» پادشاه گفت:

«کجا می‌خواهند بروند؟»

امیر از پاسخ درمانده شد. شاه به امیری دیگر گفت:

«برو و از کاروان بپرس که می‌خواهند کجا بروند؟»

آن امیر رفت و برگشت و گفت:

«به جانب یمن می‌روند.»

شاه گفت:

«آنان چه متاعی با خود دارند؟»

امیر حیران شد و نتوانست جواب دهد.

شاه به امیری دیگر گفت:

«برو از آن کاروان بپرس که چه متاعی همراه دارند؟»

آن امیر هم بازگشت و گفت:

«همه نوع متاع همراه دارند؛ ولی بیش‌تر آن، کاسه‌های ساخت شهر ری است.»

شاه گفت:

«چه‌وقت از شهر ری خارج شده‌اند؟»

آن امیر در جواب، حیران ماند.

به‌این‌ترتیب سلطان محمود سی امیر را گسیل داشت تا سستی رأیی و نظر آنان را در مورد مسائل به آنان نشان دهد و به آنان بفهماند که مأموریّت خود را نمی‌توانند کامل انجام دهند.

سپس سلطان گفت:

«روزی کاروانی به این ناحیه آمده بود. به ایاز دستور دادم که برود و از آن کاروان سؤال کند از کجا می‌آیند؟ او رفت و باهوش و ذکاوتی که داشت، نه تنها جواب آن سؤال را

آورد بلکه به ابتکار خود، مسائل فراوان دیگری را نیز از آن کاروان به دست آورد. در واقع او با یک‌بار رفتن، به اندازه‌ی سی‌نفر شما از آن کاروان اطّلاع کسب کرد. حالا فهمیدید چرا مقرّری او به تنهایی برابر سی امیر است؟»

امیران چون در جواب شاه درمانده شدند، به بهانه‌های جبریانه تمسّک جستند. پس گفتند: «این زیرکی و درک، از عنایات و موهبت‌های الهی است؛ و کاری نیست که با سعی و تلاش حاصل شود و اکتسابی نیست. چنان‌که مثلاً روی زیبای ماه، خدادادی است؛ همین‌طور بوی خوش گل نیز از عطایای تقدیر است و بختی است الهی است.»

شاه گفت:

«هر آن‌چه از آدمی سرزند یعنی اعمال و احوال انسان، از دو حال خارج نیست. یا محصول کوتاهی و سهل‌انگاری اوست و یا محصول سعی و تلاش او؛ پس آدمی در دو حال مختار است نه مجبور. اگر اعمال ما جبری و مقدّر بود، پس چرا حضرت آدم پس از لغزش به وسیله‌ی ابلیس از گناه خود آمرزش خواست و گفت: «من و حوّا بر خود ستم کردیم.» و نگفت: «من در این کار مجبور بودم.»[1] اگر آدم، گناه خود را جبری می‌دانست حتماً چنین می‌گفت: «این گناهی که مرتکب شدم، از بخت بد من بوده.» وقتی تقدیر چنین چیزی را اقتضا کرده است، دوراندیشی چه سودی دارد؟ دراین‌صورت آدم نیز حرفی را می‌زند که ابلیس گفت: «تو مرا گمراه کردی.»[2] بلکه هم قضای الهی حق است و هم سعی و تلاش بنده. بهوش باش. مانند ابلیس کهنسال، مسائل را یک بُعدی نگاه مکن، چنان‌که او فقط جبر را دید ولی اختیار را ندید؛ و فقط جسم خاکی آدم را دید و عظمت روحی او را ندید.»

شاه ادامه داد:

«گاهی آدمی میان دو یا چند راه مردّد می‌ماند و نهایتاً یکی از راه‌ها را ترجیح می‌دهد که این، دلیل بر اختیار اوست. کسی‌که دست و پایش بسته باشد و از خود اختیاری نداشته باشد، کِی ممکن است بگوید این کار را بکنم یا آن‌کار را؟!»

ای جوان، این‌قدر قضا و قدَر را بهانه‌ی تنبلی خود مکن، چرا گناهی که خود مرتکب شده‌ای به گردن دیگری می‌اندازی؟ ای جبری مَشرب، چرا سهل‌انگاری و تنبلی خود را به گردن قضا و قدر می‌اندازی؟ همان‌طورکه سایه تابع جسم است، اعمال تو نیز از تو نشأت گرفته نه از چیز دیگر. پس گناه خود را به عوامل و اسباب بیرون از خود نسبت مده. زیرا امیر (حضرت حقِ‌تعالی) اشتباهاً به کسی پاداش نمی‌دهد، و آن امیرِ بینا دشمن را می‌شناسد. هرکس مسئول اعمال خود است و نتیجه‌ی اعمال خود را می‌بیند. در چه کاری سعی ورزیده‌ای که نتیجه‌اش به تو باز نگشته است؟ چه

۱- اشاره است به قسمتی از آیه‌ی ۲۳ سوره‌ی اعراف: «[آدم و حوّا] گفتند: «پروردگارا! ما بر خویشتن ستم کردیم... .»»

۲- اشاره است به آیه‌ی ۱۶ سوره‌ی اعراف: «ابلیس در خطاب به خداوند گفت: «تو مرا گمراه کردی.»» یعنی من هیچ تقصیری ندارم.

چیزی کاشته‌ای که محصول آن به دست نیامده است؟ در پس پرده‌ی این جهان، طبق سنن و مشیّت الهی، هر عملی را مطابق با وزن و ارزش آن به صورت خاصّی مجسّم می‌کنند. در جایی‌که قاضی حکمی مناسب و در خورِ شخص برمی‌گزیند، تو ببین خداوندی که احکمِ حاکمان است چگونه حکم می‌کند؟[1] به عنوان مثال اگر جو بکاری، فقط جو می‌روید نه چیز دیگر. گناه و جرمی را که مرتکب شده‌ای از جانب خود بدان، زیرا که بذر معصیت را تو خود کاشته‌ای؛ پس اعمالِ بدی را که مرتکب شده‌ای به خود نسبت بده نه به بخت و اقبال خود، و به حکم الهی راضی و خرسند باش.

ای جوان، نفس خود را متّهم کن و خود را مورد محاسبه و مؤاخذه قرار بده، نه آن‌که جزایی که به عدل الهی مقرّر شده نکوهش کنی. مردانه توبه کن و به راه هدایت درآی؛ زیرا هرکس عملی را به اندازه‌ی ذرّه‌ای انجام دهد، جزای آن را می‌بیند.[2] این‌قدر فریب نفس امّاره را مخور، زیرا هیچ عملی حتّی کوچک، از نظر عدل الهی مخفی نمی‌ماند.[3]

ای شخص سودمند، همان‌طور که ذرّات و موجودات جسمانی در مقابل نور خورشید هویدا می‌شوند، نیّات قلبی و افکار و اندیشه‌های نهانی ما در مقابل خورشید حضرت حق کاملاً آشکار است. ای طالب حقیقت، بدان‌که نهانی‌ترین اندیشه‌ای که بر قلبت می‌گذرد و کسی از آن خبر ندارد، حضرت حق بر آن واقف و بصیر است؛ پس احوال و اعمال خود را بر میزان حقیقت قرار بده و به بیراهه مرو.

❋ ❋ ❋

در این حکایت «سلطان محمود» کنایه از حضرت حق، «ایاز» کنایه از انسان کامل، و «امیران» کنایه از انسان‌های ناقص‌اند. چرا خداوند، انسان کامل را بر بقیّه‌ی آدمیان شرافت بخشیده است؟ مسلّماً به خاطر علوِّ روحی و بلندمرتبگی معنوی اوست؛ چنان‌که در قرآن کریم، ابراهیم خلیل را به تنهایی یک امّت دانسته است.

نکته‌ی دیگر آن‌که ارزش هر فرد، به مقدار معمّاهایی است که از جهان هستی باز می‌کند؛ و آن‌چه سبب امتیاز انسان شده است، اندیشه‌های تابناک و حقیقت‌یاب اوست،

۱- «اَحْکَمُ‌الْحاکمین»، به قسمتی از آیه‌ی ۴۵ سوره هود و آیه‌ی ۸ سوره‌ی تین اشاره دارد و آن، وصف حضرت حق است: «نوح به پروردگارش عرض کرد: «... وتو از همه‌ی حکم‌کنندگان برتری.»» و «آیا خداوند بهترین حکم‌کنندگان نیست؟»

۲- اشاره است به آیات ۷ و ۸ سوره‌ی زلزال: «پس هرکس به اندازه‌ی ذرّه‌ای نیکی کند پاداش آن بیند، و هرکس به اندازه‌ی ذرّه‌ای بدی کند جزای آن را بیند.»

۳- چنان‌که در آیه‌ی ۴۹ سوره‌ی کهف آمده: «روز قیامت کتاب (کتاب نامه‌ی اعمال همه‌ی انسان‌ها) در آن‌جا گذارده می‌شود، پس گنه‌کاران را می‌بینی که از آن‌چه در آن است، ترسان و هراسانند و می‌گویند: «ای وای بر ما! این چه کتابی است که هیچ عمل کوچک و بزرگی را فرو نگذاشته مگر این‌که آن را به شمار آورده است؟!» و این درحالی است که همه‌ی اعمال خود را حاضر می‌بینند؛ و پروردگارت به هیچ‌کس ستم نمی‌کند.»

والّا غرایز و شهوات را حیوانات نیز دارند چنان‌که فرمود:

ای برادر تو همان اندیشه‌ای   مابقی، تو استخوان و ریشه‌ای

در قسمت دوم حکایت، مولانا به مبحث جبر و اختیار گریزی می‌زند. در این قسمت از حکایت، «امیران معترض» کنایه از حامیان جبرند؛ و در بخشی دیگر مسئله‌ی تجسّم اعمال و جواب عمل را به نحو ماهرانه‌ای مطرح می‌کند.

پرنده و صیّاد

رفت مرغی در میان مرغزار   بود آن جا دام از بهر شکار

دانه‌ی چندی نهاده بر زمین   و آن صیاد آن‌جا نشسته در کمین

پرنده‌ای به چمنزاری رفت که در آن‌جا برای شکار دام گسترده شده بود و دانه‌هایی نیز در آن قرار داشت. صیّاد در آن‌جا به کمین نشسته بود و برای اغفال پرندگان، خود را با شاخه‌ها و برگ‌ها و گُل‌ها استتار کرده بود.

پرنده در فضای اطراف چرخی زد و به دام نزدیک شد و صیّاد را دید. به صیّاد گفت:

«ای سبزپوش، تو کیستی که در این بیابان در میان حیوانات وحشی نشسته‌ای؟»

صیّاد گفت:

«من مردی پارسا هستم که از دنیا و اهل دنیا بُریده‌ام و به برگ گیاهان صحرا قناعت کرده‌ام. چون مرگ را به خود نزدیک می‌دیدم، پارسایی و پرهیزکاری و دین‌باوری را برای خود برگزیدم. مرگ همسایه مرا موعظه کرده و مایه‌ی عبرت من شده و کار و بار مرا برهم زده است. چون سرانجام تنها خواهم ماند، پس نباید با هر مرد و زنی مأنوس شوم.[1] چون من سرانجام رو به گور خواهم نهاد، همان بهتر که با خداوند یکتا انیس باشم. ای محبوب، چون سرانجام چانه‌ام را خواهند بست، همان بهتر که کم‌تر حرف بزنم.»[2]

ای کسی که به پوشیدن جامه‌های زربفت و بستن کمربندهای فاخر عادت کرده‌ای، بدان که سرانجام باید جامه‌ای دوخته نشده بپوشی.[3] سرانجام به خاک روی خواهیم آورد، زیرا از خاک پدید آمده‌ایم. چرا ما آدمیان به چیزهایی علاقمند شده‌ایم که بقا ندارد و روزی از ما جدا می‌شود؟ ما اصل خلقت خود را که همان چهار عنصر طبیعی‌اند (آتش، آب، باد و خاک) فراموش کرده‌ایم و به امور دنیوی مشغول شده‌ایم.[4] روح

۱- چنان که در آیه‌ی ۹۴ سوره‌ی انعام فرموده: «[روز قیامت به آن‌ها گفته می‌شود:] همه‌ی شما تنها به سوی ما بازگشت نمودید، همان‌گونه که نخستین بار شما را آفریدیم....»

۲- رسم است که لحظات پس از مرگ، دهان شخص را می‌بندند. (شرح جامع مثنوی معنوی، ج ۶، ص ۱۴۱)

۳- مراد از «جامه‌ی ندوخته» کفن است که از سه قطعه پارچه به نام لُنگ و پیراهن و سرتاسری تشکیل می‌شود. پس ای کسی که برای دنیا و جاه و مال آن حرص می‌زنی، این است وصف الحال تو:

سرمایه‌ی تو در این جهان یک کفن است   آن هم به گمانم ببری یا نبری

۴- عَناصر اَربعه (چهار آخشیج) در نزد قدما عبارت بود از چهار عنصر اصلی که مدار وجود کائنات و جهانَ مادّی بر آن قرار دارد. این چهار عنصر عبارتند از آتش و آب و باد و خاک. بنابراین جهانِ موجودات از این چهار عنصر اصلی تشکیل شده است و طبع این عناصر نیز با یکدیگر تضاد دارند. (شرح جامع مثنوی معنوی، ج ۶، ص ۱۴۲)

انسان نیز با آن که از عالمِ ارواح مجرّده و عقول نورانیّه است، اصل خود را فراموش کرده.[1] اگر توبه‌ای محکم و حقیقی داشته باشی، می‌توانی ایمان از دست رفته را به دست آوری. مرکوب توبه، مرکوب عجیبی است، زیرا در لحظه‌ای قادر است از زمین به اوج آسمان بتازد.[2] مگذار که شیطان توبه‌ات را بشکند، چنان‌که ایمانت را ربود. مرکوب توبه‌ات را حفظ کن، تا مبادا شیطان و نفس امّاره آن را نیز بِبَرد. پس لازم است که لحظه‌به‌لحظه از این مرکوب نگه‌داری کنی.

پرنده به صیّاد گفت:

«ای آقا، خلوت‌نشینی مکن، زیرا در آیین حضرت احمد ترک دنیا کار خوبی نیست. آن رسول (محمّد) مردم را از ترک دنیا نهی کرده است. آیین حنیف احمدی چنان به جامعه گرایش دارد که مهم‌ترین عبادات آن نظیر نماز و حج و غیره جنبه‌ی اجتماعی یافته است. با صبر و شکیبایی رنج و گزندِ مردمان بداخلاق را تحمّل کردن و مانندِ ابر به آنان سود رساندن از ضروریات است. پدرجان، بهترین مردم کسی است که برای مردم سودمند باشد. اگر تو سنگ نیستی، چرا در وسط بیابان به سر می‌بری؟ سنّت پیامبر صراحت دارد که رهبانیّت و بریدن از جامعه کار درستی نیست.»

صیّاد گفت:

«هر کس که عقلی محکم و استوار نداشته باشد، در نظر عُقلا جمادی بیش نیست. همان‌طور که رهبانیّت و ترک دنیا در آیین حنیف احمدی جایز نیست، دوستی و هم‌نشینی با افرادی که فقط به شکم و شهوت می‌اندیشند جایز نیست، زیرا تیرگی قلب و افسردگی روح می‌آورد. به جز ذات حضرت حق، همه‌ی موجودات می‌پوسند و متلاشی می‌شوند.[3] همان‌طور که راهب از جامعه‌ی بشری می‌بُرد و به غارها و بیابان‌ها پناه می‌برد و مصاحب سنگ و کلوخ می‌شود، هم‌نشینان دنیاطلبان نیز از حقیقت انسانی و از انسان‌های راستین می‌بُرند و با دنیاطلبان که مانند سنگ و کلوخ، جامد و بی‌روح‌اند مجالست و معاشرت می‌کنند؛ زیرا هر کس عقل و خرد حقیقت‌شناس نداشته باشد، در نظر اهل خرد به منزله‌ی سنگ و کلوخ است. جمادات نمی‌توانند انسان را به گمراهی کشند؛ ولی از آدمیانِ منجمدی که به سبب بیگانه شدن از امور معنوی، روحی سرد و جامد دارند، آفات بی‌شماری می‌رسد. معاشرت‌کنندگان با اهل دنیا مغایر سنّت حضرت

۱- روح انسان در هُبوط (فرود آمدن از بالا) به عالم اجسام، اصل مجرّد و نورانی خود را از یاد برد. (همان کتاب، همان صفحه)

۲- چنان‌که تعدادی از کسانی که بعدها در ردیف طلایه‌داران عرفان و ایقان (باور کردن و به یقین رسیدن) قرار گرفته‌اند، در مقطعی از حیات خود از اعمالِ ناروا و فُجور ابایی نداشته‌اند؛ لیکن با توبه‌ای صادقانه راه آمدند و چنان به کمال رسیدند که خود اُسوه‌ی سالکان شدند. (شرح جامع مثنوی معنوی، ج ۶، ص ۱۴۵)

۳- اشاره است به آیات ۲۶ و ۲۷ سوره‌ی رحمان: «همه‌ی کسانی‌که روی آن [زمین] هستند فانی می‌شوند، و تنها ذات ذوالجلال و گرامیِ پروردگارت باقی می‌ماند.»

مصطفی عمل می‌کنند؛ زیرا همان‌طور که رهبانیّت، بدعت (عقیده‌ی تازه‌ی برخلاف دین) است و معارض سنّت نبی، دنبال اغنیا و دنیاداران افتادن هم برخلاف آیین حنیف احمدی است.»[۱]

پرنده به صیّاد گفت:

«ای صیّادی که می‌گویی من رهبانیّت اختیار کرده‌ام، مبارزه با نفس وقتی مورد دارد که تو در معرض وسوسه‌های شیطانی باشی و اسیر آن نشوی؛ نه آن‌که از جامعه بیرونی روی و در گوشه‌ای بخزی و آن‌گاه بگویی من آیین تقوا پیشه کرده‌ام. پاکی و تقوا وقتی معنی پیدا می‌کند که تو در معرض ناپاکی‌ها باشی؛ اگر در چنین جامعه‌ای به سر بردی و گمراه نشدی هنر کرده‌ای. پس رهبانیّت و گوشه‌نشینی نمی‌تواند بر صفای باطن کسی دلالت کند؛ لذا گفته‌اند اگر انجام طاعات و ترک نهی شده‌ها توأم با مشقّت نفس و تحمّل زحمت نباشد، قابل ستایش نیست. چون حضرت رسول الله پیامبر شمشیر بود، امّت او جنگ‌جویان و شجاعان‌اند. در دین ما مصلحت اقتضا می‌کند که مسلمان اهل مبارزه و قدرت باشد؛ لیکن در دین عیسی مصلحت اقتضا می‌کند که شخص در غار و کوه سکونت گزیند.»[۲]

صیّاد گفت:

«بله البتّه که حرف‌های تو درست است. به شرط آن‌که شخص، یاری و قدرتی داشته باشد تا با همه‌ی توان بر شر و فتنه بتازد؛ ولی اگر قدرتی در کار نباشد، بهتر است شخص از درگیر شدن پرهیز کند. در کاری که طاقت آن را نداری، به آسانی فرار کن.»[۳]

پرنده در جواب صیّاد گفت:

«صدق قول تو و خلوص درون تو موجب می‌شود طرفدارانی پیدا کنی. پس نگران یار مباش و به صداقت قلبی توجّه کن. تو از روی صدق و صفا یار حقیقت شو تا تعداد بی‌شماری از خلایق یاور تو شوند، زیرا بدون یاران هیچ کمکی به تو نمی‌رسد. ای پاک‌مرد، شیطان مانند گرگ است. از عنایت و هدایت راهنما و مرشد صالح خارج مشو که اسیر شیطان و شیطان‌صفتان خواهی شد. پس ای سالک صادق، از جمع مگریز که حضرت علی فرماید: دست خداوند بر سرِ جمع است و بپرهیزید از تفرقه و پراکندگی،

۱- لطف کلام مولانا در این است که از زبان هرکس حرف می‌زند، سخنش قانع‌کننده و اطمینان‌بخش است. هم دلایل صیّاد بر صحّت گوشه‌نشینی قابل توجّه است، و هم دلایل پرنده که طرفدار حشر و نشر با افراد جامعه است. (همان کتاب، ص ۱۵۴)

۲- مقصود از «جنگ و مبارزه» قتال نیست؛ بلکه شامل هر گونه فعالیّت مثبت و اصلاح گرانه‌ی اجتماعی است. حضرت عیسی نیز آن گونه که از اناجیل برمی‌آید، سراسر حیاتش در مبارزات اصلاح گرایانه در متن جامعه بوده است. (شرح جامع مثنوی معنوی، ج ۶، ص ۱۵۶)

۳- چنان که بسیاری از انبیا و اولیا وقتی می‌دیدند سخنانشان بر سرپیچی و لجاج قوم می‌افزاید، دست به هجرت می‌زدند. (همان کتاب، همان صفحه)

زیرا کسی‌که از مردم گسسته گردد اسیر شیطان شود؛ چنان‌که گوسفندی که از گلّه جدا مانَد طعمه‌ی گرگ شود.»[1]

سپس پرنده ادامه داد:

«این که گفتم باید رفیق همراه داشته باشی، منظورم آن‌کس نیست که در واقع دشمنِ عقل است و درصدد فرصتی است که متاعِ دین و ایمانت را برباید. هم‌چنین سعی کن با آدم‌های ترسو هم‌سفر نشو؛ چون به محضِ برخورد با کوچک‌ترین حادثه روحیه‌ی خود را می‌بازند و برای سرپوش نهادن بر ترس خود، به توجیهات عالمانه و عاقلانه متوسّل می‌شوند. خواه این سفر، سفر ظاهری باشد و خواه سیر و سلوک باطنی و اعتقادی. شخص ترسو، رفیق خود را نیز می‌ترساند. چنین همراهی را دشمن خود بدان نه دوستِ خود. راه حقیقت، راهی پُر آفت است؛ لذا هر کسی نمی‌تواند بدان درآید. راه دین به این دلیل آکنده از فتنه و بلاست، که هر آدم فرومایه‌ای بدان وارد نشود. در راه حقیقت همین ترس مانند غربالی که سبوس را از آرد جدا می‌کند، اشخاص را مورد امتحان قرار می‌دهد. راه طی شده سهل‌تر از راهی است که برای نخستین بار پیموده می‌شود. انبیا و اولیا راه سلوک را طی کرده‌اند و نسل‌های بعدی با پی‌گیری نشان پای آنان راه را در می‌نوردند. سالکی که به‌طور فردی سلوک می‌کند و راه را با خوشی و نشاط در می‌نوردد اگر همراه با رفیقان هم‌طریق سلوک کند، نشاط و شادی او صد برابر می‌شود.»

مباحثه‌ی پرنده و صیّاد طولانی شد؛ زیرا بر اثر هیجان، هم پرنده بی‌محابا حرف می‌زد و هم صیّاد.

پرنده چون گرسنه بود دانه‌ها را زیر نظر داشت و ناچار از صیّاد پرسید:

«این دانه‌های گندم مالِ کیست؟»

صیّاد جواب داد:

«این گندم امانتِ طفی یتیم است. چون قیّم ندارد و مرا امین می‌داند، موقّتاً آن را به منِ زاهد سپرده است.»

پرنده گفت:

«من، بیچاره و پریشان حالم، در این وقت حتّی خوردنِ مُردار نیز بر من حلال است.[2] ای مرد امین و محترم، من با اجازه‌ی شما از این گندم می‌خورم.»

صیّاد گفت:

«ای پرنده، تو می‌گویی چون من مضطرّم (درمانده، تهیدست) می‌توانم از این گندمِ که مال یتیم است به قدر سّد جوع بخورم و بر من هیچ گناهی نیست؛ امّا من شخصا

1- نهج‌البلاغه (مرحوم فیض‌الاسلام)، خطبه‌ی ۱۲۷، فقره‌ی ۶.

2- اشاره است به آیه‌ی ۱۷۳ سوره‌ی بقره: «خداوند، تنها (گوشت) مُردار، خون، گوشت خوک و آن‌چه را نام غیرِ خدا به هنگام ذبح بر آن گفته شود، حرام کرده است. ولی آن‌کس که مجبور شود، درصورتی که ستمگر و متجاوز نباشد، گناهی بر او نیست؛ (و می‌تواند برای حفظ جان خود، در موقع ضرورت از آن بخورد.)»

نمی‌دانم تو واقعاً مضطرّی یا نه. پس ملاک اضطرارِ تو قول خود توست. حال که در اضطراری، بهتر است از این گندم‌ها نخوری؛ و اگر هم خوردی، باید تعهّد کنی که به وقتِ تمکّن بهای آن را بپردازی.»

پرنده در آن لحظه در اندیشه فرو رفت که بخورد یا پرهیز کند. سرانجام نفسش سرکشی کرد. همین که پرنده از آن گندم خورد، به دام افتاد و چند بار سوره‌ی یس و انعام را خواند.[1] ای پرنده، پس از گرفتار آمدن، تأسّف خوردن و آه حسرت کشیدن چه فایده‌ای دارد؟ حسرت و تأسّف خوردن، باید پیش از گرفتار آمدن باشد. آن‌گاه که حرص و هوای نفْس به فعالیّت می‌افتد، در آن وقت است که باید بگویی: «ای خداوند فریادرس، به فریادم برس.» در آن وقت که شیطان تو را گمراه می‌کرد، می‌بایست سوره‌ی یس می‌خواندی.

پرنده وقتی که گرفتار دام شد گفت:

«اینست سزای کسی که به نیرنگ زاهدی گوش دهد.»

زاهد (صیّاد) گفت:

«نه، چنین نیست؛ بلکه سزای آن سبکْ مغزی است که مال یتیمان را به ناحق بخورد.»

سپس آن پرنده چنان به گریه و فغان پرداخت که دام و صیّاد از درد لرزان شدند. پرنده ضمن شیون و ناله می‌گفت:

«از بس افکار و اندیشه‌های ناسازگار و متضاد بر مغز و روحم هجوم آورده، عاجز شده‌ام. ای خداوند بیا بر سرم دست لطف و رحمت بکش. سایه‌ی لطف و عنایت خود را از سر من برمدار، زیرا واقعاً صبر و قراری ندارم. اگر من لایق لطف و عنایت تو نیستم، چه می‌شود که برای لحظه‌ای هم که شده احوال آدم نالایق غم دیده‌ای مثل مرا بپرسی؟»

پرنده ادامه داد:

«ای خداوندی که عالی‌ترین نور هدایتی، اگر مدد و توفیق تو به بنده‌ات نرسد، توبه‌اش دوامی نخواهد داشت. ای خدایی که همه‌ی هستی‌ام با مشیّت تو محو شده، چگونه ممکن است که هنگام نزول بلا به درگاهت تضرّع نکنم؟ چگونه به غیر تو پناه ببرم، درحالی‌که بدون مقام خداوندیِ تو، بنده‌ای وجود ندارد؟ ای خداوندی که اصل همه‌ی جان‌ها هستی، جان مرا بگیر؛ زیرا بدون مشاهده‌ی جمال تو، زندگی ارزشی ندارد.»

۱- یس، سی‌وششمین سوره از سُوَر قرآنی است. پیامبر در فضیلت این سوره فرماید: «هر چیزی قلبی دارد و قلب قرآن سوره‌ی یس است.» (مجمع‌البیان، ج ۹، ص ۴۱۳) این سوره را، هم برای محفوظ ماندن از آفات دنیوی و اخروی می‌خوانند و هم برای شخصی که نزدیک مرگ است. انعام نیز ششمین سوره‌ی قرآن است. عمده فضیلتی که برای تلاوت این سوره شمرده‌اند، برآمدن جمیع حاجات است.

به هر حال منظور مولانا از این‌که می‌گوید آن پرنده وقتی به دام افتاد این دو سوره را چند بار خواند، اینست که می‌خواست بدین وسیله راه نجاتی پیدا کند. (شرح جامع مثنوی معنوی، ج ۶، ص ۱۶۵)

حکایت پرنده و صیّاد یکی از عمیق‌ترین و جذاب‌ترین حکایات مثنوی است. محور اصلی این حکایت مسئله‌ی «خلوت و صحبت» است. آیا سالک برای تکمیل نفس و تهذیب قلب باید به کنج انزوا رود و از همنشینی با مردم بپرهیزد، یا باید داخل جمع شود و با عوامل تحریک نفس که لازمه‌ی زندگی اجتماعی است دست و پنجه نرم کند و با شکست دادن آن‌ها به تکمیل نفس رسد؟ کدام‌یک از دو مورد مذکور بهتر است؟ مولانا به قدری این حکایت تمثیلی را با مهارت شکل داده و دلایل برتری خلوت بر صحبت- و صحبت بر خلوت را به زیبایی بیان داشته است که خواننده دچار اعجاب و حیرت می‌گردد. لطف مطلب در این است که هم دلایل صیّاد محکم و قانع کننده است، و هم دلایل پرنده استوار و ایمان‌آور. و خواننده با شنیدن دلایل هریک از طرفین، بحث را خاتمه یافته می‌انگارد؛ درحالی‌که مولانا با ذهن روشن و نقّاد خود، همان دلایل مقبول را رد می‌کند و بحث اوجی دیگر می‌گیرد.

«صیّاد» نماد سالک اهل خلوت است، و «پرنده» نماد سالک اهل صحبت. داوریِ مولانا در مسئله‌ی خلوت و صحبت و رجحان آن دو، قطعی و کلّی و به‌صورت سلب و ایجاب نیست. یعنی نه قطعاً خلوت را مقبول دانسته و نه قاطعاً صحبت را مذموم شمرده؛ بلکه می‌توان گفت که مولانا خلوت و صحبت را منوط به احوال و مراتب سالکان دانسته است. لیکن خود، صحبت را بر خلوت =بهتر شمرده است، به شرط آن‌که حشر و نشر با صالحان باشد نه با طالحان.

همان‌طور که قبلاً گفته شد، شیوه‌ی قصّه‌گویی‌های مولانا به گونه‌ای است که شخصیّت‌های داستان در نقش منفی و مثبت ثابت و جامد نمی‌مانند، بلکه به اقتضای مقاصد معنوی پیوسته دگرگون می‌شوند. یعنی منفی، مثبت می‌شود و مثبت، منفی. لذا در بخشی از این حکایت، صیّاد نماد زاهدان ریایی است که برای رسیدن به هدف‌های نفسانی، طالبان حقیقت را به دام می‌افکند. این حکایت، متضمّن نغزترین نکات در سلوک است.

عاشق و معشوق

عاشقی بودست در ایام پیش
پاسبانِ عهد اندر عهد خویش
سال‌ها در بندِ وصلِ ماه خود
شاه ماتِ و ماتِ شاهنشاه خود

در روزگاران پیشین عاشقی بود که از عشقْ بسیار دم می‌زد و خود را مشتاق سینه‌چاک معشوق نشان می‌داد و بر عهد و پیمان خود مواظبت داشت. سالیانِ سال در حال‌وهوای وصال معشوقِ زیباروی خود بود. سرانجام جوینده یابنده است، زیرا فتح و گشایش زاییده‌ی صبر است.

روزی معشوق به او پیغام داد که امشب به فلان جا بیا و به انتظار من باش تا نزدت بیایم.

عاشق وقتی آن مژده را شنید و دید که ماه تابانش از پشت گرد و غبار غیبت بیرون آمده، به شکرانه‌ی آن، قربانی کرد و صدقه داد. آن عاشق غم دیده به امید تحقّق وعده‌ی معشوق صمیمی خود، شب در وعده‌گاه حاضر شد و منتظر ماند. امّا چون مدّت انتظار به طول انجامید، جناب عاشق از فرط خستگی روی زمین ولو شد و به خوابی عمیق فرو رفت.

معشوق آمد و دید که عاشق روی زمین به خواب رفته است. پس برای تأدیب او کمی از آستین او را پاره کرد و مقداری گردو در جیب او گذاشت. یعنی تو را چه به عشق! تو هنوز بچّه‌ای و باید بروی «گردو بازی» کنی!

سحرگاه وقتی عاشق از خواب پرید و متوجّه‌ی آستین پاره و چند عدد گردو شد، با خود گفت:

«شاه (معشوق) ما یکپارچه صداقت و وفاداری است. هر بلایی که بر سر ما می‌آید از خود ماست.»[1]

ای دلِ بی‌خواب، ما به خواب غفلت دچار نمی‌آییم.[2] ما مانند عاشقان الهی تا سحر بیداریم. گردوهای ما در این آسیاب شکسته شد، و هرچه از اندوه خود بگوییم کم است.[3]

ای نکوهشگر، من دیوانه‌ی حضرت حقّم و از این دیوانه، احوال و اندیشه‌هایی به

____

۱– منظور مولانا: آنان که مدّعی طلب حقاند و هنوز کمال نیافته‌اند، مانند اطفال بازیگوش‌اند. درحالی که اگر طلب، حقیقی و عاشقانه باشد، شخص هیچ‌گاه از معشوق خود غافَل نمی‌شود و خواب غفلت او را نمی‌رباید. (شرح جامع مثنوی معنوی، ج ۶، ص ۱۸۵)

۲– در این جا مولانا گریزی می‌زند به اصحاب کمال و عاشقان وصال که خود او نیز از زُمره‌ی آنان است. (همان کتاب، همان صفحه)

۳– تعلّقات جسمانی عاشقان، در آسیای عشق الهی خُرد و متلاشی شده است. اندوه عاشقان، با اندوه ابنای دنیا فرق دارد؛ زیرا اندوه آنان زاییده‌ی فراق حق است، و اندوه دیگران ناشی از مسائل مبتذل دنیوی. اندوه عاشقان بی‌انتهاست. (همان کتاب، صفحه ۱۸۶)

ظهور می‌رسد که به مذاق عقلای حرفه‌ای خوش نمی‌آید. پس آنان می‌آیند و به من اندرزهای رسمی و قالبی می‌دهند، غافل از آن‌که این نصایحِ سرد و ناخوشایند در من تأثیری نمی‌نهد. من گول دوره‌ی هجران را نمی‌خورم. من این موضوع را آزمایش کرده‌ام. دیگر چقدر آزمایش کنم؟[1] هرکس که فاقد عشق حقیقی و جنون الهی باشد، خدا را نشناخته است. چنین کسی، در فراق حق است. امّا مراد از این جنون، جنون مافوق عقل است نه مادون عقل. ای‌که دیوانگیِ مرا نکوهش می‌کنی، هرچه سریع‌تر زنجیری که مخصوص بستن دیوانگان است بردار و مرا با آن بِبند که من زنجیر عقل و تدبیر را گسسته‌ام. ولی مواظب باش که آن زنجیر از جنسِ گیسوان معشوق نیک‌بختم باشد. اگر به‌جز آن گیسوان، دویست زنجیر هم که بیاوری همه را پاره می‌کنم.[2] وقت آن رسیده است که من از تعلّقات نفسانی و دنیایی خالی و برهنه شوم. نقوش و صُوَر دنیوی را ترک گویم و به کمال تجرید و روحانیّت برسم. ای خداوندی که با قدرت کامله‌ی خود خواب را از چشمانم گرفته‌ای، تو در این جهان چه یار سنگدلی هستی![3] ای حضرت معشوق، کاری کن که صبر و قرار از من گرفته شود، زیرا صبر و قرارْ حجاب میان من و توست؛ و عشقی که در حجاب صبر مستور نشود، عشق کامل است و زودتر به وصال معشوق می‌رسد.

ای معشوقی که دل ما خانه و کاشانه‌ی توست، تا من نسوزم کِی دل عشق خنک می‌شود؟ تو خانه‌ی خود را می‌سوزانی، بسوزان. کیست که بگوید: «این کار جایز نیست؟» زین پس، سوختن را مقصود نهاییْ‌ام کنم، زیرا من شمعم و با سوختن روشن می‌مانم.

۱- برای این که عشّاق را فریب دهند و از سعی و تلاش برای وصال به معشوق بازدارند، می‌گویند: «هر عاشق باید دوره‌ی فراق و هجرانِ معشوق را تحمّل کند.» این حرف هم، حرف درستی نیست، زیرا اگر عاشق واقعاً عاشق باشد لحظه‌ای نمی‌تواند فراق را تحمّل کند. پس این سخنانِ یاوه را ساخته‌اند که عشّاق را از شور و حرارتِ آتشین سرد و فسرده سازند.

این کلام از منظری دیگر که مناسب با قول اکبرآبادی است قابل تأمّل می‌باشد: عارف واصلی که خود را هیچ‌گاه از حضرت حق جدا نمی‌داند، می‌گوید: «هجران معنی ندارد. من‌که در هر لحظه وصال را می‌بینم.» چنان‌که حضرت سیّدالشهداء در بخشی از دعای عرفه می‌فرماید: «تو چه وقت غایب بوده‌ای که برای یافتنت نیاز به دلیلی باشد؟ و تو چه وقت دور بوده‌ای که نمودهای جهان، مرا به تو رساند؟ کور باد چشمی که نظارت تو را بر خود نبیند.» (شرح جامع مثنوی معنوی، ج ۶، ص ۱۸۶)

وجه دیگر که مناسب با قول بحرالعلوم است: عارف عاشق همیشه در هجران است، زیرا عارف عاشق به هر تجلّی از تجلیات حق رسد، باز خواهان تجلّی بالاتری است؛ و چون تجلیات الهی نهایت ندارد، پس عارف عاشق مادام‌العمر در هجران است. (مثنوی مولوی معنوی، ج ۶، ص ۵۸)

۲- در تعابیر رسمی صوفیه «زلف» عبارت است از تجلیات جلالیه‌ی حضرت حق. در این‌جا تجلیات پیوسته‌ی حضرت حق، به گیسوان مجعّد و زنجیره‌وار تشبیه شده است. پس دیوانه‌ی عشق الهی را فقط تجلیات حق مقیّد می‌کند، نه الفاظ و اقوال عقلای حرفه‌ای و جز آن. (شرح جامع مثنوی معنوی، ج ۶، ص ۱۸۷)

۳- «سخت‌دل بودن یار»، کنایه از صعب‌الحصول بودن و یا ممتنع‌الحصول بودن معرفت ذات الهی است. (همان کتاب، صفحه ۱۸۸)

پدر جان، از خواب غفلت بدر آی و همنشین بیدارانِ حقیقی شو. به اینان که مجنون شده‌اند نگاه کن که در راه وصال حضرت معشوق، مانند پروانه شده‌اند. به کشتی خلایق که در دریای عشق غرق شده است نگاه کن.

به‌راستی که این جوی، یعنی جویِ فنا و بذل موجودیّتِ خود، نظیر و مانندی ندارد.

ای سالک عاشق، برو که تا ابد از این جوی بیرون نخواهی آمد.[1]

٭ ٭ ٭

مولانا در این حکایت بیان می‌فرماید که اگر آدمی در عشق و طلبْ صادق نباشد، مانند طفل بازیگوش محسوب می‌شود و نشاید که از عاشقی دم زند.

۱-سالکی که موجودیّت کاذب خود را در وجود حقیقی فانی سازد و به وصال حضرت معشوق رسد و ذوق و لذّت این وصال را چشد، هرگز حاضر نیست که مجدّداً به منِ کاذب خود و لذّات و شهوات نفسانی باز گردد. (شرح جامع مثنوی معنوی، ج ۶، ص ۱۹۰)

پادشاه و رامشگر

اعجمی ترکی سحر آگاه شد   وز خمار خمر مطرب‌خواه شد

مطرب جان مونس جانان بود   نقل و قوت و قوت مست آن بود

امیری در سحرگاه حالت مستی‌اش از شرابخواری شب گذشته‌اش زائل شد و احساس کسالت و سردرد کرد و به بی‌خوابی دچار شد. لذا مطربی طلب کرد تا با ساز و آوازِ او مشغول شود و از خماری به نشاط درآید.

ای مستِ حق و سالکِ طریق، «جان» مانند مطربان و رامشگران، انیس و مونس مستانِ الهی شده است. آن مطرب روحانی، شیرینی حال و رزق معنوی و توان روحی را به مستان عشق الهی عطا می‌کند.[۱] احوال مست و مطرب در یکدیگر تأثیر می‌نهد، مطرب با الحان شورانگیز خود، مست را مست‌تر می‌کند و حالات شوریده‌ی مست نیز مطرب را به مستی و شوریدگی وامی‌دارد؛ و مجدّداً مست از مستانگی مطرب، مست‌تر می‌شود؛ خلاصه‌ی مطلب، آن دو بر یکدیگر تأثیر متقابل دارند.[۲] هرکه از شراب عشق الهی نوشیده باشد، به طرف عارفانِ راستین می‌رود؛ و مستانِ شراب شیطانی، به طرف رامشگران اهل لهو و لعب جذب می‌شوند و به سبب آنان بر سر ذوق و حال می‌آیند. گرچه به هر دو شراب (یعنی شراب رحمانی و شراب شیطانی) می‌گوییم شراب یا باده، ولی تفاوت میان آن دو از زمین تا آسمان است؛ نیز میان مطرب روحانی و مطرب شیطانی تفاوت است.

مطرب گفت:

«ای کسی که تو را نمی‌بینم، جامی لبریز به من بده. با آن‌که حق‌تعالی حقیقتِ هستیِ موجودات است، با این‌حال شدّتِ قربِ او، سبب پوشیدگی و پنهان شدنش از انظار شده

۱- مولانا طبق اصل تداعی معانی با ذکر «مطرب»، به مطرب روحانی منتقل می‌شود و از صورت حکایت به کلّی خارج می‌گردد و به ایراد نکات معنوی می‌پردازد.

«مُطرب جان» یعنی مطربی که از نوع جان است. امّا مطرب جان کیست؟ آیا روح لطیف و قدسی مستانِ بادهِ‌ی عشق حق است؟ دراین‌صورت منظور اینست که روح لطیف مستان الهی پیوسته نغمهِ‌ی توحیدی سر می‌دهد. آیا مراد از «مطرب جان» حضرت حق است؟ در این صورت منظور اینست: خداوند مطرب و رامشگر مستان است. اوست که با نغمه‌های دل‌انگیز خود مستان بادهِ‌ی عشق ربّانی را به نشاط در می‌آورد. هم‌چنین ممکن است منظور از «مطرب جان»، عارفانَ ربّانی است که با کلمات حیات‌بخش و نغمات روح‌افزای خود مستان را به سرورَ و طرب می‌انگیزند. (شرح جامع مثنوی معنوی، ج ۶، ص ۱۹۸)

۲- هادی، طالب را به سوی احوال روحانی می‌برد؛ و چون طالب بدان احوال رسید، هادی نیز از آن حالات روحانی شادمان می‌شود. (همان کتاب، ص ۱۹۹)

است.[۱] تو از رگ گردنم به من نزدیک‌تری.»[۲]

مُطرب در حضور امیر، اسرار ازل را در پرده‌های موسیقی آشکار کرد. آن بنده‌ی عاشقِ حضرت حق‌تعالی، راز و نیازش را با شعر و موسیقی چنین بیان داشت:

«شگفت اینست که تو ازمن جدا نیستی و نمی‌دانم که من کجا هستم و تو کجایی؟[۳] گاه با لطف و گاه با خشم، مرا مجذوب خود می‌کنی.»

مطرب همین‌طور لب به «نمی‌دانم» گشود و پی‌درپی می‌خواند: «نمی‌دانم، نمی‌دانم.» چون «نمی‌دانم نمی‌دانمِ» مطرب از حد گذشت و امیر چیزی از آن ابیات دستگیرش نمی‌شد، خشمگین از جا پرید و گرزی به دست گرفت تا بر سر مطرب بکوبد. یکی از سرداران سپاه گُرز را از دست امیر گرفت و او را دعوت به بردباری نمود.

امیر نادان، مطرب را سخت سرزنش کرد که:

«چرا از نمی‌دانم دم می‌زنی؟ مقداری هم از می‌دانم بگو. سخن بلیغ بگو تا مقصودت را خوب بیان کنی. ای گیج، چیزی را بگو که می‌دانی، این‌قدر بانگِ نمی‌دانم نمی‌دانم سر مده.»

مطرب گفت:

«زیرا مقصود من پنهان است. مادام‌که به نفی‌های مقدّماتی و لازم نرسی، به اثبات حقیقی دست نخواهی یافت؛ لذا من نفی کردم تا تو از اثبات بویی ببری. تا هستیِ مجازی و منِ کاذب خود را نفی نکنی و از خودبینی و زوائد بربسته‌ی خود دست نکشی، به معرفت هستیِ حقیقی نائل نخواهی شد. پس به مصداق کلمه‌ی شریفه‌ی لااِلهَ الاّالله ابتدا همه‌ی معبودهای ساختگی را از قبیل اسم و رسم و جاه و مال و شهواتِ حیوانی و تفاخر به علم و غیره را نفی کن تا به معبودِ بالحق برسی. من خواستم تو را از قالب‌های ساختگی و تصنّعی‌ات خارج کنم تا به حقیقت نائل شوی. این ساز را با نغمه‌ی منفی نواختم تا آن‌گاه که مُردی مرگ، راز بقا را برای تو بازگو کند.»[۴]

❊ ❊ ❊

۱- چنان‌که حکما گویند: «هر گاه چیزی از حدّش در گذرد، به ضدّ خود تبدیل می‌شود. مثلاً خورشید در فاصله‌ی معیّنی از زمین باعث رویش و حیات در کره‌ی زمین می‌شود؛ ولی همین که مقداری از حدّ کنونی به زمین نزدیک‌تر شود، همه‌چیز را نابود می‌کند. پوشیدگی و ناپیدایی حضرت حق از شدّت بُعد نیست، بلکه از شدّت قرب و ظهور است. چنان‌که چشم ما نور خورشید را با واسطه می‌بیند؛ ولی به محض آن که به قرص خورشید مستقیماً نگاه کنیم، آن را نمی‌تواند ببیند و نور از ما مخفی می‌شود و چشم تیره و تار می‌گردد. (همان کتاب، ص ۲۰۶)

۲- اشاره است به آیه‌ی ۱۶ سوره‌ی ق: «ما به انسان از رگ گردنش نزدیک‌تریم.»

۳- چنان که در قسمتی از آیه‌ی ۴ سوره‌ی حدید آمده: «هرجا باشید، او با شماست.»

۴- مُراد از «مرگ» در این‌جا، مرگِ اختیاری و موت ارادی است که عبارت است از میراندنِ منِ کاذب، محو هویّتِ تصنّعی و مجازی خود. (شرح جامع مثنوی معنوی، ج ۶، ص ۲۲۶)

(۲۸۲)

مولانا از زبان مطرب، جوابی به آن امیر می‌دهد که آن جواب یکی از مبانی مکتب عرفانی اوست. و آن این‌که اوّلاً مقصود مرا درک نتوانی کرد؛ ثانیاً اگر من با نفی آغاز کردم بدین جهت است که تا هستی مجازی و منِ کاذب خود را نفی نکنی، به حق نتوانی رسید.

پس هر سالکی ابتدا باید جمیع معبودهای ساختگی خود را نفی کند تا به معبودِ حقیقی رسد، و این همان بقای بعد از فنای صوفیه است.

بِلال و عشق احمدی

تن فدای خار می‌کرد آن بلال

خواجه‌اش می‌زد برای گوشمال

که چرا تو یاد احمد می کنی

بنده‌ی بد، منکر دین منی

بِلال حبشی برده‌ی یکی از بزرگان مکّه بود.[۱] وقتی‌که به آیینِ حنیف احمدی گرایید، صاحبش برآشفت و برای گسستنِ رشته‌ی ایمان او روزهای متوالی وی را در حرارت آفتاب با تازیانه تنبیه می‌کرد و به بلال می‌گفت: «چرا دائماً از حضرت احمد یاد می‌کنی؟ هم غلام ناسازگاری هستی و هم آیین مرا انکار می‌کنی.» و بلال در زیر ضربات تازیانه پیوسته «اَحَد اَحَد» می‌گفت.

روزی ابوبکر صدّیق از آن حوالی می‌گذشت و آن شکنجه و این پایداری را دید و دلش بر او سوخت.

ابوبکر بعد از آن واقعه بلال را تنها دید و به او سفارش کرد:

«نیازی به اظهار ایمان نداری، چون خداوند به اسرار درون آگاه است. زین پس با کافران از دین و ایمانِ خود چیزی مگو تا به شکنجه و اعتراض آنان دچار نگردی.»

بلال گفت:

«ای بزرگمرد، اینک نزدِ تو توبه کردم.»

باز فردای آن روز گذار ابوبکر به آن ناحیه افتاد و صدای احد احدِ بلال و زدن تازیانه را شنید و آتش و شراره‌ای از کانون قلبش زبانه کشید. دوباره ابوبکر در موقعیّتی مناسب به بلال سفارش کرد: «ایمانت به محمّد را مخفی بدار.» و بلال مجدّداً توبه کرد، یعنی قول داد که در نزد کافران اظهار ایمان نکند. امّا مدح عشق دوباره بر قلب او تاختن آورد و توبه‌اش را به کام خود درکشید.

بلال هربار که از افشای اسرار ربوبی توبه می‌کرد، مدّتی نمی‌گذشت که آن را می‌گسست. تا آن‌که سرانجام از «توبه کردن» توبه کرد، زیرا که او دلشده‌ی عشق محمّد بود و عشق ذاتاً سرکش است.

بالاخره بلال در کمال صراحت اعتراف کرد که بر آیین اسلام است و جسم و جان خود را تسلیم بلا و انتقام حق‌ستیزان می‌کند و گفت: «ای محمّد، ای کسی‌که دشمن توبه‌ها هستی. ای محمّد که شکننده‌ی توبه‌ی عاشقانی چون من هستی، ای کسی‌که تمام اجزای وجود من از عشق تو آکنده است، تو بگو آخر چگونه ممکن است توبه در جسم و جانم بگنجد؟ بعد از این، توبه را از دلم بیرون می‌کنم. آخر چطور ممکن است که از زندگی جاودان توبه کنم؟

۱- بِلال، غلام یکی از کفّار قریش به نام اُمَیّة بن خلف بود. (ابن حشام، ج ۲، ص ۳۳۸)

عشق، پیروز است و من مغلوب عشقم. من چه ناتوان باشم و چه قدرتمند، در هر دو حالت مطیع آن نبی کریم هستم. پس همان‌طور که ماه از خورشید نور می‌گیرد، من (بلال) نیز از خورشید وجود حضرت محمّد انوار معنوی می‌گیرم.»[۱]

پدر جان، اگر می‌خواهی به دریافت تجلّیات حق نایل شوی، از هر چیزی که آتش خودبینی و انانیّت را در تو می‌افروزد حذر کن. دوباره حیات الهی در جویبار وجود ما جاری شد، و دوباره شاه ما که شاه حقیقت است به کوی ما باز آمد. بخت و اقبال معنوی خرامان و دامن‌کشان می‌آید و وقتِ توبه شکستن را اعلام می‌کند.[۲] توبه را از دلم برکَنْد و با خود بُرد و عقل را از مراتب سطحی و ظاهری باز داشت.[۳] ما در این شبِ دنیا مانند عشّاق الهی، از شراب عشق الهی مست خواهیم شد؛ لذا از هستی مجازی خود صرف‌نظر می‌کنیم، زیرا مادام که از «خود» رهایی پیدا نکنی، عاشق حق نشوی. از نوشیدن شرابِ معنوی که روح و جان را تقویت می‌کند، ما به کمال ذوق و کشف رسیدیم. دوباره محفل روحانی ما رونق یافت؛ بلند شو برای رفع چشْم زخم حاسدان و خصومت بدخواهان، اسفند دود کن تا رفع زیان از این مجلس شود. هرچند جسم بلال مانند هلال ماه، باریک و زرد شده بود، ولی ضربات تازیانه در نظرش مانند گُل و گُلزار، لطیف و دلنشین جلوه کرده بود.

ابوبکر چون دید که بلال نمی‌تواند در مقابل عشق محمّد و خدای واحد خویشتن‌داری کند، نزد پیامبر رفت و ماجرای او را بیان کرد. ابوبکر گفت:

«بلال که در مراتب عالیه‌ی جهانِ برین سِیر می‌کند، گرفتار عشق تو شده است. بلال مانند گنجی عظیم است. او را در زیر آفتاب شکنجه می‌کنند تا اَحَد اَحَد گفتن را ترک گوید. من به او بسیار اندرز دادم که دین خود را پنهان کند و رازِ دل خود را از کافران ملعون پوشیده دارد؛[۴] ولی او (بلال)، چون عاشق است نمی‌تواند اسرار الهی را پوشیده دارد، چون که عشق با ملاحظه‌کاری‌های عقلانی جور درنمی‌آید. گویی قیامت برای

۱- از این جا به بعد، مولانا حالت خلسه و جذبه‌ی خود را از زبان بلال بازگو می‌کند. (شرح جامع مثنوی معنوی، ج ۶، ص ۲۸۷)

۲- «توبه شکستن» در این‌جا اشاره به توبه‌ی بلال است که می‌خواست ایمان خود به حضرت حق را از بدخواهان پنهان کند. امّا مولانا در این ابیات به گونه‌ای حرف می‌زند که گویی با هستی متّحد شده است. مولانا به کرّات با خود قرار می‌گذاشته که در برابر بیگانگان کشف اسرار نکند، ولی جوشش و غلیان عشق سبب می‌شد که این قرار و مدارها برهم خورَد. (شرح جامع مثنوی معنوی، ج ۶، ص ۲۸۸)

۳- مضمون این ابیات، هم با احوال بلال سازگار می‌آید و هم با احوال مولانا. بلال به سبب غلبه‌ی عشق نمی‌توانست به نصایح عاقلانه‌ی آن ناصح که می‌گفت ایمانت را از مشرکان پوشیده دار عمل کند. احوال مولانا نیز همین‌طور بوده است. او هرگز به اندرزهای عقل جزیی و عقلای حرفه‌ای و عافیت‌طلب گوش نمی‌سپرد.

۴- در اصطلاح کلامی به این کار تقیّه گفته می‌شود و آن، خودداری از اظهار عقیده و مذهب خویش در مواردی است که ضرر مالی یا جانی متوجّه‌ی شخص باشد. (فرهنگِ فارسی دکتر محمّد معین)

بلا برپا شده که درِ توبه رویِ او بسته شده است (و بلال دیگر قادر نیست از کشف اسرار ربوبی توبه کند.)»

حضرت محمّد مصطفی از شنیدن حکایت بلال شادمان شد و به ابوبکر فرمود:

«اکنون چاره چیست؟»

ابوبکر گفت:

«این بنده قصد دارد که او را از صاحبش خریداری کند. هر قیمتی که صاحبِ بلال بگوید قبول می‌کنم و او را از صاحبش می‌خرم و به ضرر و زیان ظاهری این داد و ستد نگاه نمی‌کنم.»

حضرت محمّد مصطفی ابوبکر را در این کار تشویق کرد و به او فرمود:

«ای جوینده‌ی دولت و اقبال معنوی، در این داد و ستد، من نیز شریک تو می‌شوم. تو وکیل من باش و نصف بهای او را از جانب من بپرداز و سپس بهای آن را از من بگیر.»

ابوبکر گفت:

«سراپا مطیعم، به رویِ چشمم.»

و در همان لحظه به طرف خانه‌ی آن کافر یعنی صاحب بلال رفت. او ضمن رفتن با خود می‌گفت:

«این گوهر یعنی وجود شریف بلال از هر دو جهان ارزشمندتر است، حواسم جمع باشد که این گوهر را از صاحب بلال که قدر او را ندارد، به هر قیمتی بخرم.»

ابوبکر حلقه‌ی در را به صدا درآورد. چون کافر در را باز کرد، ابوبکر بی‌خویش و بی‌اختیار به خانه‌ی او وارد شد و نشست و سخنانِ تلخ و گزنده بسیار گفت.

گفت:

«ای‌که با نور ایمان و معرفت عناد می‌ورزی، این دیگر چه کینه‌ای است که تو داری؟ چرا این ولیِّ خدا را کتک می‌زنی؟ اگر تو در آیین خود که شرک و بت‌پرستی است، صدق و صفایی داری، چگونه دلت می‌آید که نسبت به این انسان راستین و صادق ستم روا داری؟ ای ملعون ابدی خدا و خلق، همه را در آینه‌ی وارونه نمای قلب خود مبین.»

ای رفیق طریق، اگر سخنان حکیمانه‌ای را که در آن لحظه از دهان صدّیق (ابوبکر) بیرون آمد به تو بگوییم، دست و پایت را گم می‌کنی. گرچه سخنان حکیمانه بر زبان ابوبکر جاری می‌شد، ولی آن سخنان از او نبود، بلکه از معدن الهام ناشی می‌شد.

کافری که صاحب بلال بود به ابوبکر گفت:

«اگر دلت به حال بلال می‌سوزد، ای سخاوت‌منش، طلا بده و او را از من بخر».

ابوبکر به وی گفت:

«من غلامی دارم بسیار زیبا، ولی او نیز مثل تو کافر است. گرچه پوست تن او سفید است، ولی دلش از انکار کفر سیاه شده است. آن غلام را به تو می‌دهم و در عوض این

غلامِ سیاه و روشن‌ضمیر (بلال) را به من بده.»

سپس ابوبکر کسی را فرستاد به منزل خویش و آن فرستاده‌ی بزرگوار، رفت و غلام را آورد. آن غلام بسیار زیبا بود. غلام چنان زیبا و جذّاب بود که آن کافر (صاحب بلال) دچار حیرت شد و دل سنگ او تکان خورد.

ای هوشمند، ظاهرپرستان چنین حالی دارند، یعنی آنان فریفته‌ی صورت و قالب‌اند و به معنا توجّهی ندارند. لذا دلِ سنگ و سختشان از مشاهده‌ی صورت و قالبی زیبا، مانند موم نرم می‌شود.

آن کافر وقتی علاقه‌ی ابوبکر را به بلال دید، طمع بر وی غالب شد و به اصطلاح اقدام به گران‌فروشی کرد و گفت:

«باید علاوه بر دادن این غلام زیبا رخسار، مقداری پول نقد هم بدهی والّا معامله فسخ می‌شود.»

ابوبکر دویست درهم نیز اضافه پرداخت کرد تا آن‌که حرص و طمع آن کافر ارضا شد. آن کافرِ قسّی‌القلب از روی استهزا و دشمنی قهقهه‌ای سر داد و گفت:

«اگر در خرید این غلام سیاه جدّیت و شیفتگی نشان نمی‌دادی ، من از روی دشمنی این قدر جوش نمی‌زدم و حتّی حاضر بودم او را معادل یک دهم مالی که به من پرداختی بفروشم. زیرا بلال پیش من نیم درهم هم نمی‌ارزد، امّا تو با دادوقالت قیمت را بالا بردی.»

صدّیق (ابوبکر) در جواب آن کافر گفت:

«ای سبک مغز، تو مانند کودکان، جواهری را با دانه گردویی مبادله کردی؛ زیرا که بلال در نظر من به دو جهان می‌ارزد. من باطن‌بینم و تو ظاهربین. بلال به منزله‌ی طلای نابی است که برای محفوظ ماندن از حسادت حاسدانی که در حماقتِ خانه‌ی دنیا زندگی می‌کنند، ظاهرش سیاه شده است.[1] چشم ظاهری و محسوس‌بین چون در حجاب جسم و مقتضیات عالم محسوسات مات و مبهوت شده، نمی‌تواند حقیقت روح قدسی را بشناسد؛ لذا تو شیفته ظاهر شده‌ای و نمی‌توانی ضمیر تابناک بلال را بشناسی. اگر در فروش بلال بیش‌تر چانه می‌زدی، همه‌ی ثروت و مال خود را به تو می‌دادم. امّا چون تو بلالَ را ارزان به‌دست آورده‌ای، آسان هم از دستش دادی و به زودی خواهی دانست که چه ضرری کرده‌ای. بخت و اقبال حقیقی، در لباس غلامان پیش تو آمد؛ ولی چشم ظاهربینِ تو به جز ظاهر چیز دیگری را ندید. تو فقط بندگی بلال را دیدی نه آقایی او را، لذا صفتِ ناپسند تو در حقّ او جفا کرد.»

۱- مولانا در بیت ۲۱۶۹ دفتر چهارم می‌گوید مسافران کاروان‌ها طلاها و جواهرات خود را دوده‌اندود می‌کردند تا از یغمای حرامیان در امان مانَد. از کلام فوق استنباط می‌شود که نباید تمام کمالات و فضائل خود را برای دیگران ظاهر کرد، مبادا حسادت بددلان انگیخته شود. (شرح جامع مثنوی معنوی، ج ۶، ص ۳۱۱)

ابوبکر افزود:

«ای یاوه‌گو حال که ظاهربینی، غلام مرا که صورتی سفید و زیبا دارد ولی از کفر سیاه شده است، بگیر مالِ تو باشد. این غلام را بگیر و در عوض بلال را به من بده. ما هر دو سود بُرده ایم؛ امّا سودِ تو مجازی است و سود من حقیقی. ای کافر، بهوش باش که دین شما برای شما و دین من برای من است.»[1]

سپس ابوبکر دست بلال را گرفت و از آن خانه بیرون شد. بلال اینک می‌رفت تا به محضر شریف پیامبر رسد.

همین‌که بلالِ مجروح، رخسار محمّد مصطفی را دید، بیهوش شد. بلال تا دیر زمانی در حالت محو و استغراق روی زمین افتاد و همین‌که به خود آمد، از شدّت شادی به گریه درآمد. حضرت محمّد مصطفی او را در آغوش کشید.

کسی چه می‌داند که با آن دیدار چه موهبتی به بلال رسید؟ مثلاً مسّی که با کیمیا برخورد کند، چه حالی می‌یابد؟ مسلماً به طلا تبدیل می‌شود و ارتقا پیدا می‌کند. یا مثلاً فقیری که به گنجینه‌ای سرشار دست یابد چه حالی پیدا می‌کند؟ گویی مثلاً ماهی نیمه جانی به دریا راه یافته است؛ و یا کاروان گمگشته راهی، راه را پیدا کرده است. بلال نیز از رهایی خود، این‌گونه شادمان بود. آن گفتارهای نورانی که پیامبر در آن لحظه به بلال فرمود، حتّی شب را به روز مبدّل می‌کرد. تو خود نیک می‌دانی که آبِ زلال به گُل‌ها و درختانِ نورُسته چه می‌گوید.

حضرت محمّد مصطفی گفت:

«ای صدّیق (ابوبکر)، به تو گفتم که مرا نیز در این کار جوانمردانه شریک کن.»

ابوبکر گفت:

«ما هر دو غلام آستان کوی تو هستیم. من بلال را به خاطر گُل روی تو و در راه حق آزاد می‌کنم. تو مرا به عنوان غلام نزد خود نگه‌دار، من هیچ نوع آزادی از تو نمی‌خواهم، زیرا آزادی من در اینست که غلام تو باشم. بدون وجود تو زندگی برای من مایه‌ی رنج و ستم است.»

سپس ابوبکر گفت:

«ای پیامبری که به منزله‌ی خورشید معنوی هستی، به محض آن‌که تو را دیدم، حقیقت وجود خود را پیدا کردم. دریافتم که حقیقت انسان، پوست و گوشت و استخوان نیست، بل گوهری است لطیف و نورانی. همین‌که تو را دیدم، جانم در دریای عظمت معنوی غرقه گشت. من در جست وجوی نور بودم که نورالانوار را دیدم.»

ای قوم، مژده بادا که هنگام گشایش رسید. ای قوم، شادمانی سر دهید که تنگی بر طرف شد. آفتاب وجود پیامبر به خانه‌ی وجود بلال رفت. ای بلال، قبلاً از ترس دشمن کافر، نام

____

۱- اشاره است به آیه‌ی ۶ سوره‌ی کافرون: «دین شما برای خودتان، و دین من برای خودم.»

حضرت حق را زیر لب می‌گفتی؛ ولی اینک به کوری چشم او بر فراز دیوار برو و اذان بگو.[1]

❉ ❉ ❉

حکایت بلال، از ژرف‌ترین حکایات مثنوی معنوی است. مولانا در این حکایت نکاتی را در بیان آورده است. از جمله از آن‌جا که بلال کتمان ایمان خود را برنمی‌تابد و پیوسته اظهار ایمان می‌کند، به توصیف عشق می‌پردازد. در آن‌جا که کافر از دادوستدِ به ظاهر سوداآورش سخت سرمست و شاد می‌گردد، به نقد صورت‌گرایی و ظاهرپرستی می‌پردازد. و در انتهای حکایت با بیانی زیبا، استغراقِ (همه را فرا گرفتن، غرق شدن) اولیا را در بلایا و رنج‌های دنیوی بازگو می‌کند.

۱- یکی از احکام که در سال اوّل هجری صدور یافت، حکم اذان بود. پیش از آن‌که این حکم مقرّر شود، مسلمانان بی‌آن‌که دعوت و اعلامی خاص در میان باشد، هنگام نماز در مسجد حضور می‌یافتند. تا این‌که پیامبر در سال اوّل هجری با اصحاب مشورت فرمود که برای اعلام اوقات نماز چه علامتی به کار برند؟ برخی زدن بوق را پیشنهاد کردند، برخی نواختن ناقوس و برخی دیگر افروختن آتش را مطرح ساختند. تا آن‌که حکم اذان صادر شد. و چون بلال صدای رسا و صوتی زیبا داشت، برای گفتن اذان انتخاب شد. ارتفاع دیوار مسجدالنبی به اندازه‌ی قامت یک شخص معمولی بود و چون وقت نماز فرا می‌رسید، پیامبر به بلال می‌فرمود: «بر فراز دیوار شو و اذان بگو.» (ادوار فقه، ص ۱۵۵)

(۲۸۹)

عجوزه‌ی زشت‌رو

بود کمپیری نود ساله کلان
پرتشنج روی و رنگش زعفران
چون سر سفره رخ او توی توی
نیک در وی بود مانده عشق شوی

پیرزنی نود ساله با چهره‌ای زرد و پُر از چروک و قامتی خمیده و دهانی بی‌دندان، هنوز میل به شوهر در وجودش باقی بود؛ امّا چون جوانی و زیبایی نداشت، نمی‌توانست شوهری پیدا کند.

خدا نکند که حتّی کافران هم در دوره‌ی پیری اسیر حرص و آز باشند. بدبخت آن کسی‌که خدا چنین حرصی و آزی بدو داده است.[۱] وقتی‌که انسان پا به سن بگذارد و مرد راه حق نشود، تو باید نام او را عجوزه‌ی کهن‌سال بگذاری، خواه مرد باشد و خواه زن. چنین شخصی نه سرمایه‌ای معنوی دارد و نه مقامی باطنی و نه استعداد پذیرش مایه‌های معنوی را؛ خلاصه به موجودی عاطل تبدیل می‌شود. نه می‌تواند دلِ کسی را شاد کند و نه حتّی می‌تواند شادمان شود، نه معنویّتی دارد و نه استعداد اخذِ معنویّت از دیگری.

خلاصه‌ی کلام همه‌ی قوا در دوره‌ی پیری تعطیل و یا نیمه تعطیل می‌شود؛ امّا ممکن است حرص و طمع به شدّت افزایش یابد. چنین شخصی نه به معنویّت و کمال احساس نیاز می‌کند و نه جمالی دارد که بدان ببالد. لایه لایه‌ی وجودش مانند پیاز، بوی تعفّن می‌دهد. او نه طریقی را درنوردیده است، و نه پای راه رفتن دارد. آن فاحشه نه گرمای روحی دارد و نه آه و سوزِ ایمان و عرفان و عواطف، مانند آهن سرد، عاری از حرارت روحی و گرمای معنوی است.

روزی در همسایگیِ آن پیرزنِ شهوی جشنی برپا شد و او را نیز بدان محفل دعوت کردند. پیرزن برای آن‌که به چهره‌ی خود صفایی دهد بساط آرایش پهن کرد و آینه‌ای مقابل خود گرفت و با موچین زیر ابرو برداشت و با بند، موهای زائد صورت را زدود و بعد از آن، سرخاب و سفیداب و دیگر موادّ آرایشی به صورت مالید تا صورت پرچین و چروکش را بپوشاند و مانند نگین جمع خوبرویان گردد.

ولی از آن‌جا که چهره‌ای در هم شکسته داشت، این تمهیدات مؤثّر نیفتاد. پس ناچار به سوی مُصحَف شریف (قرآن) رفت و با قیچی تذهیب‌های آن را بُرید و بر صورتش چسباند و روی آن را با موادّ آرایشی پوشاند و به آینه نگاهی رضایت‌آمیز انداخت؛ ولی چون می‌خواست چادر سر کند، تذهیب‌ها ورآمد و روی زمین افتاد. پیرزن خم شد و آن‌ها را برداشت و با تُف به

۱- حریص شکم و زیر شکم بودن برای همگان زشت و قبیح است، به‌خصوص سالخوردگان. اینست که حضرَت مولانا دعا می‌کند که این صفت زشت حتّی گریبان کافران را نیز نگیرد، تا چه رسد به کسانی که خود را پرهیز کار می‌نامند. (شرح جامع مثنوی معنوی، ج ۶، ص ۳۶۰)

صورتش چسباند، ولی دوباره کَنده شد و افتاد.

آن خوبرو چون خیلی کوشید که آن تذهیب‌ها نیفتد ولی نتیجه‌ای نداد، از کوره در رفت و زیر لب گفت:

«لعنت بر شیطان! لعنت بر شیطان!»

در همان لحظات که شیطان را لعنت می‌کرد، شیطان بلافاصله در نظر او مجسّم شد و گفت:

«ای فاحشه‌ی خشکیده‌ی ناشایست، من در تمام عمرم چنین مکری به ذهنم خطور نکرده است، و این کار را جز از تو فاحشه از کسی ندیده‌ام. ای عجوزه‌ی پلید، بدعتِ (رسم تازه، چیز نوپیدا و بی‌سابقه) ایمان‌سوزی باب کردی و با این نیرنگی که آوردی ریشه‌ی کتب آسمانی را زدی. در جهان قرآنی نمانده است، مگر آن‌که آن را پاره‌پاره کرده‌ای و تذهیب‌های آن را به صورتت چسبانده‌ای. تو همه‌ی ارزش‌های معنوی را وسیله‌ی هواهای نفسانی خود کرده‌ای. ای پیرزن، دست از سرم بردار که تو خود به تنهایی به اندازه‌ی صد شیطان و لشکریانِ انبوه او مکر و خدعه می‌دانی.»

شیطان ادامه داد:

«آخر چقدر می‌خواهی زینت علوم کتب آسمانی را بدزدی و چهره‌ی خود را مانند سیب بدان بیارایی؟! آخر چقدر سخنان رجال الهی را می‌دزدی تا با آن، فضل‌فروشی کنی و از این و آن احسنت و آفرین بشنوی؟ رنگِ مصنوعی نتوانست صورت تو را سرخ و بانشاط کند. سرانجام که چادرِ مرگ یعنی کفنْ تو را فرو پوشد، جمیع زیورهای ساختگی از روی تو فرو خواهد افتاد. همین که مرگ، بانگِ برخیز برخیز سردهد، در آن لحظه همه‌ی هنرها و فضائل ساختگی و علوم ناشی از قیل و قال محو و فانی شود. صبر کن تا جهان سکوت پدید آید. وای به‌حال کسی که با آن جهان خو نگرفته است.»

باز هم شیطان گفت:

«یکی دو روز سینه‌ی خود را از زنگار حرص و شهوت جلا بده؛ زیرا که زلیخای پیر از سایه‌ی عنایت و دعای یوسف نیکبخت دوباره جوان شد. مزاج بسیار سردِ آدمیانِ عاری از معنا، بر اثر خورشید گرمِ عشق الهی دگرگون می‌شود. به سبب سوز دل حضرت مریم شاخه‌ای خشک به نخلی‌تر و تازه مبدّل می‌شود.[۱] ای پیرزن با قضا و قدَر تا کی می‌خواهی ستیزه کنی؟ اینک به دنبال نقد باش و گذشته را رها کن. چون امیدی به زیبا شدن چهره‌ی تو نیست، خواه روی آن سرخاب بمال و خواه مرکّب، زیرا فرقی نمی‌کند.»

✳ ✳ ✳

۱- اشاره است به آیه‌ی ۲۵ سوره‌ی مریم. «آن روز که مریم سالم بود، مائده‌ی آسمانی برایش نازل می‌شد؛ امّا امروز که باردار و بی کس است، باید درخت خرما را تکان دهد تا غذایی به دست آورد.

حضرت مولانا برای بیان این نکته که کمالات تصنّعی و کاذبْ رسوائی‌زا و فصاحت‌بار است، حکایت پیرزن را آورده.

نیز این حکایت وصف‌الحال کسانی است که با وجود زشتی باطن می‌کوشند که ظاهری خوشایند برای خود سازند و دیگران را فریب دهند. در قسمت پایانی این حکایت، پیرزنِ مذکور نماد کسانی است که چهره‌ی فضیح (رسوا) و پلید باطنی خود را با آرایه‌های کتب الهی مزیّن می‌سازند.

تخمِ نادر در فضیحت کاشتی	در جهان تو مُصحَفی نگذاشتی

سلطان محمود و غلام هندو

رحمه‌الله الیه گفته است

ذکر شه محمود غازی صفته است

کز غزای هند پیش آن همام

در غنیمت اوفتادش یک غلام

سلطان محمود غزنوی در جنگ با هندیان جوانکی هندی را به غنیمت گرفت. سلطان، او را بر تخت شاهانه نشانید.

آن جوانک، بر این تخت مجلّلِ زرّین در کنار آن پادشاهِ بزرگ نشست؛ امّا با سوز و گداز می‌گریست و اشک می‌ریخت.

سلطان به او گفت:

«ای نیک‌بخت، چرا گریه می‌کنی؟ آیا نگون‌بخت شده‌ای؟ تو برتر از شاهانی، تو اینک هم‌نشین پادشاهی.[1] تو روی تخت شاهانه نشسته‌ای و وزیران و سپاهیان مانند ستاره و ماه در مقابل تختت صف کشیده‌اند.»

جوانک گفت:

«بدان سبب می‌گریم که در آن شهر و دیاری که بودم مادرم همواره مرا از تو می‌ترسانید و هرگاه می‌خواست مرا نفرین کند، می‌گفت: «الهی که روزی به چنگ سلطان محمود بیفتی! پدرم وقتی این نفرین را می‌شنید، دلش به حالم می‌سوخت و به مادرم نهیب می‌زد که آخر ای زن، مگر نفرین قحط است که در حقّ این بچّه چنین نفرین هولناکی می‌کنی؟! من از بگومگوی پدر و مادرم تصوّر مهیبی از تو در ذهنم ساخته بودم. امّا کجاست مادرم که اینک بیاید و مرا بر تخت خسروانه مشاهده کند؟»

ای ناتوانِ بی‌ظرفیّت، «فقر» همان محمود توست که خودِ طبیعی‌ات دائماً تو را از او می‌ترساند.[2] فقر، شفای دردهاست و به جز فقر هر آن‌چه هست، مرض است. دنیا سراسر خدعه و فریب کاری است؛ و فقر نسبت به این جهان، گنجینه و مال است.[3]

۱- اگر این کلام را بر مبنای تأویل شرح دهیم، (معنای حقیقی و تحقق عینی آیات) مراد اینست که انسانِ کامل برتر از فرشتگان است. (شرح جامع مثنوی معنوی، ج ۶، ص ۴۰۴)

۲- مراد از «فقر» در این‌جا فقر عارفانه است، نه فقری که معلول مناسبات ظالمانه‌ی اجتماعی و اقتصادی و عدم توزیع عادلانه‌یَ ثروت می‌باشد. واضح است که چنین فقری منفور همگان است و جمیع مصلحان با آن مبارزه کرده‌اند. امّا مراد از فقر عارفانه، بر کندن حُبّ دنیا و ظواهر آن از دل است.

۳- پس فقیر در زبان عرفا کسی است که خود را از ماسوَی الله خالی کند چه قلباً و چه قالباً؛ و چون این تهی گشتن کامل شد، او می‌ماند و حضرت حق. این‌جاست که عرفا گفته‌اند: «هر گاه فقر به کمال رسد، همو حضرت حق است.» یعنی وقتی سالک از ماسوَی الله خالی شد، از «هو» پُر شود؛ پس چنین فقری، غنّی اغنیاست. در واقع او فقیر الی الله و غنّی ماسوَی‌الله (هر چیز غیر از خدا) است. مولانا در این کلام می‌فرماید: «چنین فقری، آدمَی را به غنای حقیقی می‌رساند؛ امّا منِ کاذب و خودِ غریزی از آن می‌رمد.» (همان کتاب)

عاقبتِ کسی‌که با این‌گونه فقر اُنس و الفت دارد، ستوده و بادا.

ای ترسو، فقر در مَثَل چون سلطان محمود است؛ یعنی از دور مهیب است و از نزدیک، بخشنده. به حرف مادر خود طبیعی و منِ غریزی‌ات که گمراه‌کننده است گوش مده. اگر تو به وسیله‌ی فقر عارفانه صید شوی، یقیناً در روز قیامت مانند آن جوانک اشک شوق خواهی ریخت. گرچه بدن در پرورش دادن تو مانند مادر، شفیق و مهربان است؛ امّا نسبت به مصلحت حقیقی تو از صد دشمن، دشمن‌تر است. زیرا اگر روح تحت سرپرستی جسم قرار گیرد، از سعادت اخروی محروم شود.

ای رفیق طریق، بهوش باش و مانند آن کودک هندی که از سلطان محمود ترسان بود، مباش. قدم پیش گذار و از **فقر و فنای عارفانه** که به ظاهر مهیب و به باطن محبوب است نترس. از وجود مجازی و هویّت کاذبی که به آن گرفتار آمده‌ای بترس و حذر کن. هم خیالات تو هیچ است و هم خود تو هیچی؛ مگر آن‌که هستیِ موهومت را در هست مطلق مستحیل سازی.[1] جهان، سراب و نمود است و موجودات آن برحسب واقع، «نیست» هستند. همین‌که خیالات بی‌اساست رفع شد و حضرت حق بر تو تجلّی کرد، آن‌چه نسبت به تو نامعقول می‌آمد بر تو عیان کند. «هست» مطلق فراتر از حیطه‌ی افکار و عقول است؛ و چون وجود موهوم خود را فانی سازی و از خودبینی بِه در آیی، آن هست بر تو تجلّی کند.

✳ ✳ ✳

حضرت مولانا برای بیان این که غافلان، چاه دنیا و لذّات حیوانی آن را خوش می‌دارند و صحرای ریاضت و معنویّت را خطرناک می‌انگارند، حکایت سلطان و غلام را آورده و در ضمن آن، مسئله‌ی فقر و فنای عارفانه را عنوان کرده است.

فقر و فنا از منظر ظاهربینی و عافیت‌طلبی، مهیب و ترس‌آور است، چه آدمی باید از دنیا و مافیها چشم پوشد. لیکن وقتی آدمی بر تلخی ظاهری آن شکیبایی کند و بدان مقام رسد، آن را بس زیبا و جذّاب بیند؛ چون در آن مقام، به بقای حقیقی رسد.

لذا ابنای دنیا که در خام‌اندیشی مانند اطفال‌اند، مادام که از مادر نفْسِ خود اطاعت می‌کنند و قدم در راه تهذیب نفس ننهاده‌اند، فقر و فنا را پُرآفت و مهیب بینند؛ لیکن وقتی به وادی سلوک درآیند و منازل آن را یکان‌یکان در نوردند و به مقام فقر و فنا رسند، در می‌یابند که چه منزل کریمی است! و قدر آن بدانند و آن فقر را به پادشاهی ندهند. پس «سلطان محمود» در این حکایت، کنایه از مقام فقر و فنای عارفانه است.

۱- مُستحیل: جسمی که تبدیل به جسم دیگر شده، و از حالی به حالی در آید. (فرهنگ فارسی دکتر محمّدمعین)

(۲۹٤)

فقیر گنج‌طلب

آن یکی بیچاره‌ی مفلس ز درد

که ز بی‌چیزی هزاران زهر خورد

لابه کردی در نماز و در دعا

کای خداوند و نگهبان رعا

فقیری مُفلس که از فرط فقر جانش به لب رسیده بود، در اثنای نماز و نیایش تضرّع می‌کرد و می‌گفت:

«ای خداوند و ای نگهبان نگهبانان، حال‌که مرا بدون هیچ‌گونه کوششی آفریده‌ای، در این دنیا بدون سعی و تدبیر به من روزی بده. پنج حسّ ظاهری به من دادی، پنج حسّ باطنی دیگر به من عطا کردی.[1] شکر این عطای تو خارج از حساب و شمارش است. من از بیان عظمت و اهمیّت این عطا درمانده و شرمگینم. چون در آفریدن من تنها تو دست داشته‌ای، رزق مرا نیز خودت خودت روبه‌راه کن.»

او سال‌ها این‌گونه دعا می‌کرد و سرانجام نیز ناله و زاری او مؤثّر افتاد و دعایش به اجابت رسید. گاهی به سبب تأخیر پاداش و جزای دعایش، از دعا کردن دلسرد می‌شد و دعا را کافی برای رسیدن به مقصود نمی‌دانست. امّا دوباره یاد این مطلب می‌افتاد که خداوند مؤکّداً بندگان را به دعا فراخوانده و اجابت دعای آنان را تعهّد کرده است؛ لذا از سستی در دعا بیرون می‌آمد و با حرارت دعا می‌کرد.

وقتی‌که آن بنده به سبب عجز و درماندگی از تلاش در دعا نومید شد، شبی در خواب، سروش غیبی به او گفت: «ای رنج کشیده، برو در میان کاغذ باطله‌های کتاب‌فروشی‌ها، نوشته‌ای پیدا کن.[2] پنهانی بی‌آن‌که کتاب‌فروشِ همسایه‌ات متوجّه شود، به سراغ کاغذ پاره‌هایش برو. در میان کاغذ باطله‌ها کاغذی به این شکل و رنگ پیدا کن و ای اندوهگین، آن را در گوشه‌ی خلوتی بخوان و طبق دستور عمل کن تا به گنجی عظیم دست یابی. بهوش باش که اگر دیر

۱- حواس ظاهری عبارت است از: لامسه، چشایی، بینایی، شنوایی و بویایی؛ و حواس باطنی در علم‌النفس قدیم بدین قرار است: خطاپذیری حافظه، ادراک خیالی، حضوری بودن تخیل، حافظه و حسّ مشترک که در روانشناسی جدید معادل ادارک حسّی است. (شرح جامع مثنوی معنوی، ج ۶، ص ۵۰۹)

۲- هر گاه سالک با مجاهده و ریاضت نفس، دل خود را از نفسانیات پاک کند، مطابق با شأن و مرتبه‌اش حقایقی از عالم ملکوت بر او آشکار می‌شود. گاه این انکشاف در خواب به او دست می‌دهد و به صورت رؤیاهای صادقه بر او معلوم می‌گردد؛ و گاه میان خواب و بیداری و یا صرفاً در بیداری حقایقی بر او مکشوف می‌شود که آن را اصطلاحاً واقعه گویند. تفاوت عمده‌ی «واقعه» و «رؤیای صادقه» به جز در نحوه‌ی وقوع مکاشفه اینست که در رؤیا حقایق به صور خیالیه نمودار می‌گردد، امّا در واقعه حقایق از حجاب صورت‌های خیالی بدر آمده و به تجرید (پیرایش) محض رسیده‌اند. (مرصادالعباد، ص ۲۸۹)

(۲۹۵)

به مقصودت رسیدی هرگز ناامید مشو و آیه‌ی لا تَقْنَطُوا مِن رَحْمَةِ الله (از رحمت الهی نومید نشوید) را وِردِ زبان خود کن.»[1]

همین‌که آن جوان از اتّصال به عالم غیب جدا شد و به خود آمد، از شدّت شادی در گیتی نمی‌گنجید. یکی از شادی‌های او این بود که علیرغم علل و اسباب طبیعی، دعایش مستجاب شد. چون آن جوان خالصانه نیایش کرد، روحش به کمال تهذیب (پاکی) و تجرید (پیرایش) رسید و در آن‌حال از کمند محسوسات ارضی و سماوی رهید. تا شاید حُجُب نورانی نیز بردرَد و به لقای الهی نایل گردد.

وقتی‌که سالک بر اثر کثرت ریاضات، یکی از حواسش مثلاً قوّه‌ی شنوایی‌اش از حجاب محسوسات بدر آید، اندک اندک از سایر حواس او نیز کشف حجاب گردد. چنین سالکی چیزهایی می‌شنود که دیگران نمی‌شنوند. چیزهایی می‌بیند که دیگران به دیدنش قادر نتوانند بود. در آن حالت سخنان مردم را دریابد و به باطن اشخاص واقف گردد و صداهای دور را بشنود و چیزهای دور را ببیند و در مرحله‌ی بعدی چنان لطیف شود که هرجا بخواهد تواند رفت و از چشم هرکه خواهد تواند پنهان گشت. مثل فرشته شود.

آن شخص به طرف مغازه‌ی کتابفروشی رفت و چون داخل مغازه شد به بهانه‌ی ارزیابی خریدارنه، به هر طرف دست می‌برد و اوراق و دست‌نوشته‌ها را زیر و رو می‌کرد تا نوشته‌ی موعود را بیابد. آن نوشته (گنجنامه) مطابق با مشخّصاتی که سروش غیبی گفته بود به چشمش خورد. نوشته را پنهانی برداشت و به صاحب مغازه گفت: «آقا، خدا خیرت دهد. خداحافظ.»

آن فقیرِ دعاگو به گوشه‌ی خلوتی رفت و شروع به خواندن آن گنجنامه کرد و از مطالب عجیب آن مات و مبهوت ماند. با خود می‌گفت: «آخر چطور ممکن است که چنین گنجنامه‌ی ارزشمندی که قیمت بر آن نتوان گذاشت، در میان مشتی کاغذ باطله افتاده باشد؟» امّا بلافاصله یاد این نکته می‌افتاد که نگه‌دارنده‌ی حقیقیِ هرچیز حضرت حق است. خداوندی که همه‌چیز را تحت حفاظتِ خود قرار داده، کی می‌گذارد کسی چیزی را سر خود برُباید؟ در آن مکتوب (گنجنامه) این مطالب نوشته شده بود:

«در بیرون از شهر، گنجی مدفون است. در فلان گنبدی که قبری در آن قرار دارد. پشتت به آن گنبد باشد و رویت به جانب قبله و سپس تیری در کمان قرار بده. ای نیک‌بخت، همین‌که تیر از کمان افکندی، هرجا که تیرت افتاد آن‌جا را حفر کن.»

پس آن جوان کمانی محکم و قوی آورد و تیری به پهنه‌ی فضا پرتاب نمود. با شادی فراوان، بیل و تبری آورد و محلّ سقوط تیر را حفر کرد تا گنج را پیدا کند. مدّت زیادی خاک

را کاوید و برداشت تا این‌که خسته گردید، امّا از گنج پنهان اثری ندید.

به‌همین‌ترتیب هر روز تیری می‌انداخت، امّا محلّ گنج را نمی‌یافت. چون او این‌کار را پیوسته انجام می‌داد، رفته‌رفته در شهر به ویژه میان مردمی که صفت فضولی در آن‌ها قوی است، پچ‌پچی افتاد و کار آن بی‌چاره نیز به وسیله‌ی آنان لو رفت.

آن فضول‌هایی که فقیرِ گنج‌طلب را زیر نظر داشتند، پادشاه را از این قضیّه باخبر کردند. آدم‌های فضول مخفیانه به شاه خبر دادند که فلانی گنج‌نامه‌ای پیدا کرده است.

فقیر گنج‌طلب چون شنید که کارش لو رفته و شاه نیز از آن قضیّه باخبر شده است، به تحویل گنج‌نامه به شاه رضایت داد؛ چون اگر تحویل نمی‌داد، حتماً تحت شکنجه قرار می‌گرفت. لذا گنج‌نامه را به نزد شاه بُرد و به او تسلیم کرد.

فقیر گنج‌طلب به شاه گفت:

«من این گنج‌نامه را پیدا کرده‌ام؛ امّا تاکنون هرچه کوشیده‌ام گنجی ندیده‌ام، ولی در عوَض رنج بی‌حدّی تحمّل کرده‌ام. یک ماه است که بدین صورت پریشان و ناکام مانده‌ام، زیرا گنجی به دست نیامده است تا سود و زیان آن را مشاهده کنم. شاید اقبال تو ای شاهِ فاتح و قلعه‌گشا پرده از اسرار این گنج بردارد.»

ماه‌ها پادشاه به قصد یافتن گنج تیر می‌انداخت و گودال حفر می‌کرد. هرجا که کمانگیری چابک‌دست بود، شاه به او دستور داد که تیراندازی کند و همه‌جا را به دنبال گنج جست‌وجو کرد؛ امّا به‌جز اضطراب و اندوه و کار بی‌حاصل نتیجه‌ای حاصل نیامد. گنج موعود به منزله‌ی سیمرغ بود که اسم دارد، ولی وجود ندارد.

وقتی‌که پیدا شدن گنج بسیار به تأخیر افتاد، شاه سراسر بیابان را قدم به قدم کَند، امّا نتوانست به گنجی دست یابد. سپس از روی خشم و غضب گنج‌نامه را جلوی آن فقیر پرت کرد.

شاه به فقیر گنج‌طلب گفت:

«این گنج‌نامه‌ی بی‌خاصیّت را بگیر که چنین چیزی لایق آدم بی‌کاری مثل توست. کندن و کاویدن بیهوده‌ی زمین کار آدم‌هایی نیست که واقعاً کاری دارند.»

ای برادر، کسی‌که دارای عقل معاش و عافیت‌طلب است، با حساب و کتاب حرکت می‌کند. اوّل جوانب سود و زیان هر کاری را می‌سنجد و سپس بدان کار می‌پردازد. پس این‌گونه افراد قدم در راهی نمی‌گذارند که امیدی به توفیق نباشد. ولی عشّاق چون در قید سود و زیان کاسب‌کارانه نیستند، به راه‌هایی قدم می‌گذارند که هیچ‌گونه سود دنیوی از آن نمی‌رود. عشق، گستاخ است، امّا عقل جزئی چنین نیست؛ بلکه عقل خواهان چیزی است که حتماً سودی از آن عایدش شود. عشق، از منافع دنیوی در می‌گذرد و گستاخی نشان می‌دهد، و در فشارِ بلاها و مصائب مانند سنگ زیرین آسیاست. عاشق همه‌چیزش را در راه معشوق می‌بازد و توقّع مزد و پاداش ندارد. او

همان‌طور که جان خود را از حضرت حق، پاک و خالص دریافت کرده؛ آن را پاک و خالص و بدون چشمداشت و عوض، در راه حضرت معشوق بذل می‌کند. همان‌طور که حضرت حق بدون علّت و غرض بدو هستی بخشیده؛ او نیز بدون چشمداشت و بدون غرض، هستی خود را در راه او نثار می‌کند. اهل مذهب (نوعاً) در دین‌داری و عبادت خود، یا به دنبال اجر و ثواب اخروی هستند و یا به دنبال رهایی از دوزخ؛ امّا عشّاقِ ایثارگر، فدائیان حضرت معشوق‌اند.

فقیر دوباره کار را از سرگرفت. امّا مگر گنج پیدا می‌شد؟! آن فقیر که از یافتن گنج مأیوس شده بود، دل خود را قبله ساخت و به نیایش پرداخت و با دلی شکسته عرضه داشت:

«ای خداوندی که به اسرار و رموز آگاهی، به خاطر یافتن این گنج تکاپوی بیهوده کردم. نفس امّاره‌ی من بی‌هیچ صبر و درنگی جویای گنج بود. برای یک‌بار هم شده به خودم نگفتم: حالا که من مطمئن نیستم گنج در کجاست، حلّ این مشکل را از خداوندی بخواهم که گره‌ی کارها و گشایش آن‌ها به دست اوست. ولی من به علم خود اعتماد کردم و اینست که راه به جایی نبرده‌ام.»

سپس آن فقیر گنج‌طلب تضرّع‌کنان عرضه داشت:

«پروردگارا، از شتابی که در یافتن گنج کردم توبه می‌کنم؛ از آن‌رو که تو در را بسته‌ای، خودت آن را بگشای. یک‌بار دیگر لازم است که به سوی خِرقه و فنای عارفانه بروم، زیرا من در دعا کردن هم هیچ فضل و کمالی ندارم... .»[1]

آن فقیر گنج‌طلب در گرماگرم دعا و راز و نیاز بود که الهامی به او رسید و از جانب حضرت حق‌تعالی مشکلش حل شد.

الهام حق به او این‌گونه خطاب کرد: «ای درویشِ دلریش، آن هاتف که قبلاً به خواب تو آمد، به تو فقط این را گفت که تیری در کمان بگذار. ولی کی به تو گفت که زهِ کمان را با تمام نیرو بکش؟ آن هاتف به تو نگفت که کمان را محکم بکش. پس تو باید فقط تیر را در کمان بگذاری، نه آن‌که آن را تا می‌توانی بکشی. امّا تو فضولی کردی و خودسرانه کمان را بر بازوانت بلند کردی و در کمانگیری به هنرنمایی پرداختی. برو کمان را محکم مکش، بلکه فقط در کمان تیری بگذار و در فکر این مباش که تیری به هوا پرتاب کنی. هرجا که تیر افتاد، همان‌جا را حفّاری کن. بر قدرت شخصی خود تکیه مکن، بلکه طریق تضرّع و خشوع قلبی گنج طلا را پیدا کن.»

فقیر بر همان نهو عمل کرد، تیر پیش پایش افتاد و فوراً آن مکان برکاوید و گنج یافت.

ای نیک‌اندیش، آن کسی‌که از رگ گردن انسان بدو نزدیک‌تر است، او همان حضرت حق است؛ امّا تا حالا کار تو این بوده که تیرِ اندیشه‌ات را به مسافت‌های

۱- «بر سَر خِرقه شدن»، کنایه از رسیدن به مرتبه‌ی نیستی و فنای عارفانه است. (شرح جامع مثنوی معنوی، جَ ۶، ص ۶۱۲)

دوردست پرتاب کنی. گنج حقیقت در توست. ای کسی‌که کمان و تیرهایی فراهم آورده‌ای، شکار نزدیک توست؛ امّا تو تیرها را به دوردست‌ها پرتاب می‌کنی. هرکس تیر اندیشه و تعقّل خود را دورتر پرتاب کند و اهل قیل‌وقال باشد، مسلماً از گنج حقیقت وجود خویش دورتر است.

مانند همین فقیر گنج‌طلب که برای یافتن گنج و معدن ثروت، در هر بامداد کمانی دوراندازتر می‌جست؛ غافل از آن‌که کمان‌های قوی‌تر و دوراندازتر، او را از گنجی که در زیر پایش قرار داشت دورتر می‌کرد. آن فقیر هرچه کمان‌های دوراندازتر به کار می‌گرفت، از گنج و راه وصول بدان دورتر می‌شد.

❋ ❋ ❋

این حکایت، یکی از داستان‌های بس عالی و حسّاس مثنوی و حاوی نکات دقیق اخلاقی و عرفانی و اجتماعی است.

پیام مولانا در این حکایت اینست که گنج حقیقت بیرون از انسان نیست، بلکه درون اوست. با این حساب می‌توان این حکایت را تفسیر آیه‌ی وَ نَحْنُ اَقْرَبُ اِلَیْهِ مِنْ حَبْلِ الْوَرید (خداوند از رگ گردن به انسان نزدیک‌تر است) دانست.

هم‌چنین در این حکایت، مسلک فلسفیان و اصحاب قیل‌وقال، در قالب تمثیل و به نحو ماهرانه‌ای مورد نقد واقع شده است. تفکّرات زائد نه‌تنها راه به گنج حقیقت نمی‌بَرد، بلکه آدمی را به بیراهه‌ی اوهام و اضطراب می‌کشانَد. تیراندازانِ دورانداز، تمثیل اینان است.

موش و قورباغه

از قضا موشی و چغزی باوفا

بر لب جو گشته بودند آشنا

هر دو تن مربوط میقانی شدند

هر صاحی گوشه‌ای می‌آمدند

موش و قورباغه‌ای باوفا به‌طور تصادفی در کنار جویباری با هم آشنا شده بودند. آن‌ها هر بامداد به گوشه‌ای می‌آمدند و با هم دیدار می‌کردند. موش و قورباغه مصاحبتی دوستانه با هم داشتند و سینه از خیالات فاسد می‌زدودند. دلِ هردو از دیدار هم باز می‌شد و از دلتنگی و ملامت می‌رهیدند. او قصّه می‌گفت، این می‌شنید و این قصّه می‌گفت او می‌شنید. آن موشِ سرمست چون با آن قورباغه‌ی شادمان همنشین می‌شد، سرگذاشت چندساله‌ی خود را به یاد می‌آورد و برای قورباغه تعریف می‌کرد.

کلامی که از عمقِ دل سربرآورَد، نشانه‌ی دوستی و الفت میان همنشینان است؛ و بسته شدن نطق و کلام، نشانه‌ی عدم اُنس و الفت میان آن‌هاست.[1] دلی که شخص موردِ علاقه‌ی خود را ببیند، چگونه ممکن است که گرفته و اخم‌آلود باقی بماند؟ هرگاه دوست با دوست حقیقی همنشین شود، سخنان خصوصی و اسرار بسیاری مکشوف گردد.[2] در فکر و ضمیر ولیِّ مرشد معارف کثیری وجود دارد، چندان‌که اسرار دو جهان را برای طالب حقیقت آشکار می‌سازد. دوست حقیقی در امر ارشاد، راهنمای طالب حقیقت است؛ به این خاطر محمّد مصطفی فرموده است.

روزی موش به قورباغه گفت:

«ای چراغ عقل و هوش، آن اوقاتی که می‌خواهم با تو گفت‌وگو کنم، تو در میان آب داری جست‌وخیز می‌کنی. من در کنار جویبار نعره‌ها می‌زنم، امّا تو در میان آب ناله‌ی عشّاق را نمی‌شنوی. چون دیدار و گفت‌وگوی ما دو نفر محدود و منوط به اوقاتی خاص است، من در این وقتِ تعیین شده از گفت‌وگو با تو سیر نمی‌شوم.»

ای مشتاق راز و نیاز به حضرت بی‌نیاز، نماز که بندگان را به آستان الهی راهنمایی می‌کند، در پنج وقت تعیین شده است؛ ولی عشاق دائماً در حال نماز به سر می‌برند. خُماری که عشّاق در سر دارند، نه با پنج نوبتِ نماز برطرف می‌شود و نه با پانصد هزار

۱- این کلام حاوی نکته‌ای بس دقیق است. دو یا چند تن که در جایی جمع شوند اگر میانشان سنخیّت و مؤانستی نباشد، نمی‌توانند با هم گرم و صمیمانه حرف بزنند. یا بیش‌تر وقت را به سکوت می‌گذرانند، یا اگر حرفی هم بزنند از دل نیست، بلکه تصنّعی و فقط برای شکَستن سکوت است. امّا اگر میان آنان سنخیّت و الفتی باشد با هم گرم صحبت می‌شوند، چندان‌که گذر زمان را حس نمی‌کنند. (شرح جامع مثنوی معنوی، ج ۶، ص ۶۹۴)

۲- اگر این کلام را با دید عرفانی نگاه کنیم، مراد اینست که چون مرید با مرشد حقیقی مجالست کند، از این همنشینی دقایق بسیاری بر او مکشوف می‌شود. دراین‌صورت منظور از یارِ اوّل، مرید است و منظور از یار دوم، ولیِّ مرشد. (همان کتاب، ص ۶۹۵)

نوبت. عشّاق هیچ‌گاه از دیدار معشوق سیر نمی‌شوند؛ درحالی‌که اشخاص عادّی اگر چیزی را زیاد ببینند، از آن دلزده می‌شوند. همین‌طور سالکان مبتدی از کثرت راز و نیاز خسته می‌شوند، ولی راز و نیاز برای عشّاق الهی مانند آب برای ماهی است. پس عشّاق الهی راز و نیاز و اتّصال خود را به حضرت حق در پنج نوبت فریضه محدود نمی‌کنند، بلکه دائم در نمازند. «خوشا آنان که دائم در نمازند.»[۱] امّا از آن‌جا که بنای شریعت بر سهولت است، انجام فرایض به پنج نوبت محدود شده تا همگان را میسّر افتد. طاعت و عبادت حق‌تعالی گرچه برای فارغان بسی عظیم و دشوار می‌آید، ولی برای عاشقان نه‌تنها دشوار به نظر نمی‌رسد، بلکه اندک می‌نماید. عشق، خواهان عاشق است و عشق و عاشق مانند روز و شب دائماً در پیِ یکدیگرند؛ یعنی این او را می‌طلبد و او، این را.

موش به قورباغه گفت:

«ای یار عزیز و مهربان، من بدون دیدار تو لحظه‌ای آرام و قرار ندارم. هنگام روز، مایه‌ی روشنی و تلاش و تاب و توانم هستی؛ و هنگام شب، مایه‌ی آرامش و آسودگی و خوابم تویی. اگر مرا شادمان کنی و گاه‌به‌گاه از روی بزرگواری یادم آری، نشان جوانمردی توست. ای فرمانروا، از اندوه من خبر نداری؛ در نتیجه تو به من نیاز نداری، ولی من به تو نیاز دارم.»

موش در ادامه گفت:

«ای برادر، من موجودی خاکزی هستم و تو آبزی.[۲] تو بسیار بخشنده‌ای. به برکت بخشش‌هایت چنان کن که بتوانم گاه و بیگاه به خدمت تو رسم. با آن‌که بر کناره‌ی جویبار از دل و جان تو را صدا می‌زنم که نزدم بیایی، نمی‌بینم که بر سر مهر آیی و جوابم دهی. در آب نتوانم شدن و راه ورود به آب به رویِ من بسته است، زیرا ساختار طبیعی‌ام از خاک است و از خاک روییده‌ام. حال‌که وضع بدین منوال است، قاصدی یا علامتی میان ما دو نفر قرار بده تا هر وقت صدایت کردم، تو را خبردار کند.»

آن دو دوست درباره‌ی این کار بحث کردند. بالاخره چنین قرار شد که نخی بلند به دست آورند و یک طرف نخ را به پای موش ببندند و طرف دیگرش را به پای قورباغه، تا هروقت موش دلش خواست با قورباغه ملاقات کند نخ را بجنباند.

ای سالک راه حقیقت، تن مانند ریسمانی است که بر پایِ جان بسته شده و آن را از آسمان به زمین می‌کشد. وقتی روح (که در این ابیات به قورباغه تشبیه شده) از جسم

۱- در آیه‌ی ۲۳ سوره‌ی معارج آمده: «نمازگزاران (حقیقی) دائماً در حال نماز به سر می‌برند.» مولانا مداومت بر نماز را به شهود دائمی تفسیر کرده است، یعنی حق را در همه حال دیدن.

۲- یعنی: «ذاتاً سنخیّتی میان من و تو نیست. تو خیلی بالاتر از منی.» در این جا «موش» تمثیل عالم جسم، و «قورباغه» تمثیل عارفان ربّانی است که در آب معنی جَستن می‌کنند. آن دسته از بندیان عالم جسم که از تیره‌روزی خود به عجز آمده‌اند، دست بَه دامان اهل‌الله می‌شوند، باشد که از تخته‌یِ بندِ جهان برهند و به آب ایمان و یقین درآیند. (شرح جامع مثنوی معنوی، ج۶، ص ۷۱۷)

(۳۰۱)

(که به هوش تشبیه شده) رها شود و در آبِ خواب و بی‌خبری امور دنیوی و نفسانی مستغرق گردد، به وجد و شادمانی درآید. یعنی حقیقت پایدار، در رهیدن از مادیّات و نفسانیّات است؛ پس هرکه در حیات خود از حیطه‌ی مقتضیات حیوانی و نفسانی برهد، به شادی حقیقی رسد. تنوّع و کثرت وابستگی‌های نفسانی چنان است که اگر آدمی در جهت تهذیب نفس سعی جدّی نکند، در کوته زمانی دست و پای روح او به ریسمان و بند تعلّقات بسته شود و روح از این ناحیت که تسلیم نفسانیّات شده حیات ناگواری را تحمّل کند. اگر موش (تن)، قورباغه (روح) را با ریسمان تعلّقات نفسانی به سوی خود جذب نمی‌کرد، روح در جویبار فضائل و مکارم، شادی‌ها می‌کرد. در روز قیامت با خطاب الهی به تو دقیقاً تفهیم می‌شود که در دنیا تن چگونه روح را به خود مشغول می‌داشت. در این دنیا، تنها اندکی از این مطلب بر تو مکشوف گشته است.

موش افزود:

«یک سرنخ به پای من بسته شود و سر دیگرش را تو به پای خود گره بزن تا من بتوانم تو را به سوی خشکی بکشم. پس اینک سرْنخ و سررشته‌ی کار ما برای تو روشن شد.»

این حرفِ موش، بر دلِ قورباغه بد آمد و پیشِ خود گفت: «آیا این موش پلید می‌خواهد در کارم گره ایجاد نماید؟»[1]

اگر اصحاب اوهام و خیالات فاسده احساس نگرانی کنند، امر غریبی نیست. امّا اگر ارباب معرفت و اصحاب حقیقت که دل از کارهای مشغول کننده پرداخته‌اند و آینه‌ی دل را به ذکر و دعای حقّانی صیقل داده‌اند، هر احساسی به آنان دست دهد بی‌حکمت نیست؛ زیرا آن احساس از وَهم و گمان برنخاسته، بلکه انعکاسی از لوح محفوظ و کتاب مبین است.[2] چون دلِ روشن‌بینان به دریای علم الهی متّصل است، از مرزهای مکان و زمان خارج شده و قادر است بعضی از غیب‌ها را دریابد. اتّصال دلِ عارفان به علم الهی، از نوع اتّصال نهر به دریا است.

۱- نگرانی‌های اهل صفا بی‌اساس نیست. آنان وقتی از امری بی‌آن‌که شواهد عینی در کار باشد احساس ناخوش آیندی پیدا می‌کنند، قطعاً شرّی در شُرُف وقوع است. این دریافت قلبی امروزه به «حسّ ششم» معروف است. (شرح جامع مثنوی معنوی، ج ۶، ص ۷۱۹)

۲- طبق یونس/۶۱- طه/۵۱ و ۵۲- نمل/۷۵- سبا/۳- واقعه/۷۷ تا ۷۹ و حدید/۲۲- «لوح محفوظ» کتابی است وجودی در عالم الهی که تمام حوادث آینده و گذشته در آن ضبط شده؛ و در واقع این کتاب مُبین (بیان و آشکار کننده)، همان متن موجودات خارجی با همه‌ی حوادث آن‌هاست. لوح محفوظ، سرنوشت حتمی است که نزد خدا می‌باشد (مثل تولد، مرگ حتمی و رستاخیز)؛ و عکس آن، لوح محو و اثبات است که از امور قابل تغییر می‌باشد. قرآن، طبق یس/۱۲، تمام حوادث را نوشته در لوح محفوظ دانسته. مشخّص است که کتاب مذکور، از جنس همین کاغذهای مادّی نیست؛ بلکه آن را به این شکل برای ما مجسّم فرموده تا حقیقت معنا را با کمک مثال بفهماند؛ و به‌طور کلّی لوح محفوظ، علم مطلق خداوند است. آیات قرآن به گواهی حجر/۱- زُخرُف/۱ تا ۴- واقعه/۷۷ و ۷۸ و بروج/۲۱ و ۲۲، از مقام خداوند صاحب عرش و از آن لوح محفوظ (اُمُّ الکتاب) که کتاب علم الهی است و اسرار خلقت در آن ثبت می‌باشد، نازل شده‌اند. (تفسیر المیزان، علّامه طباطبائی، تفسیر آیه‌ی ۵۹ سوره‌ی انعام.)

آن موش عاشق به امیدِ رسیدن به قورباغه‌ی راه یافته، نخ را می‌کشد. موش پیوسته با خود می‌گوید:

«دیدار یار برایم میسّر شده است. دل و جان من در راه دیدار یار مانند مویی باریک شد تا آن‌که بالاخره سرخِ دیدار به من رخ نشان داد.»

موش در این حال و هوا بود که ناگهان کلاغی نحس به شکار موش آمد و او را به منقار گرفت و از آن‌جا بُرد. وقتی‌که موش با پرواز کلاغ به هوا برآمد، چون پای او و قورباغه با رشته نخی به هم متّصل شده بود، قورباغه نیز از داخل آب بیرون کشیده شد و به هوا بلند شد. موش در منقار کلاغ بود و قورباغه هم در حالی‌که پایش به نخ بسته بود، در هوا معلّق شد.

مردم وقتی آن صحنه را دیدند، با تعجّب گفتند:

«این کلاغ با چه نوع نیرنگ و حیله‌ای توانسته قورباغه را که در آبِ می‌زید شکار کند؟ آخر کلاغ چگونه درون آب رفته و قورباغه را ربوده است؟ اصلاً قورباغه که در آب زندگی می‌کند مگر ممکن است شکار کلاغ شود؟»

قورباغه گفت:

«این سزای کسی است که مانند افرادِ بی‌آبرو، با فرومایگان هم‌نشینی کند. فریاد از دوستِ ناباب. فریاد! ای بزرگان! هم‌نشینِ خوب طلب کنید. عقل از نفْسِ پُرعیب فریادش بلند شده است؛ همان‌طور که بینیِ بدشکل چهره را خراب می‌کند، نزدیکی نفس با عقل نیز عقل را تباه می‌سازد.»

عقل به قورباغه گفت:

«زبان حال هر صاحب عقلی اینست که تجانس میان دو یا چند چیز به شکل ظاهر نیست، بلکه به سیرت و صفت است. ای قورباغه، تو ظاهراً با موش هم‌جنس نیستی؛ ولی چون با او مصاحبتِ کردی معلوم می شود که هم‌جنس او هستی، چون اگر هم‌جنس او نبودی اصلاً مصاحبتی با او نمی‌کردی. مبادا ظاهرپرست شوی؛ مگو که تجانس (هم‌جنس بودن)، به شکل ظاهر است. پس رازِ تجانس را در هیأت ظاهریِ موجودات جست‌وجو مکن.»

ای رفیق طریق، فرض کن مورچه‌ای سیاه که دانه‌ای به دهان گرفته روی نمدی سیاه حرکت کند. مورچه چون هم‌رنگ نمد است پیدا نیست، ولی دانه‌ای که به دهان دارد بر روی نمد پیداست. عقل به چشم می‌گوید: «درست نگاه کن؛ تا مورچه‌ای نباشد که دانه را حمل کند، مگر ممکن است که دانه خود به خود حرکت کند؟» حرکت جسم نیز از روح است. پس ای کسی‌که دلت ضعیف است و حرکت جسم را می‌بینی و روح را در نمی‌یابی، بدان‌که همه‌ی آثار و احوال جسم از روح است. به‌همین‌دلیل با این‌که صورتاً هیچ تجانسی میان سگ و اصحاب کهف نبود، سگ به دنبال آنان افتاد. چرا؟ برای این‌که قبلاً گفته شد که تقارن (تقارن بودن) روحی موجب جذب و کشش می‌شود نه تشابه ظاهری.

خوشا به حالِ چشمی که عقل، فرمانروایش باشد. چنین چشمی عاقبت‌بین و دانشمند و روشن‌بینَ است. برای تمیز حق و باطل، به دیده‌ی باطنی نیاز دارید نه دیده‌ی حسّی. در نزد من و تو (اگر حقیقت‌بین باشی)، تجانس حقیقی به شکل و صورت نیست؛ چنان‌که مثلاً عیسی با این هیأت بشری ظهور کرد ولی حقّا از جنس فرشته بود، یعنی به مرتبه‌ی تجرید ربّانی رسیده بود. هر جنسی به جنس خود می‌گراید، چنان‌که عیسی که فرشته‌خو بود، توسُّط فرشتگان به آسمان چهارم برده شد؛ همان‌طور که آن کلاغ، قورباغه را بُرد.

٭ ٭ ٭

مولانا در ابیاتی لزوم مصاحبت با نیکان را مورد تأکید قرار داده و فرموده اگر از اینان ببُری، گرفتار رفیقان نااهل خواهی شد. او این حکایت را می‌آورد تا رفاقت با نااهلان را نشان دهد.

در حکایت مورد بحث «موش» تمثیل رفیق ناباب، و «قورباغه» تمثیل آدم نیک‌سیرتی است که از رفاقت با او دچار آفت و گزند می‌شود.

در بخشی از همین حکایت، «موش» تمثیل آدمیان عاری از معنا و مقیّد به عالم جسمانی، و «قورباغه» تمثیل انسان کامل است؛ چون موش فقط در خشکی می‌زید و «خشکی» در زبان مولانا نماد عالَم مادّی است و «آب» نماد عالم معنوی، و قورباغه چون «دوزیست» است جامع هر دو مرتبه می‌باشد.

باز در بخش دیگری از حکایت، «موش» تمثیل جسم است، و «قورباغه» تمثیل روح. جسم یا ریسمانِ تعلّقات و آویزش‌های نفسانی، روح را گرفتار مادیّات می‌کند و طعمه‌ی ابلیس می‌سازد؛ چنان‌که در این حکایت دیدیم که پای قورباغه با رشته‌ی نخی به پای موش بسته شد و هر دو طعمه‌ی کلاغ شدند.

شبِ دزدان و سلطان محمود

شب چو شه محمود برمی‌گشت فرد
با گروهی قوم دزدان باز خورد
پس بگفتندش کیی ای بوالوفا
گفت شه من هم یکی‌ام از شما

شبی سلطان محمود به تنهایی با لباس مبدّل در شهر می‌گشت که به گروهی از دزدان برخورد کرد.

دزدان به او گفتند:

«تو کیستی؟»

شاه گفت:

«من هم مثل شما دزدم.»

یکی از دزدان برای شناسایی شاه که به‌طور ناشناس در جمع آنان درآمده بود، گفت:

«رفقا بهتر است هریک از ما هنر خاصّ خود را بیان کند.»

یکی گفت:

«هنر من در دو گوش من است. من هنری دارم که اگر سگ واق‌واق کند، می‌دانم چه می‌گوید و منظورش چیست.»

سایر دزدان گفتند:

«تو هنر چندان مهمّی نداری، چون آگاهی از بانگ سگ خیلی هم هنر محسوب نمی‌شود.»

دزدی دیگر گفت:

«ای کسانی‌که شیفته‌ی اموال مردم هستید، همه‌ی هنر من در چشمم خلاصه می‌شود. هنر من اینست که اگر کسی را در تاریکی شب ببینم، روز همان کس را حتماً خواهم شناخت.»

دزدِ دیگر گفت:

«هنر من در بینی من خلاصه می‌شود. من می‌توانم خاک‌ها را بو کنم و از این طریق به شما بگویم که در این خاک گنجی نهفته شده است یا نه.[1] من از بوی خاک تشخیص می‌دهم که در آن، چقدر نقدینه وجود دارد و چه نوع معدنی دارد. در معدنی، طلای بسیار نهفته شده، امّا معدن دیگر فقیر است و دخلش از خرجش کمتر است.»[2]

دزد دیگر گفت:

۱- همین‌طور تا شخص، انسان‌شناس نباشد نمی‌تواند ارزش درونی افراد را درک کند. (شرح جامع مثنوی معنوی، ج ۶، ص ۷۴۲)

۲- عارفان بالله نیز از ظواهر اشخاص بر باطن آنان پی برند و دریابند که آیا فضل و کمالی در چنته دارد یا مانَند طبلِ توخالی است. (همان کتاب، ص ۷۴۳)

«هنر من در پنجه‌ی من است، به‌طوری که می‌توانم کمندی به بلندای کوه بیندازم. مانند حضرت احمد که روحش کمند همّت انداخت و همان کمند او را به آسمان برکشید و معراج تحقّق یافت.»[1]

دزد آخری گفت:

«هنر من این است که می‌توانم زیر زمین نقب بزنم و به طرف دیگری بروم.»

سپس جمع دزدان بی‌آن‌که سلطان محمود را بشناسند، به او گفتند:

«ای یار مورد اعتماد، به هرحال تو نیز طبعاً هنر و خاصیّتی داری. بگو ببینیم در چه رشته‌ای مهارت داری؟»

شاه گفت:

«هنر من در ریش من است که مجرمان را از عقوبت می‌رهانم. وقتی که مجرمان را تحویل میرغضب می‌دهند، اگر ریش من حرکتی کند، آنان جان سالم به‌در می‌برند و نجات می‌یابند.[2] هرگاه ریشم را از روی ترحّم بجنبانم، جلّادان، آن کشتارِ تشویش‌آور را متوقّف می‌کنند.»

جمع دزدان وقتی این مطلب عجیب را از شاه شنیدند، گفتند:

«الحق که پیشوا و سرکرده‌ی ما تویی، زیرا در ایّام سختی و گرفتاری نجاتمان خواهی داد.»

سپس همه به سوی کاخ سلطان حرکت کردند. در اثنای راه سگی پارس کرد. آن که هنرش شناختن بانگ سگ بود، گفت:

«این سگ می‌گوید که شاه در جمع شماست.»

طایفه‌ی دزدان به مفهوم سخن همکار خود توجّه نکردند و اصلاً ذرّه‌ای بدان نیندیشیدند، چون که همه‌ی هوش و حواسشان به دست‌آوردن زر و سیم بود.[3]

آن دزدی که بوشناس بود، خاک پشته‌ای را بو کرد و گفت:

«این، خاکِ خانه‌ی بیوه‌زنی است.»

دزدان به جست‌وجو ادامه دادند و پیش رفتند تا به کاخ شاه رسیدند و چون دیوار کاخ بلند

۱-عارفان بالله که بر قدم حضرت ختمی مرتبت سلوک می کنند نیز کمندِ همّت خود را به مدد مشیّتِ الهی به‌سوی آسمان می‌اندازند و به معراج ملکوتی می‌روند. (همان کتاب، ص ۷۴۴)

۲- «ریش جنبیدن» تعبیری کنایی است، زیرا سلطان محمود ریشی نداشته تا بخواهد یا بتواند آن را تکان دهد. به هر حال «ریش جنبیدن» کنایه از کم‌ترین اشارت و بذل همّت است. (شرح جامع مثنوی معنوی، ج ۶، ص ۷۴۵)

۳-هر گاه عارفی بالله طبق مضمون آیه‌ی هُوَ مَعَکُم اَینَما کُنتُم به آدمیزادگان بگوید که مواظب حرکات و سکنات خود باشید که خدا همراه شما و ناظر بر شماست، آنان از بس در فکر جمع مال دنیا هستند، مضمون سخن او را نمی‌شنوند و نمی‌دانند که واقعاً خدا در هرحال ناظر آنان است. (همان کتاب، ص ۷۴۶)

بود، از کمندانداز یاری خواستند. لذا آن دزدی که در کمندانداز مهارت داشت، کمندی انداخت و همه به طرف دیگرِ دیوار بلند رفتند.

چون بوشناس جای دیگرِ خاک را بویید، گفت:

«این، خاکِ خزانه‌ی شاه بی‌همتاست.»

آن دزدی‌که در زدن نقب مهارت داشت، نقبی زد و به خزانه‌ی شاه رسید. دزدان دست به کار شدند و هریک، از خزانه اشیایی نفیس برداشتند.

دزدان، طلاها و جامه‌های زربفت و جواهرات گران‌بها را برداشتند و گریختند و سریعاً همه‌ی اشیا را در جایی امن پنهان کردند.

سلطان، محلّ اختفای دزدان و قیافه و نام و نشان آنان را آشکارا دید. سپس خود را از آنان پنهان کرد و به کاخ برگشت و بامداد فردا در دیوان حکومتی ماجرای شب گذشته را بازگفت. بلافاصله امیرانِ دلیر رفتند و دزدان را گرفتند و دست‌بسته نزد شاه آوردند. دزدان، دست‌بسته به دیوان حکومتی آمدند. همه‌ی آنان از ترس بر خود می‌لرزیدند.

دزدان در برابر تخت شاه ایستادند، همان شاهی که همراه شبانه‌ی آنان بود.[۱]

آن دزدی‌که شبانه هرکس را می‌دید روز نیز او را بی‌هیچ شکّی تشخیص می‌داد، شاه را بر تخت دید و گفت:

«رفقا، این شاه همان کسی است که دیشب همراه ما به شبگردی آمده بود. این همان کسی است که ریش او چندین فایده دارد. گرفتاری فعلی ما نیز معلول تجسّس‌های اوست.»[۲]

دزدی که چشمانش شاه را شناخته بود، آگاهانه و از روی معرفت با رفقای خود لب به سخن گشود. او گفت:

«ای رفقا، آن‌که شب قبل همراه شما بود، همین شاه بود. او کارهای ما را دید و اسرار ما را دریافت.[۳] چشم من شبانه به شناخت شاه نایل شد و سراسر شب را با روی ماهش

<hr>

۱- منظور کلام به نحو تأویل: حضرت حق که شاه حقیقی جهان است به حکم هُوَ مَعَکُمْ اَیْنَما کُنْتُمْ، در شبِ دنیا با همگان همراه است. از جمله با حرامیانی که از دیوار اخلاق و شریعت بالا می‌روند و از آن می‌گذرند، همراه است. و چون صبح قیامت فرا رسد، همگان را در برابر تخت پادشاهی او حاضر گردانند. (شرح جامع مثنوی معنوی، ج ۶، ص ۷۴۷)

۲- منظور کلام به نحو تأویل: حضرت حق اگر با صفت لُطفیه‌اش اشارتی کند، مجرمان از عذاب برهند. البتّه خداوند در مورد حقّ‌الله، رحمت واسعه و آمرزش افاضه می‌فرماید؛ ولی در مورد حقّ‌النّاس، سخت گیر است. (همان کتاب، ص ۷۴۸)

۳- اشاره است به قسمتی از آیه‌ی ۴ سوره‌ی حدید: «... و اوست با شما هرجا که باشید، و خداوند به کردار شما بیناست.»

عشق‌بازی کرد.(۱) اینک نجات شما را از او خواهانم.»

آن دزد شه‌شناس همان‌طور به شاه نگاه می‌کرد، که تشنه به ابر. همان شاهی که در شب قدر مانند ماه شب چهارده می‌درخشد.(۲) چون زبان و جان آن دزدِ شه‌شناس شایستگی آن را داشت که با شاه سخن گوید، همین امر او را گستاخ کرد.(۳)

دزدِ شه‌شناس گفت:

«شاها، ما مانند روح مقیّد به جسم شده‌ایم. تویی آفتاب روح به روز جزا. ای شاهی که شبانه به‌طور ناشناس به گشت‌وگذر پرداخته بودی، حالا وقت آن رسیده که از روی کرامت و بزرگواری ریشت را به صلاح ما تکان دهی.(۴) شاها، هریک از این دزدها در آن شب، هنر خود را عرضه کرد؛ ولی ندانست که همین هنر به بدبختی او خواهد افزود.(۵) آن هنرهای ظاهری به طنابی تبدیل شد و بر گردنمان افتاد.»(۶)

ای رفیقان، بدانید که به روز مرگ از این هنرها هیچ خاصیّتی و کمکی برنمی‌آید. فقط هنر آن مردِ نکوحس به کار آمد، همان کسی‌که چشم او و شاه را در تاریکی شب می‌شناخت. در روز شرفیابی، خداوند حَسنات بندگان خود را قدر می‌نهد. البتّه اگر گوش نیز هنری داشته باشد خوب است، زیرا که به وسیله‌ی بانگ سگ می‌تواند از حضورِ شیر آگاه شود. این مرتبه پایین‌تراز مرتبه‌ی قبلی است، چون شناخت خدا را با واسطه صورت می‌دهد.(۷)

✻ ✻ ✻

حکایت فوق دو مطلب اساسی را تفسیر کرده است. یکی بینش حق‌بینانه‌ی عارفان، و دیگری مسئله‌ی همراه بودن حضرت حق که برگرفته از آیه‌ی وَ هُوَ مَعَکُمْ اَیْنَما کُنْتُم

۱- عارف بالله در صبح قیامت گوید: «من در شب دنیا شاه حقیقت را شناختم و اینک از آن مَلِک کریم شفَاعت عاصیان را درخواست می‌کنم.» (همَان کتاب، همان صفحه)

۲- صوفیه شب قدر را شبی می‌دانند که سالک به تجلّی خاصّی مشرّف شود. منظور کلام: سالک عاشق در قیامت به حق عاشقانه می‌نگرد، چون در دنیا به شَرفِ رؤیت قلبی حق مُشرّف شده است. (همان کتاب، ص ۷۶۰)

۳- از این‌جا به بعد «دزد شه‌شناس» تمثیل عارفی ربّانی است که در روز رستاخیز، شفیع گنه‌کاران می‌شود. (شرح جامع مثنوی معنوی، ج ۶، ص ۷۶۰)

۴- منظور مولانا این است: «ای خدایی که تجلیّات تو در دنیا مخفی و پوشیده است، وقت آن رسیده که با الطاف بی‌پایان خود این گنه‌کاران را عفو فرمایی.» (البتّه عفو خداوند شامل کسانی نمی‌شود که مردم را ضایع کرده باشند). (شرح جامع مثنوی معنوی، ج ۶، ص ۷۶۰)

۵- یعنی: «خداوندا، ما بندگان در دنیا خیال می‌کردیم که اگر فلان علم و فضل و هنر را حاصل کنیم، نجات خواهیم یافت؛ ولی همان فضیلت‌های ظاهری سبب خودبینی ما شد و سرانجام بر بدبختیِ اخروی ما افزود.» (همان کتاب، ص ۷۶۱)

۶- اشاره است به آیه‌ی ۵ سوره‌ی مَسَد: «و در گردنش طنابی است از لیف خرما.»

۷- یعنی: «به روز مرگ هیچ هنری به کار آدمی نیاید، جز آن هنری که شاه حقیقت را در شب تاریک دنیا به کمک آن بشناسد. (همان کتاب، همان صفحه)

(۳۰۸)

است.

مولانا در این حکایت به نحو ماهرانه‌ای نشان داده است که شناخت و شهودِ بی‌واسطه، بالاترین و مطمئن‌ترین مرتبه‌ی شناخت است. در این‌جا آن‌که هرکس را در تاریکی شب می‌دید در روز نیز بازش می‌شناخت، تمثیل عارفان اهل شهود است. در جوف این مطلب آن‌جا که دزد تیزبین شاه را به عفو مجرمان می‌خوانَد، مسئله‌ی شفاعت صالحان مطرح می‌گردد.

در مسئله‌ی و همراه بودن، «شاه» کنایه از حضرت حق است که در همه‌جا حتّی در تاریکنای درون انسان‌ها همراه آنان می‌باشد و بر احوال ایشان واقف است؛ چنان‌که سلطان محمود بر غارت دزدان ناظر بود و همه‌ی شِگردهای آنان را می‌دانست.[1]

____

۱- این کلام، رجحان بینش را بر دانش به نحو تمثیلی بیان داشته است. (همان کتاب، ص ۷۶۲)

خوارزمشاه و اسب نادر

بود امیری را یکی اسپی گزین

در گله‌ی سلطان نبودش یک قرین

او سواره گشت در موکب به گاه

ناگهان دید اسپ را خوارزمشاه

یکی از امرای سپاه سلطان محمود خوارزمشاه اسبی بس زیبا و نژاده (اصیل) داشت که در میان رمه‌ی اسبان شاه نظیر آن یافت نمی‌شد. در یکی از بامدادان که همه‌ی امرا و قشون حاضر بودند، چشم شاه به آن اسب افتاد. شکوه و رنگِ زیبای اسب چشم شاه را خیره کرد، به‌طوری‌که تا به وقت مراجعت هم‌چنان محو تماشای آن بود. خوارزمشاه به هریک از اعضای هیکل اسب که نگاه می‌کرد، آن عضو به نظرش زیباتر از عضو دیگر می‌آمد. علاوه بر چابکی و زیبایی و نشاط، خداوند بر او صفتی ویژه و منحصر به فرد داده بود.

خوارزمشاه از روی عقل و تدبیر جست‌وجو کرد و با خود گفت: «این اسب چه خاصیّتی دارد که عقل آدمی را می‌دزدد و به بیراهه می‌برد؟ به‌خصوص که چشم من از تماشای اسبان اصیل و نژاده پُر شده ، و از صدها اسب زیبا و جذّاب که مانند خورشید می‌درخشد روشن و منوّر گشته است. من‌که مهم‌ترین دارایی شاهان در نظرم حقیر است، نمی‌دانم چرا مجذوب این اسب شده‌ام! این حالتی که پیدا کرده‌ام، از جذْبه‌ی الهی است و از خصوصیّات این اسب نیست.»

خوارزمشاه برای رهایی از این میل و شیفتگی دائماً سوره‌ی فاتحه و ذکر لاحَوْلَ ولاقُوَّةَ اِلّا بالله می‌خواند؛ امّا نه‌تنها تسکین نمی‌یافت بلکه برعکس، قرائت اذکار علاقه و شیفتگی او را بیش‌تر می‌کرد. با آن‌که قرائت فاتحه در جلب خیرات و دفع شُرور ذکری مجرّب و بی‌نظیر است، ولی به اقتضای حکمت الهی در مورد شاه برعکس عمل کرد. ممکن است کسی به ذکر و دعا مشغول شود، امّا به‌جای آن‌که صحیفه‌ی دلش از نقوش غیرخدایی زدوده شود، از آن آکنده گردد؛ گاه نیز ممکن است کسی به ذکر همان ذکر و دعا مشغول گردد و دفتر دلش از نقوش غیرخدایی زدوده گردد و تنها نقش بی‌نقش الهی بر آن ثبت گردد. پس بر خوارزمشاه مسلّم گشت که این حالت غریبی که به او دست داده از جانب خداست، زیرا کار خدا اینست که در هرلحظه کارهای عجیب و غریبی به ظهور می‌آورَد.

به عنوان مثال، گاه مردم بر پیکرهای سنگی اسب و گاو سجده می‌آورند. در نظر کافر بُت‌پرست، بت را همتایی نیست؛ درحالی‌که بت، شکوه و روحانیّتی ندارد. آن جذبِ کننده چیست؟ چیزی است پنهان اندر پنهان که از جهان برین به جهان فرودین تجلّی کرده و اصل همه‌ی جذبه‌های این جهان سایه‌ای است از جذبه‌های الهی.

وقتی‌که خوارزمشاه به کاخش بازگشت، به بزرگان لشکر فرمان داد که اسب مورد نظر را

از فلان امیر بگیرند و بیاورند. بزرگان لشکر مانند صاعقه به خانه‌ی آن امیر فرود آمدند. امیر که چون کوه، با صلابت می‌نمود همین‌که شکوه و عظمت آنان را دید خود را باخت و اسب محبوب خود را به آنان تسلیم کرد.

امیرِ مالباخته که وابستگی عجیبی به اسبش داشت، چاره‌ای ندید جز آن‌که به وزیر شاه یعنی عمادالملک متوسّل شود. او به نیک‌سرشتی و عدالت در رأی دادن معروف بود. سالاری محترم‌تر از او نبود. در نزد شاه مانند پیامبری جلیل‌القدر مورد احترام و تکریم بود. هم عاری از حرص و آز بود، و هم اصیل و زاهد. شب‌زنده‌دار بود و در عرصه‌ی سخاوت، حاتم طایی زمان خود به شمار می‌آمد. پُست و مقام دنیوی برای او ارزشی نداشت، امّا در عوض صفات درویشی و عاشقانه داشت. او برای نیازمندان به منزله‌ی پدر بود. نزد شاه شفاعت اهل نیاز را می‌کرد و تا می‌توانست زیان مردمان را دفع می‌کرد. او به قدری نزد شاه عزیز بود که شفاعت‌های متوالی او از مجرمان، شاه را خشمگین نمی‌کرد.

امیرِ مالباخته در نهایت فروتنی از او خواست که اسبش را از امیر بازستاند. امیر گفت: «ای عمادالملک، من حاضرم شاه اموال مرا از من بگیرد، و اصلاً حاضرم غارتگران بیایند و هست و نیستم را به یغما بَرَند. امّا ای وزیر خیرخواه، اگر این اسب را که جانم بدو بسته است از من بگیرد، یقیناً ادامه‌ی حیات برایم محال خواهد شد. چون تو به مقام مقرّبین درگاه احدیّت رسیده‌ای، ای مسیح‌صفت هرچه زودتر دست شفاعت و محبّت بر سرم کِش.»

عمادالملک پس از شنیدن گلایه‌ی پُرسوز و گداز امیر، آشفته شد و آهنگ آن کرد که با تدبیری خاص اسب را بدو بازگرداند. پس به سوی شاه شتاب گرفت. او ساکت کنار شاه ایستاد و در دلش با خداوندی که پروردگار بندگان است، راز و نیاز می‌کرد.

عمادالملک کنار شاه ایستاده بود و به فراست درمی‌یافت که شاه نیز با همه‌ی قدرت و شوکت خود، مانند سایر مردم، فقیر و محتاج است؛ چون اگر محتاج نبود هرگز مفتون اسب امیر نمی‌شد و آن را تصرّف نمی‌کرد.

عمادالملک با خود چنین می‌اندیشید: «خداوندا، اگر امیرِ مالباخته راه کج رفت و ندانست که نباید جز تو به کسی دیگر پناه ببرد، هرچه سزاوار خداوندی توست انجام ده و او را مؤاخذه کن؛ چون به جای این‌که به تو پناه بَرَد و گشایش مشکل خود را از تو استدعا کند، به بنده‌ی محتاجی چون من پناه آورده است. جمیع مردمان از گدا تا سلطان، همگی محتاجند.[1] با وجودِ خورشیدی که کاملاً روشن است، از شمع و فتیله روشنایی خواستن، بدون شک بی‌ادبی از جانب ماست و کفران نعمت و عملی هوسبازانه

____

۱- چنان که در آیه‌ی ۱۵ سوره‌ی فاطر آمده است: «ای مردم، شما همگی فقیران درگاه خداوندید... .»

به شمار آید. این امیری که شاه، اسبِ نژادهاش را غصب کرده به سبب این گناه، گمراه و طاغی شده. کدام گناه؟ این که به جای عرض حاجت به درگاه تو، سراغ من بندهی ناتوان آمده. خداوندا، او را بدین گناه مؤاخذت مفرما و خلعت آمرزش بدو بخش.»

این افکار و اندیشهها، در ضمیر عمادالملک میجوشید. هرچند او در کنار شاه آرام ایستاده بود، ولی باطنش از ظلمی که بر آن امیر رفته بود و نیز از این که او به جای خالق به مخلوق پناه برده بود، آشفته و پُرتاب بود.

عمادالملک ظاهراً در محضر شاه، آرام ایستاده بود؛ امّا پرندهی روحش، در بوستان غیب پرواز میکرد. او مانند فرشتگان در قلمرو جهان غیب، در هر لحظه با شراب تازهای از تجلّیات ربّانی مست میشد. در درون او، جشن و شَعَفی برپا بود؛ امّا ظاهرش بسیار اندوهگین مینمود.

عمادالملک در این افکار، حیران و منتظر بود که از عالم غیب چه امری به ظهور میرسد؟

در این وقت بود که سپهسالاران، آن اسب را کشانکشان به حضور خوارزمشاه آوردند. الحقّ والانصاف که زیر این آسمان نیلگون، اسبی به خوشاندامی و چابکی او وجود نداشت. رنگ زیبای آن اسب هر چشمی را خیره میکرد. هرکس آن را میدید، بیاختیار آفرین میگفت.

شاه، لحظاتی از تماشای اسب حیران شد. سپس رو به عمادالملک کرد و گفت:

«عجب اسبی! گویی که از بهشت آمده است!»

عمادالملک گفت:

«شاها، اگر دل در گروی چیزی بنهی، آن چیز اگر دیو هم باشد در نظرت فرشته جلوه میکند.[1] هرچه نظرت را جلب کند، آنچیز در چشم تو زیبا میآید. البتّه این اسب نیز زیبا و خوش قد و قامت است؛ ولی اگر خوب دقّت کنی میبینی که سرِ آن اسب تناسب با اندامش ندارد، گویی که سرش شبیه سر گاو است.»

این حرف عمادالملک در دل خوارزمشاه اثر نهاد، بهطوری که زیبایی اسب را در نظر شاه حقیر و ناچیز نشان داد. شاه ظاهر را دید و عمادالملک باطن را. برای پادشاه همین یک عیب کافی بود که با شنیدن آن، محبّت اسب مورد علاقهاش در دلش سرد شود. شاه چشم خود را رها کرد و چشم عمادالملک را برگزید، و عقل خود را رها کرد و به گفتهی او گوش سپرد.

البتّه حرفی که عمادالملک دربارهی آن اسب به شاه زد، بهانهای بیش نبود؛ زیرا خداوندِ یگانه به سبب دعای عمادالملک، محبّت آن اسب را در دل شاه سرد کرد. خداوند در جمالِ اسب را به روی چشم شاه بست؛ منتهی سخنی که عمادالملک در بدگویی آن اسب گفت، به منزلهی صدای آن در بود. یعنی همانطور که صدای در، علامت باز و بسته شدن در است

____

۱- یعنی: «وقتی میل و شهوت غالب آید، کریهترین چیزها زیبا مینماید.»

و نه علّتِ آن، نکوهش عمادالملک از آن اسب نیز سبب انصراف شاه نبود، بلکه آن سخن روپوشی بود بر واقعیّت که سطحی‌اندیشانْ حدوث آن واقعه را بدان اِسناد دهند؛ حال آن‌که اهل نظر در می‌یابند که راز و نیاز عمادالملک سبب آن بوده است. خداوند از سخن عمادالملک پرده‌ای ساخت و بر چشم شاه افکند.

شاه چون تحت تأثیر سخن عمادالملک از آن اسب بیزار شد، به خدمه‌ی خود گفت: «هرچه زودتر این اسب را به صاحبش بازگردانید و مرا از زیر این بار این ستم خلاص کنید.» امّا شاه این‌قدر هم در دل خود نگفت که:

«ای عمادالملک، با گفتن این‌که سر این اسب شبیه گاو است، شاهی را که شیر عقل است فریب مده.» نیز شاه با خود نگفت که: «ای عمادالملک، خداوندی که حکیم است خلقت موجودات را متناسب می‌سازد، تو دیگر بر خلّاق حکیم خُرده مگیر.»

چون شاه سخن عمادالملک را عالمانه نشنید، یکسره تسلیم امر او شد. اصحاب تقلید نیز همین‌گونه‌اند. هرسخنی که می‌شنوند، جزو معتقدات و باورهایشان می‌شود. این معمار معروف، بسیار مهارت دارد. مگر ممکن است که عضو گاو را در بدن اسب تعبیه کند؟ تدبیری که عمادالملکِ بی‌نظیر به‌کار بست، خداوندی که مالک مُلک هستی است او را بدان تعبیر راهنمایی کرد. تدبیر حضرت حق، سرمنشأ همه‌ی این تدابیر است. خداوند، مُقَلِّبُ القُلوبِ وَ الاَبصار است. آن خداوندی‌که در دل تو مکر و قیاس (چاره‌اندیشی و اندازه‌گیری) پدید می‌آورَد، می‌تواند در گستردن و وسعت بخشیدن همان مکر و سنجشی که بنده به‌دست آورده است آتش فنا و نیستی بزند.

٭ ٭ ٭

در این حکایت مولانا مضرّت تقلید و آفتِ «دهانْ‌بین بودن» را به خوبی نشان می‌دهد. هستند کسانی‌که دید و داوریِ دیگران را بر رأی و نظر خود ترجیح می‌دهند. درست است که خودرأیی نکوهیده است، ولی سبکْ‌سری نیز مقبول نیست.

نیز در این حکایت، اعتماد به مخلوق به‌جای توکّل بر خدا مورد نقد قرار گرفته است؛ و این در بخشی است که عمادالملک با خود می‌اندیشد که چرا امیر مالباخته به منِ مخلوق این‌قدر دل بسته و خالق را از یاد برده است.

گنج حقیقت

بود یک میراثی مال و عَقار

جمله را خورد و بماند او عور و زار

مال میراثی ندارد خود وفا

چون به ناکام از گذشته شد جدا

مردی که وارث ثروتی هنگفت شده بود، همه را به هدر داد و مسکین شد.

اصولاً به تجربه ثابت شده است که اموالی که از طریق ارث به انسان می‌رسد به او وفا نمی‌کند، زیرا وارث آن را آسان به دست آورده و قدر آن را نمی‌داند. آقای فلانی! تو نیز قدر جان را نمی‌دانی، زیرا خداوند آن را به رایگان به تو بخشیده است؛ برای همین است که جان، این گوهر شریف را صرف امور مبتذل می‌کنی.

وقتی‌که آن وارث، ارث را تا دینار آخرش خورد و هدر داد، تازه یاد خدا افتاد و یارب یارباش آغاز شد. گفت:

«پروردگارا، نعمتم دادی. نعمت از میان رفت. یا دوباره نعمتی کرامت فرما، یا مرگم را عطا کن.»

ای سالک طریقت، همان‌طور که ساز در دست مطرب، بدون اختیار است، تو نیز خود را به مضراب‌های جلالیه و جمالیه‌ی مطربِ باقی بسپار تا نغمات دلنشینی از ساز وجودت به گوش رسد. بدان که همه‌ی لذّات و خوشی‌های عالم محسوسات، از عالم لامکان به ظهور می‌رسد. یعنی اصل خوشی‌ها «آن سَری» است نه «این سَری».

چون اموال و املاک او از دست رفت، حالت استغنا و سرمستی‌اش نیز محو شد. در آن حال دلش شکست و اشک از چشمانش جاری گشت و اشک چشمش، مزرعه‌ی دین را آبیاری کرد.[1] امکان ندارد که در رحمت الهی را بکوبی و جوابی نشنوی.

ای نکومرد، چه‌بسا افرادَ پاک‌دل که در اثنای دعا ناله و تضرّع کنند، چندان‌که آثار و امواج اتّصالات روحی‌شان به عرشیان در رسد. پس فرشتگان در محضر خداوند سخت می‌گریند که:

«ای اجابت‌کننده‌ی هر دعا و ای پناهگاه همگان، بنده‌ی با ایمان زاری می‌کند و تکیه‌گاهی جز تو نمی‌شناسد. خداوندا، هر شخصِ حاجت‌خواهی، چشم امید به عطیّه‌ی تو دارد.»

حضرت حق به فرشتگان پاسخ می‌دهد:

«تأخیر در اجابت دعای اشخاص پاک‌دل، به‌جهت خوار کردن آنان نیست؛ بلکه تأخیر در اجابت دعای آنان، نفسِ یاری کردن به آنان است. زیرا نیاز، او را از غفلت بازگرفت و به محضر من آورد. اگر مَن حاجتِ او را برآورده سازم، از شوق و شور آغازینش بیفتد

۱- این کلام نشان می‌دهد که اگر گریه و انفعال درونی راستین باشد، درخت دین و ایمان آبیاری شود و آن‌چه از دست رفته جبران گردد. (شرح جامع مثنوی معنوی، ج ۶، ص ۱۰۸۹)

و دوباره دچار غفلت شود. اگرچه او با دلی شکسته و سینه‌ای خسته با خلوص تمام می‌نالد و دائماً خدا را پناهگاه خود خطاب می‌کند، امّا بگذارید با همین حالت به تضرّع و نیایش خود ادامه دهد که نادرْ حالتی است؛ زیرا من نالهٔ او و یارب یارب گفتنِ او و راز و نیازش را خوش می‌دارم، و من آن بنده‌ای را که در تضرّع و عرض حاجاتِ خود عنایت مرا به سوی خود جلب می‌کند دوست دارم.»

و ای نکومرد، تو یقین بدان که اگر خداوند در اجابت دعای مؤمنان در جلب منفعت و دفع مضرّت تأخیر ورزد و آنان را ظاهراً ناکام گذارد، سببش این است که خداوند آنان را دوست می‌دارد.

آن شخص در خواب دید که هاتفی[1] غیبی به او گفت:

«تو در مصر توانگر خواهی شد. به سوی مصر برو که کار تو در آن‌جا سامان یابد. خداوند درخواست تو را پذیرفت، چون او محلّ امید همگان است. در فلان مکان گنجی عظیم است، باید به دنبال آن تا مصر بروی. ای افسرده‌حال، هرچه زودتر از بغداد به مصر برو.»

وقتی آن شخص از بغداد به مصر رفت، از دیدن مصر نیرو گرفت. او به وعده‌ی آن هاتف امیدوار بود که بدو الهام کرده بود در مصر گنجی خواهد یافت و بدان وسیله همه‌ی رنج‌هایش محو خواهد شد. هاتف به او گفته بود که در فلان جا گنجی بسیار ممتاز مدفون است.

آن شخص چون باقی‌مانده‌ی پول‌هایش را در اثنای سفر خرج کرده بود، وقتی به مصر رسید هیچ پولی نداشت. خواست از مردم گدایی کند، امّا حیا و مناعتِ طبعش او را از این کار باز داشت و خود را به صبر و تحمّل وادار کرد. لیکن دوباره نفس او به سبب گرسنگی به جنب‌وجوش افتاد و چاره‌ای ندید که طلب طعام کند و گدایی آغاز نماید.

آن شخص پیش خود گفت: «شبْ هنگام آرام آرام راه می‌افتم تا در تاریکیِ شب کسی مرا نبیند و از گدایی خجالت نکشم. مانند گدایان شبگرد با صدای بلند نیایش می‌کنم تا پولی ناچیز از بام خانه‌ها به دستم رسد.» سپس با این فکر از خانه بیرون آمد و به کوچه و محلّه وارد شد. او مدام با خود در ستیز بود که آیا گدایی کند یا نکند؟ لحظه‌ای حیا و منزلتش به او نهیب می‌زد و وی را از گدایی باز می‌داشت، امّا لحظه‌ای دیگر گرسنگی بر او فشار می‌آورد که گدایی کن، معطّل چه هستی؟!

پاسی از شب گذشته بود، ولی او همچنان مردّد بود که آیا گدایی کند یا تشنه و گرسنه بخوابد؟

از قضا در آن ایّام محلّه‌های مصر از دست دزدان، ناامن شده بود. به حکم خلیفه‌ی وقت، داروغه‌ی شهر و مأموران شبگرد موظّف بودند که عابران را در شب دستگیر کنند. مرد غریب به کوچه آمده بود تا چهره‌اش دیده نشود و بتواند گدایی کند. ناگهان داروغه او را دستگیر کرد

۱- هاتف: آواز دهنده‌ای که خود او دیده نشود، فرشته‌ای که از عالم غیب آواز دهد. (فرهنگ فارسی دکتر معین)

و بی‌محابا او را زیر مشت و ضربات چوب خود گرفت و مدام می‌گفت:

«بگو ببینم رفقایت کجا هستند؟! قرار است امشب به کجا دستبرد بزنید؟! بگو، بگو ... .»

فریاد آن شخص فقیر بلند شد و گفت:

«نزن تا راستش را بگویم.»

داروغه گفت:

«اکنون به تو مهلت دادم تا بگویی که چرا شبانه وارد این محلّه شده‌ای؟ تو اهل این محلّه نیستی، بلکه غریبه و ناشناسی. راستش را بگو چه نقشه‌ای در سر پرورده‌ای؟ حکومتیان مرا که داروغه باشم سرزنش می‌کنند که چرا دزدان این‌قدر زیاد شده‌اند؟ زیادی نفرات دزدان از تو و امثال توست. هرچه زودتر دزدانِ دیگر را لو بده؛ والّا چنان انتقامی از تو خواهم گرفت که اموال هر ثروتمندی در امان باشد.»

آن شخص غریب سوگندهای محکم و غلیظی خورد که وَالله، بالله، تالله که من دزد و جیب‌بُر نیستم. من اصلاً اهل دزدی و ستمگری نیستم. من اهل بغدادم و در مصر غریبم.

آن شخص غریب داستان خواب و گنج طلا را برای داروغه تعریف کرد و دل داروغه از صدق کلام او شکفته و منفعل شد. رایحه‌ی صداقت، از سوگندهای او به مشام دل رسید و سوز درون او معلوم شد.

دل آدمی، از سخنِ راست آرامش پیدا می‌کند؛ چنان‌که مثلاً تشنه با نوشیدن آب آرام می‌گیرد. به‌جز دلی که در حجاب غفلت پوشیده شده که البتّه آن دل، دلی بیمار است. چنین دلی حتّی قادر نیست پیامبر را از شخص ابله باز شناسد. تأثیر کلام راست بر قلوبِ غیرمحتجب مسلّم است. دلی که در حجاب غفلت پوشیده شده، متأثّر نمی‌گردد؛ زیرا چنین دلی مطرود درگاه حقیقت است و در محضر حق هیچ محبوبیّتی ندارد.

چشم داروغه از اشکِ ریزان مانند چشمه شد. این اشک از سخنان خشک و بی‌روح جاری نشد، بلکه از رایحه‌ی صداقت قلبی جاری گشت.

وقتی داروغه رایحه‌ی صداقت را از کلام آن غریب شنید، به او گفت:

«تو نه دزدی و نه تبه‌کار؛ بلکه مرد خوبی هستی، منتهیِ کودن و احمقی. آخر چرا به صرفِ دیدن خیال و خوابی این همه راه آمده‌ای؟! واقعاً که عقلت ذرّه‌ای نور معرفت ندارد. خودِ من بارها خواب دیده‌ام که در فلان طرف و فلان محلّه‌ی بغداد گنجی مدفون شده است.»

نشانه‌هایی که داروغه می‌داد، درست نشانی محلّه‌ی آن غریب غمگین بود. بعد داروغه ادامه داد:

«هاتف در رؤیا به من گفت که آن گنج در خانه‌ی فلانی است.»

یعنی آدرس و اسم و مشخّصات خانه و صاحب‌خانه را ذکر کرد و گفت:

«برو آن گنج را پیدا کن.»

مشخّصاتی که داروغه بر زبان می‌آورد، درست با مشخّصات آن مرد غریب منطبق بود. داروغه ادامه داد:

«بله، من بارها و بارها از این قبیل خواب‌ها دیده‌ام که در فلان محلّه‌ی بغداد گنجی نهفته است. با این‌حال من به خاطر این تخیّلات رؤیایی هرگز از جایم تکان نخورده‌ام؛ امّا تو به محض دیدن یک خواب، بی‌هیچ احساس رنج و ملالی مشقّت سفر را بر خود هموار کرده‌ای؟»

وقتی آن غریب این مژده را از داروغه شنید، پیش خود گفت:

«عجبا! گنج در خانه‌ی من است، آن وقت من با فقر در آن‌جا می‌زیستم و شیون و زاری سر می‌دادم؟ بر سر گنج نشسته‌ام و درعین حال از شدّت فقر جان می‌کَنَم؟ چرا وضع چنین است؟ برای این‌که در حجاب غفلت و بی‌خبری سر می‌کنم.»

آن شخص غریب با چنین مژده، سرمست شد و همه‌ی ناراحتی‌هایش برطرف گشت؛ و در دلش شکرگزاری کرد و با خود گفت:

«رزق من به کتک خوردن از دست داورغه موکول شده بود. آب حیات در خانه‌ی من بود، و آن وقت من سرگشته‌ی کوه و کمر شده‌ام. بروم که به کوری آن خیال که خود را مسکین می‌دانستم، اکنون به رزق عظیمی دست یافته‌ام.»

آن غریبِ میراثی، به بغداد و به خانه‌اش بازگشت و گنج را مطابق نشانی‌هایی که داروغه گفته بود پیدا کرد و کارش به برکت الطاف الهی سر و سامانی یافت.

❄ ❄ ❄

این حکایت، در مورد سعی و حرکت است که یا با سعی به مطلوب خواهیم رسید، و یا از طریقی دیگر. بنده موظف به تلاش است و در هیچ حالی نباید از سعی و تلاش خود دست کشد.

گنج حقیقت در اندرون بشر است، امّا او سال‌ها آواره‌ی این کوی و آن کوی است؛ و اگر توفیق ربّانی رفیق طریق شود، آدمی به گنج مقصود می‌رسد.

هم‌چنین در این حکایت، مولانا در مورد دعا و سبب تأخیر اجابت آن، کلماتی نغز گفته است.

(۳۱۷)